青霓 著

古时医到

卷宗结篇

上

重慶出版集团 重慶出版社

图书在版编目（CIP）数据

吉时医到：完结篇 / 云霓著 . – 重庆：重庆出版社，2015.10

ISBN 978-7-229-09562-8

Ⅰ.①吉… Ⅱ.①云… Ⅲ.①言情小说 – 中国 – 当代 Ⅳ.① I247.5

中国版本图书馆 CIP 数据核字 (2015) 第 039777 号

吉时医到（完结篇）
JISHI YIDAO（WANJIE PIAN）
云　霓　著

出　版　人：罗小卫
责任编辑：李　梅
责任校对：郑小石　刘小燕
装帧设计：九一设计
封面插图：@竹铃叮当

重庆出版集团
重庆出版社　出版

重庆市南岸区南滨路 162 号 1 幢　邮政编码：400061　http://www.cqph.com
重庆国丰印务有限责任公司印刷
重庆出版集团图书发行有限公司发行
E-MAIL:fxchu@cqph.com　邮购电话：023-61520646

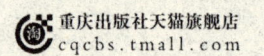

重庆出版社天猫旗舰店
cqcbs.tmall.com

全国新华书店经销

开本：700mm×1000mm　1/16　印张：38　字数：900 千
2015 年 10 月第 1 版　2015 年 10 月第 1 版第 1 次印刷
ISBN 978-7-229-09562-8

定价：58.00 元

如有印装质量问题，请向本集团图书发行有限公司调换：023-61520678

版权所有　侵权必究

目录 CONTENTS

第一章	真心	/001
第二章	拥护	/022
第三章	报应	/068
第四章	御前	/103
第五章	复生	/148
第六章	心意	/170
第七章	提亲	/193
第八章	旧疾	/218
第九章	相依	/242
第十章	诺言	/261
第十一章	聘礼	/283

第一章　真心

好久都没有这样哭过，即便是面对杨茉兰的人生，她也像是一个旁观者，冷眼看着，规划自己的路途，一步步走出常家。

可是现在，明明已经理顺了许多事，已经做了自己想做的事，甚至在关键时刻救下亲人和朋友，是该庆祝一场的时候，她却失声痛哭，哽咽得直不起腰来。

周成陵走到跟前，杨茉向他摇手："我不想跟你说话。"

他却还是关切地走上前，她想后退，可是她忘了她一直是坐在那里哭泣。

长大之后，谁也不想让旁人知晓自己的伤悲，即便是经历再大的苦痛，也想要在人前一笑而过。

杨茉眼泪不停地流，她只要看着周成陵的眼睛，就哭得更起劲，她不愿意看着他，可他就是那样看着她。

她那些压制在心底的烦恼和伤感，一下子宣泄出来，她不需要去倾诉，只需要等着眼泪将那些不好的带走。

杨茉哽咽着："我已经下定决心不再理你。"可他就是挡在那里，让她越不过去。

每次这样驱赶他，他都不肯挪动脚步，这一次反而蹲下来，拿出东西擦她的眼泪，还施施然地在她的鼻尖上抹了一把。

这是在抹鼻涕吗？

杨茉忍不住想笑，她不想做一个又哭又笑的疯子，可是就像控制不住刚才的哭，她也控制不住现在的笑："这是什么？"他用的东西比她的绢子还要软。

像是棉布，上面织着八卦图，还有许多的小篆字和条纹像是北斗七星。

"我出城去了，皇帝以为我要耍花样，我带着他们转了一圈，假意是去接《上清大洞真经》原本，方才已经呈给了皇帝，皇帝赐了我这张北斗七星图。"

"御赐的？"杨茉哽咽声慢慢平复下来。

周成陵说得轻巧："御赐的。"

用御赐的东西擦鼻涕，现在她不知道是该哭还是该笑："应治你大不敬之罪。"

周成陵脸上有了些笑容，很是肯定："他不会治我大不敬之罪。"

"你这个人，"杨茉喘口气，"最大的问题就是太狂妄，让人不喜欢，让人愤恨。"

周成陵也看着杨茉："下次遇到这样的事，什么也别管，转身就逃。"

明知道这是不可能的，她不可能跑，譬如他现在，还不是也回到京中面对，没有想过要一直逃下去。

周成陵伸出手将杨茉揽过来。

杨茉靠在他宽阔的肩膀上，不知怎么的心里顿时一阵平静。

她的抽噎声依然继续着，可是她不觉得丢人了，她好像都已经忘记了，只是觉得轻松，心里、身上都有说不出的轻松，尽管他肩膀上的暗绣似是印在她脸上，让她觉得有些扎人。

杨茉想起一件事，抬起头来看向周成陵："上次在程家藏书阁里，你拿了一本书，书里面夹了一张字条，那字条上写的东西，你看到过没有？"

周成陵点头："看到过，那张字条是我带进去的。"

杨茉想过好多种可能，没想到周成陵身上，否则早就去问他了，怎么会绕了一大圈将这次招徒的书函看了一遍又一遍，希望若是有知道的人，能通过这个给她些暗示，可是却一无所获。

杨茉道："你知道……这上面写的是什么意思……"

"所以我才去程家查医书典籍，想知道那字条上写的意思，"周成陵说着低声道，"我从京里出来的时候，身边跟着一个从前家中常用的大夫，一直都是他照看我的病情，他是张风子的弟子，医术十分了得，那些日子为了逃出冯国昌的视线，只有他在身边照顾我，我醒来的时候，整理他的东西，在医书里发现这张字条，上面是他的笔迹。"

杨茉仔细地听着："这个人呢？"

"死了，"周成陵道，"照顾我时已经病重，我醒来之前就已经走了。"

好不容易听到些线索，没想到一下子就断了。

"他平日里，医术有什么特别之处？"

周成陵摇摇头："没有，"说着顿了顿看向杨茉，"没有你懂得多，没有你惊世骇俗。"

这话是在夸她，还是在打趣她。

惊世骇俗没什么，只要能得到自己心里想要的，今天她会收徒，将来她还会为此做更多的努力。

说到底，她还是一个固执的呆子，别人一定会觉得她很傻很可笑。

杨茉自己都觉得好笑，人生中这样的大事就被她这样随随便便地毁了，她本来要读的是白老先生帮她准备的训诫词，却没想到她临时改了主意，没有经过精心准备，完全表露的是她的真性情。

"我今天收徒了，"杨茉看着周成陵，"我还想着要给保合堂加块牌匾。"

周成陵站起身坐在杨茉身边："想加什么牌匾？"

杨茉道："格物致知。"用格物致知来代表科学，在哪里都是正确的。

杨茉故意不去看周成陵："看看京里谁能写一手好字，写下来我好让人去做匾。"

杨茉话才说完，手就被拉住，杨茉抬起头看周成陵。

他的眉眼舒展，安静地看着她，她的眼睛里还有一层水雾，脖颈上还有被刀割伤的鲜红印子，下颌瘦得尖尖的："难得你想到这个法子。"

杨茉不明白周成陵的意思。

"好不容易走到这一步，字当然要自己写，牌匾当然要自己挂上去，不管好看难看，都是你杨茉兰的字，格物致知是你杨茉兰的，你一手操办起来，治病救人的手艺都能给人看，一把字而已。"

杨茉被拖到书案前，叫了一声秋桐，秋桐忙过来收拾笔纸。

她拿着笔，耳朵上戴着的珊瑚耳饰显得她脸颊格外的白皙，垂着眼睛，所有精神都放在笔上，开始向纸上写，少了治病救人时笃定的模样，多了几分温婉。

杨茉仔细地写下去，刚写完第一个字，周成陵的笑容就从嘴角扩开。

她就知道，他一定会觉得好笑。

如果知道会有今天，那她从小就会好好练毛笔字了。

一口气将字写完，杨茉端详着看，这几天一定要将这几个字练好，她的保合堂，她的格物致知，她要自己将牌匾挂上去。

杨茉想着将笔递给周成陵："帮我添把墨吧！"

乔文景到现在还不敢相信上清院发生的一幕。

周成陵从城外回来，竟然捧着一套《上清大洞真经》，周成陵出城竟然是为了拿经书奉给皇上。

他眼前总是闪现出那一幕：皇上露出笑容，一下子从莲花座上站起身，长长的袖子一甩，仿佛真要飞升成仙，看到那真经更是眼睛冒光，亲切地看着周成陵，伸出手来拍了拍周成陵，还将准备要赐给冯阁老的北斗七星图赐给了周成陵。

那图是皇帝亲自督促上清院的道士织出来的，不管是赐给了谁，那都是无上的荣耀。他一早知晓此事，都已经悄悄备好了酒席，就等着为阁老庆贺。

皇帝高兴，他们却惊骇，在皇上面前弹劾周成陵，现在周成陵立了功，他们在皇上心中就成了奸臣。

乔文景好不容易熬到从上清院出来，正想着要去找几个同僚一起商议接下来要怎么应对，刚站起身来就有吏员来禀告："侍郎大人，上面有旨意下来，要您去陪审王振廷。"

什么叫陪审王振廷，怎么会让他去陪审，就算三法司会审也轮不到他这个户部侍郎陪审。

乔文景有一种不祥的预感。

"侍郎大人，都察院的人在外面等着。"

乔文景皱起眉头来："这都什么时辰了，难不成要连夜提审？"

吏员为难地顿了顿："大人，都察院说，这是圣上的旨意，要这案子越快审结越好，大人，您还是出去看看。"

乔文景不得已站起身走出衙门，都察院已经有人等在那里。

"乔侍郎，人犯在顺天府衙，您还是快过去看看，皇上说每日要将提审的结果上报都察院，"官员说着也是一脸为难，"我们也没有法子。"

乔文景只觉得现在仿佛被人牵着走，两个人上了轿子一路到了顺天府衙，顺天府衙差将乔文景请进大牢。

一股腐臭的味道迎面扑来，乔文景忙遮掩鼻子："王振廷在哪里？"

乔文景询问衙差。

衙差赔笑地指指前面的牢房："在那里。"

乔文景低着头向前看去，还没有看出究竟，就听到惨烈的嚎叫声，乔文景的脸色瞬时变了。

"这是怎么回事？你们动用私刑了？"乔文景看向旁边的衙差。

旁边的狱卒忙上来道："我们哪里敢，是王大人生了病，我们大人还请了郎中来看，也是束手无策啊。"

王振廷之前人还好好的，怎么能一眨眼功夫就恶病缠身，这是什么病才能如此。

乔文景不禁拿出帕子遮掩口鼻然后走上前去。

阴暗的牢房里，王振廷正靠在墙上不停地蹭着，边蹭边发出模模糊糊的吼叫："请郎中，快给我请郎中来。"发髻散乱，整个人如同厉鬼一般。

乔文景吓了一跳，狱卒将牢门打开，让乔文景进去："乔大人，不进去怎么审案啊。"

乔文景不得已弯腰走进牢室，走得近了，乔文景将王振廷看得更清楚，王振廷的衣服已经破烂，看到乔文景，立即扑过来："乔大人……乔大人救我……我可是听乔大人的话……我都是听乔大人的……乔大人让我去要挟杨氏……是乔大人教我，乔大人忘记了？"

"胡说。"乔文景慌忙看看周围，早知道王振廷已经这样，他说什么也不来牢室。

"乔大人叫郎中来，快叫郎中来，我要痒死了，我要痒死了。"王振廷说着一下子摔在地上，露出血肉模糊的后背，一块块肉都翻起，一条条的伤口，有的干涸了有的还在淌着血。

乔文景有一种欲夺门而逃的感觉，他浑身的汗毛都竖立起来，后背也是又疼又痒，想要像王振廷一样伸手去抓。

太恐怖了，好端端的人怎么会得这样的病？

"有没有再去请郎中？"

"请了，"旁边的狱卒来回话，"请了好几个都不会治，咱们这里是牢房又不能请太医院的御医来看。"

乔文景紧紧地捂住嘴："谁说不能，现在案子还没有审结，就要让人犯死了不成？他这样疯疯癫癫如何说话。"这人不死不活的样子，谁知道会说出些什么话来。

"大人说请，小的就去请，怎么治都是大人说了算。"

乔文景正和狱卒说话，突然感觉到腿上一沉，王振廷整个人扑在他的腿上："乔文景，你要救我，救我，听到没有，你要救我。"

王振廷鲜血淋漓的手，紧紧地抱着乔文景的腿，不停地哀嚎着。

"大人，郎中请来了。"

乔文景正急于脱身，听到这话转过头来看，却未承想看到了杨氏。

狱卒请来的是杨氏。

杨苿将药箱交给了魏卯，魏卯就要进去诊症。

听说来了郎中，王振廷抬起了头，却没想到对上杨苿的眼睛，杨氏，来给他诊病的是杨氏，何其可笑，他费尽心思想要挟杨氏为他妻儿治病，现在他没有求，来的却是杨氏。

杨氏是来嘲笑他的吗？王振廷咬着牙，他如果有半分骨气都不会让杨氏来给他诊治，他好歹也是顶天立地的一个男儿，他死也不能输在一个妇人手里。

狱卒低声道："杨大小姐上次给童应甫诊治，硬是将童应甫的疯病治好了，不管什么病症只要经了杨大小姐的手，必然都是能好的。"

能治好，狱卒说能治好。

这几个字说起来多轻松，光是听听就让人有一种浑身舒坦的感觉，王振廷克制不住内心的渴望，只要能将他的病治好，只要不让他这样痒得难受，他什么都愿意，不过就是没有骨气而已，他已经尝到了生不如死的滋味。

王振廷顿时跪下来，瘫在地上，说不出拒绝的话。

魏卯上前去看了王振廷的伤又仔细诊脉将脉象和杨茉说了，杨茉听着点头。

狱卒忙凑上来："怎么样？杨大小姐可能治这病？"

旁边的乔文景也竖起了耳朵，杨氏一双眼睛十分清亮，仿佛略微斟酌就已经将这病症看了清楚，就算现在杨氏没说话，在场的人也都看了出来，这病杨氏会治。

乔文景松了口气，只要能将王振廷治好，后面的事都还好说。

王振廷屏住呼吸，睁大眼睛，自从被董昭在杨家抓了之后，他还没有这样满怀期待安静地等待。

杨茉在王振廷和乔文景的注视下摇头："我不能治。"

乔文景顿时诧异，王振廷期盼的神情也僵在脸上，杨氏说不能治，说到这几个字时，她脸上带着些讽刺。

仿佛讽刺他落得如今的境地却要求着她来治病。

"杨氏……你看也没看一眼就说不能治。"乔文景有一种被人愚弄的感觉。

他们以为她是一个孤女就随便摆弄，要挟的时候用刀架在她脖子上，现在又想要她全心全意地治病。

当她是傻瓜还是软弱无能。

杨茉将话重复了一遍："我看了脉象，这病我不能治。"

王振廷忽然大笑起来，哈哈，太可笑了，他就这样被一个女子戏弄了，让他满怀期待却又狠狠地作践，这女人……

乔文景想要说句狠话来治杨氏的罪，却发现这本来就没有任何罪名，现在的情形，他拿杨氏束手无策。

"再请别的郎中，请别人来。"

狱卒听了这话忙出去问郎中，不一会儿工夫狱卒折返："京里几个坐堂医听说杨大小姐都不会治，他们也……也都……小人不能去请太医，您……还是乔大人您要走一趟。"

望着浑身血淋淋，跪在那里瑟瑟发抖的王振廷，乔文景一刻也不想待在这里，尤其是脚边上还有王振廷呕吐的秽物。

乔文景再也忍不住转身走出牢室："我去让人请御医，我就不信，太医院治不了这病。"

乔文景远远的走开，杨茉看向魏卯："收拾好东西，我们走。"

"等等，"地上的王振廷忽然开口，他再也不能忍耐这样的折磨，"杨氏你不是医者仁心，你不是称自己是医生，怎么能……"

杨茉微笑："王大人害了我父亲和母亲，又用姨娘和族妹的性命相要挟，甚至差点杀了我，您这样心狠手辣的人，还盼着别人以德报怨不成？"

"你，"王振廷变得狰狞可怕，眼看着杨氏就要离开，"治好我的病，我就告诉你一件事。"

王振廷幽幽地开口，昨晚那些人折磨他，不就是想从他口中掏出当年杨秉正的案子。

杨苿停下脚步，转身走到牢门外。

王振廷艰难地爬过来，昨天他听说旁边的牢室里有个人咬断了舌头却还活着，还有人用裤带将自己勒了半死，却还是被杨氏救过来，这些人……让他断了寻死的念头："你先治我的病。"

杨苿听得这话故意向左右看看："大人这次以谁为质？"

似是提醒王振廷，如今身陷囹圄、恶疾缠身，哪还有提要求的资本。

王振廷喉头一甜几乎要吐血出来，这个杨氏，可是眼前最后一线希望，他又不能放过。

"杨秉正没死。"

杨苿兀然抬起头来看向王振廷："你……知道我父亲的事……"

杨苿话音刚落，王振廷脸上露出奇怪的笑容。

杨苿立即就冷静下来，王振廷不知道，他就算是知道一些皮毛也不能肯定，否则他不是这个模样，早就信心满满地向冯觉禀告。

看着杨氏的好奇一下子平淡下来，王振廷涌起的热情如同被浇了凉水，于是口不择言："你以为韩季能知道那么多？"

王振廷的口气越来越急切起来，杨苿左右看看，王振廷将要失控，她不能在这里和他纠缠，免得他说不定真的会说出什么，要问也是私下里问。

杨苿故意摆出不十分相信的神情，转身离开牢房。

身后传来王振廷疯癫的声音。

杨苿快走几步上了马车，马车还没有向前走，就听车厢外传来一个陌生的声音："杨大小姐，我是卫禹，文正公世子托我照应王振廷。"

照应王振廷，这句话说得很精准。

杨苿还没有出声，卫禹道："刚才牢里的事我都知晓了，杨大小姐放心，文正公世子一早就有交代，有消息他来查。"刚才他真害怕杨大小姐听到杨秉正的消息就一直追问下去，要知道今天是乔文景来提审，事先没有将人散净，若是有人听到什么话说出去，就糟糕了。没想到杨大小姐问了几句转身就走了。

卫禹开始有些明白，为何董昭会这样帮杨大小姐。

虽说不过是一个女子，可这个女子并不是普通内宅中的女人。

杨苿低声道："多谢卫大人。"

看着杨家的马车慢慢离开，卫禹傻站了半天，董昭对杨家的事这样上心，该不是动了心思要求娶杨大小姐吧！可是杨大小姐是个女医，董家是实实在在的勋贵，文正公也不可能会同意啊，董昭别给自己系了个死结。

卫禹想了想又回过神来，快去审王振廷是真的。

杨苿回到家中换了衣服坐在屋子里看书。

陆姨娘不禁觉得奇怪，大小姐怎么像是有心事的模样，若是平日早在保合堂里忙碌了。

杨茉不知道家中人的心思，却一直在思量王振廷的话。

如果冯党不知道父亲的下落，父亲真的活着的话，谁会知晓？杨茉觉得有一种坐立难安的感觉，一个答案呼之欲出。

只可能是和冯党对立的人。

父亲想要逃过冯党的耳目，光靠自己是做不到的，她之前以为自己是天马行空地乱想，现在一切渐渐得到证实，她就应该顺着这个可能性想下去……

杨茉坐了一会儿起身吩咐春和："让门上准备车马，我要去药铺。"

陆姨娘听得这话赶过来："怎么想起来去药铺了。"

杨茉随便应了一声，等到父亲的事有了眉目再告诉姨娘，上了马车，很快到了保合堂，杨茉吩咐江掌柜去周成陵的药铺问问："我有些事想要问那边的东家。"

杨大小姐虽然说得模糊但是江掌柜听了明白，立即道："小姐放心，小的就去问。"

不一会儿工夫江掌柜道："周爷没在药铺，有马车在保合堂后门停着，如果小姐有急事就坐马车过去。"

现在管不得这么多了，杨茉很想立即向周成陵问清楚。

春和送来幂篱给杨茉戴上，几个人就到了后院坐上周家的车，跟车的婆子恭恭敬敬将杨茉请上去，赶车的下人没有说一句话，更不敢怠慢将马车稳稳地停在一所宅子门前。

杨茉还没有下车，就有下人来道："小姐等一下，我们家爷要出来迎您。"

杨茉"嗯"了一声。

片刻工夫帘子就撩起来，周成陵穿着一身天蓝色的长袍站在马车前。

春和先下了车，然后将杨茉扶下来。

几个人进了宅门，周成陵道："前院在议事，后院清静些，你愿意我们过去说话，"说着顿了顿，"你放心后院里没有旁人，只有几个伺候的婆子，若是你不喜欢，我就让人都退下去。"

杨茉摇摇头："不用那么麻烦，我有些话想要问你，说完我就走。"

她的目光有些沉，脸上闪烁着不确定，周成陵停下脚步，两个人站在穿堂外，下人都退出十步之外。

周成陵静静地等着杨茉说话。

杨茉将大牢里王振廷的话说了一遍，正想着说自己的疑惑。

周成陵道："你是觉得我知道你父亲的下落，碍于怕被皇帝猜忌所以不说。"

杨茉惊讶地看向周成陵，这个人就是你说上句，他就知道你下句是什么意思，所以他从来不用猜测别人所想。

既然话说到这里，杨茉点头："安庆府的事会牵扯到冯阁老，冯阁老恨不得将我父亲的事和你牵扯在一起……"

杨茉不经意间抬头，本来十分严肃的周成陵，神情十分安静，不知道是不是将她的话听了进去。

周成陵的心思她猜不透，所以她干脆也不猜，径直问起来，若是得到肯定的结论，她也不必再纠结，干脆丢开手。

周成陵听杨茉说完，迎上杨茉的目光："我不想窝窝囊囊地活着，但是我并非做事不择手段，无所不用其极。"说着伸出手去拉杨茉。

他的手修长又很大，隔着她的袖子，握住她的手腕："跟我来。"

院子里很安静，一路上没有遇到下人，只是走到月亮门看到了等在那里的蒋平。

蒋平看到周成陵和杨茉，立即脊背挺得笔直。

"让书房里的人散了吧！"

蒋平应了一声，让阿玖将幕僚遣走，然后简单收拾了一下，周成陵才将杨茉带进去。

屋子里放着两张西番莲折枝月牙桌，桌子上摆着九枝灯，案几上放着厚厚一摞的信函等物，周成陵走过去从里面拿出几封递到杨茉手里："你父亲在安庆府很有名声，"说着微微一顿，"京外放官和京内不一样，京官看似位高权重，其实到底不如地方官有官仪，你父亲在安庆府这么多年，应该结交下不少的人，更何况你父亲犯案，是为安庆百姓说话，若他逃过一劫，该是安庆府有人替他打点，所以要查就要从安庆查起，你看的这几封信是去安庆的人悄悄查访后返回的消息，虽然有些进展但是没有确切的结果，所以我没有和你提起。"

杨茉打开一封信，上面仔细写着父亲在安庆府与哪家人有交情，自从父亲犯案之后，这些人又有什么改变，里面提到了韩家。

杨茉道："韩季是不是出自这个韩家？"

周成陵道："韩季不是韩家嫡亲，算是旁支。"

那就是有关联了，照信上说，安庆府中韩氏是大族，杨茉道："父亲如果在世，这些年却从来没有和家中联系。"看到这里她又疑惑起来。

"不必想这些，"周成陵望着杨茉，"最坏的结果你已经承受过，不会再有更糟的情形。"

如果这笨嘴笨舌的话也算得上是安慰的话，她现在确实舒服多了。

杨茉将手里的信放回桌案上，看了一封剩下的也不用再看了。

周成陵转头看了一眼窗外："天快黑了，是让下人做了饭吃，还是现在将你送回去。"

明知道她不可能留下吃饭，这是故意逗她，杨茉坐了一会儿喝了几口下人端上来的茶，伺候的都是年纪大的婆子，脚步很轻做事很利索，上来之后眼睛都不曾向旁边瞟一下。

茶泡得很好喝，不浓不淡，杨茉将茶杯放下，抬起头来发现周成陵正看她的脖颈，伤口早就不疼了，可是现在被他这样一看，倒有些不舒服，想要伸出手去碰，越是这样想就越是不大自在，杨茉索性站起身来："我走了，姨娘还等着我回家呢。"

她来得急，走得也急。

他生怕将她吓走了，再也不肯上门找他理论，便也不刻意追赶。

周成陵走在旁边，不管她用大步还是小步总是能保持着和她半步的距离，杨茉上了马车很快回到了保合堂，又换了车子才回到杨家。

走了一圈回到房里，杨茉总算是松了口气。

陆姨娘吩咐厨房开始摆饭，走到杨茉身边坐下："听说你要开义诊？邻居的婶子问起我来，她想要去看，又不知能不能排上。"

杨茉点点头："药铺收了徒弟，总要学各种脉案，我就想着不如隔两日有半天的义诊，先这样试试,等将来我们有了更好的条件,会隔日义诊,邻居婶子想要去看,早些去保合堂记上,我们排好了看诊的时间,就去告诉她。"

陆姨娘笑道:"明日我就和她说,免得她等得着急。"

吃过饭杨苿回房看书,明天开始传授弟子医术,她这个做老师的起码要有个像样的教案。

乔文景那边还在顺天府里折腾,这一天他已经站得腰酸背痛,偏偏都察院的官员还在等公文。

比起每日上奏审讯的结果,乔文景开始担忧乔家的下人到底被关在哪里,既然是和王振廷一起进的顺天府大牢,怎么却不见关在附近,问起狱卒,狱卒也是一副什么都不知晓的模样。

真是见了鬼,乔文景皱起眉头,简单将公文写好这才回去府中。

进了家门,乔文景就一头扎在临窗的大炕上。

"老爷,那边的情形怎么样了?"乔夫人忍不住问。

乔文景躺着不说话,他总觉得这件事有蹊跷,不行,他得去见冯阁老,到底问问冯阁老皇上这是什么意思。

想到这里,乔文景不禁骂一句葛世通:"该死的葛世通,人明明是他们抓走的,现在却跟我玩花样,说没见到人。"

乔夫人没想到事情这样棘手:"狱卒呢?狱卒也不肯说?"

今天遇到的人都邪了门了,一个个都像是在跟他对着干,不过是几个小官吏罢了,等他腾出功夫,就给他们几分颜色看看。

乔文景没说话,乔月婵过来向父亲请安,见到父母都是一脸沉闷:"父亲还为杨家的事担忧?"

乔文景看了一眼乔夫人,一脸不悦:"你和她一个姑娘家说这些做什么?"

乔夫人道:"不是我要说,正好月婵听到了,又不是旁人,正好是杨家……"

是啊,正好是那个该死的杨家。

乔文景道:"抓到了人也没什么,若是招认了就说是屈打成招,没有招认,就说是抓错了人,王振廷的话不能信,一个要死的人说不定会张嘴咬谁。"

乔月婵道:"父亲,听说杨家附近有个养花的花房,眼看冬至要到了,我们去订些花也是有的,不想就被人抓了,我们家还四处找人呢。这话说起来,我们是官宦之家,杨氏不过是罪臣之女,就算现在开了个药铺,也不过是在民间小有名气,哪里能摆上大台面,我们还能输给她不成。"

正是这话,所以乔文景还没有觉得是火烧眉毛:"多想想你自己的事,"乔文景意有所指,"常亦宁这小子,十有八九要拿了状元郎。"

听到父亲说常亦宁,乔月婵顿时红了脸,二话不说转身从屋子里走出去。

乔夫人叹口气:"老爷哪里能当着女儿面说这些。"

乔月婵停下脚步在门外仔细听着。

乔文景道:"日子快到了,让她也心里有数,"说着微微一顿,"只可惜,因为杨氏,常家丢了脸面又一屁股官司,还不知道要等到什么时候才弄干净,要不是看在常亦宁有几分学识,这门亲事我是如何也不会答应。"

乔月婵轻轻咬着嘴唇,偷听完了才回到自己房中。

"我讨厌那个杨氏,"乔月婵皱起眉头冷笑,"不过就是个郎中罢了,也就是没让我遇到,若是让我遇到她给达官显贵看病,我定会要她好看。"

旁边的丫鬟道:"小姐犯不着和杨氏置气,您是正经的大家闺秀,将来还是状元夫人,杨氏呢,是常五爷不要才自己出了常府,在外面说得那么好听,杨氏想要撑起杨家,可谁不知道这是怎么回事,女人如果能嫁人,哪里能像三姑六婆一样抛头露面。"

和姨娘住在一起的人能怎么样,想想也知道,乔月婵觉得心情好了不少:"凭她再厉害,连我一根指头也比不上,说是神医,见到别人还不是要规规矩矩地行礼,身份是永远都改不了的。"

她生下来之后,父亲就请人算过她的八字,她八字旺夫,所以不论哪家来求亲,只要看了她的生辰帖都会答应,杨氏克得家破人亡,谁愿意要,常家是宁可赔上那么多银子,也不让杨氏进门的,如果常亦宁和杨氏那门亲事还在,她能肯定常亦宁考不上状元。

换句话说,若不是攀上了乔家这门亲事,常家现在不知要多么愁云惨淡。

乔月婵看了会儿书,准备上床歇着,丫鬟从外间带来汤婆子送到乔月婵手里,然后躬身退下去,掀开帘子,乔月婵正好看到外面的婆子和丫鬟说着什么。

"什么话?"乔月婵抬起头看过去。

婆子和丫鬟立即分开,互相看了一眼,丫鬟用手肘戳戳婆子让她进去向乔月婵禀告。

婆子撩开帘子上前道:"没什么,就是……就是……朝廷让老爷去办事,老爷刚躺下,这不,内院里正忙活呢。"

忙活也不至于让下人凑在一起说悄悄话。

乔月婵道:"还有什么?"

婆子这才说:"听说夫人不小心摔了一跤。"

乔月婵顿时睡意全无,吩咐丫鬟拿了斗篷:"我去看看母亲。"

主仆两个一路到了乔夫人屋里,进门就看到几个妈妈在内室里忙碌,丫鬟端着痰盂下来,里面满是血。

乔月婵不禁心里一惊快走几步上前,乔夫人坐在罗汉床上,旁边的妈妈用帕子捂着乔夫人的鼻子:"夫人还是躺下吧,"说着转头看向丫鬟,"凉水拿来了没有?"

丫鬟端着铜盆上前,立即就有人来拧帕子,然后敷在乔夫人额头上。

乔夫人看到乔月婵摆摆手:"你怎么来了,我这里没事。"

"怎么没事,"乔月婵看着鲜血腿有些发颤,"母亲怎么就摔了?"

乔夫人没作声,旁边的妈妈道:"夫人踩在锦被上了一不小心从床上跌了下来。"

奇怪,怎么会踩在锦被上下床,一直都是母亲睡在外面的啊,乔月婵询问地看向妈妈,那妈妈脸上有些讪讪的神情,老爷是和夫人要做那事……听到消息才惊了,夫人急忙下床,这才结结实实摔在地上。

乔月婵不明白这里的缘由，只好问旁的事："父亲衙门里有急事？"

乔夫人颔首当着众人的面不好说破。

"哟，这不行，"管事妈妈松开帕子看到鲜血还是继续涌出来，"夫人摔得不轻，恐怕要请太医来看看。"

乔夫人摇头："这么晚了，怎么喊太医，"说着觉得嗓子有一股腥咸的味道，想来因为躺着血都涌进了嘴里，"让郎中来吧！"

下人急忙去喊郎中，乔夫人安静地躺着任由下人折腾。

"别围着了，让人憋闷。"乔夫人吩咐下去，下人立即走了大半，屋子里只有几个心腹照应。

"到底是什么事。"乔月婵忍不住又问，母亲要不是心不在焉定不会摔倒。

乔夫人这才低声道："还是杨家……那个案子，上面对你父亲交上去的奏折不满意，让你父亲接着审，连夜审。"

怎么会有这种事，这样急着审人犯，乔月婵皱起眉头。

"你父亲觉得，恐怕是因为我们家的人也跟着王振廷一起被抓，上面疑心下来，才会这样……"虽然没有明确的旨意，这样半夜将人捉起来，已经足以让人惊慌。

又是和杨家有关，乔月婵道："父亲就不能借着这件事……永绝后患吗？"

乔夫人听得这话左右看看："不准胡说，一个姑娘家讲这些事让人笑话。"

乔月婵道："我是觉得，因为一个杨氏搅和得多少人家不得安宁，不是我们心狠，实在是杨氏不知好歹……"

乔夫人头疼得厉害，顾不得和女儿说话："你回去歇着吧，我这里不用担心，不过是摔了一跤而已。"

"我不去，我留下陪着母亲。"乔月婵说着弯下腰将脸贴在乔夫人手上。

不一会儿工夫郎中来了，乔月婵去内间里听消息，正等得心焦，就有婆子来道："郎中在用药，小姐不用着急。"

乔月婵点了点头，等到郎中走了又去看乔夫人："郎中怎么说？"

乔夫人道："要多养几日，"说着拍拍乔月婵的手，"回去歇着吧，我也累了。"

乔月婵和母亲说了几句话，这才从屋子里退出来，一声不响地回到房里。

看着小姐一脸的不快，丫鬟桂儿上前道："小姐有什么不痛快的别憋在心里。"

乔月婵忽然想到一件事看向桂儿："听说你干娘是个上下皆通的人物，经常在外面探听些消息。"

桂儿不知小姐的用意，不禁有些害怕："我那干娘嘴不好，向来不让她进来说话，是不是小姐听说了什么，若是心里不快，就治她的罪。"

乔月婵摇头："我现在是想用她这张嘴。"

桂儿听了心里一松："小姐有事吩咐她，我就将她喊来。"

乔月婵一刻也等不得："现在她可在府中？"

桂儿道："正在府中值夜。"

乔月婵抬起眼睛："快让她进来，我有话和她说。"

桂儿不敢怠慢，急忙去门上将干娘叫来，桂儿干娘见到乔月婵低头听吩咐。

乔月婵将屋子里的下人遣出去，只留下桂儿干娘："我吩咐你一件事，你若是办好了我自然重重有赏，若是办砸了，或是跟第二人提起是我嘱咐你去做，别说再进来办事，乔家也容不得你了。"

桂儿干娘立即赌咒发誓："小姐放心，奴婢就是烂了嘴，身上流水死在哪里，也不敢向外说半句。"

乔月婵这才道："你知不知道保合堂的杨氏？"

桂儿干娘道："知道，知道。"小姐要嫁给常五爷，和常五爷有过婚约的杨氏她们怎么能不知道。

乔月婵道："那杨氏嚣张跋扈委实让人气不过。"

桂儿干娘眼睛一转，似是明白小姐要让她做什么。

"我听说，杨大小姐一个云英未嫁的女子，竟然会治那种脏病，"乔月婵说着嫌恶地捂住鼻子，"若是她治这种病，将来还有谁能娶她。"

桂儿干娘彻底明白了："小姐放心，这种事奴婢惯会做的。"只要找几个人出去说道起来，让那些长了脏病的都去保合堂投医，不怕杨氏的名声不受损。

乔月婵点点头，将一袋银子交给桂儿干娘："你且拿去用处，不够再来要。"

桂儿干娘眼睛笑成一条线："小姐只要听着消息，就知道奴婢有没有将事办好。"

乔月婵道："越快越好，但是不要节外生枝。"

桂儿干娘躬身："您放心吧！"

交代好了，乔月婵挥挥手让桂儿干娘退下去，桂儿干娘走到门口还塞给桂儿一两银子："以后有这种好事，多多想着你老娘，自然少不了你的好处。"

桂儿低声应了。

乔月婵如同放下了一件心事，觉得浑身舒坦，接下来她只要高台看戏就好了。

杨茉才歇下，陆姨娘那边就得了消息："有个人提着灯在我们家墙外，说不得是什么人。"

自从有了上次的事，杨家上下都很紧张，门上的下人更是小心翼翼，生怕再出什么乱子。

陆姨娘看向管事妈妈："让门上问问看，若是歹人惊动了也好。"这么晚了，定然不是什么好人。

管事妈妈应了，忙去将话递给门上的家人。

门上家人隔着门缝看到那盏灯走过来些，突然大声喝道："什么人，在这里做什么？"

那提灯的人似是吓了一跳，却没有慌张逃走，而是几步上前道："我是大小姐的徒弟萧全，在这里为师父守夜，劳烦您不要惊动师父。"

守夜？怎么会有弟子来守夜？

门上家人不禁惊讶："我们家小姐可知晓？"

萧全道："师父不知道，是我们几个商量好的，日后每人一天轮番上夜，若是有什么异样及时示警，家里也好有个准备。"

几个身体不太强壮的郎中，若是真有歹人，三两下就放倒，可是杨家家人却没觉得好笑，这是为了大小姐竭尽所能，"小哥回去吧，家中有我们这些粗人在。"

萧全摇头，"我们已经商量好，万请您不要惊动师父。"

杨家门上的家人商量后，将外面的事禀告给陆姨娘。

陆姨娘听得这话一怔："这……可是真的？"

"真的，真的，门上的家人隔着门缝看了，是文弱的郎中，不是什么歹人，而且报上自己的姓名。"

陆姨娘看着窗外摇晃的树枝，现在已经是深秋了，夜风很凉："劝他回去吧！"

"劝了，可是不肯走，还说万万不能惊动大小姐。"

有这样的人？小姐说要收徒，她还怕小姐收不到会伤心，没想到会闹得这样大，而且真的收了几个徒弟，甚至连身边的丫鬟也放了卖身契。

哪有一个女子能做到如此，这已经是亘古未闻的事了，可没想到竟然有徒弟来门外守夜。

这样的举动是对小姐的尊重。

一个女子就是相夫教子，对男人们毕恭毕敬，哪里能让一个男子心甘情愿地在外守夜。

管事妈妈低声道："姨娘，这怎么办？要不要告诉小姐。"

陆姨娘摇摇头，自己身上掉下来的肉，她比谁都心疼："我刚才去看小姐刚歇下，还是不要说了。"

管事妈妈应了一声，退了下去。

杨茉觉得这一觉睡得格外香，卯正就醒来吃过饭去药铺，她以为她到得已经够早了，街面上的药铺也才刚刚开张而已，没想到魏卯、秦冲、萧全、张戈几个已在药铺门口等她。

杨茉下了车，几个人上前行礼："师父来了。"

杨茉带着几个弟子进了后院，江掌柜已经将主屋收拾出来做了杨茉讲学的地方。

等着所有人都坐好，杨茉将早就画好的图拿出来挂在墙上。

这幅图慢慢地展开，所有人不禁都惊呆了。

"老师，这是什么？"

杨茉转过头看着成老伯和她一起完成的图谱，她可以骄傲地说一声，这将是她亲手画出的第一幅简单却全面、精确的人体解剖学图谱。

只有认识人体的器官，才能更好地了解疾病，从而更好地去学临床诊断，这是现代所有医学院的学生，学习医学课程的必经之路啊。

杨茉看着几个学生惊讶的神情："我会慢慢地讲解。"

还是魏卯最想学到的，这是两个师父一起画出来的图。

杨茉决定先从人体八大系统开始讲起："根据我们人体的脏腑功能，我们可以将人身体分为八大部分，消化、呼吸、内分泌、泌尿、运动、神经、血液循环、生殖部分。"

能来保合堂做学生的郎中都是仔细学过医理的，可是现在杨大小姐说的东西他们却一点也听不懂。

看着杨大小姐的笑容，他们心里忽然有几分的兴奋。

就因为没学过才让人迫不及待，从来没想过会学到这些东西。

杨茉不知道这些知识到底能不能在这里开花结果，她能不能将学到的传承下去。

屋子里静悄悄的，杨茉开始仔细地讲解。

"大小姐。"江掌柜轻轻敲门。

杨茉看向旁边的沙漏，她准备第一天讲半个时辰，没想到转眼就一个时辰过去了。

杨茉道："今天就先讲到这里。"然后让江掌柜进来说话。

"大小姐，您快出去看看吧，"江掌柜有些为难，"咱们药铺来了不少看诊的病患。"

药铺本来就是给病患看诊的，江掌柜怎么会因为这个惊慌。

杨茉随着江掌柜向外走，江掌柜皱起眉头低声道："都是来看那种病的，我们药铺还从来没有接过这样的病患。"

那种病，杨茉转过头在江掌柜眼睛中看到了答案,那种病指的是性病？难道是杨梅疮？

杨梅疮是她正式作为郎中治的病症，她自己做主走出常家，去给闫家少爷和姨娘诊治。

杨茉想着已经来到前堂，前堂里一股浓重的脂粉味儿传来，然后是一个人的声音："都说杨大小姐会治，我们这才来的。"

杨茉转过头看到几个戴着幂篱的女子。

真是巧得很，这些来看诊的烟花女子，头上戴的幂篱和她平日里诊病戴的一模一样。带着女子来看诊的老鸨正左右看着，仿佛在找着什么，刚才那话也是她说出来的。

江掌柜道："大小姐看看就行了，该怎么办您说一声，我们即刻去安排。"

她重开保合堂已经有一段时间，从来没有人看杨梅疮，今日却一下子来了这么多人，像是有人刻意安排的一样。

说不得就是刻意安排，要看她的笑话，她才收完了徒弟就有人出这样的难题，目的就是要羞辱她一个未出阁的女子。

未出阁的女子却要看脏病，可见有多下作。

杨茉仔细地看向那些戴着幂篱的女子羞愧地低着头，饱受旁人的指点，其中一个躺在木板上，发出难忍的哀嚎声。

老鸨是看热闹，这些女子却是在病症中煎熬。

在古代女子没有地位，大多数是被人卖去了烟花之地备受欺凌，如今病成这样的模样，还被人拿来利用。

"大小姐怎么办？要将她们撵出去？"

杨茉摇摇头："我们开的是药铺，怎么能将病患撵出门。"

可这分明是来闹事的，江掌柜道："这不同，我们保合堂的东家是女子，传出去大家也不会说什么。"

不会说才怪，她招徒的时候才讲过师门的规矩，医生要竭尽全力医治病患。

"我去和白老先生一起坐诊，让那些女子一个个地过去看。"

听到杨茉的话,江掌柜不禁惊讶:"大小姐,你这是……"

她因为诊治了闫少爷的病,才得以从常家脱身,虽然她想用自己的医术改变当时的处境,确然也是抱着治病救人的心思,她不是利用医术来博取名声和利益,所以,现在应该坦然地接受这些病患。

不但要接收这些病患,还应该尽全力诊治,希望能将治疗杨梅疮的新法子彻底传开,让更多的病患因此获益。

江掌柜僵立在那里没有动,杨茉上前几步走进药铺。

看到杨茉进屋,老鸨立即喊叫起来:"这……是……杨大小姐?"她也不敢相信,哪里有这样胆大的小姐,这时候还敢露面。

"杨大小姐来了。"

听着这样的声音,那些戴着幂篱的女子转头向杨茉看过去。

那老鸨不同,那些女子反而十分安静,将手缩进幂篱里。

杨茉径直走到白老先生身边坐下,江掌柜见到这样的情形,开始招呼病患:"要一个一个进去看诊。"

杨茉吩咐人立好屏风,由白老先生和她轮流诊脉,她去屏风后看那些女子身上的皮肤损伤。

这些风尘女子不像小说中写的那么娇艳,身上都穿着很旧的褙子,年纪都在二三十岁,眉眼中不见多少轻佻,身上的杨梅疮倒是都很重。

"杨大小姐,"一个年纪小的女子忍不住开口,"大小姐帮帮我们吧,您……您治好过杨梅疮……"说着顿了顿,黯然地垂下头,"和我一起的姐妹才走……她走的时候很害怕……她……她不是痛,她说家里的长辈说过,人有罪过,所以会受苦,可是受过苦之后,去了阎王殿就不会再受罚,就能清清白白地投胎做人。"

女子揪着手里的帕子:"她一直都这样想,才……才熬过来的……可是她死的时候却问我……万一死了之后,这些……这些烂的疮疤还在,去了阎王殿要如何说……谁都会知道她做过这样的事……就算受了这么多苦……也不能清清白白怎么办,万一她爹娘老子不肯认她怎么办?"

"大小姐,我的爹娘是因为家中灾荒,饿死在逃荒路上的,我被人带来京中卖去妓院……我一直记着爹娘死时的模样,我就是怕将来我死了之后,见到爹娘会不认得,可是我现在……我好害怕,我怕我死了之后,爹娘不认识我了。"

女子垂下头,眼泪淌下来:"我怕,他们不会来接我走,就像我那个姐妹一样,死了也害怕地闭不上眼睛,"说着长长地出了口气,"听说杨大小姐治好过这样的病,我就想要试试,"女子说着露出胳膊,上面一片疮疤,"我试过好多郎中的法子,用朱砂,用热油,用火烧,可是都没用。"

杨茉知道古代医治杨梅疮用的各种手段,都是很残忍的,最重要的是这样的方法根本不能杀死梅毒螺旋体。

杨茉看着那女子:"我要先检查你的病症,然后拿出一张可行的治疗方子,也许会有用,也许并不能治好你的病,但是我们一定会尽全力。"

女子含着眼泪向杨茉行礼："大小姐您这样善心，定会一生安泰。"

一直到保合堂要关门，还没有将所有得杨梅疮的病患诊断完。

杨茉脱下手上用棉布缝制的手套，净了手："让剩下的病患明日再来吧，现在天黑了，看不清楚。"

江掌柜出去安排。

白老先生沉吟了片刻看向杨茉："杨大小姐可有诊治的法子？现在想找到得疟病的病患可不容易啊。"

疟病是由蚊子传染，现在已经快到冬季，药铺很久没有收治疟病的病患。

杨茉道："还是让人去打听，看看有没有得了疟病的病患，京里没有就去京城附近问一问。"

除了以毒攻毒的方法，目前想不出有第二种方法能适应现在的情况。

白老先生颔首："不过，这次病患很多，杨大小姐要都收治？"

杨茉看向白老先生："不瞒先生说，我早就有过这样的思量，从前治闫家公子和姨娘，只是小范围的试治，之后并没有大范围用过新的治疗法子。"

白老先生听得这话，有些惊讶："大小姐的意思是，要正式用新方治杨梅疮？"若是个男子也就罢了，不怕有碍名声，大小姐是个女子，照他的想法怎么也要有所避讳才是。

杨茉道："当时我只是一个孤女，能做的不过就是救两个人的性命，现在我有了保合堂有了徒弟，再治这个病症，就不该像从前一样。"

从一个孤女到女医，面对同一个病症自然要有不同的结果。

现在的杨茉不是那个关在内宅里的杨茉兰，自然要做得更好，她要做的不止是一个病例而已。

杨茉和白老先生仔细商量该怎么办："要写出一张文书，告诉病患，我们这种新药方有风险，可能会无效，可能会有不好的结果，但是也很有可能会治好。"

旁边的魏卯听着就觉得兴奋。

一种新药方要有个让大家认同的过程。

杨茉道："要病患愿意治，我们才能治病，所以必须要签文书。"

新药方，这是新药方啊，要治别人治不好的病，而且不再是一个个地诊治，而是这样大量的治疗。

白老先生捋着胡子："就算病患都愿意来治，我们人手也不够啊，大小姐一个人如何能忙得过来。"

杨茉笑起来，抬起头向周围看看："不是有很多人吗？魏卯几个弟子我会先教，然后由他们来治我在一旁指导，咱们药铺里还有不少的郎中。"

魏卯听着就觉得热血沸腾，多亏跟着杨大小姐，否则哪里有机会见识这样的事，要知道很多药铺，有了新药方都是小心翼翼地试探，遮遮掩掩地用，老师配药甚至不让徒弟知晓，哪会有老师这样教弟子的。

魏卯看向身边的秦冲，秦冲已经听得入迷。

杨茉道："如果要治，现在就得安排下去。"

白老先生颔首，旁边的丁二也听到消息，急匆匆地赶过来道："大小姐，您又要治杨梅疮了？"

杨茉笑着颔首。

她和丁二是因为杨梅疮才认识，丁二因此向她下跪，义无反顾地来保合堂帮她。

杨梅疮没有勾起丁二不好的回忆，反而让他十分的期盼。

杨梅疮啊，是所有医生治不好的病，太医院也是束手无策，自从见识了大小姐治好闫阁老家的公子，他做梦也会梦到他亲手治好了一个病患。

每次梦醒之后他都会长吁短叹，这个梦什么时候能成真呢。

"大小姐，这次，这次能不能让我也帮忙？"丁二花白的头发激动地颤抖，眼睛睁得很大，他还以为杨大小姐因为女子的身份，从此之后都会避讳这样的病，毕竟现在杨大小姐是开药铺的东家，不像是从前一个孤女，没得选择。

杨茉道："自然要丁先生帮忙。"

丁二听得这话几乎要从地上跳起来，他活了这么多年，终于等到了这一天，他鼻子酸涩，眼泪几乎掉下来，他曾因为自大错过见识的机会。

就是这个女子，这个女子不计前嫌，微笑地看着他，答应让他帮忙。

现在他有一种就是为了今天的感觉，就是为了今天，就是为了这一次，他怔愣在那里不知道要怎么叙说现在的心情。

杨茉转身看药铺："只是治杨梅疮就要将病患留在药铺中，我们这个药铺太小了，要仔细布置一下才行。"

古代还没有让病患住院这样一说，这样一来就限制了更好地观察病患，随时随地用药、换药。

治杨梅疮要用疟疾，所以她不能让病患离开她的视线。

江掌柜道："我让人将后面的几个存放草药的屋子腾出来，给大小姐治病患用。"

杨茉颔首，这样一来大概有了个方案。

转眼天就快黑了，杨茉正准备回去杨家，就有婆子来道："大小姐，旁边药铺里来人了。"

杨茉道："让人进来说话吧！"

来的是阿玖，见到杨茉阿玖很规矩地行礼："大小姐，我们少爷在旁边院子里等着，问您能不能见一面。"

让周成陵过来不大方便，杨茉想了想就去周成陵药铺里说话。

"有没有想过请一个出主意的先生。"周成陵站在门口，目光十分温和，正仔细地看着杨茉。

杨茉看那双清亮的眼睛，心里有些发虚，幸亏他有话题在先，就顺着说下去："我不过是个女子，哪里能请动先生，再说好一点的先生只怕都不便宜。"

好一点的谁不去达官显贵家做幕僚，她请个掌柜都很不容易，更别提找个出主意的人。

"不贵，"周成陵接过阿玖手里的灯，放在桌案上，灯光下他脸上仿佛也多了几分的柔和，却遮盖不住脸上的英气，眼睛抬起来，眉眼就像刚用墨染过一样，那么的鲜亮，"一年只要四石米。"

一年四石米，哪有要这样价钱的先生。

杨茉正要笑，周成陵却看着她，嘴角含着半缕笑容，让人看不出到底是什么意思："若是答应了，先生现在就要出主意，大小姐可要听么？"

不知怎么的，看着那含着的笑意，杨茉脸上发热，原来周成陵说的先生就是他自己，"先生有主意，不如说来听听。"

周成陵道："南直隶那边天气比这边暖和，上次你治杨梅疮，染上疟病要十几日发病，这样算算，去那边找到得了疟病的病患并非难事，我定然帮你找到。"

周成陵是要帮她的忙，没想到他对她治杨梅疮并没有别的意见，而是顺着她的意思……杨茉刚要感谢周成陵。

周成陵接着道："只是今天来看症的是被人煽动，那些人被老鸨掌握，想要她们配合你治病，就要老鸨点头。"

无利不起早，这些人想做的是坏了她的名声。

这无所谓，她已经有了心理准备，换句话说，介意不介意都不由她，她做的事本来就和妇德相悖，杨茉想着抬起头看周成陵，但凡是古人都很在意名声。

周成陵不但不会例外，他和普通人更不相同。

周成陵坐在离她几尺近的地方看她，他的目光中带着深意，仿佛能看进杨茉心里，屋子里静寂无声，杨茉忽然有些神游太虚，不知道蒋平有没有在廊下听着。

安静下来，反而心跳得格外快似的。

周成陵忽然道："看来我这个先生和东家还有段日子要磨合。"

烛火跳跃，她仰起脸，面容格外的清婉，听得他这话，她忍不住笑起来。

周成陵道："我是说老鸨点头，你的病患就不是一个了，保合堂那么大的地方，能收治几个病患。"

一个老鸨要带着几个病患上门，原来周成陵是这个意思。

杨茉道："那先生有什么法子。"

"我的药铺在保合堂旁边，大小姐若是不嫌弃就让会治杨梅疮的郎中，带着病患来我的药铺，这样一来也好照应。"

"谢谢你。"杨茉看着周成陵。

她以为他会劝说她不要治杨梅疮的病患，没想到他是要将药铺拿出来给她用。

"记得我的四石米。"

杨茉对四石米没有印象，真不知道四石米能不能养活一个人，杨茉想着站起身，本是要拨拨灯芯，却没想到周成陵也有这个意思，两个人撞在一起。

差点撞进他的怀里，她不禁有些发蒙，目测并不是十分高大的人，却怎么走近了一看十分有筋骨似的，显得她格外的柔弱。

杨茉后退一步："若是病患多了，我就来借用药铺。"

周成陵道："我吩咐下去，让江掌柜来张罗。"

杨茱嗯了一声："那我……先回去了。"她觉得她告别的话说得很利索，做事也很妥当，一路出了门上了自家的马车，可是半晌她才想起来，自始至终她好像都没向周成陵行礼。

第二天杨茱一早就来到药铺，将治杨梅疮用新药方的文书写出来，然后递给老鸨去看。

看到密密麻麻的文字，老鸨皱起眉头来："哟，没听说治个病还要写这么多字的，若是不识字，要怎么办才好？"说着顿了顿，"大小姐该不是不想给治，才找了这样的借口。"

江掌柜淡淡地道："文书保合堂已经给您，要不要治，您自己回去思量！"

旁边的郎中道："就是，您看不懂文书，去街面上找人去问，定能问清楚。"

老鸨冷哼一声："别以为一张纸就能吓倒我，杨大小姐若说能治，我这几个可怜的女儿，必然要来治，断没有别人能治好，我们却不能好的道理。"

老鸨将文书拿到手里，大张旗鼓地找了个识字的先生来。

老鸨冷笑，保合堂一个掩人耳目的文书能将她吓倒，趁着先生看文书，老鸨吩咐下人去找花钱让她带人来看诊的婆子："我们这些姑娘虽得了病，却也是有身价的，万一死了人，我可是亏大了，一定要给我银子，否则这出戏老娘可是不唱的。"

下人一溜烟地去传话，老鸨自在地坐在椅子上，有人花钱让她带姑娘治病，那可是天大的好事，治死治活她不管，至少能从这些姑娘身上捞一笔银子，她也不算白白养活她们。

乔月婵很快听到这样的消息，她看向桂儿的干娘："依你看，这是保合堂要的手段，还是真的想给那些人治病？"

桂儿干娘笑道："哪有大姑娘治脏病的，当然是唬人的手段，再说，就算杨大小姐治了那些人，不是正合我们的意。"

所以无论怎么样，这个文书都是签了好。

乔月婵道："那些人要多少钱？"

桂儿干娘眼珠一转："老鸨怕死了人，要一个姑娘二十两银子，我盘算着是贵了些，还要给保合堂诊金，您说说……这也是不小的一笔。"

乔月婵皱起眉头来。

桂儿干娘道："要不然就算了，您犯不着和杨氏置气，而且这样一闹已经让杨氏脸面无光，我再散些消息出去，杨氏在旁人面前也抬不起头来。"

不行，要么不动手，动手就要置人于死地。

既然已经做了，就没有罢手的道理，那她不成了不能成事的窝囊废，将来还怎么整治内宅。

乔月婵道："你自去办，银钱都好说。"那点银子，她眼睛也不会眨一下。

桂儿干娘心里一喜，这样一来她不但能从中得些利，办好了事说不定还能来内院，她心中自然是万分愿意的："小姐放心，奴婢这就去安排。"

乔月婵点点头看着桂儿干娘退下去，站起身来："去看看母亲。"

母亲自从摔了一跤，就觉得不舒服，今天太医进府开了药，也不知道能不能好起来，想到这里，乔月婵愈发觉得怎么对付杨氏都难解她心头之恨。

杨茉还在想着文书能不能顺利实行，若是往常病患定然不愿意签字，现在不同的地方在于，有人在背后操纵，反而起了推波助澜的作用。

"师父，"魏卯走进来道，"那个老鸨签字了，那些病患也愿意签字。"杨梅疮这种病，谁都是试着医治，这些人不知道因此受了多少苦，听说大小姐治好过这病，都愿意签文书。

拿到文书，就不怕将来官府找上门。

杨茉点点头："既然这样就收治吧！"

魏卯将文书递给杨茉看，然后去前面传话。

"要等到什么时候？"已经有病患悄悄地询问，"我姐姐病得很重，不知道还能不能来得及。"

魏卯正要说话，转头就看到有人抬着个病患进门。

江掌柜忙迎上去。

"是得了疟症的病患，才到京中。"

魏卯怔愣了一下，没想到会这样快，想要张口说话，舌头有些打结："快……快去喊师父来。"

很多郎中对用疟病治杨梅疮的事有所耳闻，听得这话不禁都有些欢欣，旁边的病患看到这样的情形，知晓这和治她们的病有关，更是满心期待，不停地向屋子里张望。

"这是能治病了吗？"

"杨大小姐是不是能给我们治病了？"话说到后面已经带了颤音。

一时之间整个保合堂都热闹起来。

杨茉从内院里出来，几个徒弟立即围了上去，杨茉道："还记得我怎么和你们说的？"

魏卯几个立即点头："已经记得很清楚。"

杨茉道："从魏卯来，我看看你们要怎么诊治。"

梅香将杨茉的药箱拿来打开，魏卯伸手去拿消毒水和针管。

秦冲光是看着就十分兴奋，大小姐要他们亲手来治病，这样想着就觉得热血上涌，心跳如鼓。

杨茉道："现将病患抬去诊室里。"

这样一来就将不相关的人隔绝在外，外面的郎中不禁失望，然后用无比羡慕的目光去看魏卯、秦冲几个。

能做杨大小姐的徒弟真好，第一次就去治别人治不好的病，多少人盼着能有这种机会，没想到魏卯几个现在就遇到了，这可是扬名的好机会。

有了江掌柜安排，保合堂里没有来看热闹的人，保合堂外面却有不少人打听消息。

"保合堂找到得了疟病的病患了。"

"这次杨大小姐若是能治好这些人，杨梅疮也不算无药可治了。"

大家小声议论着。

"让一让，让一让。"呼喝的声音传来，大家才发现将保合堂的门口死死地堵住了，后面来求治的病患根本不能进门。

大家让开一条路，眼看着病患走进保合堂。

"这要多少人啊？"

"谁知道。"京里得杨梅疮的人不一定很多，但是杨梅疮这病谁也治不了，听到有机会，谁不想着来试试。

杨茉这边才让徒弟采了血，外面的江掌柜来道："大小姐，又有病患上门了，我们的药铺已经容不下这些病患。"

一个郎中顶多能看护两个病患，不论人手还是治疗的地方都不够用。

杨茉道："将我们旁边药铺的坐堂医请来。"

周成陵已经交代好了，江掌柜也知晓这件事，听得杨茉这样说，江掌柜立即去安排，很快就将周成陵药铺的坐堂医请进门。

杨茉刚要将治疗的方法让秦冲讲一遍，也好给新来的林郎中听一听，江掌柜这时又进来道："大小姐，沈郎中来了。"

沈微言来了。

杨茉转过头去，看到拄着拐杖慢慢走进来的沈微言。

沈微言脸色有些苍白，精神看起来却很好，只是行动稍稍缓慢，看起来倒是和往日没有什么不同。

杨茉站起身："怎么现在过来了。"

沈微言眼睛很亮："听说大小姐要治杨梅疮，我……之前跟着大小姐治过闫家少爷，说不定能帮上忙。"

杨茉道："你身上的伤还没好。"

沈微言一脸渴盼："大小姐就让我帮忙吧，我在家也无事可做。"只要想到杨大小姐在保合堂里忙碌，他的心就如同着了火一样。

他想要跟在杨大小姐身边，只有这一个愿望。

杨茉看着沈微言坚定的目光，只好点头："那你就来帮忙吧，只是你的伤……"

魏卯立即道："师父放心，我给沈郎中换药。"

听得魏卯喊师父，沈微言不由得低下头，杨大小姐已经有了徒弟，在医术上，师徒的关系已经远远超过了他这个外人，他要是再不能全心全意地学医术，将来恐怕连跟在杨大小姐身边帮忙的资格也没有了。

治疗迫在眉睫，杨茉顾不得想别的，立即安排后面诊治的程序："先要让杨梅疮病患染上疟病，每个人先负责一个病患，将病患的脉案要记得清清楚楚。"

魏卯几个齐声答应。

虽然杨茉已经尽量安排，但是能收治的病患也有限。

来保合堂求治的病患倒是越来越多，若是有了能治病的法子，杨梅疮带来的病痛就变得让人难以忍受。再说谁又知道，杨大小姐的保合堂会一直收治杨梅疮的病患，万一没有了药，岂不是白白错过了机会。

周成陵坐在案几前看手里的书，蒋平仔细地将保合堂的事说了，阿玖听着这话将两条眉毛挤成八字状，蒋平这才想起来："杨大小姐将咱们药铺里的坐堂医也叫走了。"

阿玖这才没有继续虐待他的眉毛，如同一个瞌睡虫不停地点头，这才是主子想要听到的消息。

周成陵抬起头来："做一面印着'保合堂'几个字的旗子插在我们药铺门口。"这样就是告诉外面人，药铺正为保合堂做事。

蒋平自然不知道这层意思，主子的心思难以捉摸，他只能一五一十做妥当，这样想着，立即出去做了面和保合堂一模一样的旗子来。

周成陵看了眼："旗子要小一些，外面人也好分辨哪个才是真正的保合堂。"

原来是这个意思，蒋平这才明白过来，顺便看了主子一眼，主子这可是全心全意地帮着杨大小姐啊，有句话叫什么来着，一物降一物，卤水点豆腐。

如今主子就是那白花花、软绵绵的豆腐，杨大小姐就是那滴盐卤水。

第二天，大家就发现保合堂旁边多了一家"保合堂"。

"这是怎么回事，难不成是被保合堂买下了？"

"别胡说，那可是京里达官显贵的药铺。"

"那可真奇怪，怎么会插保合堂的旗子。"

大家纷纷去打听。

"是保合堂用这家药铺的地方治杨梅疮，所以才插上保合堂的旗子。"

这边众人议论着，江掌柜也将周成陵的意思告诉了杨荣："大小姐，那边的东家说，因是帮衬保合堂，所以要插保合堂的旗子。"

杨荣有些意外，没想到周成陵会做这样的安排。

她刚想到这里，二掌柜进来道："大小姐，有药铺来求旗子了，说药铺能腾出地方，大小姐若是信得过就安排病患过去。"

第二章　拥护

在现在就是正式拿出一套新的治疗方案，也是要看治愈率百分比的，空口无凭。现在外面的药铺愿意信她，她也可以借着这个机会将治疗杨梅疮的方法完整地传播出去。有了成功的例子，将来她想要拓展其他疾病的新疗法也会容易很多。

杨荣想到这里看向白老先生，"先生，能不能请您看看那些求旗子的药铺，哪些适合将病患挪过去。"

大小姐这是同意了别的药铺也来诊断杨梅疮。

白老先生捋了捋胡子："这样一来，杨家的秘方就要外泄了。"

她一个人能治多少病，从古到今的医生如果都捂着藏着做自己的秘方，医学也不会这样发展，这种见识她还是有的。

杨茉道："只要能治病，秘方外泄也算不得什么。"

谁能有这样的胸襟，就连济家的止血药也是从来不外泄的。

杨大小姐的医术已经是众所周知，能跟着杨大小姐一起治杨梅疮，定然会有很多药铺愿意。

白老先生道："那旗子怎么给？"

现在她还没有旗子，杨茉道："让人做几面旗来，明日开始发旗，愿意和保合堂一起治杨梅疮的药铺，可以现在让坐堂医来学。"

选出来学习的坐堂医也是很不容易的，所以杨茉才将这件事交给白老先生，白老先生对京里的医生和郎中十分清楚。

丁二道："我也来帮忙。"那些想要混进来的人，别想逃过他的眼睛。

这样一来杨茉就很放心了，完全将注意力放在眼前的病患身上。

来求治的杨梅疮病患，都已经病得很严重，病情已经发展到二期三期，虽然梅毒主要是靠性传染，但是也要避免接触病患破溃的皮肤。

不管是哪家药铺，只要接诊了这样的病患就要严格按照她的要求穿好干净的隔离长袍，戴上她让人做的手套、遮头、蒙面，做简单的防护措施，要将杨梅疮的病室分隔起来和普通的病患做区别。

外面药铺的东家听说这样的要求，纷纷去布置药铺。

疟病有几天的潜伏期，这样一来就给了药铺布置的时间。

听说保合堂要传授治杨梅疮的方法，一条街上的药铺都沸腾起来，有经验的老医生都纷纷摇头，这种话不一定作准，说是传授，到时候就会用各种理由回绝。

那些在兴头上的药铺就像被泼了冷水。

张家药铺是去求旗最早的药铺之一，平日里药铺就不大起眼，药铺里的坐堂医也不算太有名气，上门治病的病患不多，眼见就要支撑不下去。

东家张琰被人耻笑说："就你这样的药铺，保合堂看不上眼，算了吧，还是早早收拾收拾，趁着年前说不定还能将店面卖个大价钱。"

张家祖传下来的药铺，不能就这样葬送在他手里，药铺若是真的关了门，他不知道有什么脸面去见先祖。

这次保合堂收治杨梅疮的病患，对张琰来说是唯一一次机会，只要能学到杨家医术的皮毛，他的药铺就能开下去。

张琰已经是第二次去保合堂，第一次是他药铺布置得不够妥当，药铺没有给郎中和坐堂医做治病时的袍子和手套。

保合堂杨大小姐的徒弟魏卯来张家药铺看过之后，张琰才从药铺里走出来，颤抖地将保合堂的旗子挂在门口。

周围一下子静寂无声，大家都看那面在微风里飘展的旗子，张琰怔怔地站在门口，他真的拿到了旗子，杨大小姐说的是真的，她会将治杨梅疮的法子传授给大家。

片刻的安静过后，陆续又有药铺挂上了保合堂的旗子。

桂儿干娘不知道应该将外面的事怎么讲给大小姐听。

乔月婵看着跪在地上的婆子："到底怎么样了？"

桂儿干娘脸上一阵白一阵红，她办事从来没有这样过，小姐若是听了一定会动气，以后她别想在乔家站住脚。

桂儿干娘半晌才硬着头皮："奴婢也不知道到底是怎么回事，保合堂好像一下子收买了不少药铺，如今那整个一条街都在治杨梅疮，这样一来，就不是杨大小姐一个人在治脏病。"

乔月婵皱起眉头，她知道杨茉兰从常家讹走了不少银钱，却听说常家并没有还她多少，她哪来的钱收买药铺。

乔月婵疑惑地看向桂儿干娘。

桂儿干娘立即赌咒发誓："大小姐，奴婢若是乱说就不得好死，您不知道，那一条街都已经插上了保合堂的旗子，奴婢本想数数到底有多少，可是却看花了眼。"

桂儿干娘讲得绘声绘色，眼睛里不由自主露出几分羡慕，看得乔月婵肝火上涌，厉眼看向桂儿干娘。

桂儿干娘顿时觉得心里凉凉的，再也不敢出声。

这个贱人……乔月婵咬紧牙，又在耍什么花样："我就看她装神弄鬼能到什么时候。"

桂儿干娘正想着要如何补救，就听到外面一阵脚步声，乔夫人身边的黄妈妈撩开帘子进来，眼睛在桂儿干娘身上转了一圈然后才给乔月婵行礼："大小姐，夫人让人过去呢。"

看着黄妈妈紧张的神情，乔月婵站起身上前走了两步："母亲那里可有什么事？"

黄妈妈目光落在桂儿干娘身上："奴婢也不大知晓。"

嘴上说不大知晓，却看着桂儿干娘，定然是因为杨氏，若是母亲知晓她买通那些得了脏病的人去保合堂……

乔月婵看向桂儿："服侍我去换衣服。"

桂儿跟着乔月婵进了门，乔月婵冷冷地看向桂儿："桂儿，你是想要拿一份嫁妆银子嫁出去，还是想被撵出府？"

桂儿听了这话睁大了眼睛，半晌才一脸的惊骇："小姐饶了奴婢吧，奴婢……"

乔月婵冷冷地看过去："若是让外面的人听到，我保不住你性命……"她早就已经想好了，否则不会让桂儿叫她干娘过来。

桂儿浑身冰凉，仿佛一下子掉入了冰窟，整个人喘不过气来。

换好了衣服，乔月婵带着下人进了乔夫人屋里。

乔夫人鼻子高高地肿起，几乎一说话就要咳嗽，手里拿着张单子，脸色不正常地红润，眉头紧紧地皱在一起，看到乔月婵顾不得身上伤痛："你疯了不成？竟然做出这样的事来，如今外面那些老鸨送来单子，要我们拿出银钱……若是让你父亲知晓了，你……你就准备……"

乔月婵眼泪霍然涌出来，脸上也是惧怕："母亲，我才知晓，桂儿和她干娘竟然商量出这样的办法，我只说要坏了杨氏名声……万万没想到她们会如此……"

乔夫人恨铁不成钢："你不知道……那些人什么都不怕，平日里还怕你父亲惹上，却没想……你……你却和她们扯上干系……现在她们要挟，我们不得不给银子，这还是好的，若是牵连上你的名声，你想过要怎么办？"

乔月婵跪下来："母亲，女儿错了，女儿看到母亲受苦，心里愤愤不平才会如此安排。"

旁边的桂儿早就跪下来不停地告饶："都是奴婢的错，是奴婢找到干娘出了主意，没想到干娘会这样，都是奴婢的错，和小姐无关啊。"

乔月婵低着头，上次去常家见到常老夫人，老夫人病在床上，常大太太熬得眼睛通红，常老夫人说起杨氏的事，她就想着若是能说服父亲、母亲对付杨氏，将来她嫁进常家，常老夫人和常大太太定会欢喜她。

乔夫人张着嘴呼吸，嘴里又有了血腥的味道，她忍着欲呕的冲动："你父亲整日里不得安宁，如今连衙门也去不成了，你再惹出事来，可如何是好。"

"母亲，"乔月婵抬起头，"那杨氏定然不会有好名声，至少她是嫁不得人了，治杨梅疮的是杨氏和我们家有什么关系，那些人定要乱说话，"乔月婵眼睛里精光一闪，"让她们闭嘴也就是了。"

旁边的桂儿打了个冷战。

接下来的几天，杨茉准备了大量的黄花蒿，好在现在的季节从京外还能收来不少。

眼见一笔笔买药的银钱从柜上支出，多亏早早从常家要了银子回来，否则别说这样治病，就算药铺的日常周转也是困难。

"大小姐，已经有人发热了。"魏卯进屋禀告。

杨茉吩咐身边的萧全等人："换上衣服，戴好手套，准备医治病患。"

得了杨梅疮的人再这样打摆子，大家都想知道到底能不能好。

杨茉吩咐弟子："要仔细地记录脉案，每天用药量都要写得清清楚楚。"只有从治疗中找到经验，将来才能更熟练地应用这种方法。

"大小姐，我们药铺的病患也染上了疟病。"张琰亲自将情况禀告给杨茉。

杨茉点点头："从现在开始，所有发热的病患都要留在药铺。"

所有人束手听着杨茉说话。

"病患每日的脉案都要交来保合堂，从明天开始，每天辰初开始查看每个病患。"

保合堂里传来应呼声。

杨茉将脉案看完才坐马车回去杨家，陆姨娘将杨茉迎进屋子，让丫鬟将做好的冬衣拿来："你整日里往外走，要多穿点。"

望着厚厚的小袄，杨茉笑道："穿这个戴幂篱，还要套上保合堂的长袍，我怎么还能走得动路啊。"

陆姨娘不禁暗暗叹气，大小姐的性子从前不是这样的啊，若不是她一路跟着走过来，她真不敢相信就是一个人。

从前夫人就说，大小姐的性子是软弱了些，这点像她这个生母姨娘，她就盼着大小姐在夫人身边，将来有个夫人那样爽利的情性……

现在小姐变了，她又瞻前顾后起来，生怕就像外面传言的那样，将来小姐没有一个好归宿。

陆姨娘将官府来人的事说了："衙门里来了吏员，说常家那边的财物还有些问题，那些要归还的古董还要请人鉴别。"

杨茉点点并没有很惊讶。

陆姨娘却诧异起来："这是为何……"

杨茉看向陆姨娘："姨娘可还记得祖母在时的光景？我是为了那些财物要告常家，可是我也不光是为了那些财物。"

陆姨娘听不明白这句话的含义，她不是一个聪明人，有些事她弄不明白，还是只看表面上就好，免得大小姐和她解释半天，她也绕不过这个弯来。

看着陆姨娘小心翼翼的模样，杨茉笑着道："姨娘不用担心，常家人也是一个鼻子两个眼睛，我们怕他们做什么。"

不知怎么的听大小姐这样一说，她心里就安稳下来，想想都脸红，她好歹还是生母，除了照顾大小姐吃穿，别的她是帮不上半点忙，若是夫人在就好了，大小姐也不用这样辛苦。

陆姨娘吩咐丫鬟准备洗澡水："这病什么时候治到头啊，怎么有了徒弟每天去药铺还早了呢。"身边有人帮忙，不该是清闲的吗？

治病救人的事姨娘不知晓，这几天最关键的是大家要轮流守夜，她能晚上回家来已经是清闲了。

洗完了澡杨茉准备去姨娘屋里，才走出院子就听到墙外似是有人说话。

杨茉下意识地看向旁边的妈妈，自从有了王振廷的事，她对外面传来的声音总是有些敏感。

李妈妈道："我这就出去问问，兴许不是我们家的事。"

那是最好。

杨茉到了陆姨娘房里，李妈妈正好也看了情形："是大小姐的几个徒弟要上夜，正好遇到了送来的病患。"

杨茉不禁奇怪："上夜是什么意思？"这件事她怎么半点不知晓。

陆姨娘这才想起来："我还以为那些徒弟会和大小姐说……"说着微微一顿，"自从上次家里出了事，那几个徒弟就轮流在门前上夜，说若是有消息就传进院子里来，让我们也有些防范。"

原来是这样，杨茉看向李妈妈："看看谁在外面，让他回去吧，就说保合堂这些日子正忙着，不要再这样费精神。"

李妈妈应了一声就出去传话，半盏茶的工夫就回来："一时半刻也是走不开了，有病患找上门，如今正提着灯看症呢。"

是来找她看病的吧，杨茉道："是谁在外面？"

李妈妈禀告："魏卯。"

魏卯行事谨慎，就在外面看症是怕惊动她休息，何况天色这样晚，生怕再有白氏的事。真是一朝被蛇咬，十年怕井绳。

杨茉在屋子里坐了一会儿，外面好像渐渐静寂下来，门上的婆子不停地将外面的情形禀告进来："还没有走呢，来看诊的是妇人带着孩子，孩子肚子疼，魏卯不好处理将人带去了保合堂。"

杨茉道："可重吗？"

李妈妈道："看样子还好。"

杨茉想要去外面看看，陆姨娘拉住杨茉："衣服都换了，再说又有保合堂的先生们在，不是什么急症，这还有几个时辰小姐也要去药铺了，明儿一早去看也来得及，总不能天底下所有的病，你都要一手诊治。"

杨茉看向李妈妈："魏卯可能应付？"

李妈妈颔首："就说不是急症，丁二先生正好在药铺，若是看不了再来接大小姐……"

杨茉点点头，既然已经安排好了，她也就不用非要去看个究竟。

第二天杨茉才要上车去保合堂，就有一个嫂子端着刚煮好的面食送来："都是杨大小姐，我儿才好得快些。"

就是魏卯昨晚接诊的病患。

周围传来夸赞的声音："有杨大小姐住在这里，我们看病都方便多了。"

"是啊，要不然这么晚了，去哪里请郎中，多亏了大小姐的徒弟，一贴膏药下去，我儿肚子就不疼了。"

杨茉不禁笑，哪有这样神奇，大家不过是夸赞保合堂罢了。

旁边的老婆子上前笑着道："大小姐若是家中有什么事，只管知会一声，我们别的不行，还有一把子力气。"

没想到弟子们来上夜倒方便了来看夜诊的病患，杨茉痛快地应下来，让大家心里轻松，脸上也高兴。

上了马车，周围的声音才渐渐远了。

杨茉在保合堂门口下车，秦冲、魏卯立即上前："师父，脉案都准备好了。"

杨茉点点头，穿上保合堂的外袍，带着几个弟子去检查病患。

时间不多，杨茉让魏卯几个轮流将病患的脉案念一遍，床上的病患盖着厚厚的被子打着哆嗦还眼巴巴地看着杨茉。

杨茉道："今天开始治疗疟病。"

床上的病患忍不住问："治好了疟病……就能……就能治好我的病吗？"

杨茉摇摇头："不能保证一定治好，但是有痊愈的可能。"

病患苍白的脸上却露出了些笑容来。

杨茉吩咐完，立即就有弟子上前喂病患吃黄花蒿的汁液。

这样一个个病患看过去，杨茉走出保合堂去周成陵的药铺，药铺里的沈微言和坐堂医立即跟过来，药铺里还站着一个人，也是和其他郎中、伙计一样，穿着长袍蒙住口鼻，杨茉看过去，正好迎上周成陵的目光。

药铺里的一切都格外淡，只有他的模样格外鲜亮似的，身后被阳光照出淡淡的晕儿，颀长的身姿卓然而立，总是让人难以忽视。

杨茉忙收起目光，将精力放在病患身上。

她穿着保合堂奇怪的长袍，紧口的领子收在脖颈上，显得人更加纤细，难得的是她身边的人也愿意和她穿一样的衣服，京里药铺这条街上大家早已经司空见惯了杨大小姐的异于旁人的举止。

从开始的议论、不屑到现在的跟随，她仿佛并没有发现这样大的变化，还是一如既往地淡然微笑，不卑不亢，不知哪句话就会让身边的人眼睛放光，脸上露出折服的神情。

这世上毕竟只有如此一个女子。

病患开始吃上治疟病的药，整个药铺一条街倒安静下来，杨茉看完最后的病患正要转身离开，病患支持着撑起身子："杨大小姐，大小姐。"病患喘着气，声音有些发颤。

杨茉转过头来，她身后跟着的所有郎中都向病患看过去。

病患撩开脸上的幂篱，众人看到那张不过才十几岁稚嫩的脸。

没想到这么大的孩子就染上杨梅疮。

"杨大小姐……"绿珠抿了抿微裂的嘴唇，"杨大小姐，有句话我要跟您说，我若是病好了再说，恐会有人说我承了您的情，说的话未免不真，若是我就死在这里，心里又会放不下，阴曹地府里牵肠挂肚。"

绿珠说着靠在床上歇了片刻："我们会来找您看症，是因乔侍郎家的下人来知会，让我们去保合堂闹起来，让您脸上无光，毕竟我们得的是脏病，而您是未出阁的小姐。"

绿珠的话说到这里，大家不由得互相看看，然后将目光落在杨大小姐身上。这话从前听了大家都会笑着议论，现在跟着杨大小姐治了几天的病，想想杨大小姐没有任何私心地救治病患，不由得愤愤不平。

"没想到大小姐会真的给我们治病，"绿珠感激地看着杨茉，"大小姐这份恩情，我们死也无法报答，更别提会害小姐。"

说到这里，绿珠冷笑一声："都说婊子无情，戏子无义，现在就让这世人看清楚，是否还有比婊子更不如的东西。"

比婊子更不如的东西，这话直接说到乔家。

谁都知道，杨大小姐给乔老爷治过疟病，没有杨大小姐，乔老爷早就一病不起，青楼女子尚知报恩，乔家这个书香门第做出这样让人不齿的事来。

绿珠说完话重新戴上幂篱。

大家左右看看正悄悄议论，走出药铺又回转的郎中道："乔家来请人去府中看症了。"

说曹操曹操就到，乔家还真是不经念叨。

绿珠似是叹口气："乔家也有再请人看症这一天。"

杨茉回到保合堂里坐下，江掌柜过来道："乔家已经请济先生去看症了。"

能请济子篆先生，看来是外伤。

江掌柜想到乔家的作为不禁气愤，济先生能看好则罢，看不好乔家还不是要来求小姐。

乔府上，乔夫人捏紧了帕子却还发出刺耳的叫声。

屋子里的下人们都吓得脸色苍白，夫人的鼻子自从摔了之后就一直不好，这几天肿胀得更加厉害，颜色都变成了黑色，看起来好不吓人，太医院用了不少的药却都不见好转，今天才去请京里的大夫来看看。

"怎么还不到？"给乔夫人上药的妈妈捏了一把的汗，旁边的小丫鬟早就不敢给夫人上药，只要夫人一叫就会吓得魂飞魄散。

"还要等一等，那边……京里最近都在治杨梅疮呢。"黄妈妈低声回道，这种事她可不敢大声说，保合堂治杨梅疮和小姐有关，传出去了必然会有失颜面。

旁边站着伺候的丫鬟桐月偷偷地看了一眼夫人，想起和她一起进府的宝月，就因被老爷看上，夫人醋性大发，让牙子将宝月卖去了妓楼，宝月没两年染上了杨梅疮，如今不知道烂死在哪里，夫人只要提起这件事眼睛就会冒出光来，那样的得意。

让夫人不舒服就是这个下场。

这几日大家提起杨大小姐治杨梅疮的事，杨梅疮也能治，宝月就不会死了。

桐月心里一直不舒服，直到今天，终于有了一种说不出的畅快。

夫人也该尝尝这种滋味，不是所有事都是她说了算。

府里的人都隐约知道，怂恿娟妓去保合堂让杨大小姐治病是桂儿干娘出的主意。

谁也没想到，杨大小姐带起了一整条街上所有的药铺。现在大家议论的不是杨大小姐能治脏病，而是杨大小姐这个女子比男人还有本事。

这边请不来郎中，乔老爷一脸灰败地从外面回来，进了屋就将里面的下人撵走了大半，然后留下两个管事妈妈询问。

"怎么回事？太医院来了怎么说？"

乔夫人不能张口，鼻子硬得如同一块死肉，上面火烧火燎地疼，一直钻进她脑仁儿，在里面翻江倒海，她连睁开眼睛都觉得吃力。

"太医说今天请丁院判再来看看，宫里的女官给上过药。"

乔夫人迷迷糊糊中勉强睁开眼睛，陡然看到乔文景胡子拉碴的脸，乔文景明显消瘦了不少，像是亲自蹲了大牢，乔夫人想开口说话，却一张嘴就疼得叫起来。

乔文景觉得诸事不顺，每天要面对葛世通那个踢不动的铁疙瘩，还有捉摸不透的皇帝，还要维护冯阁老，内宅里又是狼哭鬼叫的模样。

他真是受够了。

"再去请……"

下人一时不明白，是去请谁。

乔文景见屋子里所有人都没动，突然暴戾起来："滚……滚……都给我滚去请人。"

下人看到这种情形慌忙不迭地出了门。

屋子里立即就传来碎瓷的声音。

乔文景的耐心就要消磨殆尽，乔家人终于将丁院判和济子篆请到了乔家，看着京城里两个名医到场，乔文景的心顿时踏实了几分，吩咐人将幔帐拉开让两个人进去诊治。

丁院判和济子篆诊完脉随着乔文景去外面说话。

"怎么样？"乔文景迫不及待地问。

丁院判皱起眉头："夫人怎么会伤得这样重。"

乔文景道："摔的时候只是流了血，鼻子有些发红，家里的郎中用了止血药粉，太医院来人也说请外科正宗来瞧，可是夫人伤在脸上多有不便，也就忍了几日，谁知道就越来越重起来。"

"这是耽搁了，"丁院判看向济子篆，"济先生有什么好法子？"

济家祖上在太医院任过太医，虽然现在济家子弟不曾考进太医院，但太医院上下对济家外科医术依旧十分认同。

济子篆摇摇头："我从前医过这样的病患，都是刮去脓血再取药杀掉恶肉，方可敷药让疮面齐复。"

这是外科郎中正宗治疗的方法。

问题是乔夫人伤的是鼻子，如果按照济子篆说的治疗方法，要将鼻子割开除掉脓血，然后用药腐掉上面的恶肉，那不等于将鼻子全割掉，就算没有完全割掉，也要去个五六成，谁敢这样医治？

先不说痛苦如何，就算治好了乔夫人日后要怎么见人？

济子篆和丁院判对视一眼："这种方法不可行，我也没有了办法。"

谁也不能没有了鼻子，尤其是主持中馈的夫人。

乔文景睁大眼睛："这是什么意思？"

济子篆摇摇头："在下不能医治夫人的病症。"

乔文景如何也没想到这病不能治，不过就是摔了鼻子怎么会这样严重。

乔文景看向丁院判："丁大人可有方子？"

丁院判仔细思量然后摇头："还是请陈院使来看看，说不定院使大人有法子。"

外面偷听的妈妈几乎要晕厥过去，谁能想到夫人的病不能治了。

丁院判看向济子篆："可否请济先生先做些医治？"

济子篆没有半点犹豫："还请乔大人另请高明，太医院也有外科正宗，请他们来更为妥当，在下不过是民间郎中，万一有所疏忽实难赎罪，"说完吩咐胡灵，"背上药箱，我们走吧！"

胡灵看了一眼师父，不禁觉得痛快，凭乔家人对杨大小姐那般，就该这样回绝。

这样的中山狼谁要给她治病。

看着"客客气气"退出去的济子篆，乔文景半响心中才生出一股恐惧的滋味："丁院判，我夫人的病，这就……就……不能治了？"

丁院判忙躬身，"乔大人，下官不是不能治，只是不知能不能治好，夫人的病已经拖了十几日，委实是难……"说到这里丁院判兀然想起一个人，"乔大人没有请杨大小姐来看症？"

"要说能治好，定然就是杨大小姐那般医术。"

杨氏，怎么又是杨氏。

丁院判亲眼看到杨大小姐用血治痘疮，对杨大小姐的医术已经说不出的尊崇，现在说到杨大小姐，如同谈起自己的抱负，眼睛发亮，神情激动，仿佛替乔夫人找到了一条活路。

"乔大人，您的病不也是杨大小姐治好的。"

乔文景听得这话脸上一热，抬起头看丁院判，却没发现丁院判脸上有讽刺的意味。

丁院判很是激动，提起杨大小姐眉开眼笑，很有精神："乔大人没看到，杨大小姐将杨家秘方拿了出来，现在所有的药铺都在治杨梅疮，大小姐连那些贱籍女子都不嫌弃，这样的医风，乔大人让人去请，杨大小姐定然会来的。"

他之前设计王振廷杀了杨氏，现在竟然要请杨氏来治病，乔文景的心情说不出的晦暗："她一个女子，懂得什么。"

"可不能这样说，"丁院判为人耿直，要么不说，要说就要论出个结果，"乔大人，医术上没有男女之别，治病救人都是一样的，那可是关系到性命，半点马虎不得。要说男女之别，杨大小姐还救过您呢。"

这个丁科就要揪着杨氏治过他的事说一整天不成？

乔文景的火筒直要烧起来，想要跳起来将丁院判踩扁，看他还能不能说出尊奉杨氏的话。

"我说不行就不行，丁院判行医多年，总比一个女子有法子。"

丁院判摇头，一本正经地和乔文景论起来："就说杨梅疮，杨大小姐将方子传下去，民间多少药铺都学会了，我们太医院还要悄悄地去打听药方，杨大小姐虽然只是个未出阁的女子，偏有旁人不会的医术。"

"人人分贵贱，可都会生病，乔大人不要看杨大小姐只是个民间女医，要看她的医术能不能救活乔夫人。"

乔文景瞪着眼睛愤怒地看丁科，这人难道不懂得察言观色，就要这样没完没了下去。

丁科这几天听说杨氏在保合堂的作为，回到家中总要提壶酒赞个好，偏偏太医院里没有人敢议论，正觉得憋得难受，现在总算找到了机会能畅所欲言，当然要说个淋漓尽致。

乔文景却已经听不下去："不要再提杨氏。"以为他不愿意请杨氏？整件事闹得沸沸扬扬，请杨氏，那不是用自己的鞋底抽自己的脸。

丁科被看得一怔，向乔文景躬身："良药苦口利于病，下官也是一心为了夫人着想。"

乔文景按捺不住焦躁地站起身："丁院判开方子吧！"

乔家的事杨茉不清楚，现在她所有的精力都在那些杨梅疮病患身上。

"醒了，醒了，"张琰边跑边喊，走到保合堂门口差点摔个跟头，他却顾不得许多，"杨大小姐，那个病得最重的病患醒过来了，您快过去看看吧！"

这是治疗起了效用，周围的医生、郎中顿时七嘴八舌地问起来。

张琰顾不得回这些人的话，毕恭毕敬地看着杨茉："大小姐，真的……真的有效了。"

杨茉点点头，正要带着人去看病患，抬起头看到走进来的丁科。

"丁大人。"杨茉蹲身行礼。

其他人才回过神来,太医院院判大人到了。

"太医院来做什么?该不会是因为杨梅疮的新方子……"

"院判大人,保合堂可都是照《周律》行事,我们都能为杨大小姐作证。"

听着周围的声音丁科不禁皱起眉头,太医院在人心里已经这般不堪。

"丁大人,"杨茉道,"已经有病患用了药醒过来,大人跟我们一起去看看吧!"

丁科跟着杨茉一起去了张家药铺。

药铺门口已经围了不少的人,张琰走过来道:"大家让开些,杨大小姐来了。"

从前药铺上说起杨大小姐都是谩骂、调笑声一片,而今谁也不敢当众说出什么话,杨氏身后跟着的人也越来越多。

杨茉走进屋子,床上的女子正看着绿珠:"我……死了……我梦到……我死了……"

绿珠摇头:"姐姐没死,杨大小姐将姐姐救活了,杨大小姐说我们身上的杨梅疮都有可能会好转,姐姐还会和从前一样。"

女子听着这话眼角淌出一行泪来,再抬起眼睛看到眼前一个女子穿着奇怪的装扮。

杨茉低声道:"别害怕,这是怕互相染上病气,我们才这样穿戴。"

绿珠道:"姐姐,这就是杨大小姐。"

女子点点头:"我不……怕……最……可怕的……我都见过,大小姐……这样……真漂亮……"

她是真心话,睁开眼睛兀然看到的不是怪异的装扮,而是那双温和的眼睛,眼睛里的笑容,那清脆的声音让人感觉到一股的安定,让她整个人都暖和起来。

这样是最漂亮的,真是最漂亮的。

她从来没有这样从心底夸赞过一个人。

杨茉看向张琰:"将病患的脉案给丁大人看看。"

丁科早就想要看脉案,杨大小姐这样一说正中他的心思,在太医院里碍着自己的身份不能过来,现在好不容易赶上,自然要从头到尾学个清楚。

绿珠道:"我和姐姐都不热了,这里的病患大多也都好转了。"

张琰看了一眼绿珠,绿珠年轻身体底子好,昨日能下床之后就一直帮着他照顾其他病患,这个心善又做事利落的女子,可怜那么年轻就流落风尘。

大家正说着话,两三个人拎着个婆子进门:"有人还在街面上败坏大小姐的名声。"

婆子被推进来,绿珠看过去:"这是我们妓院里打杂的婆子。"

那婆子见到绿珠躲躲闪闪。

绿珠走上前:"耿氏,你就不怕哪日烂了舌头,老鸨给了你多少钱让你这样乱说。"

耿氏看到两旁站着这么多的人,不禁舌头打结:"绿珠姑娘,您是自己赎了身,我老婆子一家还要生活。"

绿珠冷笑:"要不是看着我们姐妹染病必死,妈妈哪里肯这样打发了我们,我们是被人卖了身不由己,你是一心为了钱财,就不怕哪天天打雷劈。"

耿氏心慌:"我也……我也……不是要这样,我也没说什么。"

"是谁啊，谁收买鸨母做这种下贱的事。"

听到这里丁科也想知晓整件事的来龙去脉。

"是乔家，那个姑娘早就说了，是乔侍郎家。"

"人分贵贱，德行也分贵贱。"

丁科不禁惊讶，他没想到乔侍郎竟然会这样害杨大小姐，怪不得提起杨大小姐，乔侍郎一脸遮遮掩掩的神情，仿佛身有隐疾。

绿珠道："大小姐，我们姐妹已经商量好了，您和各位先生的医病之恩，我们只有用清清白白的银钱来报。"

绿珠说完，就有病患起身帮绿珠端了一盆水来。

绿珠几个将银钱扔进水里。

大家将银钱投进去之后，绿珠看着耿氏："你将银钱拿出来也扔进水里看看，可比我们的干净么？"

药铺里立即传来哄笑的声音。

耿氏不敢抬头，这些姑娘疯魔起来，谁知道能做出什么事，这些人竟然会因为保合堂的杨大小姐得罪老鸨和朝廷官员，这些姑娘真是不想活了："你们这些人乱说话，就不怕死得难看。"

绿珠看看左右的姐妹："我们都是在煎熬中等死的人，你的话可吓不到我们，我实话实说，之后就等着阎王爷来取我的性命，"绿珠说着向前走两步，"我死之后，也要到你床前，顺便拉上你，免得没有人陪我们姐妹说话。"

耿氏生怕绿珠的病传给她，她向后退两步却没想到踩到自己的脚跟，四仰八叉摔在地上。

药铺里传来哄笑声。

杨苿从药铺里出来，丁科也去了保合堂说话。

魏卯几个将杨梅疮病患的脉案交给丁科。

杨苿道："丁大人看看这些脉案，这是从接诊病患之后就仔细记录的，一共有三十二例病患，二十九例染上疟病，现在已有十六例退热，三例病患明显好转，七例病患病情有所改善。"

丁科低头看着一本本脉案，就算是太医院试新药也不过如此，他就奇怪，一个十几岁的大小姐怎么能想得这样周全。

更像是有着几十年甚至更久经验的医生在教杨大小姐。

如果真有一个那样的人，那个人的学识是他们都望尘莫及的。

丁科微怔，半晌才道："治杨梅疮、痘疮、溶血症、破伤风，这些病的方子到底是怎么找到的。"

旁边的人就道："丁大人，这都是杨大小姐的方子啊。"

他知道这都是杨大小姐的方子，可是不禁让他觉得有种恍惚的感觉，仍旧忍不住开口询问。

"这是杨大小姐的方子啊。"

杨茱迎上丁科的目光:"丁大人,这次救治病患有了好结果,不管是谁的方子,日后遇到杨梅疮病患都不会束手无策。"

"杨大小姐以后能让我们用这方子治病患?"张琰不禁惊讶地问出口。

杨茱点头:"只要这次治愈的病患够多,这样的治病法子能使用,大家再接治这样的病患,就可以让我过去一起辨诊,我会一直看着大家治症,只要大家方法正确,完全按照我的方法来实行,我就答应从今往后可以用我的法子治病。"

就这样简单?不需要银钱来买方?

张琰道:"就……就这样?"

杨茱微笑:"就这样,不过必须要照我的本方医治,无论谁想要改这方子,都要将我说服。"

屋子里的气氛忽然变得欢欣起来,谁也没料到会是这样的结果。

杨茱站起身忽然想到一件事:"等药铺里的病患都离开,大家要将保合堂的旗子还回来。"

是啊,还有保合堂的旗子,刚刚张琰还偷偷地想,能不能就这样一直挂着。

想想这几天外地来的医生和药商进到京城里都傻傻地四处问:"这是在做什么,怎么都变成一家药铺了。"

张琰就觉得好笑。

这些人真没见识,难道不知道保合堂在试新药方吗?从今往后他们就有新药方啦。

丁科徒步走出药铺街面,见到两边的药铺开始将灯笼挂出来,忽然觉得好像忘记了什么事。

仔细想想他才想起来,他这次来是要向杨大小姐问诊乔夫人的病情,看看杨大小姐有什么法子,既然乔家这样害杨大小姐,他也没必要给杨大小姐添堵。

丁科挥挥袖子,吩咐身边的小厮:"将保合堂的脉案仔细拿好了,明日还要原封奉还。"

丁科话音刚落,雨点从天上落下来,小厮连忙要上前伺候丁科撑伞。

"脉案,我的脉案。"

丁科皱起眉头,立即从小厮手里接过脉案,然后藏进怀里。

杨茱在屋里换衣服,保合堂的病患都离开了,明日就要将药铺恢复原状,她少不了多嘱咐江掌柜几句。

说完了话,雨已经下得很大,天空也阴下来。

"小姐,"梅香低声提醒,"您说,今天要去给周爷看症的。"

好久没给周成陵检查了,睡觉的时候想起来,心里有一种不太踏实的感觉,于是想着今天要给周成陵做些检查,谁知道早晨到了药铺就一直忙到现在。

杨茱想到这里站起身吩咐梅香:"打发人去问问,周爷现在在哪里。"

梅香应了一声,转身去吩咐婆子。

杨苿还没有穿好外面的氅衣，婆子进来道："周爷在外面等着呢。"

这么快，应该是早就等在外面了，杨苿忙道："快请进来。"

婆子答应一声。

雨滴落在伞面上的声音由远而近，一阵风吹过来，将帘子掀开些，雨水落在屋里，紧接着踏进门的是湿漉漉的周成陵。

他的袍子被雨淋成深黑色，鬓角上也很湿，身上的一裹圆形同虚设，神态很自在人却很狼狈。

周成陵坐在圆杌上，杨苿盘算着他身上装了多少的雨水，那些水脚印很清楚，袍子一角还在淌水，他却没事人一样，仍旧端坐在那里。

杨苿忍不住笑出来。

这人板起脸来看似吓人，其实内里并不一定很难相处，至少她第一眼看到他时觉得是这样，不热情的人并不一定六亲不认，她有她的道理，或许这也是她说服自己的理由，他们之间到底有多少的情分她也说不清楚，总之就是一种感觉，每次直视他的时候，总是觉得他能理解。

她在感情上实在是欠缺，大多数时候都在糊里糊涂中度过，活到现在，竟然还扳不清楚这些，说出去不怕让人笑话。

周成陵看着她神游太虚："你额头上怎么了？"

额头上？杨苿下意识地用手去摸，梅香转头去看，这才发现："小姐额头上蹭了墨。"

原来是墨。

周成陵道："我还以为几日不见你却长了一字眉。"

明明才见过，再仔细想想，是有几天没见到了。这话有点让她脸红，杨苿转头看向梅香，梅香故意向旁边看着，装作若无其事。

杨苿伸手去拿干净的巾子递给周成陵："擦一擦，我要给你做检查。"

周成陵抬起眼睛，不知是不是因为潮气，让他整个人看起来都像刚洗过，连头发也比平常人要乌黑许多，亮亮的。

周成陵接过杨苿递过去的巾子，很熟练地在脸上擦着，却很多地方没有擦到，因为碍着她在这里胡乱应付，杨苿看着好笑，转身去净了手。

反正都要帮他检查，不如就一手代劳，杨苿将巾子擦在他的鬓角上，只还有下颌、脖颈擦不到，让他抬起头却又觉得不好开口，不说话他却又没有往常那么善解人意。

她的手碰到他的扣子就缩回来，真奇怪第一次给他诊病的时候，她还施施然是个大医啊。

"抬下头。"杨苿压低声音。

周成陵顺从地仰起头，露出光滑的下颌，她的帕子就擦在他的脖颈上。

忙碌了半天，杨苿再抬起头来看，屋子里早已经只剩下他们两个。

大约是见她没有像第一次诊病那样动手，他倒是直言不讳："不好查看？"

又不是头一次。

杨苿道："不是，你衣服湿了，让人不好拿捏。"

衣服湿了，都贴在身上，当真是不好拿捏。

没成想他听到这话就笑了，笑声那么悦耳。

她再将巾子递给他，恰好他的手指划过她的手背，温热的碰触让她觉得有些麻痒，他将巾子按在她濡湿的下摆上："光照顾别人，就不看着点自己，看了那么多病患，总不差我一个，好好看完，我送你回家。"

杨茉道："贿赂我，我也不能说你完全康健。"

知道他不康健，她从来没有因此惧怕或是疏远他，而是比他更加若无其事。

"听人说现在京中最繁华的地方又多了一个。"

杨茉倒是没听说过这样的话："是哪里？"

周成陵道："听说是药铺一条街。"

梅香在窗外听到大小姐的笑声，虽然她不知道屋子里发生了什么事，可是大小姐的笑声让人听起来很温暖，在周爷面前，大小姐的心情总是很欢畅。

"周成陵。"梅香听到大小姐喊了一声。

直呼周爷的名字，那个板着脸的人，还能直呼他的名字，梅香缩回脖子，小姐总是胆子很大。

杨茉想要和周成陵再坐一会儿，可是看他湿了的靴子和衣服下摆，虽然没到天寒地冻的三九天，她也不能让他这样冻着，这里没有衣服可以换："回去吧！"杨茉低声道，"回去喝碗姜汤，裹着被子睡一觉。"

周成陵并不着急，而是看着杨茉："没事，我不是软柿子，不至于这样。"虽然他没事，可看到她桌案上用完的大块墨和字迹满满的纸笺，灯光下她的眼睛布满了红血丝。

周成陵站起身来："我送你回去。"

周成陵走到门口背过身去，等着她丫鬟帮她穿好斗篷。

打理好了之后，他撑开伞，看着她纤细的身影和微抬的脸颊，他向前走一步挡住了前面吹来的劲风。

外面的冷风让杨茉打了个寒噤，紧接着她却又觉得暖和起来，周成陵向前跨一步，她也跟着小步走，不知怎么的他的肩膀好像格外的宽，一星雨丝也落不到她头上，否则她早该被淋得睁不开眼睛。

掀开马车的帘子，周成陵转身去扶她，她这才提着裙子踏上马凳，一滴雨灌进她脖子里，她不禁缩了缩，他就将伞向前后倾了倾。

杨茉觉得周成陵今晚算是被淋透了。

进了车厢里坐好，马车开始向前驰去，脚湿了就有凉气顺着小腿爬上来，梅香忙塞了暖暖和和的毯子盖在杨茉腿上，杨茉拉着梅香坐到身边，将毯子盖住了两个人。

外面传来马蹄的声音，杨茉忍不住撩开帘子向外看，看到马背上的周成陵。

他还真的要将她送回家。

乔文景一直在等着丁科带杨氏来。

丁科明明说了要去问杨氏，在他听了一晚上的哀嚎之后，他觉得他被愚弄了，乔文景正准备发火。

管事的来禀告："来探望夫人的女眷到了。"

乔文景压制住怒气："让小姐和管事妈妈去接应吧！"

乔夫人病了好些时候，很多人都想要上门探望，正好今天是好日子，大家都递了帖子上门。

乔文景正盘算着要如何安排今天一整日。

管事的就又进门吞吞吐吐："老爷，有人抬了案子，在我们家门口摆胭脂呢。"

这话是什么意思？摆胭脂？为何要摆胭脂？

管事的摇头："我已经让人去清理，可是有女眷的车马到了，正好堵在胡同里。"

马车旁边只有行人能来往，偏偏那些人没有要走的意思，若是大力驱赶只怕会惊动马车里的女眷。

乔文景竖起眉毛。

不能再出事了，不能再出事了，乔文景如同惊弓之鸟："快去……快去弄清楚到底是怎么回事。"

从来没有的事，怎么会接二连三都发生在他府里。

乔家门外，马车被堵在胡同里，也开始有人悄悄地向外看。

跟车的婆子在外面禀告："有些女子在乔府门外，那些人……那些人门口摆胭脂，好像是将自己的胭脂放在乔家门口。"

这是为什么？

常大太太坐在车里听得这样的话，吩咐婆子："快去打听打听。"

婆子应了一声，很快回来道："太太，好像是出事了。"

下人说话吞吞吐吐。

常大太太越来越觉得不踏实："到底怎么了？哪有女子这样做的，都是些什么人？"

婆子顿了顿，才掀开车帘的一角低声道："都……都是些……看起来不是好人家的女子。"

常大太太吓了一跳，"什么叫不是好人家的女子？"难不成是她心里想的那样？

那婆子道："看起来都是娼妓。"

娼妓，果然是……

娼妓怎么会在乔家门口。

马车外面传来熙熙攘攘的声音。

"都撵出去，都是些什么人。"是乔家家人吆喝的声音。

话音刚落，就是莺莺燕燕的叫喊："我们是来送谢礼的，要不是乔老爷和夫人我们姐妹哪有生路。"

"是啊，是乔老爷和夫人让我们去保合堂。"

乔家怎么会让娼妓去保合堂。

常大太太手心里出了冷汗，吩咐婆子："既然乔家有事，我们就先回去吧！"

婆子点点头，可是看到堵着的车马……想要转头回去的不止她家一个，婆子道："夫人，堵住了，走不了。"

这些女人是故意选在这时候来闹事，常大太太撩开帘子，立即闻到一股刺鼻的胭脂味，现在不止是她，前来探望的夫人大约都已经听说了。

一群妓女到门口，这是京里从来没有的事，前几日大家还议论保合堂治脏病，现在话题一定会到乔家身上，一个孤女怎么也盖不过书香门第的乔家。

常大太太有些头疼，不知道如何是好，现在乔家的处境，让她有一种能躲多远就躲多远的感觉。

娼妓的笑声从马车外传来，乔家那些看起来五大三粗的家人对这群女人束手无策。

这些女人只是将自己随身带的胭脂拿出来而已，乔家家人上前抢夺，她们就会说一些难以入耳的话，然后将手里的胭脂撒了一地。

现在不止是乔家恼怒，所有目睹这一幕的人都替乔家羞臊。

乔家如今就像京里最热闹的勾栏院。

乔文景几乎将桌上所有的物件都砸了："到底是怎么回事？"

下人们互相看看不敢应声，乔文景一脚踹在地上的婆子身上："都是些没用的东西。"

婆子被踹得脸色发青，只能哆哆嗦嗦地道："老爷，您还是……您还是去问问夫人吧！"

那些事她们怎么敢随便乱说。

乔文景瞪大了眼睛气势汹汹地出了门径直走进乔夫人屋里。

乔夫人已经听了下人禀告，正不知如何是好，尤其是现在她的头如同被重物压着一样，让她喘息不得："怎么……办……才好？"

听得乔夫人虚弱的话，乔文景压制不住火气："你现在问怎么办才好，我问你……到底是怎么一回事？那些娼妓是你引来的？"

乔文景的声音震耳欲聋。

乔夫人两眼冒着金星，看向乔文景："老爷，先别急……对外就说有人陷害我们家。"

陷害，谁能想出这样陷害的法子，还说得煞有其事。

乔文景道："我只问你，到底是怎么回事？我有没有跟你说过，现在不要招惹杨家。"王振廷的案子像摊屎一样糊在他屁股上，他不知道什么时候能擦干净，再来一件事，他就捂不住身上的臭气，早晚大家都会知道他有意针对杨家。

到底是谁在坏他的事。

乔文景额头上青筋暴起。

"是府里的下人……见到老爷吃亏……自作主张想到的法子……我已经让人去遮掩……没想到……"

原来她早就知道，他们早就知道，就将他一个人当猴耍。在外面如此，家中如此，他就是被人耍得团团转。

望着床上的妻子，乔文景将架子上的兰花搬下来摔在地上，吓得乔夫人整个人颤抖：

"哪个下人？现在就给我叫来。"

屋子里没有人敢动，乔文景抽出瓶子里的掸子向旁边的下人抽去："还不去给我叫来，要我让人将你们都打死不成？"

旁边的妈妈不敢再遮掩只好去将桂儿干娘押过来。

桂儿干娘进了门就哭得鼻涕眼泪直流："老爷……不是奴婢……是小姐吩咐奴婢去做的……奴婢哪有这样的胆子……都是小姐给的银钱，小姐安排的……"

桂儿干娘还没说完，乔月婵从门外匆匆进来，刚要抬起头向乔文景否认，就觉得胳膊一痛，细细的竹竿已经抽在她胳膊上。

乔月婵顿时感觉到火辣辣的疼痛，她还没来得及躲闪又是一下抽过来。

屋子里的下人都惊呆在那里，谁也没想到老爷会对小姐动手，乔夫人想要伸手去阻拦却没有力气，挣扎着向前却顿时从床上滚落在地。

几个妈妈惊呼着上前，大家七手八脚去搀扶乔夫人，乔月婵想要上前，却被乔文景一下子抽在后背上。

她感觉到前所未有的疼痛，身上如同被割裂了般。

在一片混乱中，乔文景放下手里的掸子。

"老爷，"管事妈妈进来禀告，"衙门里有人来了。"

乔文景手指用力立即将手里的鸡毛掸子折成两段，转过头看一眼乔月婵，这才捏紧拳头从屋子里走出去。

乔文景一路来到前院的堂屋，葛世通已经在屋子里等着他。

"乔大人家的茶很好喝。"葛世通称赞着手里的茶。

乔文景一脸笑容："葛兄喜欢，我让人奉上几盒。"

葛世通忙摇头："您的茶我可不敢收，"说着站起身，"乔大人您听过什么叫熬鹰吗？"

熬鹰？是训猎鹰的一种方法，异人拿来进献给京中的达官显贵。

"鹰是猛禽尚经不起几日不日不夜地煎熬，更别提乔大人府上的下人，早就将王振廷的事供认得清清楚楚，我将折子也早就递给了圣上，圣上一直让乔大人审王振廷是为何？乔大人还不明白？"

葛世通说着站起身来整理袖子。

"皇上是看在乔大人多年劳苦功高，想要乔大人自拟请罪折，而不是等到现在，"葛世通说着抬起眼睛，"等到王振廷耐不住告发乔大人，现在乔大人就只能等着朝廷如何给乔大人定罪。"

葛世通的话说得抑扬顿挫，尤其是最后两句盯着乔文景的眼睛，目光十分的愉快，在乔文景还没反应过来之前，葛世通拿起茶来喝，仿佛依依不舍地细品，然后爽快地说出两个字："好茶。"

乔文景怔愣在那里。

"老爷，老爷。"

葛世通还没有离开，乔府的下人就惊呼着来禀告："老爷，夫人晕过去了……"

葛世通扬起眉毛，向乔文景告辞："乔大人繁忙，本官就不叨扰了。"

乔月婵不止是觉得胳膊疼痛，看着母亲上翻的眼睛，忽然之间没有了气息的模样，她忽然害怕起来，说不清是因为什么，她忽然想到曾经连着发丧的杨家。

当时她们看杨家的笑话，看着一个个噩耗接踵而至，将整个杨家打得灰飞烟灭，现在乔家也在接二连三地出事。

乔月婵开始有些后悔，不应该让桂儿干娘去做事，她并不知晓外面那些人如此不好控制，并不是用银钱就能打发。

为什么会这样。

短短的时间里，所有一切都和她预想的结果相背而驰。

杨氏到底有什么样的手段，竟然能做到这些。

青楼的女子将各自的胭脂摆满了乔家，却因要付给保合堂诊金，将银钱投在装满清水的铜盆中。

同是一个人却有了不相同的举动。

忽然之间整个京城都知晓乔家搬起石头砸自己的脚。

暗中的算计永远都见不得光，倒是保合堂，越来越多的人上门求杨梅疮的药方，那些得了杨大小姐指点的药铺也觉得该做点什么回报杨大小姐。

张琰换了一身干净的衣服，手里握着张家的一张单方走进保合堂。

杨茉正教徒弟们基本的叩诊方法，停下来看向张琰："是有病患回来看诊了？"

张琰摇了摇头，圆圆的脸上有一丝局促，然后将手里的方子递给杨茉："杨大小姐，这是我们张家的一张单方，杨大小姐教了我杨梅疮的治法……我就……"

张琰将家中传下来的秘方给她看，杨茉想要拒绝。

张琰立即道："有这样的说法，俗成的规矩，学了别人的单方，就要用自己的来换，一直都是这样，若是我们张家没有就罢了，既然有，我……我就觉得应该给大小姐看看，也是我们的心意。"

主动拿出自家的单方来换，也是一种敬意。

杨茉只好收下："我会自己看，不会外传。"她知道这些规矩，单方她可以借用，但是不能作为自己的东西外传。

张琰颔首，告辞出去。

杨茉正要接着讲课，又有下人来道："程家药铺的东家来了。"

一张张的单方摆在杨茉桌上。

没有见过这样的场面，药铺里的医生和郎中都停下手里的活计来数。

平日里捂得紧紧的秘方，现在却主动拿出来给杨大小姐，由此可知杨大小姐的声望，已经超过了白老先生，济子篆，民间的医生没有谁能比得上杨大小姐。

常亦宁穿着平日里喜欢的宽袍广袖看起来颇有风仪，他接到帖子京中有名的才子都来游船上一聚。

踏上了小船，常亦宁就听到岸边传来笑声，岸上的人对他指指点点不知在说什么。

近日来，京里的传言很多，常家上下对杨家闭口不谈，他不用去打听也知道家人的想法，祖母病着，还拉着他的手意味深长道："已经是过去的事了，没办法挽回，祖母已经想尽了办法，以为扣着她的东西就能拉住她的心，谁知道她的心太大……这次的官司你也知道……我们家哪里有那么多的钱财，更别说杨家的，当年可是你和我一起去看的杨老夫人，你最清楚祖母有没有贪了杨家的财物。"

当年的事他记得清清楚楚，根本不像杨茉兰说的那样杨家有大笔的财物，他总觉得杨茉兰为人温婉、本分，这次她做出这样的举动，他的确惊讶，惊讶过后却是怀疑，为何她要这样做，一个好好的人怎么就变成了如今的模样。

一百万两？不可能，杨家早就被掏空了，哪来的银钱。他让人仔细查过，知道顺天府用的把戏，葛世通不过是用常家做了大礼送给杨茉兰。他明明知道，却无法对杨茉兰厌憎，他反反复复仔细地查看家中的财物，思量到底是哪里出了问题，可是他却一无所获。

祖母不可能处心积虑地骗他，要知道贪来银钱都是要用在常家，就算现在不知道，将来他也会知晓，他不明白其中有什么道理。为筹借这些钱，整个常家都惊动了，拿不出这些钱，父亲的官位不保。

常亦宁觉得可笑，不管这件事是真是假，他身边的两个人都有一个在说谎，在处心积虑的算计，或是祖母或是和他有过婚约的杨茉兰。

常亦宁正想着，小船已经靠近画舫，提着袍子踏上画舫，转头一看那些刚才议论他的人也上了后面的小船。

常亦宁并不理睬，走进画舫内。

"少府兄。"座上的方言析招呼常亦宁。

常亦宁走过去坐下。

"这次春闱少府兄当取头筹。"

旁边的人都是一脸羡慕："我还以为常少府永远不会入仕呢。"

"那怎么可能，常少府不入仕，难不成要炼丹去做谪仙。"

大家哈哈一笑，屋子里的气氛立即和暖起来。

正当大家说得起劲，旁边传来"嗤"的一声冷笑，大家抬起头来去找，对面桌上的人也是笑语晏晏，不知道刚才那声是谁发出来的。

"我讲一件妙事，诸位愿不愿意听听。"

座上的范茹也是这次秋闱考中的孝廉，在京里也小有名声，平日里很少说话，现在开口大家都觉得诧异，不禁想要听听他到底有什么妙事。

"有一人，年纪轻轻，打理自家祖产，又不贪图财物，行业中人见其纷纷礼遇，短短几日更是名扬京城，整个坊间无人不知无人不晓，我到书院便听人人传颂，我请问诸君可知此人否？"

范茹话音刚落，就有人论起来。

"说的是谁？没听说哪家少爷如此，难不成是新开的书院？那也不对啊，没到名扬京城的地步……"

范茹打开扇子指点,"诸君号称听天下事,如今孤陋寡闻也,"说完向常亦宁看去,"常少府也不知此人?"

"到底是谁啊?若是有此人,范同舟,该将他请来让大家结识才是。"

范茹摇摇头:"诸君没有这个福气。"

听得这话,旁边的人似是明白过来:"范同舟,你说的是杨氏,保合堂的杨氏,是也不是?"

范茹笑起来:"自然是杨氏,"说着失望地看着常亦宁,"我还以为常少府先知晓,要知道常少府和杨氏曾有婚约。"

这件事大家都知晓,不过在这种场合中,谁也不会提及,摆上明面来调笑,范茹今天说起来,大家不可避免地想到常家要贪占杨家财物的事。

众人要憋着议论,脸上的神情十分的怪异,毕竟常少府一直都是京中才子之首。

方言析脸上一红:"范同舟不可这样玩笑,什么叫坊间无人知晓,不过是女子,能做多大的事,是外面人夸大其词罢了。"

"愚昧,文章可分公母?论才情,为何你们对前朝才女的诗作也牢记于心?前朝才女所用的字,诸位就不用吗?"

虽然知晓范同舟是有意要折辱常少府,不过这话却又无懈可击。

方言析道:"女子至少不能考科举。"

常亦宁想要拦着方言析,却晚了一步。

范茹松口气:"那我们要庆幸,多亏朝廷没有女官,更不准女子考科举,否则我们可能就要落榜了。"说完话范茹潇洒地拿起杯酒一饮而尽,然后转过看陆贽,"长兴兄,我说的可对?"

陆贽摇头:"我不敢说话,怕诸位说我作弊,只好旁听。"

"杨氏果然有起死回生之术?"大家听到陆贽的名字才想到陆贽死而复生的事。

陆贽道:"范同舟留我到现在,就是要听我说这话?"说着陆贽起身故意在大家眼前走过,等到小舟经过,更是利落地一跃上船,稳稳地站在船头。

画舫里传来惊呼声。

"诸位,陆长兴正在孝中,不能与我们同乐,且让他去吧!"

方言析想要起身骂人。

"还有一人,诸君可要好好猜,"范茹摇摇扇子,"如今也是街头巷尾人人传颂,得一红颜知己,便是人间快事,这人让所有女子为之倾慕,引观者如堵。"

观者如堵。

这是什么时候的事,大家很清楚。

京里的事很容易被传开,这个观者如堵用得又那么形象。

再说这两家都和常亦宁有关,常亦宁和杨氏的婚事没谈成就成了乔家的乘龙快婿。

一个被人称赞,一个被人调笑,别人的婚事都是越找越好,常家可算是个例外。

常亦宁看到周围人难以遮掩的目光。

方言析愤愤不平,却被常亦宁看了一眼,只好忍住不说话。

杨氏。常亦宁陷入深思，自从出了常家，从一个被人说尽闲话的孤女，到如今被人传颂，可谓是步步为营，没有心计不可能成这样的大事。对常家呢？在他印象里常家上下对杨氏都算恭敬，尤其是祖母对她十分疼爱，为何杨氏要这样？就是为了那些银钱？就是为了不嫁给他？

常亦宁觉得自己越来越想不明白。

当时看到刚醒来的杨氏，还以为她受了挫折要拿出些脾性来，别人不好说，杨氏的父亲杨秉正就是这样的人，他会答应娶杨氏，就是觉得杨氏定有这样的性情，将来长大说不得就变了，不会那么软弱。

杨氏病好之后，果然是变了，开始他还觉得是在意料之中，后面的事却是他怎么也想不到的。

范茹那桌越说越热闹，常亦宁这边说不出的冷清，常亦宁看似平静，端起酒杯自斟自饮，却比平日里要喝得多些。

他选一个好时机入仕，就是为了在朝廷里争个长短，却没想到会是这样的结果。这一步步的路本是他早就设计好的，他仔细想来不知道到底哪步走错了。

难道就是因为杨茉兰离开了他？

杨茉看一眼旁边看书的周成陵，现在每天这个时辰见面好像成了惯例，她是一直在保合堂里坐诊，有时候会早些来后院歇着，有时候不免要晚一会儿，可是周成陵却一直都顺应着她的时间。

奇怪，周成陵应该十分繁忙才对，现在怎么倒成了大闲人，尤其是这几日她写脉案，他都在一旁悠闲地看书，那些书杂七杂八什么都有。

昨日里他看一本《七十二占侯》，今天他看的则是《撼龙经》，完全是闲书。

发觉杨茉在看他，周成陵抬起头来，听她说话。

杨茉道："你没什么事做？"

周成陵站起身，向前走两步到杨茉跟前坐下。

杨茉有些局促地向旁边挪了挪脚。

周成陵看她目光闪烁，不敢向他这边望，嘴角带了抹笑意："我少了双王爵，也没有了差事，如今只是凑几个人一起编书，自然除了看书没有别的事做。"

"那都是表面上的。"没有进京前，周成陵自称药商，却也不是个正经的药商，她是被骗过，如今也算有了经验。

周成陵道："忙过了，现在等着看结果，所以不急，不在乎这几个时辰。"

说的几个时辰，是跟她见面的时间？杨茉垂下眼睛，准备将目光放回她的脉案上。

周成陵看了一眼沙漏："今天尚早，再多坐一会儿？"

杨茉点点头，算是答应了，两个人离得这样近，杨茉觉得心里如同放了一口烧开的锅，热腾腾地喷着烟，于是她看周成陵的脸，仿佛也在缭绕中更加柔和。

"现在没了爵位，将来还是要复爵，清闲不过只是一时……"

知道她又要将他们之间的事绕回原来的死路上，周成陵道："既然夺爵就不会再复，如今凡是带着爵位的宗室地位都比我高,皇上也就觉得我少了威胁,皇上要高枕无忧,怎么可能再将爵位还给我。"

"没落宗室不如一个五品外官,就是请人说亲,也不容易让人点头。"周成陵的话说得一本正经,倒将杨苿逗笑了。

杨苿回他:"瘦死的骆驼比马大。"

"周成陵,"杨苿觉得不能再躲闪下去,对周成陵她应该有什么说什么,就像他时时刻刻会帮她一样,"我不想去猜想政局,"可是人在这里,不可能独善其身,"我不会将所有精力都放在这上面,就像我母亲和其他女子一样,满心都是内宅,都是夫婿,我做不到,我有我的想法,我想要好好地用我的医术,教更多弟子救更多人。"

周成陵是古代人的思想,他大概不能明白她的意思,和古代男人说这些就是对牛弹琴,但是既然是他,她就愿意花些时间去解释。

"每个人在世上只有几十年,他们都要经历做子女,做父母,做长辈,若是大家都一样,就如同一个模子里刻出来,这几十年还有什么意思,将来老了想起来也会觉得后悔,我不想后悔。"所以就算来到这里,她也会想方设法去好好生活,不想随波逐流浑浑噩噩地生活。

周成陵早就已经想到,她不是为了撑起杨家才开药铺,她是真的想要一辈子行医治病,他曾想过她也许某一日会放弃,而今看来,她是没有这个打算,她是和别人不同,没有认识她之前,他会觉得一个女子哪有这样多的想法。

他也一直很奇怪,她为何会这样想。"成亲之后生儿育女,打理中馈,若是喜欢多请几个人照顾药铺,也可以再教学生。"很多人并不是凡事亲力亲为。

杨苿道:"那不一样,喜欢的事就要自己做,就像你不可能找个人代你写字看书。"

"还有,"杨苿干脆一口气说完,她抬起头用清亮的眼睛看着周成陵,"周成陵,我的要求很多,虽然我出身卑微,但是我的要求很多,我不会委屈自己,否则委屈将来会换做怨恨,你也不可能与我心无芥蒂,与其变成那样,还不如现在放开,相忘于江湖。"

她仰起头,他静静地瞧着她。

"你的想法还真是奇怪。"

"和别的女子并不相同,杨家教谕并非异类,如何出你这样的女子。"

杨苿知道,她再怎么遮掩,不过是做给外面人看,她内心里还是原来的杨苿,没有半点改变,否则她也不会一定要行医,在这里做出惊世骇俗的事。

她觉得她不能整日里操心内宅,盯着自己肚子生养,还要将那些花枝招展的女子安排在夫君床上,整日出去宴席和那些夫人们聚在一起话家长打机锋。

周成陵看着她坦诚的目光,就少了行医时的老练,有些憨直,有些天真,就如同姑母说他一样,说他木讷,不知如何去留住一个人。还好他没有因为这些让她完全抗拒,如果喜欢一个人,不会看着她成为被驯养的鹰雀,而是要看她到底会飞多高。

彼此喜欢,就是要在她高兴的时候,也不由自主露出笑容,如果遇到这样的人,就要纵容自己的心意。也好,人生几十年,陪着她自由自在,她欢喜的时候陪着她欢喜,不过就是这样简单罢了。

周成陵道:"你可知谶书?"

谶书？那不是道士卜算的东西，周成陵也看谶书？难不成周家的子孙都有这样的偏好？

杨茉道："知道。"

周成陵点点头，将手里的《撼龙经》递给杨茉："我懂谶纬之术，能探知将来。"

说得一本正经好像是真的。

他的神情淡淡的，看样子十分笃定，尤其是那双眼睛如泉水般清澈，第一眼看到他只是匆匆扫过他的脸，印象中他的衣服总是那么漂亮，暗纹细致衬得他很出众，而今仔细看看，是他将衣服穿得好看，平平常常地坐着，也觉得坐得一丝不苟恰到好处。

杨茉看一眼《撼龙经》，上面绕着弯的言语让她看着迷糊，立即还给周成陵，谁知道竟没有拿住差点就掉下去，杨茉伸手去接，周成陵也迎过去，两只手撞在一起，书倒掉在地上，杨茉刚要弯腰，手却被周成陵挽住。

他的手挽住她的指尖，他手上碧绿清透的约指碰在她的手指上，让她觉得有些凉意，这样紧紧地贴着她，让她忍不住有些发颤，不知是因为约指的凉意还是他手掌的温热："我知道你日后必定行医。"

杨茉忍不住笑出来，心底的一块大石就这样落下，被人阻拦和被人纵容，是不一样，一种是闷闷地疼，一种是如此欢愉。

两个人这样近，屋子里如此的安静，仿佛能听到彼此呼吸的声音，远远地看来就像是已经将她拥在怀里，这样无声无息过了好久，外面传来蒋平的咳嗽声。

"主子，保合堂来病患了。"

蒋平一直在门外，定然听到刚才他们说的话，杨茉脸颊微红，想着站起身："我去前面给病患看症。"

周成陵道："我跟你一起去。"

恐怕别人不知道他是个闲人，跟她去看病患……

"将来总不能一直不去看。"

这话意有所指，像是在说将来的事。

杨茉没有拒绝和周成陵一起去了前面。

"师父。"魏卯迎过来，意外地看到后面的周成陵，不知道该怎么行礼。

魏卯是少数知晓周成陵身份的人。

魏卯上前躬身，周成陵点点头，魏卯到了嘴边的话又缩回去。

"病患在哪里？"杨茉转头问。

魏卯这才回过神来："在外面，不肯让旁人诊症，就等着师父。"若是旁人他们一定不会去打扰师父，那妇人带着的孩子看起来着实可怜。

杨茉点点头几步走出去，立即听到有妇人惊慌的声音："听说保合堂要找得疟病的人，我儿就是，请大小姐一定要看看我儿。"

这次为了治杨梅疮，京中很多药铺去帮忙找得疟病的病患，承诺病患会无偿诊治，但是并没有什么疟病病患上门，疟病这样季节性强的疾病，在冬季基本上是不可能会有人患上的。

杨茉这样想着，撩开帘子看到了个穿着粗布衣裙的妇人，她头上只简单插了个木簪，身上的衣裙补丁连着补丁，她怀里紧紧抱着一个孩子，看起来只有两三岁大小，那孩子的眼睛透过妇人的臂弯，正打量着周围。

看到杨茉，妇人怔愣了片刻，还没开口就听杨茉道："魏卯，将病患请进内室里诊治。"

"杨大小姐，是杨大小姐吗？"妇人回过神来。

魏卯道："这就是我们师父。"

是杨大小姐，妇人立即站起身，向前走两步顿时跪下来，额头几乎碰触到杨茉的鞋尖，如同拜佛的善男信女，不停地行礼："大小姐，大小姐，求您救救我儿，求求您救救我儿，我来世做牛做马也会报答您的恩情。"

"快起来。"杨茉就要将妇人扶起来。

那妇人却固执地不肯起身："大小姐，您救救我儿吧，您救救我儿吧！"好像只要她不恳求，杨茉就断然不会看她儿子一眼。

魏卯几个又不能上前去搀扶，忙去喊婆子过来，谁知那妇人有一把力气，说什么都不肯起来。

妇人早就打算好了，只要她们母子能见到杨大小姐，她一定豁出性命求杨大小姐，这一路上受了不少的艰辛，她不能放弃孩儿的一线生机。

"让我看看孩子。"杨茉看着几乎疯癫的妇人，开口道。

妇人听得这话，才止住了叩头，想起怀中的孩子，停在那里不知如何是好。

杨茉道："里面已经铺好了床，将孩子带过去，我好诊治。"

妇人拼命地颔首："都听大小姐的，都听大小姐的。"额头上已经出了血印，发髻更加散乱，看起来十分的狼狈。

妇人跟着婆子将孩子放在床铺间，周围看到的人不禁抽了一口凉气。

这孩子，真是瘦弱，细细的胳膊如同竹竿般，头显得格外的大，脸上嘴唇苍白没有半点的血色。

妇人心虚地看着杨茉，听说保合堂的事，她就想着假称孩子得了疟病，好请杨大小姐诊病，她是见过得疟病的人，并不是她儿这样的模样，大小姐一看就会知晓……

杨茉走上前，伸出手来摸向孩子的额头，孩子体温很高："魏卯，准备凉水给病患降温。"

这样虚弱的孩子，不能一直高热，首先先要防止恶性发热。

魏卯应了一声。

杨茉仔细看孩子，孩子的腹部，身上没有半点脂肪，竟然瘦得皮包骨，杨茉看向那妇人："孩子怎么会这样？"

那妇人哭起来："是我……都是我……我也小心照应着，可还是成了这模样，我原想着，等他爹考上了，家中也就好了，哪里想到他就病起来，要我如何向他爹交代。"

妇人哭得站立不住蹲在地上："他爹这次定能考上，定能考上，"说着看向杨茉，"贡院在哪里？什么时候才能将人放出来，我要去找他爹。"

杨茉觉得很奇怪，为什么妇人说，定能考上？秋闱不是早已经发榜？想到这里杨茉看向旁边的周成陵。

从周成陵眼睛里杨茉看到了肯定。

秋闱结束之后要等到来年才会开春闱，这段时间考生一般都会回家报喜，怎么这妇人却没听到消息？

妇人道："我们实在过不下去了，才会来京里……主家已经容不得我们，我……我来找孩子他爹。"

如果有喜早就报回家，没有听到消息很有可能是没考上。

杨茉心里想着，手下没有耽搁给床上的孩子检查，孩子不时地发出咳嗽声。

妇人不停地念叨："他爹说这次一定会考上，我们连家中过冬的柴火都卖了，才凑的盘缠送他来京啊。"

"一定会考上，一定会考上，等考上了就好了，就好了。"

魏卯端来温水，将洗好的布巾擦在孩子身上。

外面渐渐黑下来，萧全让伙计多点几盏灯，白老先生和丁二已经离开药铺，听说药铺里点了灯，丁二又赶回来和杨茉一起诊治。

"大小姐觉得如何？"丁二低声道。

杨茉已经听到明显的双肺湿啰音。"我觉得是肺热。"也就是西医说的肺炎，长期营养不良免疫功能下降，染上了肺炎，三四岁的孩子最怕的呼吸道疾病就是肺炎。

肺炎要两种抗生素治疗才会效果明显，现在是连一种抗生素都没有。

丁二点点头："脉浮滑而数，咳嗽气急，寒战身热，呼吸不利，应当是肺热之症。"

"该怎么治才好？"魏卯低声问道。

肺热，应该用苇茎汤，杨茉看向丁二："苇茎汤。"现在除了中医的疗法，她想不到任何西医的用药能来帮助眼前的孩子。

丁二道："应再以小柴胡汤加杏仁、桔梗、陈皮、生石膏。"

杨茉道："就请先生开方子。"

丁二应了一声带着弟子下去。

妇人听到开了药方，自己作揖谢杨茉："谢杨大小姐救我孩儿性命，谢杨大小姐……"

杨茉摇摇头看向妇人："我也是尽力而为，孩子病重，身体虚弱，你要有些准备。"

也就是说这病可能治不好……妇人听得这话僵立在那里，倒没有了哭声。

萧全也没听过师父说这样的话，难道真的不能治了？

妇人忽然开始全身上下一阵乱翻，终于找出一个铜钱来，飞也似的跑了出去。

大家看着都怔愣在那里。

"先按我说的治。"

杨茉一开口，秦冲立即拿了脉案上来写。

"先输一瓶盐水，然后用丁先生的方子，"说着杨茉看向梅香，"将我的针拿来。"

保合堂门口挂起了灯笼，旁边药铺准备关门临走之前却都看向保合堂，杨大小姐又有病患了。

济子篆忙完手头上的病患，从济家药铺出来径直走到保合堂，才踏进去就看到来来往往的郎中和伙计。

保合堂才真是不管白天晚上都这样忙。

看到周成陵,济子篆先上前行了礼,然后走到杨茉跟前:"杨大小姐。"

杨茉刚查看完孩子的病情,听到济子篆的声音抬起头来:"济先生怎么来了?"

保合堂没有严重的外伤病患,济子篆就留在济家药铺,这些日子杨茉一直在治杨梅疮,所以很少见到济子篆。

"乔家又来人找我,让我过去给乔夫人治病。"济子篆低声道。

乔夫人,杨茉这些日子倒是听说了乔夫人的事,却没有放在心上,也没去打听乔夫人到底是什么病,现在济子篆提起来,杨茉道:"是什么病?"

"摔了鼻子,没有仔细诊治耽搁了病情,我看着像是起了痈。"

鼻子伤口处理不当化脓感染?

怪不得乔家上下那么着急。

杨茉道:"先生要去治吗?"

济子篆想想也没想摇头:"治痈症要动刀,乔家未必肯用我的法子,再说我并无把握能治好。"最重要的是乔家的品性,谁也不想去治一头中山狼。

济子篆说完抬起眼睛:"只怕乔家会来请杨大小姐。"

虽然乔家害杨大小姐的事闹得沸沸扬扬,但是有些人就是仗着身份高人一等,害人时不手软,用人时也不觉得脸红。

济子篆才说完话,就感觉到迎面的寒意。

周成陵站在窗边,脸色看似和平常一样,只是眼睛里涌动的神情让人看不透,却觉得害怕。

济子篆这才觉得自己糊涂,有周成陵在,哪里还有乔家的戏唱。

济子篆想着重新看向杨茉,不知道杨大小姐会不会给乔夫人诊治。

屋子里一时的安静,很快传来阵急促的脚步声,刚才跑出去的妇人,去而复返,几步就跑到孩子床前,哆哆嗦嗦地从怀里拿出一个纸包,打开之后露出两个馍,妇人送到孩子鼻子下:"小三,小三,快起来,看娘给你买什么回来了,你不用再偷着吃,娘这次是用钱买的,小三,快起来吃馍。"

杨茉看着有些神经的妇人,眼睛里顿时一热。

粉彩勾莲碗里盛着刚做好的燕窝,乔月婵握着瓷勺小心地吹着,然后看向床上的乔夫人:"母亲,"乔月婵眼睛红肿,"吃些燕窝吧。"

乔夫人眼皮略动了动,却无力地摇头。

黄妈妈有些焦急:"这可怎么办才好。"老爷被人叫去了衙门,家里就只有夫人和小姐,夫人又病成这样。

外面还有许多的闲言碎语。

那些来探病的夫人连门也没进让马车调头走了,夫人听说这样的事病得更加厉害,两日没有吃东西,这样下去就算没有病,人也要拖垮了,小姐昨日守了一晚,也是熬得面容憔悴，御医天天进府，用的药也不见有效，真是愁死了人。

"听说常大太太来了。"乔月婵将碗放在一边，走出来问黄妈妈。

黄妈妈点头："是来了，不过也和别人一样，走了。"

两家已经要结亲了，却和别人一样，就站在外面看笑话，口讯也不捎来一个。要知道乔家到了这个地步，也和常家有关。

乔月婵咬紧了嘴唇："明天一早让人去保合堂请杨氏来府中给母亲诊治。"

黄妈妈睁大了眼睛："小姐……这……这……"

"怕什么，"乔月婵冷冷地看过去，"外面的传言又不是真的，我们家怕什么？那些女人的话也信得？开药铺就要行医，不给人治病做什么女医。"

现在府里也只能听小姐的安排，黄妈妈点点头就要下去，管事妈妈过来禀告："常老夫人让陈妈妈来了。"

陈妈妈是常老夫人身边最得力的管事妈妈，没想到这么晚了常老夫人还让身边的人过来，乔月婵心里顿时像流过一股暖流。

陈妈妈让乔家下人簇拥着进了内院，见到乔月婵陈妈妈脸上露出规矩又怜悯的神情："小姐受苦了。"

乔月婵不禁鼻子一酸，低声道："我没什么，只是父亲、母亲……"

乔家的事京里已经都知晓，陈妈妈眼睛微闪，将手里的匣子交给乔月婵："这是我们老夫人让我送来的，都是这几日在京里买来的伤药，很多都是漂洋过海才来的，咱们也不知能不能用，小姐送给御医看看，说不得有效。"

这样送药过来常老夫人是头一份。

乔月婵想到自己的祖母也不过是这样，若是家中有这样的长辈护着，她也不会像现在一样六神无主。

乔月婵将陈妈妈迎进屋子里。

陈妈妈去看了乔夫人，乔夫人挣扎着起身却不能开口。

陈妈妈立即上前扶住乔夫人："我们老夫人说了，夫人要好好歇着，千万莫要着急，养好了身子才是最要紧的。"

乔夫人点点头靠在迎枕上。

陈妈妈又仔细看了看乔夫人的伤，才告退下去。

乔月婵将陈妈妈送到门口："不知道怎么办才好，能请的人都请了。"

陈妈妈停下脚步："杨氏呢，有没有请？"

乔月婵脸上露出痛恨的神情："杨氏怂恿那些人来我们家闹事，她怎么肯好好医治我母亲。"

陈妈妈不禁叹口气："真没想到，杨大小姐会这样，从前……我也是常常见到杨大小姐的……"

人心叵测，表面上看着这样，谁又知道她在想什么。

乔月婵心里冷笑，她不会让杨氏那么自在。

陈妈妈道："杨大小姐和我们家的官司小姐知晓，所以，我们老夫人也不好出来说什么，免得反而坏事……我们五爷又在这个节骨眼上，就看这次能不能考上。"

乔月婵点头，之前对常家的不满，现在立即去得干干净净，还是常老夫人想得周到。

陈妈妈停下来向乔月婵行礼："大小姐留步，奴婢这就走了。"

陈妈妈一路回到常家，径直去常老夫人床前禀告："乔夫人的样子，奴婢看着不好，鼻子肿得厉害，话都不能说了，也不知道能不能挺过去。"

常老夫人半阖着眼睛不说话，半晌才道："我的话都和月婵说了吗？"

陈妈妈低声道："说了，看样子乔大小姐听进去了。"

"那就好，不能让月婵对我们家心生怨恨。"

就算站在旁边冷眼看着不去伸手管，也要找个借口说清楚，免得日后落下话柄。

常老夫人叹口气："月婵这孩子，也太不小心。"

这样也没什么不好，至少杨氏没有紧盯着常家，而是被乔家缠住，老夫人也有时间去向娘家求助，陈妈妈越来越能明白老夫人的心思。

其实老夫人最怕的是乔家对杨氏不理不睬，乔家和杨氏闹起来，也就下意识地帮了常家，这个道理大老爷不懂，只是一味地去求乔老爷，倒让乔老爷生厌。

陈妈妈越来越觉得，老夫人的心思谁也捉摸不透。

"亦宁刚才来了，问我杨家的事，"常老夫人叹口气，"没想到这孩子心里一直惦记着杨氏。"这一点她倒是没有料到，她一直觉得亦宁虽然喜欢杨氏，却并没有到非她不可的地步。

"老夫人，少爷也是一时没有想明白。"

常老夫人点点头。

老夫人最疼五爷，甚至多于老爷，自然心里最怕少爷绕不过弯来。

常老夫人不再说话，陈妈妈以为老夫人要歇了，立即将锦被给老夫人盖好，轻手轻脚地退下去。

屋子里没有了人，常老夫人睁开眼睛，亦宁是越来越像那个人了，不像他父亲的愚钝就像那个女人。

常老夫人长长地叹口气，想到自己未出阁的时候，听到有人上门说亲事，说的是一门三进士父子皆探花的刘家，她那时心情又是羞怯又是紧张，还有几分的诧异和欢喜。刘家那是书香门第，她们邱家不过只是两代的好名声，如何比得上那些大族，只是没想到，她会嫁到常家，她的姨母抢了她那门亲事，让愚钝的表姐嫁去了刘家，她那妹妹，也就是杨老夫人，竟然还帮衬着表姐。

表姐嫁去了做帝师的刘家，妹妹嫁去了万贯家财的杨家，只有她嫁给了地位不上不下的常家。

这是个错误，以她的聪慧不应该如此，现在她要纠正这个错误，在她闭上眼睛之前，她要完全地改变结果。

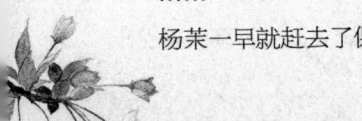

……

杨荣一早就赶去了保合堂。

进了门魏卯就将昨日送来的高氏母子的情形说了，高氏一路也染了风寒，不过没有大碍，孩子是最可怜的，折腾了一晚也没能完全退热，早晨起来才好些。

杨苿走进诊室，听到高氏的声音："真的已经发榜了？真的已经考完了？"她才知晓朝廷已经发榜的消息。

高氏说完话怔愣在那里，半响才道："不可能，不可能，放榜了，小三他爹为何不回家，他……他……不要我们母子了？"

高氏说完号啕大哭起来，床上的小三听到高氏的话挣扎着睁开眼睛，轻轻地喊："娘……娘……娘，你说……爹爹怎么了？"

杨苿走过去搀扶起高氏："你吓坏孩子了。"

高氏看向床上的中哥。

杨苿也是才知晓，中哥看起来二三岁，其实已经足足四岁有余，只不过长期营养不良身上骨瘦如柴，缩成一团看起来很小。

高氏和杨苿走出屋子，杨苿还没有说话高氏就瘫坐在地上哭道："他若是真不要我们母子了，那可怎么办才好，可怎么办才好啊。"

看着孤苦无依的高氏和中哥，杨苿看向江掌柜："让人去看看榜，看中哥他爹在不在榜上。"

高氏听得这话惊诧地抬起头，她没想到杨大小姐会这样帮忙："大小姐，大小姐，"高氏跪下来磕头，"我们全家定给您立长生牌位。"

杨苿让婆子将高氏扶起来："你可记得中哥他爹的名字？"高氏的模样不像是会认字，不一定知道夫君的名讳。

高氏怔愣了一会儿，然后匆匆跑去旁边撩开外面的褶子，仔细去翻找，半天才又跑回来："我……我用中哥他爹的褡裢做了裤子，那褡裢上有他爹自己缝的名字。"

杨苿看向秋桐，这几个丫头中秋桐识字最多。

秋桐意会立即上前和高氏一起去看名字。

杨苿回到屋子里去看中哥的脉案。

萧全正准备给中哥输生理盐水，秦冲仔细地教着，让萧全将针扎进中哥的血管中，床上的中哥忽然剧烈地咳嗽几声。

萧全顿时慌了手脚，立即将扎进去的针拔出来，盐水顿时顺着针不停地向外流。

床上的中哥面目发青，眼睛上翻，似是没有了呼吸，众人怔愣在那里，不知道如何下手。

"将孩子放平，快。"

听到杨苿大声喊叫，离床边近的魏卯才回过神来，立即将中哥平放在床上，孩子手脚冰凉，喘息微弱，这样的情形分明像是救不过来了。

杨苿立即上前检查，胸口起伏微弱，口唇青紫，肋间隙增宽，叩诊浊音，她现在没有时间想太多，只能想最可能出现的情况，并且要立即做出处理。

"拿我的药箱快，将针筒拿来。"

刚才还好好的说话，突然变成了这样，萧全手不停地哆嗦着，是不是他的错，一定是他弄错了。

"萧全。"

听到杨大小姐大声喊，萧全打了个哆嗦看向眼前。

"和魏卯一起扶着孩子，快点。"

萧全睁大了眼睛，立即上前去帮魏卯。

"翻过身，侧着对我。"杨茉边说边打开消毒水。

"衣服解开。"

萧全的手已经完全不能动，他一直看着孩子，盯着他脸，青紫青紫的脸，鼻端没有半点的呼吸。

死了，死了，孩子已经死了，师父救不回来了。

秋桐将消毒的布巾递过来，杨茉铺在孩子后背。

"输液管。"杨茉伸手向萧全要。

萧全半晌没有反应过来。

输液管，输液管是什么，他脑子里乱成一团。

秋桐立即上前将输液管连同瓶子一起拿来。

小姐要做什么，难不成要在病患后背输液？

紧急情况下已经找不到比输液管还要合适的引流管，杨茉利落地吩咐："将输液管拿下来，靠近针头处留下五寸长的管子，剪断，快。"

秋桐不知道该怎么做，只听旁边道："给我。"

那声音低沉，让秋桐无从拒绝，顺从地将东西就送到那人手里，然后长长地舒了口气。

管子很快被弄断交到杨茉手里，杨茉拿好针刺入中哥的后背，慢慢地进针，杨茉一瞬间汗湿了衣襟。

孩子瘦弱和普通人不一样，所以她要格外小心，不能伤到肺。

针头一点点向前移动。

手稳稳地捏着，不能有半点的偏移。

旁边的魏卯紧紧地按着孩子，生怕一点点的挪动都会妨碍师父。

有血从管子另一边流出来，一滴滴地落在杨茉的脚面上。

杨茉在寻找那种针头突破的感觉，不知道是不是孩子太瘦小，还是她太紧张，她始终感觉不到……

突然之间，针头一轻，她找到了，就是这里。

外面传来高氏的声音："怎么了？到底怎么了？"

中哥的胳膊仓促中反背着，看起来凄凉又无助，小小的孩子，才来到这个世界就要受这么多苦。

魏卯手一松，中哥鼓囊囊的怀里立即掉出个馒头，是高氏急匆匆跑出去买来的，馒头上只小心翼翼地咬了一小口，如果不仔细看根本看不出来。

小小的孩子，在将馒头当宝贝一样吃。

若是他就这样死了，他在这个世上，最终连馒头都没舍得吃一大口。

魏卯心里觉得难过，旁边萧全的眼泪哗地一下流出来，他跟上一个师父学习医术的时

候就见过死人，却没有见过这样的，明明已经断了气，却还被脱了衣服用针扎，一团小身体扭曲地蜷在那里，好可怕。

他都觉得又冷又疼，想想高氏将孩子抱过来时小心翼翼的模样，她一定没想到孩子会被这样……

他一时不明白，这真的是在救人吗？

杨茉已经无暇顾及这些，她专注地看着孩子身上的引流管，伸手接过递来的针筒接在管子上抽吸，有液体立即被抽进针筒里。

门口的婆子没能拦住高氏，让高氏闯了进来，高氏看到床上的中哥，和中哥身上奇怪的东西，不禁一阵心跳眼前发黑顿时人事不知。

杨茉转头看了一眼，看到倒下的高氏："愣着做什么？快将人扶去床上。"

蒋平正拎着一个臭烘烘的男人来到保合堂，听到里面嘈杂的声音，蒋平不禁有些迟疑，主子交代过，只要找到这人就带进保合堂，他是不是要进去。

蒋平没有想太长时间，就和男人一起来到内间，屋子里的小郎中不知看了什么，苍白着脸捂着嘴跑出来。

屋子里传来杨大小姐的声音："愣着做什么？将人扶去床上。"

外面的婆子听到了立即进门帮忙，来来往往中，屋子里的情形蒋平也看得清清楚楚，旁边的男人开始颤抖，忽然号啕大哭起来。

外面传来沉闷的哭声，杨茉无暇顾及，视线都落在针筒上。

脓胸，和她想的一样，中哥是得了肺炎引发脓胸。

将脓抽吸出来才有可能会让病患恢复呼吸。

针管已经抽不出东西，杨茉将针拔出看向魏卯："将孩子翻过来。"

旁边的萧全紧紧地攥着手已经完全呆在那里，眼睁睁地看着魏卯将孩子翻过来，孩子的鼻翼似是有一丁点的扇动，脸上的青紫正一点点地化开似的。

萧全瞪大了眼睛，简直不能相信，这是怎么回事？

杨茉将中哥的头向后仰，尽可能地让他的呼吸道更加畅通，中哥渐渐缓过来。

"好了，好了。"魏卯激动地大喊，"师父，活了，活了。"

杨茉看向魏卯："给病患抽血进行血液配型。"说到这里杨茉突然想起一件事，从前给人输血用的都是病患家人的血，如今这里只有高氏母子两个，配型就没有那么容易了。

古代人对抽血之事还是心存恐惧，她不可能从街上拉人来配，就算是用药铺里郎中和伙计的血，也要征得大家同意。

杨茉思量片刻，吩咐魏卯："尽量找些人来试，贴张文书出去，征身体康健的人来试血，一经采用，我们回给五两银子酬谢。"

用血的规矩早晚要建立起来，不可能每个病患都能拿到免费血，拿不到的时候就要想别的办法。

魏卯一怔，这是从来没有人做过的事，五两银子用血，不知道会怎么样。

杨茉正要让人去请白老先生过来商量中哥的病情，转过头就看到周成陵。

周成陵怎么会在这里，他是什么时候来的，她怎么没有一点的印象，他就站在她身边，她却没能感觉到。

杨茉低声道："什么时候来的？"

和周成陵在一起的时候，每当她和他对视，她总能在他的眼睛里看到自己的想法。

她本来不期望能被一个古人理解。

却没想到就会遇到周成陵。

她又是踌躇又是害怕。

她心里设下一道道的坎来拒绝周成陵，他却始终没有放弃。

已经跨越了几百年才相识，为何不能给彼此一个机会，他那么努力，她为何还要对他那么苛刻。

一味地要求别人，她又付出了多少？这样比起来未免太不公平。

这一次杨茉没有躲闪而是大方地迎上周成陵的目光。

她只要给病患治病就会格外的专注，好像身边过来谁她都不会发现，这样也挺好，免得被人打扰，屋子里乱成一团，没有个坚定的性子一定会被影响。

周成陵道："你让剪管子的时候。"

原来是那个时候，她还以为是身边的郎中帮忙，她要什么周成陵都会立即递过来，若周成陵行医，定然会有不小的成就，他对任何事物都仿佛很容易就接受了，从不过于刻板考究，这就是他和别人不一样的地方。

听到外面传来白老先生的声音，杨茉看向周成陵："我去外面和白老先生一起商量单方。"

她从来不会在人前和他说话，这是第一次。

虽然大家都没有从刚才的慌张中回过神来，她的声音又格外的低，不会有人注意，可也是自然而然地看着他，没有避开他的目光。

周成陵点点头，杨茉撩开帘子走出去。

"大小姐。"

杨茉走到前堂，江掌柜立即迎了过来。

江掌柜接着道："乔侍郎府上请您过去诊病。"

乔府还真的有脸找上门，杨茉抬起头看到药铺里神情闪烁的乔府管事。

"我不去，日后乔家来人请，我都不去。"杨茉声音不高不低，正好让药铺里所有人都听见。

乔府管事脸上顿时出现讪然的神情，如果是别的药铺这样和他们说话，他们肯定要闹起来，可这是保合堂，这一条街所有人都唯杨氏马首是瞻，谁敢在这里和杨氏吵闹。

乔府管事眼睛一转："不是说，若有疾厄来求救者，不得问……其贵贱贫富，长幼……妍……媸，怨亲善友，华夷愚智，普同一等，杨大小姐还分人救治不成？"

乔府管事结结巴巴地说着，本来要转头走的杨茉，又将目光挪过去。

难得乔月婵连《备急千金要方》里面的大医精诚都看了，用这样的话来堵她的嘴。

杨茉微微一笑，吩咐江掌柜："将治杨梅疮时我们写的文书给乔家管事一份，若是病患能亲手签了，又亲自来我药铺求医，我再想想是该遵从大医精诚，还是该学迂腐懦弱无能的东郭先生。"

"就算是中山狼走投无路遇到东郭先生时也要先苦苦哀求，"杨茉看向那管事，"难道不是吗？"

保合堂外顿时传来一阵哄笑声。

乔府管事顿时面红耳赤，杨大小姐不但不去诊治，还不给他留半点的情面，还将给那些风月女子签的文书让夫人签。

这是当乔家是什么？当夫人是什么？

"杨大小姐，你怎么敢这样……"乔府管事提起身上的气势，不过是一个十几岁的小姐，他用不着害怕。

"你回去向老爷、夫人、小姐禀告，就说，有仇报仇有怨报怨，想要任意欺凌我一个孤女，从今往后也没有那么简单。乔夫人的病并非我害她，礼义廉耻，要论，论不到我头上。"

乔府管事正说不出话来。

杨茉转过身："我杨家与乔家的事任人议论，若是觉得我不对，自可嘲笑。"

若是夫人听说杨氏说这话，定然会气得昏倒，连大小姐也没想到，杨氏会这样拒绝。

乔府管事站在那里。

不知是谁先说了一句："都说不治了，还不快走。"

"是啊，快走快走，堵在这里做什么？"

听到外面的喧闹，蒋平看向主子："要不要我出去将人撵走？"

周成陵摇头，明知道她能办好，他何必去插手，他要做的不过是听着她那些话，替她痛快。

她不是迂腐的东郭先生，乔家却是忘恩负义的无耻之徒。

"亏你出自官宦之家，就算民间女子也不会这般粗俗。"有人拨开人群，一个穿着藕色如意云纹妆花褶子，戴着长长幂篱的夫人在下人簇拥下走过来。

杨茉觉得这个声音很熟悉却一时又想不起来在哪里听过。

药铺里的人都向门口看过去。

那妇人显然是嫌弃药铺，等到下人们先进门开出一条路，这才提起裙摆进了门。

妇人才站稳了脚，便道："说你是开药铺，病患上门又不肯治，说你不是开药铺，你说什么也要行医，外面怎么说杨家你知不知晓？杨家的脸面都被人丢光了。"

妇人到了跟前，杨茉透过幂篱看到妇人模糊的五官，杨茉兰的记忆一下子跃进她的脑子里。

"舅母。"杨茉上前行礼。

荆氏的声音立即提高了几分："难得你还记得我这个舅母，你舅舅远在几百里外听说你的事，你将长辈定下的婚事退了不说，还去衙门诬告长辈，现在又抛头露面在外……要不是刚才亲耳听到你说的那些话，我说什么也不信……怎么一眨眼的工夫你就变成了这样。"

"都说娘亲舅大，如今你没有了亲娘，做这么大的事，竟连舅舅也不禀告一声，"荆氏说到这里微微一顿，上上下下地看杨茉，仿佛不认识她了般，"你是不是被魔着了？怎么像是变了个人一样。"

杨茉看向荆氏。

杨家出事之后，荆氏倒是第一时间让管家来杨家，要将京中和母亲一起合开的药铺兑给杨家，拿走了一盒金叶子。

现在舅舅和舅母来京里是为了什么？真的是来管教她这个孤女？若果然如此，她尚会和两位长辈解释，毕竟古人和现代人的思维不同，她的行为确实有些不合规矩，不过舅母进门之后字字如针，一味地要打压她，处处向着乔家，她也就没必要和她客气。

杨茉想到这里就觉得可笑，抬起头看向荆氏："舅母多长时间没见甥女了？"

荆氏想了想，好多年了，她好久没来京中，就算姑奶奶死，她也没来看一眼。

杨茉道："怪不得舅母觉得甥女像是变了个人。"

荆氏被堵得脸色发青："你这是什么话？怎么能这样对长辈说话？真是要无法无天。"

"舅母今天当着这么多人的面，到底要和甥女说出什么长短了？若说乔夫人的病，甥女已经说了不会救治，若说常家的婚事，如今常家和乔家已经订了婚约，若是关切甥女这个无依无靠的孤女日后如何过活，舅母委实晚了三年。"

杨茉兰什么时候这样牙尖嘴利。

荆氏厉声道："跪下……我要替你母亲管教你。"只是她没有在京里，否则哪里容得杨茉兰这样无法无天，现在她来了，她就要好好管教管教她。

"如果我不听舅母的又如何？"

荆氏手一抖："你这是不敬长辈。"

"您应该护着我，"杨茉看向荆氏，"您应该护着我，乔家是外人，我是您的亲甥女，我身边没有长辈，自己顶着杨家过日子，我和舅母相见应该是母慈子孝的佳话，舅母却在大庭广众之下不分青红皂白地辱骂。"

"我一个女子开药铺本就艰难，唯一的亲人还要帮着外人对付我，我只有心寒的份，哪里还能敬重舅母。舅母还想存半点情义就请现在回去吧！"

荆氏冷笑道："什么叫不护着你，不护着你，我们千里迢迢来京里为什么？我和你舅舅还不都是为了你好，你不知晓在外的名声？"

"我在外的名声是什么？舅舅和舅母，常家和乔家在外的名声又是什么？"杨茉话音刚落，外面传来议论声。

"杨大小姐是神医。"

"是啊，就是神医。"

"救活了那么多人，难道不是神医？"

"我们都敬重杨大小姐。"

议论声中，杨茉笑着看荆氏。

荆氏不禁惊诧，她如何也没想到会是这样的情形，有这么多人替杨氏说话。而且声音越来越高，说话的人越来越多，没有要止住的意思。

荆氏涨红了脸："不过都是些不懂礼仪的乌合之众，我看日后谁肯将你娶回家中，没有妇德，没有礼义廉耻，就算是你舅舅和我也跟着你羞臊。"

"舅舅和舅母就像从前一样不闻不问，权当没有我这个甥女也就是了。"杨家最危难的时候，他们都不见人影，现在哪有权利站在这里问罪。

杨茉不想再和荆氏废话，转身向屋子里走去，看到魏卯怔愣在一旁，杨茉淡淡地吩咐："将文书贴出去，做正经事要紧，病患等不得。"

什么叫做正经事，和她说话不算是正经事？荆氏顿时觉得一股热流在胸口爆开，让她喘不过气来。

旁边的妈妈替主子说话道："大小姐可不能这样，这不是白白费了我们太太的好意。"

杨茉抬起头却没有转身："舅母来京里做什么？有事快去做，免得在这里浪费了时间。"舅舅和舅母是无利不起早，他们要做的事定然不是来骂她一顿这样简单。

荆氏被说中了心事。

"还在这里做什么？"

"是啊，不是杨大小姐的舅母吗？怎么张嘴就骂人，还帮着乔家说话。"

荆氏被议论得心烦，只觉得无数双眼睛透过她的幂篱落在她脸上，那些低贱的人肆意窥探她的容貌和打扮，让她恶心，她刚想要走，外面就传来声音道："杨大小姐，要用血救人吗？抽我们的吧，免得耽搁了治症。"

荆氏迎着声音看过去，已经有人大步走进来。

荆氏耐着性子站在旁边没有走，她就是要看看杨茉兰到底在玩什么花样，怎么就成了旁人嘴里的神医。

杨茉转过头来看到陆贽带着几个人进了保合堂。

陆贽中了武举，今日看了榜单就带着人给杨茉送礼物来。

后面的人抬了几口箱子进门，陆贽道："我哥哥有孝在身不能过来，也让我向大小姐问好。"

杨茉想要拒绝陆贽的礼物。

陆贽已经先一步打开箱子："不是什么值钱的东西，只是保合堂平日里用的布巾和一些药材，大小姐经常诊治拿不出银钱的穷人，我们帮不了什么，也就是尽些绵薄之力。"

这样她就无法拒绝，都是她平日里需要的东西，看似不值钱，其实这样精致的棉布不好买。

保合堂总是缺各种东西，怎么买也不够用。

杨茉道："既然如此，我就收下，多谢陆少爷。"

陆贽脸上一红，旁边的人来解围："大小姐要用血？我们也不知能不能帮上忙。"

后面的人道："既然都来了，大家就都试试。"

"我也来。"

荆氏捂着鼻口，不知道这些人在喊叫什么，看向旁边的妈妈，旁边的妈妈低声道："是要将身上割开，流出血来用。"

无故将身上割开取血？还有这么多人主动要取血，这些人都疯了不成？荆氏想到这里看向身边的妈妈，妈妈脸色也十分难看。

荆氏再也待不下去，皱起眉头提着裙摆，恨不得立即远远地离开这个是非之地，真的像常家人说的那样，如今保合堂里都是群乌合之众。

杨茉的注意力都在中哥身上。

中哥静静地躺着，脸色苍白眼鼻青紫，五官单薄地舒展着露出几分凄楚和疲惫。

高氏盯着身边的男人哭个不停："你倒是说话啊，你到底有没有考上？你不是说这次一定会考上，我们家连过冬的米粮都没有了啊。"

蒋平在京外的破庙里找到了高氏的男人，几个没有盘缠回乡的落第秀才都聚在那里。

高氏看着男人发怔。

她辛辛苦苦到了京里，没想到会是这样的情形，小三一病不起，小三他爹一身狼狈如同街头乞丐："我这是造了什么孽啊，我还活着做什么。"

高氏说完抬起头脸上是万念俱灰的神情。

眼见高氏就要冲向门外，杨茉忙吩咐婆子："快拦住她。"

婆子急忙抱住高氏。

高氏立即号啕大哭起来。

望着哭闹的高氏，男人瞪大了眼睛，好半天才沙哑着开口："我能考上，我能考上，是他们舞弊，有人科场舞弊，是侯子安，是侯子安骗了我呀……"

侯子安，不就是要逼死程家小姐的那个侯三爷。杨茉想起侯太太得知儿子高中，去杨家门口大吵大闹的事来。

不知道这算不算是冤家路窄，有些人就是避也避不开。

荆氏这边气愤地回到常家，径直去了常老夫人屋里。

常大太太看荆氏面色不虞，不由地心中生出几分快意，如今张荆氏也对杨氏不满，大家等于同仇敌忾站在一条线上。

"我来之前还不敢相信，怎么好端端一个人就成了这样的模样，做的都是那些见不得人的事，"荆氏越说越气，"保合堂倒不如不重新开起来，真是辱没了杨家的先辈，她用的都是些旁门左道，治的也都是下贱的人，上不了台面，见不得光……我说她，她竟然敢明着辱骂我，我是她的长辈啊。"

常大太太一脸的为难，将荆氏的目光引向常老夫人。

别说荆氏，就算老夫人这样的长辈还不是落得如今的下场。

"若是在我们张氏族中，有这样的女子，就是打死也不为过，"荆氏将话说出去，不禁又后悔，这样一说不免显得她心肠狠毒，"我是怕她真落得这样的结果啊，怎么说，她也是记在我们姑奶奶名下。"

荆氏说完咳嗽起来，伸出一只手来拿杯子，却手指颤抖，根本无法抓握杯子，荆氏看着自己的手就眼睛发红:"我小时候就有这样的病症,我母亲还以为我这辈子都不能出嫁,还好嫁去了张家,家中长辈处处照应我,这是我想也不能想的事,我平日里未免不方便,夫家也从来不让我多操持家中的事,没想到就让茉兰误会起来,说我对她不闻不问。"

荆氏伤心地用帕子擦眼角,就算这样的小动作做起来仿佛也不容易,看起来说不出的可怜:"我是有心无力,杨老夫人毕竟定下了婚事,"说着看了一眼常老夫人,"将茉兰托给老夫人照应,谁都知晓老夫人最疼茉兰,所以两家才有意要结亲……我是没想到会有今天。"

"听到消息,我被吓到了,才说什么也要过来一趟。"

常大太太眼睛里也流露出一丝怜悯,荆氏的手总是藏在袖子下,每次和人谈话她总是露出很自卑的模样,尤其是现在被杨氏冲撞后,一脸的惊慌未定,仿佛做了错事。

荆氏看向常大太太:"这几年到底发生了什么事,茉兰不是有病要静养,怎么会突然之间搬出常家。"

常大太太握住荆氏冰冷的手,认真地看着荆氏:"我也想知晓,我是一直将茉兰当女儿看待。"

荆氏抬起头想要说话,看到了帘子外的皂靴,声音更加轻起来:"不知道是不是我说错了话,听说茉兰大庭广众之下那么说话,我就将她当做了不懂事的女儿。"

荆氏低下头擦抽气的鼻子,下人撩开帘子进来道:"大老爷和张二老爷来了。"

听说夫君来了,荆氏更加不安起来,站起身来向常大老爷行礼。

张二老爷看着哭得眼睛发红的妻子,不知怎么的心里十分难过,本来想要责怪妻子直接去保合堂质问茉兰,却看到妻子哆嗦的手臂,一下子提不起气势来。

他们成亲几十年了,他很理解妻子的处境,要不是他当年不小心在花园里碰到哭泣的荆氏,他也不会那么坚定要娶荆氏为妻。

他性子软弱,这些年多亏荆氏里里外外地操持。

荆氏看到老爷欲言又止。

还是常老夫人道:"茉兰这孩子是一时想不明白,再怎么样,也要依靠长辈,长辈还能害她一个孩子不成。"常老夫人说到这里用手撑住额头,模样很是疲累。

荆氏站起身来告辞:"老夫人有病在身,还是好好歇着,我们明日再来。"

常大太太站起身将荆氏送到垂花门。

荆氏上了马车,很快回到京里暂住的院子,张二老爷换了衣服和荆氏坐下说话。

张二老爷很是关切杨茉兰的事:"茉兰怎么说?"

荆氏憋不住委屈,抬起眼睛看张二老爷:"老爷,茉兰说,我们三四年对她不闻不问,要知道老爷是经常给常家写信询问茉兰的啊。"

张二老爷怔愣在那里:"怎么会这样说。"

荆氏道:"我哪里知晓,我们走了那么多路来京城,就换来这样的结果?"说着话音一转,"说不定茉兰当我们是来争杨家家财的。"

听妻子这样一说,张二老爷的心彻底凉了。

"你知道茉兰在药铺里都做什么?和男人们在一起,我说了,她却没有半点的羞臊,还跟乔家说什么，有怨报怨有仇报仇……那些话我都学不上来，茉兰和婠姐年纪差不多，茉兰说的那些话婠姐一个字也说不出来。"

张二老爷道："大约是她年纪小，受了什么人教唆。"

荆氏抬起头："老爷醒醒吧，在家的时候老爷听说茉兰的事整日睡不着觉，就想要来京里替茉兰做主，还说什么就算不要婚约，你也要帮茉兰寻一门好亲事，结果来到京里如何？说到底……毕竟……茉兰不是姑奶奶亲生的，没有将老爷当舅舅，现在更是和生她的姨娘住在一起，让姨娘打理内宅，若是杨秉正尚在，说不得就要以妾做妻了。"

这话说得太重，张二老爷皱起眉头："你不要乱说，不能听常家一面之词，常亦宁将来必定要入仕，嫌弃茉兰是罪臣之女也尚未可知，杨家的长辈给我们的信函里不就是这样说。"

到现在还替杨茉兰说话，荆氏抬起头："杨家给了老爷什么好处，让老爷这样维护，明日老爷就去保合堂看看，看看你心里那个要受你庇护的甥女，到底都做了些什么。"

看着荆氏掉了眼泪，张二老爷只觉得气势又少了些，温声劝道："这些年我是没有来京里，妹妹去了之后，我就想着要照应茉兰，是我……没有做到，茉兰这样说也有她的道理。"

"一个女子这样抛头露面到底有什么道理，"荆氏霍然站起身，"老爷若是这样说，我也没有法子。"

荆氏说着转身去了内室，张二老爷颓然坐下来，这次来京中，他是想要帮衬茉兰，可是进了京之后，一切就不像他想的那样。

杨茉第一次在没有抗生素的情况下治脓胸，除了抽出脓液让中哥恢复呼吸，分多次输血纠正中哥营养不良、贫血的症状。

高氏伏在床边用手一遍遍地摸着中哥的头发，不停地念叨着："什么时候醒过来，什么时候醒过来，馍凉了，母亲帮你温一温，等你醒了就能吃了。"高氏将馒头踹在怀里，眼泪掉在中哥的手上。

高正春蹲在一旁不知道在想什么。

"小三快醒来，娘带你回家，小三快醒来，晚了路上就冷了，你又要喊冷。"

床上的中哥一动不动，小小的人仿佛要被埋没在被子下。

高氏不知道想到什么，忽然站起身冲向旁边的高正春："你还我儿的命来，都是你，都是你，给你带的干粮，没有给小三留一块，他看着流口水……我舍不得……我和小三说好了，等你考中之后回来再给他吃馍，我们说好了，你怎么就不回来？你怎么就不回来？"

高氏号啕大哭，用力扯着高正春的长袍，一下子就将高正春的袍子扯开，高正春怔愣地看着高氏："侯子安在贡院写的文章是我的，是我的，侯子安早就知道考题，他骗我，他骗了我，他给我茶里下药，等我醒来的时候，贡院已经关门了，我没能进贡院，我……"

"我要告侯子安。"高正春看着床上的中哥，不知道哪里来的勇气，如今家破人亡，他已经没有什么好怕。

"怎么告……"高氏顾不得擦鼻涕眼泪，"怎么告，谁能信你的话。"

是啊，谁能信他的话，高正春一屁股坐在地上，所有人都当他是疯子，侯家家人将他打了一顿，侯子安现在是举人老爷，他只是一个落第秀才……他没有了机会，十几年寒窗苦读，为了科考他连累死了爹娘，饿死了儿子，高正春想到这里只觉得眼前发黑，一下子歪在地上。

高正春醒来的时候身边传来说话的声音。

然后看到杨大小姐蒙着一层布巾的脸。

"你的手伤过？"

听到杨大小姐的询问，高正春才想起被侯家家人打过的手。

"手还能动吗？"杨茉接着问。

高正春抬起手掌。

"抓握。"

听到杨大小姐的声音，高正春困难地动着手指，整只手却不受控制地抖起来。

杨茉看向济子篆："伤口没有愈合，拖的时间太长，已经波及到了整个手背。"

高正春的伤势和乔夫人的一样。

这种情况下要怎么办？

济子篆道："我从前遇到过这样的情形，都是要割除上面的皮肉，然后敷药粉，才有可能会好转。"他虽然不愿意治乔夫人的病，但是他在乔家说的话都是真的，乔夫人不能没有鼻子，所以他不能用这样的法子治病。

"杨大小姐要怎么办？"济子篆很是好奇杨茉的想法，有好几次他想要和杨大小姐论乔夫人的病情，只是因为好奇杨大小姐会用什么样的医术。

"要立即清理伤口，祛除周围的腐肉，最后进行缝合。"现代伤口处理的方法和古代的大同小异，只不过在缝合上有所区别。

高正春听着这些话，挣扎着开口，"我……还能……握笔写字吗？"

杨茉道："伤口完全好了能握笔。"

"要多长时间？"

最好的情况，杨茉道："至少要一个月。"

高正春的伤太重，还不知道到底要割除多少腐肉，手上的皮肉本来就少，这样割掉之后什么时候能长出来，这都是不一定的，最重要的是没有消炎药，不知道手术后会不会感染。

高正春道："有没有可能治不好了？"

杨茉道："有可能。"

高正春摇头："那我不治了。"

"不治的话，伤可能会更严重，你现在已经有了发热的症状，很有可能会高热不退。"炎症蔓延就会引起败血症，到时候就是无药可治。

高正春坚定地摇头，"那我也不治了，我留在京里就是为了状告侯子安，状告他们科场舞弊，等到朝廷受理了案子，就能重开科考，我就能入场考试，我就能考上……"

高正春是一心想着科举出人头地，改变家中的情形，所以秋闱明明已经发了榜，他还不肯回家报信。

高正春黯然地低下头，"不然我对不起妻儿。"

就因为这个宁愿不去治手。

济子篆叹口气："要告人科场舞弊哪有那么容易，大周朝至今不过才有两次重考，再说，也不一定什么时候才再开贡院，你的伤耽搁不了那么长时间。"

这话已经说得再清楚不过，不要说告状不容易，更难的是将整个科考都推翻，凡是考上的举子都不愿意重考一遍。

"蝼蚁尚且贪生，"杨茉吩咐魏卯将高正春的手拉起来，"你自己看看，手已经溃烂成这个模样，不出七日你就会死在这里，你妻儿都要为你发丧，性命不保更别提告人科场舞弊，现在动刀虽然不能保证肯定痊愈，却有机会好转，治与不治都是你自己决定。"

高正春只觉得手臂说不出的疼痛，却紧紧咬着牙，当杨茉说到妻儿发丧的时候，高正春下意识地去看床上的中哥和有些疯癫的高氏，妻儿将希望都寄托在他身上，他若是这样死了，他们要怎么办？家中已经没有一件值钱的物件，他们回去又有谁会收留。

现在保合堂治中哥的病，可是并不是哪里都能遇到杨大小姐这样的善心人。

"有一个好心的郎中给我看过，他说病重了就要将手切掉……他不是吓我。"高正春说着苍白的嘴唇有些颤抖。

杨茉不瞒高正春："他没吓你，以你的病症如果严重了就要截肢。"早就在《灵枢·痈疽篇》里就记载着，发于足指，名脱痈。其状赤黑，死不治；不赤黑，不死。不衰，急斩之，不则死矣。

现在外科郎中已经能做截肢手术。

高正春哆嗦着道："就算不切掉，也不知道什么时候能握笔。"

看着脸色难看的高正春，济子篆只能摇了摇头。

有些人穷其一生只为了科举，每年进贡院的考生有不少已经到了花甲之年，对读书人来说，科举是最重要的事，不能再科举和杀了他们没有区别，但是到了这个时候，济子篆还是想要说几句："你可知乔侍郎？吏部侍郎是多大的官阶？乔侍郎的夫人请杨大小姐去诊治，杨大小姐却没有去。"

"杨大小姐医术高明，错过杨大小姐，你的病症就没有谁能治好。"

高正春明白济子篆的意思。

那边高氏这时候扑过来："天杀的，你要坑死我们娘俩不成。"

高正春看着身边痛哭的高氏，半晌才回过神来，艰难地爬起来向杨茉磕头："我们身无分文，杨大小姐救命之恩，只有日后再报。"

高正春答应了治疗，杨茉立即吩咐魏卯几个准备好外科工具和济子篆一起商议要怎么剪出腐肉用什么药粉敷盖。

内室里收拾出来，杨茉命人将高正春挪进屋，几个人穿上干净的外袍才跟着走进去。

杨茉道："先要清创，用盐水反复冲洗，然后用麻药药酒。"

魏卯几个仔细地听着。

高正春强忍着疼痛。

一刀割下去就有脓血流出来，见了血就让人心跳加快。

萧全见过中哥的情形，现在已经镇定多了，帮着魏卯将干净的布巾用夹子递过去。要将所有的脓血都挤出来。

杨茉道："拿块布巾让病患咬着。"

虽然用了自制的麻药，仍旧免不了疼痛，免得病患咬伤自己，先要让他咬紧布巾。

杨茉看向济子篆，济子篆也拿起了手术刀。

张戈几个看得惊心动魄，没想到师父外科医术一点不比济子篆差，这样柔弱的女子，处理这样模糊的血肉心里却一点也不害怕。

杨茉仔细地看着伤口，要尽量小范围地处理高正春的伤，也好让他能早一点复原。

手术刀将皮肤划开割掉腐肉，高正春嘴里发出"呜呜"的声音。

外面的高氏听得声音吓得瘫倒在地上。

血源源不断地涌出来，杨茉用布巾压上去止血，尽量地看清楚血管的走向，千万不能不小心损伤血管。

"济先生停手。"杨茉皱起眉头突然喊道。

济子篆抬起手术刀看向杨茉。

杨茉摇摇头。

杨大小姐是什么意思？济子篆顺着杨茉手指的方向看过去。

"血管和腐肉已经分不清了，不能再接着割除。"血管和神经已经黏连在一起，现在割除就会伤到大血管，不能保住这条手臂，在没有进行截肢准备的情况下还可能会大失血而死。

很多手术就是打开之后发现根本治不了。

"济先生，我们先缝合吧！"

这样肯定治不好。

简单处理之后，魏卯将高正春嘴里的布条拿出来。

高正春满头冷汗，哆嗦着嘴唇看向杨茉："杨大小姐，我的病是不是不能治了？"

杨茉沉默，医生最难受的是面对一个病束手无策，中哥她没有把握治好，高正春她也没把握治好。

怎么办，该用什么方法才行，杨茉脑海里都是西医的发展史，没有抗生素的时候医生都用什么药来治伤。

杨茉眼前是高正春的伤口，济子篆慢慢地在上面敷着药粉。

对了，第一次世界大战。

杨茉忽然想起来，用蛆治疗外伤，蛆和水蛭一样是生物疗法，没有抗生素的时候应用广泛，现在对那些耐抗生素的外伤也会用到它们。

可是杨茉不确定现在还能不能找到这样的东西，而且古代没有实验室，没有无菌蛆虫，现在又是这样的季节上哪里去找现成的蛆虫用。

本来想到的一个方法，就这样被推翻了。

"大小姐想到了什么？"济子篆已经熟悉杨大小姐的沉默，每一次杨大小姐沉默过后就会有新的疗法。

杨茉看向济子篆，"济先生听没听说过肉蛆入药？"

她没有很清楚地问起来是怕济子篆觉得她的想法太不可行。

济子篆想了想，杨茉以为济子篆会摇头，济子篆却像是忽然想起了什么："杨大小姐也听说朱善用蛆虫治病？"

济子篆的话倒让杨茉觉得惊讶，没想到这个时代会有人用蛆虫治病。

"济先生说的朱善是用这样的法子？"

济子篆颔首："不过朱善的法子不能取，他用那些新鲜的蛆虫委实……让人无法相信。"

真的是用新鲜的蛆虫。

不管能不能用蛆虫，杨茉都想见见这个朱善："济先生可能找到朱善？"

济子篆皱起眉头："难不成大小姐真的要用朱善的法子？那法子可是治死过人的，现在京里可没有人再找他看症，我听说他平日里就躲在屋子里和蛆蝇为伍，很少踏出家门，这样的人……可不能相信。"

再说实在让人恶心。

请这样的人来，不是要坏了保合堂的名声。

杨茉思量片刻，她不能错过这样的机会，明明已经有过生物疗法的历史，现在遇到了她不可能连看也不看一眼。

杨茉拿定了注意："济先生，就让人请朱善过来，我只是想问问他，用不用这样的法子还要看看再说。"

济子篆有点后悔他提到朱善，万一坏了杨大小姐的事，他万难弥补。

可是杨大小姐心意已决，济子篆看向胡灵："你就带着人去一趟朱家，看看朱善是不是还用这样的法子。"

朱善不是出自医药世家，医不三世，不服其药，朱善不懂本草、针灸之法，很少有人找他去诊病，再说自从上次摊了官司，朱善就销声匿迹了很长时间，说不定现在已经放弃了骇人听闻的治法。

胡灵去请朱善，杨茉去内院里歇着。

进了屋杨茉就闻到饭菜的香气，肚子立即咕噜噜响起来，她本来是找书看的，没发现已经到了吃饭的时辰。

周成陵打开食盒，一盘盘的菜端出来，布菜的样子和看公文时的架势一样，他的眼睛清澈地抬起来看着她，让她的心扑通、扑通乱跳个不停。

两双筷子，两碗饭。

周成陵这样等着她吃饭，倒让她觉得十分不好意思。

看着单薄的身影靠过来，周成陵将一大盘焦熘丸子放过去，怪不得人越来越瘦，吃饭简单不说，又不准时，吃饭的时候还喜欢看书，医理在她心里已经学得烂熟，放在自己身上却忘了。

东西都备好了，杨茉不好拒绝，坐下来拿起筷子，两个人无声无息地吃起饭来。

有周成陵在身边还有一个好处，就是她那些坏习惯都用不出来了，这个人吃饭规矩，她也不好太过分，不服气是不行，这个人无论做什么都是有模有样，也说不上讲究，就是举手投足那么端正，眼观鼻鼻观心，吃个饭也像在写小楷一样。

不知道周成陵有没有听到她在外面说的话，亏他还能这样淡然，一点不见嫌弃的样子。

杨茉刚吃好了饭，就听到魏卯来敲门："师父，那个朱善来了。"

魏卯说完话，就有婆子要来伺候杨茉穿衣服。

杨茉看了一眼周成陵，周成陵站起身走到屋子后面的窗前，伸手推开窗子，翻身跃出去，等在外面的蒋平听到声音忙绕去后面，看到整理长袍的主子，蒋平就觉得好笑，主子那身量真不该走窗子，高高在上的人，就算沾点地气儿也是和寻常人不一样。

杨茉让婆子进来，侧脸看了看桌子上的饭菜，秋桐进门二话不说将碗筷收进食盒里，杨茉这才发现，周成陵那双筷子被他拿走了。

婆子看到两只空碗，笑着道："咱们药铺厨房的婆子就是做饭粗，外面买来的饭菜小姐吃着就顺口。"

婆子还以为两碗饭都是她吃的，杨茉不好意思接婆子的话，只好含含糊糊："今天有些饿了。"

婆子道："饿了好，明儿让厨房的下人也学学这几道菜。"

杨茉看向秋桐，秋桐正笑意吟吟，不知道在想什么。

从屋子里出来，魏卯迎过来道："那朱善有些奇怪，师父……心里要有些准备……"

有些奇怪？杨茉不知道魏卯到底指的是什么。

两个人走进前堂，杨茉立即听到议论的声音。

"这是什么人啊。"

"是杨大小姐找来的，说要请他帮忙治症。"

"这个人？不会吧？杨大小姐怎么会用他。"

济子篆听到这些议论声坐在一旁面色不虞，偏偏满脸胡子的朱善不以为然，站在济子篆身边道："济先生是不是觉得我的法子能用才向杨大小姐说起？"

济子篆有一种哭笑不得的感觉，本来他以为杨大小姐知道朱善，这也算是误打误撞为朱善引荐。

朱善一脸的激动："济先生，我的法子好吧？我就知道京里也就只有济先生能听明白我的话。"

"我早就说过，这法子不是我乱想的，《本草》里面有记载，他们谁都不肯听我的，"朱善顶着乱糟糟的头发，口沫横飞地向济子篆说着，"哈哈，我就等这一天，等有人信我，济先生，你不愧是外科正宗。"

这话说得，像是没有人赏识他似的，济子篆笑着摇头："你别谢我，我原本不是信你的，是保合堂的东家杨大小姐听说你的事，才让人将你请过来问问。"

杨大小姐是谁，朱善怔愣在那里，将他叫来的竟是女子？

看着朱善一脸茫然的模样，济子篆道："你多长时间没有出门了？"

朱善仔细地思量，想不出个道理，转头看看外面的天气："大约……有一年了。"

怪不得，连杨大小姐都不知道。

济子篆抬起头看到走过来的杨茉，站起身来："朱善，这就是杨大小姐。"

朱善转过头，面前不远处站着一个头戴幂篱，身量娇小的女子，脸上的喜气顿时去了大半，原来叫他来的是个女子。

"这位就是朱先生？"杨茉低声道。

朱善怔愣片刻才应了一声。

杨茉道："听说朱先生会用肉蛆治烂疮、毒疮。"

朱善点头："我是会。"

"能不能给我看看？"

看什么？朱善没有反应过来。

杨茉道："朱先生现在手中还有没有用来治病的肉蛆，能不能给我看看。"她要看过之后才知道和现代医疗用的那种蛆虫是不是相同。

这女子要看肉蛆，那是多少男人看了都会害怕的东西，他去了多少家医馆，只要听说是肉蛆，大家都会一脸嫌恶，身体自然而然地躲避，就算济子篆也只是看了一眼就皱起眉头来，让他将蛆虫收起来。

现在这个女子主动要看那些蛆虫。

女子见了都会惊呼的东西，她要看……他没听错吧。

朱善眼睛里露出怀疑的神情："大小姐可见过那些东西？"能开保合堂这样的药店，想来是被人伺候，十指不沾阳春水，别说蛆虫就算小虫子也不一定见过。

杨茉道："从前见过一些，不知道先生有没有将东西带来。"

朱善故意整理一下袍子："自然带了，我就怕拿出来小姐看了会惊慌。"

胆子再大也是女子。

杨茉笑道："不会，先生只管拿来就是。"

反正他有话在先，万一吓到谁他是概不负责，朱善小心翼翼地从怀里掏出一只木桶，打开木塞，将虫子倒在铺好的布巾上。

药铺里的医生和郎中看过去，白花花的蛆虫和平日里见的没什么区别。

朱善看向杨大小姐，杨大小姐没有躲开反而走上前几步查看："这些虫是怎么来的。"现在这个天气，苍蝇都已经很少见，更别说这些白花花的小虫。

这女子可真胆大，朱善道："自然是我养的，我用肉和糖养它们，屋子里早就烧了炭，可都是上好的银霜炭。"

说到这里，旁边的人不禁觉得可笑，朱善的样子就跟乞丐差不多，竟然用银霜炭养蛆虫，怪不得人人都传朱善疯魔了。

也就是说，这些蛆虫不是那些乱吃东西的苍蝇产的，人工培育出来的虫子身上少了许多病菌。

本来杨茉觉得有三四成能用的可能，现在经朱善这样一说，她就有了七成的把握。

"家中还有这样的虫子多少？"

杨大小姐竟然没有离开，而是接着问朱善，旁边的济子篆越来越弄不明白，杨大小姐真的要用这些东西？

朱善道:"上百条是有的。"
这样的话用生物疗法应该够用了。
杨茉道:"朱先生等我一会儿,我去去就来。"
杨大小姐是害怕了吧,所以不敢在这里说。
朱善不禁叹气,一屁股坐下来。
朱善刚落座,就有人道:"哟,朱老四,你穿的是什么啊?你这裤子怎么还带着花纹,像是女人穿的。"
屋子里有几个人看着朱善的裤子忍不住笑起来。
朱善红了脸,"去去去,我就不信,你们没穿过老娘的裤子。"如今他是家徒四壁,有的只是那些蝇虫,听说济子篆叫他来,他没有出来穿的裤子,只好将死去老娘的裤子套在腿上,早知道是这样的情形,他就不来了。
"朱老四,你就为了这些虫子变卖家财?连媳妇也没娶上?"
"就不怕你老子、娘从祖坟里面爬出来掐你?"
朱善听到有人质疑他的虫子立即站起身:"等有一天我用来治好了人,你们一个个就傻了眼,叫你们有眼不识金镶玉。"
"哈哈。"外面的人听说疯魔的朱老四来了,都聚在门口笑起来。

杨茉撩开帘子去了里面的诊室,高正春躺在床上不知在想什么。
杨茉准备将两种治疗方案仔细地跟高正春讲一遍。
高正春转过脸,嘴唇一抖开口:"杨大小姐,你可见过哪个考生少了一只手或是没胳膊?"
这杨茉还真的没见过,不过应该也会有。
高正春道:"若是不能科举,我一家也活不下去了。"他没有别的本事,这些年也只会读书。
"若是有别的方法治呢?旁人没有用过,也可能会出现不好的情形,可如果有效了,你的手也就能保住,你可愿意试试?"杨茉打断高正春的话。
本来已经万念俱灰的高正春,眼睛霍然亮起来,仿佛找到了出路:"杨……杨大小姐,有这样的法子?我愿意试,我愿意试试。"
很多病患因为接受不了蛆虫疗法所以不得不中断治疗。
杨茉将用蛆虫去腐的法子说了:"你若是害怕就不要勉强。"
用蛆虫能治病?高正春第一次听说,那些虫子吃腐肉,不会将他整个人都吃掉吗?想到这些高正春觉得心里一麻仿佛有无数的虫子钻进来,不禁哆嗦,可是想到自己的手,高正春抬起头:"杨大小姐给我治吧,我……我不怕。"
杨茉道:"蛆虫只是吃腐肉,没有坏的地方它们不会吃,而且放置的时间很短,一天就会打开来换,我会将虫子清理干净,然后用盐水冲洗。"杨茉尽可能将步骤讲得清楚,很多病人害怕是因为不了解。
"会有一点疼,但是比用刀好太多了。"

高正春听着点头。

济子篆不禁奇怪，听杨大小姐这样说，好像对这样的方法很清楚，看到那些虫子没有一点的犹疑就要用，更没有质疑朱善是疯子。

他还以为至少在医术上他已经十分熟悉杨大小姐，可是今天的事却让他觉得，杨大小姐永远有让人惊奇的地方。

杨茉从里面出来，朱善站起身，准备听完杨大小姐的话就走，反正杨大小姐是不可能用他的虫子。

"朱先生，劳烦您将家中的蛆虫都拿来，我有一个病患想要试试这种方法。"

朱善睁大了眼睛，周围传来吸冷气的声音。

杨大小姐要用这样的方法。

杨大小姐相信了朱疯子。

"大小姐。"丁二上前一步就要开口，却看到杨大小姐向他颔首，目光清澈十分自信。

第三章　报应

乔月婵陪在乔夫人床边，听着管事妈妈从外面打听来的消息："保合堂那边接治了一个病患，听说……听说是手受了伤，很重，杨大小姐接了……要……要用什么蛆虫来治，活生生的蛆虫啊。"

乔夫人正觉得恶心，听到管事妈妈这话再也忍不住弯腰呕吐起来。

乔月婵忙从丫鬟手里拿过痰盂："母亲，您别急我们肯定能找到治病的法子。"

乔夫人面如死灰地摇摇头。

管事妈妈低声道："夫人您就听小姐的，奴婢听说这样的法子只觉得恶心又惊奇，杨大小姐没有外面传的那样厉害，奴婢看她不过也就是会治那几个病而已，咱们还是听太医院的，早些让外科太医来治病。"

外科太医，那些人说，要割开她的鼻子，若是还不好就要将鼻子割掉……乔夫人看向管事妈妈。

那凶狠的目光让管事妈妈打了个冷战。

"你是想要老爷休了我，再纳新夫人进府。"

管事妈妈立即跪下来："奴婢没有那个的意思，眼看着夫人的病一天比一天重，奴婢是担心。"

乔夫人没有生气地靠在大大的迎枕上，她沉下眼睛就会看到肿大的鼻子，那些奇奇怪怪的药粉每天都会撒上去，但是一点不见好转……

"母亲，听说通州有位坐堂医擅长治痈疮，将他请来给母亲医治。"

乔夫人摇头，奇奇怪怪的方法她已经用了很多，她够了，受够了……

看着母亲面如死灰的模样，乔月婵觉得有一把火在胸口烧起来："母亲，我们会想到办法的，无论是什么法子，都比那女人用蛆虫治病要好。"

谁会用活生生的蛆虫治病，根本是闻所未闻。

乔夫人没有了心力闭上眼睛不说话，乔月婵流了一会儿眼泪才跟着管事妈妈出了屋子。

"到底是怎么回事？"乔月婵低声问管事妈妈。

管事妈妈道："听说是要将蛆虫放在伤口上。"

乔月婵觉得一阵反胃，杨氏就像蛆虫一样恶心。

"能治好吗？有没有谁说能治好？"这时候她要弄清楚，杨氏的方法到底能不能治病。

管事妈妈摇头："听说连济子篆先生都觉得不妥，只是杨氏……一意孤行，而且用蛆虫是那个城南的朱疯子的主意，那朱疯子祖上是杀猪卖肉的，根本……根本没有谁会医术。"

乔月婵听到这里冷笑，杨氏是疯了才会用那个人。

"小姐，"管事妈妈不知该不该说，好不容易下定决心，"老爷现在忙于朝廷上的事，现在内宅都靠着小姐，小姐要是下不定决心，我们……就更不知晓该怎么办。"

这话是什么意思？

乔月婵微微思量："妈妈有话不妨直说。"

管事妈妈道："快让外科御医来给夫人治病吧，就算是用那种法子，也好过……这样下去，"说着用袖子擦了擦眼泪，"我们真怕夫人有个差错。"

最怕的人是她，父亲出了事，母亲若是再一病不起……她不知道要怎么办才好，因为鼓动妓女去保合堂的事已经让外面人议论纷纷，那些要来探望母亲的夫人再也没有登门，乔月婵忽然觉得只要冷静地想想她就会害怕，她害怕，现在的处境不得不让她害怕。

没有了名声，再没有为她撑腰的家，一心为她打算的母亲，她不知道要怎么办。

"我去劝母亲，说不定治起来没有我们想的那样可怕。"

管事妈妈颔首："小姐，这就对了。"

乔月婵点点头："等母亲醒过来，我就去劝……"

比起乔家的慌乱，杨茉做起事来很有条理。

"盐水。"

魏卯立即将盐水递过来，杨茉仔细地冲洗那些小虫子。

朱善睁大眼睛："这样会弄死。"

"还有很多，"杨茉道，"有些会死，死了就不用，用那些活着的。"

这是什么法子。

"你这些虫子身上可能会有不干净的东西，要洗干净才能用来治伤。"

魏卯看得头皮发麻，觉得那些虫子顺着他的手指爬到了他的头皮上。

"然后呢？这样就直接放进病患身上？"

杨茉道："要将没有损伤的血管结扎，免得虫子会钻进不该去的地方。"

朱善从开始的怀疑到钦佩，要不是身边有人挡着他，他就快跳起来，之前他怎么没有想到这个法子。

说话间，白老先生进屋来看情形："这样能不能行？"

没等杨茉说话，朱善抢着道："《本草纲目》上记着凡疔疮、臁烂可用五谷虫研末，香油调而外敷。鲜者更妙，取咸寒解毒，蠕动攻散也。"

本草纲目虽然这样写，但是未免有些断章取义，这些毕竟是偏方，白老先生看向朱善："听说你治死过一个病患？"

朱善大大的头一颤，想装作若无其事，却还是脸上有些讪然："我也治好过人。"

这算什么说法，朱善果然不懂医术，这样的话也说得出来。

杨茉看向白老先生："先生放心，我心里有数，这样的方法不是不可行，我们就一起试试，若是没有效用，再用截肢的方法。"

杨大小姐已经不是才行医的时候，事事都要依靠他才能下决定，很多脉象都要和他商量，白老先生点点头，做一个医生最重要的是思路清晰，胆大心细，不像朱善只要一张口就会被问住。

"胡灵，你去取血，准备找合适的血来。"万一这个方法不行，就要紧急开刀。

大家都准备妥当，杨茉看向高正春："不用害怕，你只要想着过了这一关就能接着科举。"

高正春点点头。

杨茉道："用布巾挡住。"

朱善翘着脚想要进诊室，却被保合堂的弟子拉住。

"朱先生，您这个样子进去恐怕不妥，我们进去都要换干净的衣服。"

他不能错过那一幕，他多少次做梦都梦见的时刻，让人认同他的方法，不要将他当疯子，不，当做疯子也无所谓，只要他的法子可行。

"我换衣服，我换衣服。"

朱善说着将外袍脱下，穿着补丁的小袄和大花裤子，大家忍不住笑起来。

白老先生看着疯癫的朱善，想想自己年轻时为了一味药加减和师父争论，只有这样坚持才能做成大事。

朱疯子说不定真的做出大事了。

大家聚在诊室里，杨茉开始将蛆虫放进高正春的伤口："放好虫子，我们为了避免虫子爬出来，要进行包扎。"

张戈见过身上长蛆虫的人，那些人上门求治，他们是将蛆虫除掉，从来没见过要主动放这些东西进人的伤口，那是一种什么滋味，再看看高正春一脸的苍白。

天哪，他们到底在做什么。

"包扎好，要等到明日这时候打开伤口。"

将蛆虫放在身上一天，一天时间能有什么改变？治好病患的伤处？

要不是师父决定这样治，他肯定早已经反对，张戈转头看看萧全，萧全早已经将目光瞥向旁处。

只有魏卯和秦冲在师父身边时间长了，仿佛早已经习惯了似的，他们也更相信师父的医术。

从诊室里出来，江掌柜立即迎过来："小姐，舅老爷和表少爷来了，我将人请进了内院。"

在杨茉兰印象里舅舅不爱说话，整个家都由舅母一个人打理。

杨茉脱掉外面的褙子迎过去。

张二老爷带着张郁正四处打量着屋子，屋子里装饰很简陋不像是一个女孩子家休息的地方，他的几个女儿就算出门上个香，暂时休息的厢房也要经过一番布置。

张二老爷是见过杨家从前的模样，比这不知道好了多少倍，张二老爷想到这里一阵心酸，将妻子哭哭啼啼的模样又抛诸脑后。

杨茉上前给张二老爷行礼，舅舅脸上没有笑容，但是目光柔软和之前来闹事的舅母完全不同。

"长大了，人也瘦了。"不过倒是看着没那么娇弱，眼睛里透出一股的朝气，跟换了个人一样。

张二老爷想到死去的妹妹，不禁眼睛湿润："你母亲去得早……也怪我没来京里看你。"

杨茉不知道该说什么。

张二老爷道："我是接到了常家的信，说你拒了婚事，要从常家搬出来，后来是杨老太爷让人捎信说，常家待你不好。到底是怎么回事？"

这些话杨茉不知道从何说起，尤其是常家，那些事是她前世经历过的，没有人会真正明白。

杨茉道："毕竟是寄人篱下，恰好遇到那样的机会，干脆就搬出来，舅舅不知晓吗？我们家的财物都握在常家手里，若是真正待一个人好，不会如此，常家若是重视我更不会如此，这样的婚事不要也罢。"

"你没想想，亲事是杨家长辈一早就定好的，"张二老爷说着叹气，"我听常老夫人说，常家还是愿意结亲。"

常家愿意结亲不过是表面上罢了，真等她进门就会死死地将她攥住，她倒是也能和她们周旋，可是她找不到一个理由要这样做。

为了死去的长辈？为了常亦宁？

杨茉面容舒朗对上张二老爷的眼睛："祖母很疼爱我，只要我过得好，祖母就会高兴，不会在意我嫁给谁，我父亲教我身为女子虽柔弱却又要刚强，因为我母亲就是这样的女子，长辈对我的教谕很多，不光是这一门亲事。"

张二老爷皱起眉头，有什么能比父母之命重要，一个女子不应该在外抛头露面。

张二老爷想起妹妹殉夫之前托人给他捎的东西，嘱咐他适当的时候拿出来，他不知道什么是适当的时候，总觉得是要等到茉兰成亲之后，却没想到茉兰从常家搬出来。

这件事该不该和妻子商量又要不要告诉茉兰，始终让他无法下决定，本以为来到京城许多事迎刃而解，可是到了京中，又是两下为难。

如果听妻子的话，茉兰这样胡来，他就不该提起这件事，反而应该将东西交给妻子，两个人将东西打开看看到底是什么，往后怎么处置，可是想到茉兰无依无靠，他又狠不下心肠。虽然茉兰将陆姨娘接到这边，可是对妹妹之前说的话还记得清清楚楚。

张二老爷正踌躇间，外面婆子来道："大小姐，您快去看看，那个小孩子醒过来了。"

中哥醒来了？

杨茉心里不禁一喜，站起身向舅舅行礼："甥女要去前院诊治病患。"

张二老爷点点头，眼看着杨茉被人簇拥着走向前院。

张郁看看父亲又好奇地看看外面："爹，我们也跟着表妹去瞧瞧吧！"他还没见过女子治病，更何况外面对表妹的医术传得那般厉害，耳听为虚眼见为实。

张二老爷想了想也站起来，走出了屋子，张郁立即跟了过去。

"师父来了。"魏卯将杨茉迎进病室。

杨茉立即看到了睁着大大眼睛四处看的中哥。

中哥脸上有一丝的胆怯，看到了床边的母亲却格外高兴，张开嘴就说话："娘……我们……这是……在哪里啊……"

高氏忍不住要掉眼泪，中哥病得迷迷糊糊将一路进京的事都忘了。

"我们在京里。"高氏低声道。

中哥霍然来了精神，抬起头看高氏："找到爹爹了吗？是不是爹爹考中了，将我们接来，是不是。"

外面的高正春本想去看儿子，听得这话在门外蹲下来。

高氏摇摇头："你忘了，我们说来京里保合堂找杨大小姐给你治病。"

中哥霍然想起来慌忙不迭地点头："娘说到了保合堂，杨大小姐肯定会救中哥，中哥就不会死了，"说着转头看杨茉，怯懦地伸出手来拉住杨茉的袖子，"你是不是杨大小姐？"

杨茉点点头，笑着看中哥："对，这里是保合堂，我就是杨氏。"

中哥很认真地问："杨大小姐，我是不是不会死了。"

小孩子就会揪着一件事问，其实他们不懂得什么是死。杨茉轻声道："只要你按时吃药，病就会好转。"说着伸出手去摸中哥的额头，烧还没有完全退，这孩子已经烧了好几天，又有这样重的肺炎，不知道到底能不能熬过去。

杨茉看向旁边的秋桐："将我准备好的糕点拿来。"

秋桐端了托盘上来，上面摆着京中有名的各式点心："这是丝窝膏、芙蓉卷、豆沙卷、莲花卷，还有咸甜的锅盔。"

中哥紧紧地盯着，奶香的味道飘进他的鼻子里，他忍不住吞咽："这都是给我的？"

杨茉点点头："是，都是给你的。"她早就想着等到中哥醒来，将这些点心拿给他吃。

高氏那边已经不知道该如何感谢杨大小姐，杨大小姐救了她一家人，没有要他们分文诊金，还供着他们吃喝，现在还给中哥买了这么多点心，她就是来世做牛做马也报答不了杨大小姐的恩情。

中哥眼睛离不开那些点心："那能不能现在都给我？"小小的手张着，好像恨不得拿到那些点心塞进嘴里。

杨茉点点头，将点心摆在中哥床边。

中哥脸上立即露出笑容，他伸出手拿起点心，大家以为他要塞进嘴里，他却看向高氏：

"娘，杨大小姐将这些给我了，我将这个给娘，娘快来尝尝好不好吃。"

原来中哥是要将吃的给母亲。

小孩子这样纯真，一举一动让大人都羞惭。

高氏陪着中哥吃了些东西，中哥立即躺下来小小的脚翘着去蹬床脚，努力地挺直身体："娘，看我长大没有？娘说多吃东西就会长大，中哥要快快长大，长大之后就不会总饿了，就会像娘一样，不饿了。"

杨茉眼前出现高氏母子两个互相推让吃东西的情形。

哪有吃了块点心就能长大的，平日里听起来很好笑的话，现在却让人鼻子发酸。

高氏看向杨茉，杨茉点点头，这时候要让中哥高兴，不管病有没有好，要尽可能地让孩子高兴。

"长大了，长大了些。"

听到高氏这些话，高正春再也忍不住走进病室。

中哥意外地看到高正春不禁一怔，爹爹眼睛红红的，手用布巾包着："爹爹，"中哥张开手，"爹爹有没有考中？爹爹怎么哭了？"

这一家三口不知道受了多少的磨难。

"爹爹没有考中。"高正春嗓子沙哑。

高氏那边已经放声痛哭。

中哥的嘴刚要咧开，他却生生地忍住了："没事，爹爹下次再考，中哥不饿，中哥以后不跟娘要吃的，中哥真的不饿，爹爹考吧，爹爹下次再考就会考中了……"

高正春上前抱住中哥。

站在门口的张二老爷见到这一幕不知说什么才好，旁边张郁也跟着眼睛发酸，怎么会有这样可怜的人。

张二老爷刚要转身走，身边传来粗壮的嚎哭声："真可怜，这一家人真可怜。"

张二老爷吓了一跳，转头看过去，只见哭泣的人一身邋遢，身上的袍子满是污渍和补丁，穿着半截的花裤，比街边的叫花子好不到哪里去，这样的人竟然会哭别人可怜。

这保合堂里都是些什么人啊，如果不来看看，谁能想得到。

张二老爷摇了摇头，她还以为茉兰得了大笔的银钱和陆姨娘生活得自在，却没想到茉兰真的在保合堂行医，还接治这样的病患，平日里这样的人倒在路边也不会有人看一眼。

"这是张老爷吧？"白老先生让人搀扶着走过来和张二老爷说话。

张二老爷抬起眼睛看到一个熟悉的面孔，这是他来京里见到最让他熟悉的人。

杨家最有名的坐堂医。

两个人走到旁边的屋子里说话，张二老爷看着须发全白的白老先生："老先生也在保合堂坐诊？"

白老先生点头："大小姐将药铺拿回来，我就来了。"

张二老爷一时沉默。

"张老爷这次来京中是来帮衬大小姐？"白老先生先问道，"大小姐撑起杨家委实不容易，哪家的女子这样忙碌，药铺中有病患时大小姐连家也不回，不眠不休地照应病患，老爷若是前几日来京里，就会看到整个药铺一条街挂的可都是咱们保合堂的旗子，可惜杨老爷和夫人去得早，否则看到今日的情形，不知要怎么高兴。"

"只是辛苦了小姐，将银钱都用来行医，家中省吃俭用，每天都要义诊很多病患，赠药更不在少数，现在这京里知晓保合堂的人，也不比杨老爷在世时少啊，慕名来看诊的更是数不胜数。"

白老先生这样说，倒让张二老爷不知怎么开口。

"就说刚才您看到的那一家子，孩子若不是杨大小姐早就没了，现在大小姐要帮高秀才保住手，好让他有机会再考科举，这些都是不收诊费的啊。"

白老先生叹气："您说这保合堂能开起来，还不都是杨大小姐一个人在支撑，"说着期盼地看着张二老爷，"都说娘亲舅大，现在张老爷来了京里，可要好好帮衬帮衬大小姐。"

白老先生的话正好戳进张二老爷心里，杨家败了之后，他们却收到了合开铺子一半的银钱，一盒金叶子只多不少，这些年他们过着锦衣玉食的日子，何时想过这个甥女，是他这个做舅舅的不对，他们到了京里没有仔细打听茉兰的情形，只是听信常家的一面之词，妻子就上门训斥茉兰。

现在想想，若不是真的在常家过不下去，茉兰怎么会出来受这份辛苦。

"我是不愿意让她在外抛头露面，一个女子应该在内宅了，就算不要常家这门亲事，也要请人来说亲，将来嫁去夫家就有了依靠。"

白老先生脸色一变："万万不能啊，大周朝找不出第二个如大小姐这般医术之人，没有杨大小姐，许多病患只有等死……"

听得这话张二老爷惊讶，茉兰的医术真的到了这样的地步，竟然让白老先生如此夸赞。

张二老爷想起刚才的情形，保合堂所有人都围着茉兰，那种发自内心的尊重和表面上的恭敬是不一样的。

保合堂的人都像白老先生一样，一心一意地追随着茉兰，仿佛能随着她哭，随着她笑，所有人因她动容，不止是那些病患，可茉兰这样，谁肯娶她，娶了她又怎么会让她这样在外行医。

张二老爷想要教训杨茉的念想顿时去得干干净净。

张二老爷带着儿子回到住处，荆氏立即迎出来，直接问向张二老爷："老爷，怎么样？有没有教训杨氏？"说着顿了顿，"快去换衣服，常家还等着我们去宴席呢。"

一进门妻子就先问有没有教训茉兰，更要欢欢喜喜地去常家。

张二老爷胸口燃起一股无名之火："亏你说得出来，还杨氏，杨氏是你叫的？你是长辈，怎么能这样说一个晚辈。"

荆氏被骂得一怔，惊讶地看着张二老爷："你发什么疯，倒骂起我来了，杨氏做的事本就有辱家风，我怎么不能说她，就算是姑奶奶现在活着，我也照样说。"

张二老爷看着荆氏张扬的嘴脸，不知怎么的一巴掌扇过去。

清脆的巴掌声将所有人都惊呆了。

荆氏下意识地捂住脸，瞪大眼睛看张二老爷，张二老爷仿佛也才回过神来。

"我跟你拼了。"在儿子和下人面前他竟然动手打她，荆氏顿时红了眼睛，整个人撞

进张二老爷怀里。

张二老爷猝不及防顿时被撞了个趔趄。

"我知道你早就看我不顺眼，现在动手打起我来了，你怎么不拿刀杀了我，你嫌弃我不是一日两日了，是不是杨氏寻来了好淫妇勾着你的心，让你回来这般治我。"

荆氏越说越不像话，张二老爷皱起眉头："你再乱说，什么淫妇？什么治你？"

荆氏伸出那只残臂哆嗦着挡在身前："我知道，你是要弄死我，我这样不人不鬼早就不想活着了。"说着就要去撞墙，发髻凌乱不堪，脸上妆容早就被泪水冲花了。

张郁见到母亲这般，吓了一跳忙上前拉住母亲："母亲，有什么话不能好好说，父亲和我去了保合堂，表妹不像外面人说的那样。"

荆氏哭得更厉害："你们都觉得她好，这里面就是我最坏，如今你也长大了，用不着我照应，我就一死了之，免得被人嫌弃。"

张郁听得这些话，皱起眉头看父亲："父亲，你就说一句，让母亲消消气，你看母亲的手抖得更厉害了。"

荆氏哭得几乎上不来气，从小就残废的手臂在一旁抖动着让她整个人看起来更加的悲凉。

看到妻子这样悲惨的模样，若是平时张二老爷也就算了，可是想想保合堂里那些更加凄惨的病患，张二老爷突然发现妻子这病其实算不得什么

每次只要一吵架，妻子的手就会成这模样，看着仿佛比平日里严重，可是又不会怎么样，开始他还提心吊胆，现在已经不会那么慌乱。

张二老爷板着脸："从今往后，只要我没答应，不准你再去常家，"说着顿了顿，"有空我们去趟杨家，本来就该问清楚的事，不能只听别人一面之词。"

荆氏知道张二老爷的脾气，他性子软，只要她一哭他就没了办法，这次是怎么了，这样跟他闹，他的气势也不消。

他们爷俩到底在保合堂看到了什么，态度才有这样大的变化。

张二老爷拂袖过去，荆氏看向旁边的儿子："是杨氏和你父亲说什么了？"

张郁摇摇头："没有，没说什么，只是说一定要开医馆。"

张郁将荆氏送进内室："娘，姑父家传的医术那么厉害？"

听得这话荆氏本来松开些的眉头又紧紧地皱起来："谁说的？如果厉害他为何要走科举为何要做官？"

张郁被母亲训斥得脸色有些黯然，可是想到表妹吩咐徒弟治病的情形，忍不住开口："表妹的医术真的很高，咱们家的大夫不说，听说京里也没有谁能比上，"张郁津津乐道，"母亲上次去是没有看到表妹治病，下次去看看就知道了。"

下次去？荆氏的脸霍然黑下来，她是要丈夫和儿子去教训杨氏，而不是让他们回来跟她说杨氏有多厉害。

"你们要跟着杨氏一起疯不成？那常亦宁是将来有前程的人，她都可以毁了婚事，"荆氏说着看向张郁，"若是杨氏还能找一个比常亦宁家世好，比常亦宁有前程的，我就将眼睛挖出来扔在地上让你们踩。"

张郁不明白母亲为什么这样生气，呆愣地看着母亲。

荆氏想到伤心处眼睛红了："我都是为了你啊，是你说想来京里，我是想给你在京中成个家……当年你姑姑出嫁的时候，你祖母怕杨家瞧不起，给你姑姑凑了二十几箱的嫁妆让她嫁来京里，为的就是将来给你父亲在京里找个门路，结果，你姑父不肯出力，连合开个药铺都要和我们出钱，我写封信说家里银钱不凑手让你姑姑想个法子，你姑姑却说娘家的事她不好插手，银钱都要一笔笔算清楚，"荆氏说着冷笑，"我让你父亲来京里看看情况，结果你父亲倒痛痛快快将银钱给了，还不是听了你姑姑的话，我嫁进张家这么多年，却不如一个已经出嫁的姑奶奶。"

"谁家不是给儿子留下祖业，哪里有嫁女倾家荡产的，你祖母偏心你姑姑，也不能偏到这样的地步。"

张郁没听父母说过这些，惊讶地道："可是我们这些年不是过得很好？"

"好？"荆氏冷笑，"若是你祖母将张家完整地交到我手里，我们早已经举家搬来京城，哪里会用个银钱也仔细算计，我们眼前倒是还不至于饿死，将来呢？你要娶妻，我活着自然仔细为你打点，我若是死了，你父亲再娶，你过不下去谁又管你。"

张郁没想到母亲是为了这个："母亲……说我的亲事……那……那是怎么回事。"

荆氏道："常老夫人夸你长得出息，我知道常家有位三小姐比你小上几岁，刚好合适，若是你做了常家的女婿，还怕将来不留在京中？"

张郁怔愣在那里，没想到母亲是想要和常家结亲。

张二老爷不知道妻儿在屋里说些什么，他现在心里却已经有了另一番打算，吩咐下人："你四处去打听打听常家和杨家的事，打听来的消息不要和太太说，径直向我禀告。"若是常家真的黑了心肠，他不能就这样算了。

董昭从保定府回来，径直进了家门换下衣服，给董夫人请了安正要去看幕僚。

董绩撩开帘子进了门，看到儿子眉头皱起："又要去做什么？朝廷的差事办好了？"

董昭行了礼道："办好了，去保定府就是例行巡营。"

"例行巡营？巡营为何让你去？你可知晓？是不是皇上有命你驻防的意思。"

父亲说的这些他不是没想过，只是现在下结论还为时过早，董昭道："保定大营那边问题很严重，防卫松松垮垮不说，军资也甚少，若是真的打起仗来根本不够用，保定府守备陶胜勋急得不得了，见到我之后说要弹劾冯党。"

董绩听得眼睛发亮："这是好事啊，趁着这个机会，正好弹劾冯国昌，皇上让你去保定府，就是这个意思。"

董昭没有作声，皇上让他去未必就是这个意思，现在冯党的事闹到这样大，也不见皇上惩治冯党，可见现在不是最好的时机："父亲回京这么久，朝廷还没有办下军资，更没说让父亲回去边疆，从前哪有这样的情形。"

边疆战事是一日都少不了主将的，这次朝廷不但让父亲回来，还让他一直留在京中。

董绩听出这话的意思："你是说皇上对我们家起了疑心。"

董昭迎上父亲的目光。

董绩沉下脸来:"皇上让你去保定府,难不成是在试探你?"

试探他会不会弹劾冯党,也就是说皇上知晓保定府的情形,一个看似不问政事的皇帝,却突然对这些都了如指掌。

他不能不防。

"你有没有去找宣王商议?"

虽然皇帝已经夺了周成陵的爵位,可是在董绩心中,宣王就是宣王。

董昭沉默下来。

"糊涂,"董绩冷哼一声,"我都听你母亲说了,难不成为了一个女子,你仕途不要了,宣王那边也要跟着生分,"董绩瞪圆了眼睛,"我告诉你,只要我在一天就不让杨氏进董家门。"

眼看着两父子又吵起来,董夫人忙上前:"快让昭儿去见幕僚吧,这么大的事怎么能耽搁了。"

董绩厌烦地挥挥袖子。

等到董昭出了门,董夫人上前:"老爷,你怎么就不相信昭儿呢?昭儿有昭儿的想法。"

董绩道:"我也有我的想法,"说着一屁股坐在椅子里,"要么不冒险,要冒险就要得大利,我们认识宣王那么长时间,总不能让旁人抢了头功。"

董夫人听得这话不知道该怎么说好,她张了张嘴,董绩已经转身去了书房,剩下她自己站在冰冷的屋子里。

董昭换了衣服一路到了周成陵暂住的院子。

阿玖已经等在门前:"世子爷来了。"

董昭点了点头跟着阿玖一起进了书房,没有幕僚说话的声音,周成陵只是在整理眼前的书籍。

下人奉了茶,两个人坐下来。

董昭简单地将保定府的事说了:"若是不加军资一定会出事。"可是这件事要怎么说。皇上有心打击冯党直接说就是了,为何要让他去保定府。

看着董昭深沉的表情,周成陵道:"这件事很简单,既然弄不清楚皇上是不是要试探你,你就丢开冯党不说,就事论事。"

董昭隐约明白周成陵的意思,静静地听着周成陵的下文。

周成陵道:"皇上让你去保定府,因为你是武将,武将不参政,你不说政事只要将保定府大营的情形事无巨细禀告给皇上,谁造成如今的局面都与你无关。"

"你只要说缺多少军资,要怎么驻防,至于用多少银两,朝廷要如何拨款,为何军资会如此之少,那都是文官的事。"

董昭之前只是隐约有这样的想法,但是事情仓促他并没有完全想清楚,被周成陵这样提点,他心里豁然开朗。

这样一来这件事无论怎么闹起来都和他无关。

这些事上他不得不佩服周成陵,政事上周成陵总是能算无遗策。

和周成陵说了会儿话，董昭从屋子里出来，正好听到蒋平和阿玖说话。

"用虫子，我看着都害怕。"阿玖缩着脖子。

蒋平终于找到阿玖的弱点："你可见过浑身长了蛆虫的人？"

阿玖牙齿发颤，感觉到有什么东西正顺着他脊背在爬，他伸出手来抓一抓："你说杨大小姐怎么胆子那么大，女子不是都怕那些东西。"

蒋平嗤笑："杨大小姐是什么人，她做的那些事哪个女子能做。"

这倒是，阿玖抬起眼睛就看到董昭，立即迎上去："世子爷，您不多坐一会儿？"

董昭走过去道："你们在说什么？"

阿玖呵呵笑，本来不准备开口，旁边没心没肺的蒋平舒展了身姿，痛痛快快地道："杨大小姐用蛆虫治伤，我们白日里见了那些虫子，这没出息的就怕起来。"

"谁没出息？"阿玖说着去看董昭的脸色。

天黑着，董昭的神情看不清楚，他才离开几日她就做了这样的大事，用蛆虫治病，又是谁都没用过的法子。

想着杨茉那柔弱、温和的面容，这一次真的能行？怎么一次比一次让人觉得难以想象。

他总想给她些依靠，她在他面前却恭谨守礼，难不成一个女子不该如此？不，他并不是这样想，只是她胆子那么大，甚至不曾在他眼前放松地笑一笑。

就是那种陌生的感觉，无论他们相处几次都始终陌生。

唯一一次莞尔，就是在他醒过来的瞬间。

笑得那么粲然，那么无所顾忌。

董昭沉默着，阿玖不由自主地又缩了缩脖子，这两位怎么就能同时看上一个女子，偏偏现在他看着两个人各有各的好处。

董昭上了马，不知不觉地来到保合堂那条街上。

只有一家药铺尚点着灯笼，柔和的光洒下来，在黑暗中给人一种心安的感觉，离京这几日他怅然若失，可是看到这盏灯，那些情绪莫名其妙地顿时消散。

杨茉第二天一早就来到保合堂。

很多人听说蛆虫的事都来等消息，这次和从前不同大家不再乱哄哄地吵闹，而是静静地等在自家药铺门前。

杨大小姐第一次用蛆虫治病，不知道到底能不能有效。

杨茉小心翼翼地将布巾打开。

秋桐端着盘子凑过去，突然看到伤口的情形，秋桐没有准备顿时大喊起来："啊……"

蛆虫争先恐后地向外爬着，而且大小已经和昨天的样子完全不同，一夜之间虫子竟然长了这么大。

"镊子。"杨茉伸出手来。

秋桐半天才反应过来，急忙将东西递了过去。

"这是剪子。"

女孩子看到这个肯定要害怕，她没有想到这一点，杨茉看向魏卯："镊子。"

"我来，我来，"秋桐立即又递了镊子过去，她脸色发红却强忍着不适，"我已经好了。"

杨茉点点头接过镊子，将伤口里爬出来的蛆虫都放进托盘中。

眼看着养得又肥又大的蛆虫在瓷盘里扭动，最兴奋的就是朱善，他目不转睛地盯着，每当杨茉取出一条虫子，他的眼睛都会亮一分。

杨茉小心地数着，旁边的秋桐和魏卯也帮着一起数。

高正春虽然不觉得疼，可是身上起了一层的冷汗，没事了，没事了，虫子已经被夹出来，最难熬的时间已经过去。

杨茉边清理虫子边翻看伤口，济子篆也站在一旁仔细地看过去。

"济先生，您看看，是不是腐肉少了很多？现在血管都已经能看得清楚。"

济子篆目光随着杨茉手中的夹子挪动。

是真的，腐肉真的少了，留下的是那种粉红的皮肉，没想到蛆虫会有这样的疗效，不过是一日而已，就让伤口变了模样。

"用盐水冲洗。"杨茉吩咐。

盐水灌下去，里面的蛆虫更加快速地向外爬。

"伤处没有严重，而是发红好转，就说明治疗起了效用，这样只要再用两三次，就可以直接清理伤口缝合。"

杨茉说着看向魏卯："病患今天的情形如何？"

魏卯道："已经退了热。"

杨茉笑着看向济子篆："济先生，这法子生效了。"

济子篆半天才回过神来，那些肿胀的腐肉去了不少，蛆虫也变得比放下去的时候大数倍不止，要不是眼前所见他是万万不会相信的。

朱善在后面手舞足蹈。

整屋子的人，自从看到蛆虫取出来之后都傻了眼。

杨大小姐太厉害了，这样的法子都敢用。

朱善唠唠叨叨："我怎么就没想到这么快拿出来，哎呀我怎么没想到，用盐水冲洗这些东西就自己出来了。"

正当朱善喋喋不休地自言自语，杨茉道："将新鲜的蛆虫拿来。"

朱善立即将瓷罐递过去。

有了第一次经验，第二次就更加容易，将蛆虫冲洗放置好，再行包扎。

杨茉处理好了，站起身从诊室里面出来。

刚走出门就听到有人道："恭喜杨大小姐找到了治伤的新法子。"

济子篆看着微微笑着的杨茉，要说杨大小姐之前的方子都是杨家的秘方，那是没法子的事，可如今杨大小姐用的是朱善的法子，一年前朱善就拿着虫子找过他，他却没有相信，更觉得那是无稽之谈。

所以，这和秘方没关系，是眼界，要眼界开阔才能有杨大小姐现在的成就。

朱善高兴得不知道怎么办才好，就像一只鸟一样在屋子里转圈地跑，模样比平日里更加疯癫。

"济先生，怎么样？真的有奇效？"

济子纂出了门很快就被外科医生围住。

济子纂点点头："用刀除不去的腐肉都被蛆虫吃掉了，现在看起来好了不少。"最重要的是，仅仅一夜之间啊。

什么方法能让伤口在一夜之间有这样大的改变。

"杨大小姐，"旁边药铺的医生来道，"我们那里也有重伤的病患，能不能都抬来保合堂医治。"

话音刚落就有人笑："贾三你倒是开口快。"

杨茉道："现在才开始治病，要等几日才能知道后面的成效。"这样的方法她也是第一次亲手去用，虽然看了不少医学期刊，不过都是理论知识罢了。

"再说，还要问朱先生那里有没有足够的蛆虫。"

听杨茉这样一说，所有人的目光都落在朱善身上。

朱善自从养蝇虫以来从未被人这样直视过，出了门他主动说话大家也会用嫌恶的目光看着他，他还以为这辈子都要抱着蝇虫过日子。

"老朱，你家里还有虫子吗？"

"还能救几个病患？"

"是啊老朱，多少钱卖啊，卖给我们治病救人吧！"

平日里十分疯癫的朱善听得这些话忽然安静下来，在众人面前张了张嘴忽然号啕大哭："成了，成了，我没疯，我没疯……你们都说我是疯子……你们都说我是疯子……"

很多医生一辈子才能研究一个课题，那还是在研究工作已经很寻常的现代，在古代没有人理解能坚持着自己的想法，甚至倾家荡产真的不容易。

杨茉看向周围人："大家先回去吧，现在的季节想要拿到很多蛆虫也不容易，现在知晓了法子，治疗还要慢慢来。"

大家应了一声，向杨茉和朱善等人行了礼然后退出保合堂。

朱善哭得越来越厉害，特别是看到大家向他行礼，他就说不出的悲伤。

要不是杨大小姐，他就是烂死在家里也没有人知道。

这么多年，没想到相信他的是一个女子。

也多亏这个女子，他这辈子最大的福气就是见到杨大小姐。

朱善抽抽噎噎："大小姐，我这辈子都给你养虫子，只要你要，我朱老四就想方设法都给你弄来。"

"我这辈子……到现在就知足了，"这么多人肯用他的虫子，他就算死也值得了，朱善说着坐下来，摸摸身边空无一物，就揪着自己的花裤子，"老娘，老娘啊，你家老四没疯，你听到没，你家老四没疯，你可以闭上眼睛了。"

朱善的哭声不停地从保合堂传出来，高正春和高氏都站在一旁跟着抹眼泪。

"你这辈子还长着呢，"杨茉走过去看朱善，"如果你信我的，日后你除了养虫子还可以做些别的，不过养虫子不能像之前一样随便养，要每日像记脉案一样记下来。"科学研究最重要的是要有目的和计划有系统地进行观察、记录，然后从其中得到进一步的认识。

朱善慌忙不迭地点头："大小姐说怎么做就怎么做。"

杨茉只是想将朱善的研究引上正轨，现在研究出了虫子，将来还会做其他研究，朱善家的情况不好，她也愿意拿出银钱来供朱善使用。

杨茉几个在保合堂里说话，外面的人互相打听，知晓杨大小姐的方法又有了效用。乔家很快知晓消息。

管事妈妈禀告给乔夫人："说是有用了，很多人都围着那个疯癫的朱老四，问他要蛆虫呢。"

乔月婵有一种胸口冰凉的感觉，杨氏竟然又做成了。

乔夫人听得这样的消息撑起身来："是什么法子，要用虫子怎么做？"她不想让人来割她的鼻子，那是作奸犯科的人才会遭受这样的刑罚。

"母亲，"乔月婵忙劝说，"母亲千万不要信保合堂那些见不得光的法子，还是听御医的，就让御医来医治，将来……将来再想法子。"

"你懂什么，"乔夫人眼睛里透出戾气，将乔月婵的手推开，"我那个样子不如死了算了，我……就要成为旁人的笑柄，那黄夫人不过是牙大一些就被人骂是兔子精，连她吃块白菜大家都要忍不住笑，她才三十岁就已经足不出户，我没了鼻子……那岂不是白日见鬼……"

乔夫人眼眶发青，发髻散乱，高高肿起的鼻子看起来十分可怕，如同张牙舞爪的鬼魅。乔月婵害怕得眼泪直往下淌。

"去……去给我请保合堂的杨氏来，只要她能治好我的病，我……我就给她磕头。"

管事妈妈不知该怎么办，看看乔夫人又看向乔月婵。

乔夫人瞪着眼睛，"我还没死呢，我说话没用了不成？"

管事妈妈吓了一跳忙道："夫人别气，奴婢这就去这就去好好请。"

管事妈妈说着退下去。

半个时辰的工夫，管事妈妈就来禀告："奴婢去请了，杨氏不肯来。"

乔夫人慌张地道："有没有跟她说，她那个什么文书我愿意签，就算她不来，我也可以去……"话说到这里，乔夫人差点从床上扑下来。

这几天她天天做噩梦，梦见没有了鼻子被人嘲笑，那些她嘲笑别人的话都用在她身上，甚至连黄夫人都可以出门了，因为京中夫人们有了新的笑话。

管事妈妈道："奴婢说了，杨氏说……夫人的病她治不得。"

乔夫人整个人身子沉下去。

乔月婵睁大了眼睛："杨氏怎么敢这样。"

"都是你，"乔夫人看向乔月婵，"若不是你想出那样的法子，杨氏怎么可能不来？你父亲的病症就是她治好的。"

父亲打她，如今母亲也怨她，她不过是想要下人教训杨氏，乔月婵惊呆了看着乔夫人："母亲……母亲怎么这样说女儿，都是那个杨氏啊……"

屋子里的气氛紧张，乔夫人一脸激动，乔月婵眼泪直流，管事妈妈见情势不好忙上前解围："奴婢听说那法子没什么特别的，就是将虫子放在伤口上，那个朱老四家还有蛆虫，让人想法子取来一些，然后请御医来帮忙……"

"未必就要请杨氏过来，再说用蛆虫的法子也不是源自保合堂。"

乔夫人听得心里一亮，伸出手来："快……快去办……去问问谁会那种法子。"乔夫人说完话，鼻子旁有脓水流下来淌在嘴边，她却浑然不觉。

折腾了好些日子，夫人是熬得受不住了，管事妈妈再也不敢耽搁立即去办事。

乔夫人靠在床边眼睛盯着门口，恨不得立即就有人出现在门口。

乔月婵站在一旁，脸色难看，母亲怎么变成了这样，蛆虫听起来就可怕，母亲却要尝试，到底为什么。

那么恶心的东西真要拿来试。

乔月婵正想着，管事妈妈已经请了人来。

朱家没有上锁，很容易就找到了蛆虫，乔家人又拿了牌子将太医院御医请来。

御医看着那盒子里的蛆虫吓了一跳："夫人这是什么意思？"

乔夫人撑起身子，眼睛冒着光："大人没听说杨氏用虫子治好了病患的伤，"说着看向管事妈妈，"你说是不是？"

管事妈妈急忙道："是，是，是，保合堂那边传出的消息，那个病患也像夫人这样的病症。"

不可能，怎么会有这样的事，御医沉吟着："该不是那些偏方吧，那可信不得。"说着话御医皱起眉头，乔夫人的病拖的时间已经太长，再不治他也没有了法子。

"夫人如今是数脉，现在最好的法子就是用刀去痈，千万不可再犹豫了。"

不，不，不，乔夫人摇头，她不要割鼻子。

"用这虫子，"乔夫人突然坐起来，面目狰狞，将御医吓了一跳，"就用这个，用这个给我治病，一定能治好。"

乔夫人说着吩咐管事妈妈："将知道这样治法的人叫来。"

管事妈妈立即下去，很快就将保合堂对面药铺的郎中带进门。

小郎中不敢得罪乔家，规规矩矩地行了礼道："也只是听大家说，没有真正看到，不过那个朱老四一年前却到处嚷嚷过那法子，简单得很，就是将蛆虫放在伤口处，那虫子就钻进腐肉中，等到它们吃完了腐肉自然就爬出来。"

御医仔细地听着，只是听到后面眉头皱得更厉害，这方法耸人听闻，他听着都觉得不舒服，乔夫人竟然要试？

病急乱投医，御医并不是没见过这样。

乔夫人的病要割开鼻子，若是严重说不定整个鼻子都不保，女人为了容貌拒医是常事，为了保住鼻子试这样的法子，他也能明白这种心情，但是他没这样治过，不好就下手："夫人，用蛆虫的方法，下官委实不会，若是夫人一定要试，还是请保合堂的人来吧。"

乔夫人脖子上的青筋不停地跳动，她不声不响地看着前面仿佛已经被定住了般，怔怔地看着御医："不是已经将方法说了，大人就可怜可怜我，帮帮忙。"

御医起身行礼："下官着实不敢下手，也无从下手。"

御医没有了法子，只得起身要告辞。

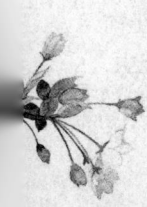

乔夫人不说话，管事妈妈将御医和那小郎中送出门。

屋子里安静下来，乔月婵看着床边那装蛆虫的盒子就头皮发麻，连忙起身走到窗边透气。

静立了一会儿，乔月婵才倒了茶走回乔夫人床边："母亲……"乔月婵刚刚抬起头来说话，看到乔夫人的情形，立即仓皇地惊叫起来，手里的茶碗也顿时掉落在地上。

乔夫人正用手将蛆虫拿起来放在鼻子上。

那些虫子有的爬上了乔夫人的鼻子，有的掉落在被褥上，乔夫人脸上没有半点的惧意，反而像抓住了救命稻草，脸上有了放松的神情。

如同噩梦般让乔月婵头皮发麻，双手也攥成拳头紧紧地贴在耳边，然后她用尽力气不停地尖叫，早已经忘记要上前将那些蛆虫拿开。

外间的下人听到声音连忙走进内室，看到乔夫人的模样，所有人都惊呆了。

夫人这是在做什么。

乔月婵的叫声不停，才垂头丧气从顺天府衙回来的乔文景走到院子里，听到凄惨的叫声，不禁一阵恍惚，仿佛还身处阴森的大牢之中。

乔文景快走几步推开怔愣在门口的下人一脚迈进内室，床上的乔夫人听到下人喊："老……爷。"下意识地转头去看。

乔文景见到脸上爬着虫子的妻子，顿时整个人一抖，如同在冰冷的黑夜里才撒了尿，浑身上下一机灵，那种寒意一下子遍布全身，他开始后悔这时候回到府中。

下人已经认了罪，他也是百口莫辩，葛世通以他教唆王振廷的罪名上奏朝廷，他的官职恐怕要不保，他以为这已经是最可怕的了，没想到进了家门却看到这样的情形。

乔文景涨红了脸大吼一声："你疯魔了不成？"说着看向下人，"都愣着做什么，快将夫人脸上的蛆虫拿下来。"

听到老爷说要将虫子取下来，乔夫人捂住鼻子："别，谁也别动，这是治病的，这是治病的。"

乔夫人张嘴说话，那些虫子还在脸上爬着，其中一只已经到了她嘴边，仿佛立即就要掉进她嘴里。

疯了，都疯了。

耳边是女儿的尖叫声，眼前是疯癫的妻子，乔文景再也忍不住转身走出门去。

到了院子里，乔文景只觉得肚子一阵翻江倒海的疼痛，张开嘴那些酸臭的东西顿时从嘴里喷出来。

……

去乔家诊病的御医回到太医院将保合堂用蛆虫治病的事说了。

"这个杨氏真是奇怪，怎么总用这种刁钻的法子治病。"

现在保合堂杨氏的名声很响亮，民间的医生、郎中虽然对杨氏十分推崇，可是太医院还是抱有不同的看法，杨氏的诊治方法并非正宗。

御医和学生们听到这样的话都凑过来："杨氏有没有给乔夫人诊治？"

杨氏怎么能拒绝乔家，哪有医生不给病患看症的。

御医凑在一起议论:"那个杨氏走的真不是正途。"

大家正议论纷纷,丁科带着太医院的学生从药房出来,听到这些话,不禁皱起眉头,沉声呵斥:"不知道缘由,不要随便议论。"

御医们听得这声音纷纷噤声,一下分散开来各自回到座位上。

等到丁科去慈宁宫诊脉,大家才又互相看看:"到底是怎么回事啊?谁知道?"

和杨茉一起治过痘疮的姚御医道:"保合堂不是每日都有义诊吗?怎么偏偏不给乔夫人治病?诸位有没有想过这个。"

"我听说杨大小姐说乔家人是中山狼。"

中山狼是反咬一口救命恩人。

"好像是王振廷的事,还有治杨梅疮的事。"知道一些内情的小御医口没遮掩。

这句话提起大家的兴趣,这些天京中有些关于乔家不好的谣言,因乔夫人的病,这些事不免也传进太医院。

宫外的趣事多,在太医院当差的宫人仔细地听着,然后低下头悄悄议论。

真没想到,乔老爷那么大的官竟然会对付孤女,这里面一定有别的原因,俗话说得好不见兔子不撒鹰,没有三分利,谁起早五更。"杨家是有大家财的,没听说吗,常家贪了杨家的财物就有几百万两。"

一传十十传百,到了这时候杨茉的嫁妆在人口中翻了几番。

杨茉这边却还觉得银钱总有不够用的一天,才不过做个苍蝇房前前后后就花销不少。

朱善家不适合养将来用来医疗的无菌蛆虫,杨茉让江掌柜买了处地点不算好的宅院,里面按照她说的层层布置。

"后院的几个屋子用几道门隔起来,院子要简单修葺一番,尤其是房顶千万不要漏雨,窗子也是,再怎么省钱这个不能少,否则见了风着了水,就要白白辛苦。"杨茉仔细地交代,这就是她觉得朱家房子不适合养虫的原因,整个房子就像一个破旧的棚子。

江掌柜仔细记下来。

杨茉看向朱善:"朱先生觉得还需要些什么?"

朱善一边摆手一边跳脚:"大小姐千万别叫我先生,就叫我朱善,我和魏卯他们一样,只要直接喊我名字。"

看着疯癫癫的朱善,杨茉笑着答应:"那好,日后我就直接叫你的名字。"在保合堂大家都互相喊名字。

朱善咧开嘴笑得如同一朵黑黢黢的狗尾巴花。

杨茉指着桌子上保合堂的长袍:"将来不论谁要进养虫的屋子,都要穿干净的长袍。"这样才能保证得到无菌蛆虫。

"蝇虫也不能随便吃东西,要用糖水喂。"

朱善点点头都记下来。

杨茉笑道:"剩下的就是你用过的法子,不管冬夏都要将屋子烧暖,我想将屋子里换上地龙。"

江掌柜越听越诧异,养一个小小的蛆虫竟然要这样麻烦。

杨茉道："别看养起来不容易，治病却好用，将来可以放在小竹筒里随着药箱携带。"

朱善干脆蹲下来听。

杨茉指了指椅子："这里有椅子，过来坐。"

朱善有点不敢，这是东家啊，不知道杨大小姐有没有将他当做保合堂的伙计，可是他心里早已经将杨大小姐当东家。

"东家，我还是这样蹲着舒服。"

旁边的萧全也忍不住笑起来。

杨茉道："过来坐吧，大家都一样，我们一起将高正春的脉案写好，特别是用了蛆虫治疗的地方。"

忙了大半天，杨茉回到后院里歇着，阿玖恭敬地进来向杨茉行礼："大小姐，我们少爷说，乔家那件事有消息了。"

杨茉听了心里一喜，终于有了进展，看向阿玖："周……他现在可在吗？"

阿玖点点头："在呢。"

杨茉听到外面传来梅香几个的笑声，现在有些不大方便。

"我们少爷说，我们那边方便，小姐愿意过去，就让人安排安排。"

杨茉点点头换了件衣服带着秋桐去了周成陵那边。

院子里一如既往的安静。

杨茉走进屋子，周成陵走过来将手里的书递给杨茉："看看这是不是杨家的东西。"

杨茉将书翻开，是一本手抄本："前胡、防风、独活、升麻、苦参、白鲜……"这是杨家教后代子弟的药籍。

杨茉脑海里出现她边跑父亲边追的情形，她笑着摸着长廊上柱子生怕父亲追上，母亲在后面喊："慢点追她，小心摔了。"

杨茉回过神来，已经有泪水到颊边，这是她第一次感觉到她就是杨茉兰。

生怕周成陵看到，杨茉转头擦眼泪。

谁知道周成陵偏偏不挪开眼睛。

杨茉故意转过身，她一共就哭那么两次，怎么都在这个人面前："你就没哭过？看着稀奇？"

身后传来周成陵的声音。

"哭过，祖父过世时哭过，父母过世时人前没哭，背着人哭过。"

难得他现在这样坦然。

其实古代人很有意思，父母之命媒妁之言没有见过面的两个人，也许性格、思维上不相配却能白头到老，来到这里的时候她也想过会不会走这条路。

不过任何一个现代人，不由自主地都想为自己做主。

既然这样频繁见面，她也不应该继续糊里糊涂，至少对周成陵应该有些了解，也不枉周成陵爬墙，她这样惊世骇俗坏了女子德行，杨茉想着转过身来："周成陵，你到底是个什么样的人？是一时头脑发热说要和我在一起，还是认真地想过。"

周成陵看杨茉，忽然笑容变得很清澈："你愿意让我仔细地说清楚？"从前只要说到这个她都会仓皇地逃走。

杨茉脸不禁一红:"我可没这样说。"现代人谈恋爱怎么也要处一段时间,知道彼此的喜好,再判断在不在一起。

周成陵道:"你刚才说的。"

杨茉不禁蜷起手指,刚说这人实在一回,现在又精明地抓住她的话不放。她一时口快,他就不能当做没听过,想想这女子如此大胆妄为,实在并非良配,杨茉想着就觉得好笑,原来她早就知道自己不符合古代贤妻的标准。

谁叫她是个死心眼,认准自己的心宁愿烈性的软硬不吃,也绝对不会假惺惺将委屈无奈化成圆滑世故,装腔作势。

想要她说一句心里话,就要慢慢地磨,他倒是不怕费时间,就是怕她不踏出这步,好不容易她说了,他就不能放松。

"我是想要娶你为妻,若是你和旁人一样,我就请宗室营的长辈上门提亲。"

"我知道你为何心里不舒服。不管有没有你,我不可能和一个给我端了毒药的女子结百年之好,她是一早就想好了要这样的结果,我在她心里不过是个想方设法要算计死的人。"

"在我心里,至少要爱恨清楚,黑白分明,所以自从离开京城,我就没有再进过宣王府,选择不是从你开始,是一早就已经做好了决定。"

杨茉想要挪开目光,只是周成陵不肯,他牢牢地盯着她。

"我现在只想知晓,"周成陵道,"先父头疾发作到过世是六年时间,我自头痛已有四年了,我将来是不是……"

"怎么会,你别乱想,"杨茉立即开口,"你的病我还没诊出来,"至少不该是恶性的脑瘤,没有什么脑瘤是病发之后又自愈,"济先生也说现在没有症状就是好的情形,从前……老王爷是一直都头疼,"说着担忧地看着周成陵,"你疼不疼?"

她轻轻的声音,眉眼温婉如波如雾,看得他心里就如同被烫了一下,她还认真地问他疼不疼,周成陵一下只觉头脑发热。

周成陵低声道:"你舅舅来京中,我能不能见一见。"

杨茉耳根发热。

"男人说起话来方便些。"

杨茉道:"在这之前,我还想和舅舅说说话,毕竟这么多年不见,第一次见到舅母又是那个情形。"

周成陵颔首。

外面传来清晰的咳嗽声,然后是蒋平道:"保合堂那边好像有些事。"

不知道是什么事,杨茉看向周成陵:"我回去看看。"

每次见面都是来去匆匆,没想到现在这么忙。

杨茉回到保合堂,就听到朱善大喊大叫:"不知是谁偷了我的虫子,不知还够不够杨大小姐用,几次就要用上百条啊。"

蛆虫丢了?怎么这边才用了蛆虫疗法,那边朱善家就被光顾。

"到底是谁,竟然连蛆虫都要偷。"

魏卯们互相看看，张戈对朱善道："你别急，我陪着你回去再好好找找。"

"不用找了，我放好的地方没错……"朱善满头大汗，抬起头看到杨茉，顿时一脸的愧疚，一个大咧咧的汉子就要哭起来，"大小姐，我的虫子被人偷了，你明日还要用，这可怎么办才好。"

那些人偷蛆虫也就罢了，还弄得满地都是，那些脏了的虫子定然不能用了。

杨茉看向魏卯几个："和朱善一起回去找找，再问问周围的邻居有没有看到有什么人进朱家。"

魏卯、萧全跟着朱善回家找蛆虫，不到一个时辰几个人就垂头丧气地回来："真的没了，就算老朱记错了地方，也不可能虫子散落一地。"

也就是说真的有人偷蛆虫，会是谁？连虫子都会偷。

朱善道："平日里从来没有上门……我哪里知道会有人偷……我家中一直烧着炭火，就是怕蝇虫会死。"

"蝇虫都散落在地，还是少了很多？"杨茉尽量问得仔细。

朱善仔细地想，半晌才道："就算都爬走了，也不可能那么少，从前我用来装蛆虫的盒子也没有了。"

家徒四壁的朱家，就只有那些虫子，平日里谁也不会去看一眼，现在将那些偷走只有一个理由，那就是用虫子来治病。

杨茉问魏卯："还是去打听一下，朱家旁边的那些人家。"闯进朱家偷东西，应该是熟悉周围情形的人，否则也不会等朱善刚出门就动了手。

魏卯应了一声，带着人去打听。

杨茉叫来婆子："你出去听听消息，特别是有要想用虫子治病的，"说到这里顿了顿，"特别是乔家。"

乔家人请她去治病她没有答应，紧接着朱善的虫子就丢了。

杨茉的料想没错，魏卯急匆匆地带来了人："在我们药铺门口打听消息呢，我看就不像什么好人。"

那人被推推搡搡地进门，刚踏进药铺就喊叫："抓我做什么。"

魏卯就向跟在后面的妇人道："这位刘婶子您说说，是不是瞧见他进了朱家？"

刘婶子道："是，他就住在离朱家不远，这几天就探头探脑，我就想肯定没做什么好事。"

那人就如同杀猪般叫起来："搅肚蛆肠的老虔婆，你这是胡乱说，一准是你那傻儿子偷吃了，竟诬陷给我，"说着推开左右，挽起袖子，"小心我告你们诬陷之罪。"

刘婶子呸了一声："谁不知道你，整日里做那些见不得人的腌臜事，人家保合堂拿虫儿来救人，你偷走要做什么？"

两个人你一言我一语地骂起来。

杨茉抬起头来看向魏卯，魏卯不用杨茉说话，立即会意凑过来听杨茉吩咐。

杨茉低声说了一句，魏卯抬起头大叫："袖子上还有蛆虫呢，看你还抵赖。"

听得这话那人立即去看袖子，等看到袖子上什么都没有才知道中计，脸色顿时一变却又很快缓过神："你们无凭无据……"

她不需要凭据，她只要知道这人确实偷了蛆虫，就能顺藤摸瓜知道他卖给了谁。

杨茉不准备在前台逗留，而是将江掌柜叫到后院吩咐："只要弄清楚他偷给了谁，看看是不是乔家……"

江掌柜不知道大小姐是什么意思，不过既然大小姐已经说了乔家，必然是有几分把握，这样查起来也就容易得多。

"那偷蛆虫的人该如何处置？"江掌柜低声问。

没有凭据怎么抓人，杨茉道："不用管他，将他放了就是。"闹大了难不成还能这样上公堂打官司。

江掌柜应了一声出去安排。

不一会儿工夫朱善几个也进来，朱善连说话都没有了气力："大小姐，就这样算了不成？"

当然不能算了，不要说现在高正春至少还需要蛆虫治疗两日，这是朱善所有的心血，总要弄个清清楚楚。

在别人眼里不值一文，朱善是用全家财物才换来的。

"是乔家。"江掌柜进门低声禀告。

"是户部侍郎乔家。"

朱善不禁伸出手指算户部侍郎是多大的官职。

在院子里洗布巾的高氏听到蛆虫被偷了，搓着通红的手站在旁边听消息，自从中哥醒过来，高氏就在保合堂里做些力所能及的活计，杨茉阻拦了好多次，高氏都哭着恳求："大小姐就让我做吧。"杨茉只好答应。

杨茉看向一脸焦急的高氏："先别急。"

高氏重重地颔首，仿佛生怕给杨茉添麻烦："我们不急，没事，大小姐也不要急。"但是她却不停地搓着手指头。中哥的病时好时坏，如果夫君和孩子都走了，她不知道该怎么活下去。

杨茉道："我们会拿回来的，"说着吩咐江掌柜，"乔家不是要我去看症？我明日一早就去乔府。"

众人怔愣在那里，这，该怎么拿回来。

那是明日的事了，首先要安排今天的事，杨茉道："先要将朱善家的东西都搬进我们买的院子，天气越来越冷要找个妥善的法子将蝇虫养起来，现在剩下的不多，就要好好护起来。"

都说朱善是疯子，用那么多心血养蝇虫，现在杨大小姐也是这般，还因此专门买了院子，这样的事传出去，大家也要说杨大小姐疯癫。

魏卯不禁觉得世事变化太快，之前他还觉得不可能的事，现在却为之焦急，恨不得朱善再多养点蛆虫出来。

太奇怪了，像是转眼之间沧海桑田。

这样相比之前，他之前的人生如同虚度，万一哪天离开保合堂，他不知道要怎么度日。

才拜杨大小姐为师的时候，他听到的都是别人奚落的话，现在走出去落在他身上都是羡慕的目光，他这一步没有走错。

杨茉坐马车回到家中，杨名氏已经等在门口。

见到杨茉，杨名氏立即道："大小姐，您可算是回来了，舅老爷来了，正在前院等着。"舅老爷坐在那里不说话，连水也不喝一口，定是来兴师问罪的，陆姨娘急得团团转，差点就要让人收拾衣物出去。

杨茉点点头一路到了屋里换衣服。

陆姨娘已经等在那里，见到杨茉就道："一会儿见了舅老爷，大小姐就说，我这就要搬出去。"

陆姨娘怕得额头上都是冷汗。

杨茉拉着陆姨娘："不是姨娘的事，姨娘不用着急，我虽然将姨娘接在身边，逢年过节却都没有忘记祭拜我母亲。"

话说得没错，在舅舅那里，她毕竟是个妾室，不应该这样在大小姐身边。

杨茉道："姨娘先去歇息，我去和舅舅说些话就回来。"

陆姨娘点点头，杨茉换了衣服，杨茉一路到了堂屋里。

张二老爷已经等在那里，看到杨茉咳嗽一声："这么晚才回来。"

"药铺里忙，就晚了些。"

张二老爷抿了抿嘴，这才拿起身边的茶来喝："你说常家吞了杨家的财物，到底是怎么回事？"

舅舅问到常家，就是想要弄清楚来龙去脉，否则他只要听常家一家之言就好，何必来仔细地问她。

杨茉觉得这是一个将话说清楚的好机会，杨茉仔仔细细地说和常家的官司，张二老爷听得入神，时不时地皱起眉头。

"就算我嫁去常家，杨家的财物还是杨家的，常家长辈也不该插手，更何况谎称连十万两银子也拿不出来，明明是有财物单子却迟迟不肯拿出来。"

张二老爷道："是下人说了，还是常老夫人也这样说？"

舅舅的态度明显变了，现在说话也是用向着她的口吻。

杨茉道："就算是下人，也是常老夫人身边得力的，而且事情闹得那么大，老夫人怎么可能不知晓。"

这样一说就怪不得茉兰要离开常家，张二老爷想起常老夫人慈祥的脸孔，亏他一直觉得有待人宽厚的常老夫人在，茉兰在常家不会受委屈。

张二老爷这时候想起妻子说的话，又问杨茉："我让人捎了很多信给常大老爷，常家可有人和你说起？"

原来这些年舅舅问过她。

杨茉摇头："没有。"在杨茉兰记忆中，母舅早就对她不闻不问，原来都是常家人有意要让她和舅舅之间起隔阂，就让她完全成为一个无依无靠的孤女。

张二老爷霍然起身："杨家长辈真是所托非人，我给杨老夫人写过信，想要将你接到张家，杨老夫人说你和常家有婚约，常老夫人又欢喜你，反正将来你也要进常家的门……我这才……"

张二老爷道："你和乔家又是怎么回事？"

提到乔家，杨茉更是有许多话要说，前世杨兰会死八成离不开乔月婵这个帮凶，她来之后，乔家也几次对付她，乔家会在她这个孤女身上下功夫，自然是和父亲的事有关。

她是一个医生，不论病患的身份如何都要救治，但是有一种人她是绝对不会治，那就是一心想要她死，并且可能和她有杀父之仇的人。

杨茉只说一件，王振廷的事："舅舅可知道，我父亲从前的下属韩季告发王振廷陷害父亲，现在王振廷已经被抓起来。"

没想到发生了这么多事，张二老爷后悔应该早些问清楚。

而且，杨茉想说的是，她等了这么久，终于要直接面对乔家，要将杨家受冤屈的事彻底地挑开，让世人都看清楚，杨家满门背了多大的冤屈，如果父亲活着说不定哪天可以重见天日，死去的母亲也可以安详地闭上眼睛。

没错，她就是要为全家申冤。

她走出常家，让京城里的人都认识她杨茉，就是为的这一天，她虽然是个身份低微的民女，她却要京中的达官显贵看到她头顶的"冤"字。

张二老爷听着杨茉的话，想起妹妹和杨家的婚事，父母并不是想利用妹妹这门亲事在京中扎根，而是因为杨家开药铺乐善好施让父亲觉得杨家家风很正，加之那时候杨家长辈看上了妹妹，这才顺理成章做了这门亲事。

可是妻子始终对妹妹的嫁妆耿耿于怀，其实这里面的事他是清楚的，杨家帮过张家，张家也想借着这个机会给这门亲事添个光彩，为什么妻子就不明白这个道理，难道父母留给他的不比妹妹的嫁妆多吗？他成亲时候拿出的聘礼，已经让妻子娘家上下十分风光，他毕竟是嫡子，娶了一个身上有缺陷的女子为妻，虽然开始长辈阻拦了一番，可是自从妻子嫁进来，家中长辈没有再难为她。

到头来都是银子惹的祸。

张二老爷想到这里叹口气，看向杨茉："常家的事明天我上门去问，看他们还有什么说法，你也不要着急，不将这件事办妥当，我就暂时不回去。"

说到这里张二老爷话锋一转："以后你都准备开药铺了？"

杨茉点点头："杨家从祖上就行医治病。"

张二老爷道："你将来是要嫁人的，夫家那边怎么肯让你这般，你有没有想过将来会被人嫌弃？"

她想到了，来到古代已经一段时间了，她现在明白一个道理，不只要做好她自己，同时也要适应这个时代。

杨茉尽可能将话说得很婉转："婚事总要两家长辈同意才能定下来，舅舅问我，我就直说将来成亲之后也要做女医。"

也就是说，做女医是第一个条件。

这孩子胆子真大，张二老爷不知道说什么才好，他是她的舅舅，他希望她能好好的。

天色已晚，张二老爷站起身来："我先回去了。"

杨茉将张二老爷送出去，张二老爷走到门口吩咐杨茉回去："不用送了，我们住在这边不远。"

杨茉蹲身行礼。

这一次的谈话比第一次又要愉快许多，杨茉回到内宅，陆姨娘立即迎上来："怎么样？"

杨茉笑着点头："没事，舅舅只是问我常家的事，没说别的。"特别是连提也没提起她的生母姨娘，从这一点看，舅舅不想要将简单的事复杂化，而是要帮着她解决眼前的困难。

这足以让她觉得心里温暖。

"这就好，"陆姨娘顿时松了口气，"已经到年关了，张家长辈如今都已经不在，不知道舅老爷全家会不会在京中过年，如果是这样就好了，大家就能凑在一起热闹热闹。"

说着话春和带着丫鬟来伺候杨茉梳洗。

吃过饭杨茉安安稳稳睡了一会儿，第二天早晨乔家的马车来接，杨茉道："跟乔家人说，我先要去保合堂，一会儿自己坐车过去。"

乔家下人只好赶了空车回去。

乔夫人听到下人来禀告，睁大了眼睛："是不是她反悔了？"

下人忙道："没有那么说。"

乔月婵咬紧了嘴唇，半晌才道："她又要要什么花样？"

乔夫人的声音颤抖："这次不要为难杨大小姐，要好好伺候着，先拿一袋金叶子算是我们的诊金。"

管事妈妈低声应着，现在夫人是将所有的希望都押在杨氏身上。

这边乔家在紧张地准备，那边杨茉处理完保合堂的事带着朱善、魏卯几个准备一起去乔家。

朱善很不放心："他们不承认怎么办？"就算乔家拿了虫子，也不可能会乖乖地还给杨大小姐。

那可是官宦人家，他们不过是平头百姓。

杨茉摇摇头："由不得他。"

没想到杨大小姐这样有信心。

几个人坐车到了乔家，乔家人看到魏卯几个不禁皱起眉头，管事妈妈迎上来道："给夫人看病，大小姐还是自己进去。"

杨茉态度很是强硬，对乔家人没必要客气："不行，我带的学生无论到哪里都要帮衬我。"

这些人都要进府？管事妈妈抬起头看了一眼，那些郎中看起来还好，只是还有一个顶着大大的头左顾右看，虽然穿着还算整洁，看起来却让人觉得遢邋。

管事妈妈迟疑片刻，只得去安排，夫人说过不要为难杨氏，只要杨氏能治好夫人的病，现在提什么要求他们都会满足。

杨茉走进乔夫人的院子，乔月婵隔着帘子向外张望，不禁皱起眉头："怎么让这些人都进门。"

管事妈妈立即躬身："杨氏说了，那些是她的学生，她看诊的时候要这些人帮衬。"

学生？乔月婵捏紧了帕子，一个女人不但收了徒弟，还这样光明正大地带着徒弟到处治病。

"小姐还是去屏风后躲躲吧！不好让这么多人看到。"

当然，她是闺阁中的小姐和杨氏那个贱人不一样，乔月婵冷哼一声带着丫鬟去了屏风后。

屋子里准备妥当，管事妈妈将杨茉请进内室。

乔夫人躺在床上，杨茉走到屋子门口就不再向前走。

朱善不禁紧张，大小姐该不会这时候就要开口要东西？

魏卯看了看萧全，两个人一左一右站在杨茉两边，乔家家人很多，万一闹起来，他们要想方设法护着师父周全。

杨茉的神情一直很轻松："济子篆先生和太医院的御医已经给夫人诊治过，为何还要让我过来？"

杨大小姐没有上前看夫人，倒是停下来问这些话，管事妈妈一时弄不明白这是什么意思。

乔月婵不禁冷笑，杨氏是得了便宜还要卖乖，这样一而再再而三地为难他们，就是想要他们将她高高地捧起来，她才肯给母亲治病。

乔月婵早就料到杨氏不敢不来，不过是个郎中，若是真的有几分胆色，就不要来治病，可是现在还不是巴巴地自己找上门，杨氏是怕得罪了官宦人家，将来保合堂不能在京城立足。

见好就收，亏杨氏还明白这个道理，上不了台面的贱人，不过尔尔罢了。

乔月婵舒坦地坐下来，伸出手扶了扶鬓角，就算用一只狗也要先给它骨头，日后再勒死它，权当杨氏就是条狗，这样她就会觉得无比的舒坦。

管事妈妈目光闪烁，她是惯会察言观色的人，杨氏的心思都摆在脸上，这个年纪的小姐都喜欢别人说几句好话："因为杨大小姐医术最好。"

屏风后的乔月婵扬起一边嘴角。

杨茉摇摇头："听说夫人是外伤，这样的病症还是请外科郎中才好。"说着杨茉转头就要离开。

管事妈妈有些慌张立即上前赔笑："听说大小姐治好了一个手上有伤的人。"

"那要用蛆虫。"杨茉皱起眉头。

管事妈妈立即道："我们夫人说了愿意签文书，愿意照大小姐说的做，蛆虫……也行……只要大小姐说行……但用无妨。"

杨茉转头看向乔家管事妈妈："蛆虫不够用了，现在这个季节不好找这样的药。"她要一步步引着乔家人将蛆虫的事说了。

乔夫人听得这话，支持着坐起来，不等下人来搀扶就急匆匆地道："我们有，杨大小姐要用多少，我们有，"说着吩咐下人，"快……快……去拿给杨大小姐。"

那些蛆虫差点就被老爷扔出去，是夫人拼了命地护着，不准别人靠近，现在看到杨大小姐就跟献宝似的让人将蛆虫递过去。

杨茉看到一个旧木盒子，大约乔家觉得偷个蛆虫无关紧要，连遮掩也不肯，或者嫌那些东西太过恶心才没有过手，不过这样一来正合了她的心意。

杨茉接过木盒子看向身边的朱善，朱善已经激动得说不出话来。

杨茉将盒子递过去，朱善立即护在怀里："大小姐，咱们有虫子用了。"

杨茉点点头。

见情势有些不对，管事妈妈脸色一下子变了，连忙催促："杨大小姐去看看夫人的病吧？"

杨茉笑着看向管事妈妈："我说了，夫人的病最好请一个外科郎中来看，我治不得。"不是所有的病都能用生物疗法，乔夫人伤在鼻子，七窍相通尤其是五官这样的地方，生理结构很复杂，随随便便就放蛆虫进去，蛆虫钻到哪里都不知道，如何取出来，那不是作死？

乔夫人怔愣在那里，空张合着嘴，屏风后的乔月婵脸色发青一下子站起来。

管事妈妈不知说什么才好："大小姐，你不是说了用蛆虫，你不是说要给我们夫人治病，怎么又反悔。"

"我何时说过？"杨茉声音清亮，"我何时说过我会给乔夫人治病？"

杨氏说要上门，却没说治病，这到底是怎么一回事，杨氏来一趟是为了什么？管事妈妈将目光落在朱善怀里的盒子上，总不会是为了那些蛆虫。

"朱善家丢了些蛆虫，我们找到了偷窃的人，那人说是乔家人吩咐做的，"杨茉看了一眼朱善怀里的盒子，"现在看来确然如此，我也不必再问。"

杨氏哪里是来问，分明是故意引得他们自己拿出来。

乔夫人只觉得胸口窒闷眼前一阵阵发黑。

真是可笑，杨氏带着这么多人来乔家，竟然是为了这些虫子。

除了这些虫子，杨茉淡淡地看着乔家人，她今天上门还有件重要的事要做。

乔家向来做那些偷偷摸摸的事，如今沦落到要去偷蛆虫来用，让人觉得又可恨又可笑，不要以为所有东西只要偷偷拿来就可以。

拿来了你也不能用。

管事妈妈看到杨氏绷起的脸，不知不觉心生几分忌惮，这人不是好惹的，并不像大小姐说的那样随随便便就能对付。

乔月婵忍无可忍从屏风后走出来，径直看向杨茉："本是好言好语将你请来给母亲看病，谁知道你竟然上门闹事。"

杨茉看着乔月婵霍然笑了："乔大小姐说的是上门闹事吗？不知道是谁花了大把银子，让人上保合堂闹事。"

乔月婵霍然想起她买通老鸨的事来。

"做了这么多事，还想让人尊敬？要不是保合堂里有病患急着用药，我也不会登门来讨要你们不问自拿的东西，"杨茉指了指朱善手里的木盒子，"在这里我也劝告乔大小姐，这些东西不是谁都能用得的。"

"若是拿来乱用，救命药说不得会变成了害命药。"

乔月婵想要争辩，床上的乔夫人听了，急得整个人向前扑，顿时落在地上。

乔家内室里乱成一团。

乔月婵转头想要去看母亲，却又不甘心被杨茉压制，攥紧了帕子："别以为你现在仗着我们请你看症就猖狂，你若是不给我母亲好好治病，我管叫你将来后悔也来不及。"

前世杨茉兰跪下给乔月婵敬茶，乔月婵就是这样的神情，不断地打压杨茉兰，让杨茉兰觉得自己卑微不堪，常家人冷眼旁观，乐见其成地看着杨茉兰从一个正室到妾室最终落得个一尸两命的结局。

杨茉一直不明白，那好歹是常亦宁第一个孩子，常家人竟然也那样狠心。

杨茉能感觉到杨茉兰的伤心和恐惧。

一心一意爱着的夫君和信任的姨祖母就这样看着她和孩子去死。

就是想要反抗这样的命运，也许才会将她带来这里。

重新开始，她要做的就是维护自己和家人的性命，痛痛快快过这一生。

面对乔月婵，她自然觉得畅快，因为如今她和乔月婵早已经不是那样的情形，乔家再也不能任意欺压她。

所以杨茉会想笑，她不用面对面目可憎的乔家和常家。

杨茉看了看身边的婆子。

婆子道："乔家是不是被抓了个下人？"

竟然让一个婆子来问这话，乔家的管事妈妈看向乔月婵，乔月婵铁青着脸不说话，管事妈妈也只好低下头，权当做没听见。

杨氏让一个婆子问出口，分明是没将乔家人看在眼里。

"我们家的事，我们不知晓，你一个外人怎么知道？"乔月婵冷冷地开口。

杨茉也不作声，只等婆子接着道："是衙门的人让我们小姐去认失物，说是乔家下人从乔家带出来变卖的一箱子书和物件。"

从乔家带出来的东西为什么会让杨氏辨认，乔月婵道："笑话，我看你们……"话说到这里乔月婵越发觉得不对，对上杨茉的眼睛。

杨茉兰微微抬着头，眼睛里仿佛都带着笑意，就这样看着她，并不像是恶意的玩笑，而是有种畅快的神情。

乔月婵忍不住要去看乔夫人，却生生忍住。

杨茉道："我已经仔细辨认清楚，那些从乔家庄子里偷出来的东西，全都属于我们杨家，敢问乔夫人，我家的东西为何会在乔家，莫非我祖母托孤不光是托给了常老夫人还有乔夫人？"

乔夫人在那边将杨茉的话听得清清楚楚，杨氏不是来给她治病，是来找乔家算账的，当年杨秉正出了事，常家稳住了杨老夫人，常大老爷来找老爷谋划，要将杨家的书信都拿到手里，只要事关杨秉正的文书都要一把火烧掉，最重要的是找到朝廷给杨家打的欠条，上面记着朝廷赊欠杨家药材的数目。

那时候老爷如日中天，轻而易举就将杨秉正这样反冯阁老的人死死地捏住，皇上利用冯阁老打击宣王，对冯阁老信任有加，政事完全依靠冯阁老，所以任凭杨秉正这些人闹得再大也被压了下去。

闫阁老因此案上奏了几次，却差点被牵连，那时候的政局可比现在明朗得多。常家一心想要攀附过来，于是整个杨家就轻而易举被里应外合地掏空了，剩下杨氏这个孤女，进了常家早晚是个死，要不是杨家那些欠条没有找到，常家早就让杨氏"病死"了。

常家和乔家早有默契，只要拿到朝廷给杨家的欠条，就会送杨氏归西，没想到欠条没有找到，杨氏却先有了动作。

杨氏本来不能顺利从常家搬出来，都是嘉怡郡主当场撑腰，杨氏才有了机会踏出常家家门，再往后，太医院童应甫和老爷商议好，让杨氏死在疫区，谁承想杨氏不但活着还立下大功。

这一桩桩一件件就这样慢慢叠加起来，到了如今，杨氏已经不是一个小小的孤女，反而能站在乔家，用这样的口气嘲笑他们。

杨氏一个女子怎么会比杨秉正和杨老夫人还难对付，难不成真的是天意？天意如此？因为没有斩草除根，杨氏反过来就要向常家和乔家报仇。

乔夫人想到这里，心脏乱跳个不停，觉得喘息越来越困难，几乎要晕厥过去。

乔月婵完全不知道要怎么应对杨茉的话，只是转过身向乔夫人求助。

杨茉却气定神闲："常家和乔家结亲，乔大小姐是不是要拿杨家的财物做嫁妆？乔家不止是贪了杨家的财物吧？"

"来人，"乔月婵气急败坏，"将这些闹事的人绑送去官府，这里是天子脚下，怎么能任由这些刁民上门生事。"

乔夫人不说话，乔月婵这样气急败坏说不出反驳的话，就印证了她刚才的那些话，乔家和常家合谋一起害杨家。

杨茉想到突然去世的祖母，祖母病倒在床榻上，常老夫人和常大太太就成了杨家的常客，不知祖母的死是不是和她们也有关系。

杨茉道："衙门里的吏官还在乔家门口等着，我就要和吏官去衙门里写证言，既然乔大小姐也有冤屈，不妨让人随我们一起去衙门状告。"

乔月婵想要说话却被乔夫人一把拉住，现在情形不明，还是少说为上，一切要等老爷回来再商议。

乔月婵却忍不住胸口的怒火："杨氏，你不过就是个身份卑贱的罪臣之女，敢和权贵作对，早晚要你死无全尸。"

乔夫人听着女儿的话心中焦急，一张嘴顿时咳出刺目的鲜血。没想到女儿这样沉不住气，一个女孩子家说出这样的话，定然会名声受损。

乔月婵只觉得母亲的手指仿佛要陷入她的皮肉里，她却仍旧抬着头看杨氏，她就是要杨氏知道，只要她活着一天就不会让杨氏好过，杨氏早晚要后悔今天的作为。

杨茉失笑："生死由不得你算计，否则我们就不会有今日。"她如果早就死在了常家，又怎么会站在这里替杨家申冤。

乔月婵恨不得一掌掴向杨茉兰那张脸，早知道她应该促成常亦宁将杨茉兰收成侍妾，这样她就能正大光明地折辱她，让她凄惨地死在她眼前。

魏卯几个在一旁听得心惊肉跳，尤其是乔家小姐说要让乔家人将他们绑出去，他不禁有些手脚冰凉，他们身为男子还不如师父这个女子有胆色。

杨茉带着魏卯几个人出了乔家大门，杨茉径直登上马车去顺天府。

乔夫人这边好半天才缓过气来，旁边的管事妈妈走到乔月婵身边低声道："大小姐说那样的话，只怕会被杨氏传出去。"

怕什么，她是因为母亲病成这样杨氏不肯医治才口不择言，再说杨茉兰说的是常家和乔家合谋害杨家，她也是为常家抱不平，难道常家人还会因此怪罪她？

现在无论是常家还是乔家都要一致对付杨茉兰。

乔月婵冷笑："一个孤女看她能有通天的能耐？你们未免太高看她了。"

乔夫人迷迷糊糊地醒来，现在已经完全没有了希望，杨氏是不可能会给她看病了。

"母亲，"乔月婵用帕子来揉眼角，"还是请太医院的御医来治病吧，晚了就真的来不及了。"

乔月婵哀求着乔夫人，乔夫人满头冷汗如同做了个噩梦，只觉得浑身没有了半点的力气，一句话也说不出来。杨家的旧事不停地在她眼前晃来晃去，杨老夫人死了之后，她和常家人看杨家那些书信和药方，当时她还觉得好笑，杨家这样的蝼蚁不过有些银钱就要和冯阁老为难，落得这样的下场是他们不自量力。

她看到那些杨家的药方又是欢喜，那些都是杨家百年留下的血肉，如今白白便宜了他们。

人在世上最重要的是权力。

权力能换来富贵，能换来性命。

而今，她却怀疑，到底能不能换来性命，就算再有权力也没有第二条命。

乔月婵这时候吩咐管事妈妈："快去太医院请御医来，就说母亲病重了，要御医现在就治病。"

乔家这边忙碌着请人治病，那边乔老爷也是焦头烂额，不过看了几本书就让他起了一身白毛汗。

"这是从哪里来的？"乔文景在官场上混了多年关键时刻还知道要收敛心神，一脸诧异地看向葛世通。

葛世通早就料到乔文景会如此，不慌不忙地道："都是从乔家抬出来的，乔老爷您看看，装东西的箱子上面还刻着你们乔家的大名呢。"

乔文景激愤地从椅子上站起来，瞪着眼睛看葛世通："你这是什么意思？难道这些东西就是我乔家的？"

葛世通笑着看乔文景："乔大人，我只是将审来的口供和物证送去都察院，至于到底是不是您家的东西，我说了不算，"说着顿了顿，"您说了也不算，"然后拱了拱手，"咱们都要听上面的意思。"

葛世通这时候装起好人了，一副和颜悦色公事公办的样子，与前几天态度大相径庭，乔文景现在算是看明白了，葛世通让人最恶心的并不是他那阴沉的脸，而是在他假惺惺笑的时候，让人看着脊背发寒，却不能伸手去打那张笑脸。

这次到底是怎么回事，仿佛有人暗地里有意将杨秉正的案子提出来，从王振廷到他面前的这些东西，就是在将他和杨秉正的案子连在一起。

这一次乔文景觉得不再是巧合，也不是件小事。

"府尹大人，"顺天府进门禀告，"杨氏来了，认了杨家的物件，还写了文书，要大人您替杨家做主。"

乔文景听到这话急向前走，却不料撞在桌角上，顿时疼得变了脸，却顾不得这些："杨氏在哪里，我倒要看看她写了什么文书，这样的刁民就该抓起来重责，看她还敢不敢再胡言乱语。"

"乔大人，"葛世通转头看过去，"这件事就照您说的办？"

乔文景一怔，没明白葛世通的用意。

葛世通笑着将话一转："不过要等你什么时候兼了顺天府尹，才能在我这里发号施令。"

乔文景咬紧了牙："葛世通，你就不怕哪天犯在我手上。"

葛世通甩了甩袖子，走了几步忽然转身用手指向乔文景："先擦干净你屁股上的屎，再来要挟别人，我好歹也是朝廷命官，顺天府尹，奉命查你的案子，岂容你这般恐吓，你我今日的话就记录在案，随案卷一并呈上去……"

乔文景急得跳脚："你敢。"

葛世通脊背笔挺，沉着脸看乔文景："朝廷授我官印，掌管京师重地，你看我敢不敢。"

葛世通话音刚落，就有人掀开帘子进门："葛大人，乔大人，阁老命我来拿王振廷的案卷。"

乔文景眼前一亮，心头的大石顿时被挪开几分，立即看向来人，来人短暂地和乔文景对视一眼，彼此立即心知肚明，乔文景几乎要哆嗦着喊，我的天啊，可算来救我了。

杨茉等了半个时辰才见到葛世通。

葛世通脸色如常，只是神情稍稍低沉："这案子，冯阁老伸手了，后面会怎么样，就不是我一个人能掌控。"

早晚会有这一天，乔文景是冯阁老的狗，狗出了事就要牵扯后面的主人，冯阁老出手帮忙那是早晚的事。

杨茉起身向葛世通行礼："这些日子多亏了葛大人帮忙，才算查出这样的结果。"

葛世通也忙站起来："大小姐千万莫要这样说，我有几斤几两别人不知晓，我心里再清楚不过。"他虽然是主审，但是这案子周成陵一直出面帮忙，就连乔家下人"变卖"的这些杨家财物，那也是周成陵想方设法从乔家带出来的。要是没有这个证据，就算乔家下人一口咬定是受了乔老爷指使去帮衬王振廷害杨大小姐，朝廷也定不下什么罪名。

葛世通说到这里想起常家，看向杨茉："杨大小姐一定要从常家搬出来，是因为看出了苗头？"

　　常老夫人做事细致周到，就连常大太太从表面上也看不出对她有什么不好，就是常家的下人说说闲言碎语说她配不上常亦宁，就算是常亦宛不过是暗地里对她存了坏心，常亦宁始终和她保持不近不远的关系，何况常家还没流露出要将她以妻做妾的想法……

　　若不是重生一次，杨荣还真不会那么快就看透这些，尤其是常老夫人，那是她亲姨祖母，论血缘比舅父还要亲。

　　葛世通立即觉得是自己问得多了，杨大小姐那么聪明的人，当然会知道谁对她是真正的好，谁是虚情假意："杨家的事大小姐不要着急，现在这样也未必就是不好，这案子牵扯越多往往越容易判。"

　　葛世通亲眼看到杨大小姐颔首，并不是勉强地答应而是十分痛快点头，甚至眼睛里还有一丝的希望和笑意，有些话他不好仔细说，但是他确定杨大小姐听明白了。

　　多聪慧的女子，怪不得妻子说，杨大小姐不光会医术，若是管理内宅也是一把好手。

　　"大人可知晓高正春？"在顺天府不好说太多冯党的事，杨荣转开话题。

　　葛世通思量了片刻，立即道："是那个要告科场舞弊的秀才？"

　　杨荣看向秋桐，秋桐将盒子递过来，杨荣转交给葛世通："这是高正春默写下来的文章，这篇文章是侯子安在进贡院前诓骗高正春写下来的。"

　　葛世通将盒子打开，拿出里面的文章仔细地看起来，果然是本次秋闱的礼记、四书义、经论几道题目。

　　"高正春因为误了时辰没能进贡院，等到科考结束之后，他才知道侯子安和他一起论的题目就是此次秋闱的试题。"

　　葛世通看着试卷思量，他也是科举入仕，每年的乡试、会试、殿试题目他都格外关切，知道那些题目之后他也会在心里琢磨，试试自己如今还会不会写出锦绣文章："我虽然未做过主考却能看出来这是一篇好文章，若是其他几科也是这样的水平，定能考上举人。"

　　这就是了，为什么侯子安要陷害高正春，难道只是为了少一个对手？若是为了少个对手何必这样麻烦，不但要诓诉高正春试题，还要害他不能进贡院。

　　葛世通道："历朝历代都有科举舞弊的案子，有找人替考、有买试题，若是这件事果然为真，侯子安八成是拿了高正春的文章应考。"

　　杨荣点点头："用有才学的先生提前作答，未免要花费一笔银钱让人守口如瓶，找上高正春这样的人，即使高正春明白受了陷害，却也不能让自己昭雪。"如果不是高氏找来京中，高正春只怕就要饿死在京外的破庙里，哪有可能状告侯子安。

　　葛世通看着试题直摇头："没想到他们已经这样明目张胆，侯子安是什么人？我听都没听说过，这样的人也能拿到题目，更遑论他人。"

　　葛世通说着站起身来，十分的悲愤："别人十年寒窗苦，他们就用银钱来买。"

　　杨荣想到侯家急着贪侯三奶奶嫁妆的事来，八成是要用这些钱来买题目，差点就将侯三奶奶逼死。

　　只要侯三奶奶死了，程家人就不能上门要嫁妆。

　　侯子安在京中待考一直都是程家帮忙，现在为了考上举人就做出这样的事。

现在程家人拿回了嫁妆,侯家没有了足够的银钱,就找上了高正春。

一切到这里再清楚不过。

就看接下来要怎么将整件事揭开,还高正春一个公道。

杨茉从顺天府出来径直回到保合堂。

高正春立即迎出来,前堂不好说话,杨茉和高正春一家去后院堂屋里坐下。

杨茉就将去顺天府的事说了:"能不能行,还要看朝廷怎么办。"

高正春眼泪都要流下来,他没想到冤屈还能诉出去,这样想着高正春看向高氏两个人一起跪下来向杨茉磕头:"只要能状告那侯子安,我就算死了也值得。"

杨茉忙让魏卯和旁边的婆子将高正春夫妻扶起来。

高正春道:"要不是大小姐,我们一家早就在黄泉路上,我也想了万不能牵连了大小姐和保合堂,我们一家这就搬出去。"

这次科举舞弊定是和冯党有关,高正春是怕告不成生出事端,其实不管有没有高正春这件事,冯党都不会放过杨家,她不会天真地认为只要行医治病独善其身,就能一辈子平安,之前来了一个王振廷,她和姨娘、族妹侥幸逃过一劫,将来还会有更多的王振廷,既然她答应了帮高正春将文章送去顺天府,就不怕后面有什么事。

再说高正春一家离开保合堂又能去哪里。

杨茉道:"中哥的病还没好,一时半刻你们也不能离开,保合堂里正好缺人手,高家嫂子又能帮衬。"

高氏听了不知道要怎么感谢杨茉,就呜呜地哭起来:"这可怎么得了,让我们一家如何还这恩情啊。"

杨茉吩咐梅香去拿药箱来给高正春的伤口换药。

高正春伤口上的腐肉已经去了干净,创面也明显有了愈合的现象,虽然已经换了两次蛆虫,看到肥硕的虫向外爬,梅香还是觉得头皮发麻。

"伤口已经没有了腐肉,接下来要怎么治?"杨茉问身边的魏卯。

魏卯怔愣了片刻有些犹疑:"应该,应该将蛆虫拿出然后冲洗、缝合。"

杨茉点点头:"蛆虫是去腐,没有了腐肉伤口就会自然愈合,现在只要用常规的外科缝合,重复盐水冲洗,用药粉敷上缝合面。"

高正春听不太懂杨大小姐的话,但是也隐约明白一些:"杨大小姐是说,我不用再放蛆虫了?"

杨茉笑着点头:"不用了。"

高正春的声音一下子变得颤巍巍:"那我的手,也不用切掉吗?"

"不用,"杨茉道,"不用切掉了。"

高正春看向高氏,高氏亲眼看到丈夫眼睛通红,直到最后一刻才敢相信,手就这样保住了。

济子篆正好这时候进门,看到杨茉正在消毒缝合。

"济先生。"杨茉将持针器放回盘子中才看到旁边的济子篆。

济子篆看着那缝合平整的伤口："杨大小姐的手法真不像才学了外科缝合。"他从来没见过这样进步神速的学生，缝合看起来容易但是针对不同的伤口却要用不同的打结方式。

杨茉也没想到有一天她会拿起手术刀，而且这样仔细地缝合一个病患，在古代这种情况下，只能做一个全科医生，上学的时候教授说过，最厉害的就是那些苗医、蒙医、藏医他们不但能用草药，还会各种外科手术，用的是自己祖传下来的外科器械，因为医疗条件限制的缘故，他们要内外兼修。

现在她是古代的医生，也要尽量做到这一点。

济子篆道："那么以后都可以用这样的蛆虫治病了？"

杨茉点头："不过要看病患能不能接受，再者，还要等朱善的虫子养好。"

保合堂里外伤的病患少，济子篆的药铺却每天要见到不少这样的病患，如果这个方法行得通，不但能救治病患，还能让病患少受痛苦。

济子篆觉得和杨大小姐说话很是精神，杨大小姐说的每一个字他都要听仔细。

一直到了下午杨茉才坐车回到家中。

陆姨娘迎过来道："今天这么早。"

"一会儿还要出去，"杨茉拉着陆姨娘走到内室里，"今晚我要出去，姨娘不要担心，会有人送我回来。"

陆姨娘脸上的笑容渐渐收敛："这是要去哪里？"

杨茉笑着看陆姨娘，秋桐几个带着屋里的下人退出去。

杨茉道："现在说什么都为时尚早，我说这个也是要姨娘安心，"说到这里杨茉刻意顿了顿，好让陆姨娘心里有个准备，"我想给父亲翻案。"

陆姨娘只觉得浑身的血一下子冲到脸上："你……你怎么……大小姐……这可……怎么得了……这种事……万一做不好要引火烧身啊……"

"本来我也想等一等，"杨茉拉紧陆姨娘冰凉的手，"姨娘想想高正春一无所有还想着要状告侯子安，我们就要坐等着别人先动手害我们？"

"父亲的案子不清不楚，对我们杨家永远是个威胁。"再说就算父亲活着，只要他顶着这个死罪的罪名，被人发现了就是死路一条，她不想处于个被动的境地。

陆姨娘想起杨秉正出事时的情形，不禁心中颤抖。

杨茉看着陆姨娘，点点头："姨娘相信我，我们家最坏的境况已经过去了，日后只会越来越好。"

看着大小姐目光坚定十分有信心的模样，陆姨娘慌跳不停的心才渐渐平复一些。

杨茉道："姨娘只要安排好，不要让人知晓我出门。"

陆姨娘点点头，"大小姐安心。"内宅上的事，她能帮上忙。

杨茉起身换衣服，找了一件宝蓝色的褙子，看起来素净又稳重，吩咐秋桐梳了一个单螺髻，戴上了长长的幂篱。

这时候秋桐进来低声道："马车来了，在后门等着呢。"

杨茉点点头，拉着陆姨娘走到门口，然后只带了秋桐一个人出去。

门上的婆子已经等在那里，眼看着秋桐将杨茉扶上马车，就将门关好马车开始走起来。

外面跟车的婆子道:"大小姐,您脚下放着两只暖炉,若是还觉得冷,就让身边的姑娘将暖炉里的炭拨一拨。"

杨茉应了一声,婆子才退到一旁。

马车走了很远才停下来,外面传来婆子的声音:"快拿披风过来。"

杨茉下了车,暖暖的披风就递过来。

不知道什么时候开始下了小雪,地上已经一片银白,秋桐将披风给杨茉穿上,婆子在前面引路将杨茉带进内院。

周成陵站在院子里,见到杨茉走上前。

杨茉道:"我来晚了?"

周成陵肩膀上落了雪,目光看起来很柔和:"刚刚好。"

杨茉松了口气,总不好让所有人都等她。

下人掀开帘子,杨茉跟着周成陵走了进去。

屋子里的户部尚书张尔正先放下手里的茶向门口看过去,虽然蒋平说过是杨大小姐,不到最后看到那抹纤细的身影,他还不能相信。

《天宝杂记》中提过康王妃德才兼备,是康王的贤助,虽然听说康王议事的时候康王妃有时候也在屏风后听一听,可毕竟没有走出那扇屏风。

现在这位爷是将人直接领进门。

张尔正一时有些恍惚,还是和大家一起站起身。

杨茉看了一眼屋子里的人。

董昭神情沉稳,正凝望着她,董昭旁边的葛世通,然后是略有些消瘦的韩季,座上还有两个她不认识的陌生人。

周成陵道:"这是户部尚书张尔正。"

杨茉上前行礼:"张大人。"

张尔正这才回过神来,宣王爷将杨大小姐带进来,是因为屋子里大部分人杨大小姐都认识,董世子和韩季是杨大小姐救活的,葛世通和杨大小姐也不是第一次见。

周成陵和杨茉坐下来,韩季先站起来道:"我的奏折已经递上去一阵子,皇上没有定我的罪名就是对王振廷已经起了疑心,否则也不会命乔文景审王振廷那么长时间。"

张尔正看了看坐在一旁的杨大小姐,他不太适应屋子里有女子在,不过说的是安庆府的案子,主要涉及了杨秉正,也必须要有杨家人在,说不定杨大小姐还能帮上忙,再说宣王这样安排……

张尔正想到这里开口道:"让乔文景审案,也是想要冯党收敛,若是想要惩戒冯党,也早就动手了。"皇上还是忌惮宣王,所以不想削弱冯党的权力。

大家一起看向周成陵。

周成陵道:"今年户部的银子可都收上来了?"

张尔正摇头:"还没,不过还有几个月,冯党来得及做手脚,每年到这个时候,冯党先凑出银子,然后核算支出,至少要留给皇上一年炼丹的银子和宫内的花销,皇上也是等到银子不够时才会问户部。"

现在还没有到银子不够用的时候。

张尔正顿了顿："若是现在核对，冯党对许多账目就无法自圆其说。"要知道核算全国的税银那是要很多人手不眠不休地算上几个月。

杨苿听着这些话，还没有理清楚。

周成陵看向董昭："明日一早军饷的奏折就会递上去，皇上卯时会传你入宫。"

董昭奏折里只说没有军饷，并没有提及党派之争。

"今年边疆战事吃紧，皇上一定会问户部有没有银钱补上军饷。"

张尔正道："这时候就会牵扯户部的账目，现在户部账面上一塌糊涂，我也只能将内阁给我的数字填在上面，皇上知晓，户部的支出现在都要听内阁的。"

杨苿听明白了，没有了银钱皇上就会坐不住，皇上虽然一心要成仙却不是个傻子，钱权失去一样他就是个傀儡，安庆府的赈灾粮也许对皇上的宝座来说无关痛痒，但是整个国库空虚，皇上就要着急。

周成陵道："虽然皇上不在意安庆府的银钱，却要以此推算整个大周朝的税银，由此就能算出每年冯党蚕食多少银子，所以必然会从手边的安庆府案子入手。"

韩季脸上一喜，眼前忽然有一种透亮的感觉，只要这一步步按照安排走下去，皇上必然会重查安庆府案。

杨秉正大人的冤屈可雪，安庆府的百姓也就有救了，韩季热血沸腾，想要站起身来在屋子里走上几圈。

要想让朝廷彻查一件案子就要上下安排妥当。张尔正道："可惜的是，没有找到朝廷开给杨家的欠条，这样就能将冯党借款的事也一并牵出来，现在是最好的机会，一件案子朝廷不可能审多次。"

杨苿想了想："不知道有没有在安庆府被抄走。"

"没有，"韩季很肯定地道，"王振廷这几年一直在细查和杨大人有过交往之人，就是想找到那些借条，当年杨大人要以它为凭据状告冯党，一定会妥善放起来……"

父亲就算活着也是从大牢中脱逃，手里应该不会拿着那些借条，那些东西到底去了哪里？

葛世通道："会不会在乔家。"从乔家找到了杨家的书册和信函，以此推断乔家是想要在杨家找文书。

杨苿很肯定地摇头："乔家手里没有，如果他们就不会留着杨家的物件。"人的思维是很奇怪的，只要留着一些东西就证明这件事没有具结，而且她在常家几年都安然无恙，定然对常家和乔家来说，她还有活下去的必要，这样看来，就是那些借条救了她的性命。

那些借条到底在谁手上。

她应该想办法尽量找到借条，就算找不到也要将整件事闹起来，常家怕被乔家牵连，说不定倒能说出一二，杨苿将自己的想法说了："常家还欠着杨家的财物，我会上门追讨。"

想到那一百万两银子，葛世通就想笑。

追讨银子确实是个好方法，常家被逼急了，说不定能说出一些内情。

葛世通道："冯阁老插手了乔文景的案子，拔出萝卜带出泥，就看皇上怎么处置。"

冯觉这次不可能安然无恙。

这样一来算安排妥当，就等明天一早皇上传户部尚书进宫。

商量好了，大家不能久留，张尔正先站起身行礼退出去，然后是葛世通、韩季几个。

董昭看向杨茉，杨茉正和周成陵对视，两个人仿佛很有默契，目光一瞬间相触。

董昭留意了周成陵的神色，他脸上带着些许让人难以觉察的笑容，杨大小姐则低头躲闪，看起来若无其事，只是耳垂有些微微发红，目光看起来也有些朦胧。

董昭不由地皱起眉头，他从椅子上站起来，径直走到杨茉跟前："我顺道送大小姐回去。"

旁边的周成陵抬起眼睛看向董昭："我已经安排好了，让蒋平备了马，趁着现在雪下着路上涩，我也正好回药铺住下，明日卯时听消息。"

阿玖放下手里新沏的茶，缩缩脖子跳到一旁，主子和世子爷好像都在平常地说话，可是那口气怎么听起来让人觉得心惊胆寒呢。

杨茉站起身："还是分开走的好，免得被人瞧见，我自己坐车回去，若是有人瞧见了，还能说是出去看诊。"董昭神情过于沉静，杨茉总觉得有些不对头，抛开这里古怪的气氛不说，她压根也没想谁送她回去。

杨茉说完向周成陵和董昭行了礼，秋桐忙将披风给杨茉穿上，下人已经挑灯、撑伞过来，杨茉一脚跨出去，在雪地里留下一抹淡然的身影。

周成陵眼看着杨茉走出院子，看起来十分柔软的女子却十分有主见，坐在屋子里，隔着羃篱说话，声音不卑不亢，关键时刻并不拖泥带水，让人觉得像是在和男子议事。若是平常他不会想着将一个女子带来，到底是什么时候让他有了这样的感觉，从头一次看到这个胆大的女子开始，或者在这之前早就有一种熟悉感，让他觉得熟悉却回想不起来。

从什么时候开始这样欣赏一个女子。

第四章　御前

皇帝这一晚睡得有些不踏实，换句话说，每年的这天他都会觉得有双眼睛在盯着他看。

多少年前的这天先皇和他说过一句话："我大周的江山早晚败在你手里。"

"竖子。"

先皇这样称呼他。

每次想到先皇说这话时的神态，皇帝就忍不住捂住嘴，免得肚子里馊臭的恶水都喷出来。

他被迫鼻涕眼泪直流发誓要将皇帝做好，给大周朝一个盛世。也许盛世的诺言他无法做到，但是他不能让江山败在他手里，否则就算是被先皇言中。

这晚皇帝焚香沐浴早早安寝，不让任何人来打扰，就是要冲破每年的惯例不要在噩梦中醒来，屋子里很安静，有安息香的滋味，甜甜的香香的。身上的被子轻软还有一股阳光残留的热烈气息,顺着他的鼻子钻进他的身体,让他觉得温暖柔和,只要深吸几口气他就能安睡,就像在母后的寝宫中,让他无比地踏实。

皇帝觉得自己马上就能睡着,因为他想的都是让他无比愉快的事,说不定他第二天醒来就发现已经置身天宫中。

"啪啪啪,啪啪啪。"不知道哪里来的清脆撞击声。

好像扳指撞在茶碗上,并不悦耳而是有种让人粉身碎骨的焦躁。

皇帝抬起头,立即感觉到迎面飞来一样东西,"啪"一下撞在他的脑门上,撞得他发蒙。

他却还是清楚地看到了父皇的脸,那张脸威严中带着浓烈的怒气,眼睛里猩红的血丝在翻滚,大声地吼叫着:"竖子!"

皇帝顿时从梦中惊醒,一下子坐起来,额头上似是有什么淌下来,皇帝伸手触摸,手指上满是汗液。

头还闷闷地疼痛,如同被打过一样。

每年的今天,他都要梦见先皇将手里的扳指甩在他的头上。

皇帝无比的焦躁,先皇会那般气愤,都是因为他将痘疮传给了弟弟,他那亲爱的弟弟不如他命硬,因此夭折了,这样一来父亲膝下能承继皇位的就只有他。

皇帝想到这里露出一排干净洁白的牙齿,就是那时候他知晓先皇有多么不想将皇位传给他。

"来人。"皇帝忽然站起身来大叫。

尾音在大殿里嗡嗡作响。

内侍立即推开门走进来,恭敬的小碎步让皇帝心情略微好一些,他重新有了一种高高在上的感觉。

"天家,奴婢给您倒水。"内侍弯腰去沏茶,然后小心翼翼地端上来要递给皇帝。

皇帝就在那茶水在面前时挥了挥袖子,茶碗顿时落在地上。

内侍吓得脸色苍白立即跪在地上,袍子也被茶水浸湿了,外面的奴婢听到声音急忙进来收拾,皇帝就这样冷眼旁观,渐渐觉得束缚在身上的锁链松了许多,他不必再害怕先皇,先皇已经死了,如今坐在皇位上的人是他,他再也不必被任何人束缚。

一瞬间大殿又被重新打扫干净,皇帝坐在床榻上,眼睛比任何时候都要清亮。那些文武大臣天天上奏,叫着喊着让他处理政务,他们怎么不知道在他想要理政的时候将奏折呈上来。

现在他就想要看奏折,他是一个皇帝,他应该对自己的江山了如指掌。

皇上想到这里振奋起来,他一定要看点什么,否则他会觉得心中空荡荡的难受。

"去,"皇帝忽然道,"去将递给朕的密折都拿过来,朕要看。"

密折是皇帝让信任的臣工递上来的折子,方便他更好地掌控政事,知己知彼百战不殆,皇帝想到这里冷冷一笑,他不上朝听政,可是谁也别想糊弄他。

内侍先去捧密折盒子,转头看了一眼沙漏。

卯正。

卯正,皇上看奏折。

保定的情况写得十分清楚,董昭是武将,他看到的就是军备、布防,鞑靼每年都会在冬季入侵几次,保定大营这样军需短缺,很有可能会吃败仗。

皇帝看得脊背发凉,他总觉得他的修行已经到了一定的层次,就算不能解谶言,却能对许多事先知先觉,或许梦到先皇,正是他修炼的结果,提醒他,如今他的江山不稳……他总觉得他会在某年的这一天丢掉他的江山。

皇帝想到这里突然觉得十分恐惧,伸出手来指向内侍:"去,将户部尚书张尔正叫来。"

皇帝传张尔正的事很快传开,张尔正整理好身上的官服,一步步走进上清院。

冯国昌听到官员将今天一早的事说了一遍,睁开那双布满皱纹的眼睛:"皇上为何会在这时候传户部尚书?可知道皇上都看了谁的密折?"

旁边的乔文景摇头:"不知晓,按理说这时候不会啊,皇上已经很久不理朝政……再说上清院已经算出皇上该在这个月闭关修行……等到皇上出关之后,我们的账目也就理顺了。"

听着这些话,冯国昌有些坐不住了,伸手让乔文景将他扶起来:"这是要出事了。"

要出事了?难不成皇上会追究起来?

"应该不会吧,"乔文景身处户部,每日里就是盯着户部尚书张尔正,"张尔正没有什么动作,连账目也不看一眼,更没有吩咐户部里的人去做什么事,要说他要查账目,总要找几个帮手啊。"

事是一定出在户部,到底是谁从中做手脚,怎么做手脚,皇上会如何追究,这就是他们现在猜测不到的。

现在最好的办法就是去皇上身边,听皇上到底怎么说。

人的心是最难揣摩的,虽然冯国昌了解皇帝,可谁能保证皇帝会不会突发奇想,问起政事来。

杨茉这边也在看时辰,宫中出事很久才会传出来,不过按照周成陵的安排,一切都应该会很顺利。

陆姨娘并不知道这些事,只能在一边看杨茉的神色。

杨茉问陆姨娘一些她不知晓的事:"母亲有没有说借据的事?"

陆姨娘摇摇头:"没有,太太从来不说这些,只是说老夫人年纪大了,小姐不知道该怎么办,舅老爷又离得远,也不知能不能帮衬上,太太还说,老夫人也不知道有没有受牵连,咱们杨家的亲眷又少,到了要紧的时候不知道要请谁来帮忙。"

母亲还是想过这些事。

杨茉就想起舅舅来,舅舅会不会知道这些事。

正想到这里,婆子进来道:"大小姐,衙门里来人了,说是要见小姐。"

陆姨娘的心一下子提起来,会不会是出了事,忙看向杨茉。

杨茉道:"姨娘安心,我出去看看就回来。"

现在是关键时刻,谁也不知道冯党会用出什么招数,杨茉这样想着一路去了前院,衙门里的人正等在那里，看到了杨茉便将手里的文书递过去。

没等杨茉打开来看，衙门里的吏员就起身离开。

杨茉拿着文书到了内院里才让人拿刀拆开来看，旁边的陆姨娘紧张得心跳如鼓。

"怎么样？到底是什么事？"没等杨茉看完，陆姨娘就急着问。

杨茉放下手里的文书，着看陆姨娘："是官司的事。"

"官司？是谁告了我们不成？"

没想到陆姨娘这样紧张，杨茉道："不是别人告了我们，是我们和常家的官司，常家没有将余下的财物归还，朝廷准我们上门催促。"

是好事，是让她去常家催债的好事。

杨茉吩咐管事的崔妈妈："去舅老爷住的院子，请舅老爷过来，就说我有要事商议。"

崔妈妈应下来："奴婢就去安排。"

杨茉点点头去内室里换衣服，如果舅舅肯一起去常家那是最好不过，也好让舅舅亲眼看看常家人的嘴脸。

不消半个时辰，下人就来道："舅老爷来了，就在前院等着小姐呢。"

舅舅来京中也一段时间了，知晓了来龙去脉，现在有了这样的机会，一定会和她去问个清楚。

杨茉换了衣服去前院，张二老爷和张郁正在屋中等着。

杨茉上前行了礼，张二老爷道："乔家那边的事怎么样了？"

舅舅是问王振廷的案子，杨茉低声道："从乔家那里找到了我们杨家的东西。"

怎么会这样，张二老爷怔愣了片刻。

杨茉道："常家一直和乔家走动，想必这里面少不了常家，我祖母去世时将家里的事都交给常老夫人，如果有人从杨家搬东西常老夫人不该不知道。"

"欺人太甚。"张二老爷一下子站起身。

旁边的张郁吓了一跳，他还从来没见过父亲发这样大的脾气，他更没想到看起来很亲善的常老夫人竟然是这样的人。

"走，"张二老爷看向杨茉，"我跟你去常家，看看他们还有什么好说。"

张郁目光闪烁，一时激愤一时又犹豫不决，看了几眼父亲才支支吾吾："父亲，母亲说……还是不要去常家……"

张二老爷的脸色霍然变了。

杨茉装作没听见免得让舅舅难堪。

事到如今舅母还是想要攀附常家。

张二老爷冷笑一声："我们张家的事，还由不得她做主。你妹妹被人欺负，我们就坐视不理？从前不在京中也就罢了，现在既然来到这里，就要替她找个说法，否则怎么对得起你死去的姑姑和姑父。"

张郁抬起眼睛看杨茉，然后点头："父亲说得对，母亲是……被常家蒙蔽……才会如此……若是母亲知晓这些，也会和父亲一样护着妹妹。"

听着儿子为妻子遮掩，张二老爷目光一软："你知道就好。"

门房备好了车马，三个人一路到了常家。

常家下人见了忙去通禀，很快常大太太迎出来，常大太太身后跟着一脸憔悴的荆氏。

荆氏未施脂粉，一条胳膊瑟瑟发抖，看起来十分的凄楚，看向张二老爷："老爷……怎么来了？"

丈夫的弱点她最知道，丈夫就是耳根软，禁不起几句好话，她算准了丈夫会跟着杨氏来常家，于是早早就来等着。

妻子的模样勾起张二老爷几分怜爱，转念想想杨茉这几年的经历，还是硬下心肠："我听常家长辈说，茉兰不过是一个未出阁的女子应该听长辈安排，如今她的长辈来了，今天就要替她撑腰，为她做主。"

常大太太听得心里一沉。

荆氏也没料到一向软弱的丈夫为何今天说出这样的话："你说什么撑腰、做主，难不成常老夫人不是茉兰的长辈。"

张二老爷不理妻子，而是将手中的文书递给常大太太："朝廷下了文书，让常家将剩下的财物归还给杨家，我虽不是杨家的长辈，然杨家一脉已经没有了正经的主事人，杨家能维持到今都是因茉兰持家，我是茉兰的舅父，娘亲舅大，我今天就帮衬她一起将这笔账算算清楚。"

张二老爷说完这些微微一顿："在此之前，我也说清楚，杨家的财物，理应归杨家所有，不论是常家还是张家都没有权利挪动分毫，若是谁起了贪心，别怪我不顾情面。"

谁起了贪心，这话是在指她，荆氏气得浑身颤抖，想要和丈夫辩一辩，却发现丈夫根本看都不看她一眼，再看看旁边的儿子也是低着头不说话。

张二老爷道："别的东西我不好说，我们张家抬进杨家的嫁妆我是清清楚楚，"说着看向常大太太，"大太太向老夫人禀告一声，就带我们去清点，我们也好去衙门里请吏员来。"

之前是杨氏来闹，杨氏不过是个女子他们总好拖一拖，如今是张二老爷……

常大太太不好在门前争执，忙将张二老爷和杨茉迎进花厅里坐下。

不一会儿工夫，常家人将常大老爷请回来。

见到悠闲喝茶的杨茉，常大老爷胸口一团火一下子烧起来，这些日子乔家安排对付杨氏，怎么没将杨氏的气焰打下去，反而让她更加嚣张。

常大老爷看了一眼旁边的常大太太，母亲不是已经安排好要将亦宛嫁去张家，两家结亲就能同仇敌忾，怎么现在又生出这种事。

常大老爷耐着性子和张二老爷说话："上次我们不是已经说了，常家怎么会有杨家那么多财物。"

"没有？"张二老爷抬起眼睛，"杨老夫人去世之后杨家是不是交给了常老夫人和大太太？"

"我母亲不过是帮衬，哪里来的那么多东西，再说杨家早就外强中干。"

张二老爷冷笑一声："外强中干？若杨家没有银钱，常家怎么肯结这门亲，还不是因为茉兰嫁妆多。"

被这样揭短，常大老爷的眉毛都竖起来："那是因为两家有亲，才想着亲上加亲，哪里来的这些话。"

张二老爷道："没有？"话说开了，常大老爷就变得凶狠起来，可想而知平日里对茉兰是什么模样，"那大老爷倒说说，为什么乔家家中会有杨家的物件，为什么现在常五爷要娶乔家的小姐，这世上哪里有这样巧合的事，难道不是常家和乔家合起来算计杨家？"

说实话常大老爷虽然不太了解张二老爷，却在为数不多的边缘亲戚团聚宴席中已经摸透了张二的脾性，张二懦弱、惧妻的名声在外，他对这种人十分了解，没有什么主见和抱负，不过是靠着祖产浑浑噩噩地度日。

可是今日，这人一下子变得滔滔不绝起来，仿佛要将一辈子积攒的话全都说完，开了口就没有要收住的意思，旁边的荆氏都是一脸不可置信的神情。

张二老爷道："我说错了？常大老爷说说，这些年我给你写的信，你们有没有向茉兰说起？"

常大老爷咬紧牙关，半晌才道："我们常家上上下下都对得起杨家，没必要我收几封信也要原原本本告诉杨氏。"

张二老爷愈战愈勇："亲舅舅的信也不用说？"

常大老爷想要冲上去将瘦小的张二老爷一把扔出去。

张二老爷道："我没瞧见哪家是刚推了这边的婚事，就立即找了另一家结亲，前后不过十几天，你们常家的婚事也太容易定下，我们才到了京中几日，你们就要和我们张家再结一门亲事。"

竟然拿这样的话来堵他的嘴，常大老爷从来没见过一个男人这样能说。

这个张二老爷没有抽风吧？他还是那个人人嘲笑的锯嘴葫芦？

常大老爷道："是你们张家想要高攀我们家，也不看看你们张家是什么身份，族中有多少人在朝为官，祖上有没有人当官。"

听得常大老爷这话，张二老爷忽然一笑："不过是嫁个女儿都这样算计，更遑论为儿子娶妻，还说不是看上了杨家的钱财。"

痛脚被人踩了一次，不能被人踩第二次。

常大老爷怒不可遏，既然话已经说到这里，没必要再遮遮掩掩："杨家有什么钱？杨家的药铺开遍了京城，药材也都赊给了朝廷，你也不看看杨家的账目，看看上面有多少现银，有多少古董，杨家那些东西早就卖去了当铺，如今留下的都是不值钱的样子货，你们将那些古董折算了银钱，那些东西根本就是假的。"

舅舅终于将常大老爷的实话逼了出来，如今常家也说起了朝廷借药材的事，还提起杨家账目，这样说杨家的账目果然在常家手中。

常大老爷说完话，旁边就传来清晰的咳嗽声。

常大老爷转过头看到了常老夫人身边的陈妈妈。

陈妈妈一脸讳莫如深的模样，抿起嘴唇然后低下头。

常大老爷这才发现自己被气得失言了，杨家的事他不该提及太多，之前他明明说不知晓杨家的家事。

杨茉站起身来:"大老爷,你说看过杨家账目?我家的古董都是假的?"

常大老爷脸色发青:"我只是这样说,外面早有这样的传言,到底是怎么回事难道你们不清楚?"

说出去的话哪有收回来的道理。杨茉道:"大老爷凭什么说杨家的古董是假的?难不成我祖母托付给你们的时候,已经在财物单子上写了?"

常大老爷说不过这舅甥两个,皱起眉头看向常大太太。

常大太太忙道:"自然是没写的,我们一直没有开箱,这也是朝廷来清点才发现。"

张二老爷冷冷地道:"你们光是凭口这样一说就要赖掉几十万两银子?"

荆氏听着夫君说几十万两银子,不禁眼前发花,杨家哪里有这么多银钱,杨家出事之后还给她药铺的本钱,除了一些金叶子还有许多金首饰,如果有金瓜子谁会将头面也放进去。

杨茉抬起头看舅父,舅父是真的动了气,才会这样和常家争辩。

这些话本来该她说。

常家要么赔这些银子来,要么讲出些内情来,她就是要用这个要挟常家,常家变卖家产也好,出卖乔家也好,不要想着随随便便过这关。

常大老爷有一种要气炸了的感觉,难不成要将整个常家赔给杨茉兰,乔文景和他说好了,朝廷那边的事乔家出面解决,可现在乔家那边也乱成一团,他不能这边死撑着,万一乔家出了事,还是要反过来牵连他们家。

常大老爷有一种进退两难的感觉。

总不能赔了夫人又折兵。

几十万两银子,足够买一个官职了,常大老爷只觉得脚下如同烧着了般,头顶偏偏像是被泼了盆冰水,说不出是冷还是热。

常老夫人这边听着消息。

陈妈妈匆匆忙忙来道:"大老爷那边撑不住了,老夫人快想想法子。"

知道他就是个窝囊废,打小她就已经看透了他:"真的出了事,只知道发脾气,连一个十几岁的女子也对付不了,更何况还来了张二老爷。"

陈妈妈道:"咱们也没想到,张二老爷会……突然转了性……这是图什么呢,杨大小姐不是张氏亲生的啊,他也不算亲娘舅,何必这样……放着一门亲不结,要帮衬杨家说话。"

所以说人心难测,常老夫人以为荆氏能压住张二老爷,却没想到荆氏也是个不中用的。

常老夫人道:"亦宁呢?有没有到前面去看看?"

陈妈妈摇摇头:"只要和杨家有关,五爷就不会插手。"五爷也是奇怪,到现在好像也不愤恨杨大小姐似的,要知道被杨家退婚脸上最无光的是五爷,听说五爷在外没少被人笑话,但凡有些心性的人都会生气。

"老爷现在不知道要怎么办才好,乔家那边也没消息。"陈妈妈一早去打听了几次,乔家那边都在忙乔夫人的病,乔老爷那边的情形仿佛也不是很好。

陈妈妈说到这里,心里想着另外一个人,她仗起了胆子:"老夫人,咱们家到了这个时候，是不是应该向刘家……问问……"

听到刘家这两个字，常老夫人的眼睛突然睁开。

陈妈妈顿时打了个冷战，她不该在这时候提起刘家。

老夫人绝不会让刘家牵扯到这样的事。

只是陈妈妈心里还是有些不太明白，难道要输掉整个常家，老夫人真的不在意常家？

"老夫人，您是最疼五爷的，五爷这时候不能出差错啊！要不然我们就将实情说出来，大不了得罪了乔家，我们五爷也能靠自己考个功名。可若是赔上了银钱，我们常家不知能不能渡过这个难关。"陈妈妈说着眼睛有些发红。

常老夫人布满皱纹的脸上看不出什么神情："你以为这是我的意思？"

陈妈妈不敢再说话急忙跪在地上："奴婢不是这个意思，奴婢……"

话刚说到这里，外面的管事妈妈慌慌张张进来禀告："老夫人，不好了，大老爷将杨家的账目拿出去了。"

常老夫人撑起身子："杨家的账目不是在我屋子里收着……"

陈妈妈也有些慌张："奴婢也不知晓。"大老爷怎么就找到了账目，还拿出去给了杨大小姐。

常老夫人深深吸一口气，强按住胸口翻滚的气息："将大老爷给我叫过来，我有话要问他。"

陈妈妈忙出去喊常大老爷。

过了好一会儿，常大老爷才进了门。

常老夫人脸色难看靠在床边喘息。

常大老爷恭谨地上前："母亲怎么不歇着，外面的事有我在，"说着为难地顿了顿，还是硬着头皮，"儿子将杨家的账目交给了衙门，杨氏别想要坑走我们家那么多银子。"

常老夫人突然捂住胸口，来不及弯腰一下子就吐出来，污秽顿时喷了常大老爷一身。

常大太太也正好进门见到这种情形脸色也变了，忙惊呼："娘，这是怎么了？快，快去请郎中来。"

常家下人忙上前伺候常老夫人清洗，常大老爷换了脏了的袍子也去伺候常老夫人。

"娘，"常大太太太低声道，"您先别急，老爷也是想要先应付过去，再……想别的法子。"

常老夫人厉眼看向常大老爷："你知不知道，杨家拿着那些账目能生出多少事来？上面记着借给朝廷的药材……你以为杨氏要的真是那些银子？她是要给杨家翻案，要替她父亲申冤，你现在将账目给杨氏，将来只会作为证物，杨家若是翻了案，朝廷就要追究冯阁老，你还一心想要投靠冯阁老……"

常老夫人说到这里咳嗽起来。

事到如今他也没有了办法，是杨家咬着他们不放。常大老爷道："母亲，我们也是没法子，还不是乔文景那边出了差错……"

"亦宁呢？"常老夫人好不容易缓过气来，"让亦宁去冯阁老府上，将今天的事说了，就说杨家上门闹事，我们家大太太不小心将账目拿了出去，让冯阁老有个准备，毕竟账目不是朝廷给的欠条，说不定还有转圜的余地。"

常大老爷道:"我这就让亦宁过去。"

杨茉仔细地看着手里的账目,许多事都渐渐清楚了,父亲出事的时候杨家的境况确实不好,祖母当了不少的物件,多数都贴补给了药铺。

吏员在旁边道:"我们要将账目拿去核算。"

杨茉颔首,将账目交还给吏员,然后蹲身行了礼,虽然没有朝廷的欠条,药铺的账目也算是一样证物。

杨茉和张二老爷一起到了杨家堂屋坐下,管事妈妈带着下人出去,张二老爷才看向杨茉:"接下来要怎么办?"

杨茉还不知道,有些事要等到外面有消息才能接着安排。

不过有了这样的大事,还牵连到了冯觉,她肯定不会闲着。

杨茉才想到这里,秋桐进来禀告:"小姐,高正春夫妻过来了。"

杨茉让人将高正春夫妻请进府,高正春匆匆忙忙进来,见到张二老爷,杨茉道:"这是我舅舅。"

高正春夫妻忙向张二老爷行礼。

张二老爷仔细地看着高正春,他上次去保合堂看到的就是这个病患,才隔了几日,高正春的气色看起来好多了,张二老爷不得不惊讶,茉兰的医术真是高超到了这个地步。

"有什么事?"杨茉低声问高正春。

高正春急忙道:"侯子安写了状纸,说我诬陷他坏他侯家声名,"侯子安告他,他不害怕,就是怕牵连到杨大小姐,"说我是受了杨大小姐指使。"

侯家就是一只恶狗到处疯咬。

张二老爷听得这话皱起眉头来:"是不是唬人的?再说这和杨家有什么干系?"

侯家不会唬人,人说做贼心虚,侯子安如今考上了举人,更怕别人对他说三道四,干脆先下手为强。

杨茉吩咐秋桐给高正春夫妻上了茶:"知不知道状纸是怎么写的?"侯家来威胁高正春,一定会透露些让高正春害怕的消息。

高正春点头:"侯子安说,考完秋闱之后,他和几个同窗一起论过秋闱的试题,有人看到我在附近偷听。"说到这里高正春低下头,"还说我以此为要挟,已经去侯家要过银子。"

看到高正春面露惭愧,杨茉心里一沉,仔细地看着高正春:"那你有没有去侯家要过银子?"

高正春一阵沉默,旁边的高氏从刚才的不在意,慢慢变得脸色难看:"你……怎么不说话?杨大小姐在问你啊?你怎么不说?"

高正春低着头,放在膝盖上的两只手收紧:"我……我去过侯家要银钱。"

高氏脸色顿时变了,怔愣了片刻:"你……你真的去要银子。你说的那些话都是假的?都是骗我们?现在你连杨大小姐都牵连了……你……"骂着骂着就哽咽起来。

高正春慌乱地摇头:"我没骗人,我只是……以为告不成……又没有银钱回家……

我想着反正已经拿不到功名……总不能让你和小三饿死……我想要点银钱拿回去……我……"

高氏哭道:"现在说这些又有什么用,那人抓住了把柄。谁还会相信你的话?"

怪不得侯子安不怕高正春,原来是手里攥着高正春的把柄。

高正春忽然站起身:"我……说什么都不会牵连杨大小姐……我这就去和侯家人说……我……"他不知道该说什么才好。

杨茉一时沉默下来,她只是想将所有的事理清楚,看看有什么法子对付侯家。

张二老爷也在思量,现在正是关键时刻。如果再被别的事牵连,很有可能会坏事,最好的办法就是和高正春的案子分得清清楚楚。想到这里张二老爷叹了口气,别说翻案,他就是连衙门也不曾进过,虽说他想要帮衬茉兰,可也不知道从何做起。

杨家老夫人在的时候对杨秉正的事也是束手无策。现在换做茉兰一个孤女,茉兰能有多大的本事?

在常家他是硬着头皮和常大老爷辩驳。其实他心里是十分惧怕,他没有那个要翻案的心气儿,其实他是想给茉兰找个好婆家,妥妥当当地嫁出去,看着茉兰生活得舒坦……要不然还能怎么样?常大老爷说的话没错,茉兰毕竟是个孤女,不论是张家还是杨家都没有靠山。

张二老爷正要端起身边的茶来喝。

崔妈妈进来禀告:"大小姐,那位蒋爷来了。"

蒋爷是谁?张二老爷有些诧异。

崔妈妈目光闪烁,脸上浮起怪异的神情,张二老爷也是经过事的,看到这里不禁眉头一耸。

杨茉倒是没发现舅舅的脸色变化:"将人请进来。"说着就站起身来向张二老爷蹲身行了礼,然后迎出去。

张二老爷看向屋子里的秋桐,秋桐也低着头,一副不愿意多说的模样。

张二老爷不禁心里盘算,这个蒋爷是什么人,这样想着张二老爷向前走了两步,站在窗口看到一个年轻人走进院子。

那人身材高大,穿着还算讲究,浓眉大眼看起来十分的威武,光这样看过去,不像是寻常人家的子弟。

和茉兰说话的时候,他头微低,露出几分尊重的神情,茉兰也不躲不避很自然地和他说话,仿佛和他很是熟悉,张二老爷心里油然生出一个奇怪的想法。

杨茉听了蒋平的话,和蒋平一起走进屋子。

"高正春,"杨茉径直看向高正春,"内侍要带你去上清院,你可知道上清院?"

上清院。

高正春觉得很熟悉,却一时说不上来到底是哪里,就这样怔愣了片刻又立即恍然大悟:"杨大小姐,您是说……您是说……皇上……是皇上……"

谁也没想到皇上会亲自问科场舞弊。

高正春一下子慌张起来:"那……那……侯子安……"

冯觉肯定会利用侯子安大做文章。

高正春仿佛连话也不会说了，只是害怕得手脚冰凉。

杨苿道："你要尽量将话说清楚，你不用撒谎，只管实话实说。"像高正春这样的老实人，撒谎更容易被戳穿。

高正春急忙点头。

杨苿道："一定会问你在保合堂的事，你也实话实说，不用担忧会牵连我，就算没有你，他们也会对付我。"

这些话一定要说在前面。

高正春又点头。

杨苿道："现在你们回去保合堂，等着内侍找上门。不要让人看出来你们已经提前知晓。"事情紧急没有太多的时间。

高氏吓得只会吸鼻子，高正春也是一副大梦未醒的模样。

"快回去吧！"杨苿又催促，好在高正春不知道杨家的事，这个时候知道的越少反而越安全。

高正春和高氏才站起身出门，蒋平也跟着告辞，张二老爷想了想跟着一起出了门。

蒋平本想快些回去复命，却不料被张二老爷喊住。

"你是京畿人士？"走到院子里，张二老爷问向蒋平。

张二老爷是杨大小姐的长辈，蒋平不敢怠慢毕恭毕敬地道："家父原在京中任职，致仕之后就举家迁出了京城。"

是官宦人家子弟。张二老爷接着问："家中父母可在？"

蒋平不知道张二老爷怎么会问这样仔细："家父家母已经过身。"

原来是没有长辈。也许就会少了些阻力，这一点倒是和苿兰相似，张二老爷转过头又仔仔细细地看了看蒋平："你在朝廷任职？"

蒋平摇头："没有，没有。"

蒋平觉得张二老爷的目光有些奇怪，说不出是因为什么看得他汗毛竖起。

难道刚才他礼数上不够周到？蒋平这样想着，不免显得有些紧张，停下脚步躬身听张二老爷说话。

一个官宦子弟能这样听他说话，自然是存了那样的心思。之前听传什么文正公世子和苿兰有些牵扯，那是勋贵之家就算结亲也不会看上杨家。想来也就是闲话而已。

倒是这个蒋平，虽然出身不错，但是家中父母已经亡故。身上又没有官职……

杨家下人目光闪烁，苿兰又对他态度温和……

张二老爷紧绷着脸："日后不好就这样上门，让人知晓了要说闲话。"想及礼数，不知不觉就带了些许训斥的口气。

蒋平一怔。急忙赔礼："事出突然……是我没有想周到……"主子盼咐得急。他生怕坏事，进了门直接就将事和杨大小姐说了，不过这种事总不好交代给管事妈妈，蒋平一时不知道自己错在哪里。

张二老爷对蒋平的表现颇为满意，既然这件事让他撞到了，他就不能不管："你是出自哪个蒋家？"他怎么也要让人打听看看。

蒋平眨了眨眼睛，觉得这件事有些蹊跷，可是他又不知道是错在哪里，很少有人问他家中的事，要是旁人他不说也罢，可是张二老爷不同，不论是想到主子还是杨大小姐，他都不能不回答。

"是漳州府蒋家，家父曾被选授为御前侍卫。"

张二老爷听了一惊，被皇上信任的家族才能有子弟被选授为侍卫，也就是说蒋家的地位不低。

蒋平还有事，就向张二老爷行礼告辞。

张二老爷满怀心事地点点头，蒋平脚底抹油赶紧溜走。

崔妈妈远远地看着张二老爷和蒋平说话，虽然听不清说了些什么，不过看张二老爷的神情，崔妈妈觉得张二老爷是知晓了宣王的事，忙回到屋子里禀告杨茉："舅老爷恐怕是发觉了，大小姐要有些准备。"

知女莫若母，周成陵和她的事，陆姨娘那边她遮掩不住，家里的管事妈妈自然也知晓一些。

没想到现在连舅舅也看出了端倪。

杨茉就想起周成陵说要拜访舅舅的话……这样胡乱想着，正好迎上舅舅饱含深意的目光，杨茉不禁脸上一热。

有些话不好说，她也不知道该怎么说。

张二老爷咳嗽一声："我一直没有问你，你的婚事，自己可有打算？"

张二老爷问完这话，就觉得有些不妥，长辈哪里能这样问一个晚辈婚事，不等杨茉说话张二老爷道："将你姨娘叫过来，我有话要问她。"

舅舅不想这样和她说婚事。

杨茉看了看身边的崔妈妈，崔妈妈点点头。

陆姨娘换了件干净的姜黄色素花褶子，带着下人进了门，陆姨娘上前给张二老爷行了礼，飞快地看了一眼旁边的杨茉。

张二老爷道："茉兰先退下。"

长辈们要说话，杨茉只好站起身来走出去。

等杨茉出了门，张二老爷拿起茶来喝了一口，看向旁边低着头的陆姨娘，陆姨娘连喘气都小心翼翼的，和张二老爷想的完全不一样，真没想到这样脾性的女人生下了茉兰。

"茉兰的婚事你可有什么想法？"

听到张二老爷的声音，陆姨娘下意识地想要摇头，可是想到茉兰就生生地停顿在那里："我想……这事……要听茉兰的。"

听孩子的，还有这样的说法，张二老爷看看规规矩矩的陆姨娘又好气又好笑，之前他还担心陆姨娘越过妹妹的名头在杨家作威作福，现在看来他完全是自寻烦恼，陆姨娘看起来只想安分守己地过日子。

"怎么能都听她的，就算将来成了亲也会被人说闲话，"张二老爷说着顿了顿，"我听说杨家的长辈在家中？"

张二老爷说的是杨名氏？陆姨娘点点头："是有，自从搬出来就有族中婶子跟着。"

那就好，遮掩起来还容易些。

张二老爷道："若是有长辈看好的后生，不如正式让我们也瞧瞧。"

陆姨娘有些惊讶，张二老爷是要完全顺着茉兰，现在更是想要促成这门亲事，这是她始料未及的，可是王爷他现在虽然不是王爷了还是宗室，她也不知道这到底能不能行。

陆姨娘脸上闪烁着为难的神情。

张二老爷眉头微皱："怎么？有什么为难？"

陆姨娘轻声道："也不是……就是我们家现在这样，不知道……不知道……"

陆姨娘虽然没说出来，张二老爷却已经明白过来，是门第之间的差距："有什么可为难的，若是觉得我们家门头低，这门亲事就作罢，现在嫌弃我们和常家有什么区别，将来茉兰嫁过去也要受委屈。"

舅老爷这样说是没错，可是宗室和普通人不同……

陆姨娘不说话。

张二老爷道："你不方便去说，我打发人去问……"

听到舅老爷要安排……陆姨娘忙道："我，我就去和茉兰商量。"

"和孩子商量做什么？"张二老爷道，"让杨家长辈来说，若是那边有什么顾虑以后也不要再上门来，不论他是什么身份，祖上有多显赫，不过就是官宦人家子弟，只要想娶我们家女儿，就要有诚意，能打动我们家才行。"蒋家能怎么样？杨家要不是杨秉正出了事，也是官宦人家，还能怕他们？

舅老爷说的没错，可宣王爷从前是双王爵啊，祖上哪里是显赫而已，那是皇族，官宦子弟也不知道这样说对不对，舅老爷为什么会这样说，难道这里面有什么误会不成，刚要开口问。

"要说茉兰父母已经不在，我听说那边的父母也已然过身了。"这样两家也就不用互相挑剔。

王爷的父母是早就不在了，陆姨娘点点头："舅老爷说的是。"舅老爷的性情好像变了，面对宣王这样的家事一点都不在意似的，很能稳得住。

张二老爷道："就这样，既然我在京中，这些事我不能不问。"

陆姨娘觉得之前提起的心，现在仿佛稳稳地落下来，家中有人帮忙主事也好，否则茉兰的婚事她真不知道要从何下手，深了吧她只是一个姨娘，浅了吧，她在一旁干着急，就算有一天有保山上门，她也不知道茉兰是什么意思。

陆姨娘是个没主意的，不过这些年听吩咐听得多了，被张二老爷这样一说，慢慢觉得张二老爷说的有道理。

张二老爷想了想："没有正式上门拜见，以后就不要再进杨家，有什么事在外面说或者打发人进门。"

陆姨娘忙应着。

张二老爷道："茉兰在外行医的事，要他家中长辈知晓，不能光听他说什么，要他家中能做主的长辈来说清楚。"

提出这样的要求可能会让蒋家为难，但是茉兰一门心思要继续行医，早晚都要过这一关，如果蒋家不愿意，倒也算是早早了结。

　　想要结亲哪里是两片嘴唇一碰就万事大吉的，他看那个蒋平虽然威武有余，不免有些过于木讷，年纪又轻，怎么能想得周全，别因此委屈了茉兰。

　　张二老爷想到这里，远处的蒋平觉得脊背发寒狠狠地打了几个喷嚏，旁边的阿玖见了，跷着脚乐呵："我看你印堂发黑，快去庙里烧香拜佛，免得飞来祸端落在你头上。"

　　蒋平狠狠地看了阿玖一眼，刚要竖起眉毛恐吓，不料鼻子一痒又打了个喷嚏。

　　张二老爷和陆姨娘说完了话又嘱咐杨茉："有了消息一定要告诉我。"

　　杨茉点点头。

　　张家都是女眷张二老爷不好久坐，带着张郁回去了。

　　陆姨娘听了张二老爷的话，不知道跟谁去商量，只好吞吞吐吐地和杨名氏去商量："你说怎么办才好？茉兰也没说到底行不行，舅老爷又那么急……"

　　杨名氏睁大了眼睛，她觉得很诧异："舅老爷真的这样说？"

　　这还能有假，否则她也不会这样着急。

　　"舅老爷是想要作为长辈给茉兰张罗亲事。"说起来这是好事，外面人看也是顺理成章。

　　陆姨娘道："舅老爷还不让我和茉兰说，我都不知道怎么办才好。"万一她坏了事可怎么办。

　　杨名氏道："你不是也担心王爷身份太高，将来不能娶我们大小姐。"

　　陆姨娘就点点头。

　　杨名氏笑道："我看是好事，什么都不做哪里知道对方的意思，不如就这样试试，你心里担心，大小姐就不在意？再说，舅老爷将你喊过去，大小姐能不知道是为什么？大小姐没有阻止就是从心底里还是……至少不觉得不好。"

　　陆姨娘听得这些话豁然开朗，紧紧拉起杨名氏："要不是你在这里，我都不知道怎么办好。"

　　这个姨奶奶好在遇到一个好主母，否则以姨奶奶这样的性子真不知道会怎么样，换了地方说不定渣都没了。

　　杨茉不知道陆姨娘和杨名氏在说这些，她在仔细想整件事。

　　杨名氏和陆姨娘才说完话，崔妈妈就来道："宣王爷来了。"

　　说曹操曹操就到，这句话还真是……陆姨娘就看杨名氏，一副要向杨名氏讨主意的样子："要不然今天就算了，王爷也是有事。"

　　杨名氏叹口气："不管算不算，舅老爷的话总要递过去，舅老爷是正经的长辈，我们总不好这边骗着，那边瞒着。"

　　杨名氏说的很有道理。

　　陆姨娘道："那我……我总不好过去……"

　　杨名氏想了想，她也怕陆姨娘到时候不好意思开口，于是整了整身上的衣服："我去说吧！"

陆姨娘觉得心头一轻，感激地看向杨名氏："那就劳烦您去一趟。"

杨名氏让人将周成陵请到堂屋坐下，亲手端上了茶："我们舅老爷今天来了。"

杨名氏提起了张二老爷。

"我们舅老爷说，杨家毕竟都是女眷，我们大小姐又是未出阁的小姐，总不好常常这样见外面的男子。"

杨名氏还从来没有正式和周成陵说话，她觉得自己平日里胆子很大，却到了关键时刻也有点头上冒汗，说不出话来。

只得这样支支吾吾地表达，不能将话说得太清楚。

旁边的阿玖有一种不好的预感，杨家这是要拒绝少爷上门？那以后可怎么办？阿玖小心翼翼地看少爷一眼，却不料看到少爷脸上露出了些笑容，阿玖有点摸不准这是什么意思。

周成陵看向杨名氏："我一直想要拜见张老爷。"

哎哟，没想到这样就算将话说清楚了，而且周成陵脸上没有抗拒的神情。

杨名氏道："我们大小姐不容易，在外诊治病患……还要在意闺中名声。"

周成陵点点头，杨茉兰的辛苦他知晓，他要娶她就必然是光明正大，风风光光，怎么会让她受半点的委屈："这些事大小姐可知晓？"

杨名氏摇摇头："舅老爷不让说。"

张二老爷这个娘舅很好，能真心护着茉兰，只有一心为茉兰着想，才会想要见他，看看他到底有多少诚意和打算。

杨名氏觉得周成陵虽然让人觉得高高在上，却是极好说话，至少对待大小姐的事是这样，如果这门亲事能成该多好啊，说不定周成陵真的会顺着大小姐的意思，让大小姐成亲之后接着行医。

杨茉见到周成陵是一炷香之后。

"准备好了？"周成陵抬起头看向杨茉。

两个人交换着彼此的目光，从对方眼睛中找到了自己清晰的影子。杨茉不用多说只是点点头。

她想要进宫去，自从看了母亲留在舅舅那里的东西，她就想着有了机会就要主动出击，不能等着被人逼得无路可走再想办法。

高正春那边出了差错侯家一定会连带上她，她想要帮高正春也想要帮自己。

周成陵站起身踱步到杨茉跟前，他微低着头，俊朗的五官慢慢沉下来，目光收敛了几分，多了让人看不透的威仪，就是这样看一眼也会觉得寒气入骨。

杨茉这才知道，原来周成陵从来没有这样正色看过她。

周成陵此时的目光就像是有冰水滴在她脖领里，说不出的凉。

周成陵沉着眼睛，似是能洞悉一切，却又让人揣摩不透他的心思："我见过他这样对着镜子做他的神态。"

他指的是皇帝？

现在也只有周成陵会在私下里这样称呼皇帝，在宫中和皇帝一起长大，想要不了解也不容易。

周成陵的意思是皇帝的威严都是练出来的："我就不用怕他？"杨荗抬起头询问周成陵。

周成陵摇摇头："不是，如果他这样的话，你就应该害怕，至少装作害怕，那他就会觉得他拥有至高无上的权力，他可以左右任何人。"

杨荗不禁笑起来："你是在安慰我，还是在吓我。"不管是什么，至少现在开始她不那么紧张了。

周成陵道："等你回来，我就去见张二老爷。"

本来是很紧张的事，却让他东扯一句西扯一句慢慢给淡化了，杨荗本来满脑子都是安排自己如何谨慎地一步步向前走，而今都成了周成陵嘴边的一抹笑意。

"你不一定能说动我舅父。"长辈那一关不是好过的，尤其是周成陵这样的身份。

"还有宗室营，未必能接受我的身份，"杨荗说着抬起头向周成陵微微一笑，"不过在这方面，我也是决不会退一步，不能做妾室，也不能放弃杨家，更不会离开保合堂。"

周成陵从小就长在权势圈里，应该知晓那些权贵定不会允许她这样的身份嫁入宗室营。

"宁拆一座桥，不毁一桩亲，"周成陵道，"有些事虽然波折，不过大权还是握在你手里。"

有些事想起来容易，做起来难，她也不知道能不能到那一步。

"时辰差不多了。"外面的蒋平低声道。

杨荗这才想起正事来。

周成陵嘱咐杨荗："进宫之后，只要想着你是保合堂的东家，大周朝难得的女医，不必和冯国昌争论政事，也不要让他借你父亲的案子牵制住你。"

杨荗要走出堂屋去准备，周成陵拉起杨荗的手，他的手很暖和："万一做错了什么，就看皇上身边的内侍，平日里有两个公公伺候皇上，一个是黄公公，一个是韩公公，能帮忙的是韩公公，他的个子高人也清瘦，上次你在宫中见过。"

杨荗点头。

杨荗走出屋子，周成陵带着蒋平离开杨家。

不到半个时辰，就有内侍上门来道："杨氏随我们去上清院，圣上传你觐见。"

陆姨娘那边听了消息几乎要喘不过气来。

杨荗请内侍在堂屋里坐下："两位公公稍等，我换件衣服就随公公去。"

杨荗说完回到房里，陆姨娘脸色煞白："这可怎么办才好？"

杨荗拉着陆姨娘到了内室里，左右无人，杨荗低声道："姨娘，这次不一样，这次是我想进宫去。"

所以让高正春在皇上面前提起她和保合堂。

"父亲的案子，冯党肯定会想各种法子遮掩过去，我们不能给他们时间安排，要一鼓作气地捅破天，我们才有可能翻身，反正侯家已经借着高正春牵扯到了我，我也就没什么好怕的，不如就迎上去。"

陆姨娘不明白："科场舞弊到底和你有什么关系？"

"父亲的案子牵扯了冯阁老，如果我想的没错，冯阁老和这次科场舞弊有关，侯子安不过是一根线头，后面不知连带了多少人，往小了说我当然和这件事没关系，往大了说，他们会互相牵连，将顺天府尹葛大人和反冯阁老的人牵扯在一起，不论是我们还是高正春都是有意陷害冯阁老。"

陆姨娘越听越心惊："早知道，我们宁愿不翻案。"

那也不对，杨茉道："我们不能永远做人砧上鱼肉，这次避开了，下次呢？"现在动辄就会连坐，父亲虽然没了，但是谁又知道不会牵扯到她。

"与其让人说我故弄玄虚是个不折不扣的巫医，不如我现在就去为自己证明，为自己申辩。"

陆姨娘听不懂这些话到底是什么意思，可是看到杨茉没有半点的害怕就稍稍稳下心神："如果你有事，王爷会救你吗？"

陆姨娘是说周成陵。

杨茉点点头，她相信如果她出了事，周成陵会想法子。

杨茉换了衣服随着内侍去上清院。

杨茉站在偏殿外，立即就有道士上前向杨茉身上扫了符水，等到道士退下去就听殿内传来一声清脆的铃声，殿门立即打开了，从里面飘出一缕缭绕的香云。

殿中的宝座上没有人，高正春跪在大殿上，旁边是侯子安，椅子上坐着冯阁老，闫阁老、葛世通立在一旁，还有几个杨茉没见过的人⋯⋯

杨茉上前跪拜，大殿里却没有半点的声音。

闫阁老皱起眉头来，不知道皇上将这些人叫来到底是什么意思，自从进了大殿还没有听到皇上说一句话，都是冯阁老在询问高正春和侯子安的案子。

只有皇上身边的韩公公和黄公公来回穿梭，仿佛皇上是在那屏风后面听着。

谁又知道屏风后面到底有没有人。

皇帝的荒唐举动闫阁老早已经见怪不怪，只是他不明白，既然皇上对政事漠不关心又将他们都叫来做什么。

闫阁老看向冯阁老，冯阁老一副淡然无谓的模样，仿佛对所有事都了如指掌，或许皇上将冯阁老叫来只是为了警告冯党，闫阁老想到这里有些心中忐忑，和冯党斗了许多年，他太熟悉这样的节奏，他们安排得天衣无缝，可是到了皇上这里，就如同石沉大海，悄无声息，皇上信任冯党，信任冯皇后。

冯阁老咳嗽一声："皇上命我问话，"说着喘一口气，看向身边的官吏，"你是刑部侍郎，你来问吧。"

刑部侍郎应了一声，然后看向杨茉："杨氏，高正春状告侯子安的状纸可是你递去顺天府？"

葛世通心里一惊，没想到冯阁老从此入手。

这样就毫不费力地将他和杨大小姐连在一起。

杨茉道："是民女所为，高正春想要告侯子安科场舞弊，却不知该如何将状纸递上衙门,民女因乔家的案子去顺天府,便帮高正春将状纸交去了衙门,不过不是顺天府衙门,而是大兴县衙,大兴县衙如何转去顺天府,民女就不知晓了。"

"狡辩,杨氏惯会狡辩,"跪着的侯子安忽然道,"高正春说学生舞弊是因为提前知晓试题,高正春不是想要告学生一人,而是告秋闱的主考、副考官大人,高正春在没有见到杨氏时不曾写状纸,如何见到杨氏之后就想到了告状,分明是受了杨氏指使。"

"杨氏,"侯子安看向杨茉,"到了现在你还不说实话,就算你闭嘴不提,大人们也定会查出实情。"

这样审问她,是想要逼她咬出别人来,就算她不说冯党也会借此将她下大狱,然后想方设法捏造她的供状就像父亲经历的一样。

周成陵说的没错,冯党已经控制了局面,杨茉想到这里抬起头来看向大殿里的内侍,内侍向她点了点头。

也就是说皇帝在屏风后看着殿内所有的人。

皇帝如果完全相信冯阁老,就不会坐在屏风后。

就如同周成陵预料的,这次是一个好机会,现在她就要想到一个好法子脱困。

她该用什么法子。

杨茉静静地思量。

"杨氏。"刑部侍郎开口喊杨茉。

杨茉却没有立即应声。

"杨氏。"

等到刑部侍郎喊第二声,殿内的冯阁老抬起眼睛看向杨茉。

杨氏仿佛被吓住了一般,低着头跪在那里,不知道在想什么,杨氏身边的高正春在瑟瑟发抖。

在皇上的天威之下,所有人都会惧怕,尤其是杨氏这样无知的妇人。冯阁老靠在椅子上,高耸的椅背让他觉得更加的舒服,只要让杨氏进了大牢,杨秉正的案子就可以慢慢地审。

冯阁老想着正要开口,却发现杨氏不停地看向大殿里的内侍。

仿佛要从内侍脸上看出什么答案。

冯阁老心里霍然一亮,也许有人买通了皇上身边的内侍,这是个好机会,通过杨氏能抓到杨氏背后的人,葛世通、张尔正这些人谁也逃不掉。

这就是博弈。

"杨氏,刑部侍郎问你话,你为何去看内侍?"

听到冯阁老的话,闫阁老不禁一惊,众人纷纷看向殿内的内侍。

韩公公和黄公公都抬起头,韩公公不作声,黄公公发现杨大小姐正看着他,不由道:"冯阁老您这是什么意思?"说完他也觉得诧异,杨大小姐为何看她。

杨茉很清楚自己在看谁,周成陵说韩公公能帮她,现在她看的却是黄公公,她不是要混淆视听,而是……

众人低声议论的时候,只听传来杨氏的声音。

"间歇性跛行。"

间歇性跛行是什么东西？杨氏在说什么？

什么是间歇性跛行？

黄公公没说话，刑部侍郎道："杨氏，你将刚才的话再说一遍。"

杨茉径直看向黄公公："冯阁老，民女看黄公公，是因为黄公公身上有疾患，公公表现出来的症状是间歇性跛行。"

趁着没有人出来说话。

杨茉缓缓地接着道："黄公公端茶进内殿的时候行走还很正常，从内殿里出来右腿就有些难以承重，所以每次都要靠着柱子才能站立，只要休息片刻，内殿里铃声响起，黄公公却又能进内殿伺候，这样反反复复进了内殿三次都是表现出同样的症状，所以我认为不是巧合，而是一种病症。"

本来是在议论一桩案子，杨氏却说起病症来，刑部侍郎刚要呼喝，杨茉又道："黄公公最近有没有觉得腿脚麻木，休息片刻却又会立即缓解。"

黄公公本是留意听大殿里众人说案子，却没想到杨大小姐径直说起他的病症，一时之间所有人的视线都落在他身上。

黄公公下意识地转头去看屏风后，顿时他听到一声清脆的铃声，皇上仿佛也很想知晓，杨氏到底在说些什么。

冯阁老眼睛微抬。

黄公公道："年纪大了就是腿脚不灵便，宫中许多老人都如此，不光是咱家一个，"说着看向身边的韩公公，"韩公公每日也是要捶打腰腿才能走动，是不是韩公公？"

宣王爷交代他要照应杨大小姐，到了关键时刻他可以给杨大小姐一些暗示，但是在寻常时候他不能表露出半分异样，韩公公笑着道："黄公公说的是，咱家的腿脚也不大灵便。"

"黄公公能不能走五十步？如果只是腿脚不灵便不会走不了五十步。"杨茉低声道。

听这口气，杨氏是笃定黄公公走不了五十步。

荒唐，现在就是一场闹剧，还从来没有人敢在上清院这样胆大妄为。

杨氏这么做是故意将话题转开，刑部侍郎看向冯阁老，他应该阻止杨氏可笑的作为，杨氏太可笑了，旁若无人地说起病症来。

"杨氏……"刑部侍郎才说了两个字却戛然而止。

所有人都听到清晰的铜铃声响，伴随铃声的是轻轻的脚步声。

有人从屏风后走了出来，就站在幔帐后。

是皇上。

大殿里片刻安静。

"黄英你就走五十步。"皇帝的声音突然传过来。

众人立即跪下行礼。

黄公公躬身道："是。"然后抬起脚在大殿里走起来。

真可笑，就因为杨氏一句话，问案就停滞下来，现在所有人都在看黄公公走路，刑部侍郎从来没见过这样可笑的事。

不过让他惊异的事发生了,眼见着走路好好的黄公公忽然颠簸起来,然后不由自主停住脚步,只走了二十几步,才走了一半就要停下来。

真的被杨氏言中,黄公公知晓自己腿脚不灵便却从来没仔细算过到底能走多少步。

旁边的杨茉松了口气,在现代她可以迅速判断出疑似病例,那是因为现代有时间让她进行求证,现在这个紧要的关头,她不但要诊断疑似病例,更要保证诊断的准确度。

杨茉道:"黄公公歇息片刻,就立即可以再走完剩下的二十几步,想要再向前走又要歇息,这就是我说的间歇性跛行。"

这个杨氏怎么如此猖狂,面对这么多人都能神情自若地说出这些话,仿佛这里是她的保合堂。刑部侍郎想要开口说话,可是现在皇上就站在幔帐后,现在凡事都要看圣意,刑部侍郎转头去看冯阁老。

冯阁老神情如常,仿佛并没有被杨氏的话吸引。

黄公公让宫人扶到旁边,宫人拿起帕子给黄公公擦汗,看样子黄公公连剩下的二十几步都走不了了。

黄色的幔帐掀开,众人就看到了龙袍上波涛翻滚的水纹绣图,奇怪,在上清院里议事皇帝却难得地穿上了龙袍。

冯阁老眼皮一跳,不合常理的情形出现,就是要出事的先兆。

黄公公向皇帝行礼:"天家,奴婢这几日是有些不适。"

皇帝没有看大殿里的众人,而是一步步上了台阶,然后盘腿坐在殿中的青莲垫子上:"有没有让太医院看过?"

黄公公忙道:"请太医院的御医来看过了。"

显然太医院没有对症下药,否则就不会被杨氏一眼看穿。皇帝从来没想过要仔细看一个女人,如今却眯起眼睛向杨氏看过去。

很寻常的一个女人,看起来和普普通通的宫人没什么两样,穿着甚至不如宫人讲究,这就是民间的女子。

冯阁老忽然咳嗽一声,仿佛大梦初醒,嗓音有些沙哑:"皇上,还是请太医院来给黄公公诊治。"

杨氏是坊间的医生,如何能比得上太医院。

皇帝靠在旁边的软垫上,乜着眼睛看人,神态自在随意:"杨氏,你说黄公公是什么病?可能治好?"

完全不问案子,而是径直问黄公公的病情,杨茉松了口气,她的目的达到了,只要冯党的节奏被破坏,她就有可能掌控部分局面。

杨茉看向高正春,高正春汗透了衣襟,旁边的侯子安也不如方才那样安稳,开始小幅度地向左右张望起来。

侯子安想到程氏的病就是被杨氏治好的,不免心中忐忑,民间对杨氏和保合堂十分推崇,保合堂那里更是养了一群以杨氏马首是瞻的疯子。

千万不能让杨氏给人治病,否则就……就……侯子安转头看向刑部侍郎,想要传递自己的想法。

刑部侍郎狠狠地瞪了侯子安一眼："皇上，还是请太医院当值的御医来给黄公公诊治，"不能任杨氏在这里故弄玄虚，"眼下……科举舞弊案……还另有内情。"

"不急，"皇帝似是并不在意朝政，而是对黄公公的病有了兴趣，"去问问太医院如今是哪位御医当值。"

自从他听到有人说起杨氏，杨氏就和巫医连起来，现在有了这样的机会，他倒想看看杨氏到底是别有心计，还是真的医术了得。

宫人听了立即下去询问。

刑部侍郎看向冯阁老，冯阁老闭着眼睛，皇上的性子他知晓，到了这个时候就要顺着皇上的意思。

皇上就像一个小孩子，你越不让他做什么他越想要去做。杨氏这么短短的时间不一定能诊治出黄公公是什么病症，太医院的御医来了不过就是像之前一样辨症，皇上听那些枯燥的话很快就会腻烦了，只要皇上不在意，杨氏说什么都没用，冯阁老想着将官服袖子拢了拢。

葛世通却心里说不出的欢畅。

从进了上清院就被冯阁老这个老贼压着，现在杨大小姐来了就有了变数，杨大小姐说得那么肯定，就一定会治这病症。

等到杨大小姐治好了黄公公的病，看这些人还说杨大小姐的医术是假的。

太医院的当班御医很快上了大殿，杨茉抬起头看过去，是丁科丁御医。

丁科上前跪拜。

皇帝向韩公公挥挥手，韩公公立即代为问话："丁御医可给黄公公诊过脉？"

丁科道："今天一早黄公公不舒坦，下官已经请过脉了。"

韩公公就看向杨茉："方才杨氏说，黄公公是……是……"

杨茉道："间歇性跛行。"

韩公公点点头，丁科下意识地向杨茉看过去，杨大小姐说的他并没有听过。

"皇上想知晓，可有这样的病？"

丁科摇头："没有，下官没听过。"

刑部侍郎忍不住想要冷笑，果然，杨氏说的果然是假的。

"不过，"丁科立即道，"杨大小姐说有这样的病症，必然就是有的。"

冯阁老也忍不住惊讶，没想到丁科一个堂堂的太医院院判会说出这样的话。

刑部侍郎也惊奇地倒吸一口气。

莲花座上的皇帝眼睛又睁开几分，他从来没听过太医这样夸赞一个民间郎中。

丁科道："杨大小姐医术了得，之前治好了痘症和杨梅疮已经是旁人难及，还能用输血的法子救活重伤的病患，武举人陆贽就是杨大小姐救活的，这些医术都是微臣不会的。"

保合堂治愈杨梅疮病患的时候，丁科是从头到尾看了病患脉案，从那时开始他就对杨茉万分敬服。

韩公公又去看皇上脸色，皇上向黄公公努了努嘴。

韩公公立即道："杨氏，黄公公的病你可能治？"

杨茉道:"我要上前仔细诊断才能知晓。"

立即就有宫人将黄公公扶到一旁坐下,杨茉上前仔细给黄公公诊治。

刑部侍郎脸色难看,这案子若是不能速战速决,恐怕会节外生枝,尤其是那个侯子安,本来就神情慌张,现在如同一摊泥般瘫坐在那里,甚至不如旁边的高正春,冯阁老坐在椅子上不吭声,但最心急如焚的人是他。

他真是恨不得一掌将杨氏拍死。

"是消渴症。"杨茉一边说一边起身。

"消渴症?"丁科道,"可是黄公公并没有肺热伤津、口渴多饮兼消瘦的病症。"

古代将糖尿病归于消渴症,但是经过现代的研究饥渴症只能发现一部分糖尿病,并不能发现2型糖尿病,2型糖尿病病人年纪大,身形多肥胖,糖尿病的症状不明显,仅仅是轻度的乏力和口渴。

"大人平日里诊断消渴症,是不是年轻人居多?有一种消渴症是年纪大的人多发,病症不明显所以不容易辨症,等到病重时再治已经来不及。"

听到病重再治就来不及了,黄公公不禁慌张,胸口就如同有块石头压在上面,让他越来越透不过气来,汗不停地淌下来,他想要拿出帕子来擦却又没有力气。

杨茉道:"最明显的症状就是间歇性跛行和眼、足的损害,所以我想问黄公公脚上是否有破溃。"

丁科听到这里觉得万分的兴奋,忙问向黄公公:"公公脚上可有伤?"

黄公公想要说话,刚张开嘴却眼前发黑,顿时向后倒去。

旁边的小公公吓了一跳,忙伸手扶住黄公公,旁边的韩公公道:"别惊了天家,快,快将人扶下去。"

立即上来几个宫人七手八脚抬起黄公公就向外走。

韩公公转过头来看向丁科:"丁御医快去吧。"

皇帝看了看被人抬着下去的黄公公,然后转头向韩公公颔首。

韩公公立即道:"杨大小姐也去看看吧,天家应允了,让两位去给黄英治病呢。"

葛世通瞄着旁边苦脸的刑部侍郎,皇上都让杨大小姐治病,看你还有什么话说,不服,不服去和皇上争辩啊。

杨茉站起身规规矩矩地从大殿上退下去。

杨茉看向旁边的小公公:"可知晓黄公公今天都吃了些什么?"

小公公已经变了脸色,怔愣了片刻才结结巴巴地道:"吃了好多点心。"

皇上喜好吃甜食,御膳房要定今年的点心单子,做出了几十种点心,黄公公生怕手下人办不妥当,就亲自尝点心。

杨茉道:"点心都是甜食,消渴症病患不能吃甜食。"

丁科也点头,如果是消渴症,肯定是和吃大量甜食有关:"黄公公气满发逆,热气盛,我一直都是按热病治,"说着仔细看黄公公的情形,"现在要怎么办?"

黄公公怕是要糖尿病昏厥,现在要紧的是输生理盐水,宫中没有这些东西。

杨茉摇摇头:"不行,要将人送去保合堂,或是让我的徒弟将药箱和我要的东西拿进来。"

刑部侍郎清清嗓子想要谈案子，就有内侍快步进来道："天家，杨氏说在宫中不能治病，太医院没有她要的东西，要将黄公公送去保合堂，或是让她的徒弟拿药箱和药进宫。"

还有这种事，刑部侍郎冷笑："圣上，这可是亘古未有的奇事，太医院会比不上一个保合堂不成？"

葛世通道："只是各行各法，大人这话有些重了，方才丁御医也说了，杨氏的医术还是能依仗的。"

刑部侍郎冷笑："葛大人是因为杨氏治好了你妻儿才会这样替杨氏说话，怪不得会接了高正春的案子。"

"因为你的私心，朝廷就要彻查秋闱的主考、副考官员……"

葛世通向刑部侍郎甩袖子："方才你说杨氏指使高正春，现在又成了我指使杨氏不成？大人这案子查得真好，还没有审问侯子安，倒将我株连进去，"葛世通说着举起双手，"何必为难一个十几岁的女子，来吧，我葛世通不怕你那刑部大狱，给我戴上锁链，我也逛逛你那阎王殿。"

两个人吵闹的声音如同勺子刮着铁锅，说不清的聒噪，皇帝皱着眉头看两个就要掐架的大臣，他想要蹲下来看他们斗。

对，掐他，咬他，打死他。

他可以拿着一根棍戳戳这个，挑挑那个。

不，他的权力根本就是草棍，让他们红了眼睛拼得头破血流，皇帝想着拂拂袖子。

刑部侍郎向皇帝行礼："皇上圣明，秋闱的举子将来都会成为朝廷栋梁之才，不能听一个落第考生一面之词。"

葛世通道："皇上，就因为这些孝廉将来要在朝廷中任职，说不定其中有人会成为如冯阁老、闫阁老般股肱之臣，忠信行道辅佐我皇，才应该更加谨慎小心，不能有半点的差错。"

之前所说的都是废话。

最重要的只有半句。

"如冯阁老般股肱之臣，忠信行道辅佐我皇"，这是宣王爷教他说的，在关键时刻一定要将这半句话清清楚楚地说出来。

皇帝想到了从上清院里拿到的字条，上面写着那些将来要辅佐他大好江山的人名，这些人在秋闱没有放榜的时候就已经被选出来。

科举是朝廷选拔官吏，选拔出来的人会效忠朝廷，可如今这些人是冯国昌选出来的，那么这些人将来只会效忠冯国昌，将他这个皇帝置于何地？

忠信行道，我呸，皇帝想要向殿上站着的官吏吐口水，借着这个机会，他就看看，他脚底下这些臣子在耍什么花样。

皇帝想着看向旁边的小公公，小公公一脸的焦急。

还有那个杨氏，皇帝忽然之间十分的好奇："让保合堂的人将药拿去黄公公的下房。"

让保合堂的人拿药来治黄公公，皇上难不成信了杨氏的话？刑部侍郎脸上露出诧异的神情。

"褪掉黄公公的袜子。"杨茉吩咐旁边的内侍。

内侍愣了一下，黄公公不想让人知晓他脚上有伤。

"到了这个时候不检查清楚，黄公公会有性命之忧。"

听到杨大小姐这样说，小内侍再也不敢怠慢，立即将黄公公的袜子脱下来，露出包裹着的脚。

都被杨大小姐说中了，黄公公脚上有伤。

丁科不禁汗颜，他在宫中诊治这么久，还不如杨大小姐看上一眼。

他和杨大小姐之间的医术，何止是差一星半点。

将脚上包裹的软布拿下来，上面还擦着厚厚的药膏，杨茉看向宫人："那谁来洗干净，我要看看里面的情况。"

宫人应一声立即去安排，片刻工夫温水就被端过来，宫人蹲下来清洗，药膏抹了一层又一层，一时半刻似是洗不干净。

"公公早就有脚麻的病症，一直从太医院拿药膏，一年四季离不开这药。"

杨茉看着黄公公的脚，不禁皱起眉头："等一等。"杨茉伸出手去盆里将黄公公的脚抬起来细看。

一个大小姐竟然这样不管不顾地去摸别人的脚。

这杨大小姐还真像外面传的那样，和寻常人家女子不一样。

"不是药膏，这是坏疽。"杨茉转头看向丁科，"丁大人，你来看，黄公公第二、三脚趾已经坏疽了，要立即用活血祛瘀的药，然后进行手术截趾，让伤口更好愈合。"

要截趾？

杨茉道："就算不截趾，拖的时间长了，坏疽的脚趾也会自动脱落，创面反而不好愈合，早些治疗可以保留性截趾，病患日后还能自如行走。"

丁科连连颔首。

大家正说着话，保合堂的弟子已经到了。

杨茉连忙吩咐魏卯："准备盐水，要给黄公公输液，快……不能再耽搁了……"

魏卯立即将药箱放下，拿出输液的瓶子、管子及杨茉需要的各种工具。

旁边的宫人伸头看过去，不禁怔愣住。

这都是些什么东西啊。

皇帝听着韩公公禀告："保合堂的人都很奇怪，天家还是不要去看了。"

皇帝已经到了内殿歇着，躺在软榻上，十分自在："怎么奇怪？"

韩公公道："有个叫秦冲的，原是考上了太医院学生，却去给杨氏做了徒弟，太医院可是医生正途，为此秦家动了家法，秦冲却宁可不行医也要拜杨氏为师。还有那个魏卯是京中最有名的老仵作徒弟，顺天府衙请他去做正经的吏役他也不肯，还有那个朱善，将家财都用来养蝇虫,这几年游说民间郎中用他的蝇虫治病,没有人理会他,倒是杨氏……用了他的蝇虫。"

"这些人都是疯疯癫癫的,天家去看一眼就知晓了。"

韩公公话说到这里,就有内侍来禀告情形:"杨氏说要将黄公公脚趾割掉。"

不过是晕厥,就要割脚趾?

皇帝道:"丁院判怎么说?"

内侍忙回话:"丁院判觉得该按杨氏说的治,杨氏说就算不割掉脚趾,那脚趾也会自己掉下来。"

内侍刚说到这里,就又有宫人来禀告:"黄公公的脚趾掉下来了。"

韩公公也露出惊讶的神情,躬身伺候皇帝:"皇上,这……都被杨氏料中了,杨氏真是有些医术。"

皇帝听得这话撑起身子:"朕要去看看。"

"看不得,看不得,"旁边的内侍低声道,"只怕是病气要过给天家,天家龙体为重,再说那边乱成一团,恐怕冲撞天家。"

皇帝不加理会径直向殿外走去。

太医院的学生眼看着保合堂的郎中们将针扎进黄公公胳膊。

针扎进去就将管子上的夹子松开,真是奇怪,大家就要上前仔细看清楚,魏卯立即站起身挡住。

"让我们看看。"

魏卯摇头:"不能看,我们师父没教过,谁也不能乱看乱动。"

有什么了不起,还不知道能不能治好,太医院的学生低声议论,杨氏教出这样一群人,不但对她毕恭毕敬,还唯命是从,仿佛谁说了杨氏半句坏话,他们都会拼命似的。

外面的皇帝挥了挥手,旁边的宫人悄无声息地将帘子掀开。

皇帝嫌恶地捂住鼻子向内看了一眼,本来只想看看罢了,却看到黄英身上连着一些奇怪的东西。

皇帝立即向宫人点头,宫人进屋安排,让丁科带着太医院的人去侧室里。

下室顿时安静下来,皇帝这才抬脚向里面走去。

杨茉听到脚步声响起,周围人都离开,只有一个人走进来,走到门口却不发出任何声音,应该是皇帝。

皇帝这样关切她一个孤女,不只是为了杨家的医术,应该也和周成陵有关,皇帝还是怀疑她背后的人是周成陵。

怀疑周成陵为杨家翻案,在皇帝背后操纵朝政。

杨茉尽量稳住心神仔细地给黄公公清创,仿佛没有发现屋子里的变化。只要让皇帝相信她只是个女医,一切关于医术上所说的话皇帝就能相信。

高正春和葛世通都是因医术才和她联系起来的,而不是因为她认识周成陵。杨茉觉得自己额头上都是细细的汗液,又要专注于眼前的伤口,又要在意身后皇帝的动静。

细白的手指握着刀,在黄英脚上穿梭,杨氏是真的在治病。

皇帝转过身走了出去。

杨茉彻底松懈下来。

旁边的魏卯一直看得入迷,看着杨茉将线截断,魏卯忍不住惊呼:"师父缝合得太精细了。"

魏卯大约一直不知道皇帝进屋又走出去。

杨茉笑着看魏卯:"你可看仔细了?"

魏卯慌忙点头:"看仔细了。"说着还伸出手来比画。

杨茉道:"明日我教你这样缝合。"

魏卯的脸霍然红了,几乎兴奋得手舞足蹈。

杨茉站起身,旁边的小内侍道:"黄公公醒了,黄公公醒过来了。"

黄英仍旧觉得头昏眼花,说不出话来,只听得耳边传来女子清脆的声音:"黄公公的脚还有溃烂的地方,要照我说的治,否则伤口难愈。"

黄英方才就听到屋子里说话的声音。

仿佛很多人都在喊:"师父,师父……"

那些人喊的就是杨氏?

这些男子喊杨氏为师父,喊得那么自然,只要杨氏说话,所有人都会安静下来。

要不是亲眼所见,亲耳所闻,他真不能相信一个女子能做到如此。

黄英看向自己手上的管子。

丁科仿佛怕黄英会有异议,立即道:"黄公公安心,这样的治法保合堂已经用了很长时间,要不是这样治,公公还不知道能不能醒来。"

杨茉点点头:"要这样连治几日。"

屋子里所有人都跟着杨氏颔首,这杨氏还真是让人敬服的女医。

杨茉和丁科一起开了方子,吩咐魏卯几个在一旁照应黄公公,然后跟着内侍重新回到大殿上。

皇帝已经在内殿歇了片刻。

冯阁老、闫阁老几个也在外面议过事,如今就看皇帝对科举舞弊案如何裁定,到底要不要查下去。

科举舞弊非同小可。

皇帝在大殿内坐下,看了看闫阁老:"两位阁老有何见解。"

皇帝没有看冯阁老而是看向闫阁老。

葛世通不禁心中欣喜。

现在是最好的时机,闫阁老立即上前道:"想要辨出考卷到底是出自谁的手也不难,只要将侯子安的试卷找出来,问清楚二人其中言语有何出处。若是辨别不出,再出一题让二人作答。"

侯子安听得这话明显有些惊慌。

皇帝挥挥袖子:"依朕看,既然要查,就将这次秋闱的举人都查查,"说着抬起眼皮,

"朕记得高宗皇帝时有科举舞弊案，就照此案办，这案子就交给闫阁老。"

闫阁老心中欣喜立即上前应下。

刑部侍郎不知要说什么才好，旁边的侯子安趴在地上一天，早已经眼前发黑，欲昏欲死，如今听得要查下来，顿时堆缩成一团，嘴唇发抖不知道说什么才好，相较之下，高正春眼睛里却露出期望、欣喜的神情，整个人看起来比之前更精神了些。

"还有何事？"皇帝故意抬起眼睛询问。

葛世通上前一步，"皇上，杨氏上交杨秉正一案的证物，微臣请皇上御览。"

冯阁老抬起头看葛世通。

刑部侍郎也诧异地僵立在那里。

葛世通竟然借着这次机会要送上杨秉正一案的证物。

韩公公上前将葛世通夹在公文中的东西接过去，然后递给皇帝。

"这是什么？"皇帝看着里面一张张纸笺，上面盖着朝廷的红印。

"是借据，是朝廷向杨家征借草药的凭据。"

杨茉清清楚楚地回答。

每次提到朝廷她总是十分闷郁，从来没有如同今天这般畅快过，这一次她瞒过了所有人，将杨家的借据直接送到皇帝眼前。

这次她是真的捅破了天。

杨家的借据，是父亲出事时母亲让人托给舅舅保管的，舅舅原本以为只是一些信函，交到她手中，她打开之后才知道，原来常家、乔家找的东西一直在舅舅手中。

常家将舅舅请来原本是为了教训她，却没想到反而拉近了她和舅舅之间的关系。

常家和乔家那么精心地算计她，如今她也要他们脱不开干系。

"这借据是从何而来？"皇帝淡淡地问。

杨茉低头道："是从被常家拿走的杨家账目中找到的。"感谢常大老爷给了她借据的出处，这样一来无论成败都不会牵连舅父。

皇帝紧紧地握着借据，看向大殿上的冯阁老，他早知道借据之事，却没想到会有多少，光一个杨家就借了如此之多，那些借来的草药要换成多少银钱？上清院就算烧又能烧掉多少？

他每天开丹炉，说不定会落得一个昏庸的罪名，谁又知道他丹炉中烧掉的，比不上冯党贪墨的一半。

皇帝站起身来，一言不发地进了内殿。

一盏茶的工夫，内殿里传来震耳欲聋的声音："命三法司会大法，彻查此案。"

杨茉从宫中出来一路回到杨家。

张二老爷已经在杨家等消息，杨茉走进堂屋立即向张二老爷行礼："多亏舅父，父亲的案子要重审了。"

真的能重审。

张二老爷几乎不相信自己的耳朵："这……可都是真的？"

杨茉点头："父亲、母亲泉下有知，这下可以安心了。"

张二老爷好不容易才忍住心头涌起的酸涩，不停地点头："好，好，好，明日一早我去给你父亲、母亲烧些纸、香，也好让他们知道这个好消息。"

又说了会儿话，张二老爷才安心离开。

杨茉才进屋换了衣服，秋桐过来道："周爷来了，在后门呢，说是要和大小姐说句话。"

杨茉心中说不出的愉悦，她多想将宫里的事仔细和周成陵说说。

秋桐提着灯站在门口，杨茉拢了拢身上的披风，隔着打开的门向外看。

阿玖牵马站在一旁，周成陵的披风上积了雪，顺着灯光看过去，雪在风中缓缓地飘荡而下，本来是很冷的天气，却让人觉得温暖。

杨茉已经记不清站在寒冬大雪中也不觉得冷是什么时候，就这样傻傻地站着，所以人世间的情爱是最难以理解的东西，有时候会觉得荒唐得可笑，有时候又觉得可爱，无论过多久都让人看不透。

不知道它何时会来，何时会去。

雪好像越下越大，风灌进来，这时候确实不适合在外面说话。

杨茉只觉得脑子一热："进来说话吧，喝杯热茶也好回去。"

周成陵却摇摇头，他的眼睛里露出笑意来，声音如同往日般清晰悦耳："我要遵从长辈定下的规矩。"

杨茉听了不禁笑出声，好像他是真的很守规矩似的，看起来好像比谁都端正，其实性子就像脱缰的野马，否则就不会做出粘着胡子四处奔跑的事来。

周成陵轻声道："回去吧，明日我们在药铺见面。"

杨茉点了点头，天色不早了，这一时半刻风雪也停不了，风灯都仿佛吃不消了似的。

这样答应下来，却不见谁先走开。

走吧，走吧，她是生怕明月皎皎照出谁的心底事，杨茉先退一步，门上的婆子仿佛很是伶俐，立即上前将门掩上。

秋桐上前给杨茉整理披风，杨茉却没听到马蹄声响，如果走开应该会有声音。

总是磨不过，杨茉看向门上的婆子。

婆子半天才反应过来，笑着将门打开，周成陵果然还站在亮得发白的雪地里，好像知道她会回来一样，正好迎上她的目光："我让人准备了食盒，不知道是不是已经凉了。"

不知道是说他聪明还是说他傻，这时候准备食盒，自然会凉透了。

杨茉看向婆子。

婆子忙提了裙子去拿来。

杨茉吩咐："将里面的饭菜收下，再放些热的拿回来。"

婆子应了一声立即去安排。

今天家中的饭菜尤其丰盛，姨娘让人做的都是她爱吃的，她也借花献佛，她是要感谢他能这样仔细地安排，否则父亲的案子不知道何年何月才能重审。

婆子很快将食盒拿回来，阿玖要上前去接，周成陵却亲手接在手中。

眼看着周成陵拿走了食盒，杨茉才想起来，她还笑周成陵傻，她不更傻，换了热菜又怎么样，没等他到家就又凉了。

这可真是……

"风雪可能要下一夜，快点回去吧！"杨茉又催促一句。

不知怎么的周成陵就是不想走，看着她身边那一盏风灯就觉得很暖和。

周成陵刚要挪步，忽然想到一件事："你的弟子秦冲还守在门前。"

自从出了王振廷那件事，秦冲几个就轮流在她家门前守夜，撵也撵不走，因此周围很多人夜里有了病都往她门前抬。

现在这种天气，冻着要出事。

周成陵道："我正好住在药铺，不如我将他一起带走。"

杨茉点点头，那是最好不过："你怎么会住在药铺？"

周成陵笑着："因为宅院在修葺，院子不大若是不仔细收拾，只怕是到时候拿不出手。"

这话说的，怎么让她觉得不太自在。

周成陵这人不太厚道，故意让她窘迫。

"我回去了。"杨茉从秋桐手中提起风灯，转身走回院子。

这一次等到杨茉走开婆子才轻轻地将门掩上。

周成陵也不骑马，而是迎着风雪慢慢地走回去，脚落在地上，踩得雪咯吱咯吱作响，周成陵从来没觉得就是踩雪的声音也这样好听。

杨茉睡了个好觉，第二天起来径直去了陆姨娘房里。

陆姨娘张罗着让人将汤婆子放好，让杨茉去炕上躺着："今天在家歇着吧，就别去药铺了。"

杨茉摇头："天冷了，京里很多人家都开始施粥，我想着买米施粥倒不如多看些义诊。"

陆姨娘叹气："这一天天忙忙碌碌，就不能有一天歇着的时候？"

杨茉笑着拉起陆姨娘的手："等过年的时候，我和姨娘一起张罗。"

吃过饭，杨茉坐车去保合堂。

杨茉才走，门上的婆子就来禀告："姨娘，有位鸿胪寺卿家的太太上门了。"

鸿胪寺卿家的太太，定是来找大小姐看病的，陆姨娘忙道："去跟那位太太说一声，我们大小姐去药铺了，若是问诊就去保合堂吧！"她这个身份不好去见客。

婆子应了一声出去，很快却又回转："那位林太太说是找姨娘的。"

陆姨娘不禁怔愣，怎么会是来找她的。

婆子低声道："姨娘，要不然将人请进来？"

陆姨娘这才回过神："快，快将客人请去堂屋里，"眼看着婆子出去，陆姨娘看向崔妈妈，"将族婶也喊来。"

崔妈妈点点头。

陆姨娘换了件衣服匆匆忙忙去了堂屋。

只见一位穿着藕色妆花对襟褙子年近四旬的夫人坐在椅子里，身边的丫鬟正在收莲青锦上添花氅衣。

那妇人抬起头来，梳着圆髻的头上戴着一支吉祥如意钗，看到陆姨娘立即笑着站起身："这就是杨大小姐的生母？"

陆姨娘上前行礼，林太太还礼道："原是想让人通禀一声……来得急了些，还望姨娘不要见怪。"

陆姨娘立即红了脸："太太这是哪里的话。"她哪里能和正经的太太们客套。

说着话杨名氏进了屋。

见到杨名氏，陆姨娘松了口气。

下人们上了茶水和八宝果盘，林太太才言归正传，不好意思地看着杨名氏和陆姨娘："我也是头一遭做说客，还不知道该怎么开口呢。"

听得这话陆姨娘一脸的惊讶，没想到话才递过去，就有说客上门。

林太太道："姨娘也别误会，我们只是觉得舅老爷不是京城人，也不知那边有什么说法，便来提前探探风，别看这边是宗室，我们老太妃说了，您不要担心定然都会安排好。"

两家结亲之前都会请相熟的人来说项，这林太太的意思已经说得很明白。

这可怎么好，陆姨娘一下子不知道该说什么，她可从来没想过有一天能在大小姐的婚事上说一言半语。

陆姨娘半晌才道："我……也做不得主，都要，都要看舅老爷那边……您知道我家老爷、夫人去得早……"

林太太就自然得多："我已经递了帖子，明日就要去张家。"

陆姨娘没想到事情会办得这样急。

林太太从陆姨娘的神态中看出什么："我们太妃是着急的，杨大小姐正是好年纪，怕是来求亲的人太多错过了。"

林太太这样夸女儿，陆姨娘脸上也露出笑容。

杨家这边说着话，常大老爷听说了乔家的事和常大太太一起去了常老夫人房里。

"杨氏那贱人太狡诈，竟然说朝廷的借条是从我手里拿来的，方才乔文景让人来问我……我是怎么也说不清楚，这分明就是设了陷阱让我跳进去。"常大老爷瞪圆了眼睛，一脸的愤恨。

常老夫人冷冷地看着儿子："我早就和你说，不能将账目给杨家，你就是不肯听。"说着捂住胸口咳嗽起来，她是觉得杨氏会拿账本做证物却没想到会说借条是从账本中找到的。

常大太太忙上前给常老夫人揉胸口："眼下可怎么办才好？"

常大老爷道："乔文景被都察院提审，也不知会不会牵连到我们家，"说到这里常大老爷脸上露出惧意，"要是……真的查我们……可如何是好？"

之前他怕杨氏真的要拿一百万两银子，现在他更怕不是用银子就能了事："我已经让人上下打点……"

常大太太听得脸色煞白："我们也没有什么过错，要说有事也是乔家，老爷没有插手杨家的案子，总不能就真的牵扯到我们家。"顶多就是给乔家传消息而已。

之前出了事可以去乔家求助，现在乔文景眼见就要下大狱，那又要去依靠谁。

完了，完了，这下完了，常大老爷只觉得身上瘫软提不起半点力气。

谁能想到，只是一个杨氏就闹出这样的动静。

早知道杨氏进了常家门就该和亦宁完婚，常大老爷想到这里伸出手来指向常大太太："都是你，要不是你拦着，杨氏已经成了我们家的媳妇，又怎么会有这些波折。"

"都是你在我面前哭着说杨氏无父无母，将来恐怕累了亦宁的前程，还让我跟母亲说说，将杨氏收为义女，要不是因为你这些话，这婚事怎么会拖下来。"

常大太太睁大了眼睛，没想到老爷会怨她："老爷，妾身可没有拦着，杨氏进了门就大病一场……老爷怎么怨到妾身头上，再说想要和乔家结亲的是老爷啊。"

谁能想到只是一步走错，竟然到了如今的田地，不光是要拿出杨家的财物，可能还要被杨家的案子牵连丢官。

常大老爷想到这里，就看到管事的脸色难看地进门："老夫人、老爷、夫人，不好了，顺天府来人，说要将五爷叫去说话。"

叫亦宁去说话。

到底是什么事，就算是杨家的案子也牵扯不到亦宁。

常大老爷站起身来："有没有说是什么事？"

管事的结结巴巴地道："小的只是听说……什么科场舞弊……"

科场舞弊……这是要绝了常家不成？

"科场舞弊的案子怎么会牵连到我们家？"常大老爷声音嘶哑。

管事的哪里知晓。

常大太太声音颤抖："也许只是叫去说话，我们亦宁的才学人人知晓，绝不可能做出舞弊的事来。"

乔家已经出事，常家脱不了干系，事到如今说什么都不能让人安心。

常大老爷跟着管事的去前院。

常亦宁换了衣服正要和顺天府的吏员离开。

常大老爷已经板着脸走过来："这是什么意思？顺天府说抓人就抓人，我好歹是朝廷命官，容不得你们这样胡来。"

顺天府吏员一脸笑容："常大人是误会了，朝廷只是让常爷过去问话，哪有抓人之说。"

问话，说得好听，传出去谁能相信，都会以为亦宁的功名来得蹊跷。

"常大人知晓侯子安吗？侯子安说和常爷相熟……侯子安说从贡院出来之后与几个考生一起论过文章，朝廷现在叫那几个考生回去核查。"

常大老爷瞪圆了眼睛："侯子安说了和亦宁一起论文章？"

吏员赔笑道："那倒是没有，不过那些考生又说出一些人来，其中有五爷。"那些考生以为越多人作证越好，已经到了胡乱咬人的地步，常亦宁有才子的名声在外，若是说出常亦宁仿佛更能说服人，于是一个提起常亦宁，后面的人就纷纷效仿。

总之不审问则罢，一问才知道都是些无用的书生，这些人看似气度非凡，一个个胸有成竹都能指点江山，见识了真正的牌衙之后，不过威吓几句，就哭爹喊娘起来。

这些人可都是举人老爷，要么是今年的考生太怂，要么真的有舞弊，否则怎么越查越觉得奇怪呢。

常五爷那才子的声名从前是挺让人羡慕，现在倒成了拖累。

书院的博士天天挂在嘴边夸赞的常亦宁要是想科举，早就一举得了状元。

现在常五爷终于科举了，却摊上了科举舞弊案。

世上还有这样可笑的事。

吏员说完板起脸："常大人，卑职还有公务在身，就此告辞了。"径直看向常亦宁，"常五爷，我们走吧！"

常亦宁从没想过会有这一天，他从十二岁开始已经是同辈人中的翘楚，他一直在等机会展露他的才华，只要在合适的时机出仕就能按照他想的那样步步青云，然后去做他想做的，改变朝廷的政局，让世人大吃一惊。

常亦宁脑子从来没有这样混乱过，浑浑噩噩地随着吏员到了县衙。

听说常亦宁来了，衙门里聚着的几个考生立即转过头来看："常少府来了，常少府来了，常少府你说句话，那天我们是不是经常一起谈论文章，我们这些人哪里像是科场舞弊……"

常亦宁站着不说话。

旁边的吏员道："常五爷我在这劝你，现在可不是才子聚在一起的诗会，您这里绷着脸不说话也脱不开干系，有什么快说吧，若是真和此事无关也好将自己摘出来，难不成您这以后不想要科举了？"

风流才子一字千金，现在已经快成了阶下囚，再玩那一套就没用了，花船船头站着能慕煞旁人，进了大牢只会吓死自己。什么仪表非凡、才气惊人，那都是假的，就看常家干的那些事，也让人不齿。

葛世通坐在椅子上看着下面的常亦宁。

常家的事，这常大才子不会是一点都不知晓吧？

如果说他不知道，家里的事都不清楚还谈什么治国，如果说他知道，如此才德真是让人惊叹，怪不得杨大小姐说什么也不嫁他。

"来吧，不能说话就用纸笔写下来。"葛世通挥挥袖子让人将纸、笔拿上去，仿佛常亦宁连话也不会说。

周围皂隶轻笑声传来。

什么才情卓越的才子，现在一句话也说不出来，都不会为自己辩驳，还写什么锦绣文章。

常亦宁站在那里，想起这几天外面的闲言碎语。

"常少府只会靠裙带，算什么才子。"

"常少府这是想要左拥右抱坐享齐人之福，既有了钱财又有了前程。"

侯子安看向常亦宁，葛大人一直对他们冷声冷气，对常亦宁倒是很好，现在还给了他纸笔和软座。闫阁老夸赞过常亦宁，说常亦宁是大周朝几十年里难得的才子，如果就紧紧拉着常亦宁不放，说不定这件事还有转机。

"常兄，少府兄，"侯子安声音如同被扯住脖子的公鸡，"你丈人在醉月楼请我们吃过宴席你可记得，那时候我们不是阔谈文章？少府兄还对我多有指点，少府兄你说是不是？

那天晚上我还说咱们就要做连襟了。"

连襟。

常亦宁似是记得侯子安说过类似的话，只是他没有在意，现在听侯子安提起他不禁一怔。

葛世通忍不住想要唾弃，怪不得这个侯子安和常亦宁那么相熟，原来都是一路货色，侯子安要霸占正妻的嫁妆，这个常亦宁也是如此。

要不是杨大小姐救了程氏，这个侯子安就要将正妻活活逼死，如果杨大小姐不离开常家，说不定也会落得那样的下场。

葛世通忽然觉得，善有善报恶有恶报这话很有道理。

来，接着审，今天这个位子他坐得很舒坦。

常亦宁抬起头来从侯子安眼睛里看到让人恶心的期盼，又湿又黏好像要牢牢地将他糊住。

衙门里其他人都用那样的目光看着他们，仿佛他和侯子安一样。

一转眼间他就成了让他最厌恶的人。

常亦宁忽然有一种想笑的感觉，他最小心经营的名声没有了。

杨茉坐在保合堂里，保合堂里的伙计笑着议论外面的事，魏卯今天一早送成老仵作去顺天府，正好遇到吏员去常家请常亦宁。

常亦宁和科举舞弊案有关的消息就这样传开了。

这让杨茉不觉也想起常亦宁来。

杨茉兰被乔月婵欺凌，常常去哀求常亦宁为她做主，在常家她觉得和她最亲近的就是常亦宁，她能依靠的也就是他，常亦宁却并不理睬。

在常亦宁心里，杨茉兰从来都是那么的微不足道，不但要付出整个杨家的家财，还要付出自己和肚子里孩子的性命，也许多几个杨茉兰这样的女子，就能换来常家的富贵荣华，常亦宁的前程。

大家正说着话，外面有人道："杨大小姐可在？"

杨茉抬起头，看到进来的是昨天在上清院见到的小内侍。

杨茉将小内侍迎进内堂，小内侍道："黄公公让我来说一声，他要来保合堂看症。"

黄公公的病要连着治才有效，不过没想到他会自己来保合堂。

杨茉点点头吩咐魏卯："去叫朱善，看看有没有合适的蛆虫。"黄公公脚底有破溃的地方，需要蛆虫吃掉腐肉才能更好地愈合。

魏卯应了一声立即去喊朱善。

不一会儿工夫黄公公让人扶着来了保合堂。

杨茉准备出诊室让黄公公坐下，秦冲几个拿来了盐水和金针。

黄公公抬起头来，看着保合堂的郎中和弟子站在两边，要说杨大小姐可真不简单，能让男子这样心甘情愿地听吩咐。

朱善跟抱着宝贝似的将蛆虫拿来。

看到朱善的模样，保合堂里传来一阵笑声。

黄公公不禁发愣，一个小小的保合堂怎么气氛这样愉快，之前他听说杨大小姐要拿蛆虫来给他治病，本来还很紧张，现在却松了口气。

朱善哭丧着脸："好不容易才又长出来的，要不是被乔家夺走了那些，哪至于会这样。"

保合堂气氛轻松，乔家却一片愁云惨淡。

内院里传来乔夫人惨叫的声音。

乔月婵吓得手脚冰凉，不停吩咐身边的下人："快去看看什么时候才能好。"

管事妈妈苍白着脸回来："还没好，夫人的病拖了太长时间，御医说要将腐肉全都割掉，夫人疼得厉害，我看到全是血。"

乔月婵顿时颓然坐在椅子里："这可怎么办？"说着眼泪淌下来，"御医不是说能治好？"

管事妈妈不知道该怎么说："那是从前，现在过了这么久……"她眼前浮起满脸是血的夫人，先不说割掉鼻子之后会怎么样，现在就已经很吓人，夫人治到一半就说什么也不肯再治，推开身边的妈妈跑出来。

管事妈妈想着打了个哆嗦。

还是几个婆子强按住夫人……

最重要的是，不知道受了这么多苦，病能不能好。

乔月婵睁大了眼睛，她的命很好，母亲请过师太算过她的八字，她将来会大富大贵……现在家中出了事，都是暂时的，一定会好起来，父亲会安然无恙地回来，母亲的病也能好，常家也会没事，常亦宁能考上状元，她会风风光光地嫁过去。

一定会，一定会这样。

要是父亲出了事，母亲又一病不起，她要怎么办才好？

"大小姐，不好了，夫人晕过去了。"

听得这话乔月婵只觉得浑身的血液一下子被抽走，扶着身边的丫鬟才站起身："快，我们快去看看母亲。"

乔夫人院子里的下人端着东西进进出出。

乔月婵撩开帘子快步走进内室，陡然看到满脸鲜血躺在炕上人事不知的乔夫人，乔月婵怔怔地站在那里。

母亲在乔月婵眼里是十分慈祥的人，对她总是温言细语，无论她做了什么错事都会很快原谅她，她从小就是被捧在手心里，可是如今看到满脸血污的母亲，她只想转身跑得越远越好，是谁让她有这样的噩梦。

"大小姐快去看看夫人，跟夫人说说话。"身边的管事妈妈催促。

乔月婵却一步步向后退去。

她害怕，现在她是真的害怕了，都是因为杨氏，都是因为杨氏母亲才会这样。

管事妈妈看到乔月婵惊慌失措的模样，伸手去拉乔月婵："大小姐，现在不是惊慌的时候，快去看看夫人……"

话还没有说完，乔月婵扬起手一个巴掌甩过去，管事妈妈顿时感觉到脸颊火辣辣的疼痛。

"什么时候轮到你来教训我，你算是个什么东西。"乔月婵瞪圆了眼睛。

管事妈妈顿时怔愣在那里。

"现在这个家里还是我做主，容不得你们放肆。"

管事妈妈低下头："大小姐，奴婢不是这个意思，奴婢……"

算是个什么东西，那些下贱的人随便来管她，谁都想在她身上踩一脚，她是从小被捧在手心里的，谁也不能对她指手画脚。

太医用火针灸过，床上的乔夫人才如同被噎着般睁大了眼睛，半个身体挺起深深地喘了口气。

乔月婵这才扑到乔夫人跟前："母亲，母亲你怎么样了？"

鼻子被太医用厚厚的布巾堵住，乔夫人只能用嘴大口大口地喘息。乔月婵知道母亲的病治起来不容易，可是她还从来没想过会是这样。

真的不能出去见人了，本来应该是鼻子的地方深深地塌陷下去，厚厚的布巾下有血透出来，她不能去想那布巾下面是什么模样。

没有了鼻子，就觉得像是缺了什么……

再也不能挽着她的手出去宴席，再也不能在夫人面前说笑，一个人没有了鼻子竟然会这样的可怕。

如果杨氏给母亲看症就不会这般，她家有今日都是杨氏害的，都是杨氏。

乔月婵刚想到这里，手腕忽然被乔夫人捉住，乔夫人的手指紧缩仿佛要陷进乔月婵的骨头里。

乔月婵立即大喊起来："母亲松手，母亲你……疼……母亲快松手。"

疼痛中发狂的乔夫人已经顾不得乔月婵的叫喊，她不停地抓握着。

旁边的下人半晌才反应过来，急忙上前去拉扯。

屋子里顿时又乱作一团。

黄公公从保合堂里回来径直去伺候皇帝。

皇帝打坐完长长地吐了口气，觉得身体里无比的通畅："怎么样？"皇帝掀开眼睛看了看旁边的黄公公。

黄公公立即道："宣……"

皇帝安然地接口道："没有爵位了，就喊他的名字，不用遮遮掩掩。"

黄公公恭谨地低下头："周成陵真的在保合堂旁边开了药铺，奴婢让人打听，最近他都住在药铺里，除了去药铺就是去醇王府看书，还找了几个编书的准备重新给藏书排目。"

这和皇帝遣出去的人打听的结果一样，周成陵好像丢了爵位之后，就真的老实起来，安安心心地做他的宗室子弟，没有爵位和祖产的宗室子弟。

皇帝想要笑，哈哈，先皇褒奖最聪明的人沦落到这样的地步。

"那个杨氏呢？"

"杨氏,"黄公公脸上的神情说不出的怪异,不知道是该褒奖还是惊奇或者又是惋惜,"可惜了,好好的一个小姐,捧着奴婢的臭脚医治,奴婢算是什么东西,也能经得起这个。杨大小姐还真是应了外面的那些话,医者仁心。"

皇帝轻笑一声,神情陡然变得十分意味深长:"照你这样说,杨氏真的就是一心行医。"

黄公公道:"奴婢也不好说,不过能这样教徒弟治病患,可是用了十二分的力气。"人只有一颗脑子,这一颗脑子能做多少事。

皇帝拿起茶来品,半晌放下道:"若是周成陵要娶杨氏……"

黄公公不禁有些诧异地怔愣在那里:"这……怎么可能,宗室营怎么可能同意杨氏这样的身份……再说杨氏整日里在外抛头露面,这让宗室颜面何存。"

皇帝站起身来在大殿里走来走去,这可是一等一的荒唐事。

"已经有人向朕密告,你说朕要如何处置?"

如果都已经告到皇上面前,自然就是大事,黄公公身子尚十分虚弱,这样说几句话就起了一身的汗,眼前也觉得发黑:"天家,您是天家,你说怎么样就怎么样,奴婢想不出,全看天家如何安排。"

"朕要看看,看看那些为他说话的宗室长辈,现在要怎么办。"皇帝说到这里觉得心中多了几分的欢乐。

黄公公低声道:"冯阁老递话来,想要面见皇上。"从前冯阁老进上清院都是畅通无阻,现在这个节骨眼上,不知道皇上见是不见。

皇帝道:"朕最讨厌有人欺瞒朕。"冯国昌将他当做一个傻子耍得团团转,如今他是一个连军资也凑不齐的皇帝,他要让冯国昌知晓大周朝谁说了算,冯国昌就算是内阁首辅,不过就是他手里的奴婢,"朕这次要给他个教训,安庆府的账目呈上来给朕仔细地算,用一个安庆府推算推算,他们一年到底从税收中贪多少银子。"

这下子冯阁老注定要摔个大跟头。

皇帝说完坐下来:"如今看来还是太傅说得对,朕早该听太傅的话,对朕忠心耿耿的就是太傅。"

黄公公低声道:"皇上是不是想要将太傅传进上清院。"

皇帝满意地点点头:"黄英,你可不能死,朕身边还少不了你这条狗伺候。"

皇上说的没错,他不过就是一条狗而已,听皇命办事不能有半点的错处,这样才能活得更久些。

"下去歇着吧,养好病之前,这里不用你伺候。"

黄公公应了一声,让小内侍搀扶着退下去。

荆氏到现在还不能从巨大的变化中缓过神来,才来京城几天,周围一切竟然有了翻天覆地的变化。

她以为了如指掌的夫君让她难以捉摸,不仅不赞成她要和常家结亲的事,还亲自带着杨氏在常家大闹了一场。

紧接着杨秉正的案子重审,乔老爷下了大狱,常家也惊慌起来,常亦宁还和科场舞弊牵连在了一起。

她还没好好地琢磨这里面的事，张二老爷却又郑重其事地和她说："我要给茉兰操持婚事，你是舅母，也要上心安排，不要让张家、杨家丢了脸面。"

荆氏觉得自己听错了："你说的是茉兰的婚事？"说着瞪大了眼睛，"我们在京中谁也不认识，你要让我怎么操持婚事？自己的儿子不管，如今要管起甥女了，难不成京中的子弟都站好了，等着她来挑选？"

看着荆氏讥笑的模样，张二老爷皱起了眉毛："听你这样一说，京里的达官显贵都等着跟我们张家结亲？"

荆氏顿时被堵住了嘴，抖着胳膊要撒泼："我倒是说错了？我是为谁？还不是为了张家，为了郁哥……杨茉兰的婚事是那么好找的？有这样的精神怎么不见你为郁哥张罗。"

"用不着你去找，"张二老爷冷笑着看荆氏，"已经有人要上门提亲，你只要做好长辈的本分，我从前以为你只是嘴上不饶人，你说妹妹嫁人时拿走了多少嫁妆，我从来不还嘴，哪家女儿嫁人不准备嫁妆，张嘴银子闭嘴银子，你嫁到张家来难道就为了张家的财物？我不知道你是怎么想的，外面人等着看笑话也就罢了，你是家里人，也要盼着家里人过得凄惨？茉兰已经没爹没娘，我这个做舅父的再不护着，还是个人吗？就算你没有这个慈善的心肠，常言说得好，善有善报恶有恶报，你就不怕和常家一样遭了报应？"

荆氏睁大了眼睛，不可置信地看着张二老爷："你说……我……会遭报应？你……你……怎么能说得出口？"

"想要攀高，不是算计就能有的。茉兰小小的年纪知道靠着自己撑起杨家，还用家中的财物义诊治病救人，你这个做长辈的连个晚辈也不如。现在有官宦子弟看上了茉兰，就要请人来说项，你最好收起你那见不得人的算计，免得丢尽脸面。"

官宦子弟看上茉兰，这怎么可能，谁家瞎了眼不成会要一个在外抛头露面的女子。不可能，荆氏觉得根本不会有这样的事。

荆氏带着颤音："老爷是不是听错了，官宦子弟？"哪有那么多的官宦子弟让杨氏选，推了一个常家，难道还有一个常家等着？

张二老爷冷眼看着荆氏："我已经让人打听清楚了，是正正经经的官宦子弟。"

荆氏一手捂住胸口，杨家败落至此，杨氏又有那样的名声在外，还能嫁给官宦子弟。

看着妻子一脸的惊愕，诧异得说不出话来，张二老爷的气才消了些："将来杨家的案子翻了，茉兰不再是罪臣之女，怎么就不能嫁给官宦子弟，我就说你，不要整天想着占便宜没有了人性，更别目中无人，小心将来后悔也来不及。"

张二老爷站起身走出去，他希望妻子听了他的话能收敛收敛，作为长辈他不可能直接和到家中来的女眷说话，这件事还是要妻子来办，起码这第一脚要她来踢。

张二老爷走进前院里，立即就有管家迎过来。

张二老爷道："这样也不知道能不能行？"这么多年都是荆氏操持家里，他是从来都不过问，他自认没有功名在身，也不是什么争强好胜的人，荆氏怎么折腾也是家中那些事，现在不同了，这是茉兰的婚事。

杨家出事的时候他没有帮忙他已经追悔莫及，他不能一错到底。

管事低声道："老爷从来没跟太太红过脸，这次闹得这么大，太太定会照着老爷的意思办。"

这就好。

张二老爷道："去将帖子给太太看，让太太快些安排。"

管事应了一声，将鸿胪寺卿家太太的帖子交给内院。

"老爷说，一会儿就要有人上门说项。"吴妈妈接了帖子立即向荆氏禀告。

荆氏将帖子看完，手忍不住颤抖，看向吴妈妈："你看看，你看看，他竟然……什么都瞒着我，这帖子昨天已经送来，他却扣下了故意不和我提起。"

吴妈妈不知道说什么才好，老爷这次不知道怎么了，这样和太太闹起来。

荆氏眼睛一红，眼泪掉下来："我就知道，我这样子……早晚有一天留不住他的心。"说完哀哀戚戚地哭起来。

吴妈妈忙上前劝说："太太别急，老爷也是一时生气才会如此，您想想，姑奶奶去了之后老爷一直没有表露过伤心，也许这次来到京中，看到杨家这般，老爷是心中难过，才对太太发放起来。"

荆氏用帕子擦擦眼睛："他是觉得我毒蝎心肠，难道我不心疼自家甥女？我也是听了外面的传言才会如此，就因为是自家人我才上门教训她。"

吴妈妈倒了杯茶给荆氏："太太也是被常家骗了，"说到这里吴妈妈话音一转，"不过，现在一切明了，太太也该有些准备，不要让老爷因为这件事伤心。"

荆氏不由得心里一凛，她倒是不怕老爷，她想起一件事来："你说，为什么会有官宦子弟想要娶茉兰？"

为什么？这谁说得准，吴妈妈摇摇头。

荆氏显然不是真的想要听吴妈妈说什么，思量片刻忽然眼睛发光："你说会不会是因为杨家的财物？"

她能想到的就是这个，不是为了地位就一定是为了钱财，两家没有无缘无故结亲的道理，朝廷不是让常家归还杨家一百万两银子的财物，如今虽然不用常家归还那么多，却找到了朝廷欠杨家草药和银钱的借条。

那可是很大一笔的财物。

荆氏的脑子忽然快速转起来，早知道会是今天这样，她就不会去保合堂骂杨氏，荆氏说不出的后悔。

"接下来要怎么办才好？"荆氏看向吴妈妈。

吴妈妈道："奴婢觉得，眼下太太就顺着老爷的意思，等到老爷气消了，太太再说说心头的委屈。"俗话说得好，夫妻床头吵架床尾和，吵的时候难免都动气说些不入耳的话，不过转头就会忘记了，如果因为这个伤心，就不能过好日子。

荆氏看向吴妈妈："快准备好茶点，一会儿客人就要上门了。"

这就对了，老爷的心肠软，看到太太改了态度一定会既往不咎。

想到杨家没有了旁人，那么多银钱就落在杨茉兰一个人头上，荆氏就觉得浑身不舒服："对方是官宦子弟，应该对婚事很讲究。"

吴妈妈点点头："所以老爷才特别叮嘱太太。"

荆氏脸上露出些得意的笑容："其实我是很喜欢茉兰这孩子，她小时候我就夸赞过她伶俐。"

吴妈妈一时摸不透太太的意思。

"所以听到那些闲言碎语我才会生气，我是爱之深责之切，老爷偏不明白我的心思，和常家结亲我也是想要缓和两边的关系，毕竟常老夫人是茉兰唯一的姨祖母，我也怕茉兰没有好归宿，想要将常家这门亲事找回来。"

听到太太这样说，吴妈妈心里明白了些，太太是要向杨大小姐示好，化干戈为玉帛。

吴妈妈笑着连连点头："太太说的是，"这样一来老爷也就不会抓住太太的错处不放，"奴婢去和老爷说，就说太太很伤心……"

荆氏道："仔细想想茉兰一个人在京中也不容易，将来若是在婆家受了委屈，连个撑腰的人也没有，在外面行医说起来容易，到时候不知有多少人出来阻拦，我想想就不放心，夫家的门槛再高些，还不知道要怎么样。"

荆氏喝口茶，放松地坐在椅子里，脸上露出一丝笑容，觉得自己想到了好方法："茉兰比郁哥小了四岁，要说年龄也是正合适。"

吴妈妈这才明白过来："太太想要亲上加亲？"

那有什么不可以，荆氏道："有什么比嫁到舅舅家更好的，我不会嫌弃她行医治病，郁哥性情更是没得说。"

表兄妹成亲是锦上添花的好事，可是，吴妈妈道："已经有人要提亲了，看老爷的样子，好像很满意。"

否则就不会这样郑重其事地和太太说，还因此说了那么多狠话。

吴妈妈总觉得这件事行不通，太太之前还和杨大小姐在保合堂里起了冲突，这日后要如何相处。

荆氏轻笑一声："我自然有法子，这样的亲事只要稍稍为难一下他们，他们就会退缩。"而且她会做得不动声色，看起来就是她一心为了茉兰着想。

吴妈妈不知道太太要怎么做。

荆氏道："家里都要收拾好，我们要照老爷说的十分在意这件事。"

吴妈妈立即颔首："我这就去安排。"

张家刚准备好，就有下人来道："林太太来了。"

荆氏立即迎了出去。

林太太进了门见到来的荆氏不禁一怔，她没想到杨大小姐的舅母……有病在身，一条胳膊抖得很厉害，但是仍旧满脸的笑容，见到她立即先行了礼："这就是林太太吧。"

林太太也笑着回礼："张太太。"

两个人进了堂屋，荆氏立即让人摆了茶点，很自如地和林太太说起话来，"我们才到京里，院子还没有收拾好，林太太不要见怪。"说到这里言归正传，荆氏在林太太注视下提起了帕子擦了擦眼角。

荆氏提起杨茉就一副很伤心的样子：“林太太可见过我们家茉兰？”

林太太听说过荆氏上门训斥杨大小姐，心里已经有了准备，不管荆氏说什么，她都要促成这门亲，毕竟这是太妃托付给她的大事：“不曾见过，倒是听过杨大小姐的事，杨大小姐重开杨家的保合堂，如今可是咱们大周朝最有名气的医生，就连太医院的丁院判也对杨大小姐赞不绝口。”

杨茉兰的名声是很大，荆氏实在是没想到，一个女子能弄出这样的名堂。

荆氏点点头：“我们茉兰是个苦命的孩子，那么小就没有了依靠，好不容易才撑起了杨家。这孩子从小就孝顺，所以才承继了杨家的医术。”

林太太仔细地听着，她想要知道这位舅母到底要说什么，不过看着荆氏发抖的手臂，满脸的泪痕她又觉得荆氏也不容易。

荆氏擦掉了脸上的眼泪才又抬起头来：“让林太太见笑了，我只是想起我们家的姑奶奶……我们姑奶奶在的时候，我们经常通信，她就这样没了……我这心里真是难过，我们姑奶奶身下无子，茉兰出嫁之后，杨家连个延续香火的都没有，所以我们茉兰才想要招赘。”

听到招赘两个字林太太脸色一变，不过立即遮掩住：“招赘不是不好，若是有更好的亲事何必招赘，张太太说是也不是？”她也听说过杨大小姐就是这样才从常家搬出来，不过常家哪里及得上宗室。

林太太想要说些宗室的好处，这可是一门好亲事，谁知道还没开口，荆氏就又接口："只不过杨家的医术不知要怎么传下去，杨家的祖产也不知如何分配，茉兰若是生子能承继杨家也就好了。”

生子承继杨家。这话的意思是杨大小姐生了儿子要姓杨？林太太看向荆氏，荆氏点了点头，宗室家的子孙怎么可能改姓杨，这是不可能的。

这个舅母怎么会这样说，从来也没有听过这样的事。

吴妈妈眼睛一抬，原来太太是想到了这样的主意。

荆氏叹口气：“所以我们老爷想和长辈直接说说话。”

直接见长辈也不是不行，只是说出之前的话立即就提长辈，这不是带了要挟的意思，好像只要周家不答应，就连长辈也不用再上门了。

这个舅母可真会提条件。

她要怎么说才好？林太太有些坐不住，笑着看向荆氏："我会回去说，若是方便当然越早见面越好。”

荆氏笑着点头：“那可太好了，我们也想看着茉兰能早些成亲，杨家也算有个好结果。”

林太太觉得浑身不舒服，好像是她答应了荆氏的要求，再这样坐下去也没了意思，千万别好心办了坏事，她还是回去原原本本和太妃说了。

林太太和荆氏说了几句家常，就笑着起身告辞："时候不早了，我先回去。"

荆氏忙挽留："那可怎么好，我都让人准备好了宴席。"

林太太笑着道："下一次我在家中设宴，我们再好好说话。"

荆氏心中欢喜，站起身将林太太送出门。

回到房里，荆氏换下衣服，还没来得及歇一歇，张二老爷皱着眉头进门："你都说了些什么？怎么客人没坐一会儿就走了？"

荆氏故意诧异："妾身没说错什么啊，妾身连那边的情形都没问，林太太就急着告辞走了，"说着望向张二老爷的眼睛，"这里面是不是有什么误会。"

"什么误会？"人欢欢喜喜地来了，却这样走，不是说错了话是什么？

张二老爷想到这里，径直地盯着荆氏："你将刚才说的话原原本本跟我讲一遍，一句话也别漏下。"

荆氏顺从地点头，开始从头说起来，说到入赘两个字，张二老爷瞪圆了眼睛："你说入赘做什么？"

荆氏道："我也只是说了说，没有别的意思，我是想说，茉兰将来成亲之后，若是能多生几个子嗣，能不能过给杨家一个，将来咱们家的姑奶奶也好有人供香火啊。"

张二老爷惊讶地说不出话来："你就是这样和林太太说的？"

荆氏无辜地抬起头："老爷，妾身又做错了什么？是老爷说要为茉兰着想，妾身从前做的是不好，老爷教训的也没错，从今天开始妾身一定会事事周到。"

张二老爷注视着荆氏。

荆氏怔愣了片刻立即道："老爷，妾身说的是真的，妾身已经让人准备些点心给茉兰送去。"

张二老爷皱起眉头："你到底在想什么？如果蒋家因此不愿意结亲，我定然和你没完。"

没完又能怎么样，等到这门亲事吹了，她就将郁哥向前一推，老爷还会觉得自己儿子比不上外面人不成？荆氏十分了解丈夫，所以这么多年才会将丈夫握在手心里。

林太太将荆氏的话仔仔细细地说了一遍，然后看向献王太妃："您说这是什么意思？难不成是故意出难题不想做这门亲？"她是第一次做保山，没想就遇到这种事。

献王太妃听得仔细。

林太太道："是不是杨大小姐的意思？"

献王太妃让身边的下人搀扶着坐起来，才道："不是说要长辈上门？那明日我就亲自去趟张家。"

这样就上门去问？宗室结亲好像从来没有这样大动干戈过，就算是献王府的后辈说亲，献王太妃也没有出面，谁都知晓献王太妃身子不好，不敢让献王太妃太过操劳。

林太太娘家母亲得了献王太妃照应，她小时候也经常来醇王府，早就拿老太妃当亲祖母般，现在不由得担心老太妃的身子："要不然明日我再去一趟，我也是没问仔细，到底是不是杨大小姐的意思。"

献王太妃摇头，好像在努力想什么："让我想一想。"

林太太知晓太妃的病，一下子记不起那么多事，她不好一直追问，于是看向旁边的管事妈妈，管事妈妈向林太太点点头。

林太太这才放心地站起身告辞。

等到林太太走了，献王太妃看向管事妈妈："我没记错什么吧？成陵有没有说杨大小姐想要给杨家安排子嗣承继？"

管事妈妈忙摇头："没有，没有，奴婢都给记着呢，没说过这话。"

那就奇怪了，怎么舅母会突然这样说。

管事妈妈道："要不然让人将十爷叫来问问。"

献王太妃眼睛阖上些："那就问问成陵。"

管事妈妈急忙下去安排，不一会儿工夫周成陵来给献王太妃请安。

献王太妃招招手让周成陵坐在床边："书编得如何了？前日里我还听人说你弄出了些名堂，"说着点点头，"从前老王爷就说过，能让你来帮忙整理那些书是最好的，没想到你到底是顺了老王爷的心思，他若是知晓，也该心安了。"

周成陵从管事妈妈手里接过汤婆子，恭敬地奉给献王太妃。

献王太妃接过汤婆子，转头看向管事妈妈，管事妈妈立即将张家那边的事说了。

献王太妃道："你听听，这话可像是杨大小姐的意思？"

周成陵摇了摇头："不是，若是她有这样的想法，只会将来亲口和我说。"杨茉兰做事干净利落，绝不会利用这个机会对周家施压，就算是她想要安排人来承继杨家，也会光明正大地和他讲。

献王太妃点点头："和我想的一样，"脸上浮起些笑容，"可见我还没太糊涂。"

管事妈妈立即道："太妃比谁都清楚，要说糊涂也是我们这些人。"

献王太妃听了很高兴，不过转眼却有些担忧起来："皇上那一关要如何过？你才和离不久，现在提起婚事，只怕不会太顺利。"

大家都为许多事着急，周成陵却永远都是稳当当的。

"只要杨家答应，后面的事我会安排妥当。"周成陵将话说得清清楚楚。

献王太妃好笑地侧头看周成陵："你说的是杨家丫头答应吧？"说完，"嗯"了一声，"我看杨家丫头应该慢慢思量，也好让你急上一急。"

周成陵被献王太妃这样一说，脸上满是笑容，他是怕她真的这样拖下去，就开着一条门缝和他远远地看着。

"人老了，这时候就想着能招人喜欢，"献王太妃道，"我就不难为你，明日一早我去张家将这件事定下，你也好收拾后面的烂摊子，都办妥当了，好让杨家丫头欢欢喜喜地嫁过来。"

献王太妃将身上的锦被向上扯一扯，想起康王太妃那张温和的面孔，如果康王太妃知晓了今天的事，也会觉得高兴，不知怎么的，她虽然多忘事可是从前的那些事却让她觉得越来越清楚。

第二天，荆氏和张二老爷才吃过早饭，就接到了拜访的帖子。

荆氏有些吃惊，没想到这样为难蒋家，蒋家的长辈还会前来，荆氏看向张二老爷："来的是蒋家的哪个长辈？不是随随便便找了个远亲凑数吧？"蒋家人不在京中，怎么会来得这么快。

张二老爷眼睛盯着帖子上的字，不禁僵立在那里。

荆氏看着不说话的丈夫，便要凑过来看："老爷这是怎么了？一张帖子也要看半天不成？"

话音刚落，就有下人来道："献王太妃来了，马车就要进胡同了。"

"太妃？你说的太妃？就是太妃？"荆氏睁大了眼睛，怎么，怎么会来一个太妃，蒋家竟然能请得动太妃，她是不是听错了。

杨氏是一个已经没有了长辈的孤女，在京城里到处受人排挤，常家不愿意娶她做媳妇，她只好抛头露面地给人治病。她来京中一路上想的都是这些，怎么现在所有的东西都反着来，杨氏不但没有凄凄惨惨，反而处处都有人帮衬。

"还愣着做什么？出去迎客啊。"张二老爷大声呼喝，荆氏不由自主地打了个哆嗦。

太妃有什么可怕，她又不是没见过世面，还能不知道那些阵势，荆氏看了看身边的管事妈妈，带着人一起出了院子。

刚出了门就看到一顶银顶黄盖红纬的轿子停下来。

那轿子上明晃晃的颜色让荆氏看得心脏突突直跳，轿子旁边站着两个管事妈妈，穿着青色暗花褙子，袖子上镶着灰色的狐皮，头上也是满是金银之光，脸上没有太多表情，看着就是规矩很大。

光是下人就如此，荆氏看着有些发怔。

轿帘子掀开，从里面走出个穿着紫貂大氅的老妇人。

这就是太妃，荆氏是个惯会顺风转舵的人，可是见到这样的情形却只能闭紧嘴巴说不出话来。

献王太妃花白的头发梳成了圆髻，头上戴着捻金丝草虫顶簪，两边是如大拇指甲大小的嵌绿松石心形边花，皮肤白皙，长长的眉毛入鬓，不苟言笑，说不出的端庄尊贵，一双眼睛格外的亮，径直地看向荆氏。

荆氏不由自主地去行礼。

"这是张太太吧！"

旁边的管事妈妈也行礼："舅太太。"

叫她舅太太，就是从杨茉兰那边论起，荆氏听得头皮发麻，她刚要笑容满面地回答，却发现太妃已经挪开了目光，让人搀扶着向前走去。

张二老爷不敢怠慢，匆匆忙忙换了衣服赶去了堂屋。

他脑子里还算不出是个什么情形，是蒋家托了献王太妃？还是献王太妃娘家和蒋家有亲？不论怎么算，这个长辈请得都有些奇怪。

最重要的是还没到换庚帖的时候，太妃就已经出面。

蒋家到底是什么来头？

张二老爷进屋向献王太妃行了礼。

荆氏亲手端了茶给献王太妃："怎么敢劳烦太妃来。"荆氏想了半天才憋出这么一句客套话。

献王太妃"嗯"了一声："那要看是为了什么，若是为了杨大小姐，我岂止要来一次。"

荆氏突然发现，她不知道该赔笑，还是接着巴结奉承，她好像成了才进京的乡巴佬，见到达官显贵什么也说不出来。

献王太妃身边的容妈妈眼看着舅太太的脸色一阵青一阵红就好笑。

张二老爷咳嗽一声，酌量着开口："不知太妃和蒋家有什么渊源……早知道太妃会出面，我们应该多些准备……"

蒋家？就连容妈妈听着也觉得不对劲，这舅老爷怎么提蒋家。

献王太妃看向张二老爷："舅老爷说的是哪个蒋家？"

这下将张二老爷问糊涂了，献王太妃不是为了蒋家来上门说亲的吗？怎么倒不知道是哪个蒋家。

旁边的荆氏不禁惊讶，恐怕是弄错了，这京城里说不定有第二个杨家，献王太妃是走错了府邸，这倒让她平白无故担心了半天。

她还以为杨氏有多大的本事，谁都能请来太妃张罗亲事。

"这……是不是弄错了，我们家也是有些慌张呢，我们家人何曾有这样的福气，能盼来太妃来做客。"荆氏有一种缓过气的感觉，她左右逢源了一辈子，就是为了攀上显贵，将来也好发达，林太太上门说项，她若不是为了杨家的财物，都不想有半句话逆着林太太。

没想到林太太走了换来一个太妃，她可不想在不知不觉中得罪她想巴结的权贵，否则她岂不是成了有眼无珠，搬起石头砸自己的脚的蠢货。

不等献王太妃说话，容妈妈忙问张二老爷："张二老爷说的是哪个蒋家？"

张二老爷吞咽了一口："就是漳州府蒋家，献王太妃不是来提我甥女和蒋家的亲事吗？"

荆氏想要堵住张二老爷的嘴，居然这样和献王太妃说话，忙上前道："太妃，我们老爷糊涂了，怎么好就这样问起来。"

老爷这话出口，献王太妃明显地怔愣起来，根本没有那种彼此心知肚明的默契。

"原来是弄错了，"献王太妃看向张二老爷，"是蒋家人要求娶杨大小姐？"

张二老爷颔首，不过这话怎么问到他头上，好像太妃一点不知晓。

献王太妃道："是漳州府蒋家？他家的晚辈叫蒋承之？"

蒋平字承之，张二老爷又点头。

献王太妃禁不住笑出声："蒋家长辈从前是先皇身边的侍卫很受先皇重用，京城只要一打听都知道满门忠烈，我也很喜欢承之这孩子，"说到这里献王太妃淡淡地看向荆氏，"不过，蒋承之不会求娶杨大小姐。"

荆氏头发都要竖起来。

看，连献王太妃都觉得，蒋家这样的身份不可能求娶杨茉兰。

张二老爷脸上一阵红一阵青。

献王太妃皱起眉头："亏你们是舅舅、舅母，怎么这样糊涂，还要一肩挑起这门亲事。"

张二老爷不由辩驳："虽然看起来门不当户不对，可是杨家从前也是官宦人家，我们茉兰虽然要抛头露面，可做的都是治病救人的好事……"

张二老爷说着，荆氏不停地递眼色过去，开口打断："献王太妃说的是，我们老爷也只是问问，没有说一定要高攀……"

荆氏话音刚落，献王太妃向张二老爷颔首："还知道为甥女辩驳，是个有良心的舅舅。"

荆氏张开的嘴没有合上，眼睁睁地看着献王太妃冰冷的目光从她脸上滑过，然后就听到献王太妃慢慢道："我是替我们皇族的子弟求亲，求的是杨大小姐杨氏茉兰，舅老爷和舅太太不知怎么会以为是蒋家来求亲。"

替皇族子弟求亲。

求的是杨氏茉兰。

荆氏觉得头一下子炸开了，满眼都在冒金星。

一定是自己听错了，对，是听错了。

不然怎么可能会这样。

献王太妃说弄错了并不是错在杨茉兰配不上蒋家，而是蒋家不能配杨茉兰，因为宗亲看上了杨茉兰。

荆氏只想喊，妈呀，这不可能，蒋家官宦子弟都和杨家门头不对，更何况宗室，宗室怎么能看上杨茉兰，又不是满地都能找到宗室子弟。

荆氏还没反应过来，献王太妃抬起眼睛："怎么？舅太太不高兴？"

荆氏想要伸出手来挥，却一只手抖得厉害，献王太妃目光落在荆氏一只抖动的手臂上："原来舅太太是有病在身，怪不得连话也说不清楚，林太太没能听明白舅太太的意思，老身特地亲自过来，舅太太将之前和林太太的话说一遍，老身听听有没有道理。"

荆氏想要狠狠地拧自己一把，看看是不是在做梦，可她又舍不得自己的皮肉，献王太妃不眨眼睛地看着她，她想躲也没处躲，她眼前浮起林太太听到她说要过继子嗣给杨家时怪异的眼神。

当时她还得意扬扬地以为难为住了蒋家。原来林太太是觉得她这话不但无理而且可笑，怪不得献王太妃一上门就将她当做疯子、恶妇一样看待。

她这辈子想尽法子见达官显贵，可没想过是这样的情形。

"舅太太是不是觉得还是老身弄错了？"

荆氏气血上涌。

献王太妃道："我说的是开保合堂的杨大小姐，大周朝最好的女医，来给老身看症的杨大小姐，京里可有第二个杨大小姐？"

没有，没有第二个，那样的女子没有第二个。

荆氏彻底死心，原来就是杨氏，就是杨氏啊。

张二老爷也瞠目结舌，是他让陆姨娘告诉对方，让对方正式上门说亲事，又是荆氏将保山顶撞回去，让长辈来说话。

他当时觉得荆氏太无理，现在他觉得自己也太无理，竟然没有丝毫准备就让长辈上门，自己甚至没有弄清楚到底是要跟谁结亲。

他是怎么也想不到的啊，想不到看上茉兰的是宗室子弟。

张二老爷和荆氏四目相对。

献王太妃喝口茶，然后看向张二老爷："张二老爷，这门亲事可能结？老身上门可算是正式相见？"

张二老爷只会点头："太妃都已经亲自登门，自然，自然是算。"

献王太妃脸色缓和了些："既然张二老爷觉得礼数没错，我们就好好谈谈这门亲事要如何结成，老身是喜欢杨大小姐，杨大小姐好，好得怎么夸都没错，只要是对杨大小姐好的，我们家都会答应，不过，若是动其他的心思，老身虽然老了却不糊涂。"

荆氏只想有个地缝钻进去，她这次真是算计错了，她不该算计到杨氏身上，荆氏觉得她的手再怎么哆嗦，也不会有人可怜她。

第五章 复生

保合堂里忙了一整天，等到没有了病患上门，大家就聚在一起讲讲从前遇到的病例，杨茉听得很仔细，除了她之外所有人讲的都是脉象，她虽然听起来稍稍有些费力，不过能从中学到很多，就像是给白老先生抄方一样。

眼见天色就暗下来，江掌柜进来禀告："白老先生的马车准备好了。"

杨茉点点头和沈微言一起将白老先生送上马车。

白老先生从入冬后身子就不舒坦，杨茉吩咐江掌柜多准备两个手炉好让马车里暖和一些："先生身子不适，不然在家中歇几日。"

白老先生摇摇头："还是来药铺里好，自己在家中着实无趣。"

杨茉知晓这样的感觉，有时候觉得很累回家恨不得睡上几天，可是一旦安静下来就又会挂心药铺里，不知道会有什么病患上门看诊，杨茉看向跟车的婆子："要仔细照应先生，有什么事立即来杨家知会。"白老先生虽然没有收她为徒，却和她有师徒之谊，要不是因为要帮她老先生也不会这样辛苦。

婆子应了："大小姐放心，奴婢会仔细侍奉。"

杨茉看着马车离开才转身回到药铺，刚坐下江掌柜低声道："小姐，裴度来了。"

裴度就是京中有名的兽医，帮着她一起治过韩季的破伤风。

江掌柜将韩季带进来，韩季站在门口将身上的浮雪扫掉才来拜见。

秋桐端了热茶上来。

裴度这几日忙得不得分身，好不容易才找出时间来到保合堂，杨茉也就不多说别的，径直问裴度："我想在庄子上养将来治病用的马、牛，所以我想要两三个兽医来帮衬，我认识的兽医不多，就想着请你帮忙找找看。"

裴度有些惊讶："杨大小姐说的是，保合堂要找兽医？"

杨茉点点头。

裴度想倒抽一口冷气。

保合堂的名声很高，更何况是杨大小姐要请人，而且是兽医，哪个药铺会请兽医来帮忙治病。

裴度脑子里不由自主地想着这些，一时难以平复。

杨茉道："我的要求很高，因为要帮我做药的兽医必须是品行端正，一定要很专心钻研行医治病这行，不但要懂兽医，还要学会我的治病方法，要仔细、耐心，还要精明、麻利，我也让掌柜的物色了很多人选，但是没有人能将所有这些事统管起来。"

裴度半晌缓过神来："杨大小姐是说和上次治韩大人的病一样，用马的血来做药？"

杨茉点头："你可知道朱善？"

裴度点头，朱善当然知道，因为最近杨大小姐用蛆虫治病，大家经常在一起议论。

"就像朱善做的那样一样，要让用来治病的马健康，还要用我们的办法，在马身上做更多的治病、预防的药，我们不能随随便便对待那些马，所以必须要有专门的人照应。"

杨茉见裴度还没有弄清楚，她也就干脆说透，径直看着裴度："裴度，我想问问你愿不愿意过来帮我一起做药，我给的银钱可能不比你现在的多，但是有机会做出从前没有的药。"

裴度没想到杨大小姐是这个意思。

他当然愿意来，跟着杨大小姐能学到更多，何况是要做治破伤风病的药。

杨茉将手里的帖子递给裴度："我知道你家中有老娘要奉养，这是我给你每个月的酬劳，年底若是药铺有余银，我也会多分给你们。"

裴度忙道："大小姐先别说银子多少，就算没有银子……我也……愿意……"

杨茉脸上露出笑容："你还要养家中的长辈，你不要银子我也不敢用你。"

裴度脸一红，抬起头眼睛亮亮的，这是他听到最好的消息，一时之间心脏都跳得飞快，整个人都想要跳起来。

自从上次跟着杨大小姐治破伤风之后，每天晚上他躺在床上都要不由自主地想起来，想到杨大小姐用的那些奇怪的针，还有杨大小姐利索地给韩大人输血抽血。

无论什么时候，杨大小姐都是那么冷静。

没想到他还有机会跟着杨大小姐一起治病救人。

"等你处理好手里的事就过来，我们要买些马匹，等到这些马养好了，我们就要快些做药。"

早拿到药就能治更多病患，马血清是现代最常用的生物制药，能将这个技术发展好，可以治很多病。

裴度点点头，时候不早了，他站起身来告辞："我先回去准备。"

眼看着裴度离开，杨茉才看向秋桐："让人备车我们也该回去了。"

"周爷来了。"秋桐上前低声道。

周成陵来了？

杨茉边向外面看边道："什么时候来的？"

秋桐道："小姐和裴先生说话的时候，奴婢进来要禀告，小姐却没有注意。"

是那会儿，她正想着要怎么制药就没有在意。

杨茉整理好衣裙走进内院里。

周成陵正坐在椅子上端详她刚让人打好的书架。

"准备将这里改成书房？"周成陵听到声音转过头迎上她的目光。

杨苿微微一笑："是啊，没有地方查阅医书，论起病症来到处找书很不方便，将书籍分类整理，方便大家取阅。"

"这是哪里学来的法子，屋子里还要摆上好多桌椅？"

杨苿点头。

不知道要说她什么，很多人都想着要方便自己，所以江掌柜才会将内院腾出来让她歇着，她先是将几间屋子拿出来收治病患，现在又将这间屋子用来放书。

周成陵看着杨苿："早些将我的药铺也并过来，免得你早晚没有地方落脚。"

哪有那么夸张，杨苿忍不住笑，上前给周成陵倒了一杯茶端过去。

他好像格外喜欢她倒的茶，每次都会拿起来喝，走的时候必然是喝完了。

"太妃去了张家。"

周成陵的声音仿佛就在她耳边。

"张太太说，要将你生下的子嗣改杨姓，承继杨家保合堂。"

听得周成陵这话，杨苿忍不住笑出声："我又不是傻子为何要说这样的话？而且，为什么非要我的子嗣承继，难不成我的女儿就不行，我也是个女医，在我这里还要重男轻女，我若是为了杨家的香火，何必这样麻烦，请人作保为我爹过继子嗣岂非更加简单。"万一她生不出子嗣，难不成还要给丈夫觅个妾室，让妾室生子延续两家香火。

杨苿说完这话，迎上周成陵的视线，才觉得耳朵发热，和他说这么多做什么，应该故意不说话，让他去猜测，他不是向来聪明。

周成陵道："我们的孩子有人想和你学医术，将来接过保合堂，我必然不会阻拦，不管是儿是女。"

这么近的距离听周成陵的声音能感觉出十分的温和。

杨苿抬起头来："万一……都喜欢我的保合堂要怎么办？"

"那就都去跟你学，"周成陵脸上有笑容，"不过也有可能都喜欢和我学文章。"

这样听起来好像很公平。

"谁知道呢？"杨苿抿嘴一笑，那些都是以后的事，人生有多少种变化，谁能想到以后的事，在这之前她也没想到周成陵会这样痛快地答应她的孩子可以行医。

在认识周成陵的时候，他还是个让人难以捉摸，不好接近的人。

周成陵变了，她也变了，从喜欢他到排斥他又接受他，走了好长一段路。

"你的书房里要准备架梯子。"

杨苿转头看过去。

周成陵走到她身边，伸出手来在她头顶比了比，然后将手平挪到书架上。

"你的徒弟大约都能够得着最高一层，你只能够到这里，"周成陵煞有其事地伸长手停在那里，"你想拿书真要用梯子。"

"谁说的。"周成陵是自以为长得高就蔑视别人，她还能踮脚呢，杨苿很自信地过去伸出手，踮高了脚尖，手伸到最高那格一半却拿不到里面的书。

做书架时江掌柜还问她要做多高，她为了多些空间就说要高些，却没想过自己拿书的时候怎么办。

怪不得下午的时候江掌柜叫了个婆子过去比画，但她是眼看着那婆子拿出一本书来的呀。

她没有婆子高吗？她觉得她还挺高的啊。

杨茉抬起头来，她的指尖正好和周成陵伸直的手掌平齐，他的手指那么修长和他的人一样，她努力向前挪动一分，他也挪动一分，他手上戴着扳指，翠绿的，贴在他的指节上十分好看。

杨茉忽然发现她像个小孩子一样，她最终忍不住弯下腰笑。

杨茉想起一件事："我想将杨家的宗祠搬到保合堂来，这样一来就不用怕杨家宗祠上少了香火。"保合堂是杨家祖上一代代传下来的，无论怎么看这样安排都很合适。

将来谁接手了保合堂，都会供奉杨家祖先，周成陵道："这样好，不过来来往往病患多，宗祠祭奠的器具要管理仔细。"

杨茉点点头："就交给从前在杨家做事的老人，我每日都会来保合堂，也能照顾宗祠。"

"累不累？"周成陵看向杨茉的眼睛。

清澈的眼睛里总少不了有些红血丝。

杨茉摇头："不累。"

"那我就再坐一会儿。"周成陵说完大大方方地坐下来。

杨茉看看外面的天色，她是每天都等到掌灯时分再回去，说是全为了药铺繁忙，还总有几天是因为要和周成陵说话。

回到家里，看到姨娘就觉得有些心虚，现在和周成陵相处也有些心虚，既想要和他坐着说话，又觉得心跳快手心出汗，若是见不到又觉得怅然若失。

周成陵道："太妃出面，张老爷那里应该会答应了。"

杨茉点点头，她是知道舅舅的脾气，献王太妃是再痛快不过的长辈，说起话来肯定是十分干脆利落，直接就会向舅舅要结果。

"太妃说，免不了要让人去家中坐坐，家里摆宴席，也好多熟识熟识。"

杨茉想起上次去宗室营的情景，当日她没抱着要留在宗室营的想法，也没有太在意。

杨茉点点头："好。"

周成陵道："那天我也去，就在前院。"

这是要给她撑腰？他也算是精细的性子，做事又稳重，这样想着她还真就觉得周成陵其实优点很多。

月上柳梢头，杨茉站起身来，还没说话，周成陵道："我送你回去。"

杨茉看周成陵身上的衣衫还挺单薄："外面冷，就不要再跑一趟。"

周成陵笑着看向杨茉："要不然我让阿玖回去拿件氅衣给我。"

外面的阿玖正在打盹，蒋平一脚踢过去正中他屁股，阿玖正要发怒，蒋平努努嘴："大小姐让你给少爷拿氅衣去。"

阿玖顾不得和蒋平龇牙咧嘴，只好乖乖走过去："大小姐、少爷等一等，我这就去拿，"刚要转身走，突然想起来，又来问话，"是拿那件紫貂领的，还是那件白狐绲边的。"

周成陵笑着看杨茉，一副事不关己的模样。

好像主意是她想的就要她来决定。

阿玖善解人意地站在外面，平日里这些事还不是他自己拿主意，可谁知道紫貂领和白狐绲边是不是一件。

周成陵眼睛亮亮地看着她，能映出她的模样。

好吧："就那件白狐的吧！"

随她去选，管他是什么。

阿玖一溜烟地跑了，很快就将白狐氅衣取来，秋桐进门伺候杨茉穿上氅衣，杨茉这才发现自己的也是件貂鼠风领白狐披风。

两个人穿戴好从屋子里出来，杨茉走到院子里抬起头，看到头顶那轮圆圆的月亮。

常大老爷也在看月亮。

常家所有的关系他都用上了，一个个地拜访，好不容易找到一位刑部的正主，就想问问那件案子有没有牵连他，牵连了多少。

偏偏赶上那位爷在天香楼里吃饭，他就站在楼外等。

好大一轮月亮，照得他心里拔凉拔凉的。

常大老爷跺着脚哆哆嗦嗦地在雪地里来回走着，天香楼里的两位喝着热酒，其中一位叫崔臣的隔着窗子向外看。

常家可知道得罪了谁？

他为宣王办事，不会明说，更不会在朝廷里明显地站位，但是有些事还是要办得干净利索，就像要戏这个常昌兴，他看向对面的刑部官员："乔家这下要倒了，常家好像也被牵连，不过……常家从中可捞了不少的银子。"

提到银子，刑部官员眼睛一亮。

崔臣道："不管那么多，我们先喝酒。"常大老爷找的这位他是再清楚不过，惯会贪财，听说有钱财定要扒层皮。

常大老爷也是走投无路了，就像一只大肥羊，站在外面等着被人下锅。

常大老爷狠狠地打了个喷嚏，那雪从脖领子灌进来，他想进天香楼里坐着等，门口等着的小厮却说："我们大人说不定要出来了。"

常大老爷何曾吃过这样的苦，不过惊恐地在家中等了几天的消息，他现在也顾不得许多，只要能找到人疏通，就算冻个半死也值得。

可真是冷啊，鼻子里好像都要冻住了。

"你不知道吧，听说乔夫人鼻子里长了虫子，太医院里的太医掏出来好几条。"

"你说割了鼻子会是什么模样？"

小厮旁若无人地聊起天来，其中一个看了常大老爷一眼，刚才老爷交代了，让多吓吓这个常老爷，也好让他掏钱掏得痛快些。

"能是什么样，两个大窟窿呗。"

常大老爷听得仔细，不禁伸出手来摸摸自己的鼻子。

"两个大窟窿，怎么喘气，那不是比鬼还要吓人。"

"岂止，御医去换药打开一看从里面还爬出蛆虫。"

"鼻子都没了，从哪里爬出来？"

"脑子？嘴？眼睛？谁知道。"

两个小厮说得面容惊恐，常大老爷也觉得汗毛竖立，本来就不舒服的肚子更加翻天覆地地搅和起来。

乔文景夫妻居然落得这样的结果。

听说乔文景在大牢里被用了刑还和王振廷关在了一起，两个人不知道怎么起了冲突，王振廷咬掉了乔文景半只耳朵。

这些恐怖的消息不停地传进常家。

常大老爷已经好几天没有睡着觉了，只要闭上眼睛仿佛就看到满身是血的乔文景。

常大老爷开始牙齿发颤，他只要看到凶神恶煞的衙差走过来，他就恨不得缩到旁边发抖，生怕衙差是来抓他的。

这种日子什么时候到头啊。

最重要的是，他本来是要贪杨家的财物，现在不仅没有多捞到半分，还要跟着担罪。

常大老爷满手心都是汗，再也等不下去了，又上前询问："大人什么时候出来。"

小厮倒是十分客气："您再等等，这些日子我们大人忙坏了，这不一会儿吃过饭还要去衙门呢，又有公务传下来。"

又有公务。常大老爷忙赔笑："大人是辛苦，辛苦。"一个时辰都已经等了，不差这一会儿，等打听到消息，他就立即回家，钻进暖和的被子里舒舒服服睡一觉。

常大老爷只好缩着脖子接着站在旁边等候。

不知过了多久，刑部官员才剔着牙走出来，常大老爷急忙迎上去："和大人。"

刑部官员也伸出手来向常大老爷回礼："常大人，您怎么在这里。"

常大老爷忙耐着性子："大人，我是想打听打听消息。"

"你是说杨家的那件案子？"

常大老爷没想到那么容易就将话说通了，立即摇着尾巴上去："和大人说的是，若是肯透露一星半点，兄弟感激不尽。"

刑部官员故意板起脸："常大人这话就客套了，咱们是什么关系……"说到这里刻意停顿，似是在等什么。

常大老爷会意立即从袖子里拿出准备好的银票。

刑部官员拿到手里掂量掂量，抬起头看向常大老爷："常兄是想要听所有消息，还是一点点……"

这是嫌少？可是五百两银子啊，常大老爷微微一顿，刑部官员甩袖就要向前走去："这案子确然有进展。"

常大老爷狠狠地夹紧屁股咬住嘴唇，从袖子里又拿出一叠银票送上去，这可都是白花花的银子啊，他在怀里刚刚焐热的，如今就拿了出去。

想到能换来消息，常大老爷也觉得算是值得。

他这几天到处碰壁，总算有扇门打开，他花多少银子也要走进去。

刑部官员将银票收进袖子里，抬起脸来看常大老爷，刚才和颜悦色的神情立即消散得无影无踪："来人呐，将常大人请去刑部大牢。"

听到这几个字，常大老爷不禁一怔，转头看到走过来的衙差顿时惊慌："这是要做什么？这是要做什么？"

刑部官员冷笑一声："常大老爷不是想知晓案情进展，上面命我们连夜审你，要不然兄弟们怎么大冷天的还要办差。"

旁边的崔臣就笑，要不然怎么说肥羊自己上门呢。

常大老爷惊诧地睁大眼睛，有一种想要赶紧逃跑的冲动。

原来说的吃口饭还要办公务，就是要连夜审问他。

常大老爷双腿发抖，他被愚弄了尚不自知，这些人要抓他，他却巴巴地送上门来。

混蛋，这些混蛋。

常大老爷怒目看向刑部官员就要辱骂，刚张开嘴，只觉得嘴里一凉，旁边已经有人向里面塞了团雪。

他只能发出"呜呜"的声音。

冰冷的雪带着一股奇怪的味道，冲得他几乎要晕厥过去，忽然之间领子被人一提，又是一捧雪送了进去。

常大老爷翻着白眼打着哆嗦，半晌才清醒过来，映入眼帘的是衙差偌大的脸。

"常大人，对不住，兄弟们也没看到那团雪里夹着牛粪啊。"

牛粪，嘴里的雪融化之后，一坨牛粪就落在口齿间，常大老爷一阵恶心，眼泪霍然流下来。

旁边的崔臣忍不住想笑，乔文景那边还盼着冯阁老来搭救，吞吞吐吐不肯全部招认，都察院的大人们就想到要从常家入手。

常家贪财的名声在外，要知道贪财的人最胆小怕死，果然常大老爷才被折腾了一下就如泥般瘫在那里。

吃饱了喝足了，有的是精气神，崔臣拂了拂身上的长袍，今晚可是常大人的好日子。

献王府的马车到了杨家，下人立即去通禀："大小姐，车到了。"

杨茉点点头。

陆姨娘忙道："快，再让我瞧瞧，还有什么地方不妥当。"

鲜亮的桃红石榴花刻丝褙子，外面是白貂披风，梳了双螺髻，戴了桃花双扣镶宝的头饰，看起来十分的明丽。

陆姨娘道："好了，就这样吧。"

"姨娘放心。"从头到脚都是陆姨娘一手张罗的，没有一处不合体。

杨茉接过春和递过的手炉，带着秋桐、春和一起上了马车。

马车进了宗室营忽然停下来，外面的婆子道："大小姐等一等，前面有车过。"

秋桐撩开窗帘向外看，杨茉正好也望过去，只见有下人穿着缟素，手里拿着香烛篮子正四处报信。

外面的婆子低声道:"真不巧,正好赶上了治丧,也不知是谁家府上……"

宗室营这样大难免会遇到这样的情况。

旁边的下人道:"是七老爷府上,前年家里没了小少爷,去年又没了小姐,今天又是一位小姐……这一年去一个可让人怎么过啊。"

"家里已经做过了道场,谁知没有用处。"

下人议论的话音刚落外面传来魏卯的声音:"师父,师父的马车在那里。"

杨茉看向秋桐:"看看怎么回事?"

秋桐应了一声,撩开帘子吩咐跟车的婆子去问。

不一会儿工夫婆子来道:"是秦冲、魏卯几位在后面背着药箱跟车。"

魏卯他们来做什么,杨茉觉得好笑,吩咐婆子:"你跟他们说我是去宴席,不是去诊症。"

前两次她来宗室营都是看病,今天她肯定不会诊治。

婆子立即去传话。

魏卯听到婆子的话,转头看向秦冲:"师父说不诊症。"可是每次师父出门必然都会让人去药铺里拿药箱。

婆子低声道:"几位爷回去吧,这次大小姐是肯定不会诊症了,用不着这些东西。"

魏卯和秦冲互相看看,有点将信将疑,有些事谁能说得准。

正好马车到了献王府停下。

杨茉让人搀扶着走下车来。

魏卯正抬起头向前看,看到白貂披风和鹅黄色的挑线裙子,不由得吓了一跳忙转过身,以为看到了哪家的女眷,片刻才恍然大悟。

那是师父啊。

师父平日里不穿这样鲜艳的衣裙,如今穿上了……可真……可真好看。

师父不是来看诊是来宴席,魏卯突然明白这句话的意思,忙伸手抓了身边的秦冲。

将秦冲拽得一个趔趄。

"快走。"魏卯二话不说死命地向后拖着。

秦冲道:"还……还没见到师父呢……"

还没见到?我傻你比我更傻啊。

杨茉走进垂花门,醇郡王妃立即迎上来,旁边的奶子怀抱着个小少爷。

醇郡王妃拉起杨茉的手:"听说大小姐要来,"说着一顿,"手冰凉,我们快进屋去吧!"

旁边抱孩子的奶子立即向杨茉行礼,怀里的孩子睁大了眼睛好奇地看着周围人影,杨茉走过去他立即笑起来。

杨茉上前看看小世子爷,皮肤粉嫩、白净,奶子抱着哄一哄他就咧嘴笑起来。

醇郡王妃满面笑容:"生下的时候看着个头小些,现在可比同龄的孩子还要大。"

杨茉道："眉眼也长得更像郡王妃了。"

小世子恰好这时候挥动一下双手，仿佛听懂了一样。

杨茉笑着："世子爷爱听这个。"她很喜欢小孩子，浑身都是小小的，软绵绵的。

醇郡王妃一直将杨茉拉到花厅里。

"瞧，这就是太妃帮忙求娶的杨大小姐。"

京中议论纷纷的杨大小姐就是这个模样。

"年纪太小了，"夫人们不禁低声道，"比之前的宣王妃还要小许多。"

"听说她能让人起死回生，不过却在外面抛头露面。"

杨茉上前给献王太妃行礼。

献王太妃笑着道："快起来，到我身边来坐。"

原来太妃身边的座位空下来是留给杨氏的，没想到杨氏这样得太妃喜欢。

杨茉走过去坐下来。

太妃才笑道："每次进府都是来给我看症，今天我可说好了，只是来宴席，谁也别想劳动你去看诊。"

杨茉会意，太妃是怕有人议论她行医的事，她也想今天就听大家话话家常。

"今天对面七老爷府上有事，"献王妃进屋禀告，"不方便再请戏班子来唱。"

献王太妃有些不明白，低头说了两句，献王太妃皱起了眉头："怎么会这样？"

一时花厅里的夫人议论纷纷。

"大约是道场做得还不够。"

杨茉不知道这里面到底有什么事，旁边的醇郡王妃道："说的是对面七老爷家，家中孩子每年都夭折一个，这已经是第三年了，请了有名的慈宁师太来，慈宁师太说是家中有煞气，足足做了十天的道场，还将府里的孩子都送出京了一段日子，现在眼见到了年底，七老爷就又将慈宁师太请来问了，说是煞气已经去了，可以将少爷、小姐接回来，才从陪都回来一个月，家里的小姐就又去了。"

"孩子没成年要连夜发丧，所以到处送了消息，已经有人去帮忙，"醇郡王妃看了看太妃，"太妃很挂念这件事。"

杨茉看向献王太妃，献王太妃脸色难看，眼睛里满是悲伤。

没有什么比家中孩子没了更让人伤心的，连醇郡王妃也被勾起了生产时的惊慌，转头去看奶子抱着的小世子。

献王太妃道："怎么就无声无息地去了？前几日还来给我行礼，我看着都好端端的。"

大家觉得诧异的就是这个，一年去一个，都是这样静悄悄地……

醇郡王妃想起一件事转头看向杨茉："如果是病症会不会这样？"

说到病症，杨茉仔细想起来，半晌摇了摇头："不好说。"不过如果是病症引起的，孩子一年去一个应该是遗传病，否则怎么会那么巧合。

"看我，"醇郡王妃立即道，"每次见到杨大小姐，总是要问这些，大小姐是过来做客的。"再说人已经死了，她还提这些做什么。

杨茉摇摇头："郡王妃也是随口一问。"

献王太妃站起身:"我该过去看看,那边不知乱成什么样子。"

献王是宗人令管着宗人府,宗室府内宅上有什么大事大家都会来问献王太妃这个长辈。

献王妃忙道:"杨大小姐才坐下,您还是别去了,那边我让人去照应。"

"是啊,太妃的身子不好,还是不要劳动,"旁边的夫人站起身道,"不如我过去看看。"

献王太妃点点头:"也好,你过去看看,劝劝老七媳妇让她别伤心,要照顾好成哥。"

那夫人应了一声带着下人出了花厅。

献王太妃看向杨茉:"本是高高兴兴的事,谁知道……"说着皱起了眉头。

献王妃怕接着说下去引出太妃别的伤心事,太妃这些日子好不容易精神好了些:"不如让杨大小姐陪着太妃玩叶子牌。"

杨茉忙摆手:"这个我可不会。"

"不会好,"献王太妃看着杨茉时眉头松开些,"我们就玩一手牌,你帮我看着免得她们糊弄我。"

听得太妃这话,花厅里立即传来笑声:"我们哪里敢糊弄太妃。"

献王妃吩咐人去准备,杨茉搀扶着献王太妃去内室里。

眼见着大家陆续跟了过去,旁边的姜氏道:"真不知道太妃为何么抬举杨氏。"姜氏出自勋贵之家,嫁到了宗室营镇国将军府上,是真正的身份高贵,看献王太妃这样对杨氏不由得心里不快。

宗室营里的夫人大多都有这样的心思。

姜氏开了腔,旁边也有人附和:"虽然十爷没有了宣王、康王的爵位,也是正经的宗室子弟,从来没听说过宗室妇在外做这些事。"献王太妃真是老糊涂了。

亲事是献王太妃一手办,谁又能说什么,不过,这门亲事大家都不看好,看到杨氏就让人想到了鱼目混珠,让她们的身份也跟着降下来。

"原来在这里,"醇郡王妃撩开挡在眼前的幔帐,弯腰过来,"我当怎么少了人,几位嫂子在这里偷偷话家常,到底有什么话还要背着别人。"

听得醇郡王妃这话,众人不禁脸上讪然。

"人分贵贱,命可不分贵贱,人吃五谷杂粮谁有不生病的,等到病了就知道,杨大小姐这样的人是神仙下凡,平日里烧香拜佛也求不来的,行医治病又如何,我这样的泥胎脑子还学不得这些东西呢。"

醇郡王妃说着看向姜氏几个,她们这些人会什么?有名的不过是在诗书、女红上有些名堂。

这些东西不过就是锦上添花,可能治病救人?

没经过性命攸关的时候,不懂得这些,现在只要看着孩子安安稳稳地在那里,她心里岂止是恭敬、感激杨大小姐。

醇郡王妃笑道:"各位夫人等到了那时候,就知晓认识杨大小姐,真是祖上烧香拜佛修来的福分。"

姜氏不动声色:"我们只是说说罢了,这可是宗室营头一份,来之前我都不知道到底是真是假。"杨氏也没有那么厉害,不见得什么都会,献王太妃这里大家不敢说话,背地里还不是不满杨氏，将来杨氏嫁进来也会被孤立，谁也不会请她去宴席。

姜氏才想到这里，去了七老爷府上的夫人匆匆忙忙进了院子。

"这是怎么了？"姜氏立即岔开话题。

孙氏脸色难看："成哥不见了，七老爷府上正到处找孩子呢。"

"好端端的人怎么会不见了？没有奶子、下人跟着？"

孙氏道："就是一转眼的工夫，奶子去拿东西，下人也走开了，不过就是一眨眼的工夫人就找不到了，整个府邸都被翻了个遍，七老爷来叫人帮忙去找，这么冷的天，再不找到只怕是要出事。"

成哥才七岁大能去哪里呢，醇郡王妃道："还好池塘都结了冰。"

孙氏抿了抿嘴唇："池塘结了冰，井水还是活的。"

听得这话大家脸色都变了。

献王太妃听得这话将手里的叶子牌放下，屋子里欢乐的气氛一下子消失殆尽。

"怎么会这样。"献王太妃想要起身却一下子没有站起来。

杨茉连忙上前去搀扶。

孙氏道："上上下下都忙十二小姐的丧事，就让奶子和婆子看着成哥，谁知道会在这时候出了事。"

献王太妃再也坐不住："将我的氅衣拿来，再找几个利落的下人跟着我一起去老七府上找人。"

献王妃应了一声。

杨茉和身边的妈妈一起给献王太妃穿戴好，屋子里的女眷也都准备停当，大家一起走着去周七老爷府中。

周七夫人已经急得团团转，在屋子里指挥下人："将刚才看过的地方再找一遍，湖里有没有好好看看？成哥在陪都的时候看过冰戏，会不会跑到冰上去玩了。"

七岁的孩子自己跑到湖里的冰上，听起来不大可能，杨茉看向周七夫人，周七夫人是已经乱了方寸。

说完话，周七夫人才看到门口的献王太妃，忙过来行礼。

献王太妃急着道："还没找到？"

周七夫人摇头："没有，后面的院子翻了个遍，一个七岁的孩子能跑去哪里？也没有一个下人看到。"

旁边的孙氏道："该不会是今天府中人杂，将成哥带了出去。"

周七夫人本来就怕这个，现在孙氏一说脸色变得更加难看。

献王太妃埋怨地看了眼孙氏："别乱说，哪里那么容易就将人带走，"说着顿了顿，"我带了不少人来，大家一起将府里从里到外找一遍。"

周七夫人点头："已经让人又去找了。"

献王太妃神色严肃，却很冷静："让人拿杆子在井里也拨一拨，以防万一，你们几个都帮着七夫人安排安排。"

几位夫人应了一声。

献王太妃看向周七夫人："我们去成哥的院子看看。"

几个人走到成哥屋里，管事妈妈正询问奶子："你再仔细想想，小少爷有没有说什么？"

奶子带了哭腔："没有，只是让我去拿奶皮，说是要和十二小姐一起吃。"

管事妈妈道："你们说了十二小姐的事？"

奶子忙摇头："我们哪里敢，夫人吩咐了这些事不能让小少爷知晓。"

奶子说着话，杨茉看向旁边的丫鬟，小丫鬟明显垂下了眼睛。

七老爷家里的事已经传得她们都知晓，府里怎么可能会少了议论，尤其是在孩子面前，大家都以为孩子不会听明白。

杨茉将茶端给献王太妃，正好周七夫人在旁边："有没有去十二小姐屋里看看？"

十二小姐的院子已经停了棺材，准备时辰到了就去下葬，管事妈妈看向周七夫人："也让人去找过。"

献王太妃道："再去仔细找找，"说着叹口气，"我也过去看看十二丫头，前两日看到她还好端端的。"

听得献王太妃这样说，周七夫人的眼泪不知不觉地淌下来，要不是成哥找不到了，她正在屋子里哭得伤心。

大家又一起去了十二小姐的院子。

整个院子里一片凄凉。

周七夫人还记得接孩子回来之前她高兴地吩咐下人将这里布置一新，屋子里特意设了小暖阁。

想到这里，周七夫人就想找一个没人的地方痛痛快快哭一场。

为什么她命这样苦，孩子都不能在她身边长大，她能做的就是生下他们再送走他们，若是有灾祸为何不降临到她身上，她情愿替孩子们去死。

献王太妃道："还没有封材？"

周七夫人摇摇头："没有，老爷去请道士来做道场……一会儿老爷回来听说成哥，可怎么办才好。"

杨茉扶着献王太妃走到小小的棺材面前。

旁边的管事妈妈惊呼一声，将所有人都吓了一跳。

棺材上蒙着的被子动了一下。

献王太妃也惊住，紧紧地握了一下杨茉的手。

杨茉道："是不是成哥？"

周围人这才反应过来，急忙掀开被子去看。

被子一掀开露出成哥的小脸。

"原来在这里。"

听到下人的话，周七夫人抢几步上前一把将成哥抱出来："成哥，你在这里做什么？你可把母亲吓坏了。"

"我，"成哥看到这么多人在有些发怔，不明白母亲为何着急，所有人的目光又为什么都落在他脸上,"我帮姐姐赶虫子。"

下人急着将十二小姐身上的锦被盖好。

大家都去看成哥,却没听明白成哥这话是什么意思。

"成哥,你在说什么?"周七夫人的眼泪落在脸颊边。

乍看到这么多人成哥有些害怕,只是重复着那句话:"我帮姐姐赶虫子。"

周七夫人看向旁边的妈妈:"快去拿衣服来,成哥身上这么凉。"

妈妈应了一声,忙拿了件披风穿在成哥身上,周七夫人就要抱着成哥进屋,成哥忽然挣扎起来:"让姐姐也进屋睡吧,小盒子里太冷了,姐姐身上都不暖和。"

献王太妃看向成哥:"好孩子,你还太小,许多事不懂,将来等你长大了,老太太给你讲。"

成哥从周七夫人怀里挣脱出来:"成哥知道,人死了就要睡在小盒子里,五哥哥和七姐姐都是这样,十二姐说将来我们也要睡在小盒子里,小盒子要埋在地底下,地底下黑黢黢的还有虫子,十二姐怕黑怕虫子,成哥答应十二姐等到十二姐睡盒子的时候,成哥要帮十二姐打虫子。"

杨茉看着成哥,成哥说得很认真,好像死就这样简单。

"成哥,"杨茉忽然开口,"是不是觉得母亲抱着你不舒服?"

大家都在为成哥的话难过,没想到杨茉会突然问起这样的话。

谁都知道七老爷家的孩子不让人抱,只要抱了就会生病,杨大小姐这时候提起这些也太煞风景了。

周七夫人这才注意到杨茉,这位小姐不知道是谁家的,她从来没见过,于是看向旁边的妈妈,妈妈上来道:"是保合堂的杨大小姐。"

保合堂,杨大小姐……

周七夫人立即想起来,杨大小姐就是那个被人疯传的神医。

成哥思量了片刻点点头。

刚才周七夫人抱着成哥,成哥脸色有些变化,皱起眉头小手还下意识地去捂肚子。这段日子杨茉教魏卯几个病态面容和强迫体位,脑子里都是这些内容,看到成哥异常的动作就更为敏感些。

姜氏几个互相看看,她当杨氏看出了什么,还不是众所周知的事。

周七夫人道:"是不是有什么不妥?我们家孩子小时候就不喜欢被人抱。"

杨茉将献王太妃扶着坐下看向周七夫人:"夫人,能不能让我给成哥看一看。"

给成哥看症,那是求之不得的,周七夫人急忙吩咐下人:"快……快去拿诊枕来。"

杨茉弯下腰笑着看成哥:"成哥能不能跟我说说,平日里还哪里不舒服,会有什么怪异的感觉。"

杨茉边说边试探着拉起成哥的手。

成哥不认生,任由杨茉拉着。

杨茉捏了捏成哥的手心,成哥就笑起来。

杨茉道:"成哥张开嘴让我瞧瞧。"

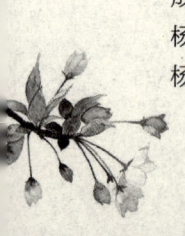

成哥顺从地将嘴张开。

表面上看没有特别的改变，杨茉将手挪到成哥刚才捂着的肚子，用手向下按了按，成哥顿时"啊"地叫一声，脸色煞白，要不是杨茉扶着，几乎就摔倒在地。

杨茉忙松开了手，成哥喘了几口气，好像立即就好多了。

这是什么病，只要按住腹部就会有症状。

"杨大小姐，这是什么病？"周七夫人忍不住又询问。

姜氏有些好笑，看杨氏的模样大约也诊不出是什么，她真看不出来这个杨氏到底有什么本事能将周成陵迷住，和离的宣王妃刘氏可比杨氏要漂亮多了，更别提德行和名声更是杨氏比不上的。

杨茉看向周七夫人："十二小姐是不是也这样平日里不能让人碰肚子。"

周七夫人点点头："请了许多医生来看，也没有说出什么。"

杨茉站起身："我能不能去看看十二小姐。"

周七夫人不明白，人都已经死了，现在去看还有什么用？再说衣服都已经穿好，这样不知算不算坏规矩。

周七夫人迟疑着去看献王太妃。

献王太妃道："就让杨大小姐看看，若是没事岂不更好。"

既然太妃都这样说，周七夫人转头吩咐管事妈妈："你去帮衬着掀开被子让杨大小姐看看十二小姐。"

管事妈妈上前去掀被子，杨茉伸出手去检查十二小姐，在古代只能靠望闻问切来判断病症，成哥年纪太小很多症状说不清楚，她诊起来就更不容易，十二小姐有相同的症状，在十二小姐身上仔细看看能让诊断更容易也更准确些。

看着杨大小姐的动作，管事妈妈不禁惊愕，内宅里娇滴滴的小姐，遇到这样的事躲还躲不及，更别提走上前左摸摸右看看，这个杨大小姐可真和别人不一样。

管事妈妈正想着，耳边忽然传来杨大小姐的声音："快，帮我将十二小姐抱出来。"

听得这话，管事妈妈头发似是炸开了。

这是什么意思，人已经死了还要从棺材里抱出来。

看着怔愣在那里的管事妈妈，杨茉道："十二小姐，还没死。"

怎么可能没死，管事妈妈慌张地向周七夫人求救。

屋子里的人仿佛都没有听懂杨茉的话。

半晌还是献王太妃先反应过来，伸出手指周七夫人："快，还愣着做什么，杨大小姐是医生，她说十二丫头没死就没死。"

周七夫人从来没有跑得这样快，一下子就到了棺材旁边，吩咐下人将十二小姐抬进内室。

屋子里的夫人互相看看，从前听说过有人落材之后又缓过气，可还没有亲眼见过，这次是亲眼看到将人从棺材里抬出来。

姜氏不明白，这杨大小姐到底在搞什么花样。

眼看着下人将十二小姐抬上了床，杨茉吩咐下人："去拿块澡豆来。"

澡豆也能治病？难不成杨大小姐用澡豆让人起死回生？

看着下人忙着去拿东西，夫人们忍不住思量。

澡豆递过来，杨茉立即搓出泡沫擦在十二小姐鼻端，她屏住呼吸仔细地看过去，紧张得心脏几乎不能跳动。

一定要有变化，一定要有变化。

好不容易才有了些希望，她不想就这样失望，这可能会挽救一条鲜活的生命。

眼看着鼻端的泡沫忽然变大"扑"地一下爆了。

杨茉觉得自己心脏也跟着爆开一般，血液顿时冲进脑里，滚热滚热的，她忍不住站起身来看向周七夫人："活着，十二小姐还活着。"

泡沫能证明十二小姐有微弱的呼吸。

假死的状态心跳和呼吸是用手测不到的，刚才她检查十二小姐的眼睛，发现压迫眼睛瞳孔有变化才判断十二小姐可能还活着。

周围顿时一片哗然。

周七夫人睁大眼睛几乎不敢相信。

杨茉一时高兴得有些失神，看到周七夫人惊喜又忐忑的模样。

伸手扯过裙带缠住十二小姐的手指，不一会儿工夫十二小姐的指端变成了青紫的颜色，"人活着，血液就是流通的，如果缠住了一端就会有瘀滞的情形，反之不会有任何变化。"

周七夫人怔怔地看着十二小姐的手指，忽然之间拉住杨茉的衣带放声大哭起来。

"我的儿，我的儿还活着。"

十二小姐还活着，这多亏了成哥，如果成哥没有爬进棺材里，谁也不会知道十二小姐还活着。

小小的成哥，为了给姐姐赶走虫子，因此救了姐姐的命。

"将脚垫高。"杨茉吩咐身边的下人。

下人立即拿来了被褥塞进十二小姐脚下。

杨茉伸出手摸向十二小姐的脖颈，小心翼翼地摸着，只要跳动有些明显她就能感觉到，一定要醒过来啊，成哥说得对，这么大的孩子不应该那么早就埋在地下被虫咬，要慢慢长大，要变得更漂亮，要学会羞涩，要欣喜地嫁人，要紧张地成为母亲、祖母，在经历了这么多之后，才算有个圆满的人生。

那时候才能不害怕黑暗，才不会有遗憾。

虽然还没有感觉到跳动，但是杨茉不能放弃，她伸出手握紧十二小姐冰凉的手指，转头看向周七夫人："七夫人，让人去保合堂，将我的弟子叫来，我要药箱和输液用的盐水。"

周家人将保合堂的人喊来。

魏卯、秦冲几个人进了院子。

杨茉需要的物件都摆上了桌子，仿佛整个宅子被一种奇怪的气氛侵占了，再也不是那种悲凉而是紧张。

那些和尚、道士悲戚戚地念经、烧纸送人上西天，留下的只是一缕缕青烟，保合堂的郎中在屋子里进进出出跑来跑去，那种奔忙和急切，让人仿佛能怀抱希望。

有希望活下来，才会让这么多医生和郎中奔忙。

不这样跑如何能夺回一条性命。

所有人目瞪口呆地站在一旁，不敢去打扰。

杨茉好不容易建立了静脉通道，将盐水输进十二小姐的身体，然后用简易的呼吸面罩帮助十二小姐呼吸。

这种在古代做的呼吸器不太好用，但是能有效地挤压出空气。

杨茉轻轻地数着频率，一点，一点，不能快也不能慢，旁边帮忙的魏卯也流下汗来。

谁也不知道能不能行。

忽然之间，十二小姐的眼皮微微动了动。

杨茉只觉得紧绷的神经一下子松弛开，好像呼吸了一口最干净的空气，说不出的通彻。

"十二小姐，十二小姐。"杨茉轻声唤着。

十二小姐觉得眼皮上如同被压了石头，她努力地挣扎着，不知是哪里来的力气，让她又睁开了几分，顿时明亮的光芒全都挤进来，虽然有些刺眼却让她觉得暖和，她冰冷僵硬的身体仿佛一下子浸入温水中。

眼泪顺着她眼角淌下来，在黑暗里她想哭，却哭不出来，她以为这辈子都不会再有人理睬她。

不会有人听到她呐喊。

救救我，救救我。

她想要放弃，却没有放弃，因为她和弟弟说好了，这次回来要一起抱住母亲，就像别人家的母子一样。

母亲还没抱她。

所以她不能停止哭喊，不能放弃。

真的有希望，真的有人来救她，真的有人开始和她说话，开始教她喘息，教她怎么睁开眼睛。

那个人就在她眼前。

光刺进她的眼睛，让她不停地眨眼，流眼泪，但是她要看清楚那个人。

一定要看清楚那个人。

那个人就在这里。

她看到了。

献王在屋子里来来回回地走动，椅子上的周成陵倒是坐得安稳："你已经想好了，要娶杨氏？"

周成陵道："这时候见伯父就是想要商议这门亲事，若是礼节上能周全，婚期越快越好。"

献王不由得叹口气，他盼着周成陵能正正经经地成亲生子好久了，自从皇上赐婚以来他就一直不安稳，总算有这么一天偏偏却是……杨氏。

那个在京中闹出很大动静的杨氏。

献王道："你有没有想过，杨氏毕竟是个女医，以后你们要怎么办？你不可能一辈子不在朝廷中任职，将来……皇上重用你，你又会恢复王爵。"

周成陵似是并不在意："就算恢复王爵，大周朝也没有明文说王妃不能治病救人。"

献王抬起头来看周成陵，说得轻松，杨氏在外抛头露面那必将要成为诟病，周成陵将来站得越高越会被人拿住不放。

周成陵道："救人性命怎么会不比那些虚来的名声，伯父仔细听听那些治病救人的事，也会惊讶。"

周成陵话音刚落，就有下人进来禀告："王爷，七老爷的十二小姐让杨大小姐救活了。"

献王惊诧地看向下人："你说什么？什么救活了？"

周成陵脸上露出笑容来："伯父，我们过去看看吧！"

这是要结束他们之间的谈话，献王想要将周成陵强留下来，可是他知晓周成陵的脾气，谁也无法左右周成陵的想法，皇上强迫他娶刘氏不行，现在想不让他娶杨氏更是拦不住，这个臭小子，生得一把犟骨头，软硬不吃，就是这样圈着他和他大眼瞪小眼也是没有用，想要骂他一顿吧，日后朝廷上的事却还要指望他。

献王深深地看一眼周成陵，周成陵从前都是很少说话，让人猜不透到底在想什么，现在提起杨氏，周成陵脸上却带着些笑容，他就不明白，一个女子真的能让人改变这么多。

献王皱起眉头，他想要见见杨氏，于是站起身让下人伺候着换了衣服和周成陵一起去了七老爷府上。

献王刚进门，就听到周七老爷的喊叫声："将棺材抬出去。"

准备办丧事时门口还是一片冷清，现在倒热闹起来，宗室营很多人都赶过来看情形。

见到献王爷，周七老爷忙迎上去。

"老七，这是做什么？"献王看着府里忙成一团的下人。

周七老爷眼睛放光："我们家十二丫头醒过来了，这些东西我让人扔出去。"

这是真的？献王眉头舒展开："真的醒过来了？"

周七老爷连连颔首："杨大小姐还在里面医治，太妃也在院子里等消息呢。"

献王听得这话和周成陵向内院里走去。

两个人才进内院，就又有人下了马车直奔大门口。

"这些东西还是不要拿出去，"周夫人李氏和几个夫人匆匆忙忙走过来道，"恐怕是不吉利，还是听听消息再说。"

内院出来的姜氏也道："十二小姐还没有完全醒过来呢。"

周七老爷看了一眼李氏，李氏和周成陵这支有亲一直惦念着周成陵的爵位，现在周成陵虽然丢了爵位，李氏依然四处奔走，想要延续康王王爵。

周七老爷看向下人："备马车先将客人送回去，现在府里给十二小姐治病，不能有太多人在这里。"

李氏和姜氏互相看看，七老爷这是要撵她们出去。

"老七你这是什么意思？不过就是一个民间女医，难不成比太医更厉害，这时候来帮衬还不是关切你们家。"周成靖皱起眉头。

李氏见丈夫说了话也装作委屈低下头站在一旁好似不知所措。

"我们家孩子生病不是一年两年了，宗室营里谁人不知晓？我们夫妻为了给孩子看病吃过蛇蝎老鼠，尝过毒草，不瞒你们说，我们连鸟屎也做过药引，最终换来什么结果？差点就要将活着的孩子下葬。"

周七老爷说着眼眶发热："我们给菩萨塑过金身，为了求平安，我在隆冬时赤条条跪在雪地里两个时辰，你们不是都觉得可笑，在宴席上议论纷纷吗？"

周七老爷血红的眼睛从众人脸上掠过："我们每年送给你们的礼物，你们都扔在一边生怕沾了晦气，我不说，别以为我不知道。"

人家过年其乐融融，他们过年身边冷清，到了晚上只有他们夫妻抱在一起伤心。

冷暖自知，冷暖自知啊。

现在只要想想，差点将活着的孩子下葬，他就有一种想死的心，谁会知道他宁愿那棺材里躺着的是他自己。

这些人还让他留着棺材，还想要看他的笑话。

还在质疑杨大小姐。

压在心里的话，今天不吐不快。

自从孩子得病一个个地没了，他做梦都想要他们活过来，现在十二丫头活过来了，今天就是他过得最愉快的日子。

就因为杨大小姐。

谁也不能在他面前诋毁杨大小姐。

"现在出来提什么关切也太晚了，"周七老爷干脆解开身上的氅衣，直挺挺地站在那里，"谁再说二话，我就将这些年我吃的东西炖了给他吃，将我们家的棺材放在他家门口烧了，既然是有福同享有难同当，你们都帮我们家分担一些，若是我们家孩子好了，我们全家老少都念你们恩情。"

周成靖和李氏顿时没有了声音。

周七老爷瞪大了眼睛看周成靖和李氏几个："怎么样，各位哥哥嫂嫂谁愿意？"

听说周成陵求了献王太妃要娶杨氏，李氏本想找几个宗室妇闹一闹，谁知道连杨氏都还没见到，就在这里被周七老爷数落一顿。

李氏怔愣在那里。

这个杨氏到底有什么本事，让这么多人为她说话。

"疯了，我看你是疯了。"周成靖伸出手来指周七老爷。

周七老爷转头看向下人："愣着做什么？让爷自己送客啊？"

周成靖跺跺脚转身离开，李氏也像丧家之犬一般跟了过去。

杨茉看着十二小姐嘴巴一张一合却说不出话来。

"别着急，"杨茉低声道，"刚醒过来要缓一缓才能说话。"

十二小姐轻轻点了点头。

杨茉看向旁边的管事妈妈："可以让太妃和七夫人进来了。"

杨大小姐的声音突然变得说不出的好听，管事妈妈立即出去禀告。

片刻工夫，周七夫人扶着献王太妃进门。

献王太妃看到十二小姐显得十分憔悴的眼睛，只觉得鼻端一酸："好孩子，你可吓死老太太了。"

若是这样就将孩子埋了，他们可是作了大孽。

周七夫人颤抖着手拉起十二小姐，然后看向杨茉："杨大小姐，你是我们全家的恩人，若是今天将十二丫头下了葬，我可是作了大孽，我的孩子啊，我疼都来不及，怎么亲手将她害了。"

杨茉忙扶起周七夫人："这不怪夫人，十二小姐病得重很难辨清。"假死症状本来就经常会被误诊。

周七夫人握紧了十二小姐的手，有些害怕地看向杨茉："十二丫头的病能不能治好？"

杨茉道："我会尽全力诊治，希望能治好十二小姐和成哥。"

周七夫人心里忽然热起来，只要杨大小姐答应给孩子治病，他们就有了希望。

十二小姐想要急着和母亲说话，这样一动弹额头上满是汗液，好像有一块大石压在她胸口，让她觉得异常的难受。

"看着我，"杨茉低声道，"跟着我慢慢呼吸。"

无论是谁在这种情形下清醒过来多少都会心中急切，反而更难恢复气力。

十二小姐越喘不过气越要快速喘气，是精神太过紧张的缘故，不能恢复正常的呼吸频率。

杨茉看向周七夫人："给我一张厚纸。"

杨大小姐要厚纸是要写字？下人一时反应不过来。

杨茉道："厚一些的纸，不是写字用。"

周七夫人道："快去，不管什么拿一张来。"

下人七手八脚地递过一张纸，杨茉卷成筒状，看向十二小姐："等我将纸筒放在你嘴边时，你要看着我，随着我一起呼吸，我保证你照我说的做就会觉得喘气通畅。"

周七夫人看着杨大小姐手中的纸筒，就用一张纸就能帮人治病？

杨茉将纸筒罩住十二小姐的嘴，然后看着十二小姐的眼睛："慢慢吸气慢慢呼气，要随着我的节奏。"

杨茉看着十二小姐呼吸，一点点地纠正她，让她不再那么慌张，忘记害怕，慢慢地随着她回到正常的呼吸频率。

十二小姐紧紧地看着杨大小姐，一点也不敢放松，是杨大小姐将她救了过来，杨大小姐说行就一定行。

虽然慢慢地呼吸让她有一种焦躁的窒闷感，让她觉得仿佛仍旧在那棺材中，可是她要坚持下去，不能让杨大小姐失望。

杨大小姐是在救她。

十二小姐所有的气力仿佛都用在手上，她不停地捏紧手指，耳边传来杨大小姐指引的声音。

十二小姐终于坚持了下来。

"好，"杨茉脸上露出笑容，"十二小姐做得很好，就是这样。"

杨茉将纸筒拿走，十二小姐只觉得霍然轻松，如同鼻端有一层纸被戳破。

那样的清透。

那块压在她胸口上的大石仿佛也被人挪开了。

旁边的献王太妃看得欲言又止，杨家丫头是真有本事。

杨茉向十二小姐点点头："现在试着说话，没问题了，只要张嘴出声。"

十二小姐张开嘴，试探着叫了一声。

所有人都听清楚，十二小姐说的是："杨大小姐。"

杨茉点点头："这样就好了。"

十二小姐看向献王太妃和周七夫人："老祖宗……母亲，我……感觉……好……多了。"

杨茉转过头，看到门外进来的周七老爷和成哥。

成哥睁着大大的眼睛看十二小姐。

"十二姐。"成哥挣脱父亲跑过来。

周七夫人一把拉住成哥："成哥，你十二姐还没好。"

十二小姐看着成哥，看到姐弟两个对视，周七夫人就松开了手，成哥一下子扑过去拉起十二小姐的手："十二姐，小盒子里是不是不好睡。"

十二小姐努力露出笑容来冲着成哥点头。

成哥开始向床上爬，杨茉弯下腰避开成哥的腹部，将成哥抱起来放在床边，谁知道成哥却反手拉住她的衣角，笑呵呵地对十二小姐道："十二姐，是杨大小姐将你救过来的，你要谢谢杨大小姐。"

十二小姐点头，成哥忽然道："要不然我替你谢。"成哥说完飞快地从怀里拿出一样东西塞进杨茉手里。

杨茉觉得手里的东西热乎乎的，低头一看是只漂亮的蝴蝶荷包。

成哥小心翼翼睁大眼睛看着杨茉，生怕她会不喜欢。

那双黑白分明的眼睛，里面有的只是简单的期盼。

杨茉觉得心里很暖和。

周七夫人立即破涕为笑："这是我给成哥的荷包，怎么用来谢杨大小姐。"一只荷包能值什么钱。

虽然是荷包却是成哥最珍视的东西，杨茉握在手里："谢谢成哥，我收下了。"每个人都有自己珍视的东西。

每个人都不同。

对于成哥来说，母亲给的东西就是最好的，他舍得将最好的东西给她，比那些客套话和真金白银好太多。

对杨茉来说，让她最珍视的就是性命，她的性命，亲人的性命，病患的性命……现在的生活，让她很充实。

献王太妃在旁边坐下："你要好好的别难过。"

十二小姐点点头。

杨茉仔细思量，十二小姐和成哥被挤压腹部就会出现的病症，如果是因为腹部肿物压迫而引起，应该能触诊出来，特别是像十二小姐和成哥这样瘦弱的孩子，没有多少皮下脂肪，触诊更为准确。

如果不是腹部肿物会是什么？肠扭转？胃肠疾病？器官发育异常？这些都不会遗传，相反的成哥刚才脸色苍白、出冷汗、眩晕看起来都是神经系统疾病的症状。

不管是什么病，必须要满足高度遗传、神经系统症状、会让人……杨茉突然之间想到一件事，将成哥送给她的荷包拿出来，让成哥看："成哥，荷包上的蝴蝶翅膀是什么颜色？"

成哥仔细地看了看："是红色。"

"红色上面有什么？还能不能看到别的颜色？看没看到一圈金色在蝴蝶翅膀周围？"

这只蝴蝶荷包上勾了金线。

成哥眯着眼睛仔细看："没有。"

成哥有一双明亮的眼睛，让人觉得他能看清楚眼前的一切，没想到他看到的却是这样模糊的世界。

杨茉多想将他们治好。

两个小孩子，他们只是孩子。

周七夫人觉得惊讶，她之前都没发现成哥会看不清楚。

杨茉将蝴蝶荷包递给十二小姐："十二小姐能不能看清楚。"

十二小姐摇头："我……眼睛不好。"

周七夫人惊诧地睁大了眼睛，这些话孩子们从来没和她说过，她还以为自己对孩子很仔细，为了孩子的病想尽了一切办法，原来她什么都不知道。

在杨大小姐来之前，她什么都不知道。

杨茉看向周七夫人然后点了点头，这是她在古代遇到的第一个能说出很多病征却不能确诊的病例。

几个人从内室里出来，到了外面献王太妃道："杨大小姐有什么话就说吧，他们是经过磨难的人，能撑得住。"

献王太妃已经看出她的为难。

杨茉转头看周七夫人："我想知道夫人娘家和七老爷家有没有亲。"

怎么说到这个，周七夫人微微一怔，然后道："我们家太夫人是我姑母。"

姑做婆在古代很常见，在现代是不允许近亲结婚，因为会出现基因缺陷疾病，如果在小儿发病，又以碰触腹部出现神经症状，有视力障碍，就应该怀疑是腹部肿瘤。

杨茉想到了小儿嗜铬细胞瘤，常发于腹部。

周七夫人颤声道:"能不能治好?"

基因缺陷病不好治,尤其是出现严重的症状,如果是小儿嗜铬细胞瘤就要经过手术摘除肿瘤才行。

现在她欠缺的就是外科手术。

杨茉道:"能治,但是危险很大,我也没有十分的把握,很有可能治不好。"

周七夫人的汗一下子从身体里冒出来。

不等下人进来禀告,周七老爷和献王、周成陵进了门。

看到七老爷,七夫人站起身焦急地喊了一声:"老爷……"

周七老爷强装镇定:"杨大小姐说治是怎么治?"

周七夫人和杨茉站起身向献王、周七老爷和周成陵行了礼。

杨茉看向周成陵,周成陵神情自然,目光也很安定,仿佛无论她说出什么,他都不会反对。

杨茉心里一下子轻松,也许她再怎么惊世骇俗周成陵都能理解:"我说的治疗要将腹部切开,仔细检查里面有没有异常,将异常的地方切除,病就会好转。"

周七夫人好像一个字都没有听懂。

周七老爷抽了一口冷气。

献王听了明白:"你说要将人切开?"

杨茉点头:"如果治,只能这样,只是用草药恐怕难有效用。"

周七老爷想起从前夭折过的孩子,不是没有吃过草药,相反的不管是什么来路的医生他们都请过。

献王摇摇头:"哪有这样的事,如果治不好该怎么样?"

杨茉道:"所以不能这样随便治,就算现在让我开刀我也不会动手,除非走投无路。"

献王太妃听到这里忽然开口:"杨丫头,你就说得仔细点,这里没有外人,大家不会说你什么。"

杨茉道:"十二小姐病得很重,我会先用方剂试着治,但是不一定会有什么效用,我说的走投无路就是到了药石无灵的时候,就要想想要不要最后一试。"

死马当作活马医。

周七夫人想到了这句话,眼泪簌簌掉下来。

怎么办,杨大小姐的方法听着很可怕,真到了那个时候,要不要试。

献王去看周成陵。

周成陵的目光却始终迎着杨茉。

献王摇了摇头,从前只是听别人说杨大小姐,现在这些事出现在宗室营,将来杨大小姐还要嫁进来,外面的人都会拿今天的事来议论。

如果将杨大小姐的方法说了出去,不知道要引出多少话,如果不小心治死了人,就算周成陵怎么安排,都会有人出来反对,不肯让杨氏进门。

献王道:"杨大小姐从前可用过这样的方法?"

真正的外科手术?杨茉摇头:"没有。"没有,就算医治葛世通的夫人她都没有用外科手术。

第六章 心意

周七老爷和七夫人互相看看。

杨茉道:"我先给十二小姐和成哥施针。"

七夫人颔首和杨茉站起身一起进内室。

魏卯几个忙一起跟过去。

献王太妃端起茶来喝,周七老爷心不在焉地在一旁伺候,差点就将献王太妃递过来的茶碗摔在地上。

献王太妃见到这样的情形开口道:"老七先别急,大家坐在一起商议商议。"

周七老爷点头,这时候他最想要旁人帮他一起出主意。

大家自然而然地去看周成陵。

周成陵要求娶杨大小姐,杨大小姐这才来到宗室营,在此之前大家所听到的关于杨大小姐的事都是源自于外面的传言,周成陵应该比在场的所有人都更了解杨大小姐。

杨大小姐说的东西实在太过耸人听闻。

周成陵看向献王太妃:"七哥请过民间医生和太医院来诊治,七小姐没的时候七哥连茅山道士神水都求来了,十二小姐这次也是想尽了办法,要不是杨大小姐可能已经治了丧,要我说自然杨大小姐更可信,"说到这里微微一顿,"若是单单问我的想法,我认为杨大小姐是最好的,对十二小姐和成哥来说是唯一的机会。"

周成陵是个冷静的人,很少说出这样的话来。

献王越来越惊讶,这个杨氏在周成陵心里已经到了这样的位置。

周七老爷看了妻子一眼,从彼此眼睛中看到惧怕和无奈。

献王太妃叹口气:"没有两全的法子,十二丫头病成这样,如果不治十二丫头,将来成哥病重的时候怎么办?"

这是让人最害怕的,现在有两个孩子都是一样的病症,周七夫人忍不住低下头掉眼泪。

"如果能将十二丫头治好,成哥将来也有了指望,"献王太妃道,"我知道你们都不忍心说这个,我这个老太婆来做这个坏人,不治就是等死,治还能有一线生机,都听杨大小姐的吧!"

周七老爷点点头,七夫人哭的声音更大了些。

献王太妃看向周七夫人:"小点声,别让孩子们听到。"

周七夫人捂住嘴红着眼睛点头。

"去吧,"献王太妃道,"去让下人给你重新上上妆,然后过去陪十二丫头。"

周七夫人站起身来告退,周成陵也起身和七老爷一起去前面将家中的道士都送走。

两个人走出去,献王才道:"族里已经有人写了折子交到宗人府,说成陵求娶杨氏有违祖训，才与刘氏和离不久……"

"都是想要在皇上面前请好，尤其是李氏那些人，唯恐天下不乱，有违什么祖训？他们一个个妻妾成群，庶子年长于嫡子，要说这个老婆子有的是话说。"

献王面色不虞："刘氏一直很有名声，管宣王府这么多年没有出过半点差错，刘家出了几个帝师，朝中许多言官都为刘家说话。"所以开始他就不赞成周成陵和离，不管怎么样，刘家也是一块遮羞布，说不定利用刘家的关系还能和皇上修好，现在好了，彻底撕破了脸皮。

提起刘家，献王太妃就一肚子火气，沉着脸看了一眼献王："刘家不见得是什么好东西，我老婆子就敢这样说，成陵的亲事我管到底了，你也别和外面那些人一样从中作梗，我答应过康王太妃，要护着宣王子孙，那些话我不是白说的。"

母亲出面管这档子事，他能怎么办，这件事上周成陵占了先机，找到了母亲做主，他虽是宗人令，最怕的可就是这个老母。

献王只好安抚母亲："母亲也别急，婚事不是一日两日能说定的。"

"我知道，"献王太妃冷着脸，"你们都等着看我们的笑话，觉得我老糊涂了才会这样安排，我告诉你，娶妻娶德，我给你们说亲的时候就是这样才能保你们家宅平安，你想看笑话，等着看好了，看我们能不能冷了场。"

献王不知道说什么才好，这个看似不可能的亲事，难道就因为周成陵的坚决，母亲的力排众议简简单单地做成了？

杨茉给十二小姐扎针，成哥非要在一旁看。

周七夫人要拉走成哥，杨茉转头看过去："成哥在这里看可以，不过一会儿也要和十二小姐一样扎针。"

听说要扎针成哥缩了缩头，不过还是抬头问杨茉："这样就能治病吗？"

杨茉点点头："不过你也要像十二小姐一样躺着不能动。"

成哥看了看床上的十二小姐："那我就不动。"

杨茉点点头开始给十二小姐施针。

看到杨茉落针，成哥在一旁咧嘴："不疼吗？"

十二小姐道："不疼。"

成哥这才松开皱紧的眉头："十二姐，你刚才睡觉的时候都梦到了什么？"

姐弟俩就这样聊起天来。

杨茉笑着听成哥说话，就好像回到小时候，大家凑在一起叽叽喳喳说个不停，总是无忧无虑，不知道大人在愁什么。

难得见到儿女们这样欢笑，周七夫人看得入了神，她多想永远地看着眼前这两张笑脸。

施完针杨茉转身去外面开药方，周七夫人忙跟了过去，秋桐还没准备好纸笔，周七夫人一把拉住杨茉然后跪下来。

杨茉吓了一跳忙去拉地上的周七夫人。

周七夫人却怎么也不肯起来，满脸都是悲伤，那种情绪就如同一块冰般从杨茉胸口扎进去，让她也觉得周身冰凉，不由自主地想起十二小姐和成哥。

"杨大小姐，您救救我们家孩子吧，"周七夫人声音哽咽，"我们家没了的七丫头和瑞哥，我都不记得他们长什么模样了，不是我故意不记得，只是每当我想起来的时候，却发现那么模糊，好像他们从来没在我身边过，我念着他们，可是连他们长相都不记得了，大小姐，我不想再不记得剩下的两个孩子。"

杨茉耳边又响起成哥的笑声。

周七夫人紧紧地攥着杨茉的手，杨大小姐救活了那么多人："大小姐，您救活过醇郡王爷家的少爷，我……我为他们高兴……可是想起来……我也嫉妒，我知道我不该嫉妒，但是因为他们都活着，我的孩子却死了。"

"大小姐，您救了我的孩子，也是救了我，我不想变得恶毒，我不想看到别人的孩子就觉得不公平，听到别的孩子欢笑我就愤恨，我不是那样的人，可是现在，我就要变成那样，我……不想……啊……"

周七夫人将所有的力气都用来啼哭："我不想嫉妒，我不想恨他们，我不想，我只想有，我只想有我自己的孩子，我只想抱着他们。"

杨茉心中酸涩将周七夫人扶起来："没有人想恨别人，没有人想嫉妒别人。我们一起想办法，七夫人放心，只要是我会的，我都会尽量想得周全，我弄不明白的会求问别的医生。"

周七夫人连连点头。

"若是治不好要怎么办？"周七夫人哭道，"我什么也做不了。"

"那就尽可能让他们舒适，"杨茉拉着周七夫人的手，"这只有夫人能做到。"

周七夫人看着杨茉，她觉得那些龌龊的心思永远不会说出口，她却这样向杨大小姐倾诉。

她从没想过有人能理解她的心情。

可是杨大小姐却能明白。

杨大小姐不只是医治孩子们，也是救了她。

就这样拉起她的手，救了她。

杨茉开了方子，周七老爷扶着献王太妃进门："我们想好了，就照杨大小姐说的给十二丫头治病。"

杨茉点点头："今天就照我说的给十二小姐用药，我要回去保合堂安排后面的事，明日一早我就过来。"

周七夫人放心不下："十二丫头今晚会不会有事？"

杨茉道："夫人仔细照应着，应该无大碍，若是症状重了就要去杨家找我。"

"怎么也要吃了饭再走。"献王太妃出声挽留。

杨茉摇摇头："时辰不早了，我要回去找济先生一起商量商量。"既然接了这个病例，就不能再耽搁，要回去仔细想想怎么应对。

献王太妃听了就不再挽留，周七夫人将杨茉送上马车，等到马车离开，周成陵才骑马也去了药铺。

一直到了保合堂后院，周成陵才有机会和杨茉坐在一起说话。

"怎么样？"周成陵问过去。

杨茉摇摇头："不太好，现在我想不出更好的办法，不知道没有用过的法子能不能拿出来用。"

杨茉说着抬起头询问周成陵。

周成陵摇摇头："现在只有你自己能做决定，不能别人希望什么你就去做什么。"

周成陵为了娶她一定是费了不少的心思去安排，这次去宗室营献王太妃处处照应她，还有几个宗室妇一直在她身边帮衬，就是想要促成这门亲事，献王太妃才去张家提了亲，现在所有宗室眼睛都落在她身上，周成陵肯定不想在这个节骨眼上出任何差错，可偏偏让她看到成哥和十二小姐。

"我觉得不能等下去，再等些时日十二小姐病得更厉害，那时候再开刀更加撑不过去。"现在不同往昔，她不是那个急匆匆给人治病的内宅小姐，她已经有了保合堂，有了学生和一些基本的器械，她不应该就看着十二小姐真的病死而珍惜自己的名声不去诊治。

杨茉才发现周成陵今天穿着宝蓝色的长袍，腰间和寻常男子一样挂了有明穗的荷包，头上的小冠也是家常用的，连同他身上的氅衣也选了白色狐狸毛，让他看起来很温和，容易亲近，在献王面前也比较像小辈。

周成陵道："你舅舅那边答应了，献王也拗不过太妃，太妃正准备我的生辰帖，请保山递过去。"

杨茉听着点头，周成陵没有出声，杨茉抬起头再看他，他眼睛里映着她有些羞怯的神态："你怎么说？肯不肯递帖子？"虽然到了这个份上，还是忍不住要问她的心思。

杨茉板起脸故意低下头，掩饰她的慌张："不肯。"在现代没有被人追着问这些话，到了古代没想到却遇见这种情形，她只有故意去想门口种了两棵树，哪棵是梨树哪棵是桃树。

听了她的"不肯"周成陵显得有些安静。

他不会就这样听话不听音吧？不是很聪明的人吗，怎么连这样简单的女儿心都不明白，杨茉有些诧异，忍不住加了一句："听说宗室里的长辈弹劾你。"

听得这话，周成陵眼睛一晃露出明朗的笑容来，显得十分欣喜："这是好事，宗室里本来就是非多，多少年都没说到我，如今提起我这茬来，说明我是真要成亲了。"

周成陵倒是能想得开。

杨茉顺着这话想到周成陵娶刘氏的事来，那时候宗室营没有觉得周成陵是真的要成亲，而是知道他是要送死，于是没有人弹劾，反而都冷眼旁观。

杨茉的心不由得被扯了一下，有些酸有些疼。

耳边传来周成陵的声音："再说，皇上向来是喜欢逆着来，这么多人反对，皇上那边就容易多了。"

杨茉仰起头："如果皇上不答应，你准备怎么办？"这也不是不可能的。

周成陵看着杨茉，神情很是平静："革了宗室发配奉天，到时你可愿意去奉天开个保合堂？"

行医治病在哪里都是一样，她所担心的就是父亲，不过周成陵若是连宗室都能放弃，她又岂能说出不愿意的话。

杨茉轻轻点了点头。

屋子里忽然安静下来，他看着她笑。

这样的相对，让杨茉的脸红了又红，她不是一个守规矩的女子，但是也经不住这样的情状，尤其是那祸根就在她前面不远处，让她心神不宁。

两个人说了一会儿话，杨茉才发现秋桐抱着书退到个小角落里，大家肯定都听说了周七老爷家的事，在等着和她商议病例呢。

杨茉看向周成陵："我要在保合堂找些书来看，你那边有事先回去吧！"

周成陵从来都是自己提出要离开，这次难得让她先开口。

周成陵将椅子上的氅衣拿起来穿上，悠然地看向她背后的书架："我先出去，一会儿进来帮你找书。"

她哪里能用得起他，却看他缓步踱到了门口，看来他今天是怎么也不准备走了。

虽然觉得脸上发红却觉得这样也好，杨茉转头吩咐秋桐："让魏卯几个进来一起说话，再将白老先生和济先生也请来。"

片刻工夫大家一起聚在屋子里，周成陵也随着济子篆一起走进来，在门口还不忘记拍掉肩膀上的积雪。

杨茉突然发现周成陵也挺会装装样子。

"大小姐准备怎么治？"白老先生的声音将杨茉从思量中拉回来。

杨茉道："这样紧急的情况我们应该行开腹探查术。"

开腹探查术，谁听过。

大家面面相觑，这可怎么办？杨大小姐每次说的治疗方法他们都是一头雾水，有一种怎么学也及不上她一星半点的感觉。

济子篆不知道该怎么说好："杨大小姐说的开腹探查术是怎么做？"

杨茉道："要用手术刀将病患腹部打开，找到里面的病变部分切除。"

将腹部打开还要将病变部分切除。

济子篆从前想过这样的事，但是想一想都觉得疯狂，不会有人与他有相同的想法，这种事也不可能会做成。

现在他才知道他有多么的懦弱，从来没有将自己的想法说出来，怕别人会嘲笑会以为他是疯子，可是杨大小姐这样一个柔弱的女子却能在众人面前说出来。

有些人每天只是在浑浑噩噩地过日子，这个女子却在竭尽全力救人，济子篆觉得胸口的心脏狂跳不停，抬起头渴求地看着杨茉："开腹探查，我们要怎么做？"

杨茉道："先要准备出一间干净的房子，进行常规消毒，然后一层层地切开皮肤，用布巾压迫止血，然后盐水冲洗，再逐个检查脏器。"

"速度一定要快，我们没有第二个机会，"杨茉说完看向众人，"谁能跟我一起做手术？"

听到杨大小姐这样问，众人面面相觑，大家嘴唇哆嗦着想要开口却谁也说不出话来。

这样的事谁能跟着杨大小姐一起做。

要从活生生的人身体里拿出脏器，活生生的人啊，光是听了这话大家都傻了眼，只觉得头脑发蒙，有东西在里面嗡嗡作响。

眼前这个人是谁？是谁在问这些话？

是杨大小姐。

魏卯觉得不能呼吸，血液仿佛从全身各处一起压向心脏，为了师父他什么都能做，他相信师父。

因为这世上只有师父能说出这样的话。

"师父……我能跟师父做手术。"魏卯小声说了一句，这话仿佛只有他自己能听到。

众人齐齐看向魏卯。

魏卯想要重复一遍，可是全身的力气都被抽走了般，他只能听到自己的心跳。

他不是在做梦，所有人都在真真切切地等他说话。

"师父，我能跟师父做手术。"魏卯颤抖着将手抬起来。

手开始有千斤重，可是渐渐地随着向上举所有的血液都流动起来。

有一种冲破的感觉。

一抬手站起身引起周围一片哗然。

"我跟师父做手术。"

魏卯做到了，他站起身觉得眼前都亮起来，原来站起来的感觉是这样好。

"我也跟师父去。"

萧全也站起来。

"还有我，我也去。"

"我也去。"

梅香的声音很轻却很清脆："我也去。"

济子篆觉得从来没有出过这样多的汗，张嘴说话更是声音嘶哑："杨大小姐，我和胡灵也帮忙。"

传出去一定会觉得他们疯了，这么多人要将活人打开从里面切除东西。

杨茉点点头，既然大家都愿意和她一起尝试，她就要安排如何开始："现在我们要最有效的止痛药。"

最有效的止痛药是什么，济子篆道："我们用的那些药酒不行吗？"这药酒治好了陆贽和高正春，其他外伤的病患也用过效果很好。

杨茉摇头，"我们不能在孩子清醒的时候打开腹部，而且这样的手术光靠药酒是不行的。"

大家互相看看。

济子篆道："那要怎么办？"

杨茉道："我知道有一种药能让人暂时睡过去，等到药效一过就会安然无恙地醒过来。"

白老先生将胡子的手停下来，惊诧地看着杨茉："还有这种药？"

杨茉点头："有，我从前想要试过，但是没有做成，我想着等朱善那边差不多了，将这件事交给他，不过现在已经来不及，我们要将药做出来。"

可是做药谁会啊，没有杨大小姐什么药也做不出来。

杨茉看向济子篆："事不宜迟，我去张罗制药，济先生要教会所有人如何简单的处理伤口，万一有出血又要怎么办，魏卯和胡灵去给周七老爷家的十二小姐取血，梅香和秋桐要将所有的器械和布巾消毒，萧全和江掌柜去准备手术的房间，现在要将房间用药剂熏蒸然后用干净的布巾将整个房间围起来，所以保合堂的内院从今天开始不能随便进人，要让工匠做出两扇门来隔离将要用来治疗的房间。"

"济先生明天我们要用牲畜来练习。"

济子篆熟悉这种方法："我在济家准备好，明天一早接杨大小姐去济家。"

杨茉颔首："都已经安排好，大家各司其职。"

大家从屋子里退出来，杨茉叫住沈微言。

沈微言已经好久没有和杨大小姐一起治病患，听到杨茉的叫声，沈微言忙停下脚步。

"沈微言，这里面除了魏卯你做的蒸馏水最好，能不能连夜帮我做出几瓶？"

杨大小姐自从有了徒弟就很少让他帮忙，沈微言忍不住露出笑容："我这就去做。"说完看向角落里的东家。

东家的神情从来没有这样温和、亲切过，沈微言对这样的气氛虽然陌生，但是也能明白其中的含义，立即转过头几步走出屋子，一直走到廊下，沈微言才长长地吐了口气，黯然地低下头，搓了搓手指，他应该为杨大小姐高兴，沈微言最终嘴角哆嗦两下却没能露出笑容。

屋子里一下子安静下来。

杨茉吩咐梅香："让江掌柜去多买些镪水，再将药铺里做出的烈酒准备好。"

听到镪水，周成陵眉头微皱抬起头："要用多少镪水？"

杨茉道："要用很多，一次做不好，要做很多次。"

周成陵道："简单告诉我一下你的药要怎么做。"

杨茉点点头："将我们做的烈酒和镪水融合用热油煮，等到有东西蒸腾出，慢慢向里面滴入烈酒，蒸腾出的东西就是我要的药，听起来简单但是做起来难，因为我不知道油烧多热能将药蒸出来，所以要分几批不同热度来做药，最后来试药效。"

周成陵仔细想了想："不容易做成，"说着笑看向杨茉，"你可知道士炼丹？"

这个因为有皇上迷恋上清院，大家都知晓，杨茉道："知道一些，不过并不多。"

周成陵站起身很熟练地从书柜里拿出本书："古今不少有名的医生都开药炉。"说着他走到她面前，将手里的书递过去。

他不过是在她书房里转了几圈就要比她更清楚自家的藏书。

杨茉低头看向手中的书本，上面写着《金丹秘要》，翻开里面还画着悬胎鼎和水鼎，这些炼丹的炉鼎看起来和化学仪器没太大差别，只不过稍显粗糙。

杨茉盯着书上的字看，一只手却伸到她眼前挡住了她的视线："现在再学已经来不及了。"

杨茉抬起头，周成陵唇边含笑，面容温和："你知道济先生是外科世家于是请他来教导弟子外科止血缝合,你知道胡灵、魏卯已经精通采血,你知道沈微言行事缜密可以帮你做盐水,为了救十二小姐你也算是人尽其责物尽其用。"

杨茉不禁觉得奇怪,周成陵这口气似是在夸她却又有点怅然。

"杨茉兰,"周成陵忽然叫她的名字,"你我相识这么久,你却并不太了解我。"

周成陵修长的手指一收将杨茉手里的书握住:"我也有一样家传绝学,旁人不过窥其三分。"

这样个贵公子站在她面前说了那么大段话,原来只是为了这一句,他刚刚微拧的眉峰里是有些酸涩,只因为她不太了解他。

杨茉觉得因为他涌起的那股酸,心头甜起来,那喜悦如同热流一下子到身体各处:"你说的家传绝学是什么?"

周成陵目光清明:"是炼丹。不要说大周朝国力鼎盛时我家在炼丹,就算就是如今这样的年月上清院的丹炉可曾停过?你若是想要药无须别的,只要向我伸手,只要你伸手就一定会有。"

只要你伸手就一定会有。

她从来没期望过有人在她面前说这样的话,虽然她所有的一切都是自己辛辛苦苦换来,每向上走一步她都拼尽全力,她以此为傲,但是她心里也期望有时候什么都不做就能拥有一切,哪怕是短暂的一刻。

欢乐、幸福、成就,她什么都不做就能全都接住。她不会因此丧失心性不再继续努力,她只是需要歇一歇,就算是苦行僧也愿意靠在大树下舒舒服服地睡上一觉。

那就是她的幸福。

"杨茉兰,只有你不想跟我要的,没有我不想给你的,"周成陵仔细地看着她,连眼睛也没眨一下,只是泛起的笑容中有些缺失,少了极致的欢喜,"我多希望你只是一个内宅妇人,不需我太多言语只能站在我身后给我生儿育女,简简单单就圈你一辈子,因为你没有别的选择。"

"我期望过你在医术上止步或是受挫,那样一来我就可以维护你,可以给你个好归宿,亲眼见过你几次治病救人之后,我又改变了想法,你不可能放弃医术,而我也不能给你今日你得来的一切。"

"我知道让所有人能站起来支持你有多难。"

杨茉不眨眼睛地看着周成陵,周成陵紧绷的脸总算有所松动:"我小时候因为不想和京中的大儒学习,嫌他没事就要做两首酸诗因此被父亲责打,就算将骨头打散了我也不肯认错,宗室都知晓我的倔脾气,所以我要娶你不是一时兴起,没有什么能难得住我,所以你不必小心翼翼怕我辜负,如果你为我动心我必不会让你伤情,多了解我一些你也不会难过。"

杨茉不禁震惊,她没想过周成陵说出这样的话。

从来都是他说话,她不出声的逃避,其实她很喜欢和他相处,可心中总是有疑虑。

今天他说的话,让她惊诧,让她觉得眼前一切都亮起来。

让她也想要说些什么,至少让他也知道自己的心思。

喜欢一个人就是要奋不顾身，没有理智，不能用理智去判断，如果已经到了这样的地步，她觉得那就是已经心生爱意。

如果有一天眼前所有一切都更加明亮，好像已经远离了痛苦和烦闷，那一定就是遇见了想要依恋、向往的人。

索性让他们互相喜欢，索性让他们之间没有第三个人在阻碍。

杨茉看着周成陵："周成陵，我觉得我已经很喜欢你了，能治病救人做喜欢做的事我会喜悦，每天能见到你我也会喜悦，我觉得现在你和医术一样，让我向往。"

让我向往。

周成陵看起来显得格外的冷静，仔细看看更加像是怔愣。

他从来都是头脑清醒，却没想过身体里还能有一样东西如同汹涌的潮水一下子将他整个人淹没。

他的心脏仿佛在胸腔里滚了滚，又被扯了扯，然后缓过气来狂跳不止，他那如同一汪深潭的眼睛里只能看到那个女子，她仰起脸看着他："所以，你一定要想尽办法娶我，不要被人约束住，也不要让别人将我娶走，不要让我们心生遗憾。"

他从来没有听过这样胆大的话，所以从来不知道，这话里每一个字都能让他慌乱。

让他终于明白，他从前冷静、自持，那是因为他没有遇到让他慌乱的那个人。

等了这么久才让他感觉到心头乱跳。

如果遇到一个人能让他的心突突狂跳，他不会放她走，所以从始到终一切就是这样的简单。

杨茉第二天见到周成陵，发现周成陵的药铺里已经摆了几个类似水鼎的东西。

周成陵道："看看是不是这样。"

鼎换做了耐高温的瓷器，这样就不会被镪水腐蚀，周成陵怎么在一夜之间找齐这些东西。

杨茉正看着，蒋平将一个人从外面请进来。

那人穿着一身灰色的长袍，脸上的神情淡泊，头发没有挽起来看起来有几分仙风道骨，见到周成陵，那人上前行礼，然后将目光落在杨茉身上。

萧轲仔细地看杨茉，这就是宣王爷说的杨大小姐。

为了杨大小姐宣王爷将他从百里之外叫进京，他还以为是国事，原来只是为了一个女子，大家说宣王爷被一个女子迷住他原来还不肯相信，现在看来果然如此。

一个女子懂得什么炼药。

萧轲掉过头去和周成陵说话："我会照王爷说的去做，到底能不能得到杨大小姐说的药，就不得而知。"

他炼药这么长时间从来没听说用镪水和烈酒能做出什么让人吸进去就会昏迷的药。

杨茉盼咐秋桐将朱善叫进来。

朱善看着眼前的这些东西发呆。

对这样的呆愣萧轲不禁想要嗤之以鼻，要不是宣王爷在他一定会挥袖而去，为一个女子和粗人施展炼丹术，简直就是对他的侮辱。

萧轲看着面沉如水的周成陵，强压下心头不快，吩咐旁边的徒弟："开炉。"

朱善从怀里拿出几张纸，跳着脚跟了过去。

萧轲看一眼朱善手里的东西，上面怪模怪样地画着几个炉鼎。

"这是要做什么？"萧轲沉声问。

朱善挺直脊背："我们大小姐说了，凡是试着做药都要记录清楚，用多少柴火用多少镏水用多少烈酒之后做出什么，否则一切就等于白做，每张纸就是一次尝试，不然就算偶然做出了药，没有详细记清楚，下次要用药怎么办？难道要重新来过？"

看起来邋邋遢遢的人竟然懂得这个。

很多方士偶然炼制出丹药之后却无法再次复原，一生引为遗憾。

萧轲本来对朱善手里的东西不屑一顾，听到朱善的话诧异地将朱善上上下下看了一遍："你从前是做什么的？"

朱善更加得意："我？养蝇虫，我们大小姐用虫给很多人治过病咧。"

萧轲的头顶仿佛炸了响雷。

朱善却不在意，沉浸在自己的喜悦中，要不是杨大小姐他早就被蝇虫吃了，现在无论谁问起来他都觉得脸上光彩，自己好像也变得很高大，看吧，我养的蝇虫治好了很多人的病。

我的虫子真的能治病救人。

这都是因为杨大小姐。

萧轲脸色难看，这脏兮兮的男人养蝇虫已经够让他惊异，杨大小姐竟然用蝇虫来给人治病。

宣王爷要娶的究竟是什么人？

萧轲的徒弟开始添柴，朱善将柴火一根根地画在纸上。

杨茉不能在炼药上耽搁太多时间，只好将这些托付给周成陵："只要做出东西就要试试。"

周成陵接过杨茉的话茬："要用牲畜试，不能用让人随便碰触。"

杨茉点点头："济先生那边等着我开刀呢。"今天要用牲畜走一遍腹部探查术的流程。

周成陵将杨茉送出院子，没想到他会娶一个比他还要忙的女子，杨茉才跨出门，等在外面的胡灵就上来道："大小姐，血已经配好了。"

魏卯道："冰块也找到了，现在是隆冬季节冰块倒是不缺。"

杨茉还没说话，旁边的萧全又跟了上来："手术在济家药房，人都到齐了只等师父过去。"

你一言我一语，杨茉听完了这些话，才发现已经走出很远，走之前她都没有顾得上和周成陵对视一眼。

杨茉才想到这里，耳边又响起别家药铺医生的声音："杨大小姐真的要给病患开膛破肚啊。"

这话刚出口，旁边就有医生看过去："这是什么话，杨大小姐要给人治病。"

不过想一想，开膛破肚说得难听却也是实话，杨大小姐这次能不能将人救回来，谁也不知道。

杨茉带着徒弟来到济家药铺，进了后院看到被捆绑得结结实实的牲畜，杨茉利落地吩咐弟子："换衣服。"

大家换好衣服站在牲畜两侧，杨茉看向济子篆，两个人一起拿起了手术刀。

杨茉不知道一台手术要做这么久，从中午一直到了下午，视野开始不好，不过牲畜总还算活着。

"让人拿灯来。"杨茉看向魏卯。

魏卯忙换下衣服去安排。

济家的伙计将药铺里所有的灯都找了过来。

这么多灯在头顶仍旧让人觉得不够亮，等到真的开始做手术要怎么办？十二小姐这样没有长成的孩子，切口又格外的小。

"到时候用琉璃灯吧！"济子篆的声音从对面传来。

杨茉看过去。

济子篆道："现在就让人去帮忙借琉璃灯，越多越好。"

听到杨大小姐要找琉璃灯，外面顿时人声鼎沸。

"走，去找琉璃灯，"不知道人群里谁先说了一句，大家从看热闹的心态一下子扭转过来，"帮杨大小姐去找琉璃灯。"

这本来就是药铺一条街的事，开始有人因为去找灯而离开，接着离开的人越来越多，济家药铺外恢复了宁静。

等到杨茉和济子篆缝合好了从院子里出来。外面已经有许多人提着琉璃灯："杨大小姐灯借来了。"

杨茉抬起头，满眼都是人们的笑脸，虽然现在是寒冬季节，却让人心里觉得十分的温暖，所有人都诚恳地望着她，杨茉走下台阶，不小心一个趔趄。

人群跟着吓了一跳。

大家开始纷纷问："大小姐没事吧？"

杨茉笑着摇头："没事。"

"那……那种治病方法能行得通吗？"

杨茉虽然疲惫声音却仍旧清亮："能，不过要慢慢尝试，每个病患不一样，我们要格外仔细。"他们现在就要去保合堂商量对策。

杨茉向前走，人群立即分开让出一条路，走在杨茉身边的魏卯向左右看去，他从来没有被人这样注视过。

杨茉和济子篆进屋商量手术方案，门外江掌柜开始收灯。

等杨茉再回过神来，天已经亮了，没想到一忙天就亮了，杨茉在药铺里休息了一会儿就去周七老爷府上看十二小姐。

这样一来一去就又是半日，刚回到药铺里。

"大小姐。"门口传来阿玖的声音。

杨茉看过去，阿玖上前禀告："药有眉目了，我们十爷请您过去。"

周成陵那边有了消息，最重的一块石头轰然落地，杨茉穿上氅衣匆匆忙忙地赶去周成陵的药铺，边走边问阿玖："已经试过了？"

阿玖点头："试过了，三个水鼎，今天早晨有一个流出的东西熏到了一头羊，不过药很少，用过之后基本上就没剩下什么，我家少爷和萧先生用朱善的记录从头到尾又做了几次，这下终于做好了。"

是周成陵帮忙一起做的？

杨茉想着阿玖已经上前推来了门，里面就传来萧轲的声音："这羊还能不能醒过来？"

然后是周成陵道："她说能醒，先生何不耐心等一等。"

杨茉走进屋子，脚步声响如同雪落在地上，虽然轻却在他耳边那么清晰，尤其是看到她脸上的笑容，高兴的时候眼睛也悄悄弯起来。

杨茉径直向周成陵走过去。

看到周成陵旁边的瓷瓶，杨茉轻手将瓶子拿起来，就算是不太纯净的乙醚也足够用了。只顾得看药，将东西放下的时候才感觉到她离周成陵那么近，近得能听到他的呼吸声，她的心一下子揪起来。

四目相对，目光流转，感觉是在人前说悄悄话，顿时让她面红耳赤，正欲说些什么，突然间萧轲道："这药不一定有用。"就算是真的能做出东西，他也不相信一个女子就知道这东西怎么使用。

为什么炼丹让人崇敬，那是要知道天地万物之造化，为道者兼修医术方能窥探门径，要长生久视，能通古今知后世，才能有成就。

一个连炼丹炉都不怎么会用的人，怎么可能会用炼出的药。

萧轲伸出手去摸地上的羊皱起眉头看杨茉："这羊用过那些药，好似不能动了，杨大小姐如果想用这药让病患晕倒后再安然无恙地清醒……"

萧轲的声音还没落下，地上的羊霍然站起来。

众人一起倒抽了口冷气，都惊讶地张开嘴。

萧轲吓了一跳倒退几步。

羊踢着蹄子，不停地摇着脑袋，向着萧轲"咩咩"叫。

"咩咩咩。"

好像在嘲笑他，萧轲涨红了脸。

"咩咩咩，咩咩咩。"

萧轲转过头看周成陵，想要说什么。

羊在他身后拉了长音："咩……"

屋子里的气氛诡异，不知道谁先憋不住笑，萧轲先是脸色发青霍然又忍不住笑起来。

他不修道却自诩强过那些装模作样的牛鼻子。

他一心一意跟随宣王爷，想要将来能够给大周朝变法求新。

他以为自己很有耐心，可面对一个女子却想要争个长短，只因为听到那些传言，想到这女子的种种作为如何惊世骇俗。

没来京中之前他已经乱了方寸，输给了这女子，世间万物就是如此，越是在意越是要你一败涂地，他盯着这羊好几个时辰，偏偏等到杨大小姐来了，它就站起来。

这女子面对他的质疑并不生气，不是在宣王爷面前装温顺。

而是她自信，自信能让他见识到结果。

他做的事真可笑。

"大小姐，"朱善将手里的记录交给杨茉，"这里记着用了多少根柴火烧火，每根柴火我都称了重。"

杨茉点了点头，这就为下次做药提供了依据。

"现在要怎么办？"

接下来就让江掌柜布置好手术室，胡灵采好预备的全血，至于她要好好睡一觉，明日就能集中全部精力去手术。

杨茉看向周成陵。

周成陵缓缓地点头："我去告诉七哥。"

杨茉道："一定要十二小姐好好歇着，不要让她太耗费精力。"

明天是个大日子。

杨茉天不亮就起床梳洗，从里到外换了一套素净的衣裙，然后坐车到周七老爷府上去接十二小姐。

周家也是一片灯火通明。

周七夫人已经等在垂花门，殷切地看向杨茉："家里都准备好了，照大小姐说的，十二丫头从昨晚就没吃饭，"说着顿了顿，眼睛里泛起泪光，"十二丫头有点害怕。"

小孩子哪里见过这种阵仗，嘴里宽慰她，但是一晚没睡着，好不容易眯了一会儿，醒来之后满头大汗，她这个做母亲的不知道怎么安慰好。

说是给她治病可他们连什么病都不知道，用的更是没有见过的治法，十二丫头想要知道更多，她却不能说，她不愿意告诉孩子，是要将她切开。

她选了一个大日子，将女儿切开。

她是什么母亲啊。

只要想到这个，她就有一种发疯的感觉，最后一刻她却想要反悔，将孩子紧紧地抱在怀里，谁也别想从她身边夺走。

"七夫人，"杨茉看着脸色苍白浑身发抖的周七夫人，"看到你这样十二小姐会害怕，不管结果如何，我们要让十二小姐尽量舒适。"

周七夫人怔愣片刻，然后才点头，眼泪也跟着流下来："我就忍不住去想……"

"要想好的一面，我们今天这样努力是为了让十二小姐能活过来。"看到周七夫人这个模样她也忍不住难过。

可是今天不行，今天是救人的日子，她不能软弱。

杨茉拉紧周七夫人的手："七夫人，今天我是医生，您是母亲，我们都要做到最好，就算心里再不舒服，也要做到最好，因为我们没有后悔的机会。"

周七夫人眼泪在眼眶里打转，她的手指也攥起来，然后向杨茉点头。

杨茉让周七夫人等在外面，自己先进屋子里看十二小姐。

十二小姐在为眼前的衣裙发愁，见到杨茉露出笑容，就要起身行礼。

杨茉上前一步："大小姐在做什么？"

十二小姐脸色苍白，神色却仿佛比谁都轻松："我在想是穿粉色的小袄，还是穿这件红色的，母亲说红色漂亮，我哪件都喜欢。"

旁边的下人一句话也不敢说，仿佛这是十二小姐最后一次自己选衣裙。

杨茉上前道："我看红色的更漂亮，粉色的就留着回来再穿。"

十二小姐很乖巧地点头，让丫鬟伺候着换了衣服，趁着屋子里没有旁人，十二小姐看向杨茉："杨大小姐如果知晓我是什么病，是不是就能救我弟弟。"

在十二小姐期盼的目光下杨茉颔首："我想办法救你们姐弟两个，成哥年纪小没有你懂事又比你病得轻些，所以先要给你治。"

十二小姐点点头，这两天不管是父母还是家中的下人谁都不敢和她对视，生怕她看出什么来，好像是怜悯，好像是不舍，让她觉得她好像已经要死了一样。

那样难过的气氛，所有人都在为她哭，只不过不会当着她面哭，所以她看似很平静，刚刚却在盘算穿着哪件衣服死，他们都说人会穿着死前的衣服上黄泉，她想打扮漂亮点，因为那是陌生的地方，母亲说过去陌生的地方就要得体、漂亮，祖母去世时她还好奇人死了到底会去哪里，她还没有找到答案，就要这样匆匆忙忙地走了。

她还以为总有一天她能找到答案，总有一天她会像祖母那样睿智、渊博，无论面对什么都坦然、平淡，让人敬佩，原来那些不过是表面上的，平静背后谁知道到底会不会有惧怕。小时候害怕了她会缩到奶子怀里，原来那时候并不是害怕，真正惧怕只会让她闭紧了嘴，不想和任何人说话。

她因为惧怕所以在不停地思量，给自己找借口接受，万一她害怕怎么办，万一她想哭怎么办，万一她看到的都是陌生人，那些人不会和她说话，她一定会觉得冷，她一定会觉得难受，可是她现在只能笑，她从来没希望时间过得短暂些，她不停地看沙漏，每看一次心脏都会一揪一揪地疼，额头上满是冷汗，她想回到小时候，这样她就不会觉得时间那么短暂。

杨茉看着安静的十二小姐，她了解这样的恐惧，杨茉拉起十二小姐的手："你的病不好治。"

所有人都在说宽慰她的话，现在听杨大小姐这样一说，十二小姐抬起了眼睛，仔细地听。

"不过幸好大周朝最好的医生给你诊治，这其实算是一个好消息，因为她一定会尽全力治好你。"杨茉笑着看十二小姐，现在虽然没有了好的医疗设备，那些冷硬的规章制度也随之不见，她也愿意向病患保证，特别是在这时候哪怕换来病患一点点的心安，她愿意付出这样的诺言。

十二小姐含着泪点头，杨茉上前倾让十二小姐靠在她肩膀上，然后她听到哽咽的声音。

杨茉轻声道:"我们害怕都会哭,我们哭是因为知道可怕的都会过去,一定都会过去。"

"我想去看看成哥。"十二小姐半晌才道。

杨茉看向旁边的下人,下人急忙去安排,不一会儿就将肩舆抬过来。

周七夫人陪着十二小姐和杨茉一起成哥屋里。

成哥正睡着。

十二小姐在肩舆上看了好一会儿才向周七夫人点头。

周七夫人心中不舍却还是上前:"马车都准备好了,我们这就去保合堂吧!"

"母亲去吗?"十二小姐忍不住问,她想着要自己走,可是走之前却舍不得母亲,在母亲面前她总是软弱。

周七夫人询问地看向杨茉。

杨茉道:"夫人跟着一起去吧,一会儿就在外面等。"

周七夫人难得脸上露出欢喜的笑容。

周七夫人去换衣服,杨茉将十二小姐先送上马车。

十二小姐忽然拉起杨茉的手:"杨大小姐,救人性命难吗?"

多聪明的孩子,知道要这样问,听起来既不会让她难受又让她好回答,这样的善解人意,杨茉真不知道周七夫人少了这样的孩子会怎么样:"难,没有什么事是容易的,不过很多人一起努力就会稍稍容易些。"

十二小姐微微一笑,低下头半晌抬起来:"我不敢跟母亲说的话能不能和杨大小姐说?"

杨茉点头,声音轻软:"有什么话就和我说,我会仔细听。"

十二小姐道:"方才我看到成哥睡得很安然,我心里……踏实了许多,我就在想,如果我回不来成哥一定会问我怎么了,到时候就让母亲和他说,我睡着了,睡得很香,他虽然再也见不到我了,心里也会觉得踏实。"

十二小姐牵挂着弟弟,也怕弟弟挂念她。

这样柔软的手足之情。

无论要去哪里都要惦念。

"原来是这件事,"杨茉和十二小姐对视,"我会告诉七夫人,不过更希望你能亲口告诉成哥。"

十二小姐低头道:"我……会尽量和他说。"

"这就对了。"杨茉将手炉递给十二小姐,转身上了后面的车。

街面上仿佛格外的安静,保合堂里也是。

十二小姐和周七夫人下了车,保合堂的郎中忙上前来引人进去。

保合堂里所有人都穿上了奇怪的长袍,十二小姐从来没见过这么多陌生的面孔,这些人都在向杨大小姐说着什么。

十二小姐这时开始明白杨大小姐说的,救人性命不容易,不过很多人一起努力就会稍稍容易些。

真的有很多人一起治她的病。

看着这些人仔细地忙碌，十二小姐的心霍然放下不少，也许一切并没有她想的那么恐怖。

杨茉看向济子篆和魏卯几个："所有要用到的工具都送进去了？"
魏卯道："都准备好了，才采好的血也送进去了。"
杨茉点点头："大家穿上最后一层长袍跟我一起进去，手术室里不要乱说话，除了这个病患所有一切都要放在手术室外。"
大家点了点头。
杨茉看向济子篆，两个人一起走进手术室内。
十二小姐躺在床上，杨茉转头要吩咐魏卯将乙醚拿过来，十二小姐忽然撑着坐起来："大小姐，我想出去一趟见我母亲，我还有话没说。"
一切都准备好，头顶的琉璃灯都被点燃了，十二小姐恐惧得不能安然躺在床上。
杨茉欠身看向十二小姐："不用担心，一会儿就好，就像睡着了一样。"
十二小姐紧紧攥住拳头。
杨茉看向旁边的朱善，朱善立即将事先做好的面罩拿来盖上十二小姐鼻口，然后将乙醚滴在上面。
大家几乎屏住呼吸静静地等着。
"好了。"朱善看着已经沉沉晕过去的十二小姐。
杨茉向济子篆点了点头，然后利落地吩咐："消毒、铺巾，大家各就各位。"杨茉拿起手术刀向十二小姐的腹部割去。
血很快顺着刀尖的方向冒出来。
济子篆惊讶地看了一眼床上的病患，对刀割没有半点的反应。
杨大小姐用的真是奇药，病患胸口起伏呼吸还似寻常，但是却没有一点的知觉，这是将活人的身体打开啊，为什么让杨大小姐做起来确实那般的容易。
"压迫止血，魏卯要观察盐水和病患的情况。"杨茉一边接过梅香递过来的止血钳一边吩咐。
屋子里所有人都静下心来听杨茉说话，谁也不敢落下一个字。
这可是从活人身体里取东西，书上写的剖腹挖心也就是如此，萧全盯着杨茉的手，夹钳将切开的伤口扩开，杨大小姐的手就伸进去。
伸进活人的肚子里。
传说中只有阎王殿的小鬼才会这样。
伸手握住人活生生的内脏。
萧全身上的血液一下子冲进胸腔，头发也竖起来，双腿不停地打战，他想不害怕，可是他忍不住去想。
好可怕，真的好可怕。
这不是人力所能为的，这不是，他是不是在梦中……
杨茉抬起头看了一眼萧全，不由得皱起眉头，立即吩咐沈微言："快，捂住萧全的嘴将他拽出去。"

沈微言没听明白，杨茉扬起声音："将萧全拽出去。"

沈微言这才如梦惊醒一把拉住萧全的手将他带出屋子。

从内院里出来，刚到了外堂，萧全来不及扯下脸上的布巾就脚下一滑摔在地上，萧全想要说话，只觉得鼻端都是腥臭的血气，想到那一团团的血布，顿时伏在地上呕起来。

"魏卯，看看病患的呼吸和脉搏有没有变化。"

魏卯怔怔地看着眼前一片血污，听到杨茉的声音才回过神，立即去摸十二小姐的脉搏，听她的呼吸。

"都……正常。"

杨茉点点头："要时刻注意，不能有半点松懈。"

魏卯立即应声。

"济先生，病患压挤腹部就会有症状，我们要仔细地检查病患腹部。"

济子篆点点头，刚要伸手去看，十二小姐肚子里的肠子仿佛动了一下，他这时候才真正体会到打开活人的肚子会如何。

肚子里的内脏是温热的、蠕动的，仿佛会咬人的手。

杨茉看周围的人都有些呆愣："看看病患的脸，她只是一个十一岁的小姑娘，我们今天是要将这小姑娘救活，无论谁如果控制不住自己的情绪就和萧全一样走出去。"

济子篆额头上满是汗液，低头忙碌的杨茉还算冷静，握着手术钳一点点地翻看。

满肚子的血液，到处都是殷红一片，已经分辨不出哪里是杨大小姐所说的病变。

"布巾。"杨茉伸手要，梅香立即递过去。

布巾放在伤口上，立即被染红了。

所有人都看得满头是汗。

腹部的脏器看起来完好，要一层层地翻找，她主张要要用开腹探查术，她不能让病患白白受罪，她不但要冷静手下动作还要快。

"看不出有什么病症，"济子篆仔仔细细地检查了一遍，"接下来要怎么办？"能看到的就这样多，还能怎么办？

杨茉道："要将挡在上面的内脏牵开，查看下面的。"

人身体里面的内脏能随便动？魏卯看着想起和师父一起查验死尸时的情形，死尸和活人不一样啊，切开了不会流血，无论怎么做死人都不会有感觉，现在是活人啊，在活生生的人肚子里乱动。

魏卯有一种五脏六腑都被人在牵扯的感觉，那些夹子、钳子好像就在他身体里，冰凉冰凉的搅来搅去，说不出的难受，魏卯的胃突然就疼起来。

杨茉将肝胆向外上牵引，济子篆伸出手去帮忙，才发现自己手抖得厉害，行医这么多年他都会这样慌张，更何况杨大小姐。

杨大小姐却比他镇定很多，好像见过这样的场面似的，难道这也是与生俱来的？

自己做的工具不太好用，而且要将内脏牵引开，张戈太过紧张止血钳不停地抖动，杨茉只好接手过去，吩咐张戈："你活动活动手指，然后再来帮忙，什么都不要想。"

张戈不停地抓握着手指，向杨茉点了点头。

杨茉道："这才开始，后面我们还有更多的问题要处理。"现在才看了内脏，还没有找到病变部位，找到之后还要切除。现代的医疗技术在古代哪里是惊世骇俗那么简单，没有好的医疗设备和器械想要还原一场手术无比的艰难。

张戈深深地喘了口气重新接手杨茉手里的止血钳，这次他的手没有抖。

杨茉道："就是这样，要保持这样的姿势不能动。"所有的徒弟里张戈是最不爱说话的，没想到面对这样的外科手术却比所有人都要稳健。

她还要接着找病变位置，她一定要找到。

上面的内脏牵扯开，剪开肾筋膜露出里面的肾脏和肾上腺。

看到异常的肾上腺杨茉霍然欣喜。

病患得病了会慌张难过，但是医生找到病变的部位却是欣喜。

"在这里。"杨茉指向肾上腺，"正常的肾上腺是红色，现在这上面有褐色的肿块。"

没有医疗仪器只能用危险的腹部探查术，还好让她找到了病患部位，都是因为十二小姐和成哥的症状太过明显，否则她也不敢如此。

"那要怎么办？"济子篆完全没有了主意，这样疯狂的做法是他做梦也梦不到的，他能站在这里镇定地帮忙已经是尽了他最大的努力。

杨茉道："要将肿瘤和一部分内脏切除。"

切除内脏，济子篆虽然想过这样的可能，可是事情到了眼前他却不禁怀疑："没有了内脏，人……还能活吗？"

杨茉十分肯定地点头："周围没有同样的肿块，我们乐观的估计切掉了不会再长，十二小姐年纪还小，我们不能完全将内脏切掉，要尽可能保留一部分。"切掉一部分肾上腺，对十二小姐来说对日后的生长发育有些影响，但是好过于没有了性命。

济子篆惊讶地看了看杨茉，杨大小姐连想都没有想就这样回答他，她何以这样肯定，肯定切了一部分内脏人还能活着。

找到了病变部位，现在就是将它切除，杨茉伸手要持针钳，首先要将肾上腺静脉结扎。

杨茉握住持针钳才发现一切没有她想的那么简单："穿不过去，因为内脏没完全被牵开，没有我进针的位置。"

如果穿不过去就代表手术无法完成，连一条静脉都结扎不了，还要怎么切除肿物，这就是杨茉不选外科的原因，外科手术有太多的不确定性，在完成手术的前一刻谁也不知道会发生什么事。

杨茉看向济子篆。

济子篆也只能摇头，连杨大小姐都做不到的事，他更无从下手，可他开始从杨茉手里接过持针钳试了试。

不行，正好就卡在那里，手伸不过去无法像之前练习的那样将血管结扎，杨大小姐要结扎的血管又不清楚。

杨茉又试了两次，头上的汗越来越多。

济子篆看着眼睛发红，面色青白的杨大小姐，忍不住劝慰："大小姐，我们也算是尽力了，用别人从来没用过的法子来治，用上这么多人……有时候就是这样，没办法治好所有的病患。"

难道就要这样放弃？就因为她对外科不纯熟，想不到更好的法子来做这个手术就只能眼睁睁地看着肿瘤在那里不能切掉。

她答应了十二小姐会治好她，却除了给十二小姐切了个大大的伤口之外什么也做不了。

杨茉第四次去试，却发现手指已经控制不住地颤抖，杨茉觉得手上的持针钳有千斤重，她两条胳膊如同针扎般的疼痛，她不时地抬起头看躺着的十二小姐。

这么小的年纪，还是一个孩子，却能拿出勇气躺在这里，她想要治好她，想看到她醒来之后的笑脸。

她想过要尽所有能力，现在却束手无策。

可她是知道方法的，她是整个大周朝乃至这个时空中，唯一知道治疗方法的人。

她不该这样傻站着无能为力，她应该想到法子治好十二小姐。

她见过十二小姐的小棺材，她将十二小姐从棺材里抱出来，不是为了让十二小姐忍受开腹的疼痛之后再躺回去。

也许是凭着现代的医术治好了许多病患，现在面对这样的情形，她自己无法接受。

为什么，不能让她治好十二小姐，就差这一步。

仅仅是这一步。

梅香帕子给杨茉擦头上的汗，这是她见到大小姐最紧张的一次，大小姐虽然不曾表露，却浑身上下都绷紧，连同呼吸都小心翼翼的，这样下去肯定不行。

梅香突然有些害怕，她怕大小姐随时随地都会倒下。

屋子里谁也没有见过这样的场面，旁边的济先生也不再像以往那样能帮衬大小姐，所有人都盯着小姐。

这样的气氛太压抑，所有人本来是来帮忙，却如同千斤重担都压在大小姐肩膀上，要有人来帮小姐分担才行。

可是，要谁来呢？还有谁能成大小姐的左右手，梅香很着急，她眼看着杨茉低头，汗将杨茉的衣襟都润湿了。

众人面面相觑，这要怎么办？

"大小姐，"济子篆低声道，"大小姐，我们该怎么办？"

杨茉脑子里满是外科的课本，密密麻麻的字仿佛就在她眼前，让她从头看到尾，试图寻找自己的错误，外面所有的声音她都听不见。

不知过了多久。

"杨大小姐，杨大小姐。"一个熟悉的声音响起来，杨茉木然地抬起头，看到一双清澈的眼睛，为什么每次突然看到这双眼睛，就会让她有种奇怪的熟悉感，就好像是在提醒着她有件很重要的事被她忘记了，却又隔着层纱让她看不清楚。

杨茉怔愣了片刻，眼前周成陵的脸渐渐清楚起来。

梅香期望地看着杨苿，希望她将周家少爷请来是对的，每次大小姐和周少爷在一起的时候，都是那样的轻松，也许周少爷的话大小姐能听进去。

当着这么多人的面，周成陵在规规矩矩地喊她："杨大小姐。"

杨苿点了点头。

"喝点水歇一歇。"周成陵看向梅香，梅香立即端了水过来。

"魏卯说十二丫头的呼吸、脉搏都很好，这病不好治难免有一时想不到的，别着急慢慢来。"周成陵很会控制情绪，眼睛里无波无澜，只让人觉得十分澄明。

杨苿这样看着，自己也安静下来。

周成陵朝济子篆看了看，济子篆道："要不然我们想想别的办法。"

哪有那么好想的，从腹部开口已经是最简单最常用的法子，该挪动的内脏她都已经动了，不知道怎么样才能……

挪动的内脏，对了，她怎么忘了这一点。

她怎么忘了要将挡在肾上腺前面的腔静脉翻起来，这样就能看到全部血管走向。

她忘记了，血管也是可以动的。

杨苿欣喜地看向周成陵："我想到法子了，只要将挡住的血管挪开就能结扎了。"

门外的周七夫人眼睛盯着那扇门，她多期望里面有人走出来告诉她好消息。

她的眼睛酸涩了可是她不敢挪开目光，她怕眨眼的工夫就会错过什么，她手心的汗已经将衣裙打湿了。

这么久还是没有一点的消息。

周七夫人没想到会过这么久。

天已经快黑了，保合堂上上下下点燃了所有灯，她就守在灯下等自己的孩子，多少次她默默地念，孩子啊，快到母亲怀里吧！有母亲护着你们什么也不怕，老天却没有给她机会让她护着自己的孩子。

这一次是她亲自将孩子送到保合堂，她押上的不止是孩子的性命，还有她这个母亲所有的一切。

保合堂的门忽然打开，魏卯从里面走出来。

周七夫人忙迎上去："怎么样？"

魏卯的神情尽量轻松："我师父已经找到了十二小姐生病的地方，已经在做治疗，大小姐让我和夫人说一声。"

周七夫人开口说话才知道自己声音颤抖："会……会好吗？"

魏卯道："比之前想的要麻烦些，不过师父说会好的。"

会好的，她等这几个字太长时间。

眼看着魏卯重新换上衣服回到屋子里，周七夫人的眼泪顿时流下来，忙看向身边的妈妈："快去和老爷说，快去告诉老爷……"说到这里她却停顿下来。

管事妈妈看着周七夫人。

周七夫人嘴一张一合，紧接着眼泪淌下来："我……我不知道该说什么，老爷肯定不敢相信，他……他从昨天开始一个字也没说。"

管事妈妈连连点头。

连她都不能相信，她现在不得不承认，她一直觉得是将女儿带来送死，她是误入歧途又相信了某个偏方或是道士和尚的话。

周七夫人拉起身边妈妈的手不停地颤抖。

他们两口子为孩子疯了这么多年，终于做对了一件事。

周七夫人才想到这里，门外传来叫喊声："老七媳妇在哪里？"

周七夫人心里一紧，这是宗室长辈的声音，除了献王也和献王太妃很多长辈都能过问族中事。

周七夫人忙带着身边下人迎出去。

保合堂药铺里一下子来了不少人，周七夫人向屋子里的长辈行礼，叫了一声："三老太爷。"

三老太爷是七老爷这支的长辈。

"七媳妇，"三老太爷皱起眉头，"你们两口子到底在做什么？我听说你们将孩子送来保合堂让人开膛破肚可是真的？"

因为怕族里长辈不能答应，她和老爷就没有仔细禀告，他们是拿定了主意，一切都等杨大小姐治完十二丫头再说，想及这个七夫人不禁低头："老太爷先坐下歇歇，容媳妇慢慢说。"

"说什么？"三老太爷瞪圆了眼睛，"你们夫妻俩还要做多少荒唐事？就算给孩子治病也要找太医来，岂能来这种地方？"

三老太爷将拐杖拄地发出"笃笃"的声音："我看你们是疯魔了，"说着向屋子里看去，"杨氏呢？要杀人的杨氏在哪里？"

什么杀人，七夫人看向旁边的李氏，李氏一副毫不知情的模样，七夫人不禁油然生出一股气愤的情绪，是李氏将三老太爷请来的："老太爷，杨大小姐不是杀人，多亏了杨大小姐十二丫头才能活着。"

"胡说，"三老太爷瞪圆了眼睛，"我吃盐比你们吃的米都要多，我怎么从来没听说过开膛破肚是为了救人性命，天子脚下竟有人敢这样胡作非为。"

七夫人顾不得伤心，连忙辩驳："老太爷，这是真的，刚才杨大小姐的徒弟已经说了十二丫头还好好的。"

三老太爷听得这话看向李氏："扶我进去看看，他们到底在做什么名堂，若是装神弄鬼我老头子一眼就能看透。"

江掌柜已经让人挡在门口，看到周三老太爷就要过来，立即上前："老太爷您稍等一会儿，我让人进去禀告一声……"

李氏看到旁边准备换衣服的小郎中，立即道："治病还不能去看？这是哪里来的规矩？听说杨大小姐要将我们家十二小姐如同猪一样切开了又缝上，这是什么道理？"

"这是要将我们家孩子也当做……猪狗般对待？"李氏说到这里很是愤慨。

周七夫人身边的妈妈不禁看了一眼李氏，李氏的样子好像是一心为十二小姐打算，比谁都担心十二小姐的性命，不但声讨杨大小姐，还一起教训了老爷、夫人，真是可笑，不知道谁是十二小姐的亲生父母。

　　周七夫人道："我是十二丫头的母亲，我做什么都是为了十二丫头，老太爷何不等一等，这么多年我们都过来了，还差这一个时辰？"

　　三老太爷脸色青紫，难以置信地看着七夫人："我是为了谁？"说着伸出手来指向屋子，"你们怎么能相信这种事。"

　　"哟，"李氏忽然发现旁边的盆里放着几块染血的布巾立即大叫起来，"这是怎么回事？哪来的血？"

　　看到了血，三老太爷似是被针扎了一下，提起拐杖就要去打保合堂的郎中："都躲开，我要进去看看杨氏到底在做什么。"

　　杨大小姐吩咐所有人都要穿着两层干净的长袍才能进去，现在里面的手术还没完，如果就让人这样闯，岂不是之前的努力都要白费。

　　江掌柜正不知要怎么办好。

　　周七夫人顿时跪下来："老太爷您就信媳妇一回，杨大小姐真的是神医，醇郡王家的哥儿就是杨大小姐治好的，这是宗室营都知晓的事，为什么杨大小姐能给别人医治就不能救十二丫头？我们求了这么多年，杨大小姐就是我们求来的。"

　　没想到周七夫人会一点不顾脸面当着这么多人的面下跪，江掌柜不由得惊诧，李氏也有些神情凝滞，不过立即就心里得意起来，好像已经捡起了在七老爷府上丢掉的颜面。

　　李氏上前去搀扶周七夫人："这是怎么说的，一家人怎么好这样。"

　　三老太爷本来还觉得七夫人可怜，听得李氏这样一说，立即觉得七夫人是在逼迫他，一个晚辈怎么能这样驳斥长辈，不禁冷哼一声就要向前走去。

　　江掌柜一步步后退，不知怎么办才好，立即看向旁边的伙计，伙计会意上前将门堵住。

　　保合堂里乱成一团，几乎所有人都去守门。

　　大小姐忙碌了那么久，不能就这样功亏一篑。

　　只有他们知道大小姐的辛苦，保合堂上上下下都要杨大小姐来安排，看似有那么多人帮忙，其实都要靠大小姐，周老太爷说的对，大小姐是和普通的闺阁小姐不一样，那些小姐不过是在家中做做针线，大小姐却一早就要来保合堂，天黑了才回家，每日要接诊那么多病患，还要教徒弟医术，这样的辛苦不是谁都能受得了的，杨家的钱财大小姐都用在了药铺和病患身上。

　　三老太爷怒斥："一群乌合之众，你们也敢相信他们。"

　　三老太爷话音刚落，内院的门被打开，三老太爷先看到了怪异的长袍，然后才看清楚是周成陵。

　　"你在这里做什么？"三老太爷没想到周成陵也在这里，怔愣了片刻，立即向周成陵身后张望去。

　　周成陵伸出手将门关好，然后才给三老太爷行礼，态度不卑不亢。

三老太爷脸上仿佛结了层冰:"你也在这里……好……也免得我一个个地去训斥,"说着去看周成陵,"是你让杨氏给老七家孩子治病?这么说来,你早就认识杨氏,你和那女人暗地里是不是早就私相授受。"

角落里的阿玖上前帮周成陵脱掉保合堂的长袍,周成陵走到三老太爷面前,声音很平常:"我是认识杨大小姐,不过没有私相授受,我周成陵想要娶的女子,必然要是光明正大,我们宗室有那么多长辈,自然会有长辈帮我说亲。"

周成陵的声音不高却仿佛能让人听到余音。

三老太爷只觉得面皮上一紧,如同被冷风吹过:"别以为我不知道,你还没和离时就已经有传言说你要娶杨氏,刘氏贤良淑德,你却要和离,都是被这妖女迷住,现在还任着她祸害宗室子孙,不是献王太妃一个人就能让杨氏进门,献王不管你,我们的折子就递到皇上面前。"

李氏在旁边想笑,瞧吧,这亲事还没做成先将宗室营闹了个天翻地覆,刘家若是听了这样的消息也定然不肯罢休,看周成陵和杨氏在人前还能不能抬起头。

三老太爷话音刚落,内院里突然传来一阵欢呼声,紧接着是许多人拍手。

三老太爷越来越觉得奇怪,里面真的是在治病?

杨茉将缝合的线剪断,持针钳也放进托盘里,整个人松了口气,这才发觉身上的衣服已经湿透,仿佛被人从水里捞起来一般。

没想到手术会进行这么久。

这是她来到古代真正意义上的一场外科手术,身边所有人都很振奋。

济子篆看到长长的伤口,将肚子打开了那么久,切出了东西,人却还活着,只不过输了血和盐水。

仅此而已。

这样的医术,他真的想知道杨大小姐到底怎么想出来的。

"十二小姐怎么样?"

听到杨茉的声音,魏卯立即道:"输了血,已经好多了。"

十二小姐眼睛紧紧地闭着,却均匀地呼吸着。

杨茉蜷起手来,静静地听着,如果不经历这些,永远都不知道浅浅的呼吸声是那么的弥足珍贵。

十二小姐挺过来了。

杨茉觉得绷了几日的表情终于可以松懈,这样舒缓下来她的脸上浮起的是笑容。

杨茉点点头,吩咐张戈:"将人抬去后面的屋子,一定要小心不能碰到腹部的伤口。"

张戈应了一声。

大家小心翼翼地将十二小姐抬起来,眼看着十二小姐安置好,杨茉这才将溅上血污的长袍脱下向外面走去。

推开了门,杨茉立即看到挡在门口的江掌柜和脸色难看的周三老太爷。

第七章　提亲

李氏觉得自己的算盘打得很精，请出三老太爷根本不费吹灰之力，刘氏还是宣王妃的时候就博得了几位老太爷的喜欢。

刘氏当年嫁给宣王，宗室营里也有很多人不认同，献王太妃就从来没有私下里和刘氏说过话，献王是宗人令，刘氏想要在宗室营里站稳脚只能找个族中人帮衬，就是那时候李氏看准时机上前和刘氏话家常。

也是她把刘氏带去宗室长辈家中，所以她最清楚，谁会厌恶周成陵和离，谁会反对杨氏，周成陵做得再荒唐些，她就能找到几个长辈为她这支说话，争来个爵位，她们家老太爷怎么说也在宣王府长大，难道子孙还没有承继的权力？

李氏将算盘打得"啪啦啪啦"响，周成陵和老爷的关系一直不好，他们表面上要和周成陵是最近的血亲，背地里就要为自己多谋算，借着打压周成陵得些好处。

李氏正想着，眼前的门又打开了，所有人的目光都落在走出来的女子身上。

保合堂里的掌柜和郎中都面露喜色，地上的周七夫人也不管不顾地站起身来，李氏刚搅和起来的气氛，一下子被冲淡了许多，这里的人根本就像是将她和三老太爷扔在一边，所有的精神都放在那女子身上。

"杨大小姐。"周七夫人叫出声，李氏才霍然想起来这个蒙着脸的女人就是杨氏啊。

杨茉走上前笑着看周七夫人："十二小姐现在很好，我让人将她抬进内室里歇着，等一会儿夫人就可以进去看她。"

李氏不禁觉得失望，难不成开膛破肚的事已经完了？

"七夫人，"杨茉说到这里话锋一转，"族中还有没有人也有过类似的病症？不一定是像十二小姐和成哥那样。"

杨茉说着看向身边的魏卯，魏卯立即拿了两幅刚刚画的图出来。

众人都看过去不禁有些惊诧。

人身上画着许多大大小小的肿块布满了全身，看起来十分的可怕。

周七夫人还没说话，李氏正伸着脖子向前望，旁边的三老太爷已经变了脸色。

"这和十二丫头的病有什么关系？"三老太爷脸色已经恢复平常，沉声开口。

杨茉道："这是由长辈传给后代的病，到了每个人身上症状不一样，十二小姐和成哥都是先天就有的，家族中亲近的子弟也有可能患这样的病，十二小姐是为了弟弟才愿意尝试治病，如果十二小姐能好，我就能试着救成哥，以后族中子弟再有这样的疾患也就可以诊治，所以十二小姐今天为家里做了件大事。"

周七夫人眼睛泛起泪光，杨大小姐不仅救了十二丫头，还替十二丫头说话，女孩子的名声很重要，老爷和她也想过，经了今天的事只怕十二丫头在人前抬不起头来，保合堂里有那么多男子，族里长辈必然不会饶了他们夫妻。

最可怜的是十二丫头，得着病，受着这样的苦，却还要被人作践。

果然，她想的没错，李氏已经等不及将三老太爷请了过来。

她正不知道要怎么应对，杨大小姐从内院里出来，就这样不加遮掩地替十二丫头分辩。

周七夫人看向杨茉，怪不得，怪不得周成陵会请献王太妃出面迎娶杨大小姐。

杨大小姐是真的好。

周七夫人想着，这样眨了两次眼睛，热泪就淌下来。

真好，她盼着杨大小姐嫁进周家。

李氏看向三老太爷，三老太爷脸色仿佛舒缓下来，眼睛里满是犹疑："你说的可当真？又有何依据？"

杨氏让人画的图，三老太爷再熟悉不过，现在他还时常会做噩梦想起来，他父亲也是腿上有这样的疾患才会被宗室笑称"肉疙瘩"，他的第一个儿子也是如此，他怕被人笑话一直没让儿子见过外人，那孩子是他眼看着死的。

杨茉道："家中口口相传的医术，依据没有，但是我会诊治这病症，"说着大方地看过去，"这就是最好的凭证。"

杨氏也太猖狂了，李氏在旁边冷笑："杨大小姐怎么说都有理。"

杨茉点点头："夫人说得对，我怎么说都有理，因为治病救人的是我，"说着上上下下将李氏看了一遍，"譬如夫人手上的疾患若是不早些诊治恐怕日后祸患无穷。"

李氏紧张地去看自己的手，想要轻轻松松地驳斥杨茉，嘴却仿佛被东西勒住，一下子说不出话来，她的手真的有病？她从来就没觉得哪里难受，李氏开始悄悄地活动手指："我有什么病？你想故意吓唬我不成？"

杨茉故意不去回答李氏："我是医生，只治病不吓人，何来唬人之说，夫人不信也罢，我便不多说了。"

李氏的血液一下子冲到脸上，她是要杨氏说清楚，不是要她闭嘴不说。

李氏想着瞪圆了眼睛看向杨茉，只是杨茉的目光偏不再看她，她顿时心急如焚，心头如同有蚂蚁在爬。

三老太爷看着满屋子的男人："不向族中说清楚，这样大庭广众之下治病，日后你还想不想让十二丫头嫁人。"

周七夫人抽泣着。

杨茉看向周七夫人："里面已经收拾好了，七夫人想不想看看十二小姐？"

周七夫人点点头，然后向三老太爷行礼："只要十二丫头能好，媳妇愿意受长辈责罚。"

看着泣不成声的周七夫人，三老太爷想要说话，目光却不自然地落到魏卯手里那张纸上，屋子里的气氛总让他想起从前那些不好的事，他没怎么给得病的长子治症，反正病也是没办法治，那样活着也是受罪。

他从来没想过有一天会愧疚，人到老了总是会想到年轻时为了些私利放弃的东西，那时候千方百计地去做，现在走过了那些路，却又会为失去的东西惋惜、后悔。

三老太爷皱起眉头，如果那病能治，他确实该后悔。

"我送老太爷回去，"周成陵走上前几步搀扶起三老太爷，"有事还是回宗室营去说。"

李氏怔愣着看到三老太爷迈开了步子。

她准备了一肚子的话要说，却想到自己的手张不开嘴。

万一杨氏不是在吓唬她，她的手真的有病，现在得罪了杨氏，将来没有人给她医治怎么办？

李氏想起了乔夫人，不禁脊背发凉，手也觉得有些发麻，说不出的难受，想要找机会上前问问杨氏，身边的妈妈却道："夫人，老太爷准备回去了，叫您一起走呢。"

李氏才知道什么叫做恨得牙根痒痒。

"杨大小姐救活人了？"

"听说是救活了。"

李氏一路上听到周围传来议论的声音。

"这些人是来做什么的？"

随着议论，那些目光落在她们身上。

"无知妇人。"

隐约有些话传来，李氏兀然看过去，却又不知道人群中是谁在说话。

她不禁气结。

这都是些什么人，竟然敢对宗室无礼，杨氏这还没嫁进宗室呢，如果她嫁过来会是什么样子？

李氏不由自主地打了个冷战。

保合堂清静下来，杨茉带着周七夫人去看十二小姐。

十二小姐安静地躺在床上，好像睡熟了一样，周七夫人忍不住想，杨大小姐真的在十二丫头身上动了刀子？

屋子里没有旁人，周七夫人向杨茉道谢："多亏了杨大小姐帮忙。"

杨茉笑着摇头："是夫人告诉我，三老太爷和几位老太爷反对太妃向杨家提亲。"

周七夫人不好意思地低头，因为三老太爷是自己这支的长辈，所以她清楚些，这几位长辈很喜欢帝师家出来的刘氏，于是她就提醒了杨大小姐。

周七夫人道："到头来还是你帮了十二丫头。"

杨茉笑着看周七夫人："我不是鲁莽的人，如果能找几个女子一起给十二小姐治病，我不会选择在保合堂，我想救十二小姐，也想保住她的名声。"三老太爷家的事还是周成陵打听出来的，今天看了十二小姐的病她也想明白，周七老爷家的孩子不是特例，周七老爷这支本就有遗传病。

杨茉从床边站起身："七夫人到我这里来，一会儿十二小姐就要醒过来了。"

七夫人忙摆手："我……还是大小姐在旁边……我什么都不会。"

杨茉伸手将七夫人拉过来："我已经尽力了，现在要夫人帮她一起渡过难关，开始伤口一定会很疼，只要过了这三天一切都会好的。"

周七夫人紧张地听着，半晌才想起来点头。

杨茉刚说完话，江掌柜进来道："大小姐，蒋平来了。"

杨茉听了这话向外面走去，蒋平已经等在那里，看到杨茉，蒋平上前道："杨大小姐，杨大人的案子有消息了，朝廷断了杨大人的案子是冤案，王振廷判了斩立决，杨家的祖宅和封了的铺子都会还回来。"

从王振廷被审到现在，这桩案子总算有了结果。

杨茉以为自己能有个平和的心情来接受，没想到心乱跳得难以抑制。

欢喜。

她是真的欢喜，想到枉死的父母，她就不知道要怎么说，只想抬起头来看天空。

这时候她才能感觉到天空如此广阔。

常大老爷听说王振廷要被处斩的消息后一屁股坐在牢房的干草上，屁股底下顿时传来声惨叫，有东西在常大老爷屁股底下扭动，隔着薄薄的裤子让他有些疼，但是更多的是惊恐，让他身上所有的汗毛根根竖立，顿时从干草上一跃而起。

干草堆里登时有东西窜出来，发疯了似的在地上转圈跑起来，是一只大大的灰老鼠。

常大老爷整个身体想要蜷缩成一团，离这里越远越好，他害怕那只发疯的老鼠为了报复他会张开满口的牙齿扑到他脸上，咬下他的肉。

王振廷要死了，等不到明年秋后处斩。

一刀下去，咔嚓，血喷一地，然后身子可能也会像这老鼠一样，不停地扭动。

不知道会不会喊一声，疼死了。

常大老爷想到这里浑身颤抖，他只想过自己如何富贵荣华，从来没想过要落得如今的田地，要怎么办？要怎么办？常大老爷冷汗顺着额头淌下来，只要能放他出去，他什么都会招认，常大老爷顾不得怕地上发狂的老鼠，扑倒牢门前，扯着嗓子喊："我招认，我招认，快，快来审我，我都招了。"

只要他将乔文景吩咐他的事都说了，他不会有太大的罪名，常大老爷话音刚落，似是将狱里的人犯都叫醒了。

周围还是有人跟着一起呐喊："我招认，我招认，我都招了。"

呼喊的声音此起彼伏一波波地传过来，立即将常大老爷的声音遮盖了下去。

常大老爷红了眼睛，如同疯狗在抢一块腐肉，龇牙咧嘴用了身体里所有的力气："我招了，我招了，杨家的事我全招了。"

可是这样的嘶吼最终还是被各种声音压了下去。

牢狱里的人如同疯了一般地大喊大叫，常大老爷听着这些恐怖的声音瞪圆了眼睛，他第一次觉得自己会死在这里，不被杀了也会被老鼠吃了，常大老爷转头看牢房角落里另外一个人。

那人如同一摊泥般强堆了个人形，常大老爷进来之前这人就在角落里发着恶臭的味道，也不知道到底被关了多久，而今被常大老爷打扰抬起了眼睛，那眼睛仿佛幽幽地发着绿光不似个人，好像是鬼魅。

常大老爷心脏紧缩，一下子瘫在地上。

晚了，晚了，让他招认的时候他没有说话，现在一切都来不及了，常大老爷握紧了牢门不停地晃动："让我……出去，让我……出去，啊……我要……出去……"

一种让他窒息的绝望从鼻子一直吸到心脏里，然后随着心跳冲遍全身所有的角落，让他恐惧，他只想要逃，逃得远远的。

常大老爷坚持了一个时辰终于眼睛一翻晕了过去，不消片刻工夫两个狱卒从旁边走过来查看。

"人还没死。"

另一个看向被锁链绑着的牢门，已经被扯出了深深的沟壑，不由得啐了一口："疯癫的时候还挺有种。"

"陷害亲戚，侵吞人家财物，欺负一个孤女能没种吗？"

"瞎了眼吧，欺负杨大小姐那样的人，听说杨大小姐将躺在棺材里的人都救活了。"

地上的常大老爷听着那声音却空张着嘴说不出话来。

他是笃定杨家不可能翻身才会将事做绝，将杨家如同鱼肉般献给乔家结这门亲，当年的杨家如同拔根而起的大树，被装进棺材里的死人，谁也没想过杨家会活过来。他还记得当年杨氏撕心裂肺的哭声。

那种声音告诉他杨家已经完了。

现在他才知道，那声音告诉他，杨家的后人还活着，有一天杨家的案子会翻过来，乔文景和他会成为阶下囚。

常大老爷忽然想笑，可是立即他又笑不出来，因为他忽然想明白，有些事听起来好笑，是因为不知道它会实现。

如果知道它会成真，就会哭而不是笑。

刑场乱糟糟的，虽然下着大雪，很多人聚过去围观。

犯人好像都是一个面孔，沉默寡言，穿着脏兮兮的衣服被人拉扯着下了车。

"是大官，这次的是大官。"议论的声音响起来吸引来更多的人。

"就是中间的那个看到没有？听说诬陷了杨大小姐的父亲。"

"哪个杨大小姐？"

"你不知道？咱们京城里有一个能让死人复活的女医，那家保合堂就是杨家开的，你不是还从里面拿过药。"

那人顿时恍然大悟："施药的活菩萨？"

王振廷跪在雪地里，今天他的一腔热血就要洒在这里，经过了几个月的折磨他更期盼这一天的到来。

虽然有人压着他的肩膀，他还是尽力抬起头来看蓝天，这是属于他自己的最后一刻，至少他应该尽量地安详。

王振廷刚闭上眼睛，耳边却传来嘈杂的声音。

"害了杨大小姐一家。"

"怎么有这样的人。"

"只判了斩立决。"

"做了那么多坏事只是斩立决。"

王振廷不由自主地皱起眉头，为什么这些人会知道这么多，杨氏和保合堂在京里的名声仿佛越来越大。

王振廷眼前浮起杨秉正，杨秉正定然想不到为他翻案的是他的女儿，他虽然免不了一死，杨秉正说不定也早就化为灰烬，大家都是一样，殊途同归。

王振廷想要扬起骄傲的脸，忽然觉得脸上一疼，冰冷的东西在脸上炸开，他想要睁大眼睛看看是怎么回事，眼前一白又有雪球呼啸而至。

扔掷东西投打犯人一直都是老规矩，这样能让百姓泄愤减少对朝廷的怨怼，王振廷早有这个准备可是没想到所有人都在打他。

让他无论怎么躲都避不开。

这些雪冰凉的，让他越来越清醒。

"杀了他，杀了他。"

震天响的呼吼。

魏卯和张戈几个已经在下面带动人群呼喊。

王振廷扭动着身子躲闪，有一只手却伸过来死死地按着他的脖子，让他僵在那里不能动。

一团雪飞上他的鼻梁，他顿时闻到血腥的味道，血不断地淌下来，王振廷有些惊恐，因为他能感觉到恶心。

血滴滴答答落在雪地里，触目惊心，让他不由自主地联想，他会不会看到自己的血喷出来，会不会感觉到刀锋留在脖子里的凉，会不会有那种想要捂住伤口的冲动，会不会手舞足蹈，会不会想要大声喊疼。

所有的景象从他眼前一掠而过，他才知道，他想要抬头看天，想要泰然处之，是因为不敢相信自己就要死了。

要死了。

天哪，他要死了。

"杨大小姐来了，杨大小姐来了。"

声音响起来，王振廷依稀看到人群向两边分开，戴着幂篱的女人慢慢走过来。

那女人来看杀人了。

他从来不知道女人会有这样的胆子。

他将刀架在那女人脖子上的情景好像还在眼前，现在那女人却来看他被斩，这一次不会有人来救他，他要在这里血溅当场，然后他会没有骨气地手脚乱动，他人生最凄惨的时刻……

王振廷想要缩脖子，却身体被绑缚住动弹不得。

屈辱、恐惧，让他鼻涕眼泪都流出来。

……

杨茉握住陆姨娘的手，她现在亲眼看到王振廷被行刑也算是手刃仇人，亲人泉下有知应该也会欣慰。

时辰一到，刽子手扬起大刀，周围传来一阵欢呼声。

杨茉拉着陆姨娘上了马车,坐在车里陆姨娘惊魂未定:"真是吓人。"

杨茉将手炉递给陆姨娘:"我早说不让姨娘来看。"

陆姨娘摇头:"怎么能不来,就是害怕也要替老爷、夫人看仔细,那些坏人不会有好下场。"

杨茉也是这样想。

提起杨秉正和夫人,陆姨娘忍不住又掉眼泪:"老爷、夫人那么好的人……"

无论怎么样都不能补偿失去亲人的痛楚,杨茉将头靠在陆姨娘肩膀上,母女两个这样依靠着仿佛从对方身上汲取了温暖,心里也舒坦了许多。

杨茉在保合堂下了车,来不及和江掌柜说话就径直去了内院。

撩开厚重的帘子,就听到内室里传来啼哭的声音。

梅香看到杨茉立即迎过来:"大小姐,十二小姐疼得厉害,我们也不知道怎么办才好。"

杨茉走过去看。

十二小姐皱紧了眉头,嘴唇有些苍白,脸颊是奇异的红色,整个人看起来都很痛苦。

周七夫人有些慌张:"大小姐,这可怎么办才好。"

杨茉看向十二小姐,轻声道:"有时候疼是好事,能感觉到疼痛,是因为你的身体恢复了感觉。"

十二小姐坚强地点头,杨茉拿了软巾去给十二小姐擦眼泪,哭也不总是坏事,哭是因为还活着。

杨秉正努力地磨着手里的骨头碎片,他已经磨了太长时间,他想要将锋利的一面刺向自己,在黑暗中了结自己的性命,他正这样想着,面前的门霍然打开,少许的光亮射进来,紧接着一个人影挡在了前面。

杨秉正试着睁大眼睛看眼前的人,转念他却放弃了,他不用去看就知道这个人是谁,他身上散发着伪君子的腐臭味儿,亏他之前还因为他是帝师尊敬他,杨秉正艰难地动着身体。

他躲避冯觉,小心翼翼地整理手中的证据,就为了安庆府的百姓,杨秉正一直回想几年前自己的遭遇,早知道他不应该从大牢里逃出来,可谁能想到他出了虎穴又入狼窝。

一切都是早就安排好的。

也许会有人以为他在冯觉手上,谁能想到将他囚禁起来的是皇上的太傅刘砚田。

刘家是被人尊为不输广平侯的清流之家,刘砚田在皇上还是太子的时候就已经是太傅,所以每当冯觉一手遮天的时候,大家就会想到刘砚田,只有这位帝师才能在皇上面前直言不讳。

原来他们都错了,刘砚田是个真真切切的小人。

刘砚田走上前几步,声音略微显得有些粗糙,显然这些事来得太突然,不在他的掌握之内:"你女儿替你翻了案,你不再是贪墨了赈灾粮的犯官。"

杨秉正似是没有听清刘砚田的话。

刘砚田缓缓道:"王振廷被判了斩立决,才行了刑。"

杨秉正从惊诧中回过神来，刘砚田不可能用这样的谎话来骗他："这是真的？"

"是真的。"刘砚田的声音淡漠，没有任何情绪。

到了杨秉正耳朵里眼前如同霍然划过一道闪电，将他的头顶的天空照亮了几分。

杨秉正睁大了眼睛，杨茉兰稚嫩的表情回到他脑海里，女儿，刘砚田说的是茉兰？是他那个小小的、娇弱的囡囡，女儿的笑容忽然就到了杨秉正眼前，母亲总是因为囡囡开怀大笑，他不是一个好父亲，没有为女儿遮风挡雨，没有给她寻一门好亲事，反而让杨家落得被抄家的结果，他曾想过，女儿已经是罪臣之女，夫家不知肯不肯善待她。

却没想到再听到女儿的消息，不是女儿境遇有多凄惨而是为他翻案。

为他翻了案。

在他记忆里女儿还只是个孩子。

他永远放心不下的孩子，却反过来为整个杨家遮风挡雨。

杨秉正觉得等着腐臭的身体忽然之间活络起来，心脏扑通扑通地欢跳不停。

杨秉正紧紧攥着骨头的手松开了，他想要见女儿一面。

看看女儿到底出落成什么模样。

有了多大的变化。

为了给老父翻案受了多少委屈。

到底外面还有人为他奔忙，如果他死了他不会知道会有这一天。

"这么说，我对刘大人没用了？刘大人不如早些送我上路，"杨秉正的声音嘶哑难听，"刘大人……将我囚禁起来……不就是……要等到合适时机用我手里的证据……来参倒冯国昌，现在这件事已经揭出来，留着我已经没用了。"

刘砚田摇摇头："你怎么还想不明白，老夫是一心为了社稷着想，你若是听老夫的安排，也不至于走到这一步。"

如果看不清楚一个人会觉得他深不可测，一旦将他看明白，看着他装模作样就忍不住想要大笑，"呸……"杨秉正道，"若是一心为朝廷着想早就将冯国昌的事揭出来，刘大人是在等最利于自己的时机，说白了是为一己私利，现在还跟我提什么懂不懂，真是天大的笑话，我不是你刘家养的狗，你让我什么时候咬人我就去咬。"

刘砚田紧抿着嘴唇，看着快疯癫了的杨秉正："你可知晓你女儿要嫁给谁？"

杨秉正抬起头来看刘砚田。

"因和我女儿和离被夺了爵的周成陵。"

宣王还活着？宣王怎么会娶茉兰。杨秉正想都没想："不可能。"这是根本不可能会发生的事。

"你可知皇上如何忌惮周成陵？你可知你杨家终将落得什么结果？"刘砚田声音很轻仿佛是一个循循善诱的师长，"韩季虽然告发了冯国昌，却没有将账目说得仔细，这里面最清楚的就是你，冯国昌怎么洗税银，又将银子都运去了哪里，你仔细告诉我，我放你出去让你们父女团聚，你也好赶在他们成亲之前阻止这门亲事，何如？"

刘砚田向前走两步，弯下腰来，杨秉正哆嗦着嘴唇，他厌恶眼前这个人，冯国昌是奸臣，他是坏在表面上，刘砚田是个实实在在的奸诈小人，杨秉正想一口啐在刘砚田脸上，却嘴巴干裂没有半点的口水，他张开嘴咬在嘴唇上，咸咸的血立即流出来，他满满地含了一口，肩膀一耸喷向刘砚田。

刘砚田躲避不及登时被糊了一脸。

杨秉正哈哈大笑，血顺着他嘴角淌下来："君子坦荡荡，小人长戚戚，让你尝尝人血，你也好明白人的滋味。"

刘砚田掏出帕子很仔细地将血擦掉，转身走了出去。

门打开又关上，周围又是一片静寂。

杨秉正手哆嗦着将掌心的骨头握住，他不应该死，他要活下去，女儿还在外面坚持，他也要坚持下去，直到父女团聚，否则他会羞愧，不知道要怎么向女儿去解释。

刘砚田坐上马车悄悄地回到府邸，刘夫人将他迎进屋子。

刘砚田换了衣服径直问妻子："妍儿呢？"

刘夫人忙道："在后院里歇着，老爷想和妍儿说话，我让人将妍儿叫来。"从宣王府搬回来，妍儿就一直待在家中从来不曾出去。

刘砚田想了想，"我过去看看。"

刘夫人立即道："老爷才从外面回来，不如先歇一会儿。"

刘砚田摇了摇头："让人去传话吧！"

刘夫人应了一声转头去吩咐下人。

刘砚田进了屋，刘妍宁立即吩咐下人端茶上来，刘砚田打量了一眼女儿房里的摆设，宣王请旨和离之后，家中就将妍宁从前的闺房布置了一遍，用的是嫩绿色的幔帐，桌子上换了鹅黄色的流苏，整个屋子看起来生机盎然。

管事妈妈将屋子里的下人带出去。

刘妍宁看着父亲微微皱起的眉头："父亲的事办得不顺利？"

刘砚田点了点头："还是不肯说，也不肯照我说的办。"

"女儿不知道父亲怎么想，女儿觉得，这样也未必是坏事，只要人还活着早晚都会有转机，说不得哪日就想了明白，父亲都是为了朝廷不得已而为之。"

刘妍宁说着声音微低："就像女儿嫁给宣王，父亲也是没有办法才出此下策。"

刘砚田想及这个，脸上不禁泛起了愧疚的神情："宗室长辈来和你说些什么？"

刘妍宁道："女儿嫁过去之后，宗室那边就指派了葛妈妈来伺候，和离之后葛妈妈连同宗室的下人都留在了宗室营，宗室长辈说，若是用得方便就将这些人带回刘家也是一样。"

葛妈妈伺候了她几年，很是心疼她，只当她是替妹妹嫁人，别的事一概不知，这样留在宗室营不论见到谁都会说她的好话，所以留在宗室营是最好的，刘妍宁道："女儿说，既然不是刘家下人，没理由带回来。"

刘砚田听了这话很是欣慰："我知道你心里不舒服……"

"没有，"刘妍宁眼泪汪汪地看着刘砚田，"女儿真正心疼的是父亲，谁也不知道父亲的苦心，常家那边……父亲更是……"

"常家不提也罢。"提起常家和常老夫人刘砚田就心乱如麻，常家的事他谁也没说，只是在女儿嫁去宣王府之前跟女儿提了两句，常老夫人将他当儿子一样看待却不能和外人直言。

常家投靠冯国昌，也是常老夫人提起来的，常亦宁聪明伶俐得冯国昌喜欢，留在冯国昌身边说不定会知晓冯党内情，这步棋子他布得好好的，却没想到中途出来一个杨氏。

杨氏给杨家翻了案，抖出了王振廷牵连上乔文景，如今常大老爷也进了大牢，好端端的一池水就这样搅浑了。

这个杨氏她到底知晓多少事？

杨氏医术了得，能不能治好周成陵的病？

刘妍宁道："女儿让人打听看看。"

不知这个杨氏是聪明还是傻，会选嫁给周成陵，周成陵没有了爵位，又没有了祖产，稍稍想想这里面的利益关系，至少换做她，没有一个好理由她不会嫁过去。所以杨氏，没有多大的本事，不过就是个会医术的民女，看的不过是表面一层，根本弄不清楚这一切到底是怎么回事。

刘砚田还没说话，外面的管事来禀告："老爷，宫里的内侍来了，皇上要召见老爷。"

刘砚田眼睛里泛出喜色，皇上召见他越多证明对他越信任。

刘砚田站起身出去，刘妍宁将父亲送走后，身边的管事妈妈也来道："那位周夫人李氏来了。"

李氏最近常来常往给刘妍宁带来不少宗室那边的消息。

李氏进了门，径直开口："那个杨氏太没有规矩，我不明白周成陵怎么就看上了她，现在将七老爷一家也蛊惑得晕头转向，将孩子送去让她治，现在好了，就要闹出人命了。"

刘妍宁诧异地看向李氏："怎么闹出人命？不是说已经将十二小姐治好了吗？"

李氏想要开口叫"宣王妃"，话到嘴边又憋了回去："您是不知道，让杨氏治过之后病得更厉害了，这几天只有七夫人在那边陪着，族里几个夫人去看过都被挡了回来，若是治好了早就大张旗鼓地张扬，还能这般遮遮掩掩。"

"让人打听说，病得很凶险，说不得什么时候就没了，如果都像杨氏这样治病，大家去保合堂之前还要抬口棺材。"

刘妍宁不说话，事情没有定论之前她从来不会轻易张嘴，李氏这样的人惯会搬弄是非，将外面的事讲给她听，也会将她的话传出去，刘妍宁用眼角看了看李氏，她不过将李氏当做耳朵，她想要多知道杨氏的事。

刘妍宁想到这里开始捂着嘴咳嗽，李氏立即乖乖地换了话题："娘子这是怎么了？病还没好？"说到这里眼睛一转，"要不然请杨氏来诊治？"

李氏说完话，觉得这是个好主意，杨氏应该来拜见大娘子，刘氏掌控了宣王府好几年，又是正经的赐婚。

"说起来都是那个杨氏，否则宣王也不会要和离，"李氏说到这里为刘妍宁忿不平，"娘子在宣王府这么多年，在同辈中谁能及得上，长辈都说娘子好，那个杨氏就算嫁进来，也不会有好日子过。"

刘妍宁不知道说什么才好，半晌才道："也许是他们的缘分。"

屁个缘分，李氏一口啐在地上："提起这档子事我都嫌腌臜了我的嘴，不过就是图个年轻快活，那杨氏一看就是惯会勾引男人的，你没瞧瞧她身边围了多少男人，可不比那勾栏院里的少，这要是我臊也臊死了，还有脸嫁人？将咱们宗室长辈气病了好几个，谁家都是欢欢喜喜地办喜事，要说闹成这个样子杨氏可是头一份，多少人都等着看笑话，咱们自家也都觉得没有脸面。"

刘妍宁看着悲愤的李氏："杨大小姐能开药铺，就是心善的人，嫂子和她好好相处，将来说不得也像你我这般亲近，十爷待她好，她从中调和，两家关系也能越走越近，不像我，在十爷面前说不上话，不能将嫂子的好处多念念。"

这几句话戳中了李氏的软肉："杨氏还能有娘子这样的心肠，长得尖嘴猴腮一看就是惯会挑唆的主。"提起这个李氏想要一掌拍死杨氏的心都有，自从有了杨氏，她就没有一日过得欢快。

"嫂子不能以貌取人，杨氏能经营保合堂，一定也有治家的本事。"

刘妍宁处处替杨氏说话，李氏更是火冒三丈，握着茶碗的手抽筋起来："你不知道杨氏还说我的手有病，我的手好端端的哪里有病。"她现在从心里希望杨氏治死七老爷家的孩子，这样就有人能治杨氏的罪，杨氏不是什么神医，说的那些话自然也是子虚乌有，她也就不用担心有一天会真的生病。

这几天她四处奔走议论杨氏，就是要听夫人们说，杨氏的话不做准，这样她也能心安。

保合堂的前堂和后院彻底分开来，不论是谁进入后院都要换鞋和衣帽。

周七老爷还是第一次看到这样的情形，杨大小姐在前面走，后面的医生、郎中都一丝不苟地换衣服。

看着这样奇怪的举动，周七老爷却心安起来，如果和寻常医生一样又怎么能治好十二丫头和成哥的病。

周七老爷跟着换了衣服，向后院走去，说不紧张是假的，自从十二丫头进了保合堂说什么的都有，他不是忘恩负义的人，求着杨大小姐给治病还要怀疑杨大小姐的医术，可那是他的孩子，他也忍不住担忧。

一扇扇的门打开，周七老爷和杨茉才到了内室。

看到床上的女儿和床边的妻子，周七老爷的泪水熏酸了他的眼睛，一个大男人这时候却想不管不顾地抱着妻儿哭鼻子。

杨茉看着周七老爷怔愣在那里，不知道是该站着还是坐下。

杨茉看向梅香，梅香点点头悄悄地退下去。

杨茉道："我出去配些药，七老爷、夫人先说话。"

找个借口就离开，免得七老爷觉得当着她的面掉眼泪尴尬。

杨茉走到隔间里，正要看手里的脉案，周成陵从外面走进来，杨茉抬起头看到周成陵忙摇了摇头。

周成陵不由地向屋子里看去。

周七老爷走到床边拉住十二小姐，伸出手来揽周七夫人的肩膀，周七夫人挣扎了两下，向左右看看:"别让人笑话。"

周七老爷浑不在意,让人笑话的事他已经做的太多了,如果该一家人抱在一起的时候,他不伸出手臂来,不知道这辈子会不会后悔。

他不想给自己后悔的机会,也想享受此刻的快乐。

周七老爷坚定地不肯松手。

周七夫人用手推了推周七老爷,每推一下就像是用力牵扯自己的心,周七老爷不肯放松,她反而忽然之间就哭起来。

屋子里传来哭声,周成陵还站在旁边偷看,杨茉不由得觉得好笑,这个人好像从来没见过这种场面似的,脸上神情有些费解。

果然周成陵转头问:"十二小姐的病没好?"

杨茉笑道:"已经好多了,伤口也在愈合。"世界上第一例腹部手术就是因为施展手术的人保证了手术的环境和器械干净。

周成陵又偷看了一眼周七夫人。

周七夫人哭得比什么时候都伤心,周七老爷仿佛也在抹泪。

周成陵道:"七哥、七嫂都哭了,我还以为因为十二丫头……"

是因为十二小姐,不过不是坏事。

周成陵这个人缺失各种让人感觉到温暖的感情,如果将这个归结为情商的话,周成陵这方面的情商真让人绝望。

杨茉忍不住笑他,周成陵转过头看到杨茉脸上的笑容,沉下了眼睛,面目深沉让人看着太阳穴也要跟着跳两下。

做大事的男人,不会因为她嘲笑了两声就恼羞成怒吧。

眼见着周成陵伸出了手,杨茉想要走开,却被他飞快地拉住了手。

陌生的温度和力道让她觉得头皮发紧,在他的眼睛里,她好像一个被蒸过的梨子,热腾腾的,从外透到里。

肉皮虽然被烫得发亮,却是很甜很甜的。

随时都可能有人进来,她又不免多了些慌张,他手上的玉扳指冰得她有些疼,冷过了又觉得有些烫,莫名其妙地乱了方寸。

周成陵将长长的袖子放下来,好像若无其事。

杨茉抬起头来:"听七夫人说,宗室长辈正四处找你。"她也不是不会戳中他的难处。

宗室长辈气得跳脚已经闹去上清院了,宗室很少有这样的动静,都是因为周成陵要娶妻。

周成陵轻描淡写:"都去上清院了。"

上清院里的皇帝现在正搂着莲花手炉听宗室长辈怒骂周成陵,听得心情极佳。

来来来,都来骂,看看周成陵是什么奇葩,当年他在上清院开丹炉差点就被言官骂成昏君,多少人心里偷偷地觉得先皇应该将他圈禁,立周成陵为储君。

哈哈,现在这些人总算知晓,这个周成陵比他要荒唐得多。

"将皇上赐给的王妃和离了,就为了娶杨氏女。"

"那是罪臣之女。"

周五老太爷提醒道："杨家的案子已经查明了，杨秉正是被诬陷的。"

周二老太爷冷哼一声："太妃求亲的时候杨氏还是罪臣之女。"

皇帝想要跟内侍要八宝果盘来边吃边听。

周五老太爷不由得叹气："也是太荒唐，杨氏治病的手段闻所未闻……"

这话提醒了周二老太爷："将人开膛破腹，听说还用了丹炉炼药丹……"周二老太爷滔滔不绝，嘴角都泛起了白沫，他却还没有将杨氏的错处说完。

皇帝听到炼丹眼前一亮，看向旁边的内侍，杨氏炼丹，一个女子也懂得炼丹？皇帝想到这里看向几个宗室长辈："献王太妃在慈宁宫和太后说话。"

他因为周成陵和刘氏和离已经夺了周成陵双爵，现在周成陵要娶亲他又能给什么责罚？还从来没有一个人因为娶妻丢官丢爵再丢掉性命，现在又有献王太妃出面，完全合乎礼数。

献王太妃皇帝不是不知道，现在提起这个人他还会觉得头疼，献王太妃从来不插手朝廷里的事，几十年没有进宫向太后求过什么，所以内宅上的事，她说起来才格外有分量。

周二老太爷道："皇上，这……再不阻止，婚期都要定下来了。"

周二老太爷的声音刚落，有宫人就到了殿外。

内侍将宫人领进来，宫人规规矩矩地将一张帖子递上去。

皇帝打开一看上面圈着日期，二月初七，这是做什么？

宫人低声道："太后娘娘让我将这帖子送来，说是给周十老爷选的良辰吉日，献王太妃要和皇上求份喜礼，太后娘娘说，就要上清院挂着的荷包。"

宫人的声音十分清脆，却让周二老太爷抽了一口冷气然后"嗬……嗬……"地如同拉风箱般喘息，瞪大了眼珠子看周围的人。

空张着嘴。

你们听到没有，不但要娶杨氏，还要太后画日子，还觍着脸来要赏赐呐。

你们听到没有。

真是气死我也。

献王太妃笑着和太后说话，旁边的醇郡王世子挥动着手地去抓盘子里的龙眼。

旁边的宫人跟着笑："太后娘娘您瞧，世子爷一手能抓住三个呢。"

太后眯着眼睛看醇郡王世子，然后向醇郡王妃点头："有这样伶俐的孩子，你也是个有福气的。"

醇郡王妃站起身来向太后谢恩。

太后捻着手里的佛珠："宗室就要人丁兴旺我们大周朝的江山才能稳固。"

献王太妃笑道："所以才说今年是个好兆头。"说着吩咐下人将锦盒摆上来，"这是用咱们宗室孩子的小衣服缝了床百子婴戏被。"

看到漂亮的绣工太后眼前一亮："真是好，难得你会想到这个。"现在最让她担心的不是皇帝整日里待在上清院，而是后宫没有一人能有孕。

醇郡王世子忽然伸出小手"哦哦"地喊了两声。

醇郡王妃笑道:"难不成是认出这被子里有他的小衣服。"

小孩子哪有这样的眼力,知道醇郡王妃是逗笑,可是看到世子爷的小模样,好像是真的一样,好久没见过小孩子的太后娘娘也笑弯了眼睛:"说不得是识得,现在的小孩子都聪明。"

醇郡王妃道:"都是杨大小姐治好了世子爷的病,如果没有大小姐,我们母子说不得早就……"

醇郡王妃每次看到儿子都会想起生产那一天。

献王太妃怕她吓到太后忙道:"看你,好好的日子怎么说起这个。"

醇郡王妃急忙去抹眼角。

太后却来了兴致:"杨大小姐到底是什么样的人,还要太妃出面求亲。"

"杨大小姐是极好的人,"醇郡王妃眼睛红肿,"要不是杨大小姐七老爷家的孩子也没了。"

太后惊讶地扬起眉毛,看向献王太妃:"我整日在宫中倒是没听说得那么仔细,今日你们过来了倒应该好好讲一讲。"

上清院吵得翻天覆地,太后宫里倒是一片祥和,献王太妃不由自主地弯起嘴唇,让那些老狗去闹,闹够了他们就知道,这是她要管的事,谁也别想插手。

常老夫人躺在软榻上听消息:"见过老爷了?"

陈妈妈摇摇头:"没有,用了些银钱,可是……还不让见……"

常老夫人皱起眉头:"那是他没骨气在牢里吐了口,朝廷知道他有内情没说,一定会想方设法掏干净。"

陈妈妈听得有些害怕:"老夫人的意思是,老爷会被定罪。"

常老夫人脸上看不出悲喜。

陈妈妈却有些慌张:"那要怎么办才好?"

常老夫人声音冷淡:"遇事慌张,没有半分的思量,走到这一步能怪谁?我说的话他若是肯听进去一句就不会有今天的牢狱之灾,说到底还是眼皮子浅,就像那贱人一样,若是我的儿子决计不会如此。"

听得常老夫人的话,陈妈妈不禁觉得脊背发凉,老夫人一直怀疑老爷不是她亲生,当年京中闹灾荒,刘家那边出了事,老夫人陪着表夫人回刘家,谁知道路上遇到灾民两个人都动了胎气,没办法才就近在杨家生了孩子,前前后后帮衬的就是杨氏的祖母杨老夫人。

常老夫人似是也想到了往事,睁开了眼睛:"我那时是如何待她们,到了紧要关头她们两个却一起来算计我,我一个康健的孩子,却换了个病弱的,她们是算准了那孩子过不了几日就会夭折,才推到我头上,谁都知道刘氏有病在身,一直向杨家拿药,却到了生产的时候,我的儿子却不如她的,这是什么道理?当年刘氏拉着我去清华寺求福就是存了这样的心思,因为这件事我被常家长辈责怪,我们骨肉分离,她们却过得逍遥自在。"

杨秉正翻了案,听说杨家的祖业也要还回来,常老夫人想到这个就觉得胸口憋闷,几十年压在上面一口气，就是吐不出来，日日夜夜折磨着她让她不能安生，刘氏死的时候她总算舒服些，杨家破败的时候她就觉得痛快多了，现在这块石头又重新压了回来，常老夫人想到这里就要撑着身子坐起来，旁边的陈妈妈见到这样的情形，不禁心头狂跳："老夫人，您可别着急，来日方长，咱们再慢慢筹划。"

听得这样的话，常老夫人脸上露出奇异的笑容："我当然不能就这样算了，我活着就是为了找回我自己的儿子，让杨家为当年的事付出代价。"

所以常家怎么样她不关心，在她身边长大的是那贱人的儿子，上天保佑他没有因为生下太赢弱而死，因为他的存在时时刻刻在提醒她，她和杨家、刘氏那个贱人有一笔血债，她要让他们还，用命来还。

常老夫人想到这里，外面的丫鬟来禀告："老夫人，五爷来了。"

常老夫人看向陈妈妈，陈妈妈忙将她搀扶着躺下来，转眼间常老夫人又恢复了一脸悲伤、虚弱的模样。

常亦宁进屋向常老夫人请安。

常老夫人挥挥手关切地看向常亦宁："总算是回来，家里出了这么大的事，你母亲和我都要撑不住了，你父亲如今这般，你再出了事，我要怎么活，"说着顿了顿，很是急切地问，"舞弊的案子怎么样？有没有牵扯到你。"

常亦宁恭敬地道："冯阁老、闫阁老还有书院的博士为我作保。"

常老夫人整个身体仿佛轻松了很多，不住地点头："这就好，这就好。"说着话忍不住眼泪往下流。

看着压抑哭泣的祖母，常亦宁心里忽然软起来，他在祖母身边长大，祖母一直对他十分的疼爱，他写的第一个字是祖母教的，祖母给他请最好的西席，去最好的书院，笔墨纸砚都是祖母让人去买，从来不假手他人。

杨家的事祖母有错，可毕竟是他的祖母，一路上他想要问个清楚，可话到嘴边看到祖母满是皱纹的脸，他又吞了回去。

"祖母，杨家的事是我们不对，"常亦宁说到这里顿了顿，"我们家欠杨家多少都还给杨……茉兰，祖母教我君子坦荡不就是要如此。"

常老夫人半晌才叹了口气："这件事上我做得有偏颇，我是真没想到茉兰会不嫁给你，到现在我还没弄清楚，她是嫌我们常家门头低，还是嫌你不够好，或是嫌我这个长辈对她关切太少。"

他又何尝知晓，从前为了前程他很少想这些事，最近因为科场舞弊案被牵连，耳边都是杨家的事，反而想起杨茉兰来，现在的杨茉兰和以前不一样了，他喜欢杨茉兰从前柔软的性子，见到他会低头会红着脸，他给杨老夫人请安的时候，杨茉兰会靠在祖母肩膀上笑，偷偷地看着他。

不复往昔。现在的杨茉兰从常家搬走之后就和他没有了一点关系，就好像个陌生人，他却控制不住地关切她，甚至欣赏她，他想如果杨茉兰现在对他红着脸莞尔一笑，他的心会随她跳动。

所有的事却不是照他喜欢的来。

常老夫人道："亦宁，你有没有打听打听乔家的事？乔老爷被抓，乔夫人病着，现在整个乔家都靠乔大小姐，咱们两家是要结亲的……"

祖母还想着和乔家结亲，常亦宁皱起眉头："祖母……"

常老夫人红着眼睛看常亦宁："你不是想要去冯阁老身边，将来也好……找到证据揭发冯阁老，现在这个时候你舍弃了乔家，冯阁老会觉得你不可靠，就算要退婚也不能是现在，等到乔老爷那边有了结果再说。"

他等时机入仕就是要留在冯阁老身边，就算不能一举将冯阁老推翻，也能从冯党身上刮出一层血肉来。

可是现在的情形，他不想要在这里听祖母说话，只想要去保合堂找到杨茉兰将所有一切说清楚，说他为何要和乔家结亲，为何要……

到头来又有什么用。

杨茉看着紧张的高正春。

自从蒋平带来消息说朝廷可能重开科举，高正春就紧张得不得了，这次如果考不中就真的是笑话了。

高正春消瘦的肩膀有些沉重，看着中哥在屋子里活蹦乱跳。

中哥是因为长期营养不良才会得病，经过输血浆好多了。杨茉就让江掌柜在药铺里腾出一间房给高正春一家住，高氏性子淳朴帮着药铺里的婆子浆洗布巾，江掌柜每个月都比照雇来的浆洗婆子给高氏工钱。

江掌柜站在一旁笑呵呵："高秀才定能考上。"

江掌柜这样一说，高正春反而更加紧张。

杨茉道："要不要借些书来？"高正春在侯家挨了打之后书都丢光了。

高正春慌忙不迭地点头。

这个屋子里都是郎中，要去哪里借书，蒋平这次反应很快："我……去问问。"

哪里能事事都依靠周成陵，杨茉道："不如你开个书单，让江掌柜去找找看。"

杨茉话音刚落，身后传来周成陵的声音："让蒋平拿我的帖子去红山书院，高正春这几天就去书院里找书。"

听到书院两个字高正春眼睛都亮了，站起身来不知道该怎么谢周成陵，忙向蒋平求助。

蒋平清清嗓子："这是我家少爷，行十，叫周十爷。"

周十爷，那不是国姓？

这段日子周成陵常来保合堂，周七老爷来看十二小姐，他也跟着来，周七老爷不来，他就帮忙来问一声。

其实江掌柜和白老先生都知道是怎么一回事。

杨茉将十二小姐的脉案给周成陵看："再过两日就可以回家里休养了。"

周成陵道："成哥想要来看姐姐，你这边行不行？"

周成陵最近格外的亲和，大约也是两个人相处时间多了，她也不怕他板着脸说话。

杨茉点头："我让人安排一下，拿件成哥能穿的衣服。"

"那我去将成哥接来。"

杨茉道:"我去和七夫人说一声。"

周成陵走出保合堂,杨茉将成哥的事和周七夫人说了。

十二小姐显得有些紧张,看向七夫人:"母亲给我梳洗一下吧,别让成哥看到我害怕。"一个能安慰弟弟的姐姐,不应该这样。

杨茉吩咐梅香:"打些热水来,拿我的首饰盒帮十二小姐梳妆。"

周七夫人感激地看了杨茉一眼。

屋子里一阵忙活,十二小姐穿上了粉色小袄看起来精神很多,梅香进来道:"周少爷来了。"

成哥换好了衣服和周成陵一起进门。

看到了成哥,十二小姐脸上露出笑容,虽然嘴唇看起来很苍白,却十分的开心。

"成哥。"十二小姐叫了一声弟弟。

成哥在门口站立了片刻,听到姐姐和母亲的声音,这才欢快地跑到床边仔仔细细地看了十二小姐,用十分稚嫩的声音:"十二姐你疼不疼?"

十二小姐摇头:"不疼。"

姐弟两个相视一笑。

旁边的周七夫人也跟着笑起来,一家三口其乐融融,周七夫人转过头试着去找杨茉,却发现杨大小姐早已经出去了。

"母亲。"成哥和周七夫人说话,发现周七夫人正怔愣着。

听到儿子的声音周七夫人才低下头:"成哥说什么?"

成哥很认真地道:"杨大小姐是仙女吗?"

周七夫人听得这话想笑:"成哥怎么会这样说?"

成哥道:"去年母亲将成哥接回家里住,成哥半夜醒过来看到父亲拿着一张纸和母亲说话,说什么……仙人……来治好我和姐姐的病。"

周七夫人霍然想起那是她去求的一张符,说能治好孩子的病,她和老爷半夜里起来祈求,没想到会被成哥听到。

成哥就记在了心里,符上说请仙人,现在杨大小姐治好了十二丫头,成哥就觉得杨大小姐是仙女。

周七夫人想要纠正成哥的话,不过话到嘴边她却说不出来,她知道杨大小姐不是仙女,她却无法反驳孩子。

她不能反驳,是因为在她心里觉得这样称杨大小姐并不为过。

"成哥,"十二小姐轻声道,"杨大小姐是比仙女还厉害的人。"

成哥稚嫩的脸上露出笑容。

杨茉和裴度商量养马的事,裴度挑选了二十几匹马到了庄子上,想要做出疫苗不简单,首先要有一个固定的场所然后开始每天观察研究,杨茉虽然知道其中的原理,但是经过了给韩季治病,她知道想要获取有效的马血清不那么容易。

裴度对韩季用大量的马血清治病还记忆犹新："那每一个病患都要照韩大人一样来治才能好？这样要用多少血。"

杨苿摇摇头："不一定非要等到病发的时候再治，如果受了铁器伤，可以打一针血清来防生病。"

裴度没听说过这些，难道病还能防吗？

杨苿道："这样就不必用大量的血清，病患也少了患病的危险。"

裴度听得很仔细，每次和杨大小姐说一句话，他都要在脑子里翻来覆去想好几遍，然后才能弄明白些。

譬如现在，他就只有惊讶的份，不知道该问些什么。

杨大小姐怎么知道什么样的伤要打血清，又怎么知道打了血清就不会得病。

裴度看看左右，就连魏卯几个也一脸的茫然，连杨大小姐的徒弟都是如此，想来是没听杨大小姐这样说过，裴度越想越觉得可怕，不知道杨大小姐到底还有多少医术没有传授。

杨苿准备仔仔细细地讲一遍预防的原理，尽可能让徒弟和裴度听明白，这样一讲就是一个时辰。

在古代开展一种新的治疗方法是不容易的。

杨苿看看神情仍旧呆愣的几个人，教学不能急于一时，她要给他们思考的时间。

杨苿从屋子里出来，抬起眼睛看到周成陵正和成哥一起坐着。

成哥用眼睛不停地看着周成陵，想要调整成和周成陵一样的坐姿，腿并拢放在一起，手也摆摆好，周成陵拿起茶来喝，动作一气呵成很是自然，倒苦了成哥这个孩子。

杨苿走过去，成哥立即站起身来向杨苿行礼。

杨苿低声问："成哥还不回去？"

成哥摇摇头："父亲一会儿要来，我和父亲一起回家。"

是想要多在药铺里待会儿，虽然不能进去打扰十二小姐休息，总是离母亲和姐姐近些。

杨苿吩咐梅香准备些饭菜。

趁着成哥不注意，杨苿看向周成陵："你能不能坐得轻松一些。"

将小孩子也累在椅子上左蹭右蹭。

周成陵抿了抿嘴唇，然后看了看成哥，调整了一下坐姿，将腿弯了弯，仅此而已。

杨苿觉得好笑，看来这儿的人是不会那种舒适的坐姿。

梅香带着婆子很快将饭菜摆上来。

杨苿特意带着丫鬟退下去让周成陵陪着成哥吃了饭。

周七老爷将成哥接走，杨苿也准备回家，刚吩咐了婆子准备马车，周成陵从外面进来，"明日是你生辰。"

杨苿正诧异为什么周成陵会知道，这才想起来谈婚事要换生辰帖。

周成陵道："明天能不能抽出几个时辰，太妃想和你说说话，我也想要带你去看些东西。"

杨苿点了点头答应下来，献王太妃请她去，她没有不去的道理，其实还因为周成陵这样和她说话，她没有办法拒绝。

杨茉上了马车，周成陵也一路去了献王府。

见到献王太妃，周成陵上前行了礼坐在太妃身边的椅子上，大约一盏茶时间，周成陵才问献王太妃："太妃进宫怎么样？太后可答应了？"

献王太妃听得这话"扑哧"笑出来和身边的妈妈对视："我就看看你能忍到几时。"

献王太妃说完点了点头："答应了，选了几个日子，最早的是明年二月，不过我瞧着杨家未必会答应，哪家的女儿也不会那么快就嫁人，有些人家亲事谈好了，两年才过门。"

看到周成陵愣着，献王太妃拿起帕子捂嘴笑："想要杨家答应，你还要花些心思。"成陵的性子她清楚，趁着他对杨大小姐上心也好让他开开心窍。

周成陵颔首："孙儿就照太妃说的安排。"

献王太妃认真地"嗯"一声："我也想早点给你筹备婚事，别又和上次一样闹了笑话，张老爷还以为是蒋平要向杨家提亲迎娶杨大小姐。"

外面屋站着的蒋平听得这话顿时打了个冷战，阿玖惊讶地张大嘴看向蒋平。

屋子里一瞬间安静。

周成陵皱起眉头。

蒋平立即像是被五雷轰顶，头发像刺猬的刺一样根根竖立，脸涨成猪肝色，几乎就喘不过气，阿玖看他的目光，生像是他已经死了。

张老爷怎么会以为他要……这不是要治死他吗？就连董世子和少爷那样的交情，都要被少爷冷落，换成了他……他还能好端端地站在这里？

蒋平欲哭无泪，想要从阿玖脸上找些安慰，谁知道阿玖却别过脸去，跨离他两步，生怕被殃及池鱼。

"这事要说都怪你，"献王太妃板着脸，"我看你父亲和你爷爷没有像你，连个媳妇也娶不回来。"

听着长辈的打趣好像回到了自己家里，周成陵觉得心头暖暖的，眉头也松下来。

从献王府出来，周成陵一路来到杨家祖宅。

周家的王管事已经等在那里。

"人都到了？"周成陵低声问。

王管事道："都来了，等着听您吩咐。"

"杨大小姐来看过祖宅了？"周成陵问王管事。

"只是匆匆看了一眼，里面乱成一团，大约还没想好要怎么收拾。我们也不好动杨家的东西，就简单清扫了一遍。"

周成陵点点头，他仔细想过要送什么礼物给杨茉兰。

发现无论拿出什么都及不上他想要的分量。

不在于用多少银钱，也不是有多珍贵，一定是要关于他们两个人，他所能给予的。

这样他才能精神气爽地站在那里，等着她到来，然后向她献上他的礼物，让她不会觉得粗糙，也不会觉得不够用心。

到那时，他会看她脸上的笑容。

只等那一刻。

已经有几个人等在院子里，见到周成陵都迎上来说话。

蒋平看向阿玖："少爷这是要做什么？"

阿玖伸出手来指："你还记不记得少爷第一次见到杨大小姐？"

蒋平摇摇头。

阿玖撇撇嘴："在闫阁老府上杨大小姐治杨梅疮，少爷让人找的那个番商，这次买了不少的琉璃灯，那个是杨大小姐在常家给杨蟠治伤时少爷找的'首饰侯'家的人，会做各种精巧的工具，那个你知道啊，是修过陪都行宫的。"

阿玖越说越心热，这是少爷遇到杨大小姐之后笼络在一起的人。

"这是要做什么？"蒋平不明白。

阿玖诧异地看着蒋平："你不知道？少爷要用杨家的空房子给杨大小姐修个好点的治病屋子。"

治病屋子，保合堂的人叫什么来着？

"对了，是手术室。"

"少爷要修一个手术室，庆贺杨大小姐的生辰。"这样既没有大张旗鼓，又会让杨大小姐开心。

蒋平榆木脑袋想不出个首尾来，送女子东西不都该是头面、水粉，再有就是花什么的，为何少爷送这东西。

阿玖嫌弃地看他一眼，抽了抽嘴角："你就等着笨死吧！"

周成陵站在屋子里抬起头看过去，吩咐侯公输："要将屋顶上镶满琉璃灯，为了方便点灯要能将灯放下来。"

整个屋顶都镶满琉璃灯，侯公输有些发怔，就选了这么一间不打眼的屋子来做这些，如果不是宣王爷说出来，他一定会认为这人疯了，转头看屋子里放满的琉璃，在灯光下闪闪发光，如果挂满了屋子，该有多漂亮。

为了看到这样的美景，就算忙碌一晚也值得。

可想而知，能拥有它的人自然更加欢欣。

第二天一早刘妍宁带着丫鬟去清华寺上香，两个人走进为女眷准备的禅房，常老夫人身边的陈妈妈早已经等在那里，见到刘妍宁，陈妈妈蹲身行礼："大小姐。"

刘妍宁身边的丫鬟忙将陈妈妈搀扶起来。

陈妈妈满眼红丝显然没有睡好。

刘妍宁道："老夫人的病怎么样？可有好转？"

陈妈妈摇了摇头，一脸苦涩："家里出了事，老夫人放不下心，病就更重起来了，这次打发我过来也是看看小姐，听说，"她看了看屋子周围，没有旁人才低声道，"听说周十爷要娶杨氏，老夫人想着小姐定然委屈，让奴婢来劝劝小姐，不要因此伤心。"

刘妍宁点了点头："妈妈让老夫人放心，"说着微微一笑，笑容中隐见几分失意，"都是过去的事了，如今他已经与我和离，再娶妻也是理所当然。"

真是冤家路窄，周成陵娶谁不好偏偏娶杨氏，常家被杨氏搅和得乱成一团，现在刘大小姐又要因为杨氏伤心。

陈妈妈迟疑着道："老夫人，想要见刘老爷一面，有些话当面说清楚也好。"老夫人整日里想的就是母子团聚，如果见到刘老爷说不定心里还能畅快些。

提起这个刘妍宁就一脸为难："父亲也是左右不能兼顾，本想好了等这次风波过去，谁知道乔家、常家接二连三地出事，若是就这样见了，恐怕被人发现，常老夫人的心血就白费了。"

这话说的也不是没有道理，陈妈妈嗓子发紧："我们老夫人过得苦啊。"

刘妍宁吩咐丫鬟端茶给陈妈妈，然后低声安慰："妈妈要好生劝说老夫人，这个节骨眼上，我父亲可不能出事。"

为了刘老爷也只能这样了，陈妈妈点了点头。

杨茉吃了一碗长寿面，才坐车去了保合堂将十二小姐送回周家。

周七老爷家中都是照杨茉说的安排，将房间打扫得干干净净，不管是幔帐还是床褥都是新的。

下人小心翼翼地将十二小姐抬上床，调整了坐姿十二小姐觉得舒服多了，再看看周围的摆设，不知怎么的好像一切都明亮起来，这房间比她第一次见到还要漂亮，十二小姐指着窗台上的盆景："母亲，那是真的盆景啊？"

周七夫人有些惊讶："是啊，是花房养的，你回来的时候才搬来。"

十二小姐不知道是高兴还是兴奋："我一直以为是假的，上面那一团东西，我以为是缀的宝石，现在才发现嫩绿嫩绿的在发新芽。"

十二小姐的眼睛好了。

周七夫人转头看向杨茉。

杨茉点头跟着笑："从前是因为病了才看不清。"

没想到病好了是这样，十二小姐向母亲扬起笑脸："母亲，让成哥也治吧，这样他就不会说母亲头上的大红花不好看了。"

周七夫人头上没有大红花，那是几支缠丝赤金镶红宝的边簪聚在一起。

周七夫人因为女儿的笑脸眼睛一热，不住地点头："好，你们都要好起来。"

安顿好女儿，周七夫人和杨茉一起去献王府给献王太妃请安。

周七夫人仔仔细细地将十二小姐的情形说了："已经不怎么疼，身上也觉得好多了，从前总是会头晕，现在清清楚楚的，今天还拿着自己从前绣的东西笑呢，说自己女红做得真是不好。"

提起女儿周七夫人总是有很多话说，好像要将几年里没说的都说完。

献王太妃也露出笑容："多亏了杨大小姐，你们两口子要不念着她的好，我这把老骨头可要跟你们没完。"

周七夫人站起身给杨茉行礼："我们夫妻决计不敢这样。"

杨茉急忙将周七夫人扶起来："夫人别这样说，也是夫人肯信我。"如果没有信任，这台手术不可能施行。

周七夫人想起一件事，看向献王太妃，她不好意思直接询问杨大小姐。

献王太妃只好代为开口："我们七老爷和七夫人想问问，若是他们再要孩子，会不会也是这个病。"

这个是遗传病，既然有好几个孩子都患症，很有可能会这样，杨茉点了点头："看样子，可能性很大。"

七夫人脸上顿时一片黯然，不过立即就又烟消云散："那也没什么，我有十二丫头和成哥就够了，只要成哥的病也能好，我什么都不求，老爷……若是想要子嗣还可以纳妾。"

杨茉摇摇头："七夫人，问题不在你身上，是七老爷这支有些病症，所以不见得妾室生下的孩子就不得病。"

杨茉话音刚落七老爷和周成陵从外面走进来。

七老爷目光径直落在七夫人身上："什么妾室不妾室，家里孩子生病的时候我没纳妾，现在孩子病好了我倒要纳妾？人不知福将来还不知道要遇到什么事，我是那种人？"

七夫人被说得面红耳赤，杨茉抬起头看向七老爷，却发现周成陵在看她，他的目光有些深沉不知道想到了什么。

这么多人在杨茉不能思量，只听得献王太妃道："人要惜福是真的，若是能将这两个孩子好好养大，也是你们两个的福气。"

大家说了会儿话，管事妈妈来道："饭菜准备好了。"

杨茉搀扶起献王太妃去花厅里，献王太妃笑道："今天是杨大小姐生辰，我老婆子就请了京里几个好厨子，杨大小姐对胃口就多吃些。"

献王太妃没有将她当客人般看待，反倒让她很舒服，花厅里也没有太多人，都是熟悉的面孔。

献王太妃看向醇郡王妃："说个段子听听，大家也乐呵乐呵。"

醇郡王妃笑着站起身："那我就说个神医的故事。"

喝水的献王太妃差点就笑起来，好不容易才将嘴里的水咽下，径直看向醇郡王妃："亏你想得出来，当着神医的面讲神医的笑话。"

这样一说，大家都笑起来。

下人陆续将菜端上来，献王太妃看看菜式："那边有没有多送几道素菜？我们十爷可是听医生的话开始吃素了。"

周成陵行十，在宗室营里都叫十爷其实和七老爷一个辈分，应该是十老爷，杨茉想着就觉得这个称呼实在太老了。

不知道从什么时候周成陵要吃素了，献王太妃说到医生，杨茉忽然想起在疫区的时候她是和周成陵说过，饮食要以清淡为主，不能饮酒熬夜，他不会样样都照做了吧。

吃过饭献王太妃拉着杨茉说话："我也不留你，想必你生母也在家中等着你。"

杨茉点点头："姨娘从昨天就开始安排。"

献王太妃看向旁边的管事妈妈："你送送杨大小姐。"

管事妈妈应了一声。

醇郡王妃和周七夫人也站起身，献王太妃道："杨大小姐不是外人，你们两个就留着跟我老婆子说几句，趁着我老婆子脑子还清楚，有些事要交给你们安排。"

是十爷和杨大小姐的婚事吧！醇郡王妃笑道："那就怠慢杨大小姐了。"

这样的话倒让杨茉不好意思，她只好站起身向献王太妃辞行带着春和出了门。

走出月亮门，管事妈妈停下脚步，杨茉抬起头看到周成陵。

周成陵说有什么东西要给她看。

"走吧。"周成陵低声道。

杨茉点头。

管事妈妈将去垂花门这一路上的下人都遣走，春和也远远地跟着，只有杨茉和周成陵走在前面。

青石板路有点湿，是刚下过雪的缘故，杨茉刚想要和周成陵说话，却不小心脚下一滑，春和离得远，杨茉伸出手来抓到了周成陵，周成陵也吓了一跳，伸出手来拉她。

一瞬间她的身体几乎平衡，却没想到周成陵那边松了手，她一下子摔在地上。

杨茉坐在青石板路上，周成陵站在旁边似是有些怔愣。

没想到一个会摔，另一个却没有拉住。

杨茉忘记起身，周成陵也忘记上前去搀扶。

就这样两个人望着彼此。

杨茉觉得狼狈又好笑，不过奇怪的是周成陵眼睛里却没有半点的笑容。

周成陵好半天才上前两步伸出另一只手将杨茉拉起来，然后用醇厚的声音询问："怎么样，有没有摔到？"

周成陵的声音总是能让杨茉心里安稳许多。

杨茉摇头："没有，穿得厚，你又拉了一把，没摔着。"

春和想要上前来，看到周成陵始终拉着杨茉的手，忙转身避开。

周成陵一直看着杨茉和寻常时候仿佛有些不一样。

杨茉也说不出来到底是为什么，往常时候周成陵虽然和她见面可是还算守礼，就算拉她的手也会很快放开，可是这次他的手很有力，紧紧地收着手指甚至让她觉得有些疼。

"怎么了？"杨茉低声问过去。

"没事，"周成陵道，"朝廷中有些事。"

没事就好，朝廷中的事周成陵怎么也能安排好，他的聪明是谁也及不上的。

杨茉想要收回自己的手，却没想到周成陵手臂收紧一下子将她拥在怀里，他今天格外的急切，就这样抱着她，很专心很安静很仔细，说不清为什么，这时候的周成陵和平常不一样。

平日里他总是骄傲又霸道，高高在上不屈于任何人，真正的天之骄子。

今天好像有些脆弱有些失意，或者只是她的错觉。

杨茉想要抬起头来看周成陵，他却将头沉在她身后，让她无法看到，于是她只能感觉到他的怀抱很温暖，甚至比她想象的要温暖许多，他身上有淡淡的松香味道，闻久了却又有些花香，身上的氅衣蹭着她的脸，软软的很舒服。

她的心"怦怦"地乱跳个不停,虽然没有听到他的心跳声,却觉得他的呼吸很沉重。

在献王府这样,真是疯了,周成陵不是个荒唐的人,今天到底是怎么了?

杨茉挣扎了一下,周成陵才将她放开,杨茉抬头看去,周成陵面容看起来和平日没什么两样,只是眼睛被光照得更亮些,像是刚刚洗过的一样。

很漂亮,她从来没夸赞过他,但是在她心里早已经这样认为。

周成陵看着她低下头,他的呼吸很浅,好像随时都能碰到她,不过却停在了她眼前,只是笑着看她。

他从来没笑过这么长时间,让她真真切切地看清楚。

"回去吧。"周成陵忽然开口。

奇怪,周成陵说要带她去看样东西,怎么会突然之间让她回去,杨茉觉得胸口一紧:"怎么了?"

周成陵道:"没事,幕僚都在等着,我要过去说话。"

杨茉点点头,也是,他最近都在她身边晃悠,就快成无所事事的纨绔子弟了。

周成陵伸出手将杨茉的头发送到耳后:"走吧,让蒋平跟着,路上小心。"

今天他格外的奇怪,冒失又心急,不像他的作风。

杨茉来不及多想,周成陵喊了一声就有下人上来伺候。

杨茉带着春和走向垂花门,到了拐弯处,杨茉转过头看到周成陵仍旧站在原地。

"杨大小姐,车都准备好了。"

杨茉应了声,一直向前走,提起裙摆上了马车。

隐约听到马车的声响,周成陵松口气,冷汗一下子从他额头上冒出来,旁边的阿玖吓了一跳就要上前。

周成陵皱起眉头看过去,阿玖吓得停留在原地,眼看着周成陵慢慢地从他身边走过去。

献王太妃在屋子里和醇郡王妃商量周成陵的婚事:"虽说现在老十没有了爵位,聘礼照样不能少,献王说好了让我筹备,从前宣王府的东西我有数,让人列了个单子,你们瞧瞧还有什么不妥当的地方。"

醇郡王妃笑道:"太妃安排的还有什么不妥当,我们跟着就是做些杂事,宣王府被收走了,新宅子那边总要去收拾,不如明日一早我们两个带着些人过去安排,老十总不会想得太周全,被褥、铺盖总都是少不了的。"周成陵虽然是第二次成亲,可是第一次根本就不算,都不曾拜堂过。

醇郡王妃刚说到这里,献王太妃身边的妈妈走过来低声在太妃耳边说了两句。

献王太妃脸色有些变化,看向醇郡王妃和周七夫人:"也好,就照你们想的办,"说着顿了顿,"我累了要去歇一歇你们先回去吧!"

醇郡王妃和周七夫人站起身来告辞。

献王太妃让管事妈妈搀扶着站起身,快步走到偏院的内室里。

周成陵正靠坐在临窗的大炕上。

献王太妃心顿时一沉,成陵的做派她清楚,无论在哪里都是端端正正的坐姿,若是需要依靠着软垫才能坐着,那就是病得很重了。

"快让人喊杨大小姐回来……"献王太妃一时也乱了方寸。

"太妃，"周成陵摇了摇头，"让她这样回来，她会慌张，还没到那个地步。"

献王太妃眼睛发红："上次济先生来说可能已经好了，杨大小姐不是也说只要平日里仔细些就……就不会……怎么突然……"

他也没有想到会在这个时候，周成陵想要撑着起身，却没想右手用不上半点力气一下子摔在炕上。

杨茉有些心神不宁，说不清是什么原因。

马车到了杨家，杨名氏将杨茉迎进院子，陆姨娘笑着道："还当你要晚回来，却没想倒是回来早了。"

她也没想到，时间都是提前准备出来的，谁知道周成陵却突然有了事。

杨茉换了衣服，陆姨娘和她商量："舅老爷让人来传话，一会儿就要过来，我想着没有人陪舅老爷喝酒，不如……"

没等陆姨娘说完，杨茉摇头："不行，刚订了亲，还没有……十爷今天有事。"

陆姨娘一怔笑道："你啊，我是说，想要将白老先生和你那些徒弟请来，既然舅老爷来了，也就不会不方便。"

原来姨娘说的是这个，这样一来杨茉倒不好意思去看姨娘的眼睛，点点头："就照姨娘说的安排。"

说完话陆姨娘让人去保合堂请人，杨名氏正要去看厨房里准备的如何，陆姨娘将她一把拉住："大小姐好像有些心神不宁，总不会是哪里出了差错？"

哪能呢，杨名氏笑道："姨娘想得太多了，大小姐这是羞嫁。"谁嫁人的时候不是这般。

杨茉坐在椅子上看书，翻了几页上面的字一个也没记住，春和将从献王府拿来的礼物放在桌子上。

一只方方正正的药箱。

杨茉放下手里的书，将药箱拿过来。

箱子比她平日里用的要小些，外面只有个普通的装饰，上面写着"保合堂"几个字，将箱子打开，里面如同妆匣子一样分了两个抽屉，上面一排都是外科手术工具，两侧是各种皮管，再下面是诊枕和金针，甚至有几只瓷瓶是方便她随身带药的，她平日里要用的所有东西都在这里。

很有条理的规划，这是将她两只笨重的箱子合成了一只。

箱子是献王太妃送的，但是整个宗室营，也就只有周成陵了解她都会用到些什么。

小箱子里面的外科工具比她平日里用的精巧，杨茉将每个都拿起来看一遍才小心翼翼地放回去将箱子合上。

梅香端茶进来，杨茉笑着看过去："以后我们拎这一只箱子就行了。"中西结合的药箱，她这也许是头一份。

梅香看着桌上的药箱也很惊奇。

荆氏认清楚要和周家结亲之后变得就格外亲和，进门热络地拉着陆姨娘说话，见不到杨茉还东张西望地道："我们的寿星呢？怎么没见到。"

看到杨茉走进屋，荆氏立即站起身，上上下下地将杨茉看了个遍，一双眼睛仿佛能发光："真是漂亮，不要说我们家，就是在大周朝也是数一数二的相貌。"

荆氏说完这些还要拉着杨茉说话，杨名氏过来拉起荆氏颤抖的手："舅太太的手怎么了？可是伤了？快跟我仔细说说。"

荆氏总是拿有病的胳膊博取同情，难得有一天藏在袖子底下，却被杨名氏发现。

两个人坐到一旁，杨名氏句句话离不开荆氏的病，荆氏被问得有些不快，杨名氏立即道："都是亲戚，却不曾走动过，借着今天大家聚在一起好好话话家常，"说着顿了顿，"舅太太不会嫌我聒噪吧？"

"哪里的话。"荆氏强绷着面皮。

杨名氏抬起袖子掩面一笑。

前院的宴席开了，后面女眷的宴席也跟着摆上来，荆氏端坐在椅子上不时地去看杨茉，仿佛有什么话要说。

不过每次开口都被杨名氏打断，荆氏渐渐皱起了眉头。

桌上的女眷都不擅酒，陆姨娘也就没有安排行酒令，宴席很快就结束了，大家就一起去堂屋里喝茶吃点心，趁着杨名氏去安排茶点，荆氏立即坐到杨茉身边："姑奶奶没的时候好像就在昨日似的，没想到转眼间大小姐都要出嫁了。"

荆氏说到这里顿了顿："大小姐要嫁给宗室，也不知道那边的规矩大不大，十爷的脾气好不好。"

杨茉听出这话外弦音来。

规矩大不大是其次，周成陵脾气好不好才是荆氏想要问的。

杨茉看向荆氏："舅母怎么会想起这话。"

荆氏顿时一脸尴尬："我也不瞒大小姐，你舅父素有吃了酒乱说话的毛病，那日十爷请他吃酒，开始还好好的，后来你舅父发了酒疯将十爷骂了一顿。"

第八章 旧疾

杨茉忽然想到周成陵今天奇怪的表现，会不会是因为舅舅，便问："是什么时候的事？"

荆氏道："两天前。"

周成陵和她说好会去张家见舅父，她一直没问他什么时候去，古代男女之防很重，有些话不好直说，不过既然是两天前，就应该和今天没有关系。

荆氏显然很紧张，手指直搓手里的帕子，头上点翠的环钗也在抖动："我想早些和大小姐说说这事，谁知道你舅舅酒醒之后就将那些话忘记了。"

杨茉道:"是在张家吃的酒?舅母总会听说些吧?"

荆氏点点头,看着杨茉那双明亮生辉的眼睛,也不好扯谎:"十爷不肯吃酒,说是大小姐吩咐的,你舅舅就问了缘由,十爷说从前生了一场病,现在也不知有没有好,你舅舅开始没说什么,后来醉了就口不择言,说若是杨家长辈在,定然不会答应这门亲,还说了些有的没的,我以为十爷会走,谁知道就从头到尾听了,还被你舅舅吐了一身腌臜……"她本想攀上宗室,谁知道老爷会这样,现在她是求神拜佛不要前脚得罪了侄女后脚又得罪了宗亲,常家和乔家的事还不够吓人?

这个侄女连杀人都敢去看,如今杨秉正也沉冤得雪,杨家的祖宅又要还回来,她折腾了半天竟不知道贵人就在眼前,想起才来京里就和常家一条藤儿去骂侄女的事,她就从心底后悔,老爷因为这件事待她也不如往前,她是处处算计处处错,想起献王太妃的话,她就打寒战,哪里还敢存别的心思。

荆氏目光闪烁:"你舅舅之前就打听说周十爷差点病死,又父母双亡,现在被革了爵位,家中连个祖宅都没有,后来听十爷一说可不是句句属实。"

杨茉知道周成陵的脾气,他是断然不会在舅舅面前撒谎的。

荆氏哀求地看杨茉:"大小姐将来嫁过去好好和十爷说说,你舅舅也不是坏人,他是怕答应了这门亲事,若是不好,将来他没法向你娘交代。"荆氏说着眼睛通红。

荆氏虽然是故意将母亲抬出来,但是杨茉知道舅舅是好心。

杨茉点点头:"舅母话说得早了些,不过才有了婚约……"

"我的好大小姐,"荆氏想要用手来拉杨茉,却被杨名氏一把抓住,荆氏已经乱了方寸,哭丧着脸看杨名氏,"杨家族婶,之前是我瞎了眼才会信了常家的话,来骂大小姐,以后断然不会了,你就让我和大小姐将话说完。"

见荆氏提了这茬,杨名氏也不客气:"我还以为舅太太不记得这档子事了,舅太太去保合堂当着那么多人的面骂我们大小姐,以为一句瞎了眼就能抹平?舅太太一会儿帮衬常家,一会儿又要算计我们小姐,谁知道你下一次变成什么嘴脸,也就是大小姐性子好,若是谁这样对我……还敢上门说风凉话,我保管打断她的腿。"

荆氏顿时脸色苍白。

"别想做了坏事,就让我们大小姐来给你们担着,没这个道理。"

"心里有鬼是你自己的事,想吃一颗定心丸,你的心思就要摆正。"

看到荆氏一脸熊样又要拿有病的胳膊说事,杨名氏冷笑着接着道:"我们大小姐是真金不怕火来炼,你再这样势利,也不怕日后瞎了双眼,"说完杨名氏将荆氏的胳膊丢下,"舅太太用这只好手做点好事,将来说不定也会过上好日子,否则……我可是见过从锦衣玉食到吃糠咽菜,不过就是转眼的事,京城这个地界儿什么都有可能发生,舅太太信不信?"

荆氏倒吸了一口冷气,就想要撒泼。她刚要张嘴,就听杨名氏扬声道:"大小姐的好日子,谁敢哭哭啼啼,我就让人送客。"

荆氏一下子被她的话给吓住了,微张着嘴巴怔在那里,这……这个杨名氏瞪着眼睛看着她,仿佛怎么什么话都敢说,什么事都敢做。她吓得眼泪在眼睛里打转,就是不敢掉下来。

杨名氏伸出手来扶额:"哟,今天酒喝了不少,不知道都说些什么,舅太太不要在意。"

荆氏全身的血液一下子冲到喉咙上，就想要大叫大喊发放个干净，可是看看周围的人，她却只能努力吞咽，她这辈子从来没受过这样的气，尤其是在这样的场合，早知道她真不应该来京城，这里不是她待的地方，她要和老爷说早点启程回家。

呜呜呜，她好想家。

荆氏刚要抹泪，杨名氏又伸出手拉起荆氏："舅太太跟我来，我还有事想要问你。"

荆氏不想走，却发现一只胳膊根本敌不过杨名氏，只能让杨名氏拖起来向西侧屋里走去。

内院里女眷的宴席散了，外院张二老爷和萧全几个正喝得热火朝天，不一会工夫外面的妈妈进来禀告："舅老爷哭了。"

杨茉和陆姨娘对视一眼，杨茉道："怎么了？是不是萧全他们说了什么不好的话？"

管事妈妈摇摇头："也不是，舅老爷是想到了夫人出嫁时的事，还说起了杨家被抄检他也没能进京帮衬。"

杨茉放下手里的书，有些人喝醉了会笑，有些人就会哭，舅舅这样会在萧全几个人面前失仪，想到这里，杨茉吩咐管事妈妈："让萧全几个不要和舅舅喝酒了，端些解酒汤过去，将厢房收拾出来扶着舅舅去厢房歇息。"

管事妈妈应了一声，萧全几个哪里还敢和舅老爷喝酒，全都在那里劝着生怕坏了大小姐的事。

魏卯好不容易劝了一碗解酒汤下去，张二老爷的眼泪也止住了些，颤颤巍巍站起身："马车准备好了没有？走，送我回家，"说着又看向身边的下人，"让夫人准备好东西，我们要出京了。"

好端端的就要离京，舅老爷真是醉得不轻。

魏卯连忙向萧全使眼色："快，快备车。"将舅老爷送回家要紧，等到酒醒了今天的事自然就记不得了。

魏卯搀扶着张二老爷向前走，萧全去安排车马。

白老先生看着几乎烂醉如泥的张二老爷，不禁捋着胡子笑："张二老爷你是高兴，高兴的时候格外容易醉。"

车将张二老爷送走，院子里也逐渐安静下来。

杨名氏安排好外面的事，撩开帘子进了屋。

陆姨娘忙拉着杨名氏坐下："今天辛苦族婶了。"

杨名氏笑道："哪里的话，我还怕我帮衬不上，"说到这里，杨名氏看向杨茉，"我都向舅太太问清楚了。"

她连吓带哄让荆氏像倒豆子一样，将那天的事倒了个干干净净。

陆姨娘紧张起来："有没有将事闹大了？"她是见过周成陵的，周成陵就是那种天生的王孙贵胄，怎么能经得起这样一顿骂。

杨名氏问的时候也是捏了把汗："看样子是没什么事。"

陆姨娘已经等不及："快说说，到底都说了些什么。"

杨名氏这才点点头，仔细地说了一遍："前面的话舅太太和大小姐都说了，关键是后面那些……舅老爷说舅太太的一个姐妹，嫁给了个身体不大好的举人老爷，当年也是图那举人老爷有了功名，谁知道过门没多久就做了寡妇，身下又没有儿女，在夫家日子过得艰苦，夫家人说她克夫，随随便便一个下人都能欺负她，娘家这边也帮衬不上，前些日子熬不下去吞了金子，那金子还是从娘家带去的嫁妆，夫家那边匆匆发了丧，娘家人知道消息之后都是下葬几天之后了。"

陆姨娘听得心惊肉跳，这是在说周成陵的病："那，十爷怎么说？"

杨名氏道："十爷说，人有旦夕祸福这是谁也意料不到的，想必荆家长辈也不知道那举人老爷这般命短，他的病和他父亲还不太一样，他父亲病了之后就没好过，他养了一阵子还好起来了，济先生隔一阵子就会来给他看症，现在他没觉得哪里不舒服，否则也不敢请长辈做主娶妻，还说等到大小姐过门他一定会好好待小姐，请舅老爷放心。"

陆姨娘松了口气，笑着看了一眼旁边的杨茉。

杨茉听得仔细，到了最后脸上也浮起笑容。

陆姨娘道："真没想到，以十爷性子还能说出这样的话。"

杨茉也明白了荆氏的担心，原来是因为舅舅用荆氏娘家的事来为难周成陵，荆氏素来心怀鬼胎，所以她害怕周成陵现在嘴上不说，将来也会为难她。

陆姨娘想想自己被抬进杨家，一辈子无名无分，她就盼着大小姐能有个好归宿："如果十爷这样一心为大小姐着想，我也就安心了。"

杨名氏轻拍陆姨娘的手背，笑着道："你就安心吧。"

时辰不早了，杨茉回到房中梳洗之后躺在床上，闭上眼睛今天在献王府的事一一浮现，周成陵温和得有些古怪，让她莫名其妙地有些放心不下，有些东西太美好就让人有种会随时随地失去的感觉。

杨茉坐起来喊了一声："秋桐。"

杨茉说完暗自摇了摇头，总不能让人去问，还是明日去了药铺再说。

这时秋桐端了灯进门："小姐是不是渴了？"

杨茉怔愣了一会儿，不知道自己是要做什么，眼前总是浮现起周成陵看着她摔在地上的表情，虽然极力忍耐却有些忧伤，可能是她想得太多了，杨茉转口道："没事了，下去歇着吧！"

杨茉在保合堂忙了一整日都没有见到周成陵，倒是高正春从书院回来之后一脸喜气："很多书都是我没见过的，博士讲的也好。"

中哥仰着脸听父亲说话，忽然之间问："那爹爹这次能考上吗？"

高正春鼓足勇气在儿子期盼下点头。

高氏笑道："还不去谢谢杨大小姐。"

高正春也正有此意，一家人来到内堂，却发现魏卯在喊杨大小姐："师父，师父。"

杨大小姐不知道在想什么有些出神。

高氏一把将高正春拉出来："大小姐肯定有心事，你的事还是日后再说。"杨大小姐虽然没说什么，但是直觉让她觉得不太对劲。

"到底怎么了？"高正春问。

高氏摇了摇头，在她心里杨大小姐性子冷静，什么事都能解决，不过今天好像不大一样。

杨茉半晌才听到魏卯叫她，转过头看魏卯，才发现所有人都大眼瞪小眼地看着她。

魏卯道："刚才师父说什么方法？"

杨茉才想起来自己讲着柯霍氏法则竟然走神了，她很少有这样的情况，在现代讲学时也是一气呵成，柯霍氏法则涉及一个病原学的研究，杨茉喝了口茶接着将剩下的讲完。

"病患或者患病的部位会有致人生病的东西，就像大家都知道得了痘疮的病患贴身的衣物必须要焚烧，否则就会将病气传给别人。"

大家似懂非懂，裴度倒是明白得快些："大小姐是说，要将这样的东西拿来让牲畜得病，然后牲畜的血清就能治这样的病？"

杨茉摇头："有些病比如破伤风、疯犬咬伤、毒蛇咬伤都可以做相应的抗毒血清，有些想要提前预防的病，大多都要做减毒处理，因为牲畜第一次染病血液里的毒性太大，不能救人反而会让人得病。我们先从简单的开始，先要做出抗破伤风血清。"

裴度惊讶："还有比破伤风血清还难的？"

杨茉点头："想要治一种别人不会治的病哪里那么容易。"

听到这话裴度不好意思地笑起来。

几个人正说着话，江掌柜进来禀告："大小姐，您要的病牛找来了，"说着顿了顿，"文正公世子亲自送来的。"

杨茉站起身走出去，一眼就看到了等在外面的董昭。

董昭穿着一身蓝色直裰显得有些风尘仆仆，身后还跟着几个随从，杨茉上前给董昭行礼："多谢世子爷帮忙。"

董昭看着杨茉半蹲福了福，不过才一段时间没见，杨大小姐眉眼仿佛都长开了些，再也没有那种小心翼翼的温婉，而是有种如明珠般动人的神采。

每一次见面都会让他惊讶，董昭道："不过是一件小事。"

哪里是小事，说起来言辞简短，其实大费周章，董昭第一次找的病牛没几日就痊愈了，杨茉托人告诉董昭，暂时就不用再找了，没想到董昭拗着硬是又找来了几头牛，杨茉都不知道怎么感谢董昭才好。

董昭道："大小姐要种牛痘找到愿意试的人没有？"

杨茉摇摇头："没想到世子爷这么快找到病牛，我还没安排。"

杨大小姐提到医术总是兴致勃勃，这次虽然也安排妥当，不过总是少了些什么，董昭看着保合堂里来来往往的郎中，本不想多说什么，却鬼使神差地开口："有什么为难事？"

今天好似很多人都问她这话，杨茉微微一笑："没有。"

董昭望着杨茉亮晶晶的眼睛，他还在想方法说服父亲的时候就传来献王太妃去杨家提亲的消息，他有些吃惊，也佩服周成陵，这就是周成陵和别人不一样的地方，周成陵想要做什么没人能阻止，倒是他，想要将父母说通再照礼节来提亲，他觉得这样会好一些，他不想将人娶回去之后让她受委屈，他知道杨大小姐可能会拒绝，他却没有先问她一句，这样不合礼数，又可能会让她觉得他太唐突。

现在想想他这些思量有些可笑，长辈、礼数通通算起来，到头来还是要杨大小姐愿意。

其实问一句没有什么可怕，而是她的态度分明，已经让他开不了口。

父亲骂他为了一个女人难道要不管不顾。

其实他能做到，只是他少了底气这样做，就算忤逆了长辈，她也有可能是不愿意。

董昭思量间，有病患来看症，杨茉向董昭行礼："有病患来看症，我就不送世子爷了。"

眼看着董昭离开，杨茉才去诊室里看病患。

白老先生让沈微言搀扶着走过来："大小姐歇一歇，这个病患我来诊。"

杨茉还没说话，身边的秋桐道："饭都备好了，大小姐先去吃饭吧。"

杨茉看向椅子上坐着的妇人："诊完这个病患我再去。"

保合堂的名气渐渐大了，每天来看诊的病患都不少，杨茉这样一忙就是一整日，回到杨家已经很晚。

不知道是不是太累，杨茉随便吃了些饭早早就睡了。

接连十几天杨茉白天看诊，抽出时间来和弟子们将病牛身上的脓液收集起来，冬天脓液很容易存放，接下来就是要做出接种牛痘的工具。

杨茉画了一张图是现代用来接种的器材，圆形的器具上面三排列着一共九根针，用的时候将针头沾上脓液，然后将针推出来扎在人的胳膊上。

工具做了两次杨茉都不太满意："针一定要不费力就推出来，否则接种的时候不方便。"

最近做什么好像都不太顺利，杨茉喝了口茶到了嗓子里觉得有些疼。

"师父脸色不太好，要不然我给师父把把脉。"魏卯的声音突然传来。

杨茉觉得好笑，当医生的人怎么不知道自己生病了，今天早晨起来的时候就心跳快，看什么都是影影绰绰的，呼出的气也很烫，显然她是病了。

杨茉边将手伸出去让魏卯诊脉边说道："开副药让人去熬。"

梅香有些着急："要不然小姐还是先坐车回去歇歇，方子开了回杨家熬也是一样。"

不过是有些着凉，哪里就这样金贵了，连开方子都等不及，杨茉摇摇头："让人将内院收拾出来，我过去歇一会儿。"她现在是真觉得冷了。

江掌柜忙吩咐人去收拾，梅香将杨茉搀扶着坐在床上，屋子里少了几盆炭火，杨茉都不觉得暖和。

"还是回去吧，"梅香眼睛有些红，"家里有地龙，大小姐会觉得舒服点。"

杨茉咳嗽几声，看向梅香："外面冷，等我吃了药稍稍好一点就坐车回去，"说着将她要的书说了一遍，"去书房，将这几本书拿来给我，我要看。"

现在还想着看书，梅香听了不禁劝说："大小姐还是歇着，书又跑不了什么时候看不行。"

杨茉从来不知道自己这样执拗，不过今天她算是了解到自己的脾气。

梅香去拿书，杨茉吩咐秋桐叫来沈微言。

沈微言进了门，杨茉抬起头来："沈微言，你这几天有没有见到你的东家？"

沈微言微微一怔，紧接着摇头："没有，这几天东家都没来药铺。"

杨茉点点头，看向旁边的婆子："去周家问问，看看周十爷今天有没有空，我有事请他帮忙。"

婆子应了一声立即去办。

沈微言也跟着退了下去。

梅香将书拿来，杨茉迷迷糊糊地看了几页，不过她想着今天定要将这些书看一遍，所以将背后的迎枕抽出来，这样躺得不舒服不至于会瞌睡。

婆子很快来回话："周家那边管事的说，十爷有事不在京里。"

这样的确说得通，十几天都不见一个人影，也不见有人来捎信，是人根本不在京城，不过她这个人疑心重，不太相信。

杨茉点点头："有没有问去哪里了？让管事的想办法去传话，我有重要的事请他帮忙。"

婆子有些怔愣，大小姐从来不会这样。

杨茉看向婆子，婆子这才道："奴婢这就去。"

杨茉不知道婆子去了多久，等她醒过来的时候第一眼看到的是陆姨娘。

"姨娘怎么来了？"杨茉说完话看了看房间，她什么时候回到杨家了。

"你这是要急死我，"陆姨娘用帕子擦擦眼角，"都病了怎么还不回来，多亏了十爷让人用马车将你送回来。"

杨茉仔细想魏卯的那张单方，没有什么特别的药，她怎么会喝了之后昏昏欲睡。

"周成陵呢？有没有过来？"

陆姨娘摇摇头："没有，听周家管事说不在京中。"

梅香将熬好的药递过来，陆姨娘端着喂杨茉："白老先生来诊了脉，说是受了凉，我看这些日子就不要去保合堂了，女儿家哪里受得了这样忙碌。"

看着陆姨娘担忧的模样，杨茉点头："姨娘放心，哪有人不生病的，吃些药就好了。"

吃了药，杨茉迷迷糊糊地睡着了，不知道睡了多久，隐约听到屋子里有声音。

杨茉咳嗽一声，外面的梅香忙端灯进来。

"怎么了？"杨茉低声问。

梅香道："十爷来了，在外面等着呢，问问大小姐有没有好。"

"什么时辰了？"

天还没有大亮，周成陵怎么这时候过来。

"丑时末。"

杨茉看向梅香："将那件银红的褙子拿来给我换上。"

梅香道："外面还冷，十爷只是过来问问这就要走了，不让惊动小姐。"

杨茉摇摇头："让他等一会儿再走，我这就出来。"

梅香不知道这是怎么回事，周爷这时候过来，来一趟就要走，小姐又恰好这时候醒过来，却不肯让周爷走，说什么也要出去见一面。

从前两个人都不是这样的，这到底是怎么回事。

杨茉穿好了褙子，梅香又将白狐斗篷拿来，杨茉抱了手炉跨出屋门："人在哪里？"

梅香道:"在前院呢,管事的说来内院问问小姐的情形再给回话。"

也就是说还没有给他回话,杨茉赞赏地看了眼梅香,梅香是越来越机灵了。

杨茉跨出小院,提着灯笼就看到前面的人影。

杨茉这才知晓这十几天她为什么常常失神,到底在担心些什么。

就是这个人。

她经历了这么多,越过了几百年或者更长时间,来到这里,没想到会有这样一个人让她牵肠挂肚。

在疫区时,她甚至一点都不了解他却已经开始喜欢他。

她也曾想过,她的心智难不成只有十几岁?

现在想想还真的是。

周成陵穿着深色的直裰,在黑夜里她分辨不出什么颜色,他头上束着小冠,脊背挺得笔直,在黑夜里也让人觉得英俊无比。

杨茉站定了,好一会儿周成陵才开口说话,他说得很慢,于是咬字特别清楚,但是却没有往常那样的悠长的回音:"病怎么样,好些了吗?"

她已经退烧了,这病来得快去得也快。

杨茉点点头:"你去哪里了?最近可要在京中?"

周成陵没有动,吞咽了一口才道:"还有事,要出去,"然后又停顿了会儿,"你说有事让我帮忙……是什么事?"

他向来是惜字如金,可也没有到这种程度,杨茉不回答他的话反而问:"准备什么时候走?"

"现在……马上……"周成陵说的字越来越少。

杨茉仰着头看周成陵,他的表情很平和看不出有什么异常。

过了一会儿,周成陵道:"天冷回去吧,我要走了。"

杨茉摇头:"你等等再走。"

她从来没有挽留过他,两个人见面他也没有主动要走过,除非是天色太晚要让她回去,杨茉从梅香手中接过灯就这样看着周成陵。

周成陵的睫毛很长,脸色被光照得苍白,或者现在就是这个模样。

眼看着他挪开步子想要走,杨茉提着风灯上前。

这几天她一直在想到底是怎么回事,唯一的解释是周成陵病了,如果不是病了他在献王府不会松开手,如果不是病了就不会着急将她送回家,如果不是病了就不会十几天不出现连个消息都没有。

她不是个傻子,于是她让婆子去周家找他,说是请他帮忙,是想印证自己的想法。

周成陵伸出手想要推开她,却没想到她已经做好了准备,他一下子没有推开就不忍心再用力,两个人这样纠缠两下,他偏过头一下子就吐起来。

不是普通的呕吐,是忍了很久终于忍受不了,所有的东西一下子都涌出来,痛苦又绝望的呕吐。

他特意背着她吐到旁边的小路上,剧烈的呕吐让他整个身体支持不住,却还竭力地站

着。

杨茉知道这种病，不光是吐而是头晕，整个人都应该站不稳，哪怕是一个小小的动作做起来都很艰难，不知道他是怎么走来杨家的，也不知道他怎么还能开口说话。

杨茉拉住周成陵，想要他靠在自己身上，替他分担一些身体的重量，他的身体侧过来，杨茉整个人都晃了晃，感觉到她的吃力，周成陵重新稳住身体选择了双膝跪下，他弓着身跪在地上努力地压制着却还是呕得厉害。

杨茉从梅香手里接过帕子要给周成陵擦嘴边的污秽。

周成陵躲闪了一下，本来刚刚停住的呕吐一下子又重新发作。

好半天他才挣扎着开口："梅香，将你家小姐扶回去，叫下人来伺候。"

她是一个医生，怎么可能会怕这些，更不堪入目的她都见过。

天空渐渐亮起来，杨茉才看到周成陵发青的脸色。

她想要给他擦拭，他竭力不肯。

她气得不知说什么才好："周成陵，你是傻子，我是医生还能比不上别人？你歇一会儿，等你有了力气再走，我又不会拦着你。"

他想要说话，却没有了力气，靠在她身上歇了一会儿，才用很轻的声音说："我收拾干净再去让你看。"

周成陵是很注重仪表的人，无论走到哪里都是脊背笔直，气势上自然而然高人一等，从来没有像这样无助过，本来是想见她一面就走，没想到会在她面前发作，自然心里很不舒服，她不想再和周成陵执拗，他不想让她看到这样狼狈的模样，她就顺从他的意思。

等到杨家下人赶过来，杨茉吩咐婆子："将十爷扶去厢房里歇着。"

眼看着婆子将周成陵搀扶起来，有两个人撑着他的身体，他也是半天才站稳，然后慢慢地向前走去。

杨茉眼前顿时一片迷蒙，鼻子不争气地酸涩，视线留在周成陵身上怎么也挪不开，心脏慌跳个不停，脑子里都是他痛苦的模样，那种疼痛就像一根线绳一样，将她也紧紧地束缚住，让她也随着他喘不过气来，杨茉竭力让自己镇定，带着梅香去门口。

阿玖拿着氅衣正等在那里，看到杨茉阿玖有些惊讶，擦了擦红了的眼角："大小姐，你……你……怎么……我们少爷呢？"

杨茉皱着眉头径直问阿玖："他病了多久了？十几天？还是更长时间？"

阿玖硬着头皮道："就是大小姐生辰那天。"

果然被她料中。

杨茉目光落在阿玖手中的大氅上："怎么不让十爷穿上氅衣？"

阿玖吸着鼻子："我们少爷穿着这么重的氅衣走不动路。"

周成陵就是这个模样，他想要做什么别人劝也劝不住，更何况阿玖这样的随从，杨茉道："有没有请郎中去看？"

阿玖慌忙不迭地点头："请了，让济先生去看了，用了针也用了药可就是不见好转，就像几年前那样……我们都吓坏了，想请大小姐，少爷不肯答应。"

最害怕的是周成陵，之前他还意气风发很有自信地和舅舅说他的病和老王爷不同，要不然也不会娶她，转眼之间他就和几年前一样了。

不知道是不是老天觉得他太好过了，刻意地想要折磨他。

杨茉吩咐阿玖："回家里拿些十爷换洗的衣服，方才十爷吐了将衣服弄脏了。"

阿玖听得这话顿时急出一头的汗："昨天大小姐让人传信说有事要十爷帮忙，十爷想去保合堂见小姐，谁知道根本不能起身，后来听说小姐病了，就让我们将马车暖了送去保合堂，今天早晨不知怎么的十爷精神好多了，能说话还能起身，这才坐轿子过来，我们还以为十爷这病突然又好了。"

没有突然就好的病，她给周成陵检查时总说："好好调养说不定不会复发。"其实是安慰他的话，因为她对他的病也是没有任何办法，神经科的病患死亡率很高，大多数是因为手术难度太高，有些病患开颅前病很重，开颅的时候干脆死在了手术台上。

周成陵是很聪明的人，他不让下人来找她去看症，是因为知道她也没法子，如果一个医生只会开安慰剂，她就真是束手无策了。

她在这里被人称为神医，她根本就不是，她有医治不了的病，所以猜到周成陵病发的时候，她有些慌张，想要将保合堂里所有医书从头到尾再看一遍。

杨茉走到厢房里，周成陵已经脱掉外面脏了的直裰，安静地躺在床上，他的脸色苍白嘴唇也没有任何颜色，比平日憔悴了许多，听到脚步声他睁开眼睛。

杨茉将外面的斗篷脱掉，洗了手，去给周成陵做检查。

"哪里最先有症状？"杨茉低声问。

他细长的眼睛十分清澈，定定地看着她，她明明知道却还问，是想要让他主动承认他的罪行。

他瞒了她十几天。

"不知道我是大周朝最好的医生吗？"

在别人面前她鲜有这样说，这次是真的生气了，周成陵道："我……"

杨茉打断他的话："你还是别说话了。"

说话的声音颤动足以引发头疼和呕吐，她虽然生气但是不会虐待病人。

"这几天有没有吃东西？"

杨茉问出来又后悔，吩咐梅香："将阿玖叫进来。"

话音刚落，周成陵道："还是问我，我好多了……今天你说的话，比十天加起来都多。"

平常他来看她，她顾着矜持很少和他交谈，现在不同了，他有病在身，她想知道得仔细点也好用药。

"喝了些汤水，都吐了。"

杨茉伸出手去按周成陵的眼睑，脱水的症状很明显，应该补液，但是他又有颅内压增高的症状，补液的量不能高于他排出的量。

杨茉道："你今天排过几次尿。"

周成陵英俊的脸有些扭曲，还没有成亲却直接到了这一步，让她这样照顾他。

周成陵显然不想回答。

她想要劝说他放下自尊，将她当做普通医生来看。

"如果补液不当，可能会让你不舒服。"

"我说了，就能拿准？"

杨茉摇摇头："不能。"她只能估计，在那双眼睛面前她都不想撒谎。

周成陵沉默，他可能宁愿不舒服，也不想和她讨论这个问题："那就试试吧，不舒服……我告诉你。"

杨茉转头看梅香："让魏卯将生理盐水拿来，我还要做血液配型。"

魏卯匆匆地赶过来，杨茉亲手将生理盐水给周成陵扎好，又让魏卯去找合适的血。

"让魏卯在这看着我。"周成陵看向杨茉，"你去歇着，你在这里……很多话我不方便说。"

他一直支支吾吾，就是让她觉得不方便好将她撵走。

折腾了一早晨杨茉感觉又有点发热，奇怪，她偏偏也在这时候生病。

周成陵显然很不舒服，闭了一会儿眼睛又道："你过去歇着……有事让人告诉你。"

第一次遇到这样挫败的场面，她想要留下来，他却守着他的自尊不肯，两个人这样互相望着，较了会儿劲，杨茉心软下来，她在这里他也不会安心休息。

"那你也先睡一会儿。"杨茉站起身带着人走出去，走到门口却停下来，静静地听着里面的动静。

果然里面传来呕吐的声音，声音压抑，让人心酸。

"魏卯，"杨茉隔着帘子，"将盐水拿下来。"输盐水不行，她也看不得他受苦。

好半天呕吐声才停下来，魏卯走出来看向杨茉："师父，十爷病得这样重，要怎么办才好？"

"我去想想办法。"她在这里不但不能照顾他，还要他为她操心，还不如她好好想想用什么方法能救周成陵，杨茉狠狠心走回自己房间。

杨茉将周成陵所有的症状都列在纸上，就像一个医科在校生一样仔细地分析，临床表现、触诊、既往病例，甚至加了脉象，一会儿工夫几张纸都被她写满了，不能做所有的检查，不能确定到底是什么病，没有任何的西药，甚至没有现代任何的技术支持该怎么办？

杨茉想了一晚觉得头昏脑涨，吩咐梅香拿了白狐氅衣给她。杨茉穿好了衣服去院子里透气，冰凉的空气吸进来，她却不觉得冷，大约是因为她此时此刻心里没有半点的温度，下了一晚上的雪，树梢上最后的残叶也被雪压下来。

杨茉不知道在院子里转了多久，魏卯匆匆忙忙跑来道："师父，十爷的病好像更重了，刚才还时常醒来，现在该吃药了，怎么叫都不应声。"

杨茉心里一沉，急着要去看周成陵脚下一滑差点就摔倒。

梅香连忙道："大小姐先别急……"

杨茉已经顾不得别人怎么说，几乎一路小跑来到厢房，进了屋子丫鬟要上前来服侍她脱下氅衣，她伸手挡住，径直就进了内室。

周成陵安静地躺在床铺中，好像没有气息起伏，要一直盯着他才能看到他微弱的呼吸。

"十爷。"杨茉低声道，床上的周成陵没有任何反应。

"周成陵。"杨茉又喊了一声，周成陵仍旧没有动静。

周成陵醒过来，醒过来。

神外的病患她不是没见过，她能接受的最差结果就是他变成那个模样，至少让他活着。至少他要活着。

杨茉随着周成陵呼吸，她喘气的时候比任何时候都用力，想要将力气传给他，好像这样他就能好起来。

"周成陵，周成陵。"杨茉一遍遍地叫，她不会松懈，在他没有醒来的时候，她不会放弃。

周成陵的睫毛似是有了些颤动。

她知道她不应该太着急，但是生死关头，她不能放过他。

"周成陵，你听到我说话没有？"杨茉又喊了两声，周成陵才睁开了眼睛，他的眼睛没有往日的清澈和平淡，而是一种近乎于没有焦距的迷茫。

那目光如同一只手将杨茉的心紧紧攥住，仿佛有人扼住了她的脖颈，让她无法呼吸。她害怕这样的目光。

那目光里没有她，没有任何人，那种目光是告诉她，他不在这里。

几乎是一瞬间她说不出话来，直到那双眼睛渐渐回暖，恢复了淡淡的神采。

周成陵和杨茉对视，他的身体很弱，所以看起来他的气势已经没有了，反而让她看到带着羸弱的温和，于是她能看到那双眼睛看到她时带着关切、欢喜和不舍。

有些人只会在脆弱的时候表露自己的情感。

之前杨茉很想看到周成陵卸掉外面的骄傲和威势，里面到底是什么样子，可是现在她却希望她永远看不到。

周成陵看了她一会儿才道："将……氅衣……脱掉吧……雪融了已经湿了。"

杨茉摇摇头伸出手来找到他的手指，紧紧地挽住："给我点时间，我会想到办法，听到没有？给我点时间，给我点时间。"

每次说她都看着他的眼睛，希望他给她痛快的回答。

他却犹豫了。

她最恨他现在的犹豫，就好像要将她的希望湮灭。

杨茉忍不住想要掉眼泪，就因为他没有痛快答应，她就觉得天要塌下来了似的。

周成陵醒来之后情况好像越来越好了，却将她的问话全都抛之脑后。

杨茉刚想到这里，外面传来献王太妃的声音，"怎么样了？人在这里？"

帘子一掀献王太妃走进来，献王太妃的目光在杨茉脸上一转，脸色更难看了几分，抢上前几步看向周成陵："这是又重了？"说着问杨茉，"成陵的病要怎么治才好？"

杨茉不瞒献王太妃："这病突然就发作，现在我还没有好办法。"

献王太妃吞咽了一口，眼睛通红，骂了一句周成陵："你是要做个白眼狼不成，我年纪大了，还想要你给我送终……"说到这里又骂不下去。

周成陵看着掉眼泪的献王太妃，半晌才道："太妃……安排一下……将我接回宗室营。"

杨茉霍然抬起头，周成陵要回宗室营？

"现在不行，"杨茉皱起眉头，"必须要在我这里，方便我给你用药。"

周成陵看着杨茉，神态有些慢条斯理，就像一个人在半梦半醒的状态下努力调整自己的精神，然后很清楚地说："我要回去……我的事还没做完。"

杨苿道："还不是时候。"

周成陵更加安静下来。

杨苿道："我说了，还不是时候，我说了算。"

周成陵摇头，很是坚定："不行，你要给我……时间……"

很多时候他都说好，到了现在他的态度却十分强硬，没有商量的余地。

献王太妃站起身："他要走就让他走吧，他在这里也不会安心让你医治。"

她不可能将周成陵强硬地留在杨家，不管她同不同意只要献王太妃安排，就会有人来抬周成陵回去。

不到半个时辰，周家的车马到了门口。

杨苿看向躺着的周成陵："是不是不准备用我给你治病了？"

周成陵抬起眼睛，明亮的眼睛里有她的影子："你……不愿意……给我……治病了？"

杨苿从来没有在病患面前发过脾气，现在却冷冷地看他："没见过你这样不懂事又不听话的病患，让我怎么治病？"

杨苿趁着这个机会一鼓作气："晚上没有人看护你，不知道情况，你留下观察两日再说。"

周成陵摇头。

这个时候晃动头是很辛苦的，如果能说话，谁也不愿意摇头。

他却摇头来反驳。

杨苿气急了站起身，二话不说地走出屋子，魏卯等在门口，看到杨苿，立即道："师父，我们要跟去周家治病吗？"

杨苿不说话，其实在哪里治病又有什么，她只是觉得周成陵不应该被搬动，而且他这时候回去是做什么？只要想到这里她就抑制不住脾气。

可是她又隐约知道周成陵要回去做什么。

"你跟去那边看护，如果情况不好就回来告诉我。"

魏卯应了一声，立即跟着周家人一起去搬动周成陵。

杨苿走出厢房，杨名氏立即迎上来。

"怎么了？"杨苿看到杨名氏的神情有些奇怪。

两个人走出院子，杨名氏才道："外面的家人说，外面有不少人探头探脑向我们家看呢。"

周成陵病了的消息定然已经散了出去，大家都来打听周成陵是不是死了，她能不能将周成陵的病治好。

不知道怎的想到那么多人都愿意看着他死，她就仿佛被油溅了般，说不出的难受。

想看他死没那么容易。

杨苿看向杨名氏："婶娘让人将堂屋收拾出来，我要在里面会诊。"

杨名氏忙下去安排。

不一会儿工夫，白老先生、济子篆和丁院判都被请到了。

杨茉换了身衣服进了门。

济子篆急着站起身："杨大小姐，十爷的病要怎么治才好，还有没有别的办法？"

济子篆话音刚落，秋桐进来禀告："大小姐，有位周夫人说，周家长辈要拿十爷的脉案。"

这位周夫人一定是李氏。

周成陵才病，这些人就已经按捺不住要动手。

杨茉看向秋桐："将周夫人请进门。"

白老先生皱起眉头："大小姐若是不愿意，让她们回去就是。"

杨茉摇摇头："今天我就让她知晓，杨家没那么容易来。"

秋桐下去将李氏带进内宅，眼看着杨茉带着下人进了屋，李氏立即迫不及待地道："正好杨大小姐在家，"李氏目光闪烁，里面夹杂些得意的神情，让杨茉看着不舒服，"我们家的长辈要十爷的脉案，要请太医来诊症呢。"

说到这里李氏忍不住眼角上扬，真没想到忽然听说周成陵病了，让人一打听更大的喜事却在后面，杨大小姐这个神医也治不了周成陵的病，献王太妃已经用车将周成陵带了回去。

听到这个消息，李氏就再也坐不住了，机不可失失不再来，上次她是等着周成陵死了再求爵位，这次她要伸手促成，免得又要让她等这个病鬼十几年。

"献王太妃让我给周十爷诊治。"杨茉不冷不热地看着李氏。

李氏微微一笑，真不知道这个杨氏是聪明还是笨，就算周成陵和她有婚约，到了这个时候她也该为自己打算打算，现在为周成陵得罪了宗室，将来周成陵死了谁来给她撑腰？宗室还不是随便折腾她。

李氏眼睛一转："俗话说得好，夫妻本是同林鸟，大难临头各自飞，何况现在大小姐还没有进周家门，"说到这里李氏特意看了看周围，"杨大小姐不也是没有办法，才让人将十爷抬出去。"

秋桐不禁听得脸红，李氏怎么能这样说话，小姐还没过门怎么就和十爷成了夫妻，这是要逼迫小姐让步，否则李氏就会出去乱说。

杨茉冷冷地看着李氏："我还以为，李夫人出自名门，定然知晓礼数，谁知道竟然在我面前说出这种话来。"

李氏不禁脸上一僵："你这话是什么意思？"叫她李夫人没有冠夫姓，这是在羞辱她，还从来没有人这样和她说话。

李氏霍然站起身："杨氏，我是给你留着脸面，你不过是个女医……"

杨茉看向李氏："李夫人没有听清我的话？若是要诊治李夫人请御医直接去看病患就是，何必来杨家闹，拿脉案也要看谁从我这里拿，无论哪个病患若不是真正关切的亲人来要，我都不会给，想要从我的脉案上看出病患的病如何，没有那么容易。"

李氏气得嘴唇哆嗦："若是因为你耽误了老十的病，宗室长辈饶不了你……"

杨茉霍然起身，嘴边绽着笑容，眼睛说不出的清亮。

李氏突然看过去有些骇然。

柔弱的杨氏随随便便站在那里，仿佛谁也不惧怕一般。

李氏不知怎么的，心头的欢喜一下子跑了干干净净，只觉得脊背发凉，好像有汗顺着脖颈流下来。

杨茉向李氏走过去。

李氏仿佛已经站不稳，却咬紧牙关看着杨茉，她还能不如一个十几岁的丫头。

看到李氏的模样，杨茉忍不住心中轻笑，不过是这样的胆色也敢来杨家闹，今天她就让李氏好好认识她杨茉："若是太医能治，早就治好了，何必等到现在，太医有什么办法？李夫人说出一个来，我就送上脉案。"

杨氏小小年纪竟然敢这样和她说话。

李氏觉得脸皮都紧起来，气得连头上的步摇都叮当作响："你又有什么方法？"

杨茉忽然微微一笑："我自然有法子，除了我还能谁有办法？"

这样的大话杨氏也说得出来。

最重要的是，杨氏这样说，她却不能不信。

杨氏还有办法，李氏睁大了眼睛，声音颤抖："你……你……"

杨茉道："夫人不用惊讶，有我在十爷就会没事，难道夫人没听过有人叫我神医吗？"

"我说什么就是什么。"杨茉伸出手来一把抓住李氏的手。

李氏想要挣扎，杨茉却掐住了李氏的手腕不松开，定定地望着李氏："夫人手背上这颗痣长了多久？不出五年定然会流血、破溃。"

杨茉从李氏的眼睛里渐渐看出了恐惧，她猜对了。

李氏脸色瞬间苍白，她最近确实觉得手背上的黑痣痒，这种事杨氏怎么知道。

杨茉迎着光，她早就发现李氏手背上有抓痕，如果不是痒谁会去抓。

黑色素瘤早期表现就是黑痣瘙痒，黑痣长在手背近手腕处，应该会经常被袖子磨到，符合黑色素瘤高危的症状。

杨茉伸出手指来细数："病会传到夫人的内脏，"说到这里，杨茉将指尖挪到李氏的胸口，腹部，腿脚，最后来到李氏头上。

每看到那手指挪动，李氏就觉得身体酥软一分，她不想相信杨氏的话，可是她的眼睛盯着杨氏的手就是挪不开。

难道她这么多地方都会生病？

"夫人身上很多地方都会生病，说白了比十爷的病还要难治，比七老爷家的孩子还要难受，到时候夫人就能尝到十爷和十二小姐的痛苦。"不将别人的性命放在眼里，早晚有一天自己的性命也会如同草芥。

眼看着李氏眼睛里有了惊骇，杨茉接着道："夫人不信？那我和夫人打个赌如何？"

李氏觉得自己的手疼得厉害，手指开始颤抖："我为什么跟你打赌。"

"夫人不是不信我的，就等着看看会不会如此，"杨茉说着顿了顿，"若是夫人不信我的医术，可以去找别的医生来诊治。"

杨茉松开手，李氏早就怔愣在那里，半响才去看哆嗦的手，她忽然觉得那黑痣痒得厉害，好像有只蚂蚁在里面爬。

李氏忍不住要伸出手去抓，却又怕像杨氏说的忽然流血，然后身体破溃，李氏觉得心跳都停止了。

"夫人，"杨茉声音冷漠，"请回去吧。"

杨茉准备要出门，李氏忽然跑几步上前："大小姐，我这病要怎么治？要怎么才能治好？"

这次和之前不一样，她已经完全相信杨大小姐说的是真话，她真的有病，她的病会比周成陵还要重。

她只要想一想就毛骨悚然，她的胸口说不出的疼，她整个人仿佛都没有了力气。

"大小姐啊。"李氏眼泪横流，刚才得意的神态已经消失殆尽，双膝几乎要跪在地上，死死地拉住杨茉的衣襟不放。

"夫人请走吧。"杨茉看向旁边的婆子，婆子立即上前搀扶李氏，将李氏的手拿开。

"行医之人有六不治夫人可知晓吗？骄恣不论于理，一不治也。"杨茉不再理睬李氏，转身出了门。

身后传来李氏的叫喊声："杨大小姐，杨大小姐……"

痛快，这是这几天来最痛快的一天，相信李氏听了这些话再也不敢来闹，她一心要给周成陵治病，没有时间打发这些事，杨茉一路回到堂屋。

白老先生道："脉案可给了？"

杨茉摇头："没有。"李氏不怀好心，她肯定不会让李氏如意。

济子篆道："那现在要怎么办？"

白老先生伸出手来让济子篆先不要说话，然后安稳地看向杨茉："大小姐不如先歇一歇，十爷病得急，大小姐难免压力太大，乱了方寸，我们医家早有规矩，病不治己，旁观者清，现下十爷的病只能靠大小姐，大小姐避不开只能尽量稳下心智。"

杨茉点点头，长长吸了口气，然后看向白老先生："先生放心我已经想通了。"上门来闹的李氏，已经提醒了她。

杨茉看向萧全，萧全立即准备好纸笔。

杨茉道："让魏卯将病患的尿液都收起来，根据尿量来补盐水，这一点很重要，病患吃不下东西，容易脱水。"

杨大小姐没有说十爷的名字而是用病患两个字代替，是想要将十爷当做普通病患来对待。

杨茉道："将粗针、套管、消毒用的酒和药粉，还有水晶针管都要仔仔细细地泡煮消毒，明日我们去周家，我要给病患治病。"

济子篆惊喜地看着杨茉："杨大小姐想到了治病的法子？"

不算是想到，周成陵的病复杂，她也希望能有用。

杨茉说完和白老先生商量："先生有没有适合病患现在用的止血方子，病患现在吃不下东西，就算喝下去也容易呕吐，药性不能太刺激。"

白老先生思量半晌才道："倒是可以试一试。"

现在她能想到的就是这些，杨茉看着济子篆："济先生给老王爷诊过病？"

济子篆点头。

杨茉尽量稳住心神:"老王爷的脉案先生还有没有?"

白老先生不禁一怔,他怎么没想到这个,既然有相似的病症,老王爷的脉案应该能参照。

济子篆想了想立即道:"应该在周家,老王爷去了之后,我就将脉案还给了十爷。"

既然是这样,明天她就去周家拿。

周成陵靠在炕上,让萧轲进门。

见到周成陵,萧轲脸色苍白:"王爷的病如何了?"

周成陵径直看向萧轲:"先生将我写好的那份名单拿出来。"

萧轲顿时惊诧:"王爷要用名单?已经到了这个时候?"

周成陵凝视着萧轲,眼底起了波澜:"没有……我要知道……万一我死了……我在意的人……能好好地活着。"

萧轲不太明白周成陵的意思,但是几年前他就已经决定一生追随周成陵,不管周成陵将来会如何,能不能让他的新法施行,他都不会有二心,大周朝能听懂他的话,大刀阔斧铲除弊政的唯有周成陵一人而已,若是周成陵不幸早亡,那大周朝气数也快尽了,所以他不在乎如果周成陵死了,会怎么样,他会照周成陵说的去做。

"名单上的人都要杀?"萧轲低声问。

周成陵看着萧轲:"不能等到事发之后补救,也不能看情况再下决定,因为那时候……我已经死了……我不相信你们任何人能随时随地判断清楚……所以……只要我死了……这些人都要杀……不能留下一个活口。"

萧轲将名单打开,看着里面圈掉的人名,不完全是冯党的人,周成陵到底想要保护谁?

萧轲忽然想到了杨大小姐。

杨秉正和冯党作对就已经站在冯党对立面上,这次给杨秉正翻案更是伤了冯党的元气,要知道朝廷上牵制冯党的就是周成陵,周成陵若是死了,谁也不能保证和冯党作对的人会安然无恙。

所以宁可将人杀光动了朝廷根基……

这是有多大狠心才能做这样的决定,将来定然会被人评判。

就是有这样的杀伐决断才会有这么多人跟随。

萧轲觉得他没有跟错人,周成陵就算寿命不长也能做出惊天动地的大事。

不管是为谁。

管他是为谁。

萧轲觉得一口热血涌上来。

我活着斗败你,我死了,你们要陪我一起死。

杨茉第二天一早就到了周家。

"十爷在屋里说话呢,您稍等等。"周家管事弯腰低声道。

杨茉在椅子上坐下来,眼看着有人进进出出,这些人都在压低声音说话,杨茉听不清楚他们说的是些什么，不过定然是跟朝廷有关。

周成陵要回来就是解决这些事。

神外病房是最安静的，因为病人需要安静的休息，现在成了什么？

屋子里的人看得她眼花，大约过了一个时辰，管事妈妈才来道："屋子里收拾好了，大小姐跟奴婢进去吧！"

管事妈妈掀开暖帘，杨茉弯腰进去，立即闻到浓浓的檀香味不由得打了个喷嚏，小丫鬟收拾污秽出去，点这么多的香周成陵是想要掩盖呕吐的味道。

杨茉看向管事妈妈："将香撤出去吧，不利于人呼吸。"

周成陵面对人的时候总是收拾得精神焕发，穿着蓝色的袍子靠在鹅黄色花草迎枕上，眼睛亮晶晶的，除了脸色有些泛黄好像和平常没什么两样。

自虐。

为了表面的光鲜就自虐到这个地步，杨茉不知道说什么才好。

"吃饭了没有？"

周成陵看着她说出第一句话。

不知不觉已经到了吃饭的时候，那是因为她在外面等了太长时间。杨茉不想和周成陵论这个问题。

对医生来说就要和时间赛跑才能救回病患的性命，如果全都是周成陵这样的病人，医生都愁死算了。

"我也没吃，我们一起吃吧！"

杨茉被惹毛了："我不跟病人一起吃饭。"

周成陵好像比什么时候脾气都好："你……保合堂……里不是……有很多病患，厨娘……也没有给你……单做饭菜。"

杨茉正想要说话，外面的阿玖进来道："少爷，外面又有人来了。"

听得这话杨茉火冒三丈，冷冷地看着周成陵："我不跟要死的人一起吃饭。"她本意是要表达周成陵现在不顾性命的态度，可是说出来却有另一种意味。

连门口的阿玖都低下头。

周成陵道："让……他们……去找萧先生……时间到了……我不能见了。"

阿玖点点头走了出去。

杨茉诧异地看着周成陵："什么叫时间到了？"

周成陵看向旁边的婆子，婆子将准备好的衣物拿出来。

周成陵道："我准备好……跟你走……去保合堂治病……免得你跑来跑去。"

这样着急的处理所有的事，是想要办好了和她去保合堂？杨茉觉得鼻子有些堵："去什么保合堂，那边乱，不如就在家里……"

"那就……去我的药铺……离保合堂近些。"

不让他走的时候他偏走，现在又要去保合堂，真弄不懂这个人。

杨茉突然觉得手指一凉，周成陵的手凑过来拉住她的："不过……我们……要有一个君子约定。"

周成陵的笑容很好看，很轻很轻。

"什么约定？"

周成陵道："无论什么时候，若是你觉得我不行了……要让我躺好，让我静静地看看你，让我想想……这一生都做过什么……"

这就是他的君子约定。

杨茉握紧周成陵的手："我答应你，是不是往后所有事都由我做主？"

周成陵慢慢地点头："是……只要你答应……"

杨茉站起身，走到门口吩咐魏卯："让人去将十爷的药铺整理出来，我们要将十爷抬去那里治病。"

药铺离保合堂近，无论怎么样都要方便些，保合堂的医生和郎中还能来帮忙。

不到一个时辰就都安排停当，白老先生和济子篆也被请到屋子里，期间周成陵又吐了一次，将止血的药吐出来。

这个时候他已经很虚弱，连一个字也说不出来，再这样折腾就真的没时间了。

杨茉将治疗的方法说了："我想要经过腰椎穿刺降低颅内压，只要病患不再呕吐，就可以将止血的药吃进去。"

听起来是很好的法子。

济子篆道："大小姐从前用过这样的方法治病？"

杨茉点点头："在疫区用过，但是和十爷的病不一样，十爷病得更重，可能做腰椎穿刺会有危险。"

危险是颅内压突然降低，可能会导致脑疝。

不过周成陵的情况，不做的话病情会迅速恶化，做了的话可能会发生脑疝……脑疝的死亡率很高，在古代出现脑疝基本上就是无药可治了。

济子篆听得脸色苍白："要不然想一个更稳妥的法子？"

杨茉摇摇头："没有更好的方法，让我治只能如此。"

白老先生想了想："不如大小姐问问十爷吧，如果十爷愿意我们就试一试，我让人准备好止血的药，只要十爷的情况好转就将药送进去。"

杨茉将她的方法跟周成陵说了一遍。

周成陵抬起眼睛看她，忽然叫了一声："杨医生。"

杨医生，这个称呼好像回到了现代，虽然古代也称呼行医人为医生，但是周成陵是第一个这样叫她的人。

杨医生，不知道他怎么想出来的。

杨茉定定地看着周成陵，周成陵笑了笑，撑开眼皮强打精神。

杨茉看着他这样冷汗直流，都为他感觉到难受。

"我知道……你说的法子……就是最好的。"

人在生病的时候最脆弱，不知道周成陵是不是感觉到全身没有力气，看她的时候仿佛一眼要分成两眼来望。

半晌他才道："对不起……如果我不争气……我要跟你说对不起……我不能娶你了。"

没有了精神支撑，他的笑容反而说不出的纯净，就像下过雨后的天空。

微蓝。

带着一丝的潮湿。

让人心里有一种说不出的离愁，生怕只要抓不住，眼前一切就会稍纵即逝。

他倒是知道怎么才能来拉扯她的心。

杨茉口气生硬："我跟你还没结束。"说着话她俯下身来抱他，他身上依旧有松香的味道，淡淡的很好闻，他的心跳还那么有力，一下一下的在他胸腔里仿佛能震破她的耳膜，好像有很强的生命力，在驳斥她不应该冒险。

杨茉不想因为留恋他就下不去决定，她还是要做治疗，就算是冒着很大的危险。

因为不管她还是周成陵，他们都不是软弱的人。

杨茉松开周成陵，转头吩咐梅香："将东西拿来，消毒，准备腰穿。"

萧全扳住周成陵，杨茉伸手找最好的进针点，然后消毒将细针穿进去，没有什么麻药，但是周成陵一动不动地弓着身子，让她穿刺起来很容易。

脑脊液一滴滴流出来，开始仿佛很清亮，很快就隐约夹了血丝，果然有血。

脑脊液里有血却没有让周成陵陷入昏迷，应该是渗血而不是大量出血。

所以最有可能的就是颅动脉瘤。

脑脊髓液放出一些，杨茉看向萧全："看看十爷怎么样？"

周成陵的身体好像有些发沉，整个人似是动了一下。

萧全低头去看，叫了两声，然后睁大眼睛看杨茉。

萧全的话没说出来，杨茉已经有不好的预感，立即抽出针用布巾压迫将周成陵翻过来。

周成陵额头上满是汗，紧紧地闭着眼睛，仿佛已经没有了呼吸。就像一只破旧的娃娃，被人胡乱扔在一旁。

虽然还依旧有精致的五官，面上却笼罩着一片灰暗的颜色。

就这样，无论她怎么喊，他都不会再动一下。

屋子里一下子如同死寂般的安静。

杨茉只觉得眼前一阵阵发黑，她低下头去听周成陵的心跳。

没有，没有，完全没有。

所有人都仿佛傻了般不知道该怎么办才好。

杨茉抬起头来看魏卯，却从魏卯眼睛里看到自己如同死灰般的脸，她顿时浑身一抖，睁大了眼睛："魏卯，胸部按压，快……"

魏卯这才突然清醒过来。

按压，一次次地按压，每一次用力他都会动一下，但是不是他自己喘气，而是被迫地在床铺中沉浮。

屋子里开始有各种声音，到了杨茉耳朵里却如同铁器作响，嗡嗡嗡响个不停，杨茉不知道是眼泪还是汗，一串串地掉在周成陵脸上。

她不像是在救人，更像是在豁出性命。

"师父，"萧全害怕地看着杨茉，"师父，师父。"

杨茉几乎听不到萧全的声音。

周成陵和她约定过，等到他快死的时候让他安安静静地去。

但是她做不到。

不到那个时候你永远不知道，你无法放弃你所爱的人，哪怕是一秒钟。

对不起，周成陵，你所托非人。

杨茉推开旁边的萧全，握起拳头向周成陵胸口击打过去，一下，两下，交替按压。

魏卯睁大了眼睛，他从来没见过师父会这样，如果是旁人恐怕早已经放弃了。

行医治病，等到病患没有了呼吸和脉搏就已经到了终点。

眼看着保合堂的郎中们乱成一团，萧轲准备按照名单杀戮，杀人也是要有计划的，不能错杀、乱杀一个，才能得到想要的结果。

这天对谁来说都会是惊悚的一日。

"死人了，死人了。"大街上忽然有人跑起来，刺耳的声音让所有人都停下来看他，那人一身的官服却是满脸血污，很少有官员会这样慌张，尤其是从衙门里出来的官员，谁见过有人在衙门里被杀？

就那样不声不响地死在衙门里。

大周朝安稳了几十年，一下子出了这种事谁能不慌张。

整个京城顿时戒备森严。

"户部尚书遇刺了，还好家人反应快挡了一刀才没死，户部侍郎厉大人死在了衙门里。"常大太太一口气说着外面的事。

常老夫人听到厉大人的名字，想到乔文景："是乔老爷的同僚？"

常大太太点了点头："户部郎中也死了两个，就是在乔老爷手下办事的官员，"说到这里，常大太太抬起头，满眼都是惧怕，声音也颤抖起来，"娘，老爷在大牢里不会有事吧？"

常老夫人皱起眉头："在大牢里你担什么心，那里满是隶卒难道还能有人去大牢里杀人？"真正要担心的是在府中的人，常老夫人看向陈妈妈。

陈妈妈顿时想起刘老爷，老夫人真正担心的是刘老爷。

城门紧闭，京中巡逻的兵马比平日里多了两倍，却依然传来有人被杀的消息。

上清院的皇帝坐不住了，看向殿上的冯阁老。

"皇上，"冯阁老低声道，"恐怕是有人要趁机行乱，一定要调动京营将人抓住，也好审出是受谁指使。"

皇帝看向冯阁老："冯阁老可想到了谁？"

冯阁老颤颤巍巍，想要说话却喉咙生痒，掏出帕子咳嗽一声："皇上，老臣记得在肃宗年间出过这样的事，后来是康王率兵将人抓住，是我朝中有鞑靼奸细里应外合，扰我朝廷内乱，以便鞑靼侵犯边境。"

冯阁老将当年的案宗递给内侍，内侍恭恭敬敬地呈上去。

皇帝懒得看这些文字，就皱起眉头挥手："这次又是鞑靼的奸细？"

冯阁老怔愣一下仿佛没想到皇帝要这样问，半晌才尴尬地咳嗽一声："到底是不是鞑靼奸细谁也不知晓，当年康王也没有查个清楚。"

原来是没查清楚，皇帝歪靠在软座上，眼皮沉下来一会儿又睁开，仿佛是想通了什么："阁老的意思是当年康王就在故弄玄虚？"

冯阁老听得这话顿时跪下来："老臣断断没有这样的意思，康王爷是我们大周朝第一大功臣，老臣岂能诋毁康王爷。"

皇帝脸上顿时露出阴鸷的神情，仿佛很是厌恶这句话，霍然站起身向冯阁老挥袖："去查，都给朕去查，凡是怀疑的人一个都不要放过。"

冯阁老立即跪下低头："老臣遵命。"

皇帝走到内殿，殿里没有一丁点的声音，半晌黄公公才让人搀扶着走进来。

"瘸腿的老狗。"皇帝将手里的茶扔在黄公公脚下，黄公公吓得立即跪下来。

"周成陵在哪里？"皇帝站起身在内殿里行走。

黄公公抬起头小心翼翼地道："在药铺里，听说已经不行了，献王太妃已经哭死过去好几次，保合堂的郎中都在里面救人……"

"为什么？"皇帝思量半晌忽然回头，"为什么？周成陵要死了就有这样的事？"说到这里，伸出手来指黄英："将死人的名单再跟我说一遍，都是些什么人？"

黄英脸上浮起一丝不忍，动了动膝盖才低声道："天家不要气坏了身子，有些事来日方长。"

"来日方长？朕让你悄悄地去查那些人，找出冯国昌贪墨的证据，本来已经有了进展，转眼这些人就死了，"皇帝顿了顿，"冯国昌真将朕当做傻子，以为朕依然会什么都听他的。"

"朕用他来对付周成陵，现在周成陵要死了，他反而成了朕的心腹大患，"皇帝说着将桌子上的奏折都扔在地上，"言官异口同声说是倭寇，所有人都仰仗冯国昌过日子。"

皇帝转脸盯着黄英："你跟我说，为什么周成陵死了朝廷就变成这般？"

黄英不敢不说话，小声道："是因为周十爷一直都弹劾冯阁老，就算离京多年，回来之后仍旧揭出朝廷向商人强借之事，随后才有的王振廷诬陷案……"

皇帝冷笑道："周成陵死了之后，冯国昌就无所畏惧，才敢这样胆大妄为，杀掉那些准备向朕招认罪行的官员。"

皇帝怒不可遏，一时之间胸口窒闷："金丹……将朕的金丹拿来。"

黄英忙去取金丹，却没想到金丹吃完了："天家稍等，奴婢这就去丹房去取。"

皇帝立即想起冯国昌买通上清院的道士的事来，现在又是没有及时送来金丹，他倒要去看看这次又在搞什么鬼。

皇帝带着黄英一路走进丹房，丹房里异常的安静，黄英忙快走几步："奴婢先进去瞧瞧。"

皇帝不以为然，仍旧向前走去，撩开绣着太极图的帘子，刚要向内走去，黄英突然睁大了眼睛："快，护驾，护驾。"

黄英刺耳的声音顿时传到了大殿，如同黑夜里什么动物奇怪的嘶吼，让人脊背发凉，皇帝觉得领子里仿佛被灌了冰碴，贴着他的皮肉让他的骨头发僵，可他是堂堂天子，不能就这样被吓倒。

皇帝挺直了脊背站着，立即有侍卫进来将整个丹房搜了一遍。

"刘忻的徒弟死了，屋子里没有旁人。"黄英向皇帝禀告。

刘忻就是那个和冯国昌通信的人，如今刘忻不见了，他的徒弟却死在了丹房，这和户部官员死的一样，都是杀人灭口，就怕他顺藤摸瓜抓到冯国昌。

皇帝想到这里大步向丹房走去，他要看个清清楚楚。

"天家别去，小心被血气冲到。"黄英忙一路赶过去。

血，到处都是血，一个人身体里竟然有这么多的血。

皇帝走得快，一脚踏进血河里，他从来没想过血是滑的，就像刚熬好的糖浆一样，皇帝只觉得脚下不稳一下子摔在地上，紧接着尝到了咸腥的东西，好像到了嘴里立即结成了块，血块卡在他的嗓子里让他恶心。

道袍被血浸透了，散开的头发上也满是血，到处都是血腥味，皇帝气急败坏地嘶吼起来："将上清院翻过来，也要将人找出来。"皇帝说完话低头搜肠刮肚地吐起来。

换好了衣服的皇帝如同被关在笼子里的野兽，嘶吼着只是为了掩盖内心的惧怕："怎么办？谁能抓住那些人，怎么办？谁说个主意？"

满屋的宗室如今是皇帝唯一能信任的人，可是现在这些人连一个字都说不出来。

为什么。

"谁能做这件事？谁能做？"

谁能做？满屋子的人都沉默，谁也不敢伸头，仿佛头顶已经有刀在等着他们。

"朕在问你们话。"

难道大周朝气数真的已经尽了，再也没有一个人能站出来成为社稷的股肱之臣。

难道再也没有人能在关键时刻力挽狂澜。

所有人茫然地抬起头，眼睛里都仿佛浮起一个人的影子，皇帝看到了那个人影。

周成陵。

周成陵。

只有他，只有他一个人，良臣易得，股肱难求，说的就是这个道理。

先皇的话又在他耳边响起："用康王后人摄政，你的江山可保无虞。"

原来先皇不是在讽刺他没有帝王之才。

"周成陵呢？"皇帝忽然大喊。

众人互相看看。

周成陵已经快死了，皇帝处处为难周成陵，先是赐婚又是夺爵，现在才想起周成陵，是不是太晚了。

那般聪慧的人，世上难有的英才，康王家最后的血脉，就要这样等着咽下最后一口气。

"周成陵,周成陵。"杨茉低声喊着。

床上的人重新有了心跳,就是不肯睁开眼睛。

"用鼻饲管。"杨茉看向梅香。

梅香立即将鼻饲管递过来,杨茉将止血药顺着鼻饲管喂进去。

天黑了,屋子里亮起了灯,杨茉的手放在周成陵头上抚摸着他的眉眼,俯下身来听他的心跳声,这样才会让她觉得踏实,她见过很多病患昏迷之后再也醒不过来,或者醒来的时候将从前的事都忘记了。

她不想等到这样的结果,如果她不日不夜地守着,就算他醒来的时候忘记了,她也能在第一时间混个脸熟,如果他变回那个第一次见到她时那个咄咄逼人的混账样子,她也能想尽办法让他吃些苦头。

总之她要这样守下去,这对周成陵和她来说都是最有利的选择。

"难受吗?"屋子里没有旁人,杨茉低声问周成陵。

知道他不会回答,但是她会接着说下去。

"我小时候在外婆家生病,父亲、母亲没能赶回来看我,我就觉得很委屈,因为身边没有亲人照料,我知道你那时候生病一定也是这样,不但没有人盼着你醒过来,还有人算计着你什么时候会死,人在难受的时候,心脏就会缩成一小团,因为会觉得冷,可是越缩起来就越冷,越难过。"

"现在不一样了,我盼着你醒来,我也不会离开,会在这里一直陪着你,所以你必须好起来。"

不知道过了多久,周成陵依旧是老样子,像是睡熟了一样,不过好消息是他没有再呕吐,没有将止血的药吐出来。

白老先生按时将药送上来,不知道是不是鼻饲管送药急了些,周成陵呛了一口,就这一口将杨茉吓得汗也涌出来。

昏迷的病患最怕呛到,因为不会咳嗽,可能会堵塞气管无法呼吸,好在周成陵脸色只青紫了片刻就恢复正常。

"这样等下去不是办法。"杨茉和白老先生一起商量换药方。

"那要怎么办?"

要用降低颅内压的药,一定要用降低颅内压的药周成陵才能好起来,降低颅内压最常见的药就是甘露醇,甘露醇要从海带中提取,虽然只要用到碱剂和酸剂但是做起来并不容易,幸亏之前已经有了提取乙醚的经验,也不一定不能试,只是不知道她到底有没有时间。

杨茉将朱善和萧轲两个徒弟叫来嘱咐一遍,朱善仔细地听着用笔在一张纸上画来画去,杨茉看了一眼并不太清楚朱善的记录方法。

杨茉道:"不一定会成功,但是我要你们尽力去试,也许这味药才能救十爷的性命。"

朱善不用说自然一切都听杨茉的,萧轲的两个徒弟更是不敢怠慢,三个人立即就去想办法做药。

止血之后，周成陵的情况渐渐稳定下来，这人爱干净，肯定不愿意衣服上洒着药汁，杨茉想要吩咐阿玖给周成陵擦身换衣服。

周成陵眼睛一颤，缓缓地睁开些，却又迅速阖上，然后又睁开，他目光渐渐聚在一起，最终落在她脸上。

这是杨茉寸步不离周成陵床前的第三天。

第三天，他睁开了眼睛，她手指微动，紧紧地握住了他的手指，给了他最灿烂的笑容。

第九章　相依

没有什么比让心脏重新跳动会让人感觉更好。

因为活着就是人生最重要的意义。

"周成陵，"杨茉低下头，"我是谁？"

周成陵看着杨茉，将蹙起的眉头展开，这样脸上就仿佛露出一丝笑容："杨茉兰。"

旁边的魏卯心脏跟着跳起来，连同耳尖也滚热，努力了这么多天终于有了起色，十爷至少醒过来了。

如果不是师父，谁会知道要用止血的药，不是师父谁又能知道什么腰椎穿刺，没有师父，谁又会急救的方法。

十爷好了，十爷醒过来了，能说话还认识师父。

师父的努力没有白费。

魏卯刚想要出去传好消息，杨茉转过头来吩咐："还要继续用止血的药，按照排尿量继续补生理盐水，单方里面加清犀牛角、生地黄。"

"晚一些用茯苓、泽泻、石韦利水。"

魏卯仔仔细细地记下来。

周成陵仍旧觉得头昏，眼前的一切好像看得都不那么清楚，唯有那双清亮的眼睛，从前都是旁观杨茉兰行医，这次是眼看着他给自己治病，怪不得病患和家人会一直盯着她，因为她的确能给人希望。

让人觉得必须要活下来的希望。

"魏卯，"杨茉看过去，"你让梅香悄悄去向献王太妃禀告一声，除此之外十爷的事我不想更多人知晓。"

现在没有任何人打扰她治疗，不知道消息放出去又会如何，她要考虑周全。

杨茉询问地看向周成陵。

周成陵面容舒展，好像一切都听任她安排。

刘砚田进了府邸，家人立即将府门关紧，刘家人四处巡视生怕哪里冒出一个歹人，刘砚田换了衣服在书房里坐定，此时此刻他有些心乱，抬起头看向旁边的幕僚："你们说，那些杀人的是受谁指使？"

"总不能是周成陵，周成陵已经要死了，哪里能安排这些，应该是冯阁老，杀的都是要揭发冯阁老的官员，皇上表面上不说，心里一定清楚，"幕僚低声道，"现在周成陵要死了，冯阁老又露出了马脚，老爷的出头之日到了，"幕僚说着站起身来，"我们在这里给老爷道喜了。"

刘砚田皱起眉头："你们的意思是我现在该有所动作。"

幕僚笑道："现在是大好的时机，只要老爷一句话，让言官递奏折上去，冯阁老必然要倒台。"

不行，这样还不够，刘砚田摇头，他等这一天太久了，他要一击致命不能给冯党喘息的机会，所以他要亮出所有的底牌。

"周成陵确然要死了？"

幕僚颔首："确然，御医说没救了，宗室营那边都准备好了棺木，杨氏不眠不休地在屋子里救人，用尽了手段却没有任何转机。"

刘砚田站起身来："应该再等一等，等到周成陵死了。"想到这里刘砚田就热血沸腾，他等这一天等了太长时间，当年为了牵制冯党，他犹豫要不要让女儿杀了周成陵，周成陵因此得了机会逃出京去，这次他不能再优柔寡断。

刘砚田决定为了自己多年的心血今天付诸于行动，让周成陵和冯国昌知道谁是捏着他们喉咙的人，谁是最聪明的人，他翻身的日子到了，现在是该让他们开始为他惊讶。

刘砚田从书房里出来径直去了小庄子，打开牢门，看到已经腐臭的杨秉正。

"有个好消息要告诉你，"刘砚田笑着道，"周成陵就要死了，死在你女儿手上，从今往后不会再有人给你女儿撑腰，你女儿这辈子不过是个郎中罢了，你杨家已经没有了将来，除非你现在和我一起去面见皇上，将冯国昌的事揭出来，还会有一条出路，你们父女两个还能团聚。"

杨秉正听得这些话有些喘不过气来，他长期在黑暗里，耳朵却比平常人要灵敏，能听出一个人的语气，知道他说的话是真是假，如今刘砚田声音上扬说不出的得意，好像立即就要成功了一样。

真的，周成陵真的已经死了？他没能娶莱兰就死了，莱兰现在的处境可想而知，定然是很艰苦，他应该想方设法从这里出去，杨秉正抬起头："我答应你，只要让我见到圣上，让我和女儿团聚……无论你想知道什么，我都会说。"

刘砚田点点头："好，我会去安排，你要好好想想怎么说才好，圣上面前说错了话，你这辈子都不可能见到你女儿，你女儿现在的处境还不如你，人人都说她是个巫医，你知道她都做了什么？给人开膛破肚，用的是你杨家的医术。"

开膛破肚？杨家的医术？杨秉正睁大了眼睛。

刘砚田有些惋惜："为了给你翻案，杨氏可是用尽了手段，如今谁来救她？"

杨秉正想要站起身却身上瘫软没有力气："见了圣上我会说，冯国昌……追杀我……我好不容易才……遇到了太傅。"

刘砚田满意地点头："这就对了，扳倒冯党有你的功劳，将来你们父女团聚是多好的事，说不得皇上还会因此器重你。"

杨秉正脑海里浮现起从前杨家老少聚在一起的模样，他觉得心里有一堵墙在坍塌："我照你说的做就是。"

刘砚田转身吩咐下人："只将脸给他简单清洗，不用换衣物。"这样看起来更加能让皇上相信。

刘砚田回到府中，向下人问保合堂那边的消息："周成陵怎么样了？"

"听说醒过来之后又昏了过去，现在连杨大小姐都没有了办法。"

刘砚田心里仿佛又多了几分把握，转身去了刘妍宁院子里。

刘妍宁换了衣服迎出来给刘砚田行礼。

刘砚田不声不响地看了一眼屋子里的下人，下人忙退了出去。

不知道父亲又有什么打算，刘妍宁低声道："父亲怎么了？可是有了消息？"

刘砚田点点头："有消息了，周成陵不行了。"

刘妍宁想起嫁给周成陵那天，见到连喜服都没穿的周成陵，她就知道周成陵活不长久，幸好做宣王妃是为了父亲的大事，她并不在乎周成陵什么时候会死，周成陵对她来说早已经死了，可笑的是杨氏，将她不要的东西拾起来，还以为能从周成陵身上得到些什么，结果还没有进门，周成陵就一命呜呼。

这就是聪明和蠢笨人的不同，所以不管杨氏神医的名声多响亮，她不过放任李氏去搅和并不在杨氏身上费什么心思，因为她从来不将杨氏放在眼里。

刘砚田接着道："冯国昌又露出了马脚，我们等的时机到了，只要除掉这两个奸佞，日后大周朝就会一片清明。"他会辅佐皇上治理朝政，看谁还能忤逆他的意思，想到这里，兴奋得额头上都出了热汗，他不用再这样藏藏躲躲，他要走到所有人面前，他不再是无能的太傅，他会让所有人仰望他。

"现在最重要的是冯皇后，皇上住进上清院之前宠爱冯皇后，就算现在……皇上对冯皇后也有恩情在，宫中我们都布置好了，只等着有人去推一把。"

刘妍宁点点头，她很快明白了父亲的意思："女儿和冯皇后素来要好，能在冯皇后面前说话，事不宜迟，女儿这就请人递牌子进宫。"

冯皇后很快就吩咐内侍将宫牌递给刘家，刘妍宁一早就去了冯皇后寝宫。

冯皇后已经坐在床边的软榻上等刘妍宁。

"皇后娘娘，"刘妍宁上前行礼，笑着从身后宫人手里接过锦盒，"娘娘让妾身绣的东西我都绣好了，用的是康王太妃家传的双面绣，妾身进了康王府就学会了这点手艺，也不知道到底如何……"

康王太妃家传的双面绣，在道袍上绣满了《灵宝无量度人上品妙经》，冯皇后越看越喜欢，"依我看你的手艺不比康王太妃差。"

冯皇后欢喜地将道袍捧起来，吩咐女官："快去上清院向皇上禀告，就说本宫有圣物敬上，"说着看向刘妍宁，"可怜你了，奉旨嫁给十爷，却受了那么多委屈……听说十爷要与你和离，本宫特意给皇上上了手书，谁知道最终还是这样的结果。"

刘妍宁装作若无其事，眼睛却红了，她忙低头去遮掩："劳皇后娘娘惦记……十爷……"说着有些哽咽。

"本宫听说十爷病得重眼见人就要没了，"冯皇后说着叹口气，神色有些冷峻，"也是十爷没福气，才与你和离就出了事。"

刘妍宁不知道说什么好，脊背也软下来，好像整个人都矮了几分，看起来说不出的可怜，可她开始握紧了帕子苦苦支撑着。

冯皇后不禁看着眼睛发酸："你今天来了就多坐一会儿，"说着吩咐宫人，"本宫今儿要留刘大小姐用膳。"

宫人下去安排，冯皇后和刘妍宁在屋子里说话，用过了膳食，两个人正喝茶，就听外面传来喝声："你是哪个宫里的？为何在这里鬼鬼祟祟地张望？"

是黄英的声音。

冯皇后放下手里的茶碗，皱起眉头，看向宫人："快去看看，是不是谁惊扰了圣驾。"

冯皇后让刘妍宁搀扶着出了大殿，就看到有个小太监被人压在地上，黄英正站在前面盘问。

那小太监支支吾吾："奴婢是……是坤宁宫的。"

坤宁宫就是皇后的寝宫，黄英目光闪烁："咱家从前怎么没见过你？是从哪个宫里调过来的？"

小太监顿时说不出话来。

冯皇后向皇帝行了礼，低头看跪在地上的内侍，奇怪，这个人脸很生，平日里没见过他伺候，冯皇后心里忽然生出一股不好的预感，转头看坤宁宫的领事太监，领事太监也早就发现端倪，碍着皇上在不敢开口，现在得了皇后娘娘的眼色立即上前辨认。

黄英将小太监仔仔细细打量一番顿时脸色大变，一瘸一拐地走到皇帝身边低声耳语："皇上，奴婢想将人带下去问清楚。"

皇帝本要兴冲冲地去看圣物听到黄英这样说不由得将目光落在那小太监身上，小太监低着头害怕得瑟瑟发抖。

"娘娘，这不是我们坤宁宫的小太监。"

冯皇后刚要说话，那小太监忽然转过身来惊骇、恳切地看着她："皇后娘娘，皇后娘娘，是我，是小显子，是我啊。"

是我。

那个奴婢敢说这样的话。

皇帝霍然面色阴沉，瞪起眼睛目光暴怒，从"小太监"的脖子上看到了上下浮动的喉结，皇帝登时怒发冲冠有一种要将人撕碎的冲动，抬起头来看到皇后仓皇的表情。

"黄英。"皇帝忽然扬声，就像炸开了响雷。

冯皇后轻轻一抖却撞到刘妍宁，刘妍宁一时站立不住"不小心"啊的一声摔在地上。

皇帝顿时侧过头看冯皇后，冯皇后要有多害怕才会将身边的人推倒。

倒在地上的刘妍宁是一脸的茫然和错愕和冯皇后的作为正好成了对比，刘妍宁挣扎着起身，裙摆上露出一只旧了的蝴蝶荷包。

"小太监"看到那只荷包，想到上面的纹理是母亲在灯下一针一线地缝，大年初一仔仔细细地给他戴上，父母之恩重如山，为了父母能活着，他不得不死。

冯皇后刚要开口。

刘妍宁好不容易从地上爬起来，走到冯皇后背后。

冯皇后只觉得那"小太监"眼睛直勾勾地看着她，然后那小太监脸上露出诡异的神情，五官皱在一起。

疼……这种没有说出来的表情，就是疼。

疼得她毛骨悚然，目光却怎么也挪不开，那"小太监"霍然甩开身边压制他的人站起来，手脚一阵乱舞。

黄英喊一声让侍卫来抓人，侍卫才抽出刀，那"小太监"就倒在地上，尿了一腿裆，然后整个人都不动了。

皇帝瞪大了眼睛，如同老虎皱紧了须子，因为要将血盆大口张开，露出森森的牙齿。

冯皇后觉得皇帝嘴中的热气已经喷到她脖子上，就要咬断她的喉咙。

一切来得那么快，让她没有反应的能力，她只是木立在那里等死，前一刻她手中握着道袍还在想皇上一高兴，今晚会是什么样的柔情蜜意，她要在屁股下垫只枕头这样会更容易受孕，转眼工夫她心中只剩下恐惧。

突然之间天翻地覆，她却还不知道到底是为什么。

皇帝看向黄英："将他裤子给我脱下来。"

刘妍宁听得这话吓了一跳忙起身躲向旁边的屋子，身边的女官都低下头谁也不敢张望。

冯皇后却挪不开眼睛，事关生死她不能不看，她已经控制不住羞耻，她看到"小太监"尿湿的裤子被扒下，露出了男人的那个东西。

假太监，这是个假太监。

冯皇后已经感觉不到自己的腿，霍然瘫坐下来，她大周朝堂堂国母却在众目睽睽之下看到了男人的那个东西。

先是恐惧、六神无主，然后是凄然。

皇上好狠的心，就这样定了她的罪，不给她半点辩驳的机会，怪不得父亲说，天子寡情，不会顾念半点柔情蜜意，要她早早握住大权。

她却相信夫妻恩情，冯皇后眼泪涌出来，原来没有恩情。

"黄英，"皇帝伸出手，"脱裤子，让皇后看看真太监是什么模样。"

冯皇后惊诧地看向皇帝，皇帝脸上露出噬人的血红，嘶吼着："脱，全都给我脱。"

刘妍宁脸色煞白地让女官送出宫门。

皇帝让人将皇后关押，问了她进宫来做什么，然后拿走了她亲手绣的道袍，除了她以外所有的女官、内侍都被抓起来，只因为她和太后娘娘母家的济宁侯夫人一起乘轿进宫，便轻易地洗脱了嫌疑。

济宁侯夫人看向刘妍宁："到底出了什么事？"

刘妍宁如同被吓坏了的孩子，只会摇头什么话都说不出来。

很快，很快皇后娘娘和男人私会的事就会传遍京城，冯家完了。

刘妍宁不说话，济宁侯夫人拉起刘妍宁的手："看这手凉的，早知道我就不该拉着你一起进宫。"

刘妍宁抬起头看向济宁侯夫人，眼泪瞬间落下来，拉着济宁侯夫人的手不松开，济宁侯夫人顿时心生怜惜："我送你回去。"

必须要太后娘娘母家的人将她送回家，这样外面人就不会说什么，更不会有人想到刘家，这是她早就安排好的事，不差一分一毫。

刘妍宁回到家中喝了杯热茶，换了件家常的小袄坐在软榻上吩咐下人："就说身子不适谁来也不见。"

刘妍宁刚刚歇了一会儿，就有下人来道："大小姐，听说献王太妃去了保合堂。"

献王太妃去了保合堂？

"还有谁去？"

"没了，只看到献王府的马车。"

刘妍宁眼前浮起冯皇后错愕的神情，她脸上定也是那般模样："周成陵没死，"她说着看向下人，"去跟父亲说，不能放出杨秉正，周成陵没死。"

为什么小姐会知道周十爷没死，下人来不及思量慌忙应了一声去禀告老爷。

如果周成陵没死，她们刘家扳倒了冯皇后岂不是让周成陵白捡了便宜，如果父亲再积极参奏冯阁老，周成陵就会知晓父亲并不只是愚忠皇上。

刘妍宁顿时觉得她算计错了，算错了一步，她算错了杨氏。

杨氏不但能救活周成陵，还有几分聪明，不能让杨氏嫁给周成陵，她了解周成陵，他这个人骄傲、自负，如果皇上坏了他的姻缘，他就会和皇上抗争到底。

皇上对周成陵的一点点信任也会消失殆尽。

她在宣王府这些年不是白白做一个空壳的王妃，她想方设法知道周成陵的起居习惯，她甚至将府里所有的下人口中的周成陵都听了仔细，旁人看来她是为了向能奉迎夫婿，其实她就是为了将来对立这一日有优势。

杨氏或许聪明，但是杨氏不一定了解这个男人到底是什么模样。

献王太妃看过周成陵才放心地离开，杨茉看向魏卯："嘱咐一下我们药铺的人，遇到有人打听十爷的病一律都说不知晓，不管是什么人来问都是如此。"

大小姐这次吩咐十分郑重，魏卯道："之前已经说过……"

"再去说一遍，"杨茉低声道，"太妃来过之后，会有人猜到十爷醒过来了。"如果周成陵不治死了，宗室营就会让人来抬，就算是太妃来看也不会一个人来，定然会有其他宗室妇陪着太妃一起过来，免得太妃会太难过。

魏卯不太明白却还是下去安排。

杨茉看向床上的周成陵。

周成陵微微笑着。

这人从醒来之后就格外爱笑。

杨茉拿起桌子上的茶来喝,稍稍有些凉,她也不太在意,秋桐和梅香都去备药,婆子去端饭,屋子里没有闲下来的人,一杯凉茶下肚,杨茉精神地打了个冷战。

厨娘将饭菜端上来放在矮桌上。

杨茉简单吃了一口就放下碗筷,周成陵那边好像不太满意阿玖喂饭,摇摇手让阿玖退下去,然后看向杨茉:"给我……一双……筷子……"

刚醒过来,手脚都还没有什么感觉,怎么可能用筷子自己吃。

杨茉摇摇头:"你现在用不了筷子。"

周成陵却很固执,杨茉只好递了双筷子过去。

厨娘做的饭菜很简单,对于病患来说清淡最好,不过周成陵好像不对胃口,用颤巍巍的筷子在菜里翻来翻去,奶娃用筷子都比他好看。

好半天他才艰难地用筷子翻到了一块豆腐:"你从前就像这个……"然后用筷子上卷了一根烧糊的葱丝,"不吃饭、不睡觉、喝冷茶……将来……你就是这个……"

原来他不是要吃饭而是教训她。

杨茉觉得好笑:"病重的人也不是我,怎么我倒成了这个,你差点病死了怎么不说?"

周成陵冷着脸:"你成了这个,让我死都不安心……"

说完这句话就不理不睬,好像真的生气了。

杨茉看着周成陵胸膛起伏,想起他没有呼吸一动不动地躺在床上,现在却能为她的健康操心。

杨茉觉得自己挺失败的。

不过是一句不冷不热的训斥却让她鼻子发酸眼前一片模糊。

周成陵看了一眼却慌张起来:"别哭,别哭,唉,我还不是为了你好。"

杨茉抹干了眼泪。

周成陵道:"哭过了,有没有饿了?我们……两个……吃不到一盘菜……让厨房知道……以为……菜做得不好吃。"

现在周成陵倒是挺会给人宽心的。

杨茉摇头:"不吃。"

周成陵手上没了力气,放下筷子:"脾气挺大。"

杨茉从阿玖手上接过勺子,沉着脸给周成陵塞饭:"在这里我做主。"

杨茉将勺子伸过去周成陵只好认命地张开嘴。

一勺勺地喂,很快饭就吃光了。

吃完了饭周成陵就静静地看着她,眼神没有往日那么咄咄逼人,眼睛很黑很亮,睫毛低垂,好像是在提醒她,有什么事她忘记做了。

厨娘端来一盅汤,杨茉本想一会儿再吃,想了想还是接过来喝了,等她喝完了汤,抬起头来发现周成陵已经睡着了。

这才是病人应该有的状态。

周成陵情形已经好转,她和白老先生、济子篆在一起商量如何改方子。

颅内动脉瘤保守治疗百分之七十五的病患五年内死于再出血，应该尽量争取早期手术，否则一旦动脉瘤破裂就无法挽回。

手术要在病患急性期过后开展，也就是动脉瘤不再渗血的时候病患处于最佳状态时，择期手术。

手术方式，加闭术、加固术、孤立术。

在这里她已经试着做了胸腔引流术、小肠修补术、腹部探查手术，但是周成陵需要的是神经外科手术。

她能将手术图解都画出来，可是她从来没参加过神经外科手术。

没想到有一天她要在没有任何工具支持下去想怎么才能给周成陵动手术，或许这就是她来到这里的一个重要的理由。

济子篆看了杨茉写的关于颅内动脉瘤可行的治疗方法不禁开口问："大小姐，既然您知道怎么治病，为什么不试试？"

手术的地方是大脑，手术期间可能会出现任何事，所谓择期手术，是手术前充分准备，达到手术的条件才能手术。

如果周成陵的病能平平安安地不再复发，她不会去想手术，可如果出了问题……下一次也许不会有这样好的运气，不会只靠止血和颅内减压就能渡过难关。

所以她心里要有最坏的打算，并且要有所准备。

"我们现在还没有条件，"杨茉道，"不过我们可以准备好一切药物和工具，试着在牲畜身上试一试，就像做腹部探查术那样。"

现在来说，这已经是最好的办法。

济子篆仿佛看到了希望，只要杨大小姐脸上露出那种如同一线阳光般灿烂的神采，他就知道一定会有机会。

一定有机会治愈，十爷能遇到杨大小姐，是多么的幸运。

济子篆劝说道："大小姐好几天没合眼了，去歇歇吧，这里有我照应。"

杨茉熬了好几天，眼睛下都是深深的黑色，整个人看起来疲惫不堪，好像随时随地都会倒下一样，刚才她特意对着镜子看了一眼，还真像周成陵说的烧糊的葱丝。

"十爷将来还要靠大小姐。"这是济子篆唯一能想到能说服杨大小姐的话，如果没有杨大小姐，所有人都会说十爷的病已经无药可治，病发身亡是早晚的事，只有杨大小姐不会放弃，还在想如何治好十爷。

蒋平带人将药铺周围守住，现在又有魏卯几个旁边伺候，她确实应该回去休息一下。

杨茉点了点头，吩咐婆子去准备马车。

杨茉带着梅香、秋桐两个上了车，一路到了杨家，陆姨娘忙迎出来，一把就拉住杨茉："总叫你你也不肯回来，我还以为你连我这个生母也不要了。"

陆姨娘从来没说过这样的狠话，定然是她的脸色太差让姨娘吓了一跳。

"听说十爷的病不会好，可是真的？如果是这样，我宁可大小姐不嫁去周家。"杨茉才进了屋陆姨娘就连声问。

杨名氏见状忙在旁边用眼色："姨娘，还是让大小姐先歇着，有什么话不好日后再说，看将你急的,都不知说什么才好了。"

陆姨娘这才吞下后面的话,擦着眼泪让人服侍杨茉歇下。

"姨娘,"杨茉抬起头来,"我早就知道十爷有这样的病,很早之前我就给十爷诊断,没有人比我更清楚这病会怎么样。"周成陵一步步向她接近,她开始排斥后来坦然接受,她不是一个无辜的受害者,而是她自己做了选择。

"姨娘,十爷我救回来了,以后我也一定能救他。"

陆姨娘性子软弱,每一次杨茉都能很容易劝住陆姨娘。

"说得轻巧,看看你熬成什么样子,偏偏又没有人能帮你,"陆姨娘眼泪又掉下来,说话声音也比平日里大了许多,"怎么能让我放心?我怎么向老爷和夫人交代,舅老爷这几日也来打听,还说这门亲事是他答应的,若是十爷出了差错,他可是罪魁祸首……"

杨名氏不禁叹气,本来欢欢喜喜地准备婚事,却没想到十爷一下子就病了,这几天家里一片愁云惨淡,如果十爷就这样没了,大小姐日后要怎么办才好。

杨名氏好不容易劝着陆姨娘去了外面,杨茉躺在床上,没想到陆姨娘会说出这样急切的话。

周成陵病重,不光是周家,杨家上下也吓了一跳。

杨茉这样想着,敌不过几天没有合眼,昏昏沉沉地睡着了。

陆姨娘进了自己的院子,眼泪就止不住地向外涌:"大小姐还从来没这样,才几天,脸都熬成尖的了,这得多长时间才能补回来。"

陆姨娘抽抽噎噎地哭着:"老爷去得早,夫人也跟着走了,疼大小姐的老夫人也走了,如果大小姐成了亲,夫君再……可让她怎么活,舅老爷想的也没错,这门亲事真是不合适。"

"谁不盼着自家的孩子能有个好归宿,大小姐离开常家我就跟着担惊受怕,后来听说十爷有正妻我又吓了一跳,总算是正妻没了,却有这样的病。"

陆姨娘这几天是不怎么说话,想来为了准姑爷的事发愁,不知道今天到底怎么了,突然就这样……

"我想起舅老爷喝醉时和十爷说的话,"陆姨娘擦眼角,"我们家才请的厨娘,那个崔寡妇,也是年纪轻轻就守了寡,今天她跟我说起这些年的苦日子,可真是……能让人断了心肠。"

崔寡妇,就是前阵子才请来的厨娘,糕点做得格外好,很像是大户人家出来的,人和气又肯干活,月钱要得也不多,陆姨娘就将她留下了,这个平时不爱说话的人,怎么会突然和陆姨娘说起这些,这不是火上浇油吗?

杨名氏劝道:"有句话说得好,儿孙自有儿孙福,大小姐不似那样没福气的,再说大小姐医术了得定然能治好十爷。"

陆姨娘抬起眼睛看杨名氏:"若是莹姐,族婶也能想得开?"

谁家的孩子谁心疼,外面人再怎么样都不能理解亲生父母的心情,杨名氏只好叹气。

杨茉迷迷糊糊中仿佛听到周成陵说话,不由得心中惊喜,周成陵醒过来了,再一想想,周成陵早就醒了,她不过是做梦而已。

杨茉迷蒙中睁开眼睛,秋桐低声道:"大小姐,十爷来了,在外面呢。"

周成陵不是在药铺里歇着,怎么可能来到杨家,杨苿的睡意顿时去了干干净净,让秋桐伺候着起身换了衣服走到外院堂屋去。

进了门,杨苿就看到了坐在肩舆中的周成陵。

周成陵束着小冠,穿着宝蓝色暗纹直裰,外面是紫貂氅衣,靠在姜黄色云纹迎枕上,听到她的脚步声抬起头来看着她微笑。

杨苿皱起眉头:"你怎么来了?"

周成陵道:"外面出了事……我不放心杨家……过来看看……顺便告诉你一声……这几天……在家里……哪里也不要去。"

杨苿心里一紧,惊讶道:"怎么了?"

周成陵道:"冯皇后被废了。"

冯皇后被废了,这是什么时候的事,怎么会突然……本朝皇帝迷恋道术,后宫如同虚设,却依旧每逢初一、十五去皇后寝宫,冯皇后得宠冯阁老才会更加顺利地结党把持朝政。

屋子里很安静,下人都退了出去,周成陵接着说:"听说是冯皇后与侍卫通奸,到底是什么情形我还不清楚。"

这些日子周成陵昏睡比醒来多,别人也不敢来打扰,所以对外面的事知晓不多。

"有件事你不知道,我吩咐萧轲,若是我死了,按照名单杀一些人,好让皇上对冯国昌忌惮,亲手除掉冯国昌,我活着的时候皇上会忌惮我,我死了,皇上必然会照我预想的下手,只有皇上亲自杀了冯国昌,才能根本上铲除冯党。"

周成陵说完长长地出了口气,显得有些疲惫,整个人虽然经过了仔细地梳洗却脸色仍旧黯淡无光。

杨苿看向周成陵:"那萧轲可是杀人了?"周成陵在药铺时没了气息,她也吓了一跳,不知道萧轲那边怎么样。

周成陵道:"陆续杀了两个,都是为冯国昌作恶多端的贪官污吏,现在皇上已经怀疑了冯国昌,"说到这里话音一转,"却不知是谁下手陷害冯皇后,皇上忍不住怒气废了冯皇后,已经打草惊蛇……冯党断不会束手待毙……京中定然会乱起来。"

所以不再是周成陵预想的那样,杨苿点了点头:"那我让江掌柜小心打理保合堂。"杨家没有和冯党在一条线上,京里乱起来说不定会"烧"到杨家,姨娘一个人在家中她委实不放心,虽然也担心保合堂的事,这几天她还是在家中打理内宅。

周成陵缓缓点头,然后静谧地看着杨苿:"陆姨娘看起来很担忧……是不是因为……我的事?"

周成陵很婉转地说了担忧。

杨苿道:"我几天没回家,姨娘也是担心我。"

周成陵沉默了片刻,"我……让你受委屈了……如果我的病……没这么重,你也不会这样。"

周成陵是个很自信的人,却在命运上输得这么惨。

杨苿觉得许多事不能用得失来换算,周成陵得到消息立即想到来告诉她,她就很高兴了。杨苿道:"你要去哪里?病才刚刚好转一些,要卧床休息。"

周成陵道:"皇上有了旨意,让我去上清院议政,特意赏了暖轿。"

杨苿皱起眉头:"这时候折腾进宫,不要命了?"

"你先别急,"周成陵道,"这把火早晚烧过来,先动手有好处,我们……不能处于下风,否则会有损失……我会按时回来用药,不会误了病,"说着顿了顿,"若是你父亲在冯国昌手里,这是最后的机会。"

病过一次之后周成陵明显和从前不一样了,杨苿说不清是因为什么,只是觉得周成陵比从前更加了解她,那双眼睛仿佛知道所有的来龙去脉,连她不知晓的也一同弄了清楚。

"我留下几个人在杨家外面,你有事只管吩咐他们。"

杨苿点了点头,自然而然地接受。

周成陵道:"内侍还在周家等着,我……先回去换衣服。"

杨苿看看旁边的沙漏,进了宫周成陵必然不会在人前失仪,应付起来自然要更辛苦:"吃过饭没有?我让厨娘做些饭食送过来,吃些东西也能暖和些,就说我这边有药要用。"

不等周成陵说话,杨苿就吩咐下去:"去做些软糯的粥来,还要两盘清淡的小菜,不能是凉的。"

下人应声去安排,杨苿拿了软垫给周成陵垫着头让他靠一会儿,周成陵这样撑着头会很不舒服,难受得头昏脑涨,他虽然很要强,却没必要在她跟前这样做。

靠在软垫上周成陵脸上难掩舒服的表情:"谢谢。"

杨苿道:"那我是不是要谢谢你留下人照应杨家,又要帮我去打听我父亲的消息。"

"不用。"

"那我也不用。"

杨苿蹲身去拨炭:"要保暖,让人准备两个暖炉带着,不能在宫里吃药,一定要吃魏卯送过去的,只要觉得病情有变无论在哪里都要来杨家找我,不能有半点耽搁。"

周成陵要点头,杨苿道:"现在不用说话,就听我说。"

一会儿进了宫有他说话的时候。

"御医要问脉案,就说我不肯给,我治病必须要一手安排,旁人不得插手,这是我的规矩,不论对谁都是一样。"

是怕太医院的药和他吃的相冲才会这样嘱咐。

"我不是小孩子,宫里的事我知道。"

他在宫中做了那么多年质子,当然清楚。

"不按时回来吃药,我就让人送进宫去,"杨苿瞪着周成陵,"不能让我们这几天的辛苦白费。"

"霸道。"周成陵病了之后,说话总是满吞吞的,就少了许多气势,听起来软绵绵,不太能唬住人。

厨娘端来饭菜,杨苿将汤碗退回去:"换大点的碗过来。"

等周成陵看到的时候,就是一个巨大的汤碗热腾腾地放在哪里,杨苿抿着嘴唇不说话,只是向汤碗努嘴。

周成陵慢条斯理地喝汤,喝到天都大亮了,才让人进来将他抬出去。

杨茉走到院子里，看向碧蓝的天空，但愿这几天不要太冷，也算可怜可怜重病的周成陵。

周成陵才走，杨茉将江掌柜叫进来安排保合堂的事，等到江掌柜来杨家，杨茉才知道外面已经闹了起来。

"临街那边的几家铺子都没开张。"

冯阁老在京里的产业众多，从几间铺子上好像看不出什么。不过就是这一丁点的火星，遇到风就迅速地烧起来。

冯党上奏折为冯皇后鸣冤，可惜通奸的侍卫已经死了，侍卫家中的老父老母又一起投缳自尽，再仔细审坤宁宫的宫人，倒是有几个人招认确然替皇后娘娘遮掩领侍卫进宫。冯皇后通奸的事就像一把利刃戳进了皇帝的心口，扎得皇帝连气都透不过来，不管大臣们怎么劝说，皇帝半点都听不进去。

那个贱人竟然会和侍卫通奸，他可是九五之尊，皇帝想到这里额头两边的青筋就开始跳个不停。

"皇上，就算查也要慢慢来。"闫阁老的声音不停地在皇帝耳边反反复复地响个不停。

冯国昌做阁老这么多年，根基已深不是一时半刻能连根拔起的，皇帝知晓这个意思，于是他忍下来。

"折子上都怎么说？"皇帝看向黄英。

黄英躬身道："闫阁老都看了，关乎于国体，还是查清楚再论罪。"

皇帝眼睛血红："你说呢？"

黄英的领子立即被汗润湿了："奴婢觉得……皇后主子……不该是那样的人，皇上每个月都去坤宁宫，别的宫又不去……"

黄英的这句话，让皇帝本来压制下去的怒火重新燃起，他月月都去坤宁宫，却还不能让皇后安守本分。

"去，给朕找几个女官送来。"皇帝瞪圆了眼睛看着黄英。

皇帝的意思黄英最清楚，这是要找人发泄怒气，黄英走下去吩咐身边的小内侍："愣着做什么？快去，找几个模样像皇后娘娘的，就说是好事到了，要伺候着好生打扮，让嬷嬷好好教教，这时候要伺候主子舒坦，不然会出人命。"

小内侍应了一声，一个时辰带了三个女官进门，五官、眉眼都和冯皇后有几分相像。黄英将人带去屋子里吩咐："不要害臊，大大方方的，皇上想怎么折腾就怎么折腾，只要过了这一关将来有你们大富大贵的好日子，要记得我的话……"

几个女官被送进内殿，黄英刚将门关好，皇帝目光落在女官脸上，恍然看到了冯皇后，皇帝顿时头脑一热眼睛也要冒出血，仿佛脸上生生被人掌掴。

连内侍都知道要安排和冯皇后相像的女官。

贱人。

那贱人竟然就这样背着他偷人，他还以为冯皇后和他父亲不一样，没有什么心计在他掌心就如同一只老鼠。

没事的时候他会伸出手来逗一逗，却没想到这只老鼠会转过头来咬他一口。

疼得他要一掌拍死她。

对，他一定要一掌拍死她。

"黄英，"皇帝怒吼，"准备七尺白绫送去冷宫，朕要那贱人现在就死。"

黄英吓得跪下来求情，皇帝让人拉下去打了一顿板子，板子过后，黄英办差的速度倒是快起来，带着人很快到了冷宫，推开冷宫的大门却不见冯皇后的身影。

不见了，冯皇后竟然不见了。

黄英已经仔细地安排，没有出半点差错，却没想到会是这个结果。

好像有一个人总是能提前预料，不管他们做得有多天衣无缝。

他绕过了阎阁老，绕过了文武百官，却绕不过这个人。

黄英想要立即将这件事告诉刘太傅，却谨慎地按住了自己的心思，一切要等到他弄明白再动手。

冯皇后没有被赐死而是从冷宫中不见了，皇帝顿时觉得脊背发凉，要铲除冯党不能再拖延半刻。

宫中的情势千变万化，周成陵走了一圈回来好像疲惫了不少，躺在床上说不出话来，吃了药躺了一会儿才好了些。

睁开眼睛，杨茉已经在床边听朱善说新药的情形。

"不是……不让你出门。"

将屋子里的人遣走，杨茉道："感觉一时半刻也乱不起来，就过来看看。"

她倒是胆子大。

"宫里怎么样？"

周成陵道："安排好了一半让宗室长辈，请太后出面……将冯皇后先藏了起来。皇上……不能立即杀人，冯党那边也就不会立即拼个鱼死网破，找不到冯皇后……皇上就会先动手，这样稳妥很多。"

她虽然不知道周成陵到底想不想做皇帝，至少她不会傻到认为周成陵对皇帝忠心耿耿，如果是这样的话，冯国昌和皇上两败俱伤，岂不是更好收拾。

"你知道保定大营吗？如果京城乱得厉害，鞑靼会入京，冯党现在还撼不动皇帝，只会带来内忧外患……朝廷军备空虚……现在不是好时候，而且冯皇后的事不简单……有人会趁机浑水摸鱼，我病成这样一切都不方便，我的想法本就是要先除掉冯党，这样按部就班一步步来，才不至于乱……"

亏他生着病还能想得这样周全。

"别说话了，你歇着吧。"杨茉看着周成陵瘦得脸上棱角更加分明，不禁于心不忍，扶着周成陵躺下来。

事实证明周成陵的预料分毫不差，京城不过才乱了两日，北边已经见鞑靼扰边，如果内乱不压下去很有可能会让鞑靼长驱直入。

"鞑靼有那种车，几匹马拉着很快就能入关，"济子篆想起从前在军中帮忙时的情形，"关外是极冷之地，他们缺少粮食，只要入了关就会抢光、杀光附近村子。"

中哥蹲在一旁仔细地听着，忽然开口："我知道那些人，那些人就烧了我们村子。"

高氏道："那些只是强盗，不是济先生说的鞑靼，鞑靼比这些人更坏。"

还有比那些更坏的人，中哥缩进高氏怀里："那些人会来这里？"

高氏忙道："不会，不会，我们只是说说。"

如果周成陵不插手，恐怕就会发生这样的事，虽然她们说得容易，鞑靼的大军还是将保定大营冲得七零八落，董昭就任了指挥使带兵去往保定。

大军浩浩荡荡离开京城仿佛能让所有人安稳下来，冯党却看准时机以"清君侧"的名义连同百名文官上书，冯阁老在上清院外求面见皇上。

消息传得很隐晦，大家都知道冯党是在逼宫。

整个京城一下子笼罩在阴沉的气氛里，冯党多年囤积银钱笼络武将，就这样挑起大旗向上清院里的皇帝发难，京城里兵荒马乱，穿着同样衣服的官兵也会在大街上动起刀子，皇帝虽然昏庸但却不傻，懂得掌控大部分的军权，大家足不出户却能感觉到外面的惊恐，早晨还都好好的，到了晚上开始有人将伤患送到药铺来，杨茉将杨家安排妥当就住进了保合堂。

"让开，让开，"外面有人一阵风地跑进来，旁边的人纷纷避让，"杨大小姐有病患了，杨大小姐……快……有病患。"

"快看看成大人吧。"

人被径直抬进来，闻声过来的萧全看到地上一只染血的鞋子。

木板被放下，杨茉才看清楚木板上的病患，一柄钢刀径直插进病患的腹部，病患身上的官服已经全都被血浸透了，抬人的家人也满手都是鲜血。

杨茉忙上前去检查，病患没有了呼吸和脉搏，所有人都在看着杨茉。

紧接着成家人也赶过来，成太太看着杨茉："杨大小姐，快救救我们老爷。"

"魏卯，"杨茉吩咐一声，"记录脉案，快。"

魏卯立即去拿空白的脉案。

"萧全，让不相关的人都让开，拉上幔帐。"

萧全急忙去劝人离开保合堂。

杨茉开始进行心脏复苏。

"杨大小姐医治了，肯定能活过来。"

心脏按摩三十分钟，仍旧没有自主心跳，杨茉停下手，看向还拿着呼吸器的魏卯："魏卯记录一下死亡时间。"

魏卯睁大了眼睛。

"记录一下死亡时间，出去通告家人说病患伤到了内腑，失血太多，救不回来了。"这一路上不知道失了多少血，抬进来的时候就已经不行了。

魏卯愣愣地放下手里的东西，走出去说病患的情况，外面顿时传来刺耳的哭声。

"老爷，老爷……"

"杨大小姐您救救我们老爷，救救我们老爷啊。"成太太顿时扑到成老爷身边，抬起脸看杨茉，眼睛里充满了祈求和期盼。

杨茉低下头:"成太太,我们已经尽力了。"

成太太的哭声更大起来,绝望得让人心酸:"早晨还好好的,转眼间人就……没了……我还在家中教三丫头给老爷做袜子,我一点都不知晓……老爷……老爷,你看看我……看看我啊。"

并不是所有事都能让人有所准备。

杨茉刚想要多劝成太太几句,门口传来魏卯的声音:"师父,丁院判来了。"

丁院判看起来十分的狼狈,衣服上满是血污,脸上也长出了青青的胡楂,带着两个神情慌张的太医院学生。

"院判这是怎么了?"杨茉上前行了礼低声问。

丁院判摇摇头和杨茉走进内院说话。

见到周成陵,丁院判上前行礼:"衙门里乱了,乱党逼迫文官上奏折,闫阁老和许多文官都落在了乱党手里,乱党现在到处杀人,只要不肯联名上书的都被抓起来,我们是偷着将受伤的人抬出来施救。"

周成陵眉眼微抬:"闫阁老不是已经去了上清院。"

丁院判道:"是去了上清院,却因要替皇上讨逆去了衙门,因此被乱党抓住。"

皇帝不敢出头,拿了闫阁老做试金石,说不定皇上一心想要闫阁老说服冯国昌,让冯国昌心甘情愿束手就擒。

果然周成陵也是这样想:"闫阁老也是为了被乱党捉起来的那些官员和百姓。"

丁院判忧心忡忡:"我是想来和杨大小姐学学该怎么给伤患止血,只要血止住了就能悄悄送来保合堂。"

杨茉点点头,刚才的病患如果早些止血,说不定还能有救,受了外伤最重要的就是简单清创然后包扎、止血,杨茉看向梅香:"去将我们保合堂的平日用来裹伤口的布巾都拿来。"

梅香将布巾找到,杨茉让魏卯站在一旁,仔细说道:"受伤的部位不同,包扎止血的方法也不一样,用小块布巾压住效果会更好,但是伤口内有异物时不能用这样的方法。"

丁院判想了想:"大小姐那种输血的法子……我们能不能用?"

输血没有那么容易就讲清楚,杨茉摇摇头:"太医院也没有用来输血的东西,不如这样,我让弟子尽量找些附近的百姓来配血,若是有需要,大人让人来知会,最好能将病患送来保合堂。"

输液的时候要小心,避免将空气输入人的血管,否则会有性命危险。

丁院判点了点头。

将丁院判送走,周成陵叫来蒋平:"周围可都安排了人手?"

蒋平道:"已经将庄子上和府里的人都调动过来。"

叛党现在专心对付皇帝,顾不及其他人。

蒋平出了门,周成陵看向杨茉,神情十分认真:"杨茉兰,我对你只有个要求,乱党剿灭之前你不能走出药铺,一来我最在意的是你的性命,二来保合堂里的药物、工具最为齐全,将病患送来这边救治最好。"

杨茉颔首:"外面兵荒马乱,我能去哪里?还能满街找病患不成?"如果这样跑出去不知道是帮忙还是添乱。

周成陵舒口气重新躺下。

梅香从外面进来道:"大小姐,闫阁老家来人了,说……要找十爷……"

大家都知道周成陵在保合堂治病,所以闫家人直接找来了保合堂。

周成陵撑着坐起来,杨茉去了屏风后才让梅香将人领进屋。

杨茉隔着抬起头来看,是闫家的管事,管事上前给周成陵行了礼:"十爷,我们老爷的事您是不是也听说了,如今……不知道怎么办才好……我们老夫人和夫人不能出门,就让小的过来求您帮忙救救我家老爷。"

闫家管事紧张地攥着手,如今他们守在门上,只要听到外面有脚步,都会忍不住心中慌乱。老爷前两日出府就一直没有回来,出去打听才知道老爷被叛党抓了,老夫人听到消息立即就昏了过去,二爷出去找人帮忙谁知也没了消息,夫人心乱如麻不知道怎么办才好,只好打发他来请十爷帮忙。

闫家管事想到这里红了眼睛:"老夫人说了,十爷病成这样,我们本不该过来打扰……可是真没有了办法……"打听来的消息不知道做不做准,老爷现在是死是活都不知晓。

杨茉看着闫家管事急切的神情,周成陵的病谁都知道,闫家也是走投无路才让人来求周成陵,如今很多人都将希望压在周成陵身上。

周成陵道:"我让人去打听,有了消息就让人去闫家知会。"

闫家管事千恩万谢,跪下来向周成陵磕头。

闫阁老出了事,京中形势更是混乱,不知道是谁带的军队和京营在京里打起来,到了晚上火光冲天,厮杀声音仿佛在京城的每个角落都能听得清清楚楚。

整个京城仿佛都被吓呆了,药铺的门却被人拍得"咚咚"作响。

赵家药铺的伙计高声道:"已经关门了。"这时候了谁还敢开门,说不定哪里就有乱箭飞过来,京城从来没有这样乱过,谁不缩着脑袋顾自己的命。

"求求你,快开门救救人吧,再耽搁,就要出人命了。"

"医馆还要看着病患死在门外……"

"开门啊,开门……"喊声有些颤抖,显然是十分慌张。

敲门声又传来。

伙计皱起眉头正要说话。

"前面有家药铺开着,快抬去那边。"外面的人欣喜地喊起来。

现在还有人敢开药铺,小伙计不禁将门打开,向外面张望去,他不禁揉了揉眼睛,他看到一片灯火通明。

两三家药铺都挂起灯来。

他怔愣的功夫,还有药铺陆续将门打开,提着灯笼准备挂上去。

这是怎么了?怎么突然之间药铺都开了门。

伙计正不知道说什么,就听到东家的声音:"是保合堂开始行医了。"话说出来带着些许惭愧，保合堂的东家是个女子，他们竟然比不上一个女子。

　　杨茉看向江掌柜："怎么样，能不能找到更多的堂医？"
　　江掌柜点点头："我已经每家都去敲门，如果愿意过来帮忙治病患的，就提灯来保合堂。"
　　这时候不知道能不能找到更多的人手。
　　江掌柜眼看着保合堂里迅速忙碌起来，不由地叹气，出了这样的大事谁不愿意躲在屋子里，这时候出来总是冒着几分凶险。
　　这是内乱啊，可不是寻常时候，到底能不能有人来。
　　江掌柜边想边向外看去，外面黑黢黢的一片，不见有什么动静，屋子里倒是所有人都忙起来。
　　杨大小姐正教徒弟要怎么快速处理伤口，江掌柜不太明白却也被吸引过去。
　　只是一会儿失神，江掌柜再向外看去不禁怔愣住。
　　好像有灯笼在晃动。
　　江掌柜揉了揉眼睛。
　　真的有灯笼，就像燃起的星星之火，在黑夜里晃动。那灯光好像没有又好像就在那里，等到慢慢接近才让人看到更亮的光芒。
　　是有人提着灯笼走过来。
　　不止是一只灯笼，后面还有更多的灯光，然后是人群走路的声音。不知怎么的让人心都热起来，人越来越多好像能驱散恐惧似的。
　　"丁老大夫你也来了？"
　　丁二仰起头道："自然，我是保合堂的坐堂医，我们从昨天就开始接诊了。"
　　"惭愧，惭愧。"
　　看到满屋子熟悉的脸孔，本来在黑夜里匆匆行走的张大夫进到保合堂顿时松口气，有一种他乡遇故知的感觉。
　　一个人只能缩在屋子里害怕，这么多大夫、郎中聚在一起那些惧怕不见了，只想着要怎么施展医术救治病患。
　　今天不是让人惶恐的日子，而是治病救人的日子。
　　"魏卯，"杨茉吩咐道，"你和各位大夫、郎中说一下要怎么进行救治。"
　　杨茉话音刚落，所有人的目光都落在魏卯身上。
　　没有人不知道魏卯，那是因为他是杨大小姐的大弟子。
　　魏卯眼前一热，顿时精神抖擞，不知道是不是保合堂里面的灯光太亮，他的影子好像也高大起来，好像不是那个庸庸碌碌的郎中，魏卯吞咽了一口，免得热血冲头，让他说不出话来。
　　如果一个人什么都不能做只会让他觉得自己很渺小，他不能让师父失望，更不能让自己一无是处。
　　魏卯指着旁边托盘里的东西："先止血，然后清创，这里面是压迫伤口用的布巾，还有止血的药粉，持针器，血止住之后，外科大夫就要进行缝合……"魏卯开了口之后，紧张立即去得干干净净。

杨茉吩咐伙计："将保合堂的长袍都给各位大夫换上。"

"大家各司其职，最重要的是分配好谁做什么，"杨茉眼睛没有离开病患，手上继续忙碌着缝合，"前面的治疗做完了，后面的就要立即替换上，大家要想想自己擅长什么，几个人负责一个病患，中途不能换人。"

这样效率会提高。

杨茉话音刚落就又有病患进门。

几个大夫互相看了一眼，顿时迎了上去，第一时间将病患抬去旁边，然后进行诊断。

诊断一下子变得井井有条，不再是病患家人慌张地喊叫后，大夫再慢吞吞地诊脉。

现在病患家人惊愕地站在一旁，好像不相信眼前发生的一切，刚才还请不来郎中，如今有这么多人在里面忙碌，病患家人抹了一把脸上的水，不知道是汗还是刚才急切中流下的眼泪。

屋子里安静了片刻，所有人都看向杨茉："杨大小姐是不是要输血？"

一个病患的家人愣在一旁，看见大家都看着屋子正中的一个女子，所有人都听那女子的吩咐，那女子走上前让人用了一个怪模怪样的东西捂在他老子嘴上，然后又有人拿来一只瓶子，用什么东西扎在他老子的手上。

半响过后，他老子忽然咳嗽了一声，眼睛也骨碌两下睁开。

"小五，快跑……"他老子醒过来第一句话是喊他逃命。

"爹……"他忽然号啕大哭，"我跑了，我不该跑啊，爹，你别死，你死了，我就是不孝的畜生。"

杨茉不知道忙碌了多久，只觉得黑夜过得尤其慢，她进内院喝了口水，抬起头看沙漏，不过才过了一个时辰。

"闫阁老恐怕凶多吉少了。"杨茉还没有问，周成陵已经道。

"冯国昌逼迫闫阁老写一篇讨贼檄文，捏造皇上在上清院被人要挟的假象，以此调动京外的军队。"

冯国昌现在是无计可施，只有狗急跳墙。

"衙门里很多文官都被杀了，只要闫阁老不答应，冯党就会杀人。"

"现在得来的消息是，闫阁老也受了伤，被冯党脱了官服扔在院子里。"

这时候脱了官服扔在院子里，不消一个时辰就会被冻死，杨茉的心跳不禁加快："那……要怎么办？"

"皇上调动京外驻防的军队，最快要在天亮的时候才能进京控制住局面。"

也就是说很多人都会在今晚死去。

周成陵道："我会想办法让人救闫阁老，不过，恐怕没那么容易，越早结束动乱就越少人送死，"说着看了看门外，"外面情况怎么样？"

杨茉道："可能还会来不少病患，我们的血不够用，现在盐水也不够，如果再多人来，恐怕布巾都不够了。"

婆子们煮水清洗，布巾也没有那么容易就干了，没想到会应对这么大量的外伤病患，实在没有办法就只能用没有消毒过的布条包扎伤口，杨苿看向周成陵："我已经从你的药铺里开始拿东西，明天你过去看就会发现什么都没了。"

周成陵脸上反而露出笑容来："去前面治别的病患吧，如果……我这里有事……就让阿玖告诉你。"

杨苿看着周成陵清亮的眼睛，点了点头。

衙门也是一片灯火辉煌，灯虽照得亮，却到处都是死气沉沉的感觉，血腥味冲天，让人有种死亡的感觉，平日里坐在府衙里的官员现在都缩在角落里发抖，不知道叛党下次会将谁抓起来一刀抹了脖子。

从前大家都想要升迁，现在却恨不得自己是最低的官阶，叛党从官阶由高到低开始杀人，只要闫阁老不答应就会挥刀下去。

如今闫阁老也被打得不成样子，被扔在雪地里等死。

常亦宁趁着没有人注意走到闫阁老跟前："阁老，阁老。"

听到常亦宁的声音闫阁老睁开眼睛。

"常……亦……宁……"闫阁老有些惊讶，"你……投了……叛党？"

常亦宁忙摇头："学生是为了揭发冯国昌才假意投奔，"没想到京里一乱，冯党就将他从家中带出来："方才我看到二爷……已经让二爷先躲起来……现在还不是时候……不能硬着来……要等到外面军队进城……"

闫阁老点点头："叛党……在商量……什么？"

常亦宁低声道："抓住了闫老夫人和夫人，就要将人带过来了……阁老……您不如……先假意答应……想办法拖延时间。"

闫阁老诧异地看着常亦宁："这就是你想的法子？黑就是黑，白就是白，你想要学着旁人长袖善舞也要有这个本事，从前我夸你聪明，不过看在你将来能踏踏实实做个直臣，若是你想要学旁人深不可测，要能掌控全局，你还没那个本事，画虎不成反类犬，到时候就要人不人，鬼不鬼。"

看到闫阁老冰冷的神情，常亦宁顿时觉得脊背发寒，支撑他的最后一丝力气仿佛也被抽走了。

人不人，鬼不鬼，正是他现在的写照，他立意要做能臣却不过被人推着走……

常亦宁脸色难看："那……下一步要怎么办？"

"下一步我早已经想好了，"闫阁老脸上满是皱纹，显得有些老迈，却脸上没有惧色，"文臣不惧死，既然要做忠臣，就早就料到有今日，哪里用得着事到临头再慌乱。"

闫阁老手被缚住却竭力站起身，刚站稳了身体，立即就有叛党发现，闫阁老不能再等，脚下快跑几步向墙面上撞去。

"常亦宁，拉住他。"

听到有人大喊，常亦宁怔愣片刻，假意上前去拉扯闫阁老却脚下一滑摔在地上，地上的冰雪让他的脸硌得生疼，就仿佛有人打了他一巴掌，闫阁老说的没错，他就是个贪生怕死之徒，到了这个地步还想着装模作样地求生，连和闫阁老一起死的勇气都没有，怪不得杨茉兰不愿意留在他身边，原来她那双眼睛早已经看透了他。

他只是个小人。

闫阁老眼见就要撞在墙上，却被赶过来的守卫一脚踹在胸口上。

整个人顿时飞摔了出去，在地上动了动不省人事。

冯国昌让人扶着快走几步看到雪地里的闫阁老，看向身边的人："想办法将他弄醒，要死，也得让他看着闫家女眷都死光之后。"

冯国昌话音刚落，门口有人来道："阁老，不好了，军队攻进城了。"

冯国昌抬起头看一眼天空，他的大限之日真的到了？

整个衙门里顿时乱起来，不知是谁喊了一句："快，快将阁老送出去。"开始有人搀扶冯国昌出门。

常亦宁将脸埋在雪里，旁边是刚刚被杀死的文官，一双圆圆的眼睛正看着他，脸上仿佛有一丝怪异的微笑，是在嘲笑他。

第十章 诺言

上清院的皇帝还盘膝坐在莲花座上，细长的手指捏着拂尘，对面是一幅天师骑虎图，皇帝不停地捏起手指，想象着怎么才能让动作和图里的天师一模一样。

刘砚田跪在旁边恳切地劝道："皇上，您要想想办法，闫阁老和众多官员都在叛党手上啊。"

皇帝听得厌烦，挥挥手："怕什么，太傅不是说上清院固若金汤，叛党攻不进来吗？"他早就防着会有今天，已经做了细细的安排，上清院那些高耸的平台和两边的夹道就是他屯兵用的，他防着周成陵会篡权，没想到最后出事的是冯国昌。

不过没关系，谁都一样，他就是要他们看看，无论谁出来反抗他的皇权，最终结果都是死路一条。

皇帝站起身来向身后舒展长袖，一步步走下高台，恍若从云端下来的仙人，走到大殿正中皇帝闭上眼睛静静倾听，外面没有一丁点的声音，然后睁开眼睛看刘砚田，伸出手将刘砚田搀扶起来："太傅这几天辛苦了，等到天亮京外的驻军就会进城，自然会剿灭叛党，"皇帝说着顿了顿："闫阁老定然已经凶多吉少，太傅想想朕应该如何抚恤闫家。"死人他不怕，朝廷有那么多官员，死了就会有人补上。

刘砚田红了眼睛："闫阁老……"哽咽得说不出话来。

皇帝看向黄英："将太傅扶下去歇着，明日一早朕还有要事和太傅商议。"

黄英立即躬身上前搀扶起刘砚田："太傅，天家都这样说了，您就下去歇着吧！"

刘砚田这才起身，跪得太久了免不了身上晃动，半晌才蹒跚着走出大殿，殿外有不少文官等在那里，看到刘砚田都上前道："皇上怎么说？闫阁老可还能救回来？"

刘砚田一脸的伤悲："现在一切要以大局为重，皇上也很着急，可……只能等大军入京，只能盼着闫阁老能坚持到那时候。"

"明日一定能诛杀冯国昌那狗贼。"

"可怜闫阁老……"

刘砚田听得这些话不禁身子有些摇晃，立即就有官员上前搀扶："太傅，这时候您可不能出事啊。"

刘砚田摇摇晃晃让人搀扶到旁边坐下。

"下面该怎么办？"

刘砚田假装稳住心神道："我们守到天亮，等着大军入京。"他们等在上清院这样安全的地方，不过是看着叛党杀人，闫阁老和那些文官死了更好，闫阁老一直替周成陵说话，在朝中虽然不敌冯国昌却也有不小的威信，冯国昌死了，闫阁老不免一人做大，所以他才会想到趁着这个机会借冯国昌杀了闫阁老。

朝廷死了不少的文官，不免要拔擢那些候补官员，再开恩科取士，到时候他一本奏折递上去，不管是拔擢起来的官员还是恩科入仕的官员都会将他看做恩师。

虽然除掉了冯党可能会让周成陵落了好处，可最终最大的赢家一定要是他。

献王府里，醇郡王将从上清院打听来的消息仔仔细细地说了："上清院里抽出一半人手就能清剿叛党，皇上却不肯命人死守上清院。"

献王在灯光下不说话，大周朝这么多年，换做从前的哪位天子都不会有今天之事，还以为冯国昌死了之后，政局就会好一些，现在看来……献王看向醇郡王："成陵的办法可能行得通？"

醇郡王道："叛党现在是强弩之末，只要听说军队入了城定然会慌乱，我们趁乱抓住冯国昌，也好救下衙门里的官员。"

"宗室营的人手够不够？"

醇郡王低声道："足够了，"宗室府里照例都有侍卫，再加上家人，人数是不少，"还能留下一些人护着家眷。"

"不能让皇上知道是成陵的法子。"石火电光中献王想到这件事。

醇郡王点点头，皇上疑心重，嫉贤妒能，肯定会向周成陵发难，这是大家心照不宣的事。

"就说是王爷的意思。"只要安排妥当，不管怎么查都查不到周成陵身上。

献王颔首："事不宜迟，就照成陵说的办。"

醇郡王站起身将院子里的人带着心腹出去，不消片刻时间就在京城里掀起了风波，叛军顿时以为京外的驻军进城了。

叛党护着冯国昌逃窜，火把晃动中谁也顾不得谁。

常亦宁在雪堆里装死，直等到周围的声音小了才爬起来去看地上的闫阁老。

闫阁老已经浑身冰冷没有了半点气息。

常亦宁试着去拽闫阁老，好不容易将闫阁老拖到旁边的小院子里，听到外面有人喊："快找找闫阁老，闫阁老在哪里。"

常亦宁才跑出去呼喊："闫阁老，快来救闫阁老。"闫阁老是他最后一棵救命稻草，他只有救了闫阁老才能洗脱叛党的嫌疑，这时候他才知道他心里到底有多惊恐多怕死。

闫二爷第一个冲到闫阁老身边，手摸到闫阁老冰冷的脸，心顿时沉下去："父亲，父亲……你醒醒，父亲……是我啊。"

常亦宁将身上的衣服脱下来拢在闫阁老身上，闫二爷也才回过神来急忙也脱自己的长袍："刚刚阁老还和我说话，事不宜迟快抬着闫阁老去看郎中吧。"

看郎中，去哪里看郎中。

闫二爷霍然想起来："快，快去保合堂。"

去保合堂找杨茉兰？常亦宁看着闫二爷发亮的眼睛，仿佛只要找到杨茉兰闫阁老就会好起来。

闫二爷出去叫喊，立即就有三五个人找了木板进门。

"闫二爷我们去哪里？是不是保合堂？"

闫二爷点点头，他的病是杨大小姐治好的，所有大夫束手无策的时候只有杨大小姐站出来，那时候杨大小姐还和常亦宁有婚约。

他记得那时候他的心情，知道得了杨梅疮本来已经放弃，杨大小姐却让他活下来，父亲现在也只有杨大小姐能医治："快，去保合堂。"

保合堂就是救命的地方。

常亦宁有一种奇怪的感觉，说不清是什么，他跟着闫二爷在黑暗里跑，耳边是嘈杂的声音。

当年杨茉兰尚在常家的时候，他怎么也想不到会有今天。

想不到这么多人会在这时候找个女子救命。

那个人本来是他的妻。

杨茉兰第一次离开常家是去给闫二爷治病，那时候大家议论纷纷，都说从此之后杨茉兰算是丢了名声，不可能再做妻，只能为妾室。

谁能想到，杨茉兰出府开了保合堂，做了大周朝最有名的女医，而他常亦宁没有成为大周朝股肱之臣，反而似丧家之犬。

如果常家能早些看到这一天会怎么样？肯定会无论如何都要笼络杨茉兰，大约她刚进常家就要和他完婚，那时候若是有人跟他说，他这辈子最重要的事，是要珍惜身边人，他一定觉得好笑，他的志向远大，岂能在意儿女私情。

原来他这辈子最大的疏忽不是将自己看得太高，而是失去了杨茉兰。

如果杨茉兰是他的妻，他送闫阁老去保合堂该是什么心情，他们夫妻一心又会是如何。

常亦宁迷迷糊糊地想着，一路向前跑，眼前都是漆黑一片，直到看见保合堂的灯笼，有一种霍然天亮的感觉。

保合堂亮着灯笼。

什么样的人才敢在这时候挑起灯笼打开门，她就真的不怕叛党。

这个女人是有多胆大。

杨茉听到蒋平的声音："闫阁老救出来了，不过受了伤，正让人抬着过来。"

杨茉刚刚帮一个病患缝合了伤口，正要去洗手，听得这话看向累得脸发白的梅香："快去看看还有没有布巾和药，能用的东西都拿来。"

杨茉刚脱掉沾了鲜血的手套，闫二爷就带着人将闫阁老抬进来。

"杨大小姐，"看到杨茉，闫二爷心里霍然有了期盼，这时候眼泪也淌下来，"快救救我父亲吧。"

闫阁老脸色青白，仿佛已经没有了呼吸，丁二低头看了一眼，不由得心中发凉，这个模样恐是难治了，想到这里立即拉起闫阁老的手腕诊脉。

手腕如同冰一般哪有半点的热气，更加摸不到脉动，丁二抬起头看向杨茉。

魏卯提着灯，杨茉正低着头检查。

旁边所有人都不敢发出一点的声音，生怕就此打断杨大小姐诊病，不知过了多久，外面传来喊声："闫阁老可是在这里？"

"闫阁老在保合堂？"

常亦宁向外看去，是方才在衙门里被叛党一起囚禁的官员。

"杨大小姐在看诊。"

说话声传出去，大家互相看看，杨大小姐，保合堂的杨氏。

"能不能治好？"

"是啊，能不能治好。"

"杨大小姐才看上还不知晓。"

听到这话众人脸上一片黯然，闫阁老是不肯投靠叛党才会如此，扪心自问，若是换了他们，不知道在那种情形下还能不能坚持下去。

文官一个个神情激动："一定要治好闫阁老。"

"一定要治好闫阁老啊。"

杨茉屏住呼吸，仔细地俯下身来听，仿佛能听到闫阁老的心跳声，可是她却没有感觉到颈部动脉搏动。

"大小姐，怎么样？"丁二看到杨茉抬起头忍不住问。

现在她还能听到心脏跳动的声音，杨茉道："心脏还在跳，但是很慢，要仔细听才能听到。"

丁二睁大了眼睛："这，要怎么办才好。"

闫阁老穿得单薄，体温极低，面色青白毫无血色，应该是急性冻结性损伤，造成心跳缓慢，杨茉道："是冻伤。"

丁二点点头，冻伤，杨大小姐和他的诊断一样，这样的天气很容易冻死人，治病是治伤不治冻，冻伤身体还好说，可以用药膏子，可是整个人冻成这个模样基本上就是没救了，只能旁边烧些炭看看人能不能缓过来。

"大小姐,我们要怎么办?"丁二想到自己没有好办法,只能问杨茉。

"要让病患身体回温,血液重新快速流动起来。"

杨大小姐看起来十分镇定,丁二心里一喜,果然是杨大小姐有办法,这些人当中就只有杨大小姐有法子。

"所有的炭盆都拿过来,我还要大量的温水,让人将温水放在水囊里,越多越好,"杨茉吩咐江掌柜,"快去拿,一定要快。"

江掌柜忙下去安排。

杨茉看向萧全:"将盐水用热水温热,我们要用温盐水输液。"

萧全点点头。

杨茉用手摸了一下闫阁老的衣服,浸过雪,衣服很潮湿:"丁先生,你带几个人给闫阁老换衣服,要小心动手,这时候身体已经被冻住很容易发生骨折。"

说完话杨茉转身避开,丁二带着几个徒弟顿时忙起来。

常亦宁的目光自始至终盯着杨茉,他怎么也挪不开自己的视线,只有在这种时候才能看清一个人。这样的情况下,杨茉兰做事井井有条,不见半点的慌乱,这才是能应对大事的人。

只要身体能回温就会缓过来。

杨茉才走出去,就看到闫夫人搀扶着闫老夫人走过来。

闫家女眷都穿着新衣衫打扮得十分庄重。

尤其是闫老夫人,戴着一套蜜蜡的头面,头发梳得十分光滑,身上还穿着诰命服,闫家女眷没指望会得救,她们是准备赴死,就算现在得救了,她们神情也很淡然,好像一切都离她们那么远。

杨茉不免跟着一阵心跳,也许晚一步闫家一家人都会死。

闫老夫人紧紧地拉着闫夫人的手,看向杨茉:"杨大小姐,里面情况怎么样?"

看起来越是镇定越是全身绷到了极点,稍稍有些风吹草动就会崩溃,杨茉径直看向闫老夫人:"闫阁老冻伤了,我们正想办法让他暖和起来,只要能缓过来就会好。"

闫夫人有些焦急:"能好过来吗?"

杨茉是按照冻伤的程序来做,但是不能肯定,因为你永远无法预测人体会有什么样的反应,也许会很快好起来,也许不会。

对健康的人来说呼吸是件很寻常的事,对病人来说呼吸之间就是生命。

杨茉吩咐人将闫老夫人带进内院里歇着,带着闫夫人去看闫阁老。

闫夫人看一眼刚换好衣服的闫阁老,呆愣在那里,杨茉要进门去看闫阁老,伸出手来握了握闫夫人的手,刚要松开手向前走,没想到闫夫人手指霍然收紧起来,转头看向杨茉:"我从没想过死那么可怕,很可怕。"她的声音颤抖。

"虽然之前想过很多,临到死的时候就害怕得不得了,"闫夫人盯着杨茉看,视线聚合起来,眼睛里都是杨茉的影子,"我想着不能给老爷丢人,我……我就让自己没有任何感觉……什么都感觉不到,当自己不是一个人,可我还是害怕,大小姐,你救救我家老爷,别看他躺在那里不声不响，他一定很害怕，等着人去救他。"闫夫人看着床上的闫阁老挪不开眼睛。

杨苿向闫夫人点头，松开闫夫人的手，快步走进屋子里。

"怎么样？"杨苿问丁二。

丁二耳朵一直贴在闫阁老胸口听着心跳："心跳越来越弱，盐水也输不进去。"循环慢，所以找不到血管。

杨苿头也没抬："魏卯帮我，我要做静脉通道。"

温热的盐水输进去，江掌柜将所有水囊都找来，床上的闫阁老还没有任何变化。

看似回暖应该很简单，其实人体百分之七十的重量都是水分，用温水给这么多水分加温是不容易的。

杨苿看向丁二："心跳怎么样了？"

丁二脸色很难看："好像更慢了。"

心跳缓慢，人昏迷，任何治疗不起效用，现在要怎么做？

丁二连喘气都不敢，是不是没希望了。

"没心跳了，"丁二忽然大喊起来，"没……没心跳了。"

没有救活闫阁老，闫阁老心脏不跳了。

所有人都在看杨苿。

冻僵了表现就是心跳缓慢，最终发生室颤或停止跳动，救治晚了就会发生这样的情况。

外面的闫夫人听到一言半语，顿时哭起来。

"五分钟原则，"杨苿看向丁二，"心脏停止跳动五分钟之内不会造成内脏脏器损害。"

古人不知道五分钟，杨苿立即道："小半刻时间要让心脏重新跳动。"边说边去检查闫阁老的胸口，"魏卯，快，准备心脏急救。"

魏卯和萧全几个已经熟悉了心脏急救，忙拿了简单的呼吸器过来，并将闫阁老下颌微抬，保证呼吸道通畅。

杨苿将手放在闫阁老胸前，她立即愣住了。

所有人都看向杨苿。

急救要越快越好，师父通常只会嫌他们慢，绝不会这样忽然停下来。

"胸骨骨折，"杨苿转头看向旁边的魏卯，"闫阁老受过伤。"

这就是为什么不能采取心脏按压，断裂的肋骨会因此扎进病患的内脏。

心跳停止了，却不能进行心脏急救，这下要怎么做？

所有人停下来不知道该怎么办。

杨苿低头看着闫阁老，现在已经超过了他们处理的范围，不能胸部按压，还能怎么做才能让心肺复苏，古代更没有心脏除颤器，只有五分钟时间，她该做什么？就这样眼看着时间慢慢流逝。

"将闫阁老左臂扳开。"杨苿吩咐魏卯和萧全。

魏卯和萧全不知道什么意思。

杨茉上前将闫阁老左臂伸开,让小郎中按住:"剪子,快。"

这下魏卯没有迟疑,将剪子递到杨茉手里。

杨茉将闫阁老衣服剪开:"梅香,消毒。"

梅香立即将消毒用的酒和药水撒过去,然后铺上干净的布巾,杨茉用手术刀将闫阁老的左胸切开。

所有人顿时惊呆了。

杨大小姐这是要做什么。

"做胸内心脏按摩。"

丁二所有的血液冲到脸上,说话也结结巴巴起来:"什么……什么叫胸内心脏按摩。"

杨茉道:"用手直接按摩心脏。"

丁二只觉得喉咙被人抓住,屋子里其他人也好不到哪去,拿着托盘的郎中甚至将托盘掉在地上。

屋子里传来清脆的撞击声响。

听到人耳朵里就像山崩地裂,让人脑袋震得嗡嗡作响,立在那里喘息不得,片刻之后却又心脏剧烈地跳动,所有血液冲上来。

用手直接按摩心脏。

用手直接按摩心脏。

天哪,将手伸进人身体里去摸心。

只要想到这个,好像自己的心也被摸着。

心是最神秘的东西,因为你知道它在那里却永远触及不到,所以才有人心难测的话,如果能将心都握在手里,还有什么事不能做?

杨大小姐是疯了,看到闫阁老心脏不跳所以疯了。

心脏,不是你按它,它就能跳,如果是这样,那岂不是……如同神仙造人……一手点心让它跳,人就活了。

丁二不停地摇头,不可能,不可能有这样的事,他什么都能相信,就是永远都不会相信,人能直接攥握心脏,还能将人救活。

丁二已经变了调:"大小姐……这行不通,行不通。"

杨茉争分夺秒地忙碌,切开皮肤病患没有血渗出来,证明循环已经停止,她的选择是对的,冻伤的病患一定要迅速心脏复温,没有肋骨损伤的情况下也会采用胸内心脏按摩术。

"魏卯,萧全,将肋骨牵拉开。"没有牵引器她只能用简单的工具,让两个徒弟一起将肋骨牵开,方便她看到心脏。

"灯,将灯举起来。"

魏卯和萧全先反应过来,忙上前帮忙,张戈将灯提起来。

杨茉看不清楚里面的心脏,只能将手伸进去。

杨大小姐的手伸进去了,丁二已经控制不住心里的惶恐,戴着手套的手就这样伸进去了,去握心脏。

从远处看,杨大小姐的手臂仿佛都没入闫阁老的身体里。

不可能这样人还能活，不可能救活人，闫阁老如果活下来会是什么感觉？有人攥他的心脏。想到这里，丁二有一种憋闷的感觉，一步步地向后退。

杨茉小心翼翼地切开心内膜，用手去碰触闫阁老的心脏，闫阁老的心脏冰凉没有任何跳动的迹象，单手慢慢挤压，六十次每分钟。

一下，一下，一下，不能有半点偏差，手上的力气要均匀，不能损伤病患的心脏。现在胸内按摩，能最好地恢复病患的循环系统，这样就能继续供给器官氧气，有时间让病患身体回暖，给病患存活创造一切条件。

"找更多的温水来，快……"

杨茉感觉不到紧张，握到心脏的那一刻就不再有紧张，而是所有的关于医学的名词一个个从眼前跳过，指引她更好地完成急救。

一切没开始之前会恐惧，等到所有一切都在手中，只能一路向前走，就不会记得还有恐惧。

此时此刻杨茉在想所有一切她遇到的冻伤病例，不一定是她亲自抢救的，但是她仔细地听过报告，研究过病例，现代时有一个患者在冰雪里冻了两个小时，进抢救室开胸之后，发现心脏已经冻成青紫色，经过胸内心脏按摩活了过来。

闫阁老的心脏她看不清楚，但是凭手去感觉，一定也是那个模样。

"多长时间了？从换好衣服开始多长时间了？"杨茉转头问。

屋子里的人都盯着她看，好似忘记了别的事。

"半个时辰。"梅香快速看了一眼沙漏。

半个时辰了。

杨茉试着慢慢地松开手。

快点，快点，一定要跳，每次到这样的情况下，面对的仿佛不止是一颗心脏，而是一个人。她希望它能缓缓地跳动。

人的生命很脆弱，可有时候又很坚强，每个医生都希望自己病患的生命比任何人都要坚强。

这几秒钟比一天还要漫长。

漫长得让她也不会呼吸。

她佩服闫阁老，就因为有这样的人在，给了别人无穷的勇气，因为闫阁老的勇气，才会让她没有顾忌地去施救。

杨茉静静地等着。

手掌忽然感觉到轻微的颤动，那是来自于一颗心脏，仿佛一条细细的电流沿着她的手指到了她身上，心脏就是有这样的力量。

看似微弱，却是让人惊奇。

只有医生才能有这样的感觉，才能让心脏在手心里跳动。

不是魔力，不是仙术，只是因为了解生命。

杨茉嘴边浮起笑容来："有心跳了。"虽然很缓慢，是窦性缓搏，对冻僵的病患来说，就是身体复温的表现。

"我需要大量的盐水冲洗，要引流管，处理好伤口要快速缝合避免伤口感染。"杨茉一口气吩咐下去。

　　魏卯几个却没有动。

　　心跳真的恢复了？

　　这样就能让心重新跳起来？

　　"大小姐，"丁二颤声道，"真……真的跳了？"

　　杨茉很肯定地点头，胸外按压你要倾听，要查看，但是胸内心脏按压不用，只需要用手感受，感受心脏在有力地收缩。

　　不是单纯的跳动，而是强劲的收缩，每当它开始跳动，它就是付出全力，它会让人全身充满血液，让人热血沸腾，心脏是最有勇气的器官，它勇敢有力无人能挡。

　　所以心是没有恐惧的，懦弱的是人。

　　每个人的心都是一样的，它每时每刻支撑身体，所以无论是悲伤或是欢乐，得意或是失意，想想心脏一如既往地跳动，就应该珍惜，不言放弃。

　　就算为了心脏，也要奋力一搏，闫阁老如此，她也是如此，他们都是在用全力做好他们应该做的事。

　　缝合好了伤口，杨茉看向丁二："要仔细查看闫阁老的心跳，我们要检查看看其他地方还有没有外伤。"

　　丁二呆愣地点头，他走到闫阁老身边，半晌才慢慢低下头。

　　原来一个人的心跳声是"怦怦怦"。

　　丁二听到这个声音吓了一跳立即抬起头来诧异地看着杨茉，这个人做了这样的事，为什么她还能如此的平静，好像什么都没发生过一样。

　　怎么能这样？

　　为什么一个人做了无人能及的事，却依旧和常人一样自然、亲切，她应该远远地在云端，让人跪拜，丁二觉得有股热气在他心里翻滚，让他感觉到前所未有的狂热。

　　"如果没有别的损伤，病患应该很快就会醒过来。"杨茉用灯检查闫阁老的眼睛，瞳孔能随着灯光变化，证明颅内没有大问题。

　　现在就是静静地等病患自然而然地醒过来。

　　"要开张清热解毒的药方。"

　　丁二点点头："我立即就让人去熬药。"

　　"伤口要换敷料，要注意引流管和出血的情况。"

　　魏卯几个仔细地听着。

　　现在她最担心的就是感染，如果发生心内感染就是不可逆的，在这个时空最让人遗憾的就是没有抗生素，她希望朱善那边能多做出些新药来，这样才能更快地推动医学发展，能帮助更多的病患，将来也能救周成陵。

　　杨茉从诊室里出来，闫夫人立即迎上来："大小姐，怎么样了？"

　　杨茉点点头："夫人换了衣服进去等吧，阁老说不准什么时候会醒过来。"

闫夫人知道现在她该感谢杨大小姐，可是感激的神情却盖不过欣喜："大小姐，你是我们闫家的恩人。"

闫夫人就要跪下，杨茉急忙将她扶起来："夫人别谢我，我只是做了我应该去做的。"她只是在尽量实现她对病患的承诺。

闫阁老先是感觉到浑身的疼痛，然后他立即就惊醒过来，四周很安静，他闻到浓浓的药香，然后看到白色的布巾和幔帐。

"老爷，老爷，你能不能听到我的话，大小姐，我们老爷醒过来了。"

闫阁老顺着声音看过去，眼前是一个模糊却熟悉的面孔，他的妻子，他没有死，妻子也没死。

"闫阁老能听到我说话吗？"一盏灯挪过来，一个十几岁的小姐用清脆的声音询问。

闫阁老觉得声音似曾相识却一时想不起来。

"闫阁老，你能不能简单地说出几个字。"

闫阁老点点头，试着张嘴："我……在……哪里？"

"保合堂，"杨茉道，"在保合堂，闫老夫人和闫夫人、二爷都在保合堂，现在天已经亮了，京外的驻军进了城，正在四处抓捕叛党。"

杨茉简洁地将现在的情况说了清楚，周成陵让宗室营的人扮成驻军驱散了叛党救出这些文官，两个时辰之后真正的驻军不费吹灰之力就攻进城。

闫阁老这才想起来，是杨大小姐，保合堂，杨大小姐，周成陵要求娶的女子，怪不得他现在还活着。

闫阁老眼睛又睁开了些："谢谢大小姐。"说着就想要起身，却身上没有半点力气，眼睛紧紧地看着闫夫人。

还是闫夫人知晓闫阁老的意思，看看周围没有旁人才低声道："是十爷救了我们。"

也就只有周成陵现在能掌控全局，闫阁老听得这话整个身体都松懈下来。

让魏卯和萧全照顾闫阁老，张戈和秦冲两个照看其他病患，杨茉带着梅香去内宅歇着，这样松懈下来整个人都觉得很疲累。

婆子打了水，杨茉净了手换下身上的长袍进了屋子里看周成陵。

周成陵靠在引枕上。

杨茉道："叛党都抓起来了，你是不是也该出去。"

周成陵摇摇头："我还是……安心养病……那些事和我没关系，"说着细细地将杨茉看了一遍，"穿上氅衣让蒋平将你送回家吧！"

杨茉挽起袖子："我帮你检查一下再说。"

周成陵不肯答应，喊了一声："蒋平。"

外面的立即传来蒋平的应声，然后窗帘掀开，蒋平走进来。

周成陵道："去外面看看能不能将杨大小姐送回家。"

蒋平立即道："正在清理叛党，要等一时半刻才更安全。"

杨茉得意地看了周成陵一眼。

周成陵只好作罢,让蒋平先出去,然后向里面挪动了身子,杨茉站到周成陵身边双手绕过他的脸颊去按他的头。

她的骨骼本就纤细,这样站着又和周成陵有些距离,这样尽量伸着手几乎要靠在周成陵身上,站了一晚上没想到有些脱力,不小心身体有些倾斜,她忙撑起身子手肘结结实实地抵在周成陵胸口,下颌也碰到了他的耳垂。

她是真的累了,一个女子能有多少力气,这样连着给人治病,腿不软才怪,他低头看到烛光下她眉眼如画,不禁向一旁侧过头去。

杨茉有些着臊,不过这突如其来的碰撞,让周成陵脸色看起来也有几分的尴尬。

眼见着周成陵变了脸色,杨茉急着起身:"撞到你哪里了?"

周成陵目光略有些不自然:"你的重量还不会。"

"那是哪里不舒服?"

周成陵转回头定定地看着她,眼睛里仿佛有一小丛火苗在蹿动,火烧火燎地散发着热气,就这样让她心乱如麻。

"杨茉兰,"他忽然开口,视线也沉淀下来,如同一汪湖水,沉静又幽深,"是我误了你。"

杨茉正在仔细体会这话的意思。

周成陵忽然伸出手捧起她的脸,冰凉的嘴唇压在她的眉心上,他身上散发着木叶的清香,他的手还用不上很大的力气,却让她觉得喘不过气来,那是因为她的心脏不由自主地乱跳。

半晌周成陵才挪开嘴唇,杨茉睁开眼睛看到他灼灼的目光:"我的病一定要开刀才能治好?"

杨茉点点头:"是。"

周成陵是对自己很有信心的人,可是现在他的目光有些让人心疼,稍稍露出些迷茫,"但是我不能不求娶你,如果我死了没求娶你,我会一生遗憾,如果我没死却不求娶你,我每一日都觉得后悔。"

杨茉静静地听着。

周成陵用很清楚的声音:"我虽然不知道能不能活下来,但是我会努力地活着,我求你嫁给我,明年的二月初七就是吉时。"

如果想要从一个人身上得到很多东西那是索取,如果想要给一个人很多东西那就是爱。杨茉从来没想过要从周成陵身上索取些什么,她只想陪在他身边,她会努力医治他的病,他活着她会陪着他一起喜怒哀乐,他死了,她会紧紧地握住他的手,让他死在她怀里。

他们会在人生路上彼此陪伴,永远不会感觉到孤独。

杨茉想到这里眼前有些模糊,目光也朦胧:"每个人生下来都不是完整的,他会去寻找他的另一半,他总会找到那个人,他们并不一定会永远在一起,因为人生的路是曲折而漫长的,可是当他找到那个人时,他就已经完整了。"

"很多人并不知道什么是永远,他们将时间定为永远,其实永远是在心里,"杨茉微微笑着,"周成陵我要嫁给你,我一定会嫁给你,因为你是我的那个人,永远的那个人。"

周成陵拉起杨茉的手,两个人十指缓慢地交握。

人放松下来就会觉得困倦,杨茉不知道自己什么时候睡着了,等醒过来的时候才发现已经躺在床上。

她没回去杨家而是睡在了保合堂。

外面传来说话的声音:"杨大小姐在不在?闫老夫人还在外面等着呢。"

然后是梅香的声音:"老夫人,您先回去吧,我们小姐不知道什么时候醒过来。"

没想到闫老夫人一直在外面等着,杨茉忙坐起来,她霍然想起来,她这是在周成陵养病的房里,要是让闫老夫人知晓了,那岂不是很糟糕,他们毕竟还没有成亲啊。

想到这里杨茉的睡意顿时去了干干净净,她转头向屋子里看去,软榻上没有人,椅子上没有人,周成陵不在房里。

到底是怎么回事,她怎么会睡得那么死。

杨茉咳嗽一声,外面的秋桐听到了急忙走进来:"大小姐醒了。"

杨茉颔首:"十爷呢……我……怎么会在这里?"

秋桐低声道:"大小姐靠在床边睡着了,十爷让我们将大小姐扶上床,他回去旁边的药铺了。"

原来周成陵已经回去了,她真是睡得死死的。

杨茉看向秋桐:"快给我换件衣服,请闫老夫人进来吧!"

秋桐立即颔首。

杨茉简单梳洗了一番,忙出来见闫老夫人。

闫老夫人脸上满是歉意:"是老身打扰了小姐休息。"

杨茉笑道:"是我自己醒过来了,老夫人也该好好歇歇。"说到这个她不免有些心虚。

闫老夫人挽起杨茉的手:"老身知道,保合堂每次要治病的时候都要签个文书,过一会儿太医院恐怕要遣人来问情形,老身想将那文书签了,免得旁人说什么。"

原来闫老夫人等着签保合堂的文书,这是要维护她。

杨茉感激地看向闫老夫人,没想闫家会这样理解她。

两个人向前院走去,撩开帘子,杨茉就听到嘈杂的声音,有很多人挤在屋子里向闫阁老的诊室里张望。

杨茉看向江掌柜:"不能让这么多人聚在这里,这样闫阁老不能休息。"

江掌柜抹了一把额头上的汗:"我们劝说各位大人离开,大人们却无论如何也不肯,总不能撵人出去。"这些人都穿着官服,谁敢动手啊。

闫老夫人低声道:"诸位大人也是心里焦急。"

在闫家府上会有待客的地方,不过这里是保合堂,除了闫阁老还有别的病患在这里,都是危重的病患,需要静心养病,她不能让这些人挤在保合堂里面。

杨茉扶着闫老夫人坐下,现在是非常时期就不能像平常一样说话,杨茉看向屋子里交头接耳的大人们,扬声道:"各位大人请出去吧,闫阁老的情况尚未稳定,大人们在这里只会让闫阁老病情加重,我们的救治就白费了。"

屋子里瞬间安静下来。

杨茉抬起眼睛："大人们若是真的关切闫阁老，就请等到闫阁老请各位大人来见面。"

众人将目光落在杨茉的脸上，这就是杨氏吧，一个女子怎么能用这么大的声音说话。

见到这么多的男子，女眷们都会立即回避，杨氏却迎上来说这样听起来有点"无礼"的话。

"江掌柜，"杨茉接着道，"送各位大人出去。"

江掌柜带着人请大家出去，不知是哪位官员先挪动了脚步，接着大家都陆续走出保合堂，站在了雪地里，众人互相张望，保合堂外面还站着不少病患的家人。

大家互相看看哂然一笑，这女子可算是有些魄力。

"列位，既然杨氏这样说，我们大家就在外面等吧。"这不是什么规矩，闫阁老不屈叛党又活了下来，让所有人心里都生起了些许感概，为人就该这般，行得正走得直，最终会让人心甘情愿地敬服。

现在大家就该在这里等着闫阁老的好消息。

不过渐渐话题有些改变。

"闫阁老抬过来的时候都已经没气息了，是杨氏治好的。"

不知是谁先说的这句话。

人群里的常亦宁看向保合堂的牌匾。

"这杨氏可真厉害，一个女子竟能做男子做不到的事。"

"女子要比男子更不容易，普天之下，没出过几个女医。"

"杨氏也是个执着的人，退掉了婚事重开保合堂，京里乱成一团，只有保合堂还开门行医，真是不简单，说句不好听的话，若是大周朝的官员都如此，何至于让冯党作乱。"

常亦宁看向周围，到处都是人影，每当大家提起杨茉兰，所有人都在倾听，脸上露出欣慰的神情，那种欣慰是信任更是难掩的希望。是啊，杨茉兰可真是厉害，她能做到人所不能及的，和闫阁老又有什么两样，所以她说的话诸位大人才肯听，大家才愿意从屋子里走出来站在雪地里。

相反地，他还不知道会如何，苟活保住了性命，将来却不免被人猜忌，他没有了前程，没有了……

他不知道自己还有什么。

乔月婵在屋子里瑟瑟发抖。

外面传来母亲哭喊的声音："是谁说的老爷死了？谁说的？"

管事妈妈嘴唇发紫，浑身颤抖："是……是管事亲眼看到的，老爷才出了府门就被人……被人发现了。"

乔夫人几天没有睡觉，眼眶一片乌青，两腮深深地塌下去，没有了鼻子，就露出两个圆圆的孔洞，看起来就像才从土里爬出来一样，比鬼还要可怕。

尤其是现在，她眼睛乌黑，阴恻恻地追问："生要见人，死要见尸，管事没看到老爷的尸身就敢这样说，"喊到这里声音嘶哑，"去，快出去找老爷。"

管事妈妈被吓得腿脚发软，不知道该怎么办才好："夫人，管事看见了，看见了。"

"看见什么？我问你看见了什么？"

管事妈妈不想说，可是被逼到现在她又不得不说："看见了老爷的头被砍下来带走了，尸身……尸身还在门前。"

乔月婵听得这话，惊惧地抬起头，这样突然抬头让她有一种头和脖子要分离的感觉，好像有人在她耳边吹冷气，前面的幔帐里仿佛也藏着一个人，是父亲。

乔月婵吓得冲出来，每次害怕她都会扑向母亲，可是这一次却看到母亲恐怖的脸，她生生地顿住脚，眼泪霍然淌出来。

为什么会变成这样，本来一切都好好的，父亲先是被抓起来，现在却死了，母亲又是这个模样。

现在要怎么办？以后的日子要怎么过？

"夫人，"旁边的管事妈妈道，"您要早点决断，家里要怎么办？老爷的事朝廷要怎么断，会不会牵连家小。"

谋反之罪，怎么可能不牵连，乔夫人抬起眼睛："我们完了，我们完了，老爷死了，我们也完了。"

乔月婵突然想起杨家，难不成她也要和杨茉兰一样。

"母亲，想想办法，想想办法，"她不想那样，她不想无依无靠地生活，她不要变成她嘲笑的杨茉兰。

不，她会比杨茉兰更凄惨，杨秉正只是贪墨，父亲是谋反，谋反会怎么样？

"母亲，求求常家，"乔月婵霍然想起来，"就说我嫁去了常家，我已经嫁给了常亦宁。"

乔夫人看着女儿，不知怎的突然笑起来，觉得女儿很可笑："你们不过有婚约，你怎么算嫁过去？"

"我愿意做妾室，"乔月婵顾不得脸上的鼻涕眼泪，"母亲啊，我不要死，我不要死。"

乔夫人摇头："我们不会死，我们是家眷，会没收归官，可能会被发配教坊司。"

教坊司是什么地方，乔月婵茫然地看着乔夫人。

乔夫人有些癫狂："是官妓，要被送去做官妓。"

乔月婵听得这话再也站不住，顿时摇晃几下坐在地上："母亲去求求常家吧，常老夫人说一定会照应我，我们让人去常家送信……常家定然会帮忙。"

乔月婵哭得喘不过气来，家里忽然之间安静下来，那样的静，所有人都低着脸不知道在想什么。

"夫人，"管事妈妈低声催促，"快有个决断吧，若是再没个章程，家里也要乱起来了。"

乔月婵这时候想起母亲身边的黄妈妈，这么长时间怎么不见黄妈妈，黄妈妈去哪里了。

父亲被人从大牢里救回来，立即吩咐她们收拾好细软，若是冯阁老不能一举成功，他们就要跟着一起逃出京城去，当时她以为最差的结果就是在路上颠沛流离，谁知道她这边才担忧路上劳苦，那边父亲却被杀了。

要怎么办，怎么办？现在就算逃都没有人带着她们逃了。

平日里伺候在她身边的下人，现在也不知道去了哪里，下人的目光也开始变得奇怪起来，眼睛里透着打算，即便是在她们面前也是不加遮掩地盘算。

乔月婵握紧手指："妈妈是什么意思？要我母亲算计什么？"如果乔家败了，大家是一辱俱辱，什么时候轮到这些下人指手画脚，不论到了哪一步下人就是下人，不能让她们越过主子去。

管事妈妈霍然转过头来，脸上没有露出乔月婵熟悉的卑微、惶恐，而是带着一抹怪异的笑容，不再那么顺从，而是神情僵硬甚至带着几分嘲笑："大小姐，到了这时候，您还能说出这种话，奴婢是乔家家生的，这时候才在这里伺候夫人，您不看看那些没有死契的奴婢都去了哪里，黄妈妈和几位管事都去了哪里。"

如同一盆冰水浇下来，乔月婵打了个冷战，还没说话，就听到外面婆子来禀告："夫人，咱们的车马不见了。"

车马不见了？

乔夫人恍然坐在那里，好似什么消息都不会再让她惊慌。

乔月婵却慌张起来："细软都放上去了吗？怎么会不见了？让人去追啊。"

婆子立即道："前院已经有人去追了。"

乔月婵松了口气。

管事妈妈不禁笑起来，那笑容让乔月婵看得心惊："你笑什么？"

管事妈妈道："大小姐，这车马是追不回来了，上面有细软，还有咱们府里很多人的卖身契，您说，谁追上马车不会抢那些东西。"

现在乔家已经到了树倒猢狲散的时候，平日里老爷、夫人也没有好好笼络下人，到了这时候还指望谁会护着他们，尤其是大小姐心狠手辣，桂儿干娘倒是个老虔婆却也是受了大小姐指使才做出收买老鸨的腌臜事来，桂儿一个清清白白的孩子何其无辜，出了事大小姐让桂儿担了罪名，牙子将桂儿带出府，多少人都寒了心，谁会为这样的主子去拼命，现在就算夫人和小姐想要逃，也不会有多少人愿意跟着，那可是死罪一条。

乔月婵脸色铁青："我让人给常家送信，常家会来帮忙。"

常家？

管事妈妈道："小姐已经让人送了两次信，常家人想来早就来了，岂会等到现在，小姐想想当年杨家的光景，杨老夫人和常老夫人是手足之情，杨老爷不过是个贪墨的罪名，常家都冷眼旁观，更何况如今我们老爷是谋反……"

乔月婵手脚冰凉："那不一样，杨家那时候是杨茉兰，常老夫人喜欢我……"乔月婵说着站起身，"我去门上等，一会儿常家就来人了。"

乔月婵摇摇晃晃地向前走，却也没有人来搀扶，她一路走到月亮门，不知道站了多久，她的衣服都被吹透了却没有人来送上一件氅衣。

为什么常家人还不来，之前对付杨家，她也是为常老夫人鸣不平，她是将常老夫人当做自家的长辈。

乔月婵想到这里泪眼朦胧，一定会有转机的，一定会有人来帮她，她天生富贵，眼下不过是略有坎坷，一切都会变好起来。

终于看到一个人走过来，乔月婵期盼地看过去，没想到却是桂儿干娘。

乔月婵皱起眉头来，桂儿干娘已经被撵出府，怎么会又过来。

看到乔月婵，桂儿干娘一怔立即上前赔笑："大小姐怎么会在这里，身边也没跟着个人伺候，若是着了凉可如何是好。"

这样谄媚的话让乔月婵心里禁不住舒服，却霍然看到桂儿干娘衣襟里鼓鼓的显然是藏了东西，立即皱起眉头："你拿的是什么？这时候进府要做什么？"

桂儿干娘并不惊慌，反而笑道："听说府里遭了祸事，我们这些人怎么能不来帮衬，夫人、大小姐也要有个出主意的，大小姐别错怪我，更别动了气。"

看到桂儿干娘笑嘻嘻的模样，乔月婵只觉得心里说不出的委屈，平日里对她低三下四的人却也敢在这时候旁若无人地嘲笑她。

"大小姐有没有听说罪官女眷要去哪里？"

乔月婵咬紧了牙关，一脸的怒气，想要发火不知怎么的桂儿干娘直挺挺地站在那里，仿佛比她高大许多，她心里开始有了惧意。

她居然会惧怕一个粗使的婆子。

桂儿干娘围着乔月婵走了一圈："听说要去教坊，我正好与那里的管教妈妈有几分的交情，大小姐不妨现在上下打点，免得将来去了之后无所依靠。"

"你胡说些什么，谁要去教坊？我怎么可能去教坊。"

"小姐还不知道，"桂儿干娘接着道，"已经有几家被围起来，咱们老爷是官阶低还没轮到，听说城门已经关了就怕人会脱逃，逃是逃不走了，还不如想想后路，我也是为了大小姐着想，等到官府的人来，乔家一根毛都拿不出去，到时候大小姐才真要哭咧。"

乔月婵越听越觉得可怕。

桂儿干娘道："大小姐听我的没错，"说着伸手去拉乔月婵的衣裳，"大小姐身上可戴着那块万福翡翠的玉佩？那还能当些价钱，大小姐将东西翻一翻给我，反正一会儿也要被人扯下来。"

乔月婵不禁躲闪，却没有桂儿干娘力气大，只觉得衣衫被人撩起来然后是一双粗劣的大手狠狠地箍在她腰间，用力就将她的佩饰扯下来。

乔月婵想要将东西抢回来，没想到桂儿干娘一推，乔月婵跟跄几步摔在青石板路上。

"来人啊，来人啊，"乔月婵大喊，却怎么喊也不见有人来帮忙，桂儿干娘早就猫着腰走出了院子。

乔月婵在地上坐了半晌，哭到眼泪再也流不出来她才站起身，这时候她只能自己站起身向前走，因为再也没有人来伺候她，再也没有人理睬她。

乔月婵才浑浑噩噩地走回乔夫人房里，刚进门就听到一阵喊声："快来人，夫人自尽了。"

乔月婵听得这话，仿佛头顶上最后一片天也塌下来，她忙推门跑进去，乔家下人正将乔夫人从房梁上抬下来。

无论怎么叫乔夫人都微眯着眼睛不说话。

"是夫人娘家人送了封信过来，"旁边的管事妈妈道，"夫人看了之后就将我们撵了出去。"

乔月婵不明白为什么。

管事妈妈看不过去："大小姐还不明白，现在谁也不愿意和乔家扯上关系，就连夫人娘家也怕夫人做了官婢让娘家丢了脸面，大小姐是时候为自己盘算了。"

是时候为自己盘算了，这话是什么意思？是准备和母亲一样去死，还是等着官府来抓？管事妈妈带着几个丫头退下去屋子里就剩下乔月婵和床上的乔夫人。

乔月婵觉得她就要被吓死，她的心脏扑腾了几下，却没有让她昏过去，她就这样缩在角落里怔怔地看着母亲。

府里常有下人死，她早已经司空见惯，她从不觉得那些低贱的人死了会如何，可如今那些人却要看着她们去死。

不，这不公平，不应该会是这样，这一定是个梦，梦醒之后她还会是乔月婵，高高在上的乔家大小姐。

来人，乔月婵心里呼喊着，来人，快将我叫醒，等我醒过来我要杀了桂儿干娘，我要剁了她的手，让她知道对我无礼的下场！她要……她要做太多事……所有对她不敬的人都要去死，这样才能驱散她的噩梦。

京外的驻军进京之后，将冯国昌一党团团围住，冯国昌自戕，随冯国昌一起叛乱的官员或死或被俘，三日的叛乱总算落下帷幕，街面上的死尸也陆续被抬走，干净的街面仿佛什么都不曾发生过。

逐渐地开始有平民百姓出门。

不过对于京官来说，仍旧沉浸在叛乱的余波中，开始有府邸被抄检，和冯党有牵连的官员都人人自危。

刘砚田府上是一片喜气，终于等到叛党尽数被俘，最大的功臣仿佛是刘家，是刘砚田一直守在上清院"护驾"，更何况刘家还救了济宁侯府的女眷。

刘家与太后母家济宁侯府只隔了一条街，叛党作乱时想要进济宁侯府，还是刘家的下人去帮忙和济宁侯府的家人内外合力才挡防住了叛党。

不过刘砚田仍旧觉得整件事做得不够好，宗室的下人救了闫阁老和一干文官，没有达到他预想的结果。

政局上是半点都不能出差错的，失之毫厘，谬以千里，本来他应该一并解决了周成陵和冯国昌，现在却让周成陵也捡了功劳。

周成陵要跟着献王太妃一起去张家定下婚期。

杨茉从来没见过这样固执的男人，病成这样还要自己站起来走过去，真是个傻子，没见有多少人是定要跟着长辈一起去换帖纳彩。

她站在医生的角度上反对了两次，得到的答案是斩钉截铁的"不"。

她搬出一大堆医学名词，周成陵是左耳朵进右耳朵出，他有他的一套方法，例如吃过饭之后会坐起来，然后试着站起身靠在墙上，虽然杨茉觉得那是不科学的，复健和虐待病患有一个根本的区别是，前面是循序渐进，后面是不管不顾急于求成。

不过周成陵在这方面上没有商量的余地。

他说不，那就肯定就是不。

这件事上，这人不好说话到了极点。

现在杨苿总算是明白周成陵为何会把婚事定在明年二月，因为他觉得他能够恢复到骑着高头大马去杨家娶亲，也能牵着她在长辈面前拜堂，在周成陵看来，能亲自做成这些事十分重要。

望着献王太妃杨苿不知道说什么才好。

献王太妃道："他从小就是这个脾气，比谁都要拗，说一不二，他要站起来自己走，就让他试一试。"

杨苿也只好答应，眼看着周成陵自己站起身来。

除了脸色不好，周成陵好像和正常人也没什么区别，就连献王太妃来看都觉得很欣慰，杨苿却很清楚地知道这个过程，眼看着周成陵站起身，杨苿觉得自己都出了一头的冷汗。

献王太妃笑着点头："好了，这下能跟我一起去张二老爷家中。"

献王太妃在前面走，杨苿走过去："小心一会儿又会吐。"

"不会，"周成陵很是肯定，"你只要等消息就好了。"

他知道怎么能让她无话可说，杨苿沉下脸，周成陵却露出笑容来："放心，我不会有事的。"

现在他学会了在她假装生气时微笑。

等到周成陵走了，杨苿去看闫阁老，闫家人都聚在屋子里等消息，杨苿仔细检查完抬起头看向闫老夫人。

"阁老伤口愈合不太好，有染病的症状。"

就是她最不愿意看到的感染，在古代她的诊室、临时手术室已经算是很干净，每天都要仔细打扫消毒好几次，就是为了应对紧急的伤患，没想到在这样的情况下，还是会感染。

闫夫人有些害怕，期盼地看着杨苿："这病还能不能治好？"

杨苿摇摇头："我也没把握，现在用的药方都是我们斟酌后最合适的，只能看接下来几天病情还会不会继续发展。"

闫夫人还想说话却被闫老夫人看了一眼立即噤了声，连眼泪都不敢再掉出来。

床上的闫阁老睁开满是红血丝的眼睛："杨大小姐……能救我……到今日……已是……我们求之不得，生死有命……不用再多强求，更何况……我至少今天不用死。"

闫夫人听得这话眼泪顿时掉下来。

闫阁老看向杨苿："只是……我想回去闫家……不知能不能……"

杨苿点点头："也好，保合堂里人多不适合休息。"现在闫阁老应该进行更加积极的抗感染治疗，这样静养的方法已经起不到作用，她要想出更好的办法来，"每日我去闫家看诊，让我的一个弟子住在闫家照应。"

闫老夫人站起身来："我们闫家上下感谢杨大小姐。"

吩咐江掌柜将闫阁老需要的东西都准备好，杨苿带着弟子跟着闫老夫人一起去了闫家将闫阁老安置好。

重新放置好伤口引流管，杨茉给闫阁老重新诊脉换了单方。

这些药都很常见，接下来是不容易找的人血血清。

杨茉看向闫夫人："我要用许多和闫阁老相合的血，能让我们抽血的家人都要过来让我的徒弟们检查，如果合适才能配血。"

增加血内白蛋白含量很重要，白蛋白和炎症呈负相关，所以增加人血白蛋白很重要。

闫夫人听说过杨大小姐用人血给人治病，心里已经有了准备："我就让安排人过来。"

杨茉点头："千万要是最近没有得过病，没有患过痘疮这些大病的家人，我们还要仔细地逐一筛查。"

在现代人血白蛋白也很难找到，因为要求太高，这是昂贵的救命药。

闫家上下顿时紧张起来。

杨茉带着魏卯几个一忙就是一上午，到了下午杨茉才得空进屋和闫老夫人说话。

闫老夫人拉起杨茉的手提起杨茉的婚事："听说献王太妃已经去张家下帖，这是喜事一桩。"

杨茉听得这话不禁有些脸上发红，就算再大方的女子提起自己的婚事都会不太自在。

闫老夫人笑道："我们府上的三小姐也在备嫁，好日子就是这几天。"

这几天嫁人？原来闫家要办喜事。

闫老夫人说着吩咐下人："去将三小姐叫来。"

杨茉想要去看魏卯准备得怎么样，闫老夫人将杨茉留下："大小姐忙了那么多天，总该歇歇。"

杨茉只好顺着闫老夫人的意思重新坐下来端起热茶来喝，不一会儿工夫闫三小姐被请过来，闫三小姐在外间脱掉氅衣，穿着海棠色褙子进了门，见到杨茉就上前行礼。

杨茉起身回了礼。

闫三小姐给长辈请了安就坐在杨茉身边："杨妹妹上次过来时我就想过来见面，只是妹妹那次走得急，也没得说话。"

杨茉点了点头，仔细地看闫三小姐，闫三小姐隐约透出些羞涩。

"你们两个年纪相当，应该有很多话说。"

杨茉不知道说什么才好，其实最近她很少参加宴席，除了治病救人也很少和人话家常。

闫老夫人道："我让人准备了宴席，"说着顿了顿，"也让人去杨家请家中的长辈过来，今天难得日子好，大家聚在一起也算热闹热闹。"

闫夫人知道闫老夫人的心思，杨大小姐一直在忙老爷的病，闫家一直想要感谢，现在老爷的病虽然没有好，好在大家都能平安回到府中，已经算闫家的大喜事。

这也是老爷的意思，万一老爷的病不好就没了……也是个遗憾，闫夫人想到这里心里不免酸涩，却尽量将悲伤压下去。

今天就该是个好日子，大家都要高高兴兴的才是。

盛情难却，杨茉笑着看应下来。

闫老夫人吩咐闫夫人去准备，闫三小姐就拉着杨茉说话："我的婚事是今年三月份定下的，之后我就没出过门，一直在家中备嫁，做的女红比我几年加起来都多似的。"

闫三小姐说着带杨荣去闺房里看那些女红。

进了屋子，杨荣才发现闫三小姐闺房里空空荡荡。

"那边才让人来搬走，"闫三小姐说着整理鬓角，"我在屋子里坐着都觉得冷清。"

看到闫三小姐的紧张，杨荣才想到自己身上，周成陵说明年二月份成亲，这样算来也没有多少时候，她还一点都没准备。

杨荣眼看着闫三小姐的丫鬟将闫三小姐准备的女红拿出来，不禁惊讶："要准备这么多？"

听杨大小姐的口气好像一点都不知道，闫三小姐拉着杨荣的手："其实我家里也请了两个绣娘，若是大小姐不嫌弃，倒是可以请她们帮忙，她们手艺精做事也还算周到。"杨大小姐身边没有姐妹，这些话是不会有人和她说的。

杨大小姐的生母又是个姨娘，没有经过明媒正娶，族里的长辈也是从乡下过来，不知道京中的规矩，就算请人来帮忙谁又能说得仔细，母亲来和她说起杨大小姐，她就想着能在这上面帮帮杨大小姐，免得宗室那边挑剔。

闫三小姐尽量说得仔细："不过有些东西要你亲手绣，这样才会好。"

虽说是她来治闫阁老的病，可是闫家上下却都一心想着要帮她，杨荣心里顿时浮起一丝暖意："姐姐和我说说，我女红虽然不好，总要绣出两件像样的。"

"我学了个简单的针法，"闫三小姐目光闪烁，"绣娘都说是懒人法子，不过我图它简单……妹妹想学，我就教给妹妹。"

杨荣和闫三小姐坐在一起做针线，闫三小姐是个爽利人，说话不遮遮掩掩，两三句就说到了周成陵以前的王妃身上："这几天刘家那边的消息也传开不少。"

闫三小姐话中有话，刘家的消息连一个备嫁的小姐都知晓，可想而知京中女眷中已经传开了。

闫三小姐接着道："刘妍宁持家有几分的手段，在宣王府时名声就很好，这次叛乱更是帮衬了太后娘娘的母家济宁侯府，大家都说刘妍宁在这桩婚事上吃了委屈，济宁侯夫人做保山要给刘妍宁寻门好亲事。"

和离的女子再嫁虽然屡见不鲜，但是没有大张旗鼓再嫁的，难道刘妍宁还要开一个先例。

"你要有个准备，"闫三小姐有些担心，"你们两个日后难免要碰面，勋贵和宗室妇是经常会在一起的。"

闫三小姐要嫁去东平侯府，杨荣笑看向闫三小姐："这么说，将来我们也能常常见面。"

闫三小姐脸上一红看向杨荣："杨大小姐你让我很敬佩，从前我没想过家中会出什么事，在内宅中从来都是被父兄庇护，直到那天晚上……要不是宗室那边早些帮忙，我哪里还会有婚事，早就和祖母、母亲一起丢了性命。"

闫三小姐说着低下头："从前我们聚在一起也说起你和保合堂的事，大家都觉得很惊奇也很好笑，一个内宅的女子那样抛头露面，真的出了事，我才知道可笑的是我们，你能做些事救人，我们却只能听天由命在内宅里等死。"

这些事不是谁都能理解的，杨茉笑道："只不过是我家世代行医，我才有了这样的机会。"

闫三小姐抿嘴笑："那不一样，"说着看向杨茉头上的发簪，"我跟你说说京里时兴的头面吧，出去宴席戴了又好看又不太显眼，我母亲说做了新妇最重要的是不要太惹人注意，嫁到一个陌生的地方，要尽快和那边的女眷说上话，这样才像一家人，才不至于被为难。"

新妇不免会被人指指点点挑三拣四，闫夫人这样说很有道理，虽然她行事和普通女子不一样，但是在某些地方还要和大家同流，免得让人当做异类，这也是她一直想要做到的。

京里的内眷都有些奇怪的偏好，闫三小姐看着杨茉的褙子："袖子是小紧口很别致。"

其实是杨茉为了做事方便才让绣娘改的。

闫三小姐道："明日我也让人做几件，送给要好的小姐。"

杨茉忍不住笑起来，看来她真要好好想想嫁人之后的事，也就认认真真地和闫三小姐一起看起绣样来。

杨茉和闫三小姐在屋子里说话，闫夫人将宴席单子给闫老夫人看："才平了乱，京中各家都很热闹，我们也不算大操大办，就是大家一起吃个饭，外面人不会说什么。"

闫老夫人点点头："三丫头那边你可交代了？"

闫夫人忙道："交代了，让三丫头帮衬着杨大小姐准备准备嫁人时用的物件，这些事我们不好明说，她们年纪相当说起来会容易些。"

"杨大小姐不容易，家里没有长辈帮衬，我听说她那舅母也不是什么善茬，才想到这个方法来帮她，虽说周十爷那边是第二次娶妻，我看那架势倒比谁都上心，杨大小姐这边若是安置不好，说不得闹出什么笑话来，一会儿杨家长辈来了，你也说说京里的规矩，帮着她们谋划谋划，"闫老夫人说到这里松口气，"我们一家老小要不是前有周十爷后有杨大小姐，早去了阴间团聚，何来现在的光景。"

闫夫人道："娘说的是。"

等到杨名氏带着陆姨娘踏进闫府，看到满面笑容的闫夫人，陆姨娘不禁有些失神，她从来没想过会去哪家做客，特别是像闫阁老这样的人家，都十分看重礼仪，不会将她这个姨娘放在眼里，陆姨娘想着向杨名氏身后凑了凑，用手指戳戳杨名氏，让杨名氏说话，自己则弯腰给闫夫人行礼。

杨名氏也行了礼才道："听说是闫阁老府上来请，我们都吓了一跳。"

闫夫人听说杨名氏的爽利，笑着道："之前听说杨大小姐肯救我们家老爷，我们也是出了一身的汗，"说着隔着杨名氏拉起陆姨娘的手："幸亏有杨大小姐。"

陆姨娘虽然是个妾室，毕竟是杨大小姐生母，她不能怠慢。

看到闫夫人这样亲和，陆姨娘端着的肩膀也松下来些。

几个人边说话边向院子里走，看到有人布置庭院，闫夫人笑道："过两天我们家的三丫头就要出嫁，从上个月家里就开始布置，一直到现在还没做好。"

陆姨娘看着这些，不由得心里有些紧张，她都还没开始准备呢，若是茉兰明年出嫁，她恐怕拿不出个像样的院子来。

闫夫人适时看向陆姨娘："听说杨大小姐也在谈亲事了。"

陆姨娘道:"可不是,我从前也没办过,不知道如何下手。"

闫夫人笑容满面:"我倒是有些经验,不知道能不能帮上忙。"

陆姨娘惊喜地看着闫夫人:"夫人能帮忙那自然是好的。"

张二老爷没想到好不容易来趟京城却遇到叛党生事,一家人战战兢兢地过了好几日,荆氏更是没见过这样的场面,听到外面喊打喊杀就慌了手脚,家里连盏灯也不敢点。

一家人摸黑过日子。

到了晚上就疑神疑鬼,只要听到丁点声音,荆氏就会说:"完了,有人进来了。"

只要听到这句话张二老爷就觉得脊背生寒,家里不敢开炉灶,冷水冷饭也不敢吃,荆氏一阵阵地哭:"好端端地在家里享福,来京城做什么啊。"

张二老爷急了就训斥一通:"都是你想要攀龙附凤,说不定常家倒了将你也牵连进去。"

本来是一句狠话,却把荆氏吓哭了,一个劲地问张二老爷:"老爷说的是不是真的啊,万一审常家真的审到妾身可怎么办?"

审什么?审你这个愚妇是个势利眼。

张二老爷本来是吓唬人,听荆氏这样说自己心里也没有了底气,他们真是什么也不知道,不知道外面作乱的是谁,什么党什么党,完全弄不明白,不知道会不会牵连到杨家。

直到守在外面的人看不过眼了,进门禀告:"张二老爷,我们是十爷那边的人,这几天一直守在门口,若是有事就会进来报信,您就放心吧,该做什么做什么,明天一早天亮了就好了。"本来是悄悄地护着这一家人,可就怕叛党不登门,张家人将自己吓死了。

张二老爷想到这个就觉得寒碜,京城果然不是他们这些人能住下的地方,随便一个风吹草动他们都经不起。

推心置腹,他觉得其实将茉兰带走也不见得就是一件坏事。

在京外也可以行医,张二老爷说出这话,荆氏就不干了:"老爷,您就省省吧,就你外甥女的性子在哪里都要闹出大事来,我们家可经不起啊。"荆氏现在才发现,以张家这样的小庙,实在供不起杨茉兰这尊大佛。

就说周家,谁也惹不起。

在皇家眼皮底下抢食儿,那不是找死么,十爷手里的那些人,进屋连个声音都没有,突然张嘴说话就将她吓了半死,到现在她的心还突突乱跳个不停,再听杨茉兰将手伸进胸膛里给人捏心脏。

她就头皮发麻。

于是等到献王太妃再来张家,荆氏上上下下安排得妥妥当当,就怕出一点的差错,甚至连回奉的物品都准备好了,见到献王太妃立即一张热脸贴过来。

献王太妃笑着道:"这几日可慌张了?"

岂止是慌张,他们全家都瘦了两圈。

荆氏道:"多亏了十爷让人照应。"说完立即看向旁边的周成陵。

都说周成陵病得凶险,现在看来也不太像,好端端地跟在献王太妃身后走路,她是见过那些要死了的人,脸上都会脱了相,难看得不得了。

周成陵眼睛清亮，相貌更是英俊，走起路来身体笔直，就算是有病，也顶多是和他们一样受了点惊吓。再看旁边的蒋平，脸上没有笑容护在周成陵身边。

这老爷眼神要多不好才会将蒋平当成和杨茉兰结亲的人啊。

说了会儿话，张二老爷站起身看向周成陵："十爷能不能和我去外面走一走。"

献王太妃听得这话有些担忧，可现在是女眷说话，张二老爷要出去也是情有可原，只得看向周成陵。

周成陵很自然地站起身来："我和张二老爷出去。"说完跟着张二老爷出了门。

张二老爷没穿氅衣，周成陵也没让阿玖服侍，两个男人就这样走到院子里。

"周十爷，"张二老爷一直盘算着要怎么和周成陵说这桩婚事，见到周成陵有些话他就说不大出来，不过今天周成陵和之前不一样，好像人很随和，目光温和，仿佛怂恿着他说心里话，"你的病怎么样？若是二月成亲，能不能吃得消？"

周成陵道："离好日子还有近三个月，能恢复好。"

两个人边说话边向前走。

"我们茉兰没有了爹娘，自己孤零零在京里，我……想起来就不安心，十爷又有病在身……"

周成陵停下脚步："二老爷放心，我会好好待她。"

张二老爷听说越是勋贵越爱绕着弯说话，没想到周十爷会这样直率，倒让他不知道说什么才好。

张二老爷带着周成陵绕着张家院子走了两圈，走到后面张二老爷冷汗都冒出来，觉得这样让周成陵遛弯不太对，可是他实在放心不下，不能让一个连路都不能走的人娶茉兰。

张二老爷终于停下脚步，周成陵看起来脸色苍白了些，双眉微蹙，脸上的线条略微绷紧，所以显得比刚才多了几分气势，其余的都还好，张二老爷咳嗽一声："那就定在明年二月吧！要快些准备，不要差了礼数。"

周成陵向张二老爷行了礼："我会仔细安排，"说着从怀里将纳彩的帖子递过去，"今天已经备好了纳彩用的物品。"

纳彩要男方送十件物品，取的是十全十美的意思。

没想到周家都准备好了。

张二老爷道："那就送去杨家吧！"

第十一章 聘礼

闫夫人和杨名氏、陆姨娘说话，杨茉和闫三小姐就在旁边屋子里坐着，偶尔能听到外面闫夫人的笑声，闫夫人道："你们可请了保山？"

女方、男方都要请保山。

陆姨娘道："还没有。"

闫夫人道："我来做这个保山如何。"

说到婚事杨茉不免有些不自在，又怕闫三小姐笑她，就站起身去给闫阁老看药方，闫三小姐也跟着一起过去，看着杨茉把脉开方一气呵成，闫三小姐不禁羡慕："妹妹也教我些医术吧，不敢跟着妹妹学，却能找些书来看。"

杨茉还没说话，闫老夫人已经道："就你那性子还想学医术，恐怕看一年也看不完一本医书。"

闫阁老也道："那些枯燥的东西，没有沉稳的性子是如何也学不好的。"

说了会儿话，杨茉和闫三小姐去外间，接着就听到闫阁老和闫二爷说话的声音，闫阁老格外严厉让闫三小姐不禁吐了吐舌头。

"我爹爹总是对二哥特别严厉，"说到这里闫三小姐觉得有些伤感，"大小姐说我爹爹的病有可能不会好？"

杨茉道："都是很难说的，阁老毕竟在雪地里冻了太久，我又不得不用那样的方法救他的性命，你知道一个人在身体状况不好的情况下，很多病都不容易好，拖下去只会越来越重，我们现在也是在想办法。"

"我们都知道了，"闫三小姐低声道，"我去祖母房里的时候听到祖母和母亲说，我和二哥都哭了。"

虽说人要知足，父亲在衙门的时候就差点死了，现在总算还能靠在床上和他们说话，可是想到将来可能发生的事，闫三小姐心里还是舍不得，她都不想出嫁，只想在家中陪着父亲。

杨茉安慰地拉起闫三小姐的手，谁都会有这一天，人都会生老病死，不过总有一天医术会快速发展到现代的水平，能放缓这个过程，让人的生命长些，大家更多时间在一起。

杨茉觉得自己来到这里，努力的方向是对的，起码她没有辜负杨茉兰的生命。

闫三小姐靠在杨茉肩膀上掉了眼泪："我都没好好侍奉爹爹。"

杨茉何尝不是，不论在古代还是现代，离开父母了才想起没好好尽尽孝心。杨茉道："说不定等你婚事到了，闫阁老一高兴身体也能好起来。"

闫三小姐眼睛有些发亮："真的吗？"

虽然杨茉信奉医学，但是她也希望会是这样，杨茉点点头："希望会。"

不一会儿工夫，就有下人来道："宴席开了，老夫人让两位小姐过去。"

闫三小姐拖起杨茉的手："走吧，我们去吃饭。"

吃过宴席，杨茉和杨名氏、陆姨娘回到杨家。

才下了车，杨家管事就迎上来："周家来送纳彩的物件儿，都在院子里等着呢。"

看来周成陵已经让舅舅点了头。

杨名氏笑道："没见过这样急着要娶妻的，十爷为了这桩婚事真是费尽心思。"

经过了这么长时间，总算是得到了一个肯定的结果，周成陵今天早晨跟献王太妃一起走的时候就心情不错。

杨茉跟着陆姨娘进了内院，周家的管事立即迎上来，恭恭敬敬地道："这是纳彩的物件，太妃和十爷都在张家，张二老爷说直接将东西搬过来。"

陆姨娘接了帖子，周家管事立即命人将东西抬进屋，又给陆姨娘道了喜才退出去。

陆姨娘看着满屋子的箱子不禁有些惊讶："不是说十件物件吗？怎么抬了十箱过来。"说着看向杨名氏，"这要让我们如何准备回奉。"

杨名氏掩嘴笑："那还不容易，多做些面娃娃、面石榴，将来大小姐嫁过去好多多开枝散叶。"

要准备回奉礼和宴席，荆氏过来帮忙，看到周家给的纳彩礼不禁羡慕："哟，我们哪里见过这样多的纳彩礼，这么看来等到送彩礼的时候定然少不了。"

杨名氏笑起来："那是自然，你们那里怎么跟京中相比，何况我们大小姐要嫁的是宗室呢。"

荆氏已经见识了杨名氏的口舌不敢多说话，埋怨地看了杨名氏一眼："我也是为茉兰高兴。"

自从献王太妃上门提亲，荆氏就变得规规矩矩。

陆姨娘笑道："送彩礼还早着，要等到二月份完婚的时候，还是快准备回奉宴，别的都可以缓一缓。"

杨茉从屋子里出来，刚要交代梅香去保合堂，荆氏立即上前道："这都什么年月了还要去药铺，成亲前要避客，安心在屋子里做女红才是。"

荆氏话音刚落，门上的婆子就来道："有位文正公夫人来了。"

文正公府，那不是董家吗？

杨茉和杨名氏迎出去，董夫人穿着紫红色妆花褙子，梳着圆髻和累金凤，是盛装打扮。大家各自行了礼。

董夫人急着看向杨茉："杨大小姐，宫里可能有痘疮，太后娘娘说请你过去看看。"

痘疮？现在这个季节在宫中流行？

杨茉道："已经确诊了吗？痘疮不难确诊，人可挪了出来？"

董夫人听得这话也说不上来："我是去慈宁宫时听说的，大家正好说保合堂要用种痘的方法防痘疮，我就多说了两句，正好太后娘娘就说宫里有个太妃在发烧，太医院说可能是痘疮，让大小姐去看看，马车在外面等着，事不宜迟，杨大小姐带上东西我们进宫去吧！"

杨茉看向梅香："将诊箱拿好，我们跟着文正公夫人进宫。"

董夫人不由得看向杨家来往的下人，手里抱着红缎子，显然是要张罗喜事，于是笑着看向杨名氏："听说要和周十爷结亲，婚期可定下了？"

杨名氏满脸笑意："定下了，明年二月就完婚，时间紧了些，家里上上下下都忙开了。"

听得这话，董夫人松了口气。

杨大小姐要嫁人了，家里也就不用再闹起来。

昭儿和老爷的关系也能缓和，毕竟父子，一切都会好转。

这一天她也是盼得望眼欲穿，好在杨大小姐的婚事定得还算快，否则照她想的，还要闹个一年半载。

杨茉随着董夫人上了马车，然后仔仔细细问起来："慈宁宫还有别人在？"

董夫人道："叛党的事将太后娘娘吓了一跳，我和几个夫人进宫问安，也是我不该说起保合堂的事。"

杨茉就想到董昭帮她找了不少病牛。

董夫人听说是痘疮，怕保合堂用的种痘方法牵连到董家。

杨茉转头看董夫人，董夫人眼睛里有些愁绪，便问："夫人好似有什么心事？"

杨大小姐那双眼睛仿佛要将她看穿了，董夫人有些不舒服，这趟也不是她想要来的，是太后发了话，要说从前她真的很喜欢杨大小姐，杨大小姐救了昭儿，可如今她也是身心疲惫，老爷归京之后，家里就没有一日消停，好似她做什么都不对，如果昭儿能顺着老爷的意思，也不会闹到这个地步。

董夫人竭力遮掩着："大小姐不用担心，没有什么特别的事，不过去看看就能回来。"

董夫人来找应该是不会有什么差错，杨茉是事事小心惯了，遇到事不免多想些。

这样思量间，马车到了宫门口，下了车立即就有宫人来接应。

杨茉带着梅香一起进了慈宁宫。

进到大殿里，杨茉上前行礼，只听得一个慈祥威严的声音道："起来吧。"

杨茉这才起身抬起头，太后娘娘靠在软榻上，身边一个二十几岁的女子正跪坐在旁边给太后揉着肩膀，那女子生得眉眼通透杏脸桃腮十分的漂亮，下颌有一道美人沟，笑起来格外的明显，让人看一眼就忍不住再去瞧。

"妍宁，"太后娘娘轻唤一声，"你也歇歇，我这身子受用多了。"

妍宁。

杨茉觉得这名字听起来很熟悉。

刘妍宁，杨茉想到这个名字的时候不免心里一沉。

皇上御赐给周成陵的发妻。

虽然早有准备，可是当遇到这个人的时候，还是不能漠然，有些人就是不能当做平常人般对待。

因为她们被一个人连起来了。

刘妍宁毕竟曾是他的妻。

闫三小姐才说她不一定哪日会遇见刘妍宁，她还以为会在成亲之后，没想到今天突然就见了，杨茉尽可能让自己表现淡然。

董夫人坐下悄悄地看了一眼周围，气氛似是有些尴尬，不过杨大小姐仿佛并不在意。

杨茉站起身又向太后娘娘行了礼："听文正公夫人说宫里有了痘疮，若是痘疮就要仔细防护，免得传起来。"

既然是让她来治病，她不妨立即将话题引到病症上。

太后娘娘仔细地看了眼杨茉，神情有几分的深沉，旁边的刘妍宁适时收起手，仿佛要给太后娘娘思量的功夫。

太后娘娘点点头："耳垂大，额头宽，人中也很深，是个福相。"

这是在说她？杨茉按捺住心中的惊讶，让她进宫治病怎么会突然说起这个。

刘妍宁脸上带着些许微笑，好似和太后娘娘的情绪融为一体，没有用奇怪的目光打量杨茉，也没有饱含深意地揣摩，而是十分的坦然。

坐在旁边的宁妃忽然站起身，拉起杨茉："方才太医院的丁院判来看了，说不是痘疮，已经将人挪了出去，倒让杨大小姐白跑了一趟。"

宫中的情形瞬息万变却也不会这样，将人叫来诊断却突然说没事了。

杨苿放下诊箱，这里的气氛让人觉得奇怪。

特别是这位宁妃娘娘，她们从来没见过面。

宁妃娘娘亲切地将杨苿拉到旁边坐下："听说杨大小姐救活了闫阁老，外面传进来的消息，说得一惊一乍的，也不知道有多少是真的，今天杨大小姐在这里，就讲给我们听听。"

杨苿微低下头，装作谦卑："只是一般救人的方法，算不得什么，外面人不懂得才会看着惊讶，其实治病救人无非是诊病、用药，都是一样的，只是各家有各家的法子。"

说白了就是这样，没什么稀奇的，也免得大家那么好奇。

宁妃娘娘捂嘴笑："你瞧瞧杨大小姐多会说话，不过几个字就将我们通通打发了。"

太后娘娘今天格外有耐心，目光温和却不住地看着杨苿："听说开了刀，还用手去捏心，是不是真的？"

太后娘娘早就知道得清清楚楚，她不过就是点头应个景，杨苿道："也不是什么用手捏心，只是一种治病用的法子。"

刘妍宁莞尔一笑，笑容灿烂让人看着舒服，就是笑到后面忍不住咳嗽两声。

刘妍宁这几声咳嗽，让人重新将目光放在杨苿身上。

如果周成陵这时候在，就该能唱一出戏了。

"妍宁身子不好，让杨大小姐给诊诊。"太后娘娘忽然说话，顿时将一池水吹皱了。

刘妍宁听得这话却凑过去在太后娘娘耳边说了几句话，太后娘娘点点头："那也好，"说着看拉起刘妍宁的手，很是亲昵，"既然吃陈院使的药好用就接着吃，哀家的病倒是好得慢，还是让杨大小姐给哀家诊治吧！"

杨苿站起身盼咐梅香打开药箱拿了诊枕给太后娘娘看脉，然后说道："太后娘娘膝盖、足踝、肩膀、手肘、手腕，平日里会不会经常有种灼伤的疼痛，有时候这个地方好了，那个地方又疼起来，严重的时候持续十几日就会好。"

太后娘娘笑着点头："哀家这个老病根有些年了。"

刘妍宁低头看着杨苿很是仔细，仿佛不放过杨苿任何一个表情，尤其是杨苿诊脉的时候，刘妍宁的笑容深了些，杨大小姐果然是个女医，诊起病来责无旁贷，真正要懂得会处事的人，无论什么时候都会眼观四路、耳听八方。

刘妍宁趁着这时候看了一眼宁妃，本来伸着脖子看的宁妃好似读懂了什么意思，忙上前两步："杨大小姐可有方子能治症？"

杨苿道："我要看看平日里太后娘娘用的单方。"

不一会儿工夫宫人将两张方子拿来："一张是病急的时候用的，一张是平日里用的。"

杨苿低头看过去，都是治寒痹的方子，用的药都极为精准："这两张方子极好，不用另开方子。"

不是所有病症都能用西药。

太后娘娘点点头，赞赏地看着杨苿："这药方还是当年张院使传下来的，张院使之后太医院这些年确实懈怠不少，难得民间有杨大小姐这样的女医。"

宁妃道:"杨大小姐不是师承白老先生吗?"

白老先生的灸法是极为有名的。

杨茉道:"病重时用针法也会有些用处。"

宁妃笑道:"太后娘娘不妨试试看,平日里太医来诊也是诸多不便,杨大小姐过来倒少了许多麻烦。"

太后娘娘就笑道:"不知道杨大小姐可愿意?"

太后娘娘面前谁敢说个不字,杨茉站起身:"愿为太后娘娘分忧。"

就这样简简单单的一次见面,让杨茉要连着好几日进宫。

杨茉看向刘妍宁,刘妍宁正伸出手来端茶,她手指上戴着只玉扳指让杨茉看着很眼熟,好像和周成陵手上那只扳指一模一样。

杨茉伺候太后娘娘用了针,又扶着太后娘娘在屋子里走动了两圈。

太后娘娘脸上不掩舒坦:"好多了,怪不得那么多人都要去保合堂看病。"

杨茉道:"方才施针,看到太后娘娘肚腹发胀,脾不和,则食不化;胃不和,则不思食。脾胃不和则不思而且不化,应用几日健脾补血的方子。"

杨茉这些话说得太后娘娘不住地点头,尤其是说对了症状很是欢喜:"哀家这几日就是饭食进得不好。"

杨茉去一旁写了单方,太后娘娘吩咐宫人来赏赐,满满一托盘的小银锭,还有盘女子佩戴的各种香包,太后亲手挑了只让杨茉戴上,杨茉拿到手里有股清凉的檀香味儿。

宁妃娘娘眼睛在杨茉身上转了好几圈,亲自将杨茉送出慈宁宫。

回到杨家,陆姨娘立即迎上来问:"可有什么事?"

杨茉道:"没什么,只是给太后娘娘诊病。"这次进宫比前两次都要轻松,好像只是太后娘娘看中了她的医术。

满屋子的人,除了宁妃娘娘看起来有些怪异,别的人都还算寻常。

杨茉换了衣服径直去药铺看周成陵。

周成陵这几天有些忙,杨茉去的时候周成陵正和萧轲说话,见到杨茉过来就让萧轲退下。

杨茉抿着嘴给周成陵把了脉,准备站起身去开方子:"等一会儿让魏卯进来给你施针。"

"魏卯?"周成陵看向杨茉,"为什么要让魏卯过来。"

杨茉道:"昨天我已经教魏卯学了怎么给你施针,总要让他自己试着治一次。"

周成陵看着杨茉淡淡的神情,好似有什么事没有说出口。

杨茉站起身:"外面还有病患,我过去看看。"

周成陵撑着身体从床上坐直,伸出手想要挽留她,却没能拉住她的手,杨茉想起她生病那晚周成陵虚弱地跪下呕吐,不由得又有些心软。

"有什么不痛快的事?"她今天好像不太爱理睬他。

"你有没有见过刘妍宁?"杨茉抬起头来问。

周成陵一怔,没想到杨茉会问起这个:"见过,不过没看得很清楚。"

成亲了那么多年能没看得清楚？

"今天我在慈宁宫看到刘妍宁了，她生得很漂亮，手上还戴着和你一模一样的扳指。"

周成陵看着杨茉，好像对杨茉的话有些费解："那是我们成亲时的彩礼。"

杨茉瞪着周成陵，她知道刘妍宁露出扳指给她看是故意的，不过既然那只扳指给了刘妍宁，周成陵自己怎么还天天戴。

周成陵很不在意："这是家传的，我舍不得放起来，她的那只可能是长辈找出来的，和离的时候也没送回来。"

杨茉点头："送出去的东西哪里能拿回来，毕竟她做了几年你的正妻。"不知道周成陵对刘妍宁这件事有没有隐瞒，他这个人向来心思很深，谁知道说出来的话是真是假。

大约是看出来杨茉的心思，周成陵也沉默下来，半响才道："我怎么躺在家里也有灾祸砸在脸上。"

周成陵这话，好像让她觉得自己有些小气，杨茉皱起眉头："我可不是小气的人。"

周成陵似笑非笑，不停地点头："对，你不是小气的人。"

周成陵抿抿嘴："这话说出来又有点酸，要不然我们成亲之后，我纳几个妾室，也好让你少些善妒的名声。"

这话就像一把刀插进她心里，杨茉抬起头怒目以示，古代男人将纳妾挂在嘴边不当做什么，这一点还真是没法和他们交流，兴许成亲之后周成陵真会多纳几个回来开枝散叶。

"怎么了？"

杨茉冷冷地道："纳妾没问题，只怕到时候你身子受不住。"

都病成这样了，还惦记着纳妾，她可没有那么好的脾性给他安排每日要去哪个妾室屋里，等到妾室生孩子她做家用的接生婆。

周成陵说完去拉杨茉的手，杨茉转身又让他拉了个空，转身走出门，吩咐魏卯和萧全去给周成陵施针。

杨茉看完病患，转头看到魏卯欲言又止。

"怎么了？"杨茉问道。

"周爷有些不大好，好像比平日里重似的，坐着都会头晕。"

难不成是她推得重了，谁让他说那样的话。

杨茉净了手进屋去看周成陵。

"今天觉得不舒服？"杨茉低声问。

周成陵每次和她说话都尽量撑着起身，这次也是艰难地挪动着，那天去张家的时候还很精神，怎么从张家回来就变成这样了，不知道是不是走动几步伤了元气。

周成陵坐起来，让杨茉给他检查。

按压的时候看着他皱起眉头："有些疼。"

"这几天好好歇着吧，不要见太多人，说太多话，你的病本来就要静养，不能有情绪波动。"

杨茉说完话，周成陵拉起杨茉的手："生气了？"

杨茉故意不去理睬他。

"我一把年纪了,哪里还敢纳妾,"周成陵道,"我这身体也经不起折腾,还是算了吧!"

杨苿憋着不说话。

周成陵又道:"我是为了逗你,谁知道你就当真了。"

什么时候开玩笑不好,偏是今天,顺着她的话茬说出来,听起来好像是真的。

有句话说得好,自作孽不可活。

周成陵皱起眉头,果然头疼起来。

杨苿第二天按时去慈宁宫给太后娘娘诊治。

"皇上一直没有子嗣,"太后娘娘让人整理好衣衫躺在软榻上看杨苿,"叛党乱起来的时候,冯皇后在哀家这里。"

杨苿从周成陵那里知晓太后将冯皇后藏起来的事,太后娘娘声音平淡好像在随意和她闲聊。

自从昨天突然进宫,杨苿就一直仔细地注意着身边的一切,她不是个小心眼的人,但是她觉得刘妍宁没安好心,不管刘妍宁想做什么,她一定要立即发现,昨天她想和周成陵说起,只是看着他疲惫的模样,她不想开口,她要自己先弄个明白,不能全都依靠周成陵。

"杨大小姐是女医,不妨和哀家说说,皇后一直不能有孕,是不是有病症在身?"

怎么会突然提起这个,在这样的情况下杨苿不可能不紧张:"民女没有替皇后娘娘诊过脉说不清到底是因为什么。"

太后却好像已经得到了想要的答案点了点头:"听说你生母有了你之后夭折了不少孩儿,"说着抬眼看杨苿,"你说是病症?"

太后仿佛对她的事很感兴趣。

杨苿警惕起来,额头上冒出了汗:"是病症,和醇郡王世子爷一样的病症。"

"哦,"太后娘娘道,"你将来嫁人之后,可会生下这样病症的孩儿。"

不会,杨苿心里如同明镜,她太清楚溶血症了,可是当着太后娘娘的面她不能说实话:"也不一定会。"

她要看看太后是什么意思。

太后明显有些失望,半阖上眼睛什么也不说了。

到底是怎么回事,谁在太后面前说了什么,太后不可能是关切她和周成陵以后的孩子,杨苿大胆地扭头看太后,仔细琢磨了太后的神情。

太后不知道在想什么好似没有拿定主意,端茶喝水也少了些耐心,放茶碗的时候还长叹了一口气。

太后娘娘让告安,杨苿归心似箭恨不得立即走出那扇朱红的大门,却要小心翼翼地跟在宫人身后慢慢地向外走。

到了保合堂,杨苿立即让人去丁院判家里打听消息:"就问问丁院判,太医院有没有针灸上有名的御医,我每日给太后娘娘用针,只怕哪里会大意,我将用针的穴位都写出来,请丁院判帮忙斟酌。"

丁院判常和她说起医科上的事。

不一会儿工夫姚御医来到保合堂："丁院判遣我来和大小姐说一声，大小姐用的针和从前给太后娘娘用的没什么差别，大小姐放心用就是。"

杨茉谢了姚御医，姚御医和白老先生说了会儿话才离开保合堂。

等到姚御医离开，杨茉才去周成陵屋里。

坐在椅子上，杨茉抬起头，周成陵本来平淡、轻松的目光看到她之后也沉下来："怎么了？"

"我觉得不太对，"杨茉低声道，"太后娘娘让我进宫诊治，其实太后的病不过是旧疾，只要太医院照常治就好，会不会是有人在太后娘娘面前说了什么？"

他们的婚事，吉时是太后定下的，所以她一直没有在意，不管是太后还是皇帝，都不能用普通人的想法去揣摩他们。

一定是有事，否则她不会这样紧张。

"别着急，我让人去查问，"说到这里周成陵偏过头咳嗽两声，"就算有事也是才开始谋划。"

否则他应该很清楚地知晓。

刘家那边也在安静地谋划，除掉冯国昌这个大敌，一下子轻松了许多，皇上沉溺在炼丹上，再过几天朝廷就要握在他手中，刘砚田可谓是春风得意。

刘砚田小声地吩咐："一定要绕开所有人，不管是宫里还是上清院不知道谁是周成陵的耳目。"

宫人小心地点头："您放心吧，这件事已经十拿九稳。"

吩咐好了，刘砚田走进屋子，刘妍宁正在和妹妹一起写诗，见到父亲两姐妹上前行了礼，刘夫人送走了女儿，服侍刘砚田坐下，才上前道："事情可还算顺利？"

刘砚田走到窗子跟前半晌失笑："没想到周成陵会在一个女人身上跌跟头。之前我还以为他比他祖宗强，什么都能算计，什么都能分得清清楚楚。"

他别的不会，最惯于利用别人的弱点，周成陵的弱点就是太在意杨氏，请献王太妃来提亲，又将婚事定在明年二月，所有的举动都在说，他想要娶杨氏，现在他一定非常想要让杨氏进周家。

周成陵的脾气，如果娶不到杨氏会怎么样，刘砚田很清楚地知道结果，求娶杨氏的同时，也等于将软肋亮给别人看。

杨氏又不是普通的内宅女子，在外面显露锋芒，极容易被人利用名声。

想到这里，刘砚田笑着看刘夫人："外面传杨氏厉害，我们就借着这股风将杨氏送上天，皇上现在正愁子嗣，我们也是为皇帝分忧，还是妍宁说得对，皇上最大的软肋是没有子嗣，我们因此将冯党铲除，现在也可以利用这个拿下周成陵。"

一事不烦二主，在冯党身上用过的手段，为何不能拿来给周成陵用，这个残渣剩饭也能将周成陵噎死，想要做枭雄，那要六亲不认，哪里能儿女情长，真让人笑话。

刘夫人道："到底要怎么做？皇上真的会想要娶杨氏，杨氏可是一个……在外抛头露面的女医，周成陵娶杨氏已经让人惊讶……"

"那怎么一样，嫁给周成陵是做正妻，进宫不过是开个脸侍寝罢了，皇上沉迷仙术，不过就是要找个人传宗接代，现在只要谁能生下皇子，皇上都要拉到身底下让她怀上龙种。"

此时此刻就如同刘砚田安排好的，皇帝在周围点满了莲花灯，让刚刚入上清院高归元讲道。

高归元的头发一边是白色一边是黑色，在灯光下尤其的清楚，皇帝从来没见过这样的人。

"高道长见过我父皇？"

高归元颔首："先皇三岁时微臣进宫讲道，有幸相见。"

先皇三岁，现在高归元要多少岁？坊间传高归元也不是一日两日了，他小时候就听过高归元的大名，那时候高归元是白发苍苍的老道，而今却一半的头发变黑了。

"道长说，修仙当如何？"

高归元扬扬手里的拂尘，头发在灯光下被照得发亮："当访求异人。"

皇帝听得热血上涌，忍不住站起身，走两步转头来看高归元："道长的修炼已登峰造极，不妨说说朕现在最愁的所为何事。"

高归元睁开明亮的眼睛，仿佛能洞察一切："子嗣，只要皇上有了子嗣，帝位自然安保，也可有更多的时间修炼。"

皇帝攥起了手："朕吃了无数的丹丸却也没有留下子嗣。"

"那是不同的人，"高归元脸上露出肯定的笑容，"皇上会有龙子的，这两年定会有喜事降临，微臣已经看到了祥瑞。"

皇帝立即有一种欢喜，他喜欢这个高归元，他喜欢，他要让高归元留在他身边："道长可愿意留在上清院？"

高归元站起身向皇帝行礼："请恕臣不想整日与丹炉相伴。"

高归元说完告退出门。

黄英这才上前："奴婢看着这个人太不识抬举，天家千万不要因他动气。"

"你懂得什么，"皇帝冷笑一声，不屑地看着黄英，"你这个男不男女不女的狗东西，你以为谁都像你一样恬不知耻。"说着一脚踹向黄英。

黄英被一脚蹬在地上。

黄英爬起来道："就像高道长说的，是不是该张罗着选秀了。"冯皇后出了事，现在皇帝提起后宫那些娘娘免不了膈应，却不代表皇上对新进宫的女子不感兴趣。

皇帝有些泄气坐在软榻上："朕后宫不缺女人。"只是没有一个能受孕。

"可能是天家体质不同，天家既是天子又是天师，寻常女子不能受孕，定要高道长说的那些异人。"

异人？皇帝冷笑："你知道什么叫异人？神人、方士才能是异人。"

黄英顿时一脸挫败："奴婢还以为是不寻常的人，有异才在身，比如能预知将来，能起死回生。"

起死回生……异人……

已经不是一个人在他耳边提起，上清院的道长几天前就说过。

皇帝突然抬起头："那个杨氏，是不是能起死回生？"

杨氏？黄英一怔，一时没想起来："天家说的是？"

皇帝瞪圆了眼睛："保合堂的杨氏……"

"那是女医啊……能治病的女医……"黄英立即道，"可不是异人啊，这几日杨氏正在慈宁宫给太后娘娘诊治，太后娘娘的病经杨氏的手也好多了。"

杨氏这样厉害岂能不知受孕之道，皇帝眼前顿时发亮，他之前怎么没想起这个杨氏，让杨氏进宫给皇后诊治，不过现在想起来也不晚……

杨茉不知道做了一个什么梦，全身一抖顿时被吓醒了。

梅香在外面吩咐婆子晚点打扫院子："大小姐看了一晚的书，才睡着，一会儿再过来。"

杨茉迷迷糊糊又闭了会儿眼睛然后披上衣服到窗前。

下面很安静，仿佛能听到落雪的声音，大片大片的雪花就像绒球一样从天上纷纷扬扬地落下来。

杨茉忍不住抿嘴笑了。

梅香听到响声进门，发现杨茉已经自己换好了褙子。

梅香放下手里的东西，吩咐小丫鬟打水："小姐怎么自己起来了。"

杨茉觉得今天是个好日子，她从小就喜欢下雪，有雪在地上显得到处都很干净："咱们后院的梅花开了吗？"

"开了，刚才九儿还说要剪几枝放花斛里。"梅香边说话边用巾子铺在杨茉身上伺候杨茉洗脸。

洗过脸就觉得精神了很多，杨茉看向沙漏，时间尚早："不然我们去后院看看吧！"

小姐难得有时间，梅香笑道："奴婢伺候小姐穿氅衣。"

杨茉拉着陆姨娘一起看了梅花："祖宅那边该让人收拾出来，这几天我正让管家算银钱，等到开春我们就动工。"

陆姨娘点头："我也这样想，大小姐应该从祖宅嫁出去。"

是啊，那是杨家世代居住的地方，她当然愿意从祖宅出嫁，杨茉看着枝头的梅花，偏头靠在陆姨娘肩膀："只是这里也很好，我也舍不得这个家。"

这个是和陆姨娘大家一起住过的地方，虽然院子小也是大家亲手布置，想想这几年经过的事，杨茉就觉得有一股难舍之情。

"大小姐不是舍不得这个院子，是舍不得嫁出去。"陆姨娘不禁伸手拍了拍杨茉的肩膀，将雪从她身上拂下去，这一年虽然辛苦，却让她觉得最欢喜，女儿就在伸手能够得着的地方，没有那么多规矩约束着她，她可以随便和女儿亲近。

只要一喊女儿，女儿就会转头看她。

好日子总是过得快。

杨茉带着梅香照旧去慈宁宫。

太后娘娘今天的心情显然很好，不知道是杨茉兰针灸得好，还是单方开的对症，治了两日太后觉得身上清爽了不少，前几日她在皇帝那里听上清院的道士说了些乱七八糟的话，她就注意起杨氏来。

妍宁来宫中又在她耳边说了不少杨氏的好话，她才知道杨氏在民间做了那么多事，救活了那么多人。要不是她心事重重也不会将这些话连起来，可惜的是献王太妃进宫请她指了杨氏的好日子，难不成周成陵和皇帝真的犯冲，所以很多事总是冲撞在一起。

太后正想着。

就有宫人来道："太后娘娘，皇上来了。"

听说皇帝来了，慈宁宫的气氛顿时变得更加肃穆，宫人们急忙低头行礼，内殿顿时异常的安静。

杨荣低着头听着脚步声越来越近，皇帝让人簇拥着走进内殿。

众人急忙行礼。

"起来吧。"淡淡的声音传过来，杨荣跟着宫人一起站直了身子。

"母后身子可好些了？"皇帝询问一句上前挽起太后娘娘坐在临窗的大炕上。

"杨大小姐的单方好用，这几日觉得舒坦多了。"

杨荣第一次不想让人提起她的医术，尤其是在这个时候。

"杨氏，太后娘娘的病可能治愈？"皇帝忽然喊一声。

杨荣抬起头来，登时和皇帝四目相对。

一道热切的目光从皇帝眼睛里传出，赤裸裸的不加遮掩，上上下下地扫着她，能看到那双眼睛里血丝翻滚，犹如腥膻的气味冲到她鼻端，让她觉得厌恶又恶心。

杨荣浑身的汗毛不受控制地竖起，她蹲身下去恭敬地道："民女小技算不得什么，还要太医院长期用方子调养。"

"常言说得好，只要心情好身子自然也就好多了，"太后娘娘声音慈祥，看着皇帝，"只要皇帝能好好的，哀家也就不药自愈。"

内殿里母慈子孝，尤其是太后娘娘说完话，杨荣总觉得那两道视线又落在她身上。

"民女告退。"杨荣上前跨一步低声道。

皇帝似是有话要说，还好太后挥了挥手："时辰不早了出宫去吧。"杨荣不等有人反悔转过身立即走出去。

这次她的步子比平日里快了许多，现在已经不是镇定的时候，而是该她慌张了。

杨荣不知道怎么回到马车上，只是交代了一句："去十爷那里，快。"

梅香虽然不知到底发生了什么，登时苍白了脸，挑起帘子吩咐跟车的婆子："去十爷的药铺，快点走。"

马车停下来，杨荣快步走进屋，撩开了帘子。

周成陵没有躺在床上，而是端坐在椅子上，显然才和人说完话。

看到周成陵，杨荣心头的腥膻仿佛才被压了下去。

周成陵目光柔和，不一定非要有多少的柔情蜜意，却看得她心里温暖，幸亏她来到古代，幸而遇见的是他，没有像一个古代的女子随随便便嫁了个人，算是上天厚待她，但即便是这样看着周成陵，杨荣仍旧心中慌张："周成陵，不能等到明年二月了，你明日一早就去杨家抬我，或者更早，今天就娶我进门吧！"

"我知道你已经将家里宅院收拾出来了，算起来也不太仓促，只要请献王太妃和我舅父、族婶和两家的保山来，婚事也算成了。"

周成陵定定地看着杨茉："在宫中遇见什么事了？"

杨茉觉得心里难掩的急切，就像有一只狼用绿油油的眼睛看着她，随时都会跳起来咬住她的脖子，她只要想起就毛骨悚然："周成陵，我觉得，可能是谁说了什么，皇上说不定会让我入宫。"

她就这样仰着头，眼睛里满是惧意，牢牢地攥着他的手，指尖还在发抖。

她从来不会这样。

"他不敢。"周成陵拉着杨茉，他的目光逐渐深沉，好似寒夜里的冰棱，发着丝丝寒气，不知怎么的，这样的寒气却让她觉得暖和。

"就算他现在下旨我也有办法，"周成陵将杨茉拉到椅子上坐下，他虽然血气翻涌，却很清醒，那股的清明让她也缓过神来，"茉兰，不要慌张，将这些事交给我来做，即便是我们的婚期提前，也断然不会办得仓促，我不会一顶花轿就将你抬进门，将来让人非议你的身份，我有我的办法，我要让天下人都知道，我周成陵求你为妻。"

杨茉不知道周成陵会有什么法子，她脑海里不停地浮现皇帝那双眼睛。

她就这样看着周成陵说不出话来。

"害怕了？"周成陵低声道。

杨茉点头："怕。"事到临头，只要去想想都会毛骨悚然。

"就算要抬你进宫也不会随随便便抬顶轿子去杨家。"

杨茉点了点头。

周成陵仔细地说着："要经过宫里甄选才能入宫，皇上会想起来要你，定然是和这次冯党叛乱有关，皇上一直没有子嗣，请过不少道士做法，他格外相信道士的话，那些道士惯会夸大其词，将普通一件事都能说成异象，想来是你医术太过高明，如今才被皇帝觊觎。"

这么说，还是她的错，真是让人哭笑不得。

她是吓得全身神经都拉紧了，周成陵是担忧她，两个人这样相对着说话，浑身都觉得硬邦邦的，有点太累。

杨茉忍不住道："你这样半蹲着累不累？"

周成陵摇头："不累。"

杨茉活动了一下腰身："我有点累。"因为她一松懈就要撞在他额头上。本来是挺温馨的姿势她怎么就享受不了呢，"你还是坐我旁边。"

周成陵坐过去，杨茉松口气，将头靠在他的肩膀上："如果真的发生这样的事我都不知道怎么办。"

周成陵眼睛沉着不知道在想什么，半晌才顺着她的意思："那就躲吧，尽量躲着他，等我找他拼命。"

如果他隐晦地说，不会，她也不会安心。

她现在需要的就是这样直白的话，不管将来如何，现在她的心脏又重新回到她的胸腔里。杨茉低下头看周成陵的手，修长的手指上是只像冬瓜一样绿的扳指。

"你换扳指了？"杨茉抬起头来。

周成陵"嗯"了一声。

"怎么换了。"

"你说呢？"

杨茉仔细看："翡翠上飘花多一点，看起来也很精神。"

周成陵板着脸，大约是想到了什么："你说慈宁宫的气氛不寻常，想来是有人在太后娘娘耳边说了什么。"

杨茉点头。

"是刘妍宁，从前我只当她是女子，不曾为难她，却不知道她会动这样的心思。"周成陵的语调很淡，声音听起来带着棱角，大约别人听到会忍不住抖一下。

"你这扳指上写了什么字？"杨茉这样低头想着，目光都落在周成陵手上，"好像是个柳字。"

柳成陵，他难不成将自己的化名写上面。

"嗯。"周成陵回答得很淡然，好像浑不在意，也不想和杨茉继续这个话题，站起身去关窗。

杨茉站起身挪步跟过去，像他身后的一条小尾巴，趁着他不注意将他的手牵过来要看清楚到底是个什么字。

周成陵却板起脸来，要甩开她。

她死死地握着他的手，低下头总算看了清楚："不是柳字，是杨字，你怎么雕了个杨字上去。"

她昨天生气了，他才想了这样的主意，换只扳指，至于上面的字是怎么回事，他也不记得了，好像吩咐过也好像没吩咐过，他转过头去看窗边一簇簇的红梅，好似连他的脸都映红了，早知道她第二天就像没事人一样，他也不用这样做。

他的眉宇好似蹙起来，却让她觉得很温暖。

"还怕吗？"周成陵转过头来问。

杨茉摇摇头："不怕了。"

虽然不知道会不会夜长梦多，但是有周成陵在身边，她就不怕了。

"以后只要觉得不对就立即告诉我。"

杨茉点点头。

"不管什么事都一样，即便是你觉得有可能是空穴来风。"

有时候觉得是空穴来风，其实是真的有事。

第二天杨茉准备在家和两位绣娘商量成亲要做的针线，本来以为一个时辰就能将样子都定下，谁知道一转眼就半天是时间过去了。

"原本要提前一年就准备好，"绣娘低声道，"突然要几天就定下来是有些为难。"

花样是小事，杨茉更喜欢上面的寓意："这个我自己能绣来吗？"

"大小姐一看就是手巧的人，定然学得快，绣两个月也就差不多了。"

杨茉点点头，选了比较简单的样子自己绣，剩下的就交给绣娘。

陆姨娘嘱咐："要仔细些。"

两个绣娘急忙道："不敢，我们知道大小姐将来是宗室夫人，哪里敢有半点放松。"

杨茉整理好手里的女红，才准备去保合堂看看，现在她只要一天不去就会放心不下，总觉得有事没做。

马车到了保合堂，杨茉才下车，就听到周围一阵喧哗声。

"恭喜杨大小姐。"

"是啊，恭喜杨大小姐了。"

这是怎么了？杨茉诧异地向四周看去，不知道出了什么事，药铺里的堂医和郎中都走出来围在保合堂门口。

杨茉有些诧异，看向从保合堂里出来的江掌柜。

江掌柜还没有得空说话。

"大小姐，借着这件事也让我们出出力。"

"是啊，从来都是保合堂做在先，这次我们也该帮忙。"

听到大家七嘴八舌地说话，本来看热闹的人也都心热起来："对，从来都是各家散着施药，倒不如聚在一起义诊，眼见就是年关，大家都帮衬一把，所有人都能好好过个年。"

说是年关。

是因为对穷苦人来说真的是一关。

冬天粮食少，又没有取暖的炭火，老人、孩子因此容易患病。杨茉早有施药的打算，不过还没有准备好，怎么大家就都知晓了。

杨茉想着进了屋，看向江掌柜："到底是怎么回事？"

江掌柜本来满脸笑容，听到杨茉这样问，不禁诧异："大小姐还不知道？是十爷求娶大小姐送的聘礼啊，保定那边起了战事，不少灾民聚在京外，十爷打着杨家的旗子施药，从京城一直到城外，请了不少郎中去帮忙，还设下了粥棚，明天开始就连着施粥了。"

周成陵送的聘礼？

怪不得这么多坐堂医和郎中都说要过去帮忙。

她还奇怪是哪里来的消息。

江掌柜道："这一时半刻恐怕京里都知晓了，怎么就大小姐不清楚。"

杨茉听着江掌柜的话，再想起刚才一双双眼睛都落在她身上，不禁觉得血都扑到脸上，周成陵怎么一点口风也没透。

"那边说，还要去热河和通州，明天就起程，方才大家还忙着搬草药和米粮。"

江掌柜话音刚落，张家药铺的掌柜张琰就进门："大小姐，这次让我们药铺的两个郎中过去吧！"

所有人都大眼瞪小眼地等她拿主意，好像这件事她能做主似的。

白老先生笑着站起身："问错庙门了，虽然是以杨家的名义，毕竟是十爷那边张罗的，大家该去找十爷才是。"

叛乱虽然没有闹腾几天，但是毕竟不少人都受了牵连，平头百姓死伤不少，又连着几日的大雪，病患每天都会增加不少，可想而知有多少看不起病的人在苦苦熬冬，朝廷也有言官上奏折请赈灾粮，皇帝却充耳不闻，京里的勋贵往年这时候已经开粥棚，可是政局不稳，大家都忙着打听朝廷动向，就没有谁牵头第一个搭粥棚。

大家以为今年就要这样过去，谁知道第二天一醒来，京城连着几条街都是搭好的棚子，连同京外灾民聚集的地方也是起了炊火。

所有的粥棚、药棚旁边都写着一个字"杨"。

杨家。

如果还不知道是哪个杨家，就可以看药棚上的旗子写着"保合堂"。

杨家，保合堂。

京里的哪家勋贵都没有这样的排场。

蜂拥而至的难民本是来抢粥，看得长长的仿佛望不到边的粥铺顿时傻了眼，这是施粥，这是真的施粥？不是哪家大户做排场？

看到稠得能立住筷子的粥锅，里面都是白花花的大米，很多人只会张嘴说不出话来。

"知道保合堂是哪个吗？是经常义诊的那家药铺，东家是杨家的大小姐，会治疟病和痘疮的那位杨大小姐。"

几位妈妈笑着施粥，听得大家议论。

一时之间周十爷要迎娶杨大小姐的事满京城皆知，这消息也会跟着施粥施药的人传到通州和热河去。

"一个药铺能开得起这么多粥棚？"

"是宗室求娶杨大小姐送来的聘礼，因为杨大小姐经常义诊施药，聘礼也是施粥施药。"

"哪有这样的聘礼，谁家不是送金送银。"

说着话还不忘了含进嘴里一口米粥，真甜啊，甜糯的米粮，吃到嘴里好像就化了。

人群里有个衣衫褴褛的小孩子连着吃了三碗粥，忽然跳起来拍手大喊："这可真是过年了，过年了。"

吃不饱饭的人哪里还会记得过年。

也就只有孩子才这样盼着，过年不是什么日子，就是开心、高兴，能吃饱穿暖。

杨茉看着那个蹦着跳着手脚满是冻疮的小女孩，快步走上前。

发现身边站了个人，小女孩羞怯地停下来一头扑进旁边的妇人怀里。

杨茉吩咐梅香："将治冻伤的药膏子拿出来。"

小女孩从母亲怀里露出一只眼睛，看到杨茉脸上满是亲切的笑容，就又大胆地将另一只眼睛也露出来，打量着杨茉。

"这是治冻伤的膏子，每天擦两次，擦好了还要接着用七日才能断根，"说着杨茉伸手指了指保合堂的旗子，"如果身上哪里不舒服，吃饱了饭去那里拿药，那里有不少的坐堂医和郎中。"

妇人茫然地点着头，眼看着杨茉要走："是……一个女子在施粥施药？那药铺也是女子开的？"

杨茉不知道该怎么回答这连续的两个问题。

"善人可知道那女子叫什么名字？"

杨茉笑着没作声站起身向前走去。

刘妍宁听说外面的消息不禁惊讶。

本来一切都进行得很顺利，皇上看上杨茉兰后会很快想办法将杨茉兰留在宫中，那时候周成陵还没有娶杨茉兰进门，皇上会事后给些补偿，这样的事不是没有，少了门亲事皇上会另指一门，先皇的余贵妃就是这样来的。

却没想到周成陵会闹出这样的动静，现在没有人不知道周成陵，没有人不知道杨茉兰，这门亲事更是闹得尽人皆知，谁都难伸进一只手去，如果宫中强来抬人，难免会闹出大风波，叛党的事刚过，不管是皇上还是朝廷都不愿意再出什么差错。

刘妍宁正想着，刘夫人带着管事妈妈进了门，望着女儿，刘夫人脸上露出笑容："济宁侯府那边办宴席，拿了帖子请我们过去。我回绝了一次，济宁侯夫人又让身边的妈妈亲自过来说，一来是济宁侯的生辰，二来也要答谢你救了济宁侯府女眷的性命。"

刘妍宁听着有些迟疑："母亲自己去吧，就和济宁侯夫人说我身子有些不适。"

刘夫人看向旁边的甘妈妈，甘妈妈立即退了下去。

"你父亲说，如今是好时候，我们应该趁热打铁，将你的婚事定下，"刘夫人说到这里顿了顿，"哪里还能找到这样的机会，如今你父亲名望大增，你虽说是和宣王和离，谁都知道是因为什么，还不是有杨氏在先。"

好在周成陵看上的是杨氏。

杨氏是个没规矩少礼数的，周家长辈为了这门亲事还闹到上清院去。

杨氏没有过门先丢了脸面，这才让许多夫人替妍宁鸣不平。

刘妍宁自然知道母亲的思量："宴席在什么时候？"

刘夫人笑道："明日一早我们就过去，两家离得这样近，用不着马车来接。"

济宁侯是太后娘娘长兄的嫡子，济宁侯的寿宴请了不少的宗室和勋贵夫人，一大早晨济宁侯府外就停满了车马。

刘妍宁换了件靓蓝色褙子跟着刘夫人一起去了济宁侯府。

母女两个进了花厅坐下，济宁侯夫人拉着刘夫人去一旁说话："夫人可知晓我家二老太爷家的三子，去年三太太没了，一直还没续弦……"

刘三老爷虽然没有功名，却是太后娘娘的母家人，刘夫人听得心里欢喜，她就知道济宁侯夫人今天会提起此事，却还是一副惊讶的模样，忙着拒绝："妍宁才和离，没想过要再出嫁，不说我们家老爷不会答应，妍宁早就灰了心，这几天还说要搬去清竹园去住。"

清竹园在刘家西院子的一个小山坡上，要走很长的台阶才能上去，谁会去搬去那里，济宁侯夫人立即变了脸色："可使不得，那样的地方住长了任谁性子也要变得冷清。"

刘夫人点点头："谁说不是，老爷和我都不答应，才算劝住了她。"

济宁侯夫人微微一笑，刘夫人也是心疼自家女儿，如果真的不准备将女儿嫁出去，也就不会说阻止女儿去清竹园的事，无非是才和离碍着名声不好立即说亲，这样一来她心里就有了底。

这门亲事八成能说和。

刘太傅如今得了皇上信任，刘家已是今非昔比，周十爷看到刘家今日的风光，也是要后悔当日和离，不仅丢了爵位还少了这样的岳家。

周十爷如今要娶保合堂的杨氏，以杨氏的身份和刘妍宁差了十万八千里，怎么算，杨氏也盖不过刘妍宁，这样也就不会有太多人议论。

济宁侯夫人才想到这里，外面的管事妈妈进来禀告："献王太妃来了。"

刘夫人惊讶地看了一眼济宁侯夫人。

济宁侯夫人忙放下手里的茶："献王太妃身子不好，我还以为不会过来吃宴。"

济宁侯夫人带着下人迎出去，刚出了长廊，就看到献王太妃让人搀扶着走进来，身边还跟着一个穿银红色褙子，靓蓝色银狐内里披风，头戴昭君套的小姐。

济宁侯夫人仔细看，才看出是慈宁宫见过的杨氏，杨氏进宫行医穿着很是素淡，远远看去只是小家碧玉，而今这样打扮起来，倒是十分的端庄大方，尤其是一水的银红色衣裙，衬得她模样儿娇嫩，一双眼睛尤其清亮，没有半分的拘束。

献王太妃怎么会带了杨氏过来。

济宁侯夫人还没说话，不想献王太妃就沉下脸："可是不欢迎我们娘俩，若是这般，我老太婆就掉头回去。"

济宁侯夫人身上不禁涌起了冷汗，献王太妃向来是待人慈善，怎么今天见面就是这样的话，看起来是玩笑，却脸紧绷起来，眼睛里也多少带着怒意。

仿佛是她做了什么罪大恶极的事，献王太妃上门来算账。

今天可不能出差错，侯爷的生辰有不少的宾客在。

济宁侯夫人想得心惊肉跳，忙道："老太妃要唬死我不成？太妃能来我们高兴还来不及，我若是有二心，您就扒了我的皮。"

献王太妃这才笑起来："扒你的皮做什么，能长面子做袄穿？"

见到献王太妃脸上露出笑容来，济宁侯夫人的心也放下一半，忙赔笑："您若是喜欢，就当袄来穿。"

将献王太妃迎进花厅，花厅里的夫人们立即站起身来行礼，旁边说话的夫人也一同来拜见，花厅里顿时热闹起来。

大家都好奇地打量着献王太妃身边的杨茉。

保合堂的杨大小姐这样出现在众人面前，满堂都是勋贵、宗室妇，大家不禁垂下脸用帕子去碰鼻尖。

济宁侯夫人也觉得尴尬。

这个杨氏看到了刘夫人和刘家小姐也不知道避让，反而堂而皇之地站在献王太妃身边，真不怕被人议论起来没了脸面。

和离对男方来说是极为丢脸面的事，女方求去才有和离，所以和离时签的放妻文书不过是保全男方的颜面，放妻文书就被人笑谈为休夫文书，这是大家都知晓的事，莫不是杨大小姐不知道？以为有献王太妃撑腰就是万事大吉？

济宁侯夫人才想到这里，只听外面传来一阵脚步声，管事妈妈进屋径直走到济宁侯夫人面前："三房的老太太来了。"

三老太太是太后娘娘的庶弟，平日不怎么来济宁侯府，这次也是给济宁侯贺寿。

济宁侯夫人十分不情愿地站起身去迎三老太太。三房虽然是庶出，到底也是郑家人，太后娘娘的弟弟，要不是碍着太后娘娘的脸面，他们早已经对三房不闻不问。

济宁侯夫人才要走出花厅，三老太太已经让人扶着走过来，看到济宁侯夫人，三老太太一双眼睛就冒出火来。

见到三老太太这样的脸色，济宁侯夫人才要说话，不想就被三老太太照脸上啐了一口唾沫。

花厅立时安静下来，所有人都睁大眼睛看着济宁侯夫人和郑家三老太太。

郑三老太太是济宁侯的长辈，如今气势汹汹地上门，想来是出了大事。

济宁侯夫人从来没有被人这样羞辱过，一时半刻缓不过神来。

花厅角落里的刘妍宁皱起了眉头，心里有一种不好的预感，站起身来就要退出屋子，没想到才走了两步，面前就挡着一个人。

刘妍宁抬起头来看到穿着梅花裙一脸笑容的杨茉："宴席还没开，你这是往哪里去，来都来了好一阵子，这时候走不免扫兴吧。"她跟着献王太妃走进花厅，济宁侯夫人的神情是让她避让刘妍宁。

真是笑话，她凭什么避让刘妍宁。

人不在身份高低贵贱，自尊者人必尊之，自贱者人必贱之。

济宁侯夫人来不及擦干脸上的口水："老太太您这是做什么？"

"我做什么？"三老太太尖声道，"天下的女人都死绝了也不会有人娶那破落户，才跟人和离，你就急着三媒六证要让我们家娶她，我们虽是庶出却也是郑家人，你这样作践就不怕外面看了笑话。"

"我看你是少了心肝，不知道天高地厚，干出这样没脸的勾当，我活着治不了你，我死了就变成恶鬼、阴灵日日来掐你。"

三老太太的声音越来越大，让所有宾客都听得清清楚楚，这样的话谁听到都要被羞臊死。几乎所有人都被震得面目红涨，好在这话不是说她们。

济宁侯夫人更是吓得面无血色，呆呆地看着如同厉鬼般骇人的三老太太。

谁是破落户，谁才跟人和离就要嫁人？女眷们互相看看，目光落在刘夫人身上。

郑三老太太说的莫不是刘太傅家。

再看到刘夫人如同见了鬼似的。

天哪，三老太太说的就是刘家。

刘夫人只觉得所有的目光都向她投来，好似她没有穿衣服，身上所有丑陋的地方都被人看了清楚，漂亮的褙子被她紧紧地攥住，心脏抖成一团，整张脸就要支持不住垮下来，就好像被人当众砍了一刀，一下子没有了主心骨。

刘夫人期盼地看着郑三老太太，希望郑三老太太说的不是她们刘家，她们本就没有要和郑家三房结亲，而是看上了郑家二房。

济宁侯夫人带着哭腔:"老太太您是不是弄错了,我什么时候插手三房的事,要替三房做媒。"

旁边的下人就去搀扶郑三老太太:"老太太有什么话下去再说,您千万别动气,这里定然是有误会。"

三老太太顿时号哭起来:"当着这么多人的面,你们要一窝蜂地害我不成,"说着拉住济宁侯夫人的衣角,"我问你,你是不是和郑家长辈说过,那不要脸的女人娘家显赫,将来能攀上裙带,还说那夫家与她和离丢官丢爵,是夫家有错在先,与她名声无损。"

刘夫人看着郑三老太太嘴唇一开一合,几乎灵魂出窍,恨不得上前将她鼻口捂住。

当众被人辱骂,她却不能站起来分辩,只能硬着头皮坐在这里,装作三老太太说的人不是她。

三老太太好似是在撕济宁侯夫人的脸,她脸上却觉得已经被人抓破了,鲜血直流。

"你知道什么叫名声?任着丢官丢爵也要和离,可见她是何种德行,这样的人也敢入我郑家的门,你是看我们是没脚蟹就这等害我们,仗着爵位被你们承继了,就将全族人都握在手心里折腾,太夫人在的时候,你怎么不敢做出这种混账的事。"

三老太太干脆一头撞在济宁侯夫人怀里,吓得婆子、妈妈一窝蜂地上前拉着。

刘妍宁抬头看杨茉,杨茉早在那里等着她说话:"你可知道郑三老太太说的是谁?"

装糊涂,通通都在装糊涂。

大周朝有几个人和离时让夫家丢了官爵。

当然是刘太傅家,也只有刘家。

都说揭人不揭短,打人不打脸,可现在刘家就在济宁侯府做客,当着刘夫人和刘大小姐,三老太太就骂出这样的话来。

"我告诉你,从古到今,好女儿只会让人争求娶,你是瞎了眼睛还是吃了屎,你没看到宗室是怎么求娶杨大小姐的?"

"我一路过来看到杨家的粥棚、药棚不计其数,活了这么大把年纪,我第一次见到这样的情形,怎么?这样求娶倒不好了?就要昧着良心图那些贤良的名声才好。我呸,郑家祖先知晓了定饶不了你们。"

"我们郑家也是书香门第,不是无赖之徒,孽障种子,你们不要脸,我们还要呢,你们不顾太后娘娘,我们还要顾着,你还以为自己足智多谋,呸,一肚子大粪,不怕人笑话。"

三老太太骂得济宁侯夫人僵立在那里。

谁见过这样的场面。

一个勋贵夫人被人指着鼻子骂。

大家开始惊呆然后回过神来,立即从刘夫人母女身上收回目光。

可笑,在这个时候,这么多人聚在一起,好像就是为了看刘氏母女和济宁侯夫人的笑话。她们都觉得脸面没处放,更何况这三个人。

"怎么说起我们杨家丫头了,别说我们拿出几个庄子的银钱做粥棚,这样的聘礼就是让我们倾家荡产我也愿意,杨家丫头都不在意那些金银的俗物,我们怎么还不舍得银钱做善事,要说名声,不靠着老子、娘传出来的才是真的。"献王太妃忽然站起身看向旁边的刘夫人。

刘夫人从献王太妃眼睛里看出自己的惊骇。

献王太妃分明字字句句都在指她。

"若是有人还拿杨丫头行医的事来嚼舌，别怪我下次不给她脸面，我们宗室娶媳妇，长辈看好的姻缘，别人哪有权利说三道四。"

"杨家肯成全这门亲事，到了吉时我们大张旗鼓迎我们宗室妇，谁敢坏了这门亲，看我老婆子不跟他拼命，你们说我仗势欺人也罢，倚老卖老也好，这门亲事我是用命保定了。"

献王爷祖上就名望很高，献王太妃也是说话掷地有声的人物，济宁侯怎么样，太后娘娘也要给献王太妃几分颜面。

就算是皇上也不能不顾宗人府。

刘夫人汗湿了衣襟，就算妍宁离开宣王府她们也没有这样丢过颜面。

这次宴席她不该来，她就算来也不该带着妍宁一起，她们太大意了，没想到……她们根本不可能想到郑三老太太会来闹。

这件事本来跟郑家三房没有一点干系。

是有人陷害她们，是有人故意陷害。

刘妍宁比刘夫人好不到哪里去，茫然地四处打量，半晌才开口："母亲，三老太太说的是谁啊，谁和离害得夫家丢了官爵，和离之后还想要和郑家结亲。"现在只有装作一无所知，委屈的模样才能躲过一劫。

杨茉比刘妍宁更诧异："这位姐姐怎么吓成这般。"

杨茉转头去看献王太妃。

献王太妃露出笑容："杨丫头你还不认识吧，这是和我们十爷和离的刘氏。"

刘家在这种情况下装糊涂，她们就要比刘家更糊涂。

杨茉也露出和刘妍宁一样惊诧的神情："原来是这样，我还以为是谁家的小姐。"

大大方方地坐在那里，穿着漂亮的褙子，还以为是从来没出嫁过的小姐，当年嫁给周成陵是要害周成陵，后来和离又给刘家立了大功，现在又想着风风光光地嫁出去，天下哪有这样的好事。

刘夫人顿时气得浑身发抖。

什么叫谁家的小姐，言下之意妍宁已经嫁过人。

"你说什么？"刘夫人忍无可忍。

杨茉迎上刘夫人的目光，她从来没想过和刘妍宁为难，是刘妍宁害她在先，现在还摆出一副无辜的模样，难不成那些事都忘到了脑后："我哪里说错了吗？"

刘夫人张着嘴说不出话来，哪里说错了？没说错，这话无论怎么理解都没有半点的错处，可是就像一拳打到她脸上，让她脸上青紫喘不过气来。

刘夫人又羞又气正想着要一翻眼睛晕倒了事。

献王太妃站起身，冷冷地看向刘夫人和济宁侯夫人："说是济宁侯的寿宴，这是要我们难堪不成？这是闹的哪一出？什么叫和离就是夫家的错，这是哪家的道理？"

献王太妃说着脸色苍白忍不住咳嗽，杨茉忙上前搀扶起太妃。

三老太太听得这话停止了哭泣，瞪着红眼睛去看济宁侯夫人："你……你……你疯了不成……你说的是宣王……周十爷的婚事？"

三老太太吓了一跳，一屁股坐在地上，眼睛一翻顿时昏死过去。

杨茉已经看到刘夫人扶着身边的管事妈妈欲翻白眼，谁知道三老太太早一步动作，现在都躺在了下人怀里，刘夫人只好重新站稳。

济宁侯夫人觉得如同一盆热水当头浇下，将她烫得皮也掉下来，疼得她魂飞魄散，如果三老太太真的气死在这里，她要怎么向族里交代，三老太太毕竟是长辈啊。

"郎中，快请郎中。"一旁的下人急得喊出来。

杨茉走上前："让我看看吧，"说着吩咐下人，"快将三老太太扶去旁边屋子里躺下。"

济宁侯府的下人哪里敢怠慢，七手八脚将三老太太抬去屋子里。

杨茉吩咐下人："是痰迷了心窍，快拿通窍的紫雪来。"

下人应了一声快步拿了药，杨茉喂给三老太太吃了，抬起头看聚在屋子里的人："给我准备针，我要用针，屋子里不能留人，不利于病患恢复。"

济宁侯夫人怔愣片刻，立即吩咐下人都退下去，只留下三老太太身边的妈妈伺候。

等到人都走了，三老太太才睁开眼睛，看向杨茉。

杨茉笑着点了点头。

"谢谢杨大小姐帮我老东西遮掩。"

杨茉道："三老太太也帮我说了话。"

郑三老太太笑道："程夫人和我说了，杨大小姐心肠好，今天一见果然是这般，我这是顺水推舟，憋了多少年的冤屈，今天总算都发放出来。"她听程家说起刘家的事，就将计就计想到这个办法，装疯卖傻闹一番，让济宁侯夫人没有了脸面，这些年济宁侯夫人一直压着他们三房，现在总算得了机会让他们喘口气，到时候她就一推干净，只说老糊涂了又能怎么样，事情闹到族里，正好让她将这些年的冤屈都好好诉诉，再说老二一直跟着周十爷，十爷的事他们岂能坐视不管。

杨茉给三老太太用了针，出门看向济宁侯夫人："让人将三老太太送回家静养吧，这样的急病要好好调养一阵子才能好。"说着将写好的单方交给了三老太太身边的妈妈。

济宁侯夫人脸上一阵红一阵紫，不知道该不该信杨大小姐的话，更不知道三老太太是装病还是真的病。

质疑杨大小姐吧，杨大小姐的方子太后娘娘吃了都见效，就这样认了，她就无法和三老太太去对质，这一大摊子岂不是要她自己担下来。

济宁侯夫人有一种想哭的冲动。

"杨丫头，我们走。"献王太妃一刻也坐不下了似的，让杨茉搀扶着走出院子。

上了马车，献王太妃笑着看向杨茉："怎么样，可出气了？"

杨茉点了点头："刘夫人的脸色难看，回去肯定要大病一场，刘妍宁还算冷静，没有大吵大闹。"

献王太妃道："大吵大闹更没有了脸面，寻死觅活都是下等手段，还不如什么都不说等到日后再谋出路，她这样心术不正，定然不会有好下场。"